Anne Perry · Dunkler Grund

Anne Perry

Dunkler Grund

Roman

Deutsch von Walter Ahlers

C. Bertelsmann

Die Originalausgabe erschien
unter dem Titel »Sins of the Wolf« bei
Headline Book Publishing, London

Umwelthinweis:
Dieses Buch und der Schutzumschlag wurden auf
chlorfrei gebleichtem Papier gedruckt.
Die Einschrumpffolie (zum Schutz vor Verschmutzung)
ist aus umweltschonender und recyclingfähiger
PE-Folie.

1. Auflage

Satz: IBV Satz- und Datentechnik GmbH, Berlin
Druck: Presse-Druck Augsburg
Bindung: Großbuchbinderei Monheim
Printed in Germany
ISBN 3-570-12195-X

KIMBERLY HOVEY

für ihre Hilfe

und Freundschaft

Erstes Kapitel

Hester Latterly saß im Zug und sah durch das Fenster auf die weite, sanft hügelige Landschaft des schottischen Tieflandes hinaus.

Die frühe Oktobersonne stieg aus einem Schleier am Horizont empor. Es war kurz nach acht, über den Stoppelfeldern hing noch so viel Morgendunst, daß die großen Bäume, an deren Zweigen hier und da schon ein paar goldene Blätter schimmerten, in der Luft zu schweben schienen. Die Häuser waren aus festem grauen Stein und wirkten bei weitem schroffer als die Häuser im Süden mit ihren sanfteren Farben. Man sah hier keine Strohdächer, keine mit Stuck verzierten Hauswände; dafür qualmte es aus hohen Schornsteinen, und die Stufen der Staffelgiebel zeichneten sich scharf gegen den Himmel ab.

Vor beinahe anderthalb Jahren – der Krimkrieg neigte sich dem Ende zu – war sie nach Hause zurückgekehrt, weil ihre Eltern gestorben waren. Lieber wäre sie bis zum bitteren Ende in Scutari geblieben, aber die Familientragödie hatte ihre Anwesenheit erforderlich gemacht. Seitdem versuchte sie, ein paar von den neuen Methoden der Krankenpflege anzuwenden, die sie sich mühselig angeeignet hatte; darüber hinaus hatte sie alles darangesetzt, die veralteten englischen Vorstellungen von Krankenhaushygiene in Übereinstimmung mit Miss Nightingales Theorien zu reformieren. Zum Dank für diese Bemühungen war sie als rechthaberische und renitente Person entlassen worden. Wie hätte sie sich gegen diesen Vorwurf wehren sollen? Er traf ja zu.

Ihr Vater war in Armut und Schande gestorben. Für sie oder ihren Bruder Charles war kein Geld übriggeblieben. Natürlich hätte Charles für sie gesorgt, und sie hätte bei ihm und seiner Frau leben können, aber diese Abhängigkeit wäre ihr unerträglich gewesen. Innerhalb kurzer Zeit hatte sie eine Stellung als Privatschwester gefunden, und nachdem der Patient genesen war, hatte sie sich die nächste gesucht. Manche waren angenehm, andere weniger, doch länger als eine Woche war sie niemals ohne bezahlte Stellung gewesen. Sie war ihre eigene Herrin.

Diesen Sommer hatte sie für kurze Zeit eine Stelle in einem Krankenhaus angenommen; ihre Freundin und häufige Gönnerin Lady Callandra Daviot hatte sie dringend darum gebeten, als Dr. Kristian Beck nach dem plötzlichen Tod Schwester Barrymores Strafverfolgung und Gefängnis drohten. Nachdem die Sache geklärt war, hatte Hester wieder eine private Stellung angetreten, aber die Arbeit dort war nun auch beendet, und sie mußte sich etwas Neues suchen.

In einer Londoner Zeitung war sie auf eine Anzeige gestoßen. Eine prominente Edinburgher Familie suchte eine junge Frau aus gutem Hause mit etwas Erfahrung in Krankenpflege, um Mrs. Mary Farraline, eine alte Dame von zarter, aber keineswegs kritischer Gesundheit, auf einer sechstägigen Reise nach London zu begleiten. Miss Nightingales Damen würden bevorzugt behandelt, hieß es in der Anzeige. Selbstverständlich würde die Familie für alle Reisekosten aufkommen, und für die in Anspruch genommenen Dienste stellte man eine großzügige Vergütung in Aussicht. Bewerbungen seien an Mrs. Baird McIvor, Ainslie Place 17, Edinburgh, zu richten.

Hester war noch nie in Edinburgh gewesen – sie war überhaupt noch nie in Schottland gewesen –, und die Vorstellung, zu dieser Jahreszeit zweimal mit dem Zug dorthin und zurück fahren zu dürfen, erschien ihr äußerst reizvoll. In einem Brief teilte sie Mrs. McIvor ihre Qualifikationen mit und erklärte ihre Bereitschaft, die Aufgabe zu übernehmen.

Vier Tage später erhielt sie eine Antwort; ihrer Zusage hatte Mrs. McIvor eine Fahrkarte zweiter Klasse für den kommenden Dienstag beigefügt; der Zug würde London um 21.15 Uhr verlassen und am nächsten Morgen um 8.35 Uhr in Edinburgh eintreffen. An der Waverly Station sollte sie von einem Wagen abgeholt und zum Haus der Farralines gebracht werden, wo sie den Tag über Zeit hätte, sich mit ihrer Patientin bekannt zu machen. Am selben Abend würden sie und Mrs. Farraline den Zug zurück nach London besteigen.

Hester hatte sich ein wenig über Edinburgh informiert, auch wenn sie, kaum daß sie eingetroffen war, wieder abreisen mußte, zumindest bei ihrem ersten Besuch. Vielleicht blieben ihr nach ihrer Rückkehr mit Mrs. Farraline aus London noch ein, zwei Tage Zeit, sich die Stadt ein wenig anzusehen. Hester wußte, daß Edinburgh zwar die Hauptstadt Schottlands, aber mit nur einhundertsiebzigtausend Einwohnern erheblich kleiner als London mit seinen beinahe drei Millionen Menschen war. Trotzdem war es eine sehr bedeutende Stadt, das »Athen des Nordens«, berühmt wegen seiner Gelehrsamkeit, vor allem auf den Gebieten der Medizin und der Juristerei.

Der Zug ratterte und schwankte durch eine Kurve. Als die Luft wieder klar wurde, konnte Hester in der Ferne die dunklen Dächer der Stadt erkennen, über denen auf massivem Fels die gezackte Silhouette der Burg aufragte – und dahinter das blasse Schimmern des Meeres. Wider alle Vernunft durchfuhr sie ein Schauder freudiger Erregung, als stünde ihr ein großes Abenteuer bevor und nicht nur ein Tag in einem fremden Haus, der Auftakt zu einer höchst alltäglichen beruflichen Aufgabe.

Die Reise war lang und unbequem gewesen, ein Wagen der zweiten Klasse bietet weder Ruhe noch Bewegungsfreiheit. Natürlich hatte sie die ganze Nacht hindurch aufrecht gesessen; sie fühlte sich steif und müde. Sie stand auf, strich ihre Kleider glatt und brachte, so unauffällig wie möglich, ihre Frisur in Ordnung.

Eingehüllt in wirbelndem Rauch und inmitten des Lärms von rufenden Stimmen, kreischenden Rädern und schlagenden Türen rollte der Zug in den Bahnhof. Sie ergriff ihr einziges Gepäckstück, eine Reisetasche, gerade groß genug, um die Wäsche zum Wechseln und die nötigen Toilettenartikel unterzubringen, und stieg aus.

Die Luft schlug ihr so kalt ins Gesicht, daß ihr der Atem stockte. Auf dem Bahnsteig herrschte lautes und geschäftiges Treiben, Fahrgäste riefen nach Gepäckträgern, Zeitungsjungen schrien, Karren und Handwagen klapperten. Die Lokomotive spuckte Asche aus, ein verrußter Heizer pfiff ein fröhliches Lied, Rauchschwaden wälzten sich über den Köpfen der Reisenden hinweg, und ein Mann fluchte, weil Rußflocken sich auf seinem sauberen Hemdkragen niedergelassen hatten.

Hester war in Hochstimmung; mit wenig damenhafter Eile lief sie den Bahnsteig entlang auf die Treppen zu. Eine hochgewachsene Frau in einem steifen schwarzen Kleid, den Kopf von einer Schute bedeckt, sah ihr mißbilligend nach und erklärte ihrem neben ihr gehenden Mann mit lauter Stimme, daß sie die jungen Leute von heute nicht verstehe. Niemand wisse sich mehr angemessen zu benehmen. Die Manieren seien recht schockierend, und jeder trage seine Ansichten ein wenig zu frei zu Markte, ob sie nun richtig seien oder nicht. Und was die jungen Frauen betreffe – die ungehörigsten Ideen, die man sich nur vorstellen könne, würden ihnen durch die Köpfe schwirren.

»Ja, mein Liebling«, sagte der Mann abwesend und hielt weiter nach einem Träger Ausschau, der ihnen ihr beträchtliches Reisegepäck abnehmen könnte. »Ja, du hast zweifellos recht«, fügte er noch hinzu, als sie Anstalten machte weiterzureden.

»Alexander, manchmal habe ich das Gefühl, du hörst mir gar nicht zu!« sagte die Frau unwirsch.

»Aber, mein Liebling, natürlich höre ich dir zu«, antwortete er und drehte ihr den Rücken zu, um einem Gepäckträger zu winken.

Hester lächelte, als sie die Treppen zum Ausgang hinaufstieg. Nachdem sie an der Sperre ihre Fahrkarte abgegeben hatte, trat sie auf die Straße hinaus. Schnell hatte sie den Wagen ausgemacht, mit dem sie abgeholt werden sollte; der Kutscher war der einzige Mann weit und breit, der sich aufmerksam alle Passanten ansah, und als er eine Frau im schlichten grauen Kostüm mit einer kleinen Reisetasche erblickte, stutzte er ein wenig. Hester überholte eine Frau und sprach den Mann an.

»Verzeihung, hat Mrs. McIvor Sie geschickt?« fragte sie ihn.

»Jawohl, Miss, das hat sie. Und Sie sind Miss Latterly, gerade aus London angekommen, um der Dame des Hauses Gesellschaft zu leisten.«

»Richtig.«

»Nun denn, ich vermute, Sie haben nichts dagegen einzuwenden, mit mir zu kommen und erst mal ordentlich zu frühstücken. Kann mir kaum vorstellen, daß man in diesen Zügen was zu futtern kriegt. Bei uns ist das anders, das kann ich Ihnen flüstern. Kommen Sie, geben Sie mir die Tasche.«

Sie wollte schon protestieren, die Tasche sei nicht schwer, da hatte er sie ihr bereits aus der Hand genommen, überquerte den Bahnsteig, half ihr in die Kutsche und schloß die Tür. Die Fahrt war viel zu kurz, sie hätte gerne mehr von der Stadt gesehen. Sie fuhren einfach von der Brücke herunter und beinahe die ganze Princes Street entlang, passierten die feinen Laden- und Häuserfronten auf der rechten Seite, auf der linken die grünen Hänge des Parks, das Denkmal von Scott und – dahinter und darüber – die Burg. Sie fuhren direkt Richtung Neustadt, und nach einer kurzen Strecke durch ein paar georgianische Straßen hatten sie Ainslie Place erreicht. Es sah genauso aus wie die Nachbarhäuser auf beiden Seiten: vier Stockwerke hoch, große Fenster, die nach oben hin kleiner wurden, eine perfekt symmetrische Fassade, Proportionen von großer Schönheit und Leichtigkeit, hinter denen man das Auge der schlichten Regency-Periode erkannte.

Sie wurde zum Hintereingang gefahren – sie war schließlich eher eine Bedienstete als ein Gast des Hauses. Im Hof stieg sie aus, und der Kutscher brachte Pferd und Wagen in den Stall, während sie sich der Tür zuwandte, die sich öffnete, noch bevor sie an der Glocke gezogen hatte. Ein Stiefeljunge betrachtete sie mit wachem Blick.

»Ich bin Hester Latterly, die Krankenschwester, die Mrs. Farraline auf ihrer Reise begleiten soll«, stellte sie sich vor.

»Ach ja, Miss, kommen Sie doch herein. Ich sage Mr. McTeer Bescheid.« Ohne auf eine Antwort zu warten führte er sie durch die Küche zu einem Durchgang, wo er beinahe einem hageren Butler in die Arme gelaufen wäre, der Hester mit Leichenbittermiene musterte.

»Sie sind also die Krankenschwester, die gekommen ist, um die Dame des Hauses nach London zu begleiten.« Er sagte es in einem Ton, als wäre London ein Friedhof. »Treten Sie doch näher. Ich nehme an, Mirren bringt Ihr Gepäck herein. Vielleicht möchten Sie einen Happen essen, bevor ich Sie zu Mrs. McIvor bringe.« Er sah sie prüfend an. »Und sich waschen und das Haar frisieren.«

»Danke«, sagte sie ein wenig verlegen und fühlte sich beinahe richtig schmutzig.

»Gut, wenn Sie sich dann in die Küche begeben wollen. Der Koch macht Ihnen ein Frühstück. Wir lassen Sie holen, wenn Mrs. McIvor soweit ist.«

»Kommen Sie«, sagte der Stiefeljunge gutgelaunt und machte auf dem Absatz kehrt, um sie in die Küche zu bringen. »Wie sind diese Eisenbahnzüge, Miss? Ich bin noch nie mit einem gefahren.«

»Mach du dich an deine Arbeit, Tommy«, befahl der Butler unwirsch. »Was gehen dich Eisenbahnzüge an! Hast du dich schon um Mr. Alastairs gute Stiefel gekümmert?«

»Ja, Mr. McTeer, ich hab' sie alle fertig.«

»Na, ich werd' schon noch Arbeit für dich finden...«

An einer Ecke des riesigen Küchentisches wurde Hester ein ausgezeichnetes Mahl serviert, dann führte man sie in ein kleines Schlafzimmer, das man für sie vorbereitet hatte, gleich neben dem Kinderzimmer, wo ihre Reisetasche abgestellt worden war. Sie wusch sich das Gesicht und den Hals und brachte ihre Frisur noch einmal in Ordnung.

Sie mußte nicht lange warten, bis nach ihr geschickt wurde. Der düstere McTeer führte sie durch eine grüne Stofftür in eine große Halle mit einem schwarz-weißen, im Schachbrettmuster gefliesten Fußboden. An den holzgetäfelten Wänden hingen etwa ein halbes Dutzend Jagdtrophäen, präparierte Tierköpfe, meistens Rotwild. Ihre Aufmerksamkeit wurde jedoch vom lebensgroßen Porträt eines Mannes gefesselt, das ihr direkt gegenüber hing. Es beherrschte den ganzen Raum, nicht nur dank seiner bemerkenswerten Kolorierung, sondern vor allem wegen des Charakters, der in den Gesichtszügen zum Ausdruck kam. Er hatte ein langes, schmales Gesicht mit klaren blauen Augen, eine lange, schmal geschnittene Nase und einen breiten Mund, dessen Linien verschwommen und seltsam unentschlossen wirkten. Das blonde Haar hing ihm in einer Tolle von solch greller Färbung über die Augenbrauen, als wollte es den Blick von der ihn umgebenden Düsternis aus Eichenholz, Goldbronze und den glasigen Blicken der toten Hirsche ablenken und auf sich ziehen.

McTeer führte sie durch die Halle und einen Flur entlang, vorbei an mehreren geschlossenen Türen, bis er vor einer stehenblieb und leise anklopfte, bevor er sie öffnete und auf die Seite trat, um sie vorbeizulassen.

»Miss Latterly, Ma'am, die Krankenschwester aus London!«

»Danke, McTeer. Bitte treten Sie näher, Miss Latterly.« Die Stimme klang sanft und ein wenig gekünstelt, und nur ganz leicht akzentuierte sich in ihr der förmliche, sehr eigene und etwas eintönige Tonfall der Edinburgher Gesellschaft.

Das Zimmer war weitgehend in einem kühlen Mittelblau gehalten, mit nichtssagenden Blümchenmustern an den Wänden und auf dem Teppich. Die großen Fenster sahen auf einen kleinen Garten, das Licht des frühen Morgens gab dem Zimmer eine kühle Atmosphäre, obwohl im Kamin ein Feuer knisterte. Außer einer schlanken Frau, die Ende Dreißig sein mochte, war niemand im Zimmer, und als Hester sie erblickte, wußte sie sofort, daß es eine Verwandte des Mannes auf dem Porträt in der Halle sein mußte. Sie hatte dasselbe längliche Gesicht mit der schmalen Nase und dem breiten Mund, aber es gab keinerlei Hinweis auf Unentschlossenheit darin. Ihre Lippen waren sehr schön geschwungen, die blauen Augen blickten ruhig und fest. Das blonde Haar war nach der Mode der Zeit streng frisiert, aber der warme Farbton verlieh ihm einen gewissen Reiz. Doch ihr Gesicht war keineswegs schön; dazu war es zu energisch, und sie gab sich keinerlei Mühe, ihre Intelligenz zu verbergen.

»Bitte, kommen Sie herein, Miss Latterly«, wiederholte sie ihre Aufforderung. »Ich bin Oonagh McIvor. Ich habe Ihnen im Namen meiner Mutter geschrieben, Mrs. Mary Farraline. Ich hoffe, Sie hatten eine angenehme Reise von London zu uns.«

»Ja, vielen Dank, Mrs. McIvor, sie war sehr abwechslungsreich, besonders nachdem es hell geworden war.«

»Das freut mich.« Die überraschende Wärme in Oonaghs Lächeln verwandelte ihr ganzes Gesicht. »Zugreisen können so ermüdend und schrecklich schmutzig sein. Ich nehme an, Sie möchten jetzt die Patientin sehen. Ich muß Sie warnen, Miss Latterly, meine Mutter erscheint vollkommen gesund, aber das ist eine Täuschung. Sie ermüdet viel schneller, als sie zugeben mag, und für ihr Wohlbefinden, möglicherweise sogar für ihr Leben, ist ihre Medizin absolut unerläßlich.« Sie sagte das ganz ruhig, aber mit einem Nachdruck, der keinen Zweifel an der Bedeutung ihrer Worte zuließ.

»Sie ist nicht schwer zu verabreichen«, fuhr sie fort. »Ein einfacher Trank, ein wenig unangenehm im Geschmack vielleicht, aber ein kleines Praline hinterher wird mehr als Ausgleich schaffen.« Sie blickte zu Hester hoch, die vor ihr stand. »Wenn meine Mutter sich wohl fühlt, kommt es vor, daß sie vergißt, ihre Arznei zu nehmen, und wenn es ihr dann schlechtgeht, läßt sich das Versäumte nicht ohne Gefahr für ihr zukünftiges Wohlergehen nachholen. Ich bin sicher, Sie verstehen mich.« Auch wenn sie sagte, sie sei sicher, stand eine Frage in ihrem Gesicht.

»Natürlich«, sagte Hester schnell. »Viele Menschen kommen lieber ohne Arznei aus, wenn sie können, und muten sich zuviel zu. Das ist nicht schwer zu verstehen.«

»Sehr gut.« Oonagh erhob sich. Sie war so groß wie Hester, sie war schlank, ohne mager zu sein, und trotz der lästig weiten Röcke bewegte sie sich sehr graziös.

Sie durchquerten die Halle, und Hester konnte nicht umhin, noch einen Blick auf das Porträt zu werfen. Das Gesicht verfolgte sie, seine Mehrdeutigkeit beschäftigte sie. Sie konnte sich nicht entscheiden, ob sie es mochte oder nicht. Ganz sicher würde sie es nicht vergessen.

Oonagh lächelte und blieb zögernd stehen.

»Mein Vater«, sagte sie. Doch das wußte Hester längst. Ihr war das Stocken in Oonaghs Stimme nicht entgangen, und sie spürte, daß dahinter ein tiefes Gefühl verborgen war, das eine solche Frau vor Fremden und Dienstpersonal sorgsam zu verbergen wußte.

»Hamish Farraline«, fuhr Oonagh fort. »Er ist vor acht Jahren gestorben. Seitdem leitet mein Mann die Firma.«

Hester öffnete erstaunt den Mund, doch merkte sie schnell, wie ungebührlich das war, und schloß ihn wieder.

Oonagh hatte es trotzdem bemerkt. Sie lächelte, und ihr Kinn hob sich ein wenig. »Mein Bruder Alastair ist der Prokurator«, fügte sie erklärend hinzu. »So oft es geht ist er in der Firma, aber die meiste Zeit nimmt ihn sein Dienst in Anspruch.« Sie bemerkte Hesters Verwirrung. »Der oberste Staatsanwalt.« Ihr Lächeln wurde breiter, die Lippen kräuselten sich. »In England nennt man so etwas Anwalt der Krone.«

»Ach!« Hester war beeindruckt, ganz gegen ihren Willen. Der einzige Jurist, den sie kannte, war Oliver Rathbone, der brillante Rechtsanwalt, den sie durch Callandra und Monk kennengelernt hatte und dem sie ausgesprochen gemischte Gefühle entgegenbrachte. Aber das war eine persönliche Angelegenheit. Beruflich hegte sie tiefste Bewunderung für ihn. »Ich verstehe. Sie müssen sehr stolz auf ihn sein.«

»In der Tat. Der Ehemann meiner jüngeren Schwester arbeitet ebenfalls in der Firma. Er versteht sehr viel vom Drucken. Wir sind froh, daß er bei uns eingetreten ist. Es ist immer von Vorteil, wenn eine alte Firma wie Farraline's in den Händen der Familie bleibt.«

»Was drucken Sie denn?« erkundigte sich Hester.

»Bücher. Alle möglichen Bücher.«

Sei waren inzwischen in den ersten Stock hinaufgegangen und blieben jetzt vor einer geschlossenen Tür stehen. Oonagh klopfte kurz, öffnete dann die Tür und trat ein. Es war ein riesiger Unterschied zu dem blauen Zimmer unten. Warme Gelb- und Bronzetöne herrschten vor, als wäre das Zimmer in Sonnenlicht getaucht, und dabei war der Himmel vor den geblümten Vorhängen von bedrohlichem Grau. An den Wänden hingen kleine Landschaftsbilder in vergoldeten Rahmen und eine Wandlampe mit goldgelbem Lampenschirm, aber Hester hatte keine Zeit, auf so etwas zu achten. Ihre Aufmerksamkeit wurde von der Frau in Anspruch genommen, die ihnen gegenüber in einem der drei mächtigen, mit geblümtem Stoff bezogenen Ohrensesseln saß. Sie wirkte groß, vielleicht größer noch als Oonagh, und sie saß kerzengerade mit hoch erhobenem Kopf. Ihr Haar war fast weiß, das längliche Gesicht spiegelte auf faszinierende Weise Intelligenz und Temperament wider. Es war kein besonders schönes Gesicht, selbst in ihrer Jugend dürfte sie keine Schönheit gewesen sein – die Nase war zu lang und das Kinn viel zu kurz –, aber ihr Gesichtsausdruck ließ solche Überlegungen müßig erscheinen.

»Sie müssen Miss Latterly sein«, sagte sie mit fester, klarer Stimme, und noch bevor Oonagh die Besucherin vorstellen konnte, fuhr sie fort: »Ich bin Mary Farraline. Bitte treten Sie näher und setzen Sie sich. Sie wollen mich also nach London begleiten und dafür sorgen, daß ich mich so benehme, wie meine Familie es wünscht.«

Oonaghs Gesicht verfinsterte sich kurz. »Mutter, wir sind doch nur um dein Wohlergehen besorgt«, sagte sie schnell. »Du vergißt eben manchmal, deine Arznei zu nehmen...«

»Unsinn!« tat Mary den Einwand ab. »Ich vergesse es nicht. Ich brauche sie nur nicht immer!« Sie blickte Hester lächelnd an. »Meine Familie macht einen großen Zirkus um mich«, erklärte sie gutgelaunt. »Leider neigen die meisten Menschen zu dem Glauben, daß zusammen mit den Körperkräften auch der Verstand schwindet!«

Geduldig und verschwörerisch blickte Oonagh zu Hester hinüber.

»Ich bin sicher, daß Sie mich eigentlich nicht benötigen«, sagte Hester und erwiderte das Lächeln. »Und doch hoffe ich, daß ich Ihnen die Reise wenigstens ein wenig erleichtern kann, als Mädchen für alles sozusagen, damit es Ihnen an nichts fehlt.«

Oonagh entspannte sich etwas, sie ließ die Schultern fallen, als hätte sie die ganze Zeit über unbewußt stillgestanden.

»Dafür dürfte ich wohl kaum eine von Florence Nightingales Schwestern brauchen.« Mary schüttelte den Kopf. »Aber ich nehme an, daß Sie eine wesentlich angenehmere Begleiterin sein werden als die meisten anderen. Oonagh sagt, daß Sie auf der Krim waren. Stimmt das?«

»Ja, Mrs. Farraline.«

»So setzen Sie sich doch. Sie müssen nicht wie ein Hausmädchen stehenbleiben.«

Sie deutete auf den Sessel ihr gegenüber und redete weiter, während Hester der Aufforderung nachkam. »Sie sind also als Schwester mit den Soldaten hinausgezogen. Warum?«

Hester war zu überrascht, um sofort antworten zu können. Es war eine Frage, die ihr niemand mehr gestellt hatte, seit ihr Bruder von ihr wissen wollte, warum sie sich auf ein solch gefährliches und ungebührliches Abenteuer einließ. Das war allerdings noch vor der Zeit Florence Nightingales gewesen, die beinahe etwas Ehrbares daraus gemacht hatte. Jetzt, nach achtzehn Monaten Frieden, genoß diese Frau nach der Königin noch immer das meiste Ansehen und die größte Bewunderung im Land.

»Kommen Sie«, sagte Mary amüsiert. »Sie müssen doch einen Grund gehabt haben! Eine junge Dame packt nicht einfach ihre Koffer, verläßt Familie und Freunde, um in ein fremdes Land zu reisen – noch dazu in ein solch entsetzliches –, ohne einen zwingenden Grund dafür zu haben.«

»Mutter, es könnte doch ein sehr persönlicher Grund gewesen sein«, wandte Oonagh ein.

Hester lachte. »O nein!« antwortete sie beiden. »Es war keine Liebesaffäre, und es hat mich auch keiner sitzengelassen. Ich wollte einfach etwas Nützlicheres tun, als zu Hause herumzusitzen und zu nähen oder zu malen. Auf beides verstehe ich mich nicht besonders. Und mein jüngerer Bruder, der dort unten in der Armee diente, hatte mir von den entsetzlichen Verhältnissen berichtet. Ich... ich glaube, es entsprach meiner Natur.«

»Das habe ich mir gedacht.« Mary nickte sachte. »Es gibt nicht viel, wonach wir Frauen streben können. Die meisten sitzen zu Hause herum und sorgen dafür, daß die Lampen brennen, wörtlich und bildlich gesprochen.« Sie drehte sich zu Oonagh um. »Ich danke dir, meine Liebe. Es war sehr aufmerksam von dir, mir eine Reisegefährtin zu suchen, die einen Sinn für Abenteuer hat und den Mut, dieser Leidenschaft nachzugehen. Ich bin sicher, es wird eine unterhaltsame Reise nach London.«

»Das hoffe ich«, sagte Oonagh leise. »Ich zweifle nicht daran, daß Miss Latterly gut für dich sorgen und dir eine interessante Begleiterin sein wird. Und jetzt sollte Nora ihr die Arzneischatulle zeigen und ihr erklären, wie man die richtige Dosis bereitet.«

»Wenn du meinst, daß es sein muß...« Mary zuckte die Achseln. »Danke, daß Sie gekommen sind, Miss Latterly. Ich freue mich, Sie beim Mittagessen zu sehen und beim Abendessen, das wir heute etwas zeitiger einnehmen müssen. Ich glaube, unser Zug geht um Viertel nach neun, und wir sollten wenigstens eine halbe Stunde vorher einsteigen. Wir müssen gegen Viertel nach acht aufbrechen. Im Grunde zu früh für ein ordentliches Nachtmahl, aber heute muß es eben so gehen.«

Sie entschuldigten einander, und Oonagh brachte Hester in Mrs. Farralines Ankleidezimmer, wo sie ihr die Kammerzofe Nora vorstellte, eine dünne, dunkle, ernst wirkende Frau.

»Wie geht es Ihnen, Miss?« sagte sie und sah Hester artig an, anscheinend ohne eine Spur von Neid oder Groll.

Oonagh verließ die beiden, und während der nächsten halben Stunde erklärte Nora Hester alles Nötige. Es war so einfach, wie Mary bereits angedeutet hatte – in der Arzneischatulle war ein Dutzend kleiner Phiolen, jeweils eine für morgens und abends, bis zum Tag ihrer Rückkehr. Die Arznei war bereits fertig, es gab nichts abzumessen. Die Flüssigkeit mußte nur in ein Glas geschüttet werden, und Hester hatte darauf zu achten, daß Mrs. Farraline nicht den Inhalt verschüttete oder sich die Medizin – was wesentlich schlimmer wäre – versehentlich zweimal verabreichte. Das könnte – darauf hatte Oonagh ausdrücklich hingewiesen – äußerst ernste, wenn nicht gar tödliche Folgen haben.

»Den Schlüssel verwahren Sie.« Die Zofe verschloß den Koffer und gab Hester den Schlüssel, der an einem schmalen roten Bändchen befestigt war. »Bitte hängen Sie ihn sich um den Hals, damit er nicht verlorengeht.«

»Natürlich.« Hester befolgte die Anweisung und schob sich den Schlüssel unter das Mieder. »Eine gute Idee.«

Hester saß auf dem einzigen Stuhl im Ankleidezimmer; Nora

stand neben den Kleiderschränken. Marys Koffer standen dort, wo die Zofe sie gepackt hatte: Für jeden einzelnen der Röcke waren solche Unmengen von Stoff verarbeitet worden, daß ein halbes Dutzend Kleider enorm viel Platz beanspruchten. Eine Dame, die es gewohnt war, mindestens dreimal täglich die Kleider zu wechseln, kam schwerlich mit weniger als drei großen Koffern auf einer solchen Reise aus. Unterröcke, Unterkleider, Mieder, Strümpfe und Schuhe allein füllten bereits einen.

»Um die Kleider müssen Sie sich nicht kümmern«, sagte Nora nicht ohne Stolz. »Das ist meine Aufgabe. Von allen Dingen gibt es eine Liste, und in Miss Griseldas Haus kümmert sich jemand um das Auspacken. Vielleicht müssen Sie ihr morgen beim Frisieren behilflich sein. Können Sie das?«

»Natürlich.«

»Gut. Dann hab' ich Ihnen alles erklärt.« Ein Schatten legte sich über ihr Gesicht.

»Gibt es noch etwas?« fragte Hester.

»Nein, nein.« Nora schüttelte den Kopf. »Ich wünschte nur, sie würde nicht fahren. Ich halte nichts vom Reisen. Es bringt doch nichts. Ich weiß, Miss Griselda hat gerade geheiratet und erwartet ihr erstes Kind, und die arme Seele ist todunglücklich, nach den vielen Briefen zu urteilen, die sie schickt. Manche Menschen sind eben so. Vielleicht erholt sie sich, vielleicht nicht, aber wie auch immer, die Herrin wird doch nichts daran ändern können.«

»Ist Miss Griselda von zarter Gesundheit?«

»Du lieber Himmel, nein! Sie nimmt sich nur alles so sehr zu Herzen. Alles war gut, bis sie diesen Mr. Murdoch mit seinem vornehmen Getue geheiratet hat.« Sie biß sich auf die Lippe. »Ach, das hätte ich nicht sagen dürfen. Er ist sicher ein guter Mann.«

»Ja, das denke ich auch«, sagte Hester ohne große Überzeugung.

Nora sah sie an und lächelte schwach. »Ich nehme an, Sie würden jetzt gerne eine Tasse Tee trinken. Es ist gleich elf. Im Eßzimmer steht etwas bereit, wenn Sie möchten.«

»Danke, sehr gerne.«

An dem langen Eichentisch saß niemand außer einer kleinen Frau, die Hester auf Mitte Zwanzig schätzte. Sie hatte dichtes, dunkles Haar und einen Teint von so schöner, kräftiger Tönung, als wäre sie gerade von einem belebenden Spaziergang hereingekommen. So etwas war keineswegs in Mode, jedenfalls nicht in London, aber Hester fand es eine angenehme Abwechslung zur vielbewunderten Blässe, an die sie gewöhnt war. Die Frau hatte ein gepflegtes Gesicht; auf den ersten Blick schien es einfach nur hübsch zu sein, doch bei näherer Betrachtung erkannte man eine intelligente, entschlossene Individualität. Vielleicht hatte sie die Dreißig doch schon überschritten.

»Guten Morgen«, sagte Hester zögernd. »Mrs. Farraline?«

Die Frau blickte auf, als wäre sie über die Störung erschrokken, aber dann lächelte sie, und ihr ganzes Verhalten änderte sich.

»Ja. Und wer sind Sie?« Es klang keineswegs streitlustig, eher neugierig, als wäre Hesters Erscheinen eine wundersame und angenehme Überraschung. »Bitte, setzen Sie sich doch.«

»Hester Latterly. Ich bin die Krankenschwester, die Mrs. Farraline nach London begleiten soll.«

»Oh... ich verstehe. Also, nun nehmen Sie doch Platz. Möchten Sie eine Tasse Tee? Oder lieber Schokolade? Etwas Haferkuchen vielleicht? Shortbread?«

»Tee, bitte. Das Shortbread sieht köstlich aus«, nahm Hester die Einladung an und setzte sich auf den Platz gegenüber.

Die Frau schenkte Tee ein und schob Hester die Tasse hin, dann bot sie ihr das Shortbread an. »Meine Schwiegermutter nimmt ihren Tee oben«, sagte sie. »Und die Männer sind natürlich alle zur Arbeit gegangen. Eilish ist noch im Bett. Um diese Zeit ist sie noch nicht aufgestanden.«

»Geht's ihr... nicht gut?« Hester hatte es kaum ausgesprochen, da bedauerte sie es auch schon. Es stand ihr nicht zu, nach den Gründen zu fragen, wenn ein Mitglied der Familie kurz vor Mittag noch nicht aufgestanden war.

»Gott behüte, nein! Du liebe Güte, ich hab' mich gar nicht vorgestellt! Wie gedankenlos von mir. Ich bin Deirdra Farraline – Alastairs Frau.« Ein forschender Blick, und sie hatte in Hesters Gesicht gesehen, daß diese bereits wußte, wer Alastair war. »Und dann ist da noch Oonagh«, fuhr sie fort. »Mrs. McIvor, die Ihnen geschrieben hat. Und Kenneth und Eilish – Mrs. Fyffe, auch wenn dieser Name mir an ihr immer noch fremd ist. Und schließlich Griselda, die inzwischen in London lebt.«

»Ich verstehe. Danke.«

Hester trank einen Schluck Tee und biß in ihr Shortbread. Es schmeckte noch besser, als es aussah, und zerging auf der Zunge.

»Um Eilish müssen Sie sich keine Sorgen machen«, fuhr Deirdra im Gesprächston fort. »Sie steht nie zur rechten Zeit auf, aber gesundheitlich fehlt ihr nichts. Man sieht es auf den ersten Blick. Ein reizendes Geschöpf, vielleicht die hübscheste Frau in ganz Edinburgh – aber auch die faulste. Mißverstehen Sie mich nicht, ich hab' sie schrecklich gern«, fügte sie schnell hinzu. »Aber ihre Schwächen sind nun mal unübersehbar.«

Hester lächelte. »Wenn wir nur die Perfekten lieben würden, wären wir sehr einsam.«

»Da bin ich ganz Ihrer Meinung. Waren Sie schon mal in Edinburgh?«

»Nein. Nein, noch nicht einmal in Schottland.«

»Ach! Haben Sie immer in London gelebt?«

»Nein, ich war eine Zeitlang auf der Krim.«

»Du liebe Güte!« Deirdra zog die Augenbrauen hoch. »Ach ja, natürlich, der Krieg. Richtig, Oonagh hat ja gesagt, daß sie eine von Florence Nightingales Schwestern für Schwiegermama engagieren will. Auch wenn ich es nicht ganz verstehe. Sie braucht doch nur ein bißchen Medizin und keine Sanitäterin der Armee! Sind Sie mit dem Schiff hingefahren? Das muß ja eine Ewigkeit gedauert haben!« Sie zog ein Gesicht und nahm sich noch ein Stück Shortbread. »Wenn wir Menschen doch nur fliegen könnten! Dann müßte man nicht um ganz Afrika herumsegeln, man könnte einfach über Europa und Asien hinwegfliegen.«

»Man muß nicht um Afrika herumsegeln, um zur Krim zu kommen«, erklärte ihr Hester freundlich. »Die Krim liegt am Schwarzen Meer, man segelt durch das Mittelmeer und den Bosporus.«

Mit ihrer kleinen energischen Hand wischte Deirdra diese Belanglosigkeit zur Seite. »Aber um nach Indien und nach China zu kommen, muß man um Afrika herumsegeln. Das ist im Prinzip dasselbe.«

Hester wußte darauf keine passende Antwort, also widmete sie sich wieder ihrem Tee.

»Finden Sie das hier nicht schrecklich ... langweilig, nach der Zeit auf der Krim?« erkundigte Deirdra sich neugierig.

Sicher hätte Hester diese Bemerkung als ein Stück müßige Konversation eingeordnet, hätte sie nicht Deirdras waches, intelligentes Gesicht vor Augen gehabt. Sie suchte nach einer Antwort. Die Arbeiten einer Krankenschwester waren häufig eintönig, die Patienten dagegen selten. Sicher, mit der Herausforderung und den Gefahren war es vorbei, und auch mit der Kameradschaft. Hier gab es weder Hunger noch Kälte für sie, weder die Angst noch den schrecklichen Zorn und auch nicht das Mitleid. An deren Stelle waren die Gefühlsverwirrungen in der Zusammenarbeit mit Monk getreten. Sie hatte William Monk kennengelernt, als er noch Polizeiinspektor war und an dem Fall Gray arbeitete; anschließend hatte sie ihm – durch Callandras Vermittlung – beim Moidore-Fall assistiert. Aber dann hatte er den Polizeidienst Hals über Kopf quittiert und war seitdem gezwungen, sich als privater Ermittler durchzuschlagen. Später, nach dem Mord an General Carlyon, hatte sie ihn um seinen Beistand für Edith Sobel gebeten. Und als man die Leiche von Schwester Barrymore gefunden hatte, war Hester die ideale Besetzung für eine Gastrolle im Krankenhaus gewesen.

Aber die Beziehung zu Monk war viel zu kompliziert, um sie mit ein paar Worten zu erklären; und sie war sicher keine Empfehlung für eine hochangesehene Familie wie die Farralines als passende Gesellschafterin für ihre Mutter.

Deirdra wartete noch auf eine Antwort.

»Manchmal«, gestand Hester ein, »bin ich froh, das alles hinter mir zu haben, aber ich muß auch auf die Kameradschaft verzichten, und das ist schwer.«

»Und die Herausforderung?« ließ Deirdra nicht locker und lehnte sich auf den Tisch. »Ist es nicht etwas Wunderbares, mit solchen Schwierigkeiten fertig zu werden?«

»Nicht, wenn man keinerlei Aussicht auf Erfolg hat, wenn der Schmerz des Scheiterns vor allem der Schmerz der anderen ist.«

Deirdra senkte den Blick. »Nein, sicher nicht. Es tut mir leid, ich war gedankenlos. Es war nicht so gemeint, wie es geklungen hat. Ich dachte an die Herausforderung für den Geist, die Phantasie, für den eigenen Ehrgeiz. Ich...« Sie brach mitten im Satz ab; die Tür hatte sich geöffnet, und Oonagh war eingetreten. Sie blickte von der einen zur anderen, dann entspannte sich ihr Gesicht zu einem Lächeln.

»Ich hoffe, Sie fühlen sich wohl bei uns, Miss Latterly. Kümmert man sich um Sie?«

»O ja, vielen Dank«, antwortete Hester.

»Ich habe Miss Latterly über ihre Erfahrungen ausgefragt, zumindest über ein paar von ihnen«, sagte Deirdra begeistert. »Es klingt alles wahnsinnig interessant.«

Oonagh setzte sich und schenkte sich Tee ein. Zweifelnd blickte sie Hester an.

»Ich könnte mir vorstellen, daß Sie England manchmal ein wenig begrenzt finden, nach all der Freiheit auf der Krim.«

Eine seltsame Beobachtung, die ein hohes Maß an intelligentem Feingefühl verriet. Das war nicht nur so dahingesagt, um Konversation zu machen.

Hester antwortete nicht sofort, und Oonagh versuchte erst einmal, es in ihren eigenen Worten auszudrücken. »Ich meine, die Verantwortung, die dort auf Ihren Schultern lastete, wenn auch nur ein Fünkchen Wahrheit in dem steckt, was ich darüber gelesen habe. Sie müssen sehr viel Leid gesehen haben, und vieles davon wäre sicher zu vermeiden gewesen, wenn etwas mehr Verstand im Spiel gewesen wäre. Ich kann mir vorstellen, daß nicht jedesmal, wenn Sie eine Situation einschätzen mußten, ein Vorgesetzter zur Stelle war, sei es nun ein medizinischer oder ein militärischer.«

»Nein... nein, natürlich nicht«, stimmte Hester ihr zu, erstaunt über soviel Einfühlungsvermögen. Tatsächlich spürte sie erst hier in diesem Eßzimmer mit seinem blankpolierten Tisch und der schön geschnitzten Kommode so richtig, daß das Vertrauen, die Verantwortung und die Möglichkeit, eigene Entscheidungen zu treffen, die Aspekte ihres Lebens auf der Krim waren, die sie am nachhaltigsten vermißte. Heute mußte sie meist ziemlich belanglose Entscheidungen treffen.

So ähnlich mußte es auch einer Frau wie Oonagh McIvor gehen, deren Verantwortungsbereich im wesentlichen der Haushalt war: Was sollte Cook heute zum Mittagessen servieren, wie würde sie den Streit zwischen dem Küchenmädchen und der Wäscherin schlichten? Sollte sie Den-und-den diese Woche zusammen mit den Smiths zum Essen einladen oder lieber nächste Woche zusammen mit den Jones'? Sollte sie am Sonntag Grün oder lieber Blau tragen? Bei der Intelligenz und der Entschlossenheit, die aus Oonaghs Gesicht sprachen, schien sie Hester keine Frau zu sein, die ihre Energie gerne an das Lösen von Problemen verschwendete, die nicht im geringsten von Bedeutung waren, heute nicht und schon gar nicht im Verlauf eines ganzen Lebens. War es vielleicht Neid, der aus diesem seltsamen Unterton in ihrer Stimme sprach?

»Sie haben ein bemerkenswertes Verständnis«, erwiderte sie laut und hielt Oonaghs festem Blick stand. »So gut hab' ich es bislang nicht einmal für mich selber in Worte fassen können. Ich muß zugeben, daß die Pflicht zum Gehorsam mich manchmal fast erdrückt. Ich war daran gewöhnt, auf eigene Faust zu handeln, schon deshalb, weil es niemanden gab, den ich hätte fragen können, und die Dringlichkeit der Situation keinen Aufschub duldete.«

Deirdra beobachtete sie aufmerksam; ihr Gesicht spiegelte lebhaftes Interesse wider, den Tee hatte sie längst vergessen.

Oonagh lächelte. Die Antwort schien ihr gefallen zu haben.

»Sie müssen sehr viel Elend gesehen haben und schrecklich viel Schmerz«, bemerkte sie. »Sicher, im Sanitätsdienst wird man immer mit dem Tod konfrontiert sein, aber kein Krankenhaus ist so entsetzlich wie ein Schlachtfeld. Das müßte doch ein Trost für Sie sein. Wird man unempfindlich, bei soviel Toten um einen herum?«

Hester dachte einen Moment nach, bevor sie antwortete.

»Nicht gerade unempfindlich«, sagte sie nachdenklich. »Aber man lernt, seine Gefühle zu beherrschen und sie schließlich zu ignorieren. Würde man sich ihnen hingeben, dann wäre man bald nur noch ein Häufchen Elend und keine Hilfe mehr für die, die noch am Leben sind. Mitleid ist das Natürlichste von der Welt, doch eine Krankenschwester muß so viele praktische Dinge tun, da behindert es nur. Mit Tränen in den Augen kann man weder Geschosse entfernen noch gebrochene Beine schienen.«

Zuversicht sprach aus Oonaghs Blick, als wäre soeben ein heikles Problem gelöst worden. Sie erhob sich und strich ihren Rock glatt. »Ich glaube, Sie sind genau die richtige Frau, um Mutter nach London zu begleiten. Sie wird Ihre Gesellschaft ausgesprochen anregend finden, und ich habe volles Vertrauen, daß Sie sich zu ihrer absoluten Zufriedenheit um sie kümmern werden. Danke, daß Sie so offen zu mir waren, Miss Latterly. Sie haben alle meine Bedenken zerstreut.« Sie warf einen Blick auf die Taschenuhr, die sie an einer Kette um den Hals hängen hatte. »Vielleicht möchten Sie die Zeit bis zum Lunch in der Bibliothek verbringen? Dort ist es warm, und Sie sind ungestört, wenn Sie lesen wollen.« Sie sah Deirdra an.

»Ach, ja.« Deirdra erhob sich ebenfalls. »Ich glaube, ich sollte jetzt mit Mrs. Lafferty die Rechnungen durchsehen.«

»Das hab' ich bereits erledigt«, sagte Oonagh leise. »Aber ich habe mit Cook noch nicht die Speisenfolge für morgen besprochen. Das könntest du mir abnehmen.«

Falls Deirdra die Auffassung ihrer Schwägerin über die Leitung des Haushalts mißbilligte, ließ sie es sich nicht anmerken.

»Oh, ich danke dir. Ich kann Zahlen nicht ausstehen: Sie sehen alle gleich aus und öden mich an. Ja, natürlich werde ich mit Cook reden.« Sie lächelte Hester noch einmal zu und entschuldigte sich.

»Ich würde sehr gerne etwas lesen«, sagte Hester.

Es war nicht unbedingt eine Aufforderung gewesen, aber da sie nichts Besseres zu tun hatte, ließ sie sich in die schöne Bibliothek führen; vor drei Wänden standen in raumhohen Regalen Bücher, viele von ihnen in Leder gebunden und mit goldgeprägten Rücken. Interessiert stellte sie fest, daß ein paar der schönsten, aber auch viele der gewöhnlichen, in Leinen gebundenen Bücher bei Farraline & Co. gedruckt worden waren. Sie entdeckte viele bekannte Titel, sowohl Sachliteratur als auch Belletristik, von zeitgenössischen und auch älteren Autoren.

Sie wählte einen Band mit Gedichten aus, machte es sich in einem von ungefähr einem halben Dutzend Ohrensesseln bequem und schlug das Buch auf. Es war fast vollkommen still im Raum. Die schwere Tür schluckte alle Geräusche im Haus, nur das Knistern des Feuers im Kamin war zu hören, und hin und wieder trieb der Wind ein trockenes Blatt gegen das Fenster.

Sie verlor jegliches Zeitgefühl, und als plötzlich eine junge Frau vor ihr stand, erschrak sie. Sie hatte die Tür nicht gehört.

»Tut mir leid, ich wollte Sie nicht erschrecken«, entschuldigte sich die Frau. Sie war sehr schlank und hochgewachsen, aber ihre Gestalt vergaß man in dem Augenblick, in dem man ihr Gesicht sah. Sie war eines der hübschesten Geschöpfe, die Hester je gesehen hatte. Ihre Gesichtszüge waren zart und fein und doch voller Leidenschaft. Sie hatte sehr helle Haut, und von dem dichten, vollen Haar, das sich wie ein Glorienschein um ihren Kopf schmiegte, ging jenes Leuchten aus, das der rötlichbraunen Tönung eigen ist. »Miss Latterly?«

»Ja«, antwortete Hester, um Fassung bemüht. Sie legte das Buch zur Seite.

»Ich bin Eilish Fyffe«, stellte die junge Frau sich vor. »Ich wollte Sie zum Lunch bitten. Ich hoffe doch, daß Sie mit uns essen?«

»Ja, sehr gerne.« Hester erhob sich und drehte sich um, weil sie das Buch zurückstellen wollte.

Eilish winkte ungeduldig ab. »Ach, lassen Sie doch! Jeannie wird es schon wegräumen. Sie kann zwar nicht lesen, aber den leeren Platz wird sie schon finden.«

»Jeannie?«

»Das Hausmädchen.«

»Ach! Ich dachte, sie wäre...« Hester hielt inne.

Eilish lachte. »Ein Kind? Nein... wenigstens... na ja, vielleicht doch. Sie ist eins der Hausmädchen. Sie behauptet, daß sie ungefähr fünfzehn ist. Dabei lernt sie gerade erst lesen.« Eilish zuckte die Achseln, als wollte sie das Thema damit beenden. Dann erschien ein Lächeln auf ihrem Gesicht. »Die Kinder sind Margaret und Catriona und Robert.«

»Mrs. McIvors?«

»Nein, nein. Alastairs. Das ist mein großer Bruder, der Prokurator.« Sie verzog dabei ein wenig das Gesicht, als hätte sie noch vor kurzem großen Respekt vor ihm gehabt. Hester dachte an ihren Bruder Charles und wußte genau, wie die junge Frau sich fühlte. Charles war immer ein bißchen furchteinflößend gewesen und hatte viel zu wenig Sinn für das Absurde. »Alec und Fergus sind in der Schule. Das sind Oonaghs Söhne. Ich nehme an, daß Robert auch bald in die Schule kommt.« Sie öffnete die Tür zur Halle. Von ihrer eigenen Familie sagte sie kein Wort, deshalb nahm Hester an, daß sie noch keine hatte. Vielleicht war sie noch nicht lange genug verheiratet.

Zum Lunch war der anwesende Teil der Familie vollständig versammelt, als Hester von Eilish in das Speisezimmer geführt wurde und einen Stuhl zugewiesen bekam. Mary Farraline saß am oberen Ende des Tisches, Oonagh am unteren. Deirdra hatte ihren Platz auf der anderen Seite, neben einem älteren Herrn, der dem Porträt in der Halle so sehr ähnelte, daß Hester ihn anstarrte. Er hatte auch dieses blonde Haar, das sich bereits stark lichtete, dieselbe helle Haut, die scharfgeschnittene Nase und den sensiblen Mund. Und trotzdem war der Mann ein ganz anderer. Auch er hatte eine verletzte Seele, aber er wirkte auf Hester nicht so grüblerisch, so ambivalent, wie der Mann auf dem Porträt; er wußte genau um das Leiden, das ihn beherrschte: Obwohl er es so gut kannte, hatte er sich ihm ergeben. Seine blauen Augen lagen tief, und wenn er den Blick hob, sah er dabei niemanden an. Hester stellte man ihn als Hector Farraline vor, genannt wurde er Onkel Hector.

Hester nahm Platz, und der erste Gang wurde serviert. Die Unterhaltung war höflich und belanglos: Sie diente dem Zweck, dem sie dienen sollte – man war guten Willens, ohne dabei allzu viele Gedanken zu verschwenden oder gar vom Essen abzulenken. Diskret sah sich Hester in der Runde der Gesichter um, die sich so ähnlich waren, auch wenn Lebensumstände und Charakter sie unterschiedlich geprägt hatten. Nur Deirdra und Mary waren keine geborenen Farralines. Die anderen waren groß, schlank und hell, während Deirdra klein und dunkel war und eher zur Körperfülle neigte. Und doch lag eine starke Konzentration, eine kontrollierte Erregung auf ihrem Gesicht; es strahlte eine Wärme aus, die den anderen fehlte. Sie antwortete, wenn die Höflichkeit es verlangte, aber sie trug selbst nichts zur Konversation bei. Offensichtlich war sie von ihren eigenen Gedanken in Anspruch genommen.

Eilish sagte gelegentlich etwas, sie betrachtete es wohl als Gebot der Höflichkeit, doch zwischendrin schien auch sie ihren eigenen Gedanken nachzuhängen. Hester mußte immer wieder zu Eilish hinübersehen; wahrscheinlich weil sie so schön war, daß man einfach hinschauen mußte, vielleicht aber auch wegen der Traurigkeit, die sie hinter einer fadenscheinigen Maske aus Höflichkeit und Aufmerksamkeit zu erkennen glaubte.

So war es also Oonagh und Mary vorbehalten, ein allen genehmes, unstrittiges Thema nach dem anderen anzuschneiden.

»Wie lange bist du unterwegs, Schwiegermama?« wandte sich Deirdra an Mary, nachdem der Hauptgang serviert worden war.

»Etwa zwölf Stunden«, antwortete Mary. »Aber ich werde wohl meist schlafen, dann vergeht die Zeit schneller. Ich glaube, das ist eine gute Methode zu reisen, oder, Miss Latterly?«

»In der Tat«, stimmte Hester ihr zu. »Auch wenn ich auf der Herfahrt gerne mehr von Schottland gesehen hätte. Ich stelle es mir gerade zu dieser Jahreszeit besonders reizvoll vor.«

»Beim nächsten Mal müssen Sie tagsüber fahren«, schlug Mary vor. »Dann können Sie die ganze Fahrt über aus dem Fenster schauen. Wenn's nicht gerade regnet, ist es sehr schön.«

»Ich weiß nicht, wozu diese Reise gut sein soll.« Zum erstenmal ergriff Hector Farraline das Wort. Er hatte eine wunderbare Stimme, ein dunkles Timbre, und auch wenn er ein paar Worte undeutlich aussprach, so konnte man doch ahnen, wie wunderbar er sich anhören mußte, wenn er nüchtern war, mit dem singenden Tonfall der Schotten aus dem Norden, der ganz anders klang als der viel monotonere Edinburgher Akzent Marys.

»Griselda braucht sie, Onkel Hector«, erwiderte Oonagh geduldig. »Es ist eine bewegende Zeit für eine Frau, wenn sie ihr erstes Kind erwartet. Da ist es ganz normal, wenn man sich unwohl fühlt und sich Sorgen macht.«

Anscheinend war Hector etwas verwirrt. »Sorgen? Weshalb? Tut man denn nicht alles für sie? Ich dachte, es wäre eine wohlhabende Familie von Rang. Hat der junge Connal wenigstens behauptet!«

»Von Rang? Die Murdochs?« Mary sagte das mit bitterer Ironie, die silbernen Augenbrauen in die Höhe gezogen, um ihrem Gesicht einen ungläubigen Ausdruck zu verleihen. »Mach dich nicht lächerlich, Liebling. Sie stammen aus Glasgow! Kein Mensch, der etwas gilt, hat jemals etwas von ihnen gehört.«

»In Glasgow hat man von ihnen gehört«, warf Deirdra rasch ein. »Alastair hat gesagt, daß sie prominent sind, und einen Haufen Geld haben sie natürlich auch.«

Eilish warf Hector ein Lächeln zu und senkte den Blick. »Mutter hat gesagt, keiner, der etwas gilt«, sagte sie leise. »Damit dürfte ganz Glasgow ausgeschlossen sein, stimmt's, Mutter?«

Mary errötete leicht, machte aber nur einen kleinen Rückzieher: »Vielleicht nicht ganz Glasgow, aber der allergrößte Teil. Im Norden soll es ein paar ganz annehmbare Viertel geben.«

»Eben.« Eilish lächelte auf ihren Teller.

Hector runzelte die Stirn. »Und warum kommt sie dann nicht nach Hause und kriegt hier ihr Kind, wo wir uns um sie kümmern können? Wenn's in Glasgow keine Leute gibt, die was zählen, was hat sie dann in London verloren?« Nach diesem Exempel einer etwas exzentrischen Logik wandte er den Kopf und sah Mary an, mit trübem Blick, ein wenig verwirrt und am Rande eines Zornesausbruchs. »Du solltest hierbleiben, und Griselda sollte herkommen und ihr Kind in Schottland zur Welt bringen. Warum bringt dieser... wie hieß er noch gleich...?« Seine Stirn legte sich in Falten. »Wie hieß er denn?« Er sah Oonagh an.

»Connal Murdoch«, half sie ihm.

»Ja«, sagte er. »Genau! Warum bringt dieser Colin...«

»Connal, Onkel Hector.«

»Was?« Jetzt war er ganz durcheinander. »Wovon redest du? Warum unterbrichst du mich dauernd, um zu wiederholen, was ich doch schon gesagt hab'?«

»Trink ein Glas Wasser.« Oonagh ließ den Worten Taten folgen, schenkte ihm ein Glas ein und schob es ihm hin.

Er ignorierte es und trank noch einen Schluck Wein. Aber er ließ die Angelegenheit auf sich beruhen. Hester hatte den Eindruck, daß er vergessen hatte, was er sagen wollte.

»Quinlan hat gesagt, sie rollen den Galbraith-Fall wieder auf«, beendete Deirdra das Schweigen und erstarrte noch im selben Moment, als wünschte sie, das Thema nicht angeschnitten zu haben.

»Quinlan ist Eilishs Ehemann«, fügte Oonagh für Hester erklärend hinzu. »Aber er hat nichts mit der Justiz zu tun, deshalb weiß man nicht, wie zuverlässig seine Informationen sind. Ich nehme an, es sind nur Gerüchte.«

Eigentlich hätte Hester erwartet, daß Eilish ihren Mann in Schutz nehmen und darauf bestehen würde, er habe die Wahrheit gesagt, er höre nicht auf Gerüchte und verbreiten würde er schon gar keine. Aber sie blieb still.

Hector schüttelte den Kopf. »Darüber wird Alastair nicht besonders begeistert sein«, verkündete er düster.

»Niemand ist darüber begeistert.« Mary sah unglücklich aus, ein Stirnrunzeln kräuselte ihre Augenbrauen. »Ich dachte, das wäre ein für allemal erledigt.«

»Das ist es auch«, war Oonagh überzeugt. »Zerbrich dir nicht weiter den Kopf, Mutter. Das ist nur leeres Geschwätz. Das wird wieder aufhören, weil nichts dabei herauskommt.«

Mary sah sie mit ernstem Blick an, sagte aber nichts.

»Mir wär's trotzdem lieber, du würdest nicht nach London

fahren«, sagte Hector, ohne jemanden anzuschauen. Er machte einen traurigen und gekränkten Eindruck, als habe er eine persönliche Niederlage erlitten.

»Es sind doch nur ein paar Tage«, erwiderte Mary und sah ihn dabei auffallend freundlich an. »Sie braucht ein bißchen Aufmunterung, Liebling. Sie macht sich wirklich große Sorgen, verstehst du?«

»Weshalb denn bloß?« Hector schüttelte den Kopf. »Ist doch alles Unsinn. Was sind diese Munros für Leute? Kümmern sich wohl nicht um sie? Hat Colin Munro keinen Hausarzt?«

»Murdoch.« Oonaghs Lippen wurden schmal vor Ungeduld. »Connal Murdoch. Selbstverständlich hat er einen Arzt, und natürlich auch eine Hebamme. Es geht darum, wie Griselda sich fühlt. Und Mutter ist doch nur eine Woche fort.«

Hector griff nach seinem Weinglas und sagte nichts.

»Gibt es neue Beweise im Fall Galbraith?« wandte sich Mary an Deirdra, die Stirn immer noch in Falten.

»Davon hat Alastair nichts gesagt«, antwortete Deirdra mit leichter Verwunderung. »Und wenn, dann hab' ich's vergessen. Vielleicht hat er auch gesagt, die Beweise reichen nicht aus, und ich hab's verwechselt.«

»So wird es sein«, sagte Oonagh mit fester Stimme. »Die Leute reden bloß darüber, weil es ein riesiger Skandal gewesen wäre, wenn man Galbraith vor Gericht gestellt hätte. Ein Mann in seiner Position hat immer Neider, und die reden und reden, ob es nun etwas zu reden gibt oder nicht. Der arme Mann mußte Edinburgh verlassen. Und damit sollte die Angelegenheit erledigt sein.«

Mary sah sie an, als wollte sie etwas sagen, doch dann überlegte sie es sich anders und blickte auf ihren Teller. Niemand hatte etwas hinzuzufügen. Nach ein paar bedeutungslosen Bemerkungen wurde die Tafel aufgehoben. Oonagh schlug Hester vor, bis zur Abreise noch ein paar Stunden zu schlafen. Sie bot ihr das kleine Schlafzimmer an, das man für sie hergerichtet hatte.

Hester nahm das Angebot dankbar an. Auf der Treppe begegnete sie Hector Farraline. Auf halbem Weg nach oben war er stehengeblieben, auf das Geländer gestützt und das Gesicht voller Sorgenfalten, hinter denen sich ein heftiger Zorn zu verbergen schien. Er starrte auf das Porträt an der gegenüberliegenden Wand.

Hester blieb hinter ihm stehen.

»Ein schönes Bild, finden Sie nicht?« sagte sie, um Einvernehmen bemüht.

»Schön?« wiederholte er verbittert, ohne sich umzudrehen. »O ja, sehr schön! War ein fescher Bursche, der gute Hamish. Hat sich für einen Teufelskerl gehalten.« Sein Gesichtsausdruck blieb unverändert, und er machte keinerlei Anstalten weiterzugehen; am Geländer festgeklammert und halb darübergebeugt stand er da.

»Ich meinte, es ist ein schönes Porträt«, erklärte Hester. »Natürlich hab' ich den Herrn nicht gekannt und wollte kein Urteil über ihn abgeben.«

»Hamish? Mein Bruder Hamish! Natürlich nicht. Ist ja schon seit acht Jahren tot. Dabei ist er gar nicht richtig tot, solange das Bild da hängt – nur mumifiziert ist er und immer noch da. Ich sollte eine Pyramide über ihn bauen – das wär mal 'ne Idee! Eine Million Tonnen Granit. Ein Berg von einem Grabmal!« Ganz langsam rutschte er am Geländer herunter, bis er auf dem Läufer saß, die Beine quer über den Stufen. Er lächelte. »Zwei Millionen! Wie eine Million Tonnen Granit wohl aussieht, Miss... Miss...« Er sah sie aus großen, leeren Augen an.

»Ich heiße Hester Latterly«, sagte sie langsam.

»Sehr erfreut. Hector Farraline.« Er versuchte sich im Sitzen an einer Verbeugung, rutschte eine Stufe tiefer und stieß gegen ihren Fuß.

Sie wich zurück. »Guten Tag, Mr. Farraline.«

»Schon mal die großen Pyramiden in Ägypten gesehen?« fragte er arglos.

»Nein. Ich war noch nie in Ägypten.«

»Sollten Sie mal hinfahren. Äußerst interessant.« Er nickte ein paarmal, und sie fürchtete schon, er würde noch weiter abrutschen.

»Das werde ich bei Gelegenheit tun«, versicherte sie ihm.

»Dachte, Oonagh hätte davon gesprochen, daß Sie mal dagewesen sind.« Er dachte angestrengt nach, verzog dabei das Gesicht. »Oonagh irrt sich nie. Nie. Eine nervenaufreibende Frau ist das. Bloß nicht mit Oonagh diskutieren. Die kann Ihre Gedanken lesen wie andere Leute die Zeitung.«

»Ich war auf der Krim.« Hester wich eine Stufe zurück. Sie wollte nicht umgestoßen werden, wenn er den Halt verlor, was unmittelbar bevorzustehen schien.

»Krim? Weshalb denn das?«

»Ich war im Krieg.«

»Ach.«

»Ich würde jetzt gerne...« Sie wollte ihn bitten, sie durchzulassen, doch dann hörte sie die leisen Schritte des Butlers McTeer, der hinter ihr die Treppe heraufkam.

»Was wollten Sie denn im Krieg?« Hector war dem Mysterium immer noch auf der Spur. »Sie sind 'ne Frau. Sie können doch gar nicht kämpfen!« Er fing an zu lachen, als amüsierte ihn die Vorstellung.

»Bitte, Mr. Farraline, Sir«, sagte McTeer mit fester Stimme.

»Gehen Sie in Ihr Zimmer, und legen Sie sich ein bißchen hin. Sie können doch nicht den ganzen Nachmittag hier sitzenbleiben. Die Treppe wird gebraucht.«

Hector schüttelte ungeduldig den Kopf. »Verschwinden Sie, Mann! Sie haben 'ne Visage wie 'n Leichenbestatter – bei Ihrem eigenen Begräbnis könnte sie nicht schlimmer aussehen!«

»Es tut mir leid, Miss.« McTeer sah Hester entschuldigend an. »Er ist ein Ärgernis, aber vollkommen harmlos. Er wird Sie nicht belästigen, außer mit seinem ständigen Geplapper.« Er packte Hector unter den Armen und zog ihn hoch. »Kommen Sie, Sie wollen doch nicht, daß Miss Mary sieht, wie Sie sich hier zum Narren machen, oder?«

Die Erwähnung von Marys Namen wirkte ernüchternd auf Hector. Er warf noch einen letzten bösen Blick auf das Porträt, dann ließ er sich von McTeer auf beide Füße stellen. Zusammen gingen sie langsam die Treppe hinauf, und Hester folgte ihnen.

Gegen ihren Willen war Hester eingeschlafen und erwachte erst, als es bereits Zeit war, sich für das vorgezogene Abendessen fertig zu machen und die Tasche zusammen mit ihrem Umhang hinunter in die Halle zu tragen, damit für die Abfahrt zum Bahnhof alles bereit war.

Das Abendessen wurde im Speisezimmer serviert, aber diesmal war der Tisch für zehn Personen gedeckt, und an seinem oberen Ende hatte Alastair Farraline Platz genommen. Er war ein eindrucksvoller Mann, und Hester erkannte ihn sogleich, denn die Familienähnlichkeit war frappierend. Er hatte das gleiche lange Gesicht mit dem blonden Haar, das über der Stirn bereits schütter wurde, eine große, deutlich gekrümmte Nase und einen breiten Mund; in seiner Knochenstruktur ähnelte es Marys Gesicht weit mehr als dem Konterfei des Mannes in der Halle, und als er sprach, tat er es mit tiefer, voller Stimme – zweifellos sein auffallendstes Merkmal.

»Guten Abend, Miss Latterly. Bitte, setzen Sie sich.« Er deutete auf den letzten freien Stuhl. »Ich freue mich, daß Sie unserem Angebot gefolgt sind, Mutter nach London zu begleiten. Was ihr Wohlergehen betrifft, ist es uns eine große Beruhigung.«

»Danke, Mr. Farraline. Ich werde mich bemühen, ihr die Reise so angenehm wie möglich zu machen.« Sie setzte sich und lächelte den anderen zu, die um den Tisch versammelt waren. Mary saß am unteren Ende; links von ihr ein Mann, der auf die Vierzig zuging und sich ebenso stark vom Rest der Familie unterschied wie Deirdra. Sein dichtes, beinahe schwarzes Haar lag glatt am Kopf. Die Augen versteckten sich tief unter dunklen Brauen, die hervorspringende Nase war gerade und kräftig, der Mund verriet Leidenschaft und Willenskraft. Ein außergewöhnliches Gesicht, anders als alle, die Hester jemals gesehen hatte.

Marys Blick begegnete dem ihren. »Mein Schwiegersohn, Baird McIvor.« Sie lächelte freundlich, als sie ihn vorstellte. Dann wandte sie sich dem jüngeren Mann zu, der links von ihr gegenüber Oonagh saß. Ganz offensichtlich gehörte auch er zur Familie, er hatte einen ähnlichen Teint wie die anderen, auf seinem Gesicht erkannte man dieselbe Unentschlossenheit, diesen Anflug von Launenhaftigkeit und Sensibilität. »Mein Sohn Kenneth«, stellte sie ihn vor. »Und mein anderer Schwiegersohn, Quinlan Fyffe.« Sie blickte hinüber zu der einzigen Person, die Hester noch nicht kannte. Er war ebenfalls blond, aber es war ein helles, silbriges Blond, und das Haar ringelte sich in kurzgeschnittenen Locken. Er hatte ein langes Gesicht, die Nase war absolut gerade und ein wenig zu groß, sein kleiner Mund sah aus wie gemeißelt. Es war das kluge, gewissenhafte Gesicht eines Mannes, der mindestens soviel verbarg wie er mitteilte.

»Guten Abend«, grüßte Hester förmlich. Beide Herren erwiderten den Gruß, und während der erste Gang serviert wurde, entwickelte sich ein gezwungenes, etwas schleppendes Gespräch. Man erkundigte sich nach Hesters Fahrt von London herauf, sie antwortete, es sei eine wunderbare Reise gewesen, und bedankte sich für das Interesse.

Alastair runzelte die Stirn und blickte hinüber zu seinem jüngeren Bruder, der auffallend hastig aß.

»Wir haben ausreichend Zeit, Kenneth. Der Zug fährt erst um Viertel nach neun.«

Kenneth aß weiter; er hob nicht einmal den Blick, um Alastair anzusehen. »Ich komme nicht mit zum Bahnhof. Ich verabschiede mich hier von Mutter.« Es entstand ein kurzes Schweigen. Jetzt unterbrach auch Oonagh ihr Mahl und sah zu ihm hinüber. »Ich gehe aus«, sagte er. Seine Stimme klang trotzig.

Damit war Alastair nicht zufrieden. »Was hast du vor? Erst ißt du hier zu Abend, und dann willst du nicht mal mit uns zum Bahnhof kommen, um Mutter zu verabschieden?«

»Ist es nicht egal, ob ich mich hier oder am Bahnhof von ihr verabschiede?« wollte Kenneth wissen. »Ich esse mit euch, um mich ordentlich verabschieden zu können.« Sein Lächeln sollte wohl bedeuten, daß er diese Antwort für ausreichend hielt.

Alastair schürzte ein wenig die Lippen, sagte jedoch nichts. Kenneth aß weiter, immer noch hastig.

Der nächste Gang wurde serviert, und während sie aßen, studierte Hester unauffällig die Gesichter. Kenneth war offensichtlich ganz versessen auf seine Verabredung, wen auch immer er treffen mochte. Er blickte weder nach links noch nach rechts, aß ohne Pause und lehnte sich mit unverhohlener Ungeduld zurück, während er darauf wartete, daß das Hausmädchen seinen Teller abräumte und der Hauptgang serviert wurde. Zweimal machte er Anstalten, etwas zu sagen, und Hester spürte, daß er gerne darum gebeten hätte, seinen Gang vorzeitig servieren zu lassen; er traute sich bloß nicht.

Hector aß nur sehr wenig, dafür leerte er zweimal sein Weinglas. Bevor er es zum drittenmal füllte, warf McTeer Oonagh einen Blick zu. Sie schüttelte kaum merklich den Kopf; nur weil Hester sie gerade angesehen hatte, war es ihr nicht entgangen. McTeer zog die Flasche wieder zurück, und Hector ließ es wortlos geschehen.

Deirdra erwähnte etwas von einem wichtigen Abendessen, das demnächst stattfinden würde und an dem sie teilnehmen wollte.

»Und zweifellos brauchst du dafür ein neues Abendkleid«, bemerkte Alastair trocken.

»Das wäre schön«, gab sie zu. »Ich möchte dir doch nur Ehre machen, mein Lieber. Sollen die Leute vielleicht denken, die Frau des Prokurators müßte bei unterschiedlichen Ereignissen mit demselben Abendkleid vorliebnehmen?«

»Dazu haben sie kaum Gelegenheit«, bemerkte Quinlan mit einem Lächeln. »Ich weiß allein von sechs Kleidern in diesem Jahr.« Es schwang keinerlei Groll in seiner Stimme mit, nur Belustigung.

»Als Frau des Prokurators geht sie wesentlich häufiger zu verschiedenen Veranstaltungen als die meisten von uns«, beschwichtigte Mary. Leise fügte sie hinzu: »Gott sei Dank.«

Baird McIvor lächelte. »Du machst dir wohl nichts aus öffentlichen Abendessen, Schwiegermama?« Er sagte es so, als wüßte er die Antwort längst, und sein dunkles Gesicht drückte sowohl Belustigung als auch große Zuneigung aus.

»Nein, wirklich nicht«, stimmte sie zu, und ihre Augen leuchteten. »Dort sitzen eine Menge Leute herum, die sich zu wichtig nehmen, zu viel essen und sich ominöse Geschichten über alles und jeden erzählen. Und wenn sich mal einer einen Scherz erlaubt, würden sie ihn am liebsten mit einer Geldstrafe belegen und rausschmeißen.«

»Du übertreibst, Mutter.« Alastair schüttelte den Kopf. »Richter Campbell mag vielleicht ein bißchen finster sein, seine Frau ist mehr als nur ein bißchen eingebildet und Richter Ross schläft manchmal am Tisch ein, aber die meisten anderen sind ganz in Ordnung.«

»Mrs. Campbell?« Mary hob die silbernen Augenbrauen, ihr Gesicht bekam etwas Säuerliches. »Solange üch lebe üst mür so etwas noch nücht passürt!« persiflierte sie in einem stark gekünstelten Akzent. »Als üch ein kloines Mädchen war, haben wür nücht...«

Eilish kicherte und sah Hester an. Offensichtlich handelte es sich um eine Art Familienwitz.

»Als sie ein kleines Mädchen war, hat ihr Großvater am Hafen Fische verkauft, und ihre Mutter war das Laufmädchen für den alten McVeigh«, sagte Hector und verzog den Mund.

»Nein!« Oonagh konnte es nicht glauben. »Mrs. Campbell?«

»Doch – Jeannie Robertson, als sie zehn Jahre alt war«, versicherte er ihr. »Zwei lange braune Zöpfe auf dem Rücken und Löcher in den Stiefeln.«

Deirdra sah ihn dankbar an. »Daran werde ich denken, wenn sie mich das nächste Mal von oben bis unten mustert.«

»Der Alte ist ertrunken«, fuhr Hector fort. Er genoß seinen Auftritt. »Eines Nachts im Dezember hat er wohl einen Schluck zuviel erwischt und ist ins Hafenbecken gefallen. Ich glaube siebenundzwanzig war das. Ja. Achtzehnhundertsiebenundzwanzig.«

Schließlich siegte Kenneths Ungeduld über seine Zurückhaltung, und er bat McTeer, ihm vor den anderen die Nachspeise zu servieren. Mary runzelte die Stirn, Alastair öffnete den Mund, um etwas zu sagen, doch nachdem er Marys Blick begegnet war, überlegte er es sich anders.

Oonagh machte eine Bemerkung über ein neues Stück, das in der Stadt gegeben wurde. Quinlan stimmte ihr zu, während Baird ihr sogleich widersprach. Die Angelegenheit war völlig unwichtig, und doch glaubte Hester, aus der Diskussion sehr persönliche Ressentiments herauszuhören, als wäre es eine Sache von größter Bedeutung. Sie sah Quinlan an, der mit hartem Blick über den Tisch starrte. Ihm gegenüber saß Baird, zog die Stirn in Falten und stierte mit geballten Fäusten vor sich hin. Er sah aus, als hege er in seinem Inneren eine tiefe Verbitterung.

Eilish sah keinen von beiden an; sie starrte auf ihren Teller, die Gabel nachlässig in der Hand haltend.

Außer Hester schien niemand etwas ungewöhnlich zu finden.

Mary wandte sich an Alastair. »Deirdra sagt, daß sie den Fall Galbraith wieder aufrollen. Stimmt das?«

Alastair hob langsam den Kopf, sein Gesicht war zu einem harten, ein wenig müden Ausdruck erstarrt. »Geschwätz«, murmelte er zwischen den Zähnen. Er sah zu seiner Frau hinüber. »Man muß es nur oft genug wiederholen, dann fangen irgendwelche Idioten an zu spekulieren. Ein guter Ruf ist schnell beim Teufel. Es tut mir leid, daß du dich an so etwas beteiligst.«

Bei dieser Zurechtweisung hatte sich Marys Gesicht verfinstert, doch sie erwiderte nichts.

Deirdra wurde rot, der Zorn schnürte ihr die Kehle zusammen. »Ich habe mit keinem außerhalb dieses Zimmers darüber gesprochen!« sagte sie wütend. »Und Miss Latterly wird ja wohl nicht in London herumlaufen und es unter die Leute bringen. Dort kennt kein Mensch den Namen Galbraith! Aber, stimmt es nun eigentlich? Rollen sie den Fall wirklich neu auf?«

»Nein, natürlich nicht!« erwiderte Alastair verärgert. »Es gibt keine Beweise. Wenn es welche gäbe, hätte ich die Sache gar nicht erst eingestellt.«

»Es gibt keine neuen Beweise?« fragte Mary noch einmal nach.

»Es gibt überhaupt keine Beweise, weder alte noch neue«, erwiderte Alastair mit entschiedener Stimme und sah sie dabei an.

Kenneth erhob sich vom Tisch. »Bitte entschuldigt, aber ich muß gehen. Ich komme sonst zu spät.« Er gab seiner Mutter einen Kuß auf die Stirn. »Gute Reise, Mama, und grüße Griselda von mir. Ich hole euch am Bahnhof ab, wenn ihr zurückkommt.« Er sah hinüber zu Hester. »Auf Wiedersehen, Miss Latterly. Ich bin froh, daß ich Ihre Bekanntschaft machen durfte und daß ich Mutter in guten Händen weiß. Gute Nacht.« Mit einem Abschiedsgruß verließ er das Zimmer.

»Wo geht er hin?« fragte Alastair gereizt. Er ließ den Blick um den Tisch wandern. »Oonagh?«

»Ich habe keine Ahnung«, antwortete Oonagh.

»Eine Frau, nehme ich an«, meinte Quinlan mit der Andeutung eines Lächelns. »Das war ja zu erwarten.«

»Und warum wissen wir nichts von ihr?« fragte Alastair. »Wenn er um sie wirbt, sollten wir wenigstens wissen, wer sie ist!« Er warf seinem Schwager einen finsteren Blick zu. »Weißt du etwas, Quin?«

Quinlan riß erstaunt die Augen auf. »Aber nein, ganz bestimmt nicht! Es war nur eine recht naheliegende Vermutung. Kann sein, daß ich mich täusche. Vielleicht geht er spielen oder ins Theater.«

»Fürs Theater ist es zu spät«, warf Baird eilig ein.

»Er hat ja gesagt, daß er zu spät kommt«, knurrte Quinlan.

»Hat er nicht gesagt. Er hat gesagt, er kann nicht auf uns warten, weil er sonst zu spät kommt«, widersprach ihm Baird.

»Es ist doch erst zehn vor acht. Vielleicht ist es ein Theater ganz in der Nähe.«

»Ohne Begleitung?« äußerte Alastair seine Zweifel.

»Könnte sein, daß er sich dort mit jemandem trifft. Ist es denn wirklich so wichtig?« fragte Eilish. »Wenn er um jemanden wirbt, und es gäbe auch nur die geringsten Aussichten auf Erfolg, dann hätte er es uns erzählt...«

»Ich will wissen, wer es ist, bevor es Aussichten auf ›Erfolg‹ gibt!« Alastair funkelte sie wütend an. »Dann könnte es nämlich bereits zu spät sein!«

»Nun ärgere dich nicht über etwas, das noch gar nicht passiert ist«, sagte Mary munter. »So, McTeer, servieren Sie jetzt den Nachtisch. Dann können wir das Mahl in angenehmer Stimmung zu Ende bringen, bevor ihr Miss Latterly und mich zum Bahnhof bringt. Es ist ein schöner Abend, und wir werden eine angenehme Reise haben. Hector, mein Lieber, bitte sei so freundlich und reiche mir den Rahm. Ich glaube, ich möchte etwas Rahm dazu, was auch immer es sein mag.«

Lächelnd war Hector ihr gefällig, und für den Rest der Mahlzeit plauderte man wieder über Nebensächlichkeiten, bis es schließlich Zeit wurde, sich zu erheben, die Mäntel anzuziehen und mit dem Gepäck nach draußen zu gehen, wo die Kutsche bereits wartete.

Zweites Kapitel

»Komm, Mutter.« Alastair nahm ihren Arm und führte sie durch das Gedränge zum Zug, der bereits, gewaltig und schimmernd, eingefahren war; die Türen mit den Messinggriffen standen offen, die polierten Seitenwände der Waggons schienen noch in die Höhe zu wachsen, als sie sich ihnen näherten. Die Lokomotive spuckte ein Rauchwölkchen aus. »Keine Sorge, wir haben noch eine halbe Stunde Zeit«, sagte Alastair. »Wo ist Oonagh?«

»Ich glaube, sie erkundigt sich, ob er pünktlich abfährt«, antwortete Deirdra und rückte etwas näher an ihn heran, als ein Gepäckträger einen Wagen mit fünf Koffern vorbeischob.

»'n Abend, Miss.« Er tippte sich an die Mütze. »'n Abend, Sir. Ma'am.«

»Guten Abend«, erwiderten sie zerstreut. Sie erwarteten derlei Höflichkeiten und erlebten sie doch als Störung ihres Beisammenseins. Hector hatte den Mantelkragen hochgeschlagen, als wäre ihm kalt; er sah Mary an, obwohl sie sich halb von ihm abgewandt hatte. Eilish ging neugierig auf die offene Waggontür zu. Baird bewachte Marys drei Koffer, und Quinlan trat von einem Fuß auf den anderen, als könne er es nicht erwarten, die Angelegenheit endlich hinter sich zu bringen.

Oonagh stand einen Augenblick lang unentschlossen herum, sah erst Alastair und dann ihre Mutter an. Und dann, als hätte sie einen Entschluß gefaßt, nahm sie Marys Arm und führte sie den Bahnstein entlang, bis sie den Wagen erreicht hatte, in dem zwei Plätze für Mary reserviert waren. Hester folgte ein paar Schritte dahinter. Mary würde nur eine Woche fort sein, und doch mußte eine Fremde, zumal eine Angestellte, in einem solchen Moment darauf achten, nicht allzu präsent zu sein. Noch hatte ihr Dienst nicht begonnen.

Innen sah der Wagen völlig anders aus als der Wagen zweiter Klasse, in dem Hester angereist war. Es war kein großer, offener Fahrgastraum mit harten Sitzen und steifen Rückenlehnen, sondern eine Reihe von separaten Abteilen, in denen sich zwei gepolsterte Sitzbänke gegenüberstanden. Auf jeder von ihnen hätten drei Leute bequem nebeneinander Platz gehabt, und – ein wundervoller Gedanke – allein konnte man sich darauf behaglich ausstrecken und, die Füße unter dem Rock versteckt, ein gemütliches Schläfchen halten. Man konnte sich vor Störungen sicher fühlen, denn ein einziger Blick verriet, daß das ganze Abteil für Mrs. Mary Farraline und Begleitung reserviert war. Hester war bereits blendender Laune. Es würde ganz anders sein als während der langen, anstrengenden Anreise, auf der sie immer nur in kurzen, ständig gestörten Schlummer gefallen war.

Mary betrachtete diesen Komfort als selbstverständlich. Wahrscheinlich war sie schon öfter in Abteilen der ersten Klasse gereist, und sie hatten ihr nichts Interessantes mehr zu bieten.

»Die Koffer sind im Gepäckwagen«, sagte Baird. Er stand in der Tür und blickte Mary so direkt ins Gesicht, wie er es sonst bei niemandem tat. »In London wird man sie für dich ausladen. Bis dahin kannst du sie vergessen.« Er legte die kleine Reisetasche mit Waschzeug und dem Arzneiköfferchen ins Gepäcknetz über ihrem Kopf.

Alastair sah ihm mürrisch zu, sagte aber nichts, als wäre längst alles gesagt und habe ohnehin nichts bewirkt, damals nicht und heute nicht. Seine Sorge galt seiner Mutter. Er wirkte beunruhigt und ungehalten.

»Es wird dir an nichts fehlen, Mutter. Ich hoffe, es wird eine ereignislose Reise.« Er sah Hester dabei nicht an, aber es gab keinen Zweifel, was er meinte. Er beugte sich hinunter, als wollte er Mary auf die Wange küssen, dann überlege er es sich offensichtlich anders und richtete sich wieder auf. »Griselda wird dich natürlich abholen.«

»Und wir holen dich ab, wenn du zurückkommst, Mutter«, fügte Eilish mit flüchtigem Lächeln hinzu.

»Wohl kaum, meine Liebe.« Quinlans Miene ließ keinen Zweifel an seinen Gefühlen. »Morgens um halb neun! Wann wärst du jemals so früh aufgestanden?«

»Das schaff' ich schon… wenn mich jemand weckt«, verteidigte sich Eilish.

Baird öffnete den Mund und schloß ihn wieder, ohne etwas gesagt zu haben.

Oonagh runzelte die Stirn. »Natürlich schaffst du's, wenn du es willst.« Sie wandte sich wieder an Mary. »Also, Mutter, hast du alles, was du brauchst? Gibt es hier keine Fußwärmer?« Sie sah hinunter zum Fußboden, und Hester folgte ihr mit dem Blick. Fußwärmer. Was für ein beglückender Gedanke. Auf der Herfahrt waren ihre Füße so kalt geworden, daß sie sie kaum noch gespürt hatte.

»Laßt euch welche bringen.« Quinlan hob die Augenbrauen. »Es muß ja welche geben!«

»Gibt es auch«, antwortete Oonagh, bückte sich und zog eine große, steinerne Flasche unter dem Sitz hervor. Sie war mit heißem Wasser und einer Chemikalie gefüllt, die bei heftigem Schütteln etwas von der Wärme wiederherstellen würde, die bis zum Morgen verlorenging. »Siehst du, Mutter, sie ist schön warm. Leg deine Füße darauf. Baird, wo ist die Reisedecke?«

Gehorsam reichte er sie ihr, sie nahm sie und half Mary, sich in die Decke zu wickeln. Eine zweite Decke legte sie auf dem anderen Sitz zusammen. Niemand beachtete Hester, von der man anscheinend nicht erwartete, daß sie mit ihrem Dienst begann, bevor sie tatsächlich abgefahren waren. Sie hob ihre Reisetasche ins Gepäcknetz, setzte sich auf die Sitzbank gegenüber und wartete.

Nach und nach waren alle Abschiedsformeln aufgesagt, und sie zogen sich auf den Gang zurück, nur Oonagh blieb noch.

»Auf Wiedersehen, Mutter«, sagte sie leise. »Ich werde mich um alles kümmern während deiner Abwesenheit und alles so machen, wie du es tun würdest.«

»Ach, mein Schatz!« Mary lächelte belustigt. »Du kümmerst dich doch schon die ganze Zeit um den ganzen Haushalt. Ich kann dir versichern, daß ich noch nie Grund zur Klage hatte!«

Oonagh küßte sie sanft, dann wandte sie sich zu Hester um; ihr Blick war sehr direkt und sehr klar. »Auf Wiedersehen, Miss Latterly.« Gleich darauf war sie verschwunden.

Ein ironisches Lächeln lag auf Marys Gesicht, als amüsierten sie ihre letzten Worte.

»Machen Sie sich Sorgen?« fragte Hester schnell. Vielleicht konnte sie die alte Dame ein wenig beruhigen. Mary Farraline war nicht nur ihre Patientin, sie war auch ein Mensch, zu dem sie eine natürliche Zuneigung gefaßt hatte.

Mary hob kaum merklich die Schultern. »Ach nein, eigentlich nicht. Ich wüßte keinen vernünftigen Grund. Ist Ihnen auch warm genug, meine Liebe? Bitte, nehmen Sie doch die andere Decke.« Sie deutete darauf. »Die hat Oonagh für Sie mitgebracht. Wieso haben sie uns nicht beiden einen Fußwärmer gegeben?« Sie schnalzte verärgert mit der Zunge. »Aber wir werden auch mit einem zurechtkommen. Setzen Sie sich doch gegenüber, und stellen Sie Ihre Füße auf die andere Hälfte. Keine Widerrede! Ich kann mich doch nicht wohl fühlen, wenn ich weiß, daß Sie frieren. Ich bin schon oft mit dem Zug gefahren. Ich kenne die Unannehmlichkeiten.«

»Sind Sie viel gereist?« fragte Hester, während sie sich so hinsetzte, wie Mary es angeordnet hatte, und die Füße, die schon ganz kalt waren, auf den segensreichen Fußwärmer stellte.

Draußen schlugen die Türen, der Gepäckträger rief etwas, aber seine Stimme ging in einem Dampfzischen unter. Mit Klappern und Ruckeln setzte der Zug sich in Bewegung, wurde allmählich schneller, und dann rollten sie aus der Bahnhofshalle hinaus in die Dunkelheit der Landschaft.

»Früher«, antwortete Mary mit sehnsüchtigem Blick auf Hesters Frage. »Ich war überall: in London, Paris, Brüssel, Rom. Sogar in Neapel und Venedig. Italien ist wunderschön.« Sie lächelte, die Erinnerung hellte ihr Gesicht auf. »Jeder Mensch sollte einmal im Leben in Italien gewesen sein. Am schönsten ist es, wenn man so um die Dreißig ist. Dann ist man alt genug, um zu spüren, wie wunderbar dieses Land ist, wie sehr seine Vergangenheit bis in die Gegenwart wirkt, und man ist noch jung genug, um das Leben zu genießen.« Ein heftiger Ruck ging durch den Zug, dann setzte er die Fahrt mit höherer Geschwindigkeit fort. »Ich glaube, es ist schade, wenn man die schönen Dinge seines Lebens als zu junger Mensch erlebt, man hat es viel zu eilig, um sie wirklich verstehen zu können. Es ist schlimm, wenn man erst viel später merkt, was man Wunderbares erlebt hat.«

Hester dachte so gründlich über diesen Gedanken nach, daß sie völlig vergaß zu antworten.

»Aber Sie haben auch weite Reisen gemacht«, sagte Mary, den Blick ihrer hellen Augen auf Hester gerichtet. »Und viel interessantere noch als ich – jedenfalls größtenteils. Wenn es Ihnen nicht unangenehm ist, würde ich liebend gern etwas über Ihre Erlebnisse dort unten hören. Ich muß gestehen, daß mir die ungehörigsten Fragen durch den Kopf gehen. Es ist sicher nicht schicklich, so viele Fragen zu stellen, aber in meinem Alter kümmert es einen nicht mehr so sehr, was schicklich ist.«

Oft hatte man Hester unbedachte Fragen gestellt, die auf falschen Vorstellungen beruhten. Die meisten Leute wußten nur das, was sie in der Zeitung gelesen hatten. Die Fähigkeit der Presse, kritische Betrachtungen anzustellen, mochte zwar gestiegen sein, trotzdem war nur sehr wenig über das wirkliche Leiden, das wirkliche Entsetzen in den Zeitungen zu lesen.

»Ruft es schreckliche Erinnerungen in Ihnen wach?« fragte Mary rasch und mit lebhafter Anteilnahme.

»Nein, gar nicht«, antwortete Hester, mehr aus Höflichkeit als aus Überzeugung. Sie hatte viele, zum Teil drastische Erinnerungen, aber nur selten hatte sie das Bedürfnis gespürt, sie zu verdrängen. »Ich fürchte nur, sie könnten für jemand anderen uninteressant sein, weil ich viele Dinge so stark empfunden habe und zu viel über das Unrecht rede; darüber kommen vielleicht andere interessante Einzelheiten zu kurz.«

»Ich bin nicht an einem ausgewogenen, sachlichen Bericht interessiert. Den kann ich auch in der Zeitung lesen.« Mary schüttelte energisch den Kopf. »Erzählen Sie mir von Ihren Gefühlen. Was hat Sie am meisten überrascht? Was war das Beste und was das Schlimmste?« Sie machte eine geringschätzige Handbewegung. »Ich meine nicht das Leid der Menschen. Darüber mache ich mir ohnehin keine Illusionen. Ich meine für Sie selbst.«

Der Zug rollte in einem stetigen Rhythmus dahin, eine Gleichmäßigkeit, die etwas Tröstliches hatte.

»Die Ratten«, antwortete Hester ohne zu zögern. »Das Geräusch der Ratten, die von den Wänden auf den Fußboden fielen. Und wenn man völlig durchgefroren erwachte.« Die Erinnerung war sehr deutlich, als sie davon erzählte, die Gegenwart und die

Behaglichkeit der warmen Decke verschwammen dahinter. »Es war nicht so schlimm, wenn man auf den Beinen war und herumlief und überlegte, was man als nächstes zu tun hatte – aber nachts zu erwachen und so sehr zu frieren, daß man nicht wieder einschlafen konnte, egal, wie müde man war – das ist mir am stärksten im Gedächtnis geblieben.« Sie lächelte. »Im Warmen aufzuwachen, sich die Decke um die Schultern zu ziehen, nur das Geräusch des Regens vorm Fenster zu hören und zu wissen, daß außer einem selbst kein lebendes Wesen im Zimmer ist – das ist ein wundervolles Gefühl.«

Mary lachte, ein volles, vergnügtes Lachen. »Was ist die Erinnerung doch für eine unberechenbare Fähigkeit. Die seltsamsten Dinge bringen einem Zeiten und Orte ins Gedächtnis zurück, die man lange vergessen glaubte.« Sie lehnte sich in ihren Sitz zurück, mit entspanntem Gesicht, den Blick in eine weit entfernte Vergangenheit gerichtet. »Wissen Sie, ich wurde im Jahr nach dem Sturm auf die Bastille geboren...«

»Dem Sturm auf die Bastille?« Hester war verwirrt.

Mary sah sie nicht an, ihr Blick richtete sich in die Vergangenheit, die plötzlich so plastisch vor ihr aufgestiegen war. »Die Französische Revolution, Louis XVI., Marie Antoinette, Robespierre...«

»Aber ja, natürlich!«

»Was waren das für Zeiten! Der Kaiser hatte ganz Europa unterworfen.« Ihre Stimme war vor andächtiger Erinnerung ganz leise geworden, vor dem lauten Geratter der Räder war sie kaum noch zu verstehen. »Er war keine dreißig Kilometer entfernt, auf der anderen Seite des Kanals, nur unsere Marine stand zwischen seinen Truppen und englischem Boden – und natürlich auch schottischem.« Ihr Lächeln wurde breiter, und trotz der Falten in ihrem Gesicht und der silberfarbenen Haare, gingen eine Frische und eine Unschuld von ihr aus, als wären alle Jahre dazwischen ausgelöscht, als wäre sie für einen Augenblick wieder ein junges Mädchen, gefangen im Körper einer alten Frau. »Ich weiß noch genau, von welchem Geist wir damals beseelt waren. Jeden Tag rechneten wir mit der Invasion. Alle hatten wir die Augen nach Osten gerichtet. Wir hatten Wächter auf den Felsen postiert und Leuchtfeuer vorbereitet, die entzündet werden sollten, sobald der erste Franzose seinen Fuß an Land setzte. Entlang der ganzen Küste hielten sie Ausschau und warteten, Männer, Frauen, Kinder, die selbstgemachten Waffen griffbereit. Wir hätten gekämpft, bis auch der letzte von uns tot gewesen wäre, niemals hätten wir uns ergeben.«

Hester sagte nichts. Ihr Leben lang war England sicher gewesen. Die Angst vor fremden Soldaten, die durch die Straßen marschierten, Häuser in Brand setzten, Fluren und Bauernhöfe verwüsteten, konnte sie sich zwar vorstellen, aber sie hatte sie niemals selber gehabt. Noch während der schlimmsten Tage auf der Krim, als die alliierten Armeen alle Kämpfe verloren, hatte sie immer gewußt, daß England selber friedlich, uneinnehmbar und – abgesehen von privater Trauer – vom Krieg verschont bleiben würde.

»Die Zeitungen haben grausige Karikaturen von ihm veröffentlicht.« Marys Lächeln wurde für einen Moment breiter, dann verschwand es. »Mütter haben ihren unartigen Kindern gedroht, ›Boney‹ würde sie holen. Man erzählte sich, er würde kleine Kinder verspeisen; auf manchen Karikaturen riß er den Mund sperrangelweit auf, hatte Messer und Gabel in der Hand und Europa vor sich auf dem Teller.«

Beinahe im Schrittempo schnaufte der Zug einen steilen Anstieg hinauf. Eine männliche Stimme rief etwas Unverständliches. Ein Pfeifen ertönte.

»Später, als ich in Edinburgh schon eigene Kinder hatte«, fuhr Mary fort, »wurde den Ungehorsamen mit Geschichten von Burke und Hare gedroht. Sonderbar, finden Sie nicht, wieviel gruseliger einem das heute erscheint. Die beiden Iren fingen damit an, einem Arzt Leichen zu verkaufen, damit er seine Studenten in Anatomie unterrichten konnte. Später plünderten sie Gräber, und schließlich töteten sie Menschen.«

Der Zug fuhr wieder schneller. Sie sah Hester fragend an.

»Warum eigentlich läßt einem ein Mord, dessen Leiche zerlegt werden soll, das Blut so viel stärker gefrieren als ein Raubmord? Achtzehnhundertneunundzwanzig kam alles heraus, und Burke wurde gehängt. Hare wurde nicht hingerichtet. Soviel ich weiß, ist er noch am Leben! Ich kann mich erinnern, daß uns einmal ein Hausmädchen davongelaufen ist. Wir haben nie erfahren, wo sie geblieben ist, wahrscheinlich ist sie mit einem Mann durchgebrannt, aber die anderen Hausangestellten haben erzählt, sie wäre Burke und Hare in die Hände gefallen und irgendwo zerstückelt worden!«

Sie wickelte sich den Schal fester um die Schultern, obwohl es im Abteil nicht kälter geworden war. Ihre Füße lagen auf dem Fußwärmer, die Beine hatte sie fest in die Decke gewickelt.

»Alastair war damals zwölf.« Sie biß sich auf die Lippe. »Und Oonagh war sieben, alt genug, um zu verstehen, was für ein Entsetzen diese Geschichten verbreiteten. Einmal, es war gegen Ende des Winters, gab es in einer Nacht ein furchtbares Gewitter. Ich hörte den Donner und stand auf, um nachzusehen, ob alles in Ordnung war. Ich fand die beiden zusammen in Oonaghs Zimmer, sie saßen aufrecht im Bett, in eine Decke gewickelt, bei Kerzenlicht. Ich wußte, was passiert war. Alastair hatte einen Alptraum gehabt. Er hatte manchmal welche. Er war zu ihr ins Zimmer geschlichen, angeblich, um nach ihr zu sehen, in Wirklichkeit aber wollte er von ihr getröstet werden. Sie hatte auch Angst. Ich sehe ihr Gesicht noch vor mir, ganz blaß und mit großen Augen, aber sie erzählte Alastair gerade, daß man Burke gehängt hatte und daß er mausetot war.« Mary stieß ein kurzes, trockenes Lachen aus. »Sie war so sehr davon überzeugt, daß sie es ihm in allen Einzelheiten schilderte.«

Hester konnte es sich gut vorstellen. Zwei Kinder sitzen beisammen, jedes gibt vor, dem anderen Mut zu machen, und dann erzählen sie sich flüsternd von schrecklichen Dingen wie Leichenräubern, heimlichen Morden in dunklen Gassen und dem blutigen Tisch des Pathologen. Mit ihrem Bruder Charles hatte sie keine solchen Augenblicke erlebt. Er hatte immer Angst gehabt, sich etwas zu vergeben, schon als kleines Kind. Mit James hatte sie solche Abenteuer erlebt, Geheimnisse geteilt. Aber James war auf der Krim gefallen.

»Tut mir leid«, sagte Mary leise, und ihre Stimme unterbrach Hester in ihren Gedanken. »Ich habe etwas gesagt, das Ihnen Kummer macht.« Es war weniger eine Frage als eine Feststellung.

Hester war verblüfft. Sie hatte geglaubt, Mary würde sie nur am Rande wahrnehmen, und jetzt registrierte sie sogar ihre Gefühle.

»Nicht gerade zartfühlend von mir, Leichenraub zum Thema zu machen«, sagte Mary reumütig.

»Das ist es nicht!« versicherte ihr Hester. »Ich habe an die beiden Kinder gedacht, und dabei ist mir mein jüngerer Bruder eingefallen. Mein älterer Bruder war immer ein bißchen eingebildet, aber mit James hatte ich viel Spaß.«

»Sie sprechen in der Vergangenheitsform von ihm. Ist er... gestorben?« Marys Stimme klang auf einmal sehr sanft, als seien Trauerfälle ihr nur zu vertraut.

»Ja. Auf der Krim gefallen«, antwortete Hester.

»Das tut mir leid. Es wäre töricht zu behaupten, ich wüßte, was Sie empfinden, aber ich kann's mir vorstellen. Einer meiner Brüder ist in Waterloo gefallen.« Sie sprach das Wort vorsichtig aus, ließ es von der Zunge rollen, als enthielte es ein Geheimnis. Viele Menschen in Hesters Alter hätten das nicht verstanden, aber sie hatte zu viele Soldaten darüber reden hören, um bei dem Namen nicht zu erschauern. Es war die größte Landschlacht in Europa gewesen, das Ende eines Kaiserreichs, die Zerstörung eines Traums, der Beginn der modernen Zeit. Männer aus allen Nationen hatten dort bis zur Erschöpfung gekämpft, bis das Schlachtfeld mit den Toten und Verwundeten übersät war – die Armeen Europas, wie Lord Byron es ausgedrückt hatte, »in einem roten Begräbnis vereint«.

»Ich war damals in Brüssel«, sagte Mary mit einem melancholischen Lächeln. »Mein Mann war bei der Armee, als Major der Royal Scots Greys...«

Den Rest verstand Hester nicht. Das Geratter der Räder verschluckte Marys Worte, und sie stellte sich den Mann mit dem blonden Haarschopf auf dem Porträt in der Halle vor, dessen Gesicht, das so viele Gefühle gleichzeitig, so viel doppeldeutige Kraft und Verwundbarkeit verriet. Man konnte ihn sich leicht vorstellen: Groß, aufrecht, schneidig und elegant in seiner Uniform, durchtanzte er die Nacht in einem Brüsseler Ballsaal, immer in dem Wissen, daß er am nächsten Morgen in eine Schlacht reiten mußte, die das Schicksal von Nationen entscheiden würde, eine Schlacht, aus der viele Tausende gar nicht und noch mehr blind oder als Krüppel zurückkehren würden. Und dann dachte sie an das Gemälde, das eine Attacke der Royal Scot Greys in Waterloo zeigte, an das Licht, das auf die weißen Pferde fiel, die sich in die Schlacht stürzten, die wehenden Mähnen, die scharlachroten, über die Hälse der Tiere gebeugten Reiter, den Staub und den Pulverqualm, der über allem lag und den Hintergrund verdunkelte.

»Er muß ein sehr guter Mann gewesen sein«, sagte Hester ganz impulsiv.

Mary schaute sie überrascht an. »Hamish?« Sie seufzte leise. »O ja, das war er. Es kommt mir vor, wie in einer anderen Welt, so lange ist das her. Waterloo. Ich habe seit Jahren nicht mehr daran gedacht.«

»Er hat die Schlacht überlebt, oder?« Sie scheute sich nicht, diese Frage zu stellen, denn sie wußte, daß er erst vor acht Jahren gestorben war, und die Schlacht bei Waterloo hatte vor zweiundvierzig Jahren stattgefunden.

»Er hat ein paar Schnitte und Prellungen davongetragen, aber keine richtige Verwundung«, erwiderte Mary. »Hector wurde von einer Muskete in die Schulter getroffen, und ein Säbelhieb hat ihm das Bein aufgerissen, aber er ist schnell wieder genesen.«

»Hector?« Warum war sie so erstaunt? Vor zweiundvierzig Jahren mochte dieser Hector ein ganz anderer Mann gewesen sein als der Trunkenbold, der er jetzt war.

Marys Blick war weit entrückt, traurig und sanft und voller Erinnerungen. »O ja, Hector war Captain. Er war ein besserer Soldat als Hamish, aber weil er der jüngere Bruder war, hat ihm sein Vater nur das Patent eines Captains gekauft. Er hatte nicht das Auftreten Hamishs, nicht dessen Charme, und nach dem Krieg war es Hamish, der Phantasie und Ehrgeiz entwickelte. Er hat die Buchdruckerei Farraline gegründet.« Sie mußte nicht extra erwähnen, daß er als der Ältere alles Geld geerbt hatte, das zur Verfügung stand. Das wußte ohnehin jeder.

»Sein Tod ist sicher ein großer Verlust gewesen«, sagte Hester laut.

Das Leuchten in Marys Augen erlosch, und ihre Miene wurde wieder sachlich, als wäre es für sie etwas Alltägliches geworden, Beileidsbezeigungen entgegenzunehmen. »Natürlich«, antwortete sie. »Danke, daß Sie das sagen.«

Sie richtete sich ein wenig auf. »Aber wir haben jetzt lange genug über eine Vergangenheit geredet, die so weit zurückliegt. Ich würde gerne etwas über Ihre Erfahrungen hören. Haben Sie Miss Nightingale persönlich kennengelernt? Man liest dieser Tage so viel über sie. Ich bin sicher, in manchen Kreisen verehrt man sie mehr als die Königin. Ist sie wirklich so außergewöhnlich?«

Beinahe eine halbe Stunde lang bemühte sich Hester, ihre Erinnerungen so lebhaft wie möglich zu schildern. Sie erzählte Mary vom Leiden und Tod, von der Dummheit und der ständigen Angst, von der schneidenden Winterkälte, dem Hunger, der Erschöpfung durch die Belagerung. Mary hörte ihr aufmerksam zu, unterbrach sie nur, um genauere Einzelheiten zu erfahren, nickte hin und wieder abwesend. Hester beschrieb die Hitze und das Flimmern des Sommers, die weißen Schiffe in der Bucht, den Glanz der Offiziere und ihrer Gattinnen, die goldenen Tressen im Sonnenlicht, die Langeweile, die Kameradschaft, das Lachen und die vielen Anlässe, bei denen sie sich das Weinen verkneifen mußte, weil sie sonst nicht wieder aufgehört hätte. Und dann erzählte sie, auf Marys ausdrücklichen Wunsch, mit plastischer Genauigkeit, Witz und Humor von den einzelnen Menschen, die sie bewundert oder verachtet, geliebt oder gehaßt hatte, und die ganze Zeit über hörte ihr Mary mit gespannter Aufmerksamkeit zu, den klaren Blick auf Hesters Gesicht gerichtet, während der Zug holperte und ratterte, an Steigungen langsamer fuhr und anschließend wieder beschleunigte. Sie waren vollständig isoliert in einer Welt aus Lampenlicht, rhythmischem Geratter und schwankender Bewegung; die dunkle Landschaft hinter den

Fenstern blieb unsichtbar. Sie waren in warme Decken gewikkelt, ihre Füße auf dem steinernen Fußwärmer berührten sich beinahe.

Einmal legte der Zug einen richtigen Halt ein, und sie kletterten beide in die kalte Nachtluft hinaus, nicht so sehr, um sich die Beine zu vertreten, auch wenn ihnen das ganz willkommen war, sondern um die sanitären Einrichtungen des Bahnhofs zu nutzen.

Als sie wieder im Zug waren, die Pfeife trillerte und Dampfschwaden am Fenster vorbeiwehten, wickelten sie sich wieder in ihre Decken, und Mary bat Hester, mit ihrem Bericht fortzufahren.

Hester tat ihr den Gefallen.

Es war nicht ihre Absicht gewesen, aber plötzlich erzählte sie sehr engagiert von den Idealen, von denen sie nach ihrer Rückkehr erfüllt gewesen war, von ihrem leidenschaftlichen Wunsch, die altmodischen englischen Krankenhausstationen mit ihren rückständigen Methoden zu reformieren.

Mary lächelte melancholisch. »Wenn Sie jetzt behaupten, Sie hätten damit Erfolg gehabt, beginne ich an Ihren Worten zu zweifeln.«

»Und Sie täten recht daran! Man hat mich leider wegen Amtsanmaßung und unbefugten Handelns entlassen.« Sie hätte es lieber für sich behalten. Es war kaum dazu geeignet, einer Patientin Vertrauen einzuflößen, aber Mary war bereits weit mehr als eine Patientin. Und die Worte waren heraus, bevor sie darüber nachgedacht hatte.

Mary lachte. Es war ein lautes, vergnügtes Lachen.

»Bravo. Wenn wir immer nur tun würden, was man uns aufträgt, hätten wir noch nicht mal das Rad erfunden! Was haben Sie dagegen unternommen?«

»Unternommen?«

Mary legte den Kopf ein wenig auf die Seite, das Gesicht drückte Skepsis aus.

»Nun sagen Sie bloß, Sie haben die Entlassung wie ein braves Mädchen akzeptiert und sind Ihrer Wege gegangen! Sie werden doch etwas dagegen unternommen haben!«

»Also… eigentlich…« Langsam machte sich Ratlosigkeit auf Marys Gesicht breit. »Nein. Ich hatte andere Kämpfe auszufechten«, fuhr Hester hastig fort. »Für… eine andere Art von Gerechtigkeit.«

Sofort erwachte Marys Interesse wieder. »Ach?«

»Äh… ich…« Warum sollte sie nicht darüber reden, daß sie Monk geholfen hatte? Es war in keiner Weise unehrenhaft, die Polizei zu unterstützen. »Ich habe einen Polizeiinspektor kennengelernt, der den Mord an einem Offizier untersuchen mußte, und es sah so aus, als sollte es dabei zu einem schrecklichen Justizirrtum kommen…«

»Und Sie haben mitgeholfen, das zu verhindern?« Mary hatte es sogleich begriffen. »Aber danach haben Sie sich doch sicher wieder der Reform der Krankenpflege zugewandt.«

»Nun…« Hester spürte, wie sie leicht errötete. Sie hatte Monks Gesicht mit den dunkelgrauen Augen und den hohen Wangenknochen so deutlich vor Augen, als säße er ihr gegenüber.

»Na ja, es gab noch andere Fälle, unmittelbar danach.« Sie stolperte ein wenig über ihre Worte. »Und es ging wieder um die Gerechtigkeit. Und da ich helfen konnte…«

Ein stilles Lächeln kräuselte Marys Lippen. »Ich verstehe. Ich glaube es zumindest. Und danach, zweifellos, der nächste Fall. Was ist er für einer, Ihr Polizist?«

»O nein, nicht mein Polizist!« dementierte Hester eilig und eifriger, als sie beabsichtigt hatte.

»Nein?« Mary schien nicht überzeugt zu sein, aber in ihrer Stimme schwang Belustigung mit. »Haben Sie ihn denn nicht gern, meine Liebe? Sagen Sie mir, wie alt er ist, und wie sieht er aus?«

Hester dachte kurz darüber nach, ob sie die Wahrheit sagen sollte. Monk wußte selbst nicht genau, wie alt er war. Er hatte bei einem Kutschenunfall sein Gedächtnis verloren, sein Wissen über sich selbst kehrte nur stückweise zurück, und inzwischen war aus den Monaten mehr als ein Jahr geworden. Eine lange Geschichte, und eigentlich war es nicht ihre Sache, sie zu erzählen. »Ich weiß es nicht genau«, redete sie sich heraus, »ungefähr vierzig, glaube ich.«

Mary nickte. »Und seine Erscheinung, sein Auftreten?«

Hester bemühte sich, aufrichtig und gerecht zu sein, aber das war schwieriger als erwartet. Monk löste immer die gleichen Gefühle in ihr aus: einerseits Bewunderung für seinen Scharfsinn, seinen Mut, seine Wahrheitsliebe, andererseits auch Ungeduld, ja sogar Verachtung für seine Unerbittlichkeit denjenigen gegenüber, die er des Verbrechens verdächtigte, sogar den eigenen Kollegen gegenüber, wenn sie mal nicht so schnell, so flexibel und risikobereit waren wie er selbst.

»Er ist groß«, fing sie vorsichtig an, »ziemlich groß sogar. Und weil er sich sehr aufrecht hält, wirkt er irgendwie...«

»Elegant?« schlug Mary vor.

»Nein... ich meine... doch, das auch, aber ich wollte etwas anderes sagen.« Es war absurd, wie sie durch die eigenen Sätze stolperte. »Ich glaube, ›gewandt‹ ist das Wort, nachdem ich gesucht habe. Er ist kein schöner Mann. Er hat ein gutes Gesicht, aber er ist von einer Direktheit, die... ich wollte sagen, die an Arroganz grenzt, aber das würde nicht stimmen. Es *ist* Arroganz, schlicht und einfach.« Sie holte tief Luft und sprach weiter, ehe

Mary sie unterbrechen konnte. »Er ist grob in seiner Art. Dabei zieht er sich sehr gut an; er ist eitel und gibt viel zuviel Geld für Kleidung aus. Er sagt frei heraus, was er denkt, ohne sich im geringsten darum zu kümmern, ob es taktvoll ist oder nicht. Er hat keine Geduld, keinen Respekt vor Autoritäten, und für Menschen, die nicht so tüchtig sind wie er, hat er wenig übrig. Aber er kann kein Unrecht hinnehmen, und jede Wahrheit ist ihm heilig, auch wenn sie ihn den Kopf kostet.«

»Ein außergewöhnlicher Mann, den Sie mir da schildern.« Marys Worte verrieten Interesse. »Und Sie scheinen ihn sehr gut zu kennen. Weiß er das?«

»Monk?« fragte Hester erstaunt. »Ich habe keine Ahnung! Ja, ich denke schon. Wir haben selten offen miteinander geredet.«

»Ach, wie interessant.« Es schwang kein Sarkasmus in Marys Stimme mit, nichts als wache Anteilnahme. »Und er ist in Sie verliebt, dieser Monk?«

Hester wurde feuerrot. »Natürlich nicht!« Sie stritt es heftig ab, und ihre Kehle schnürte sich zusammen. Einen verrückten Augenblick lang glaubte sie, daß sie weinen müsse. Aber das wäre albern und beschämend gewesen. Schließlich mußte sie den Irrtum aufklären, dem Mary ganz offensichtlich unterlag. »Bei bestimmten Gelegenheiten raufen wir uns zusammen, weil wir an dieselbe Sache glauben und bereit sind, gegen das zu kämpfen, was wir nicht in Ordnung finden«, sagte sie mit fester Stimme. »Doch wenn es um die Liebe geht, ist er an Frauen wie mir nicht interessiert. Er zieht...«, sie mußte schlucken, so deutlich und schmerzhaft überkam sie die Erinnerung, »...Frauen wie meine Schwägerin vor. Imogen. Sie ist wirklich sehr hübsch, sehr liebenswürdig und versteht es, ohne plumpe Schmeicheleien charmant zu sein und das Bedürfnis in den Männern zu wecken, ihr beizustehen. Und dabei ist sie gar nicht ungeschickt.«

»Ich verstehe«, sagte Mary und nickte. »Wir alle haben irgendwann einmal eine solche Frau kennengelernt. Sie lächeln einen Mann an, und gleich fühlt er sich besser und schöner und ganz bestimmt verwegener als davor.«

»Genau!«

»So ist Ihr Monk also ein Idiot, was die Frauen betrifft.« Es war keine Frage, sondern eine Feststellung.

Hester zog es vor, nicht darauf einzugehen. »Da ist mir jemand wie Oliver Rathbone schon lieber«, fuhr sie fort und wußte selbst nicht genau, wieviel Wahrheit in ihren Worten steckte. »Er ist ein hervorragender Anwalt...«

»Zweifellos aus guter Familie«, sagte Mary ohne Umschweife. »Ist er anständig?«

»Ich... weiß nicht genau«, antwortete Hester zurückhaltend. »Aber sein Vater ist einer der nettesten Menschen, die ich kenne. Mir wird ganz warm ums Herz, wenn ich sein Gesicht vor mir sehe.«

»Ach, wirklich! Vielleicht habe ich Sie mißverstanden. Dieser Mr. Rathbone scheint nicht uninteressant zu sein. Erzählen Sie mehr von ihm.«

»Auch er ist furchtbar klug, wenn auch auf andere Weise. Er ist sehr von sich überzeugt und hat einen trockenen Humor. Er ist nie langweilig, und ich muß zugeben, daß ich manchmal nicht weiß, was er wirklich denkt – bestimmt nicht immer das, was er sagt.«

»Und er, ist er in Sie verliebt? Oder wissen Sie das auch nicht?«

Hester lächelte zufrieden, der plötzliche, ungestüme Kuß kam ihr wieder ins Bewußtsein, klar und deutlich, als wäre es letzte Woche geschehen und nicht vor einem Jahr. »Ich glaube, das Wort wäre zu stark, aber er hat mich spüren lassen, daß er mich nicht ganz unattraktiv findet«, erwiderte sie.

»Ach, ausgezeichnet!« Mary war sichtlich vergnügt. »Und die beiden Herren können sich nicht riechen, oder?«

»Natürlich nicht«, stimmte Hester mit einer Befriedigung zu, die sie selbst erstaunte. »Aber das hat ganz sicher nichts mit mir zu tun – oder nur ein klein wenig«, fügte sie hinzu.

»Das ist ja alles höchst aufregend«, bemerkte Mary hocherfreut. »Schade, daß unser Beisammensein nur so kurz währt. Ich würde zu gerne wissen, wie es ausgeht.«

Hester spürte, wie ihr Gesicht wieder heiß wurde. Sie war völlig verwirrt. Sie hatte von ihren Gefühlen gesprochen, als ginge es um eine Liebesgeschichte. Wünschte sie es sich? Sie schämte sich ihrer Einfalt. Sie konnte doch unmöglich Monk heiraten, selbst wenn er sie darum bitten sollte – was er nicht tun würde. Sie würde sich ohnehin nur mit ihm streiten. Es gab so vieles an ihm, das sie wirklich nicht mochte. Mary gegenüber wollte sie nicht davon reden – das wäre ihr treulos erschienen –, aber er hatte ein paar grausame Züge, die sie schreckten, in seinem Charakter gab es dunkle Bereiche, Impulse, denen sie nicht traute. Einem solchen Mann konnte sie sich nicht anvertrauen, nicht mehr jedenfalls, als man sich einem Freund anvertraut.

Und Oliver Rathbone, würde sie den vielleicht heiraten, sollte er sich jemals dazu verleiten lassen, sie darum zu bitten? Eigentlich müßte sie es tun. Es wäre eine bessere Partie, als die meisten Frauen sie jemals machen würden, ganz besonders Frauen ihres Alters. Sie war fast dreißig, um Himmels willen! Nur reiche Erbinnen konnten in diesem fortgeschrittenen Lebensalter noch auf eine Ehe hoffen! Und da sie alles andere als eine reiche Erbin war, mußte sie selber für ihren Lebensunterhalt sorgen.

Also, warum hätte sie eine solche Gelegenheit nicht ergreifen sollen?

Mary sah sie immer noch an, ein Lächeln in den Augen.

Hester wollte etwas sagen, aber sie wußte nicht, was.

Marys Gesicht wurde ernster. »Überlegen Sie es sich gut, wen Sie wollen, meine Liebe. Eine falsche Entscheidung bereut man sein ganzes Leben lang.«

»Es gibt nichts zu entscheiden!« antwortete Hester viel zu schnell.

Mary erwiderte nichts, aber Verständnis und Zweifel waren ihrem Gesicht abzulesen.

Der Zug verlangsamte wieder sein Tempo, um schließlich rukkelnd zum Stehen zu kommen. Türen flogen auf, und jemand rief etwas. Der Stationsvorsteher kam den Bahnstein entlang und rief vor jedem Wagen den Namen des Bahnhofs aus. Hester wikkelte sich die Decke fester um die Knie. Draußen, in der flimmernden Dunkelheit, klingelte eine Handglocke, und nach wenigen Minuten spuckte die Lokomotive reichlich Wasserdampf aus und setzte sich wieder in Bewegung.

Es war kurz vor halb elf. Hester spürte, wie die Müdigkeit der letzten Nacht sie einzuholen begann, aber Mary war offensichtlich noch hellwach. Oonagh hatte angeordnet, daß sie ihre Arznei nicht nach elf bekommen sollte, allerspätestens um Viertel nach elf. Anscheinend ging Mary nie früher zu Bett.

»Sind Sie müde?« fragte sie. Eigentlich genoß sie Marys Gegenwart, und am Morgen würde nicht mehr viel Gelegenheit für Gespräche sein. Kurz nach neun würden sie in London ankommen, und dann mußten sie aussteigen, das Gepäck zusammensuchen und nach Griselda und Mr. Murdoch Ausschau halten.

»Nein«, antwortete Mary vergnügt, auch wenn sie bereits das eine oder andere Gähnen unterdrückt hatte. »Sicher hat Oonagh gesagt, ich müßte mich spätestens um elf schlafen legen. Ja, das hab' ich mir gedacht. Ich glaube, Oonagh wäre eine gute Krankenschwester. Sie ist von Natur aus intelligent und tüchtig, das geschickteste meiner Kinder. Darüber hinaus besitzt sie die Fähigkeit, die Menschen auf ihre Art von etwas zu überzeugen, daß sie hinterher glauben, es wäre ihre ureigenste Idee gewesen.« Sie verzog ein wenig das Gesicht. »Das ist eine große Kunst, wissen Sie? Wie oft hab' ich mir gewünscht, das auch zu können. Und sie hat ein ausgezeichnetes Urteilsvermögen. Ich war erstaunt, wie schnell Quinlan gelernt hat, sie zu respektieren. Es kommt nicht häufig vor, daß ein Mann seines Schlages Respekt vor einer Frau hat, zumal, wenn sie ungefähr in seinem Alter ist. Und er meint es so – ich spreche hier nicht von gutem Benehmen, wie er es mir gegenüber hat.«

Hester glaubte es ihr. Weder Quinlans Entschlossenheit noch die Intelligenz hinter den flinken blauen Augen waren ihr entgangen. Er konnte nichts Besseres tun, als sich Oonagh vor allen anderen in der Familie zur Freundin zu machen. Baird verachtete ihn ganz offensichtlich, und Deirdra war er gleichgültig; sie interessierte sich nur für ihre eigenen Belange, und wenn man Mary glauben durfte, dann verließ sich Alastair auf Oonaghs Urteil, seit sie Kinder waren.

»Ja, das glaube ich gern«, stimmte Hester ihr zu. »Ein gutes Urteilsvermögen und diplomatisches Talent kann man in einer großen Familie immer gebrauchen. Wie oft entscheidet so etwas über Glück oder Unglück.«

»Wie recht Sie haben, meine Liebe.« Mary nickte. »Aber leider scheint das nicht jeder zu begreifen.«

Hester lächelte nur. Sie war nicht so unkultiviert, sich ihres eigenen Gespürs zu rühmen.

»Sie werden eine angenehme Zeit in London verbringen«, sagte sie. »Ich nehme an, Sie werden außer Haus speisen und ins Theater gehen.«

Mary zögerte mit ihrer Antwort. »Da bin ich nicht ganz sicher«, sagte sie nachdenklich. »Ich kenne Connal Murdoch und seine Familie nicht besonders gut. Er ist ein sehr förmlicher junger Mann, dem die Wünsche anderer Menschen nicht gleichgültig sind. Griselda wird vielleicht nicht mitkommen wollen. Aber sollten wir ins Theater gehen, dann – fürchte ich – wird es ein biederes Stück sein und kein sehr anregendes.«

»Vielleicht will er einen guten Eindruck auf Sie machen«, meinte Hester. »Schließlich sind Sie seine Schwiegermutter, und es kann ihm nicht gleichgültig sein, was Sie für eine Meinung von ihm haben.«

»Mein Gott«, seufzte Mary und biß sich auf die Lippe. »Ich nehme alles zurück. Sie haben ja recht. Ich weiß noch, als Baird und Oonagh frisch getraut waren, war er so schüchtern – es tat einem in der Seele weh, und dabei war er so verliebt damals.« Sie seufzte tief. »Natürlich nutzt eine solche Liebe sich ab; wenn man sich besser kennt, ist das Geheimnis gelüftet, und die Gewohnheit ersetzt das Staunen. Richtig leidenschaftlich und aufgeregt ist man nur eine kurze Weile.«

»Und dann kommt wohl die Freundschaft, die Herzenswärme...« Hesters Stimme erstarb. Sie spürte selber, wie naiv sie redete. Ihre Wangen röteten sich wieder.

»Man hofft es«, sagte Mary leise. »Und wenn man Glück hat, dann leben die Zärtlichkeit und das Verständnis weiter und auch das Lachen, die Erinnerung.« Sie sah durch Hester hindurch, während sie redete, als wären die Worte an etwas in ihrer Vorstellung gerichtet.

Hester rief sich den Mann auf dem Bild noch einmal ins Gedächtnis; sie fragte sich, wann das Porträt entstanden sein mochte, und versuchte sich vorzustellen, welche Spuren die Zeit in das Gesicht gegraben hatte, wie der Alltag ihm nach und nach den jugendlichen Glanz genommen hatte. Es gelang ihr nicht. Es war noch zu vieles in seinem Gesicht, das ihr unerklärlich blieb, ein Lächeln und Gefühle, die für alle Zeiten nur ihm allein gehören würden. Hatte Mary das auch gespürt und ihn deshalb bis zum Ende geliebt? Hester würde es nie erfahren, und es ging sie auch nichts an. Monk war auch so jemand. Man würde ihn nie so gut kennenlernen, daß er einen nicht mehr überraschen, einem keine Leidenschaften oder Überzeugungen offenbaren konnte, von denen man doch nichts wußte.

»Idealismus ist kein guter Bettgenosse«, sagte Mary plötzlich. »Das muß ich Griselda klarmachen, dem armen Kind, und vor allem dem Mann, den sie geheiratet hat! Wenn man vor den Altar tritt, sind sie alle noch Märchenprinzen, aber spätestens am nächsten Morgen wachen wir neben höchst gewöhnlichen Sterblichen auf. Und da wir selbst auch gewöhnliche Sterbliche sind, ist das zweifellos richtig so.«

Gegen ihren Willen lächelte Hester. Sie wollte aufstehen.

»Es ist spät geworden, Mrs. Farraline. Meinen Sie, ich sollte Ihnen jetzt Ihre Medizin geben?«

»Sollten Sie das?« Mary zog die Augenbrauen in die Höhe. »Wahrscheinlich. Aber ich bin noch nicht bereit, sie zu nehmen. Um auf Ihre anfängliche Frage zurückzukommen, ja, ich glaube, ich sollte ins Theater gehen. Ich sollte darauf bestehen. Ich habe ein paar Abendkleider für solche Gelegenheiten dabei. Unglücklicherweise konnte ich mein Lieblingskleid nicht mitnehmen. Es ist aus Seide, und es hat einen Fleck, vorne, wo er deutlich zu sehen ist.«

»Kann man es nicht reinigen lassen?« fragte Hester voller Mitgefühl.

»Sicher, aber vor meiner Abreise war nicht mehr genug Zeit dazu. Nora wird sich während meiner Abwesenheit darum kümmern. Aber außer der Tatsache, daß es mir gefällt, ist es das einzige Kleid, auf dem meine graue Perlenbrosche so richtig zur Geltung kommt. Sie ist sehr hübsch, aber graue Perlen lassen sich nicht leicht tragen. Sie brauchen einen schlichten Hintergrund. Aber es macht nichts. Es ist ja nur eine Woche, und so viele offizielle Anlässe wird's auch wieder nicht geben. Schließlich will ich mich nicht ins Londoner Gesellschaftsleben stürzen, sondern Griselda besuchen.«

»Ich nehme an, sie findet es aufregend, ihr erstes Kind zu kriegen.«

»Bis jetzt noch nicht«, sagte Mary und verzog ein wenig das Gesicht. »Aber das wird noch kommen. Ich fürchte, sie sorgt sich viel zu sehr um ihre Gesundheit. Dabei fehlt ihr eigentlich nichts.« Mary erhob sich schließlich doch, und Hester sprang auf, um ihr den Arm zu reichen. »Danke, meine Liebe«, sagte Mary. »Bei jedem kleinen Wehwehchen glaubt sie, das Kind könnte einen irreparablen Schaden davontragen. Das ist eine schlechte Angewohnheit, und zwar eine, die die Männer nicht mögen, es sei denn, sie sind nicht ganz normal!« Sie stand am Eingang zum Abteil, schlank und sehr aufrecht, ein Lächeln auf den Lippen. »Davor will ich Griselda warnen! Und ihr versichern, daß sie keine Angst haben muß. Ihr Kind wird vollkommen gesund sein.«

Der Zug verlangsamte wieder sein Tempo, und als sie den Bahnhof erreicht hatten, stiegen sie beide aus, um die sanitären Einrichtungen in Anspruch zu nehmen. Hester war als erste zurück im Abteil. So gut es ging, säuberte sie die Sitzbänke, breitete für Mary die Decke aus und schüttelte den Fußwärmer noch einmal auf. Es war ziemlich kühl geworden, und die Dunkelheit hinter dem Fenster war mit Regentropfen gesprenkelt. Sie zog die Arzneischatulle aus dem Gepäcknetz und klappte sie auf. Die Phiolen lagen in ordentlichen Reihen; die erste war bereits geöffnet, das Fläschchen war leer. Das war ihr in Edinburgh gar nicht aufgefallen, aber durch das getönte Glas konnte man die Flüssigkeit nur schwer erkennen. Nora mußte sie am Morgen geöffnet haben. Wie dumm von ihr. Jetzt hatten sie eine zu wenig. Aber sie ließ sich bestimmt ersetzen. Sie mußte Mary nur rechtzeitig Bescheid sagen.

Nur mit Mühe konnte sie ein Gähnen unterdrücken. Sie war wirklich sehr müde. Seit sechsunddreißig Stunden hatte sie nicht mehr richtig geschlafen. Heute nacht durfte sie die Füße hochlegen und sich ausruhen, statt aufrecht zwischen zwei anderen Fahrgästen zu sitzen. »Oh, Sie haben schon alles vorbereitet.« Mary stand in der Tür. »Sie haben recht. Es wird schnell genug Morgen.« Beim Eintreten schwankte sie ein wenig; der Zug hatte sich mit einem heftigen Ruck in Bewegung gesetzt und wurde jetzt immer schneller.

Hester reichte ihr die Hand, und Mary setzte sich.

Der Schaffner erschien in der Tür, die Knöpfe an seiner makellosen Uniform funkelten.

»n' Abend, meine Damen. Alles in Ordnung bei Ihnen?« Er tippte sich an den Mützenschirm.

Mary hatte aus dem Fenster in die Nacht gestarrt, auch wenn es dort außer strömendem Regen und Finsternis nicht viel zu sehen gab. Nachdem sie sich wieder umgedreht hatte, war sie für einen Moment blaß geworden, bevor Erleichterung sich auf ihrem Gesicht breitmachte.

»O ja, danke.« Sie atmete kurz durch. »Ja, ja, es ist alles in Ordnung.«

»Ist recht, Ma'am. Dann wünsch' ich eine gute Nacht. London Viertel nach neun.«

»Jawohl, danke. Gute Nacht.«

»Gute Nacht«, fügte Hester hinzu, als er sich flink zurückzog;

er bewegte sich mit seltsamer Unbeholfenheit, ohne das Gleichgewicht zu verlieren.

»Alles in Ordnung?« fragte Hester ängstlich. »Hat er Sie erschreckt? Vielleicht sind Sie ein bißchen spät mit Ihrer Medizin dran. Ich muß darauf bestehen, daß Sie sie jetzt nehmen. Sie sehen ziemlich blaß aus.«

Mary zog die Decke über sich, und Hester wickelte sie darin ein.

»Ja, mit mir ist alles in bester Ordnung«, sagte Mary mit fester Stimme. »Dieser elende Kerl hat mich an jemanden erinnert, diese lange Nase und die braunen Augen. Ich hab' einen Moment gedacht, es ist Archie Frazer.«

»Jemand, den Sie nicht mögen?« Hester zog den Pfropfen aus der Phiole und schüttete die Flüssigkeit in das kleine Glas.

»Ich kenne den Mann nicht persönlich.« Mary kräuselte angewidert die Lippen. »Er war einer der Zeugen im Fall Galbraith – zumindest hätte es ein Fall werden sollen, wenn er vor Gericht gekommen wäre. Die Klage wurde abgewiesen. Aus Mangel an Beweisen, hat Alastair gesagt.«

Hester reichte ihr das Glas, sie nahm es, trank es leer und verzog leicht das Gesicht. Oonagh hatte ein paar Süßigkeiten eingepackt. Hester bot ihr eine davon an, und sie akzeptierte dankbar.

»Dann war dieser Mr. Frazer eine Person von öffentlichem Interesse?« Sie redete weiter über die Sache, um Mary vom Geschmack der Arznei abzulenken. Das Glas stellte sie an seinen Platz zurück, klappte den Deckel zu und hob die Schatulle wieder ins Gepäcknetz.

»Mehr oder weniger.« Mary legte sich hin und machte es sich so bequem, wie es ihr möglich war. Hester wickelte sie noch etwas fester in die Decke.

»Eines Abends hat er uns zu Hause besucht«, fuhr Mary fort.

»Er war wie eine Ratte, dieser Kerl. Ist bei uns rein- und rausgehuscht wie ein nächtliches Geschöpf, das nichts Gutes im Schilde führt. Ich hab' ihn im Licht der Lampen gesehen, wie diesen elenden Schaffner eben, die arme Seele. Ich tu' ihm sicher unrecht.« Sie lächelte. »Und diesem Frazer vielleicht auch.« Aber sie klang wenig überzeugt. »Und jetzt legen Sie sich auch hin. Ich weiß gut, wie nötig Sie es haben. Man wird uns rechtzeitig wekken, damit wir aufstehen und uns für London ein bißchen zurechtmachen können.«

Hester sah hinauf zu der Öllampe, die das Abteil in ein weiches, gelbliches Licht tauchte. Man konnte sie nicht kleiner drehen, aber sie bezweifelte, daß ihr sanfter Schein eine von ihnen am Schlaf hindern würde.

Sie streckte sich auf ihrer Bank aus und war schon nach ein paar Minuten eingeschlafen.

Mehrmals wachte sie auf, aber nur, um es sich bequemer zu machen und zu bedauern, daß es nicht ein bißchen wärmer war. Ihr Schlaf war unruhig, sie träumte von der Krim, von Kälte und Übermüdung, und doch mußte sie wach bleiben, um denen helfen zu können, denen es so unermeßlich viel schlechter ging.

Schließlich wachte sie erschrocken auf. Der Schaffner stand in der Tür und sah sie vergnügt an.

»'ne halbe Stunde noch bis London, Ma'am. Wünsche einen guten Morgen!« sagte er und war schon wieder verschwunden.

Sie war steif und durchgefroren. Langsam erhob sie sich. Ihr Haar war offen, ein paar Haarnadeln waren herausgefallen, aber das war das wenigste. Sie mußte Mary wecken, die immer noch zugedeckt war und mit dem Gesicht zur Wand lag, so wie sie eingeschlafen war. Sie schien sich kaum bewegt zu haben. Die Decke war kein bißchen verrutscht.

»Mrs. Farraline«, sagte sie so fröhlich, wie es ihr möglich war. »Wir sind bald in London. Haben Sie gut geschlafen?«

Mary rührte sich nicht.

»Mrs. Farraline?«

Keine Regung.

Hester legte ihr die Hand auf die Schulter und schüttelte sie vorsichtig. Alte Menschen haben manchmal einen sehr festen Schlaf. »Mrs. Farraline!«

Die Schulter gab kein bißchen nach; sie schien völlig steif zu sein.

Angst stieg in ihr auf.

»Mrs. Farraline! Wachen Sie auf! Wir sind gleich in London!« rief sie mit wachsender Eindringlichkeit.

Mary rührte sich immer noch nicht.

Mit einem kräftigen Ruck riß Hester sie herum. Sie hatte die Augen geschlossen, das Gesicht war weiß wie Schnee, und als Hester sie berührte, war die Haut kalt. Mrs. Farraline war seit Stunden tot.

Drittes Kapitel

Hesters erstes Gefühl war das eines schweren Verlustes. Früher hätte sie es einfach nicht wahrhaben wollen, hätte sich geweigert zu glauben, daß Mary tot ist, aber inzwischen war sie dem Tod zu oft begegnet, um ihn nicht zu erkennen, auch wenn er ohne Vorwarnung kam. Gestern abend noch war Mary bei bester Gesundheit und geistig hellwach gewesen, und doch mußte sie bereits früh in der Nacht gestorben sein. Ihr Körper fühlte sich kalt an, und es dauerte vier bis sechs Stunden, bis die Leichenstarre ein solches Stadium erreichte.

Hester zog die Decke über den Körper, bedeckte vorsichtig das Gesicht und trat einen Schritt zurück. Der Zug fuhr bereits langsamer, und im frühen, grauen Morgen hinter den verregneten Fenstern waren Häuser zu erkennen.

Und dann überfiel sie das nächste Gefühl: Schuld. Mary war ihre Patientin gewesen, ihrer Obhut anvertraut, und schon nach ein paar Stunden war sie tot. Warum? Warum hatte sie so versagt? Was hatte sie falsch gemacht oder vergessen, daß Mary einfach gestorben war, ohne einen Laut, ohne Schrei, ohne ein Röcheln, ohne nach Atem zu ringen? Oder hatte Hester es nicht gehört, weil sie zu fest geschlafen hatte und die Geräusche vom Rattern des Zuges verschluckt worden waren?

Sie konnte nicht hier stehenbleiben und auf die regungslose Gestalt unter der Decke starren. Sie mußte es melden, zuerst dem Zugführer und dem Schaffner und dann, wenn sie den Bahnhof erreicht hatten, dem Stationsvorsteher, vielleicht sogar der Polizei. Und danach – zweifellos die schwerste Aufgabe – mußte sie es Griselda Murdoch beibringen. Beim Gedanken daran drehte sich ihr der Magen um.

Besser gleich anfangen. Das Herumstehen half nicht weiter, und das Grübeln machte alles nur noch schlimmer. Wie benommen tastete sie sich zur Tür des Abteils, in ihrer Unbeholfenheit – sie fror und war ganz steif vor Anspannung – stieß sie mit dem Ellbogen gegen die Trennwand. Der Schmerz war heftiger als erwartet, aber sie hatte keine Zeit dafür. In welche Richtung sollte sie gehen? Ganz egal. Hauptsache etwas tun, nicht unentschlossen herumstehen. Sie wandte sich nach links, in Richtung der Lokomotive.

»Schaffner! Schaffner! Wo sind Sie?«

Ein Offizier mit Schnauzbart streckte den Kopf um eine Ecke und starrte sie an. Er wollte etwas sagen, aber sie war schon vorbei.

»Schaffner!«

Eine sehr magere Dame mit grauen Haaren musterte sie mit strengem Blick. »Herrgott, junge Frau, was ist denn los? Müssen Sie solchen Lärm machen?«

»Haben Sie den Schaffner gesehen?« fragte Hester atemlos.

»Nein, habe ich nicht. Aber mäßigen Sie um Himmels willen Ihre Lautstärke.« Ohne weiteren Kommentar zog sie sich in ihr Abteil zurück.

»Kann ich Ihnen helfen, Miss?«

Sie fuhr herum. Endlich, der Schaffner, ein freundliches Gesicht. Er ahnte noch nichts von dem Schrecklichen, das sie ihm gleich berichten mußte. Vielleicht war er an hysterische Frauenzimmer gewöhnt. Sie bemühte sich, mit ruhiger, kontrollierter Stimme zu sprechen.

»Ich fürchte, es ist etwas sehr Ernstes geschehen...« Warum

zitterte sie so? Sie hatte doch Hunderte von Toten in ihrem Leben gesehen.

»Ja, Miss, und das wäre?« Er war noch immer ungerührt, zeigte höfliches Interesse.

»Ich fürchte, Miss Farraline, die Dame, mit der ich gereist bin, ist in der Nacht gestorben.«

»Ach, wahrscheinlich schläft sie nur, Miss. Manche Leute haben einen festen...«

»Ich bin Krankenschwester!« fuhr Hester ihn an, ihre Stimme wurde schriller. »Ich weiß, wann jemand tot ist!«

Jetzt hatte sie ihn gründlich aufgestört. »Lieber Gott! Sind Sie ganz sicher? Eine ältere Dame, sagen Sie? Das Herz, nehm' ich an. Ist ihr wohl schlecht gegangen, was? Sie hätten mich rufen müssen.« Er sah sie mißbilligend an.

Unter anderen Umständen hätte sie ihn gefragt, was er dann getan hätte, aber sie war viel zu verwirrt, um zu streiten.

»Nein, nein. Sie war ganz ruhig gestern abend. Ich hab' es bemerkt, als ich sie wecken wollte.« Ihre Stimme zitterte wieder, und ihre Lippen waren beinahe zu steif, um die Worte richtig zu formen. »Ich weiß nicht... was passiert ist. Ich vermute, es war das Herz. Sie mußte ein Medikament nehmen.«

»Und das hat sie vergessen, stimmt's?« Er sah sie unschlüssig an.

»Nein, natürlich nicht! Ich hab's ihr ja selber gegeben. Sollten Sie nicht lieber dem Zugführer Bescheid sagen?«

»Alles zu seiner Zeit, Miss. Sie bringen mich jetzt zu Ihrem Abteil, damit ich sie mir ansehen kann. Vielleicht ist es nur ein Unwohlsein.« Wenig Hoffnung klang aus seinen Worten, er wollte den Augenblick der Gewißheit nur hinausschieben.

Gehorsam drehte Hester sich um und ging voran. An der Tür blieb sie stehen und ließ ihm den Vortritt. Er zog Mary die Decke vom Gesicht, warf einen kurzen Blick auf sie, deckte sie wieder zu und kam hastig wieder heraus.

»Ja, Miss, ich fürchte, Sie haben recht. Die arme Frau ist mausetot. Ich sage dem Zugführer Bescheid. Sie bleiben hier. Und daß Sie mir nichts anrühren, verstanden?«

»Ja.«

»Gut. Setzen Sie sich lieber hin. Nicht, daß sie uns noch ohnmächtig werden.«

Hester wollte ihm sagen, daß sie nicht ohnmächtig werden würde, aber sie verzichtete darauf. Sie fühlte sich schwach auf den Beinen und war froh, sich setzen zu können.

Es war kalt im Abteil, und obwohl der Zug ratterte und rukkelte, kam es ihr sehr still vor. Mary lag ihr gegenüber auf der Sitzbank, nicht mehr in der bequemen Stellung, in der sie gestern abend eingeschlafen war, sondern halb umgedreht, wie Hester sie zurückgelassen hatte. Der Schaffner hatte ihr nach oben gerichtetes Gesicht gesehen. Es war absurd, jetzt über Bequemlichkeit nachzudenken, trotzdem fiel es Hester schwer, nicht aufzustehen und ihren Körper in eine natürlichere Stellung zu bringen. Sie hatte Mary vom ersten Augenblick an gemocht. Ihre Vitalität und ihre Offenheit hatten ihr sehr gefallen, und es war bereits so etwas wie Zuneigung in Hester erwacht.

Sie wurde in ihren Gedanken durch das Eintreffen des Zugführers unterbrochen. Er war ein kleiner Mann mit buschigem Schnauzbart und kummervollen Augen. Vorne auf der Uniformjacke hatte sein Schnupftabak einen Flecken hinterlassen.

»Traurige Angelegenheit«, sagte er betrübt. »Sehr traurig. Feine Dame, zweifellos. Ja, aber jetzt kann ihr keiner mehr helfen, der armen Seele. Wo wollten Sie mit ihr hin?«

»Sie wollte ihre Tochter und ihren Schwiegersohn besuchen«, antwortete Hester. »Die beiden erwarten sie am Bahnhof...«

»Du meine Güte. Na ja, kann man nichts machen.« Er schüttelte den Kopf. »Erst lassen wir alle andern Fahrgäste aussteigen, dann sagen wir dem Stationsvorsteher Bescheid. Der wird ihre Tochter schon finden. Wie heißt sie? Wissen Sie, wie die Tochter heißt, Miss?«

»Mrs. Griselda Murdoch. Ihr Gatte ist Mr. Connal Murdoch.«

»Sehr gut. Der Zug ist voll besetzt, fürchte ich. Kann Ihnen leider kein anderes Abteil anbieten. Aber wir sind ja gleich in London. Versuchen Sie, ruhig zu bleiben.« Er wandte sich an den Schaffner. »Haben Sie was für die junge Dame, was zur Beruhigung oder so?«

Der Schaffner hob die buschigen Augenbrauen. »Ob ich hochprozentige Getränke bei mir habe, Sir?«

»Natürlich nicht«, ging es dem Zugführer glatt von der Zunge. »Das wäre ja gegen die Vorschriften. Ich dachte mehr an eine Medizin gegen Kälte und Schock. Für die Fahrgäste und so.«

»Nun...« Der Schaffner sah in Hesters fahles Gesicht. »Nun, ich schätze, da ließe sich schon was finden... eine Art...«

»Gut. Dann gehen Sie mal nachsehen, Jake, und wenn Sie was organisiert haben, dann geben Sie der Dame einen kräftigen Schluck, in Ordnung?«

»Jawohl, Sir! In Ordnung!«

Nachdem er den verbotenen Brandy »organisiert« hatte, brachte er Hester eine bis zum Rand gefüllte Tasse. Dann brummte er etwas von dienstlichen Pflichten in seinen Bart und trollte sich. Erst nach einer Viertelstunde, in der es Hester schrecklich fror und die schlimmsten Gedanken ihr durch den Kopf gingen, stand der Stationsvorsteher in der Tür. Er hatte rötlichbraunes Haar, machte ein mitfühlendes, neugieriges Gesicht und hatte offensichtlich eine schwere Erkältung.

»Also, Miss«, sagte er und nieste heftig. »Dann erzählen Sie mal ganz genau, was der bedauernswerten Frau zugestoßen ist. Wer ist sie? Und darf ich fragen, wer Sie sind?«

»Die Dame ist Mrs. Mary Farraline aus Edinburgh«, erwiderte Hester. »Und ich bin Hester Latterly. Ich war beauftragt, sie von Edinburgh nach London zu begleiten, um ihr ihre Arznei zu verabreichen und dafür zu sorgen, daß es ihr an nichts fehlt.« Das hörte sich ziemlich scheinheilig an, beinahe lächerlich.

»Verstehe. Was ist das für eine Arznei, Miss?«

»Ein Herzmittel, glaube ich. Man hat mir keine Einzelheiten über ihren Zustand mitgeteilt, nur daß sie regelmäßig ihre Medizin braucht, und wann und zu welcher Zeit sie sie bekommen muß.«

»Und? Haben Sie ihr die Medizin gegeben, Miss?« Er zog die Augenbrauen hoch. »Sind Sie ganz sicher?«

»Ja, absolut sicher.« Sie stand auf, hob die Arzneischatulle herunter, öffnete sie und zeigte ihm die leeren Phiolen.

»Da fehlen zwei«, sagte der Stationsvorsteher.

»Stimmt. Eine hab' ich ihr gestern abend gegeben, um Viertel vor elf ungefähr, die andere hat sie wohl gestern morgen bekommen.«

»Aber Sie sind doch erst gestern abend in den Zug gestiegen«, stellte der Schaffner fest, der dem Stationsvorsteher über die Schulter sah. »Geht ja gar nicht anders. Is' ja erst am Abend losgefahren.«

»Das weiß ich doch«, antwortete Hester geduldig. »Wahrscheinlich hat ein Hausmädchen eins der Fläschchen genommen, die schon für die Reise bereitstanden, und ihr gegeben. Was weiß ich. Aber die zweite Dosis hat sie von mir bekommen, aus diesem Fläschchen.« Sie deutete auf die zweite Phiole in ihrer Mulde. »Gestern abend.«

»Und wie ging's ihr da, Miss? Schlecht?«

»Nein, sie schien bei bester Gesundheit zu sein«, antwortete Hester aufrichtig.

»Verstehe. Nun, wir sollten hier einen Wachposten aufstellen, damit sie nicht...« Er zögerte. »Damit sie nicht gestört wird. Und Sie kommen mit und helfen, die Tochter der Dame zu finden, das arme Kind.« Der Stationsvorsteher runzelte die Stirn, den Blick immer noch auf Hester gerichtet. »Sind Sie sicher, daß sie nicht gerufen hat während der Nacht? Sie waren doch hier, nehme ich an, die ganze Nacht über?«

»Was denken Sie?« antwortete Hester steif.

Er zögerte, mußte erst einmal heftig niesen und sich die Nase putzen, und dann nahm er sie genau in Augenschein, betrachtete ihre kerzengerade, nicht eben üppige Gestalt, versuchte ihr Alter zu schätzen und kam zu dem Schluß, daß sie wohl die Wahrheit sagte.

»Ich kenne Mr. und Mrs. Murdoch nicht«, sagte Hester leise. »Sie müssen sie ausrufen lassen.«

»Wir werden uns darum kümmern. Sie müssen sich jetzt zusammennehmen, Miss, und mit mir kommen, um diesen armen Leuten beizubringen, daß ihre Mutter gestorben ist.« Er sah sie eindringlich an. »Meinen Sie, daß Sie dazu in der Lage sind, Miss?«

»Ja... ja, sicher. Sie müssen sich keine Sorgen machen.«

Sie folgte dem Bahnhofsvorsteher zur Wagentür. Er drehte sich um und half ihr auf den Bahnsteig hinunter. Die Luft war beißend kalt auf der Haut, sie roch nach Qualm und Ruß und Schmutz. Ein eisiger Wind pfiff über den Bahnsteig, trotz des Dachs über der Halle; der Lärm von Karren, Stiefelabsätzen, knallenden Wagentüren und Stimmen hallte von dem riesigen Gewölbe wider. Sie drängelten sich durch die spärlicher werdende Menge bis zu der kleinen Treppe, die zum Büro des Stationsvorstehers führte.

»Sind sie... dort oben?« fragte sie und hatte plötzlich einen Kloß im Hals.

»Ja, Miss. War'n nicht schwer zu finden. Junge Dame und ein Herr, die auf den Zug warteten. Wir mußten sie nur fragen.«

»Hat es ihnen schon jemand gesagt?«

»Nein, Miss. Hab' mir gedacht, sie sollten's von Ihnen erfahren, wo Sie doch die Familie kennen.«

»Ach je.«

Der Bahnhofsvorsteher öffnete die Tür und trat auf die Seite. Ohne zu zögern trat Hester ein.

Zuerst sah sie eine junge Frau mit rötlichbraunem Haar, das sanft gewellt war, wie das von Eilish, aber wesentlich stumpfer, erdfarben, nicht herbstlich leuchtend. Sie hatte ein ovales Gesicht mit regelmäßigen Zügen, doch fehlte ihr die Schönheit und die Leidenschaft ihrer Schwester. Verglichen mit manch anderer Frau mochte sie ganz hübsch sein, auf eine stille, züchtige Weise, aber Hester, die Eilish kennengelernt hatte, konnte in ihr nur einen Schatten sehen, ein schwaches Spiegelbild. Später einmal, wenn sie nicht mehr von Ängsten gequält würde und wieder mehr Lebensmut und Selbstvertrauen hätte, dann würde vielleicht eine Frau wie Oonagh aus ihr.

Es war der Mann an ihrer Seite, der das Wort ergriff. Er war zwanzig bis dreißig Zentimeter größer als sie, hatte ein kantiges Gesicht mit tiefliegenden Augen; seine Art, die Lippen zu schürzen, zog die Aufmerksamkeit auf seinen wohlgeformten Mund.

»Sie sind die Krankenschwester, die als Reisebegleiterin für Mrs. Farraline eingestellt wurde?« wollte er wissen. »Gut. Dann sagen Sie uns, was das alles zu bedeuten hat. Wo ist Mrs. Farraline? Warum läßt man uns hier warten?«

Mit einem kurzen Blick bestätigte ihm Hester, daß sie seine Worte vernommen hatte, dann wandte sie sich an Griselda.

»Ich bin Hester Latterly. Man hat mich als Begleitung für Mrs. Farraline engagiert. Ich habe leider sehr schlimme Nachrichten für Sie. Gestern abend noch war Ihre Mutter gutgelaunt und schien bei bester Gesundheit zu sein, doch während der Nacht ist sie im Schlaf gestorben. Ich glaube nicht, daß sie gelitten hat, denn sie hat weder gerufen...«

Griselda starrte sie an, als hätte sie nicht ein einziges Wort begriffen.

»Mutter?« Sie schüttelte den Kopf. »Was reden Sie da! Sie wollte nach London kommen, um mir etwas zu sagen, ich weiß nicht, was! Aber sie hat gesagt, daß alles gut wird! Das hat sie gesagt! Sie hat es mir versprochen.« Hilflos drehte sie sich zu ihrem Ehemann um.

Er ignorierte sie und starrte Hester an.

»Was soll das heißen? Das ist doch keine Erklärung! Wenn Mrs. Farraline gestern abend bei bester Gesundheit war, dann kann sie doch nicht...«, er suchte nach einem passenden Ausdruck, »einfach so heimgegangen sein – ohne... Um Himmels willen, ich dachte, Sie sind Krankenschwester! Wozu gibt man ihr eine Krankenschwester mit, wenn so etwas dabei herauskommt? Sie sind ja noch schlimmer als nutzlos!«

»Ich bitte Sie, Sir«, versuchte der Bahnhofsvorsteher zu beschwichtigen. »Wenn die Dame schon im fortgeschrittenen Alter war und ein schwaches Herz hatte, dann muß man doch immer mit dem Schlimmsten rechnen. Man sollte dankbar sein, daß sie nicht gelitten hat.«

»Nicht gelitten? Sie ist tot, Mann!« platzte Murdoch heraus.

Griselda schlug die Hände vors Gesicht und brach auf einem hölzernen Stuhl zusammen.

»Sie darf nicht tot sein«, klagte sie. »Sie wollte mir sagen... nein, das ist unmöglich! Sie hat's mir doch versprochen!«

Murdoch sah sie an, aus seinem Gesicht sprachen Verwirrung, Zorn und Hilflosigkeit. Er suchte bei der Möglichkeit Zuflucht, die man ihm bot.

»Komm, meine Liebe, es ist nicht ganz falsch, was der Herr Bahnhofsvorsteher sagt. Und wenn es noch so unerwartet kam, wir müssen dankbar sein, daß sie nicht gelitten hat. So scheint es wenigstens.«

Griselda sah ihn entsetzt an. »Aber sie hat mir nicht... ich meine, ich habe ja nicht mal einen Brief! Es ist furchtbar wichtig! Sie hätte doch niemals... Mein Gott, wie entsetzlich!« Sie begrub das Gesicht wieder in den Händen und fing an zu weinen.

Murdoch sah den Bahnhofsvorsteher an.

»Sie müssen verstehen, meine Frau hat ihre Mutter verehrt. Das ist ein furchtbarer Schock für sie.«

»Aber sicher, Sir«, sagte der Bahnhofsvorsteher. »Ist doch klar. Würde uns allen so gehn, und dann erst einer so empfindsamen jungen Dame.«

Griselda sprang plötzlich auf. »Ich will sie sehen!« verlangte sie energisch.

»Ich bitte dich, meine Liebe!« protestierte Murdoch und griff nach ihren Schultern. »Das wäre bestimmt nicht gut. Du brauchst jetzt Ruhe. Du mußt an deinen Zustand denken...«

»Ich muß aber!« Sie befreite sich und baute sich vor Hester auf, ihr Gesicht war so blaß, daß die Sommersprossen auf ihren Wangen wie Schmutzflecken hervortraten. Ihre Augen funkelten wild. »Was hat sie zu Ihnen gesagt?« wollte sie wissen. »Sie muß doch was gesagt haben! Etwas über den Zweck ihres Besuchs, über mich! Hat sie denn nichts gesagt?«

»Nur, daß sie Ihnen Mut zusprechen und Ihnen versichern

wollte, daß Sie sich keine Sorgen machen müssen«, sagte Hester leise. »Davon war sie fest überzeugt. Daß Sie keine Angst haben müssen.«

»Aber warum?« erwiderte Griselda verzweifelt, mit erhobenen Händen, als wollte sie Hester packen und schütteln und traute sich nur nicht. »Sind Sie sicher? Vielleicht hat sie's nicht so gemeint! Vielleicht wollte sie bloß ... ich weiß nicht ... besonders nett sein!«

»Das glaube ich nicht«, erwiderte Hester voller Überzeugung. »So wie ich Mrs. Farraline kennengelernt habe, hat sie nicht irgend etwas erzählt, nur um jemanden zu beruhigen. Sie hätte lieber gar nichts gesagt, als eine Unwahrheit. Natürlich machen Sie eine schrecklich schwere Zeit durch, aber vielleicht sollten Sie einfach darauf vertrauen, daß Sie keinen Grund zur Sorge haben.«

»Meinen Sie?« sagte Griselda eifrig. »Meinen Sie das wirklich, Miss ...«

»Latterly. Ja, das meine ich wirklich.«

»Nun komm, Liebes«, beschwichtigte Connal. »Das ist doch jetzt nicht so wichtig. Wir müssen uns um andere Dinge kümmern. Du mußt an deine Familie in Edinburgh schreiben. Es gibt jetzt so viel zu tun.«

Griselda drehte sich zu ihm um, als hätte er in einer fremden Sprache zu ihr gesprochen. »Was?«

»Du mußt dich nicht sorgen. Ich werde mich um alles kümmern. Ich schreibe noch heute vormittag einen ausführlichen Brief, in dem alles steht, was wir wissen. Wenn ich ihn heute auf die Post bringe, geht er noch mit dem Nachtzug raus und ist morgen früh in Edinburgh. Ich werde ihnen schreiben, daß sie ganz still gestorben ist und fast nichts gespürt hat.« Er schüttelte leicht den Kopf. »Was für ein schrecklicher Tag für dich, mein

Liebling. Ich bring' dich nach Hause, damit Mama sich um dich kümmern kann.« In seinen Worten schwang Erleichterung mit, weil er einen guten Weg gefunden hatte, sich aus einer Situation zu befreien, die ihn überforderte. »Wir müssen jetzt an deine... Gesundheit denken, mein Liebling. Du mußt dich hinlegen. Und hier kannst du wirklich nichts tun.«

»Er hat recht, Ma'am«, fügte der Bahnhofsvorsteher schnell hinzu. »Gehen Sie mit Ihrem Mann. Ist das beste für Sie, Ma'am.«

Griselda zögerte, warf Hester noch einen ängstlichen Blick zu und ergab sich dann einer höheren Macht.

Hester war erleichtert, daß sie ging, und gleichzeitig dachte sie traurig daran, wie Mary ihr von Griseldas unbegründeter Sorge erzählt hatte. Ihr war, als könnte sie Marys Stimme hören und die Zuversicht, die daraus gesprochen hatte. Vielleicht hätte sie bessere Worte finden müssen, um Griselda zu trösten. Griselda schien mehr mit der Angst um das Baby beschäftigt zu sein als mit der Trauer um ihre Mutter. Möglicherweise war sie das erträglichere der beiden Gefühle. Wo andere Menschen sich in den Zorn zurückzogen – Hester hatte es oft genug erlebt –, suchte Griselda Zuflucht in ihrer Angst. Schwangerschaft, vor allem mit dem ersten Kind, konnte die seltsamsten Turbulenzen in einer Seele auslösen, Gefühle, die normalerweise nicht so weit an die Oberfläche kamen.

Aber jetzt war Griselda fort. Hester konnte ihr nichts mehr sagen. Vielleicht würde Murdoch noch die richtigen Worte finden oder das Richtige tun.

Man befragte sie noch fast eine Stunde lang, und sie gab immer wieder dieselben nutzlosen Antworten, bevor man ihr erlaubte, den Bahnhof zu verlassen. Den verschiedensten Behörden hatte sie Auskunft über die Instruktionen erteilen müssen, die sie in

Edinburgh bekommen hatte; sie mußte darüber berichten, was Mary am Abend für einen Eindruck auf sie gemacht hatte, daß sie nicht über das geringste Unwohlsein geklagt hatte, im Gegenteil, sie war sogar in äußerst angeregter Stimmung gewesen. Nein, Hester hatte in dieser Nacht nichts Außergewöhnliches gehört: Ohnehin waren die meisten Geräusche im Rattern der Räder untergegangen. Ja, selbstverständlich hatte sie Mrs. Farraline ihre Arznei verabreicht, eine Phiole, wie vorgeschrieben.

Hester war ganz benommen, als man sie endlich gehen ließ. Sie ging hinaus auf die Straße, nahm sich einen Wagen und nannte dem Kutscher Callandra Daviots Adresse. Sie verschwendete keinen Gedanken an die Frage, ob es besonders höflich war, mitten am Vormittag, unangekündigt und in diesem desolaten Zustand bei ihr hereinzuplatzen. Ihr Bedürfnis nach Wärme und Geborgenheit, nach einer vertrauten Stimme war so übermächtig, daß es Überlegungen zu schicklichem Benehmen gar nicht erst aufkommen ließ. Callandra legte zwar keinen großen Wert auf derlei Dinge, aber Exzentrik war nicht das gleiche wie ein Mangel an Rücksichtnahme.

Es war ein grauer Tag, der Wind trieb Regenschauer vor sich her, aber sie nahm ihre Umgebung gar nicht richtig wahr. Schmutzige Straßen mit rußgeschwärzten Hauswänden gingen über in liebenswerte Plätze mit buntbelaubten Bäumen, aber das alles drang nicht in ihr Bewußtsein.

»Da wär'n wir, Miss«, sagte der Kutscher schließlich und spähte durch das Guckloch auf sie herunter.

»Was ist?« fragte sie abwesend.

»Wir sind da, Miss. Sie müssen aussteig'n, schließlich könnense ja nich ewig da sitzenbleib'n. Wenn ich um das Fahrgeld bitten dürfte. Muß schließlich auch von was leben.«

»Nein, hier will ich bestimmt nicht sitzenbleiben!« sagte sie verärgert, stieß mit einer Hand den Wagenschlag auf und griff mit der anderen nach ihrer Tasche. Unbeholfen kletterte sie aus der Kutsche, stellte die Tasche auf dem Gehsteig ab, bezahlte den Kutscher und wünschte ihm einen guten Tag. Während das Pferd sich in Bewegung setzte und der Regen, der riesige Pfützen auf dem unebenen Trottoir hinterließ, wieder heftiger wurde, nahm sie ihre Tasche und stieg die Stufen zur Eingangstür hinauf. Sie schickte ein Stoßgebet zum Himmel, daß Callandra zu Hause sein möge und nicht unterwegs bei einer ihrer zahlreichen Unternehmungen. Bis dahin hatte sie sich geweigert, über diese Möglichkeit nachzudenken, aber jetzt erschien sie ihr so wahrscheinlich, daß sie noch auf der Treppe im Regen stehenblieb, unschlüssig, mit klammen Füßen und triefnassen Röcken.

Sie hatte nichts mehr zu verlieren. Also zog sie am Klingelknopf und wartete.

Die Tür öffnete sich, aber der Butler brauchte einen Moment, um sie zu erkennen.

»Guten Morgen, Miss Latterly.« Ihm schien noch etwas auf der Zunge zu liegen, aber er verkniff es sich.

»Guten Morgen. Ist Lady Callandra zu Hause?«

»Jawohl, Ma'am. Wenn Sie bitte eintreten wollen, dann melde ich Sie.« Er trat auf die Seite, um Hester hereinzulassen. Angesichts ihrer durchnäßten Kleidung zog er die Stirn in Falten. Mit spitzen Fingern nahm er ihr die Tasche aus der Hand und stellte sie ab. Dann entschuldigte er sich und ließ Hester ungerührt dort stehen, wo sie das gebohnerte Parkett volltropfte.

Callandra erschien persönlich, das ungewöhnliche Gesicht mit der langen Nase voller Sorge. Wie gewöhnlich wollte ihr störrisches Haar sich den Nadeln nicht fügen, und ihr grünes Kleid wirkte eher bequem als elegant. Früher, als sie noch jünger und schlanker war, hatten die weiten Röcke ihr gut gestanden, aber jetzt konnten sie eine gewisse Fülle um die Hüften herum nicht mehr verdecken und machten sie kleiner, als sie tatsächlich war. Doch ihr Auftreten war wie immer beeindruckend, und ihr Humor und ihre Intelligenz entschädigten mehr als reichlich für den Mangel an Schönheit.

»Sie sehen schrecklich aus, meine Liebe!« rief sie besorgt aus. »Was, um Himmels willen, ist passiert? Ich dachte, Sie wären nach Edinburgh gefahren. Ist die Reise ins Wasser gefallen?« Fürs erste ignorierte sie den durchnäßten Rock, das zerknitterte Kleid und das Haar, das nicht weniger in Unordnung war wie ihr eigenes. »Sie sehen ja richtig mitgenommen aus!«

Hester lächelte, so sehr erleichterte sie der Anblick Callandras. Er erfüllte sie mit einer Wärme, die tiefer ging als jede körperliche Empfindung, es war wie eine Heimkehr nach langer Reise.

»Ich war in Edinburgh. Ich bin mit dem Nachtzug zurückgekommen. Meine Patientin ist gestorben.«

»O mein Gott, das tut mir leid«, sagte Callandra schnell. »Noch vor Ihrer Ankunft? Wie entsetzlich! Na ja, aber... oh, je...« Sie sah Hester in die Augen. »Ich habe etwas falsch verstanden, stimmt's? Ist sie in Ihrer Obhut gestorben?«

»Ja...«

»Es war nicht recht von den Leuten, Sie mit einem todkranken Menschen loszuschicken«, konstatierte sie mit Entschiedenheit. »Die arme Frau, so weit fort von zu Hause zu sterben, und dazu noch in einem Zug. Sie müssen sich entsetzlich fühlen, meine Liebe. Man sieht es Ihnen an.« Sie nahm Hesters Arm. »Kommen Sie herein, und setzen Sie sich. Der Rock ist ja triefnaß. Meine Sachen passen Ihnen nicht. Sie müssen wohl mit einem Kleid meines Hausmädchens vorliebnehmen. Bis Ihres wieder trocken ist, wird es schon gehen. Sonst holen Sie sich noch den...« Sie schwieg und machte ein sorgenvolles Gesicht.

»Den Tod«, sagte Hester mit dem Anflug eines Lächelns. »Ich danke Ihnen.«

»Daisy!« rief Callandra mit lauter Stimme. »Daisy, komm bitte sofort her!«

Ein schlankes, dunkles Mädchen kam zur Eßzimmertür herein, einen Staubwedel in der Hand; das Spitzenhäubchen saß ihr ein wenig schief auf dem Kopf.

»Ja, Euer Lordschaft?«

»Du hast ungefähr Miss Latterlys Größe. Bitte, sei so gut und leih ihr eins von deinen Kleidern, bis ihres wieder trocken ist. Weiß der Teufel, was sie damit angestellt hat, aber es ist tropfnaß, und sie friert sich zu Tode darin. Ach, und bring ihr doch bitte auch ein Paar trockene Schuhe und Strümpfe. Und dann sag bitte Cook, daß er uns im grünen Salon eine heiße Schokolade servieren soll.«

»Sehr wohl, Euer Lordschaft.« Sie fabrizierte so etwas wie einen Knicks, gab Hester mit einem Blick zu verstehen, daß sie alle Instruktionen begriffen hatte und ging voraus, um den Auftrag auszuführen.

Zehn Minuten später war Hester wieder da; sie trug ein graues Stoffkleid, das ihr ausgezeichnet paßte, nur daß es ein paar Zentimeter zu kurz war und die geborgten Schuhe und Strümpfe sehen ließ. Sie setzte sich zu Callandra an den Kamin.

Es war eins ihrer Lieblingszimmer im Haus, ganz in Grün und Weiß gehalten, mit weißen Türen und Fensterlaibungen, die das Auge zum Licht führten. Die Möbel waren aus dunklem Rosenholz, mit cremefarbenem Brokat bezogen, und auf dem Tisch stand eine große Vase mit weißen Chrysanthemen. Sie legte die Hände um den Becher mit heißer Schokolade und trank dankbar ein paar Schlucke. Es war lächerlich, so zu frieren; draußen war noch lange nicht Winter, und der Frost war noch fern.

»Der Schock«, sagte Callandra voller Mitgefühl. »Trinken Sie. Es wird Ihnen guttun.«

Hester nahm noch einen Schluck und spürte die heiße Flüssigkeit durch ihre Kehle rinnen.

»Gestern abend ging es ihr noch so gut«, sagte sie bewegt. »Wir haben dagesessen und uns über alles mögliche unterhalten. Sie hätte gar nicht aufgehört zu reden, aber ihre Tochter hatte mir aufgetragen, dafür zu sorgen, daß sie spätestens um Viertel nach elf im Bett liegt.«

»Sie hatte großes Glück, daß es ihr bis zum letzten Augenblick ihres Lebens so gutging«, sagte Callandra und blickte über den Rand ihres Bechers. »Die meisten Menschen sind wochenlang krank, bevor sie sterben. Sicher, es ist zuerst immer ein schrecklicher Schock, aber nach einer Weile wird es wie ein Segen erscheinen.«

»Das denke ich auch«, sagte Hester langsam. Im Kopf wußte sie, daß Callandra vollkommen recht hatte, aber tief in der Seele fühlte sie nur Schuld und Trauer. »Ich hab' sie sehr gern gemocht«, sagte sie laut.

»Dann sollten Sie froh sein, daß sie nicht gelitten hat.«

»Ich komme mir so... überflüssig vor, so lieblos!« widersprach Hester. »Ich habe ihr überhaupt nicht helfen können. Nicht mal aufgewacht bin ich! Keine Hilfe, kein Trost, da hätte ich auch gleich zu Hause bleiben können.«

»Wenn sie im Schlaf gestorben ist, mein liebes Kind, wie hätten Sie ihr da helfen wollen?« stellte Callandra klar.

»Wahrscheinlich haben Sie recht...«

»Ich nehme an, Sie mußten es jemandem mitteilen. Familie?«

»Ja. Ihre Tochter und ihr Schwiegersohn waren am Bahnhof. Ihre Tochter hat es sehr schwergenommen.«

»Natürlich. Und manchmal macht so ein plötzlicher Schmerz

die Menschen zornig und ungerecht. War sie sehr unangenehm?«

»Nein... nein, gar nicht. Sie war wirklich sehr anständig.« Hester lächelte bitter. »Sie hat mir überhaupt keine Schuld gegeben, dabei hätte sie doch allen Grund gehabt. Sie war so verzweifelt, daß sie nicht mehr erfahren hat, was ihre Mutter ihr sagen wollte. Das arme Ding ist schwanger, und es ist ihr erstes Kind. Sie macht sich Sorgen um ihre Gesundheit, und Mrs. Farraline war gekommen, um sie zu beruhigen. Sie war außer sich darüber, daß sie nicht mehr erfahren wird, was Mrs. Farraline ihr mitteilen wollte.«

»Ein großes Unglück für alle Beteiligten«, sagte Callandra mitfühlend. »Aber niemand kann etwas dafür, allenfalls Mrs. Farraline selber. Sie hätte in ihrem Zustand nicht auf eine solche Reise gehen dürfen. Ein langer Brief wäre wohl besser gewesen. Aber hinterher ist man immer klüger.«

»Ich kann mich nicht erinnern, jemals eine Patientin so spontan ins Herz geschlossen zu haben«, sagte Hester und mußte schlukken. »Sie war sehr direkt in ihrer Art, sehr offen. Sie hat mir von der Nacht vor der Schlacht bei Waterloo erzählt, wie sie die ganze Nacht durchgetanzt haben. Nichts als Fröhlichkeit, Gelächter und Schönheit, eine wilde, ausgelassene Verzweiflung, und jeder wußte, was der nächste Tag bringen würde.« Einen Augenblick lang erschienen ihr das schummerige Licht des Eisenbahnabteils und Marys waches, intelligentes Gesicht wirklicher als die Gegenwart vor dem Kaminfeuer im grünen Zimmer.

Sie trank ihre Schokolade aus, behielt den leeren Becher aber in der Hand. »In der Halle hing ein Porträt ihres Mannes. Er hatte ein bemerkenswertes Gesicht, sehr ausdrucksvoll, voller unterdrückter Gefühle. Wissen Sie, was ich meine?« Sie sah Callandra fragend an. »So leidenschaftlich der Mund war, so unsicher blickten die Augen, als wollten sie nicht verraten, was er wirklich dachte.«

»Ein vielschichtiger Mann«, sagte Callandra. »Und ein begabter Künstler, der das alles in einem Gesicht einzufangen wußte.«

»Ihr Mann hat das Familienunternehmen gegründet, eine Buchdruckerei.«

»Ach, tatsächlich?«

»Er ist vor acht Jahren gestorben.«

Hester erzählte noch eine halbe Stunde lang von den Farralines und von dem wenigen, das sie von Edinburgh zu sehen bekommen hatte; Callandra hörte ihr zu. Schließlich erhob sie sich, riet Hester, sich die Frisur in Ordnung zu bringen, und sagte; sie müßte sich um das Mittagessen kümmern.

»Ja, natürlich«, sagte Hester schnell. Jetzt erst wurde ihr bewußt, wieviel von Callandras Zeit sie in Anspruch genommen hatte. »Tut mir leid... Ich... ich hätte...«

Callandra brachte sie mit einem Blick zum Schweigen.

»Gut«, sagte Hester gehorsam. »Ich werde mich um meine Haare kümmern und Daisy ihr Kleid zurückgeben.«

»Ihres ist bestimmt noch nicht trocken«, vermutete Callandra. »Dazu ist nach dem Essen auch noch Zeit.«

Ohne weitere Diskussion ging Hester nach oben in das Gästezimmer, in dem Daisy ihre Tasche abgestellt hatte, und klappte sie auf, um nach dem Kamm und ein paar Haarnadeln zu suchen. Sie steckte ihre Hand an der Seite hinein und tastete zuversichtlich herum. Kein Kamm. Sie versuchte es auf der anderen Seite, und gleich hatte sie ihn gefunden. Die Nadeln machten es ihr nicht so leicht. Sie steckten in einer kleinen Papiertüte, aber sie konnte sie einfach nicht finden.

Voller Ungeduld kippte sie den Inhalt auf das Bett. Sie hob das Unterkleid hoch, das sie in Mrs. Farralines Haus vor ihrem Mittagsschlaf gewechselt hatte. Kaum zu glauben, daß es erst gestern gewesen war. Sie schüttelte es aus. Etwas flog in hohem Bogen heraus und landete mit leisem Geräusch auf dem Fußboden.

Es lag gleich neben dem Bettpfosten. Sie hob es auf – und wußte sofort, daß etwas nicht stimmte. Es war kein Papier, auch keine einzelne Haarnadel. Ein verzweigtes Stück Metall. Ihr Herz stand still, der Mund wurde ihr plötzlich trocken. Es war eine Brosche, eine mit Diamanten und großen, grauen Perlen besetzte Schnecke. Sie hatte das Schmuckstück noch nie gesehen, aber seine Beschreibung hatte sich ihr eingeprägt. Es war Mary Farralines Brosche, ihre Lieblingsbrosche, die sie zu Hause gelassen hatte, weil auf dem Kleid, zu dem sie paßte, ein Fleck war.

Beinahe widerwillig nahm sie die Brosche in die Hand und ging – die Frisur noch immer nicht durch Nadeln gebändigt – die Treppe wieder hinunter in das grüne Zimmer.

Callandra blickte auf. »Was ist los?« Sie sah sofort, daß etwas Schlimmes geschehen war. »Was ist passiert?«

Hester zeigte ihr die Brosche.

»Sie gehörte Mary Farraline«, sagte sie mit heiserer Stimme. »Ich habe sie gerade in meiner Tasche gefunden.«

»Nun setzen Sie sich erst mal«, forderte Callandra sie auf und streckte die Hand nach der Brosche aus.

Dankbar ließ Hester sich in den Sessel sinken. Jegliche Kraft schien aus ihren Beinen gewichen zu sein.

Callandra nahm die Brosche und besah sie sich von allen Seiten, prüfte die Perlen und den Feingehaltsstempel auf der Rückseite.

»Die ist 'ne ganze Menge wert«, sagte sie mit leiser, sehr ernster Stimme. »Mindestens neunzig bis hundert Pfund.« Sie runzelte die Stirn. »Ich nehme an, Sie haben keine Ahnung, wie die Brosche in Ihre Tasche gekommen ist?«

»Nein, nicht die entfernteste. Mrs. Farraline hat sie nicht mitgenommen, weil das Kleid, zu dem sie paßt, einen Fleck hat.«

»Offensichtlich hat ihr Hausmädchen nicht richtig zugehört.« Callandra biß sich auf die Lippe. »Und sie ist wohl auch nicht... alles andere als ehrlich. So etwas passiert nicht aus Versehen. Irgend etwas stimmt hier nicht, Hester, aber ich kann mir keinen Reim darauf machen. Wir brauchen Hilfe. Ich schlage vor, daß Sie William...«

Hester erstarrte.

»... um Rat bitten«, beendete Callandra den Satz. »Das ist eine Sache, mit der wir nicht alleine fertig werden, und es wäre auch nicht klug, es zu versuchen. Meine Liebe, an der Geschichte ist etwas faul. Die arme Frau ist tot. Vielleicht ist es nur ein unglücklicher Zufall, daß ihr Schmuck bei Ihren Sachen gelandet ist, aber ich kann es mir beim besten Willen nicht vorstellen!«

»Und Sie meinen...?« Die Vorstellung, Monk um Hilfe bitten zu müssen, war Hester ein Greuel. Es erschien ihr völlig sinnlos, und im Moment war sie viel zu müde und zu durcheinander, um sich dem gefühlsgeladenen Wortgefecht gewachsen zu fühlen, das Monk mit Sicherheit vom Zaun brechen würde.

»Ja, das meine ich«, gab Callandra nicht nach. »Sonst hätte ich es Ihnen nicht vorgeschlagen. Ich will Ihnen meinen Willen nicht aufzwingen, aber ich möchte Sie eindringlich bitten, sich Rat zu holen, und zwar so schnell wie möglich.«

Einen Augenblick lang dachte Hester angestrengt nach, suchte nach einem triftigen Grund, nicht zu Monk gehen zu müssen, dabei wußte sie längst, daß es sinnlos war. Es gab kein vernünftiges Argument gegen Callandras Vorschlag.

Callandra wartete; sie wußte, es war nur eine Frage der Zeit, bis Hester nachgeben würde.

»Ja...«, sagte Hester leise, »ja, Sie haben recht. Ich werde nach oben gehen, meine Haarnadeln suchen, und dann will ich sehen, ob ich Monk irgendwo ausfindig machen kann.«

»Sie können meine Kutsche nehmen«, bot Callandra ihr an.

Hester lächelte matt. »Sie glauben mir wohl nicht, daß ich wirklich hinfahre?« Aber sie wartete nicht auf eine Antwort. Sie wußten beide, daß es der einzige Ausweg war.

Monk sah sie nachdenklich an. Sie waren in dem kleinen Salon. Es war Hesters Vorschlag gewesen, ihn als Empfangszimmer zu nutzen. Hier würden seine Klienten sich wesentlich wohler fühlen als in dem förmlich eingerichteten Büro, das ihr viel zu offiziell und entmutigend vorkam. Schließlich wirkte Monk selber, mit seinem glatten, kantigen Gesicht und dem durchdringenden Blick, schon einschüchternd genug.

Er stand am Kamin. Als er die Tür gehört hatte, war er sofort herausgekommen. Er hatte sie mit einem sonderbaren Blick begrüßt, einer Mischung aus Freude und Unwillen. Er hatte wohl auf einen Klienten gehofft. Mißbilligend betrachtete er das schlichte Kleid, das sie sich von Callandras Hausmädchen geborgt hatte, ihr blasses Gesicht und die hastig geordnete Frisur.

»Was ist passiert? Sie sehen schrecklich aus.« Das klang nach unverhohlener Kritik. Doch sogleich mischte sich Besorgnis in seinen Blick. »Sie sind doch nicht etwa krank?« Seine Stimme klang verärgert, als käme es ihm ungelegen, wenn sie krank wäre. Oder war es Angst?

»Nein, ich bin nicht krank!« erwiderte sie barsch. »Ich bin mit dem Nachtzug aus Edinburgh gekommen, zusammen mit einer Patientin.« Es fiel ihr schwer, die Worte gefaßt und sachlich vorzubringen. Gäbe es doch noch jemand anderen, an den sie sich wenden könnte, jemanden, der die Gefahr so gut einzuschätzen wüßte wie Monk und ihr mit Rat und Tat zur Seite stehen würde!

Er wollte bereits zu einer scharfen Erwiderung ansetzen, aber da er sie gut kannte und spürte, daß die Sache sehr ernst war, hörte er erst einmal aufmerksam und geduldig zu.

»Meine Patientin war eine alte Dame aus einer angesehenen Edinburgher Familie«, fuhr sie fort. Ihre Stimme wurde ruhiger und verlor an Schärfe. »Eine Mrs. Farraline. Ich war angestellt, um ihr spätabends ihre Arznei zu geben: Das war wirklich alles, was ich zu tun hatte. Abgesehen davon sollte ich wohl eine Art Reisebegleiterin für sie sein.«

Er unterbrach sie nicht. Sie lächelte bitter. Vor ein paar Monaten noch hätte er sie unterbrochen. Aber die Notwendigkeit, sich für seinen Lebensunterhalt Klienten suchen zu müssen, statt sie präsentiert zu bekommen wie als Polizeiinspektor, hatte ihn zwar nicht gerade Bescheidenheit, aber doch ein wenig Diplomatie gelehrt.

Er bot ihr einen Platz an und setzte sich in den Sessel gegenüber, immer noch aufmerksam zuhörend.

Schmerzhaft rief sie sich den eigentlichen Anlaß ihres Besuchs ins Gedächtnis. »Sie ist gegen halb zwölf eingeschlafen«, fuhr sie fort. »Jedenfalls hatte ich den Eindruck. Ich habe selber sehr gut geschlafen ... auf dem Weg nach Edinburgh mußte ich mit einem Waggon zweiter Klasse vorlieb nehmen.« Sie schluckte. »Nachdem ich heute morgen aufgewacht war, kurz vor unserer Ankunft in London, hab' ich versucht, sie zu wecken ... aber da war sie schon tot.«

»Das tut mir leid«, sagte er. Es klang ehrliches Mitgefühl aus seinen Worten, aber auch etwas Abwartendes. Er konnte sich vorstellen, wie beunruhigt sie war. Auch wenn sie wahrscheinlich nichts dafür konnte, war es doch so etwas wie ein persönliches Scheitern, und zweifelsohne betrachtete sie es als solches. Bisher hatte sie ihm weder ihre Fehler noch ihre Betrübnis eingestanden – oder höchstens indirekt. Aber sie war sicher nicht nur gekommen, um ihm von dem Tod der alten Dame zu berichten. Er stand auf, setzte einen Fuß auf das Kamingitter, lehnte die Schulter gegen den Sims und wartete darauf, daß sie fortfuhr.

»Natürlich mußte ich den Bahnhofsvorsteher informieren und danach ihre Tochter und ihren Schwiegersohn, die gekommen waren, um sie abzuholen. Es hat eine ganze Weile gedauert, bis ich den Bahnhof verlassen durfte. Ich bin von dort aus gleich zu Callandra gefahren …«

Er nickte. Das hatte er nicht anders erwartet. Er hätte es genauso gemacht. Callandra war wahrscheinlich der einzige Mensch auf der Welt, dem er sich anvertrauen würde. Niemals hätte er Hester freiwillig auch nur eine einzige seiner Schwächen offenbart. Natürlich hatte sie ein paar davon kennengelernt, im Gegensatz zu Callandra, aber das war etwas anderes – es hatte sich nicht vermeiden lassen.

»Während ich dort war, bin ich nach oben gegangen, um nach ein paar Haarnadeln zu suchen …«

Sein Lächeln war äußerst ironisch. Sie wußte, daß ihr Haar noch immer in Unordnung war und was er darüber dachte. Ihr Ton wurde wieder schärfer.

»Als ich meine Hand in die Reisetasche steckte, fand ich statt der Nadeln eine Brosche … eine Brosche mit Diamanten und grauen Perlen. Meine ist es nicht, und ich bin ziemlich sicher, daß sie Mrs. Farraline gehört hat. Sie hat sie mir beschrieben, als wir uns darüber unterhielten, was sie in London alles unternehmen und dazu anziehen würde.«

Sein Gesicht verfinsterte sich. Er setzte sich wieder in den Sessel und wartete geduldig darauf, daß sie sich auch endlich setzen würde.

»Im Zug hat sie die Brosche also nicht getragen?« fragte er.

»Nein! Das ist es ja! Sie hat sie zu Hause in Edinburgh gelassen. Das Kleid, zu dem sie sie immer trug, hatte einen Fleck!«

»Hat sie nur zu einem Kleid gepaßt?« fragte er erstaunt, aber der Zweifel in der Stimme spiegelte sich nicht in seinen Augen. Sein Verstand war schon ein Stück voraus, hatte ihre Angst längst begriffen.

»Graue Perlen«, erklärte sie unnötigerweise, »passen zu den meisten Farben nicht und bleiben stumpf.« Sie redete weiter, um nicht eingestehen zu müssen, was es wirklich bedeutete. »Sogar Schwarz wäre nicht…«

»Gut!« unterbrach er sie. »Sie hat also gesagt, sie hätte die Brosche zu Hause gelassen? Ich vermute, sie hat ihre Koffer nicht selber gepackt. Für so was dürfte sie ein Hausmädchen gehabt haben. Und während der Reise war der Koffer doch sicher im Gepäckwagen. Haben Sie das Hausmädchen kennengelernt? Hatten Sie Streit mit ihr? War sie neidisch, weil sie gerne selber mit nach London gefahren wäre?«

»Nein! Sie wollte sicher nicht fahren. Und Streit hatten wir auch nicht. Sie war sehr freundlich.«

»Und wer hat die Brosche in Ihre Tasche gesteckt? Sie wären nicht hier, wenn Sie es selber getan hätten!«

»Seien Sie nicht albern!« sagte sie wütend. »Natürlich war ich es nicht selber. Wenn ich eine Diebin wäre, würde ich es Ihnen bestimmt nicht auf die Nase binden!« Je mehr die Angst von ihr Besitz ergriff, je deutlicher sie spürte, wie prekär ihre Situation war, um so lauter und schriller wurde ihre Stimme.

Er sah sie traurig an. »Wo ist die Brosche jetzt?«

»In Callandras Haus.«

»Da die arme Frau nun mal tot ist, kann man sie ihr nicht einfach zurückgeben. Und wir wissen nicht, ob sie zufällig verlorengegangen oder Teil eines verbrecherischen Plans ist. Das könnte alles sehr unangenehm werden.« Er biß sich nachdenklich auf die Lippe. »Trauernde Menschen sind oft irrational und nur zu gern bereit, ihre Trauer in Zorn zu verwandeln. Zorn ist einfacher zu ertragen, und es kann erleichternd sein, einen Sündenbock zu haben. Die Rückgabe der Brosche sollten wir in professionelle Hände legen; es muß jemand sein, der in diesem Fall vorbehaltlos auf Ihrer Seite steht. Wir sollten mit Rathbone sprechen.« Ohne darauf zu warten, ob sie mit seinem Vorschlag einverstanden war, nahm er Mantel und Hut von der Garderobe und ging zur Tür. »Also los, was sitzen Sie noch herum«, sagte er schroff. »Je eher es erledigt ist, desto besser! Außerdem könnte ich einen Klienten verlieren, wenn ich meine Zeit nutzlos vertrödle.«

»Sie müssen nicht mitkommen!« erwiderte sie und erhob sich. »Ich finde schon alleine zu Oliver. Ich danke Ihnen für Ihren Rat.« Sie ging an ihm vorbei aus dem Zimmer und steuerte auf den Eingang zu. Draußen regnete es, und als sie die Haustür öffnete, erschauerte sie vor der Kälte, die so recht zu ihrer Angst und dem Gefühl der Einsamkeit paßte.

Er ignorierte ihre Worte, folgte ihr nach draußen, schloß hinter sich die Tür und machte sich auf den Weg zur Hauptstraße, wo sie einen Hansom finden würden, um sich von der Tottenham Court Road durch die City fahren zu lassen, nach Westen, zu den Inns of Court und zur Vere Street, wo Oliver Rathbone sein Büro hatte. Sie mußte sich ihm anschließen, wenn sie keinen Streit vom Zaun brechen wollte, was ziemlich töricht gewesen wäre.

Es herrschte starker Verkehr; Kutschen, Kabrioletts, Karren, Fuhrwerke aller Art kamen vorbei, Wasser spritzte aus den Rinnsteinen, die Räder zischten über die nasse Straße, die dunklen Felle der triefnassen Pferde glänzten. Die Kutscher saßen gebückt auf ihren Böcken, die Hände um die Zügel geklammert; mit hochgeschlagenen Mantelkrägen und tief ins Gesicht gezogenen Hüten versuchten sie, meistens vergeblich, den Regen daran zu hindern, ihnen in den Nacken zu laufen.

Ein kleiner Junge von acht oder neun Jahren war trotz des Regens damit beschäftigt, den Pferdemist aus der Kreuzung zu fegen, um den Fußgängern, die auf die andere Straßenseite wollten, einen sauberen Übergang zu ermöglichen. Er schien eine dieser glücklichen Seelen zu sein, die es verstehen, aus jeder Situation das Beste zu machen. Eine fadenscheinige Hose klebte ihm an den Beinen, die Jacke war zu lang und klaffte am Hals auseinander, aber eine riesige Mütze schien ihn vor dem Regen zu schützen. Er hatte sie schräg aufgesetzt, nur die untere Gesichtshälfte war zu sehen, deshalb war die große Zahnlücke in seinem Lächeln das erste, was einem auffiel.

Monk wollte die Straße nicht überqueren, trotzdem warf er ihm einen Halfpenny zu, und Hester spürte eine plötzliche Hoffnung in sich aufsteigen. Der Junge fing die Münze auf und schob sie ganz automatisch zwischen die Zähne, um ihre Echtheit zu prüfen; dann erst tippte er sich an den Mützenschirm und rief Monk seinen Dank zu.

Monk hielt einen Hansom an. Der Wagen stand noch nicht richtig, da riß er bereits den Schlag für Hester auf, kletterte nach ihr in den Fond und rief dem Kutscher Rathbones Adresse zu.

»Sollte ich nicht zuerst die Brosche holen?« fragte Hester. »Damit er sie den Farralines zurückgeben kann.«

»Ich glaube, Sie sollten ihm erst einmal Bericht erstatten«, erwiderte er und machte es sich auf seinem Sitz bequem, während die Kutsche sich in Bewegung setzte. »Zu Ihrer eigenen Sicherheit.«

Sie fröstelte wieder. Schweigend ließen sie sich durch die nassen Straßen fahren. Sie dachte an Mary Farraline und daran, wie gern sie diese Frau gemocht hatte. Es fiel ihr schwer zu akzeptieren, daß sie so plötzlich und unwiderbringlich gegangen war.

Monk unterbrach sie nicht in ihren Gedanken. Was ihn auch beschäftigen mochte, es absorbierte ihn vollkommen. Einmal warf sie ihm einen Seitenblick zu und sah, wie konzentriert sein Gesicht war: Der Blick nach vorne gerichtet, die Augenbrauen ein wenig nach unten gezogen, die Lippen geschlossen.

Sie wandte den Blick wieder ab und fühlte sich ausgeschlossen.

In der Vere Street hielt der Wagen. Nachdem Monk dann den Kutscher bezahlt hatte, gingen sie quer über den Gehsteig zum Eingang der Kanzlei.

Auf ihr Läuten öffnete ein weißhaariger Kanzleidiener im Gehrock mit Eckenkragen die Tür.

»Guten Tag, Mr. Monk«, sagte er förmlich. Hinter Monk erblickte er Hester. »Guten Tag, Miss Latterly. Bitte, kommen Sie doch herein. Ein schreckliches Wetter.« Er schüttelte den Kopf und trat einen Schritt zurück, damit sie eintreten konnten. »Ich fürchte, Mr. Rathbone rechnet nicht mit Ihnen.« Er sah sie ratlos an, der Blick seiner grauen Augen war ganz ruhig, wie der eines desillusionierten Schulmeisters. »Es ist gerade ein Herr bei ihm.«

»Wir warten«, sagte Monk finster. »Unsere Sache duldet keinen Aufschub.«

»Natürlich.« Der Kanzleidiener nickte und deutete auf Sitzgelegenheiten, wo sie es sich bequem machen konnten. Monk lehnte ab und blieb ungeduldig stehen, starrte durch die gläserne Trennwand ins Büro, wo junge Kanzleischreiber in dunklen Jakken Klageschriften und Urkunden auf Kupferplatten kopierten und andere, ein wenig ältere Angestellte in gewaltigen Gesetzbüchern nach Verweisen und Präzedenzien suchten.

Hester setzte sich, und schließlich nahm auch Monk Platz,

aber nur, um gleich darauf wieder aufzuspringen, unfähig, ruhig sitzenzubleiben. Ein oder zwei der Männer hoben den Kopf, nachdem sie ihn aus den Augenwinkeln erspäht hatten, aber niemand sagte etwas.

Die Minuten vergingen. Monks Gesicht verfinsterte sich zunehmend, er konnte seine Ungeduld nicht verbergen.

Schließlich flog die Tür zu Rathbones Büro auf, und ein älterer Herr mit buschigem Backenbart kam heraus, drehte sich noch einmal um, sagte etwas und ging nach einer leichten Verbeugung hinüber zum Empfangstisch des weißhaarigen Kanzleidieners, der sich von seinem Platz erhob, um dem Herrn Hut und Gehstock zu reichen.

Monk setzte sich in Bewegung. Jetzt sollte ihm keiner mehr zuvorkommen. Er stieß die Tür zum Büro noch ein Stück weiter auf und stand Oliver Rathbone gegenüber.

»Guten Tag«, begrüßte Monk ihn kühl. »Hester und ich haben eine höchst dringliche Angelegenheit, in der wir Ihren Rat benötigen.«

Rathbone rührte sich nicht von der Stelle. Sein langes Gesicht mit den lebhaften Augen drückte nur gutgelaunte Verblüffung aus.

»Ach, tatsächlich?« Er blickte an Monk vorbei zum Kanzleidiener hinüber, der den gerade verabschiedeten Klienten zur Tür begleitet hatte und jetzt, angesichts Monks schlechter Manieren, ein wenig ratlos im Foyer stand. Ihre Blicke begegneten sich in wortlosem Einvernehmen. Monk war das nicht entgangen, und unerklärlicherweise ärgerte es ihn. Aber er war nun mal in der Rolle des Bittstellers, mit Sarkasmus hätte er sich nur selber geschadet. Also trat er einen Schritt zurück, damit Rathbone einen Blick auf Hester werfen konnte, die hinter ihm saß.

Oliver Rathbone war schlank und von mittlerer Größe; er

kleidete sich mit der Ungezwungenheit eines Mannes, für den nur das Beste gut genug und Eleganz eine Selbstverständlichkeit war. Es erforderte keinerlei Anstrengung, es gehörte zu seiner Lebensart.

Als er jedoch Hesters bleiches Gesicht erblickte und ihrer ungewohnt ungepflegten Erscheinung gewahr wurde, bekam seine Haltung einen Knacks, und er trat eilig auf sie zu, ohne weiter auf Monk zu achten.

»Meine liebe Hester, was ist denn passiert? Sie sehen ziemlich… verzweifelt aus!«

Vor fast zwei Monaten hatten sie sich zum letztenmal gesehen, und das war eine eher zufällige Begegnung gewesen. Hester wußte nicht genau, wie er ihre Beziehung einschätzte. Formal gesehen war es mehr eine berufliche als eine persönliche. Sie gehörte nicht seinen gesellschaftlichen Kreisen an. Und doch waren sie in einem tieferen Sinn Freunde. Sie teilten leidenschaftliche Überzeugungen von Gerechtigkeit, hatten miteinander offener über bestimmte Dinge geredet, als jeder von ihnen mit irgend jemand anderem. Andrerseits gab es große Bereiche persönlicher Empfindungen, die bei ihren Gesprächen völlig unberührt blieben.

Jetzt blickte er sie mit offensichtlicher Sorge an. Trotz seines blonden Haars hatte er sehr dunkle Augen, und sie spürte die Intelligenz hinter diesem Blick.

»Nun erzählen Sie's ihm schon«, schnauzte Monk und deutete auf die Tür zum Büro. »Aber nicht hier draußen«, fügte er hinzu, als befürchtete er, sie wäre in ihrer Geistesabwesenheit zu solcher Indiskretion fähig.

Ohne Monk eines Blickes zu würdigen, ging Hester an Rathbone vorbei in das Büro. Monk folgte ihr, Rathbone trat als letzter ein und schloß die Tür.

Hester machte keine Umschweife. Ruhig, in knappen Worten und so sachlich wie möglich schilderte sie das Geschehene.

Rathbone hörte ihr zu, ohne sie zu unterbrechen; zweimal setzte Monk zu einer Bemerkung an, überlegte es sich jedoch beide Male anders.

»Wo ist die Brosche jetzt?« fragte Rathbone, als sie fertig war.

»Bei Lady Callandra«, antwortete sie. Rathbone kannte Callandra, eine Erklärung erübrigte sich.

»Aber sie hat nicht gesehen, wo Sie die Brosche gefunden haben? Es spielt keine große Rolle«, fügte er schnell hinzu, als er ihre Bestürzung bemerkte. »Wäre es möglich, daß Sie Mrs. Farraline mißverstanden haben, als sie sagte, sie habe das Schmuckstück in Edinburgh gelassen?«

»Ich wüßte nicht wie. Wir haben uns ja ausführlich über die Brosche und das dazu passende Kleid unterhalten.« Sie konnte sich die Frage nicht verkneifen: »Was meinen Sie, was passiert ist?«

»Ähnelt Ihre Tasche einer der Taschen, die Mrs. Farraline dabeihatte?«

Hester fror, und sie hatte einen Knoten im Magen.

»Nein. Ich hatte eine Tasche aus weichem, braunem Leder dabei. Mrs. Farralines Gepäckstücke sind aus hellem Schweinsleder, tragen ihr Monogramm und passen alle zueinander.« Ihre Stimme klang heiser, und sie hatte einen trockenen Mund. Hinter sich spürte sie Monks wachsenden Ärger. »Niemand hätte die Taschen verwechseln können«, stellte sie abschließend fest.

Rathbone sprach sehr leise. »Ich fürchte, dann bleibt als einzige Erklärung böser Wille, und warum jemand so etwas tun sollte, kann ich mir nicht erklären.«

»Ich war doch nicht mal einen ganzen Tag lang dort! Ich habe nichts getan, um jemanden vor den Kopf zu stoßen!«

»Sie sollten mir das Schmuckstück so schnell wie möglich bringen. Inzwischen setze ich einen Brief an Mrs. Farralines Familie auf und teile ihnen mit, daß es gefunden wurde und daß wir es umgehend zurückgeben werden. Verlieren Sie bitte keine Zeit. Ich habe das Gefühl, die Sache duldet keinen Aufschub mehr.«

Hester erhob sich. »Ich verstehe es nicht«, sagte sie hilflos. »Es erscheint alles so sinnlos!«

Auch Rathbohne hatte sich erhoben, um sie zur Tür zu bringen. Er sah erst Monk an, dann wieder Hester.

»Vielleicht ein Familienstreit, von dem wir keine Ahnung haben, oder eine gezielte Bosheit gegen Mrs. Farraline, der ihr Tod tragischerweise zuvorgekommen ist. Das spielt im Moment keine Rolle. Sie bringen mir jetzt die Brosche und erhalten von mir eine Quittung, und ich werde die Sache mit Mrs. Farralines Testamentsvollstreckern regeln.«

Sie zögerte noch, unschlüssig und verwirrt, Gesichter stiegen vor ihr auf: Mary, Oonagh, Alastair beim Abendessen, die schöne Eilish, Baird und Quinlan, die sich nicht ausstehen konnten, Kenneth, der zu seiner Verabredung eilte, die geistesabwesende Deirdra, der Mann auf dem Porträt in der Halle und der betrunkene, polternde Onkel Hector.

»Kommen Sie!« fuhr Monk sie an und zog sie ungeduldig am Arm. »Wir dürfen keine Zeit verlieren, schon gar nicht, um ein Problem zu lösen, über das uns die Informationen fehlen.«

»Ja... ich komme ja schon«, sagte sie, immer noch zögernd. Sie drehte sich zu Rathbone um. »Vielen Dank.«

Schweigend fuhren sie zu Callandra, Monk ganz in seine Gedanken versunken und Hester mit ihren Gedanken in Edinburgh und auf der Suche nach einem Motiv für den sinnlosen, bösartigen Streich, den man ihr gespielt hatte. Wer war es? Mary? Hector? Oder vielleicht die Zofe? Hatte sie es getan? Ja, so mußte es gewesen sein. Eines der Hausmädchen war eifersüchtig geworden und hatte versucht, ihr Ärger zu machen, um ihre Aufgabe zu bekommen.

Gerade wollte sie Monk ihre Überlegung mitteilen, da hielt der Wagen auch schon vor Callandras Haus, und der Gedanke ging unterwegs verloren.

Der Butler öffnete mit blassem Gesicht, weit entfernt von einem Lächeln. Er schloß die Tür hinter ihnen und ging mit hastigen Schritten voran.

»Was ist los«, fragte Monk sofort.

»Ich fürchte, da sind zwei Herren von der Polizei im Nebenzimmer, Sir«, antwortete der Butler grimmig. Sein Gesicht spiegelte sowohl Abscheu als auch Besorgnis wieder. »Ihre Ladyschaft redet gerade mit ihnen.«

Monk schritt energisch an ihm vorbei und riß die Tür zum Nebenzimmer auf. Hester folgte ihm, ruhiger und besonnener jetzt, wo der Moment gekommen war.

Callandra stand mitten im Zimmer und fuhr beim Geräusch der Tür herum. Vor ihr standen zwei Männer, der eine klein und stämmig mit einfältigem Gesicht und großen Augen, der andere war größer, schlanker und fuchsgesichtig. Falls einer von ihnen Monk kannte, ließ er es sich nicht anmerken.

»Guten Tag, Sir«, sagte der kleinere der beiden höflich, ohne ein Erkennen im Blick. »Guten Tag, Ma'am. Sergeant Daly, Metropolitan Police. Sie sind Miss Latterly, richtig?«

Hester schluckte. »Ja...« Die Stimme wollte ihr nicht gehorchen. »Was wünschen Sie? Geht es um den Tod von Mrs. Farraline?«

»Nein, Miss, im Augenblick nicht.« Er trat einen Schritt vor, höflich und sehr förmlich. Sein größerer Kollege war offensichtlich der Untergebene. »Miss Latterly, ich habe die Befugnis, ihr Gepäck zu durchsuchen und eventuell eine Leibesvisitation durchzuführen. Ein Schmuckstück, das der verstorbenen Mrs. Farraline gehörte, ist nach Aussage ihrer Tochter aus ihrem Gepäck verschwunden. Vielleicht können Sie uns die Unannehmlichkeit ersparen und uns sagen, ob ein solches Schmuckstück in Ihrem Besitz ist.«

»Ja«, sagte Monk mit eisiger Stimme. »Sie hat die Angelegenheit bereits ihrem Rechtsbeistand mitgeteilt. Wir sind auf dem Weg, ihm die Brosche zu bringen, damit er sie an Mrs. Farralines Familie zurückgeben kann.«

Sergeant Daly nickte. »Sehr klug von Ihnen, Ma'am, aber nicht ausreichend, fürchte ich. Sie müssen leider mit uns kommen.«

»Unsinn!« Zum erstenmal schaltete Callandra sich ein. »Ich habe Ihnen doch erzählt, wie es gewesen ist. Miss Latterly hat das vermißte Schmuckstück gefunden und Vorkehrungen getroffen, um es zurückzugeben. Weitere Erklärungen brauchen Sie nicht. Sie hat eine lange Reise nach Edinburgh und zurück hinter sich und dazu ein höchst bedauerliches Erlebnis. Sie wird nirgendwohin mit Ihnen gehen, nur um eine Erklärung abzugeben, deren Inhalt Sie bereits kennen. Sie sind doch kein Idiot, Mann! Sie haben doch genau verstanden, was passiert ist.«

»Nein, Euer Lordschaft, das habe ich nicht«, sagte er ruhig. »Ich verstehe nicht, warum eine unbescholtene Frau, die sich um Kranke kümmert, einer alten Dame ein Schmuckstück stiehlt. Und so stellt die Sache sich zweifellos dar. Ich fürchte, Miss Latterly, Sie müssen mit uns kommen.« Er schüttelte langsam den Kopf. »Und machen Sie es nicht schwerer, indem Sie Widerstand leisten. Ich möchte Ihnen nicht gerne Handschellen anlegen – aber ich tu's, wenn Sie mich dazu zwingen.«

Zum zweitenmal an diesem Tag traf lähmendes Entsetzen sie wie ein Schlag, bevor es sich in kalte, erbarmungslose Gewißheit auflöste.

»Das wird nicht nötig sein«, sagte sie mit sehr leiser Stimme. »Ich habe Mrs. Farraline nichts gestohlen. Sie war meine Patientin, und ich habe sie sehr geschätzt. Noch nie habe ich irgend jemandem etwas gestohlen.« Sie wandte sich an Callandra. »Ich danke Ihnen sehr, aber ich glaube, Protest wäre völlig sinnlos.« Sie war den Tränen gefährlich nahe und traute sich nicht zu, noch etwas zu sagen, am allerwenigsten zu Monk.

Callandra holte die Brosche, die sie auf den Kaminsims gelegt hatte, bevor Hester gegangen war, und übergab sie wortlos dem Sergeanten.

»Danke, Ma'am.« Er wickelte sie in ein großes, sauberes Taschentuch, das er aus der Manteltasche gezogen hatte. Dann wandte er sich wieder an Hester. »Nun denn, Miss, am besten kommen Sie jetzt gleich mit mir. Vielleicht kann Constable Jacks Ihre Reisetasche mitnehmen. Dann haben Sie alles, was Sie brauchen, zumindest für diese Nacht.«

Hester war zunächst verblüfft, doch dann fiel ihr ein, daß sie natürlich von der Reisetasche wußten. Sie hatten ja auch gewußt, wo sie zu finden war. Ihre Hauswirtin mußte ihnen Callandras Adresse gegeben haben.

Ihr blieb gerade noch Zeit, einen Blick auf Monk zu werfen, der vor Wut kochte. Und dann fand sie sich auch schon in der Halle wieder, von zwei Polizisten in die Mitte genommen, die sie unerbittlich durch die Haustür brachten, hinaus in den kalten, grauen Tag und den strömenden Regen.

Viertes Kapitel

Hester saß im Fond des schwarzen, geschlossenen Polizeifuhrwerks zwischen dem Constable und dem Sergeant. Sehen konnte sie nichts, sie spürte nur das Schwanken und Ruckeln der Kutsche, mit der man sie von Callandras Haus an einen ihr unbekannten Ort brachte. Ihr Verstand war in sinnlosem Aufruhr. Es kam ihr vor, als wäre ihr Kopf mit Lärm und Finsternis gefüllt. Keinen Gedanken konnte sie festhalten; kaum glaubte sie ihn gefaßt zu haben, wurde er ihr auch schon wieder entrissen.

Wie war die Perlenbrosche in ihre Tasche gekommen? Wer könnte sie hineingetan haben? Und warum? Mary hatte sie zu Hause gelassen. Das hatte sie ihr gesagt. Warum hatte ihr jemand so übel mitgespielt? Sie hatte doch gar keine Zeit gehabt, sich Feinde zu machen, selbst wenn sie jemandem wichtig genug gewesen wäre.

Der Wagen hielt an, aber durch die verhängten Seitenfenster war nichts zu sehen. Weiter vorne wieherte ein Pferd, und ein Mann stieß einen Fluch aus. Mit einem Ruck setzten sie sich wieder in Bewegung. War sie das Opfer eines Komplotts geworden, eines finsteren Racheplans, von dem sie keine Ahnung hatte? Aber was war das für ein Plan? Wie sollte sie sich verteidigen? Wie sollte sie irgend etwas beweisen?

Sie warf einen Seitenblick auf den Sergeant, der aber schaute stur nach vorne, sie sah nur sein unbewegtes Profil. Als sie schließlich das Revier erreicht hatten, brachte man sie in einen stillen, düsteren Raum und beschuldigte sie ganz offiziell, eine

Perlenbrosche aus dem Besitz ihrer Patientin, der in der Zwischenzeit verstorbenen Mary Farraline aus Edinburgh, entwendet zu haben.

»Ich habe sie nicht genommen«, sagte sie leise.

Ihre Gesichter waren traurig und voller Geringschätzung. Niemand antwortete ihr. Sie wurde zu einer Zelle gebracht, mit einer Hand im Nacken sanft hineingestoßen, und noch bevor sie sich umgedreht hatte, war die schwere Tür hinter ihr ins Schloß gefallen, und der Riegel wurde vorgeschoben.

Die Zelle war acht oder neun Quadratmeter groß, auf einer Seite standen eine Pritsche und ein hölzernes Gestell mit einem Loch in der Mitte, welches offensichtlich der Verrichtung menschlicher Bedürfnisse dienen sollte. Über der Pritsche befand sich ein hohes, vergittertes Fenster, die Wände waren weißgetüncht, und der schwarze Fußboden war aus einem weichen, fugenlosen Material.

Die größte Überraschung jedoch war die Tatsache, daß sich bereits drei Personen in der Zelle befanden: Eine ältere Frau um die Sechzig, mit unnatürlich gelblichem Haar und einer gipsfarbenen, seltsam leblosen Haut. Sie starrte Hester aus ausdruckslosen Augen an. Die zweite Insassin war sehr dunkel, das lange Haar hing ihr in verfilzten Strähnen vom Kopf. Das schmale Gesicht hatte einen ganz eigenen Reiz. Ihre Augen, die so tief lagen, daß sie beinahe schwarz erschienen, blickten Hester mit wachsendem Mißtrauen entgegen. Die dritte Person war noch ein Kind, nicht älter als acht oder neun, mager, schmutzig und mit so strubbeligen Haaren, daß man unmöglich auf den ersten Blick erkennen konnte, ob es ein Junge oder ein Mädchen war. Die Kleidung half auch nicht weiter: Es waren abgetragene, geflickte Erwachsenenkleider, mit der Schere auf die richtige Größe gestutzt und mit einem Stück Seil um den Bauch gebunden.

»Siehst ja aus wie ’ne tote Ente im Regen«, sagte die dunkle Frau feindselig. »Is’ wohl das erstemal, was? Was haste denn ausgefressen? Was geklaut?« Mit scharfem Blick musterte sie Hesters geborgtes Kleid. »Kind gemopst? Wie ’ne Hure siehste nich’ gerade aus, nich’ in dem Aufzug!«

»Wie bitte?« Hester war begriffsstutzig und verwirrt.

»In dem Fetzen schleppste keine Kerle nich’ ab!« sagte die Frau verächtlich. »Und die Nase brauchste bei uns auch nich’ hoch tragen – wir gehör’n doch alle zur Familie.« Ihre Augen verengten sich. »Aber du wohl nich’, was?« Es war keine Frage, sondern eine Beschuldigung.

»Natürlich nich’«, sagte die ältere Frau müde. »Die versteht ja nich’ mal, waste da redest, Doris.«

»Sind Sie… Verwandte?« fragte Hester leise und bezog auch das Kind in die Frage mit ein.

»Nee, wir sind keine Verwandten nich’, du dusselige Kuh!« Die Frau schüttelte verächtlich den Kopf. »Ich meine, wir sind Professionelle, jede von uns drei. Und das bist du nich’, oder? Du hast es mal probiert und dich gleich erwischen lassen, was? Was haste denn gemacht, was gemopst?«

»Nein. Nein, aber sie behaupten es.«

»Na klar! Unschuldig, was?« Ihre Grimasse drückte Unglauben aus. »Ach ja, sind wir das nich’ alle? Die gute Marge hier, die hat gar keine Abtreibungen gemacht, was, Marge? Und Tilly, die hat den Kreisel gar nich’ gedreht. Und was ich bin, ich unterhalte gar kein zweifelhaftes Haus.« Sie legte eine Hand auf die Hüfte. »Ich bin ’ne ordentliche, anständige Frau. Was kann ich dafür, wenn so ’n paar von meinen Kunden krumme Hunde sind?«

»Was soll das heißen, ›den Kreisel gedreht‹?« Hester wagte sich einen Schritt weiter in die kleine Zelle und setzte sich auf die Pritsche, nur zwei Handbreit neben der Frau namens Marge.

»Biste 'n bißchen dämlich oder was?« fragte Doris. »'n Kreisel drehen.« Sie beschrieb mit dem Zeigefinger eine Spirale. »Hast als Kind nie mit 'nem Kreisel gespielt? Du mußt doch mal so 'n Ding gesehen haben, wenn de keine Tomaten auf deine Augen hast!«

»Man kommt doch nicht ins Gefängnis, weil man einen Kreisel dreht!« Ärger stieg in Hester hoch. Gegen diese aus der Luft gegriffenen Beleidigungen konnte sie sich wenigstens wehren.

»Kommt man doch, wenn andere drüber stolpern«, sagte Doris und kräuselte die Lippen. »Ist es nich' so, Tilly?«

Das Kind sah sie mit großen Augen an und nickte langsam.

»Wie alt bist du?« wollte Hester von ihr wissen.

»Keine Ahnung«, antwortete Tilly gleichmütig.

»Bist du doof!« schaltete sich Doris sofort ein. »Kannst nich' mal zähl'n!«

»Kann ich doch!« protestierte Tilly. »Ich weiß genau, wieviel zehn is'!«

»Du bist noch keine zehn.« Damit beendete Doris das Thema. Sie wandte sich wieder an Hester. »Bei was haste dich denn erwischen lassen, feine Dame? Was haste denn gemopst?«

»Eine Brosche mit Perlen«, antwortete Hester unwirsch. »Und was hat euch feine Herrschaften in dieses Verlies gebracht?«

Doris entblößte mit ihrem Lächeln eine Reihe regelmäßiger, kräftiger Zähne. Ohne die braunen Flecken hätten sie prächtig ausgesehen. »Ach, 'n paar von uns ha'm die Männer für ihr Vergnügen berappen lassen. Is' doch nur gerecht, oder? Aber dann hat in meinem Hinterzimmer einer gekupfert, und das mög'n die Schweine nich', weil's die Rechtsverdreher nich' mög'n.« Mit sichtlicher Zufriedenheit registrierte sie Hesters Verwirrung. »Oder, um's vornehmer auszudrücken, damit Ihre Ladyschaft es auch kapiert: Die ha'm behauptet, ich hätte Geld für außerehelichen Geschlechtsverkehr genommen, und der komische Kauz in meinem Hinterzimmer hat Empfehlungen und Urkunden für Leute geschrieben, die welche gebraucht ha'm, aber nich' auf legale Weise drangekommen sind. Kann prima mit der Feder umgehn, der Tam. Kritzelt dir alles hin, was du brauchst: Besitzurkunden, Testamente, Vollmachten, Bescheinigungen. Du sagst, was du brauchst, er schreibt es dir, und den Unterschied erkennt nur 'n ausgefuchster Rechtsverdreher.«

»Ich verstehe...«

»Tatsächlich? Tust du das?« Ihre Lippen kräuselten sich. »Ich glaub', daß du gar nix verstehst, du dusselige Kuh!«

»Ich verstehe, daß ihr genauso hier sitzt wie ich«, gab Hester zurück. »Also seid ihr genauso dusselig. Und ihr seid nicht zum erstenmal hier. Sich zweimal erwischen lassen, das ist besonders dämlich.«

Doris stieß einen Fluch aus. Marge lächelte freudlos. Tilly rollte sich am Ende der Pritsche zusammen. Offensichtlich rechnete sie mit einer Prügelei.

»Du kriegst dein Fett schon noch«, drohte Doris finster. »Die stecken dich für'n paar Jahre nach Cold Bath Fields, da nähste dir die Finger blutig und frißt trocken Brot, 'n ganzen Sommer isses heiß und 'n ganzen Winter kalt, und mit 'ner vornehmen Tante wie dir quatscht sowieso keine.«

Marge nickte. »Das stimmt«, sagte sie traurig. »Die halten dich stille. Keine Gespräche. Aber dafür Masken.«

»Masken?« Hester verstand sie nicht.

»Masken«, wiederholte Marge und legte eine Hand vors Gesicht. »Masken, damit du niemand sehen kannst.«

»Aber warum?«

»Was weiß ich? Damit's dir noch dreckiger geht, nehm' ich an.

Damit du allein bist und von niemand schlimme Dinge lernen kannst. Is' 'ne ganz neue Methode.«

Die Geschichte wuchs sich allmählich zu einem Alptraum aus. Hester erstickte beinahe an einer Mischung aus Wut und Mitleid und dem heftigen Wunsch, dem Ganzen zu entkommen. Das Herz schlug ihr ganz oben im Hals, und ihre Knie wurden weich, obwohl sie auf der Pritsche lag. Sie hätte jetzt nicht aufstehen können, selbst wenn sie gewollt und es einen Grund dafür gegeben hätte.

»Is dir schlecht?« fragte Doris und lächelte. »Wirst dich dran gewöhnen. Und glaub' bloß nich', daß du die Pritsche kriegst, weil du se nämlich nich' kriegst. Marge geht's wirklich schlecht. Marge kriegt die Pritsche. Sie war sowieso eher hier.«

Früh am nächsten Morgen wurde Hester zum Zivilgericht gebracht, wo man Untersuchungshaft anordnete. Man fuhr sie nach Newgate ins dortige Gefängnis und steckte sie zu zwei Taschendiebinnen und einer Prostituierten in die Zelle. Nach einer Stunde wurde ihr mitgeteilt, ihr Anwalt wäre gekommen, um mit ihr zu sprechen.

Eine wilde Hoffnung stieg in ihr auf; der lange Alptraum schien vorbei. Sie sprang auf und wäre beinahe über ihre eigenen Füße gestolpert, so eilig hatte sie es, zur Tür und durch den kahlen, steinernen Gang zu dem Zimmer zu kommen, in dem Rathbone auf sie wartete.

»Heda!« rief die Wärterin streng und verzog das harte, grobe Gesicht. »Reißen Sie sich zusammen! Kein Grund zur Aufregung. Ein Gespräch, sonst nichts. Sie bleiben bei mir und reden nur, wenn Sie gefragt werden.« Sie hakte Hester unter und stampfte mit ihr davon.

Vor der nächsten großen Eisentür blieben sie stehen. Die Wärterin nahm einen riesigen Schlüssel von der Kette an ihrem Gürtel, steckte ihn ins Schloß und drehte ihn um. Leise öffnete sich die Tür unter dem Druck ihrer mächtigen Arme. Der Raum dahinter war weißgestrichen, hell und einigermaßen freundlich. Auf der anderen Seite des einfachen Holztisches stand Oliver Rathbone hinter einem Stuhl. Auf ihrer Seite stand ein leerer Stuhl.

»Hester Latterly«, sagte die Wärterin und lächelte Rathbone schüchtern an. Ein etwas mißglückter Versuch; es stand ihr frei, charmant zu sein oder auch ihn – wie die Insassinnen – als Feind zu betrachten. Nach einem Blick auf seine makellose Kleidung, die blankgeputzten Schuhe und die gepflegte Frisur entschied sie sich für Charme. Doch als sie sah, wie er Hester anschaute, erstarrte etwas in ihr, und das Lächeln wurde zur harten, leblosen Maske.

»Klopfen Sie, wenn Sie raus wollen«, sagte sie kühl, und nachdem Hester eingetreten war, knallte sie die Tür so heftig zu, daß der Widerhall von Eisen auf Stein in den Köpfen vibrierte.

Hester war den Tränen nahe; sie konnte nicht sprechen.

Rathbone kam um den Tisch herum und nahm ihre Hände in seine. Die Wärme seiner Finger erschien ihr wie ein Licht im Dunkel, und sie hielt sie so fest, wie sie sich nur traute.

Ein paar Sekunden lang sah er ihr ins Gesicht, lange genug, um ihre Angst abzuschätzen, dann ließ er sie abrupt los und schob sie sanft zu dem Stuhl, der für sie bereitstand.

»Setzen Sie sich«, befahl er. »Wir haben keine Zeit zu verlieren.«

Sie gehorchte und raffte ihre Röcke, um den Stuhl bequem an den Tisch ziehen zu können.

Er nahm ihr gegenüber Platz und beugte sich ein wenig vor. »Ich war bereits bei Connal Murdoch«, sagte er ernst. »Ich wollte ihn davon überzeugen, daß die ganze Sache ein Irrtum ist, mit dem man keinesfalls die Polizei befassen muß.« Er sah sie entschuldigend an. »Leider hat er sich bereits eine Meinung zu der Sache gebildet und ließ sich nicht umstimmen.«

»Und Griselda? Marys Tochter?«

»Sie hat kaum ein Wort gesagt. Sie war dabei, doch sie hat sich ihm in allem gefügt; sie schien mir sehr verzweifelt zu sein.« Er schwieg und betrachtete sie forschend.

»Ist das eine höfliche Umschreibung der Tatsache, daß sie keine eigene Meinung hat?« fragte sie. Sie konnte sich keine Beschönigungen leisten.

»Ja«, gab er zu. »Ja, ich fürchte, so ist es. Trauer kann zahlreiche Gestalten annehmen, und viele davon sind unattraktiv, aber sie schien mir weniger bekümmert als eingeschüchtert zu sein – das war zumindest mein Eindruck.«

»Von Murdoch?«

»Ich weiß es nicht sicher. Zuerst dachte ich, nein, und dann hatte ich doch das Gefühl, daß er sie nervös macht, sie einschüchtert. Ich habe keinen klaren Eindruck. Tut mir leid.« Er runzelte die Stirn. »Aber das ist jetzt alles nicht so wichtig. Ich habe ihn nicht dazu bewegen können, die Angelegenheit fallenzulassen. Die Dinge nehmen jetzt ihren Lauf, und Sie müssen sich darauf einstellen, meine Liebe. Ich werde alles in meiner Macht Stehende tun, damit sie schnell und diskret geregelt wird. Aber Sie müssen mir dabei helfen, indem Sie meine Fragen mit der größtmöglichen Klarheit beantworten.« Er schwieg wieder. Mit seinem ruhigen Blick schien er sie zu durchdringen, als könne er nicht nur ihre Gedanken lesen, sondern auch die Angst sehen, die in ihr aufstieg.

»Was hat das noch für einen Sinn?« fragte sie verzweifelt.

»Es hat einen Sinn.« Er lächelte schwach. »Wir haben noch

nicht alle Tatsachen beisammen. Ich muß mehr wissen, wenn ich beweisen will, daß Sie kein Verbrechen begangen haben.«

Kein Verbrechen. Natürlich hatte sie kein Verbrechen begangen. Vielleicht hatte sie etwas übersehen, und Mary Farraline wäre noch am Leben, wenn sie es nicht übersehen hätte. Aber die Brosche hatte sie ganz bestimmt nicht genommen. Sie hatte sie nie zuvor gesehen. Ein Funken Hoffnung glimmte in ihr auf. Sie sah Rathbone in die Augen und lächelte, aber es war nur ein kleines, freudloses Lächeln.

Außerhalb des kahlen Raums, in dem sie saßen, knallten Türen, laut und widerhallend, Eisen auf Stein. Jemand rief etwas, der Ruf hallte laut durch die Gänge, blieb aber unverständlich.

»Erzählen Sie mir noch einmal, und zwar in allen Einzelheiten, was passiert ist, nachdem Sie das Haus der Farralines in Edinburgh betreten hatten«, verlangte er.

»Aber ich...«, begann sie, dann sah sie sein ernstes Gesicht und berichtete gehorsam über alles, was sich zugetragen hatte, nachdem sie dem Butler McTeer in der Küche begegnet war.

Rathbone hörte aufmerksam zu. Hester hatte den Eindruck, als wäre die ganze Welt um sie herum versunken und nur noch sie beide säßen sich hier gegenüber, in verzweifelter Konzentration über einen Holztisch gebeugt. Sie glaubte, sein Gesicht auch mit geschlossenen Augen sehen zu können, jede Einzelheit hatte sich in ihr Gedächtnis gegraben, selbst die silbernen Strähnen an den Schläfen.

»Sie haben einen Mittagsschlaf gemacht?« unterbrach er sie zum erstenmal.

»Ja. Warum?«

»War es, vom Aufenthalt in der Bibliothek abgesehen, das einzige Mal, daß man sie allein ließ?«

Sie verstand sofort, was das zu bedeuten hatte.

»Ja.« Es fiel ihr schwer, es auszusprechen. »Jetzt können sie behaupten, ich wäre in das Ankleidezimmer zurückgegangen und hätte die Brosche genommen.«

»Das bezweifle ich. Es wäre außerordentlich riskant gewesen. Mrs. Farraline war doch sicher in ihrem Schlafzimmer...«

»Nein... nein, ich bin ihr in einem Boudoir vorgestellt worden, einem Salon, der weit weg von ihrem Schlafzimmer lag. Glaube ich wenigstens. Aber ganz sicher bin ich nicht. Jedenfalls war er nicht gleich neben dem Ankleidezimmer.«

»Aber das Hausmädchen hätte doch ins Ankleidezimmer kommen können«, gab er zu bedenken. »Unmittelbar vor solch einer langen Reise ist sie sicher mehrmals dort gewesen, um nachzusehen, ob alles gepackt ist, ob die Wäsche gebügelt und ordentlich zusammengelegt ist und am richtigen Platz liegt. Würde man in einem solchen Moment riskieren dort hineinzugehen, wenn man dort nichts zu suchen hat?«

»Nein... nein, natürlich nicht!« Aber gleich sank ihr wieder der Mut. »Und als ich schlief, hatte ich meine Reisetasche bei mir. Niemand hätte die Brosche hineintun können.«

»Darum geht es nicht, Hester«, sagte er geduldig. »Ich versuche mir vorzustellen, was die anderen sagen werden. Wann hätten Sie Gelegenheit gehabt, die Brosche zu finden und an sich zu nehmen. Wir müssen wissen, wo sie aufbewahrt wurde.«

»Natürlich!« beteuerte sie eifrig. »Mrs. Farraline könnte sie in einer Schmuckschatulle in ihrem Schlafzimmer gehabt haben. Das wäre doch viel vernünftiger, als sie im Ankleidezimmer aufzubewahren.« Sie blickte in sein Gesicht und entdeckte eine Freundlichkeit, die sie in freudige Erregung versetzte, doch spürte sie schnell, daß seinem Lächeln die Leichtigkeit fehlte. Dabei war es doch fast ein Beweis ihrer Unschuld, wenn Mary die Brosche in ihrem Schlafzimmer aufbewahrt hatte!

Er sah sie beinahe schuldbewußt an, wie jemand, der einem Kind die Illusionen rauben muß.

»Nun?« fragte sie. »Ist das nicht gut? In ihrem Schlafzimmer bin ich nie gewesen! Und außer der Zeit in der Bibliothek und während meines Mittagsschlafs war ich immer mit anderen zusammen!«

»Von denen mindestens einer die Unwahrheit sagt, meine Liebe. Jemand hat die Brosche in Ihre Tasche gesteckt, und zwar nicht versehentlich.«

Sie beugte sich ungeduldig vor. »Aber es muß doch möglich sein zu beweisen, daß ich keine Gelegenheit hatte, sie aus dem Schlafzimmer zu entwenden, wo sie ihre Schmuckschatulle mit Sicherheit aufbewahrt hat! Ich bin fast sicher, daß sie nicht im Ankleidezimmer stand. Wo hätte sie dort auch stehen sollen?« Ihre Stimme wurde lauter, als sie sich das Ankleidezimmer in allen Einzelheiten vorstellte. Sie lehnte sich noch weiter zu ihm hinüber. »Drei Kleiderschränke standen an der Wand, einer hatte ein Fenster und einer einen Aufsatz mit Schubladen. Und eine Frisierkommode mit einem Hocker davor und drei Spiegeln. Ich kann mich an Bürsten und Kämme und Kristallgläser für die Haarnadeln erinnern und an ausgekämmte Haare. Aber eine Schmuckschatulle stand da nicht. Sie hätte den Blick in die Spiegel verstellt. Und auf dem Schrankaufsatz stand auch nichts, außerdem wäre ich da nicht drangekommen.«

»Und die Wand gegenüber?« Er lächelte gequält.

»Oh... ja, natürlich die Tür. Ein Stuhl... und eine Art Tagesbett.«

»Aber keine Schmuckschatulle?«

»Nein! Ich bin ganz sicher!« Sie frohlockte. Es war nur ein ganz kleines Stück Erinnerung, aber immerhin ein Anfang. »Das muß doch etwas bedeuten.«

»Es bedeutet, daß Sie eine klare Erinnerung haben, mehr nicht.«

»Wieso nicht?« sagte sie eindringlich. »Wenn die Schatulle nicht dort war, kann ich auch nichts herausgenommen haben!«

»Aber, Hester, wir haben nur Ihr Wort, daß die Schatulle nicht dort war«, sagte er leise, und sein Mund wurde ganz schmal vor Sorge und Betrübnis.

»Das Hausmädchen...«, begann sie und brach den Satz ab.

»Eben«, sagte er. »Die beiden Menschen, die es bestätigen könnten, sind das Hausmädchen, das die Brosche vielleicht selbst in Ihre Tasche gelegt hat, und Mary Farraline, und die können wir nicht mehr fragen. Und wer sonst? Die älteste Tochter, Oonagh McIvor? Was wird sie sagen?«

Sie sah ihn wortlos an.

Er langte mit einer Hand über den Tisch, als wollte er sie berühren, doch er zog sie gleich wieder zurück.

»Hester, wir müssen der Wahrheit ins Auge schauen«, sagte er mit ernster Stimme. »Sie sind da in etwas hineingeraten, das wir noch nicht ganz verstehen, und es wäre unvernünftig davon auszugehen, daß irgend jemand dort Ihr Freund ist oder auch nur die Wahrheit sagen wird, wenn es gegen seine oder ihre Interessen ist. Wenn Oonagh McIvor vor der Wahl steht, ein Familienmitglied zu beschuldigen oder Sie, eine Fremde, dann können wir uns nicht darauf verlassen, daß ihr ausgerechnet die Wahrheit einfallen wird.«

»Aber... wenn jemand in ihrem Haus ein Dieb ist, dann will sie das doch sicher wissen!« widersprach Hester.

»Nicht unbedingt, vor allem dann nicht, wenn es sich nicht um das Hausmädchen handelt.«

»Aber warum? Warum nur diese eine Brosche? Und warum ausgerechnet in meiner Tasche?«

Sein Mund wurde schmal und verkniffen, aus seinem Blick sprach tiefe Besorgnis.

»Ich weiß es nicht, aber die einzige Erklärung wäre, daß Sie die Brosche genommen haben, und das führt uns nicht weiter.«

Sie begriff die furchtbare Bedeutung dessen, was er sagte. Man konnte von niemandem verlangen, ihr zu glauben, daß sie die Gelegenheit nicht genutzt und die Brosche gestohlen und dann, als Mary tot war, plötzlich kalte Füße bekommen und versucht hatte, sie zurückzugeben? Sie begegnete Rathbones Blick und wußte, daß er das gleiche dachte.

Ob er ihr wirklich glaubte? Oder tat er nur so, weil es seine berufliche Pflicht war? Sie hatte das Gefühl, als würde die Realität ihr aus den Händen gleiten und der Alptraum wieder anfangen, die Isolation und die Hilflosigkeit, diese grenzenlose Verwirrung, die alles sinnlos erscheinen ließ und Zuversicht in Sekundenschnelle in Chaos verwandeln konnte.

»Ich habe sie nicht genommen!« sagte sie, und ihre Stimme klang laut in der Stille. »Ich hatte sie nie gesehen, bis ich sie plötzlich in meiner Tasche fand! Und dann hab' ich sie gleich Callandra gegeben. Was hätte ich auch sonst tun sollen?«

Seine Hände schlossen sich um ihre; überraschend warm waren sie, wo es sie doch so fror. »Ich weiß, daß Sie die Brosche nicht genommen haben«, sagte er mit fester Stimme. »Und ich werde es beweisen. Aber es wird nicht leicht werden. Sie müssen sich auf eine harte Auseinandersetzung gefaßt machen!«

Sie sagte nichts, bemühte sich, ihn ihre Angst nicht merken zu lassen.

»Möchten Sie, daß ich Ihrem Bruder und Ihrer Schwägerin...«

»Nein! Nein, bitte, erzählen Sie Charles nichts davon!« Sie sprach mit scharfer Stimme, und ein Ruck war durch ihren Körper gegangen. »Charles und Imogen dürfen es nicht erfahren!« Sie holte tief Luft. Ihre Hände zitterten. »Es wird schwer genug für ihn, wenn er später davon erfährt, aber lassen Sie uns zuerst dagegen kämpfen...«

Er zog die Stirn in Falten. »Meinen Sie nicht, daß er es wissen sollte? Er würde Ihnen doch sicher gerne helfen, Ihnen Trost spenden.«

»Sicher, er würde es gerne tun«, erwiderte sie mit einer grimmigen Mischung aus Zorn, Mitleid und Selbstschutz. »Aber er würde nicht wissen, was er glauben soll. Er würde ja gerne an meine Unschuld glauben, aber er wüßte nicht, wie er das anstellen soll. Charles ist ein sehr nüchterner Mensch. Er glaubt nichts, das er nicht versteht.« Sie wußte, wie streng sie mit ihrem Bruder ins Gericht ging, strenger als beabsichtigt, aber sie konnte nicht anders. »Es würde ihn nur bedrücken, und er könnte mir doch nicht helfen. Er würde sich verpflichtet fühlen, mich zu besuchen, und das wäre schrecklich für ihn.«

Rathbone lächelte ganz schwach, ein sanfter Ausdruck seiner Resignation, eine Art Galgenhumor vielleicht.

»Ich denke, Sie tun ihm Unrecht«, sagte er leise. »Aber das ist jetzt nicht so wichtig. Vielleicht können wir später darüber reden.« Er stand auf.

»Was werden Sie unternehmen?« Sie hatte sich ebenfalls erhoben, ein bißchen hastig; sie stieß sich am Tisch. In ihrer Unbeholfenheit verlor sie das Gleichgewicht und mußte sich auf den Tisch stützen. »Wie geht es jetzt weiter?«

Er stand ganz dicht vor ihr, so dicht, daß sie die Wolle seines Mantels riechen konnte und die Wärme seiner Haut spürte. Das Verlangen, von ihm in die Arme genommen zu werden, war plötzlich so übermächtig, daß ihr vor Scham das Blut ins Gesicht schoß. Sie richtete sich auf und trat einen Schritt zurück.

»Man wird Sie hierbehalten«, antwortete er. »Und ich werde Monk losschicken, mehr über die Farralines in Erfahrung zu bringen und was wirklich passiert ist.«

»Nach Edinburgh?« fragte sie ihn erstaunt.

»Sicher. Ich fürchte, in London gibt's für uns nichts mehr zu entdecken.«

»Ach...«

Er ging zur Tür und klopfte. »Wärterin!« Er drehte sich noch einmal um. »Kopf hoch!« sagte er leise. »Es gibt eine Antwort, und wir werden sie finden.«

Sie zwang sich zu einem Lächeln. Sie wußte, er wollte sie nur trösten, und doch taten seine Worte ihre Wirkung. Sie klammerte sich daran, zwang sich, ihm zu glauben.

»Natürlich. Vielen Dank...«

Mehr konnten sie sich nicht sagen, denn der Schlüssel drehte sich bereits im Schloß, und die Wärterin erschien mit grimmiger, unerbittlicher Miene.

Vor dem Besuch bei Monk, dem Rathbone mit äußerst gemischten Gefühlen entgegensah, kehrte er in seine Kanzlei an der Vere Street zurück. Bei seinem Gespräch mit Hester war wenig Brauchbares herausgekommen, und es hatte ihn stärker als vermutet strapaziert. Es war immer schwerer, Klienten zu besuchen, die eines Verbrechens beschuldigt wurden. Natürlich hatten sie Angst, standen unter Schock. Selbst wenn sie schuldig waren, die Festnahme und die Inhaftierung kamen meist überraschend. Und wenn sie unschuldig waren, dann kam die Verwirrung dazu und das verheerende Gefühl, den Ereignissen hilflos ausgeliefert zu sein.

Er hatte Hester schon zornig gesehen, voller Wut über Ungerechtigkeit und Sorge um andere Menschen, der Verzweiflung nahe, aber noch nie hatte sie um sich selbst Angst haben müssen. Irgendwie war sie immer Herrin der Lage geblieben, solange ihre eigene Freiheit nicht auf dem Spiel stand.

Er zog den Mantel aus und gab ihn dem Kanzleidiener. Hester hatte wenig Geduld mit der Dummheit; sie war stets bereit, dagegen zu rebellieren. Das war eine beunruhigende, äußerst unattraktive Eigenschaft bei einer Frau; von der Gesellschaft wurde so etwas keinesfalls toleriert. Er mußte lächeln bei dem Gedanken an die Reaktion der angesehenen Damen aus seiner Bekanntschaft. Er konnte sich die Bestürzung auf ihren vornehmen Gesichtern lebhaft vorstellen. Ein wenig beunruhigte es ihn, auch wenn seine Selbstironie ihn noch breiter lächeln ließ, daß er gerade diese Eigenschaft an Hester besonders mochte. Sanftere, konventionellere Frauen waren bequemer, nicht so bedrohlich für sein Selbstverständnis, seine Ansichten und seine gesellschaftlichen und beruflichen Ambitionen; aber solche Frauen gingen ihm schnell wieder aus dem Sinn, wenn er sich von ihnen getrennt hatte. Sie ließen ihm seinen Frieden, aber sie gaben ihm auch nichts. Er wurde dieses Friedens überdrüssig, trotz seiner scheinbaren Vorteile.

Geistesabwesend dankte er dem Kanzleidiener, ging an ihm vorbei in sein Büro, zog die Tür hinter sich zu und setzte sich an den Schreibtisch. Er durfte nicht zulassen, was sie mit Hester machten. Er war einer der besten Anwälte Englands, der ideale Mann, um sie zu schützen und diese absurde Beschuldigung vom Tisch zu fegen. Es störte ihn, daß er auf Monk angewiesen war, wenn er die ganze Wahrheit herausfinden wollte oder zumindest soviel davon, um Hesters Unschuld zu beweisen – ohne den Schatten eines Zweifels. Aber dazu brauchte er Tatsachen.

Dabei lehnte er Monk nicht wirklich ab, jedenfalls nicht ganz und gar. Der Mann hatte einen scharfen Verstand, viel Mut und –

auf seine Weise – sogar etwas Ehrgefühl: Selbst die Tatsache, daß er abweisend, meist recht ungehobelt und stets arrogant war, sprach – für sich genommen – nicht unbedingt gegen ihn. Er war eben kein Gentleman, trotz seines selbstsicheren Auftretens, seiner Eleganz, seiner geschliffenen Sprache. Der Unterschied war schwer zu beschreiben, aber es gab ihn. In dem Mann gärte eine Aggressivität, deren Rathbone sich stets bewußt war. Und es war höchst ärgerlich, wie er sich Hester gegenüber benahm.

Hester!

Hesters Wohlergehen war das einzige, was im Moment zählte. Seine eigenen Gefühle Monk gegenüber spielten keine Rolle. Er würde einen Boten nach ihm schicken, und während er auf ihn wartete, wollte er genügend Geld besorgen lassen, um ihn noch mit dem Nachtzug nach Edinburgh zu schicken, mit dem Auftrag, so lange dortzubleiben, bis er herausgefunden hatte, welche Mißgunst, welche Zwänge – finanzielle oder emotionale – es im Haus der Farralines gab, die zu diesem lächerlichen Stand der Dinge geführt hatten. Er klingelte dem Kanzleidiener, und als die Tür sich geöffnet und er bereits Luft geholt hatte, um etwas zu sagen, sah er das Gesicht des Mannes.

»Was ist denn, Clements? Stimmt etwas nicht?«

»Die Polizei, Sir. Sergeant Daly möchte mit Ihnen reden.«

»Aha.« Wahrscheinlich war die Beschuldigung zurückgenommen worden, und er mußte erst gar nicht nach Monk schicken lassen. »Er soll hereinkommen, Clements.«

Clements biß sich auf die Lippen, mit unglücklicher Miene kam er der Aufforderung nach.

»Ja?« fragte Rathbone hoffnungsvoll, als Daly steif und traurig in der Tür stand. Rathbone wollte ihn fragen, ob die Beschuldigungen zurückgezogen worden seien, aber etwas in Dalys Miene hielt ihn davon ab.

Daly zog die Tür hinter sich zu, sie schnappte mit einem leisen Klicken ins Schloß.

»Es tut mir sehr leid, Mr. Rathbone.« Er sprach ruhig und deutlich, trotz eines unverkennbaren Londoner Akzents. Unter anderen Umständen hätte er das als angenehm empfunden. »Ich fürchte, ich habe ziemlich unangenehme Neuigkeiten.«

Die Worte waren vorsichtig gewählt, und doch spürte Rathbone eine Verzweiflung, die der Situation in keiner Weise angemessen schien. Er stöhnte, fühlte einen Druck im Magen. Sein Mund wurde plötzlich trocken.

»Was ist passiert, Sergeant?« Es gelang ihm, seine Worte ruhig klingen zu lassen und seine Angst völlig zu verleugnen.

»Nun, Sir, ich fürchte, Mr. und Mrs. Murdoch wollten sich nicht abfinden mit der Art und Weise, wie die arme Mrs. Farraline so plötzlich gestorben ist, deshalb haben sie ihren Hausarzt mit einer Untersuchung beauftragt…«

»Sie meinen, eine Autopsie?« fragte Rathbone mit scharfer Stimme. Warum, um Himmels willen, kam der Mann nicht zur Sache? »Was ist dabei rausgekommen?«

»Er ist nicht von einem natürlichen Tod überzeugt, Sir.«

»Was?«

»Er ist nicht überzeugt…«

»Ich habe Sie verstanden!« Rathbone wollte von seinem Sessel aufspringen, aber die Knie versagten ihm ihren Dienst, und er überlegte es sich anders. »Was… was soll daran unnatürlich gewesen sein? Hat der Polizeiarzt nicht von Herzversagen gesprochen?«

»Doch, Sir, das hat er«, stimmte Daly zu. »Aber das war eine sehr oberflächliche Diagnose, aus dem Wissen heraus, daß es sich um eine alte Dame handelt, die ohnehin ein Herzleiden hatte.«

»Und jetzt behaupten Sie, das würde nicht stimmen?« Ganz

gegen seine Absicht wurde Rathbones Stimme lauter. Sie klang schrill, und er wußte es. Er mußte sich zusammennehmen!

»Nein, Sir, natürlich behaupte ich das nicht.« Daly schüttelte den Kopf. »Ohne Frage war sie schon alt, und auch das Herzleiden hatte sie schon länger. Aber nachdem Mr. Murdochs Hausarzt sie sich genauer angesehen hat, weil man ihn damit beauftragt hatte, war er nicht mehr so sicher. Mr. Murdoch beantragte eine Autopsie, und dazu hat Mrs. Murdoch das Recht, unter diesen Umständen, mit dem Diebstahl und so.«

»Worauf wollen Sie hinaus, Mann?« explodierte Rathbone. »Sie wollen doch nicht behaupten, Miss Latterly hätte ihre Patientin wegen eines Schmuckstücks erwürgt? Um gleich darauf zu melden, daß sie die Brosche gefunden hat, und alles zu veranlassen, sie der Familie zurückzugeben?«

»Nein, Sir, nicht erwürgt...«, erwiderte Daly ruhig.

Rathbones Hals zog sich so eng zusammen, daß ihm das Atmen schwerfiel.

»Vergiftet«, fügte Daly hinzu, »mit einer doppelten Dosis ihrer Medizin.« Er sah Rathbone tieftraurig an. »Sie haben sie aufgeschnitten und hineingeschaut. Wo die Dame doch die Medizin bekam und zwei Fläschchen statt einer leer waren, war's doch ganz natürlich, daß man nachgesehen hat, oder? Nicht sehr angenehm, fürchte ich, aber nicht zu widerlegen. Es tut mir leid, Sir, aber Miss Latterly wird jetzt des Mordes beschuldigt.«

»A-aber...« Rathbone blieben die Worte im Hals stecken, die Lippen waren trocken.

»Sonst war doch niemand dabei, Sir. Mrs. Farraline ging es ausgezeichnet, als sie mit Miss Latterly in Edinburgh losgefahren ist, und als sie in London ankam, war sie tot, die arme Seele. Nun sagen Sie uns, was wir da vermuten sollen?«

»Weiß ich doch nicht! Jedenfalls nicht das!« protestierte Rathbone. »Miss Latterly ist eine tapfere, ehrbare Frau, die auf der Krim bei Florence Nightingale Dienst getan hat. Sie hat Dutzende von Leben gerettet, unter größten Opfern. Sie hat die Bequemlichkeit und die Sicherheit Englands aufgegeben, um…«

»Das weiß ich ja alles, Sir«, unterbrach Daly. »Beweisen Sie mir, daß jemand anders Mrs. Farraline ermordet hat, und ich bin der erste, der die Anklage gegen Miss Latterly fallenläßt. Doch bis dahin bleibt sie in Haft.« Er seufzte und sah Rathbone traurig an. »Ich tu' das doch auch nicht gerne. Sie scheint eine nette junge Frau zu sein, und ich habe auch einen Bruder auf der Krim verloren. Ich weiß, was diese Frauen für unsere Männer getan haben. Aber es ist meine Pflicht, und wann tut man die schon gerne.«

»Ja… ja, sicher.« Rathbone lehnte sich in seinen Sessel zurück. Er war so erschöpft, als hätte er einen Dauerlauf hinter sich. »Danke. Ich werde mich sofort an die Arbeit machen und herausfinden, was wirklich passiert ist. Ich werde beweisen, daß sie nichts damit zu tun hat.«

»Jawohl, Sir. Ich wünsche Ihnen Glück, Sir. Sie werden es brauchen, mehr als nur Glück.« Damit drehte er sich um und ging.

Kaum war der Polizist draußen, da streckte Clements sein besorgtes Gesicht zur Tür herein. »Mr. Rathbone, kann ich irgend etwas tun, Sir?«

»Was?« Rathbone riß sich zusammen, zumindest äußerlich. In seinem Kopf ging noch immer alles durcheinander. »Was ist denn, Clements?«

»Kann ich nicht irgend etwas tun? Ich nehme an, Sie haben schlechte Nachrichten erhalten.«

»Ja, das habe ich. Holen Sie mir auf der Stelle Mr. Monk her.«

»Mr. Monk, Sir? Sie meinen den Detektiv?«

»Natürlich den Detektiv. Holen Sie ihn her.«

»Ich werde ihm einen Grund nennen müssen, Mr. Rathbone«, sagte Clements unglücklich. »Er gehört nicht zu der Sorte Gentlemen, die einfach mitkommen, weil ich es ihnen sage.«

»Sagen Sie ihm, daß der Farraline-Fall eine dramatische Wendung zum Schlechten genommen hat und ich dringend auf seine Mitarbeit angewiesen bin«, erwiderte Rathbone. Seine Stimme wurde schärfer und gegen seinen Willen lauter.

»Und wenn ich ihn nicht finde...«, wollte Clements zu bedenken geben.

»Dann suchen Sie ihn, bis Sie ihn gefunden haben! Kommen Sie ja nicht ohne ihn zurück, Mann.«

»Jawohl, Sir. Natürlich, Sir, es tut mir wirklich sehr leid.«

Rathbone mußte sich zur Aufmerksamkeit zwingen. »Was? Sie haben doch gar nichts falsch gemacht.«

»Nein, Sir. Es tut mir leid, daß der Farraline-Fall sich zum Schlechten gewendet hat. Miss Latterly ist eine so nette junge Frau, und ich bin sicher...« Er brach mitten im Satz ab. »Ich werde Mr. Monk so schnell wie möglich hierherbringen, Sir.«

Aber es dauerte noch zwei lange Stunden, bis Monk – ohne angeklopft zu haben – die Tür zum Büro aufstieß. Sein Gesicht war blaß, der breite Mund nur eine schmale Linie.

»Was ist los?« fragte er. »Was ist jetzt schon wieder schiefgegangen? Warum haben Sie sich nicht mit dem Anwalt der Farralines in Verbindung gesetzt und ihm erklärt, was passiert ist?« Er hob die Augenbrauen. »Erwarten Sie etwa, daß ich den Brief nach Edinburgh bringe?«

»Nein, das erwarte ich nicht!« stieß Rathbone aufgebracht zwischen den Zähnen hervor. »Glauben Sie, ich schicke Clements hinter Ihnen her, damit Sie den Laufjungen für mich spielen? Wenn Sie nicht mehr auf dem Kasten haben, dann habe ich meine Zeit verschwendet – und Ihre auch! Vielleicht hätte ich... jemand anderen holen sollen, zum Teufel!«

Monk wurde noch blasser. Er schüttelte den Kopf, und Rathbone fuhr mit Grabesstimme fort. »Man hat Mary Farralines Leiche einer Autopsie unterzogen, auf Antrag ihrer Tochter Griselda Murdoch. Anscheinend ist sie an einer Überdosis ihrer Arznei gestorben – der Arznei, die Hester ihr verabreichen mußte. Und jetzt wird Hester beschuldigt, sie ermordet zu haben – angeblich, um ihr die graue Perlenbrosche zu stehlen.«

Über den Schreibtisch starrten die beiden sich ein paar Sekunden lang an. Dann hatte Monk den Schock verdaut, viel schneller als Rathbone, ja sogar als er selbst erwartet hätte.

»Ich vermute, wir sind einer Meinung, daß Hester sie nicht getötet hat«, sagte Monk ruhig. »Trotz aller Indizien, die dafür zu sprechen scheinen.«

Rathbone lächelte düster. »Natürlich«, stimmte er zu. »Wir kennen nur einen Teil der Wahrheit. Wenn wir erst alles wissen, sieht die Geschichte ganz anders aus.«

Monk lächelte. »Und wieso glauben Sie, daß wir jemals alles wissen werden?« fragte er. »Wer, in aller Welt, weiß denn schon die ganze Wahrheit über etwas? Sie etwa?«

»Es reicht mir, genügend Beweise zu finden, die alle Zweifel ausräumen«, erwiderte Rathbone kühl. »Wären Sie bereit, mir bei der praktischen Arbeit zu helfen, oder möchten Sie lieber die philosophischen Aspekte der Sache diskutieren?«

»Aha, praktische Arbeit!« ironisierte Monk und hob die Augenbrauen. »Und woran denken Sie dabei?« Er ließ den Blick über Rathbones Schreibtisch schweifen, um nach den Spuren praktischer Arbeit zu suchen, konnte aber nichts entdecken.

Rathbone war sich der Unzulänglichkeit seiner bisherigen Bemühungen durchaus bewußt; nachdem Daly gegangen war, hatte er sich mit dringenden Angelegenheiten beschäftigen müssen, um für den Farraline-Fall Zeit zu haben, aber er dachte nicht daran, sich Monk gegenüber zu rechtfertigen.

»Es gibt drei Möglichkeiten«, sagte er mit kühler, ruhiger Stimme.

»Zweifellos«, gab Monk zurück. »Sie könnte die Überdosis selber genommen haben, aus Versehen …«

»Nein, das hat sie nicht«, widersprach ihm Rathbone nicht ohne Befriedigung. »Selber hat sie die Mittel ganz bestimmt nicht genommen. Denkbar wäre höchstens ein Versehen, daß jemand die Phiole falsch gefüllt hat. Wenn sie selber etwas genommen hat, dann mit voller Absicht. Das wäre Selbstmord gewesen, theoretisch die zweite Möglichkeit, aber nach allem, was Hester uns über die Persönlichkeit dieser Frau erzählt hat, mehr als unwahrscheinlich.«

»Und die dritte Möglichkeit ist Mord«, folgerte Monk. »Begangen von jemand anderem als Hester. Wahrscheinlich von jemandem in Edinburgh, der die tödliche Dosis in die Phiole gefüllt hat und sie durch Hester verabreichen ließ.«

»Haargenau!«

»Unfall oder Mord. Wer hat die Phiolen gefüllt? Der Arzt? Ein Apotheker?« fragte Monk.

»Ich weiß es nicht. Das ist eine von vielen Fragen, auf die wir eine Antwort finden müssen.«

»Was ist mit der Tochter, Griselda Murdoch?« Monk ging ungeduldig im Büro auf und ab. »Was wissen Sie von ihr?«

»Nur, daß sie kürzlich geheiratet hat, ihr erstes Kind erwartet und sich große Sorgen um ihre Gesundheit macht. Mrs. Farraline wollte kommen, um sie zu beruhigen.«

»Sie zu beruhigen? Wie meinen Sie das? Wie hätte sie ihre Tochter beruhigen sollen? Was hätte sie wissen können, das Mrs.

Murdoch nicht selber wußte?« Monk wirkte verärgert, als gehe der Unsinn dieser Antwort auf Rathbones Unverständnis zurück.

»Ich bin keine Hebamme, Mann! Ich weiß es nicht!« erwiderte Rathbone gereizt und setzte sich wieder. »Vielleicht hat sie sich wegen eines Leidens aus ihrer Kindheit gesorgt.«

Monk ignorierte die Antwort. »Die Familie hat Geld, vermute ich.« Er drehte sich zu Rathbone um.

»So scheint es, aber vielleicht sind sie auch bis zum Hals verschuldet. Was weiß ich? Das müssen wir alles herausfinden.«

»Und? Was haben Sie bisher unternommen? Gibt es in Schottland keine Anwälte? Es wird doch sicher ein Testament geben.«

»Ich werde mich darum kümmern?« sagte Rathbone zwischen den Zähnen. »Aber dazu brauche ich Zeit. Und wie die Antwort auch ausfällt, sie wird uns nicht verraten, was in diesem Zugabteil passiert ist oder wer sich an ihrer Medizin zu schaffen gemacht hat, bevor sie in den Zug gestiegen sind. Bestenfalls können wir ein bißchen Licht in die Angelegenheiten der Familie bringen. Vielleicht haben sie Geldprobleme, aber wir können nicht tatenlos hier sitzen und darauf hoffen, daß wir damit den Fall klären!«

Monk hob die Augenbrauen; mit tiefer Abneigung betrachtete er Rathbones elegante Gestalt, die mit übergeschlagenen Beinen im Sessel saß.

Merkwürdigerweise störte sich Rathbone nicht daran. An Selbstgefälligkeit hätte er sich gestört. Jede Art von Gelassenheit hätte ihn beunruhigt, denn es hätte bedeutet, daß Monk sich nicht fürchtete, daß ihm die Sache nicht zu Herzen ging. Es wäre wenig tröstlich gewesen, hätte Monk sich keine Sorgen gemacht: Die Gefahr war real. Nur ein Idiot konnte darüber hinwegsehen.

»Ich möchte, daß Sie nach Edinburgh fahren«, sagte Rathbone

mit einem winzigen Lächeln. »Natürlich komme ich für die Spesen auf. Ich möchte, daß Sie alles über die Familie Farraline in Erfahrung bringen, über jeden einzelnen von denen.«

»Und was machen *Sie?*« wiederholte Monk seine Frage? Er stand jetzt vor dem Schreibtisch, mit leicht gespreizten Beinen, die Hände zu Fäusten geballt.

Rathbone sah ihn kalt an, wohl auch deshalb, weil es für ihn so wenig zu tun gab. Seine wirkliche Stärke offenbarte sich im Gerichtssaal, im Angesicht der Zeugen und der Geschworenen. Er hatte einen Riecher für Lügen, er wußte, wie man Worte drehte und wendete, bis der Lügner in seiner eigenen Falle saß, wie man unter den Schichten der Einbildung, hinter dem Schleier aus Unwissenheit und Vergeßlichkeit die Wahrheit fand, wie man nach jeder einzelnen Tatsache bohren mußte, bis man sie endlich ans Tageslicht befördert hatte. Aber es gab noch keine Zeugen, abgesehen von Hester, und auch sie wußte furchtbar wenig.

»Ich werde versuchen, mehr über die medizinischen Dinge in Erfahrung zu bringen«, erwiderte er. »Und über die testamentarischen, die Sie vorhin angesprochen haben. Und mich auf den Prozeß vorbereiten.«

Das Wort »Prozeß« ernüchterte Monk. Reglos stand er da.

»Zuerst werde ich Hester besuchen«, sagte er leise. »Arrangieren Sie das.« Sein Gesicht verhärtete sich. »Sie muß mir alles erzählen, was sie über die Farralines weiß. Gott weiß, wie ich die Bande dazu kriege, mich ins Haus zu lassen, geschweige denn, mit mir zu reden!«

»Lügen Sie sie an!« sagte Rathbone mit schrägem Lächeln. »Und erzählen Sie mir nicht, das wäre unter Ihrer Würde!«

Monk warf ihm einen vernichtenden Blick zu, sagte aber nichts. Einen Moment lang blieb er noch regungslos stehen, dann drehte er sich auf dem Absatz und um ging zur Tür.

»Sie sagten etwas von Spesen«, sagte er mit heftigem Widerwillen. Es fiel Rathbone wie Schuppen von den Augen, daß Monk es verabscheute, um etwas zu bitten. Er hätte am liebsten alles allein gemacht, Hester zuliebe.

Monk bemerkte, daß Rathbone ihn durchschaut hatte, und es machte ihn wütend, daß dieser womöglich über seine finanziellen Verhältnisse und seine Zuneigung zu Hester Bescheid wußte. Wo er es nicht einmal selber wahrhaben wollte! Das Blut schoß ihm ins Gesicht.

»Clements hat das Geld für Sie bereit«, antwortete Rathbone. »Und eine Fahrkarte für den Nachtzug nach Edinburgh. Er fährt um Viertel nach neun.« Er warf einen Blick auf die goldene Uhr an seiner Weste, ein wunderschönes Stück mit graviertem Gehäuse. »Fahren Sie nach Hause, und packen Sie alles zusammen, was Sie brauchen. In der Zwischenzeit arrangiere ich einen Besuch im Gefängnis. Und halten Sie mich bitte über Ihre Fortschritte in Edinburgh auf dem laufenden.

»Selbstverständlich«, versprach Monk. Nach kurzem Zögern öffnete er die Tür und ging.

Wie benommen fuhr er zurück zu seiner Pension. Hester unter Mordverdacht. Das war wie ein Alptraum: Der Kopf wollte es nicht begreifen, obwohl der Bauch bereits wußte, daß es schreckliche Realität war.

Er packte alle saubere Wäsche zusammen, die er benötigen würde, dazu Socken, Rasierpinsel und -messer, Haarbürste, Waschzeug und ein Paar Stiefel zum Wechseln. Es war nicht absehbar, wie lange er dort oben bleiben würde. Soviel er wußte, war er noch nie in Edinburgh gewesen. Er hatte keine Ahnung, wie es dort aussah. Wahrscheinlich wie in Northumberland. Doch was spielte das jetzt für eine Rolle?

Er wußte genau, warum ihm diese Beklommenheit so vertraut

war, die Angst und dieses gemischte Gefühl aus Zweifel und Resignation. Es glich seiner eigenen Erfahrung als Jäger und Gejagter zugleich, damals, als er nach seinem Unfall in diesem Krankenhaus aufgewacht war. Er hatte nicht einmal mehr seinen eigenen Namen gewußt, Stück für Stück hatte er seine Identität zusammensuchen müssen, während er den Mörder von Jocelyn Gray jagte. Jetzt, zwei Jahre später, wußte er noch längst nicht alles über sich, und vieles von dem, was er herausgefunden hatte, war gefiltert durch die Wahrnehmungen der anderen, teils erinnert, teils erraten – ein verwirrendes Bild voller Eigenschaften, die er nicht mochte.

Es war nicht der Zeitpunkt, um über sich selber nachzugrübeln. Er mußte das Rätsel um Mrs. Farralines Ableben lösen und um Hesters Rolle in der Geschichte.

Er klappte seinen Koffer zu und nahm ihn mit hinunter. Seiner Zimmerwirtin teilte er in knappen Worten mit, daß er geschäftlich in Edinburgh zu tun habe und nicht genau wisse, wann er zurückkäme.

Sie war an seine Art gewöhnt und schenkte ihr keine Beachtung. »Ach, ja?« sagte sie abwesend, um dann mit wachem Blick eine für sie wichtige Frage zu klären: »Ich nehme an, Sie schicken mir die Miete, falls Sie so lange fort sein sollten, Mr. Monk?«

»Natürlich«, versprach er knapp. »Und Sie bewahren meine Post auf.«

»Werde ich tun. Damit alles seine Ordnung hat. Hatten Sie je Grund zur Beschwerde, Mr. Monk?«

»Nein«, mußte er zugeben. »Guten Tag!«

»Einen guten Tag, Sir.«

Als er das Gefängnis erreichte, in dem Hester festgehalten wurde, hatte Rathbone sein Versprechen gehalten. Monk wurde als Rathbones Assistent und damit als Rechtsbeistand zu Hester gelassen.

Die Wärterin, die ihn den grauen steinernen Gang zur Zelle entlangführte, war von kräftiger Statur, in ihren groben Zügen stand tiefer Abscheu. Die Frau kannte die Anklage gegen Hester: Daß man sie beschuldigte, eine alte Frau getötet zu haben, eine Patientin, die ihr vertraut hatte, nur um sich in den Besitz eines Schmuckstücks zu bringen, das vielleicht ein paar hundert Pfund wert sein mochte. Damit hätte sie ein Jahr lang im Luxus leben können – um den Preis eines Menschenlebens.

Hester wartete in ihrer Zelle. Als sie den Schlüssel hörte, drehte sie sich langsam zur Tür, ein Hoffnungsschimmer erhellte ihr Gesicht.

Monk wandte sich zur Wärterin um. »Ich rufe Sie, wenn ich Sie brauche«, sagte er kühl. Sie zögerte. Etwas in Monks Gesicht verstörte sie; sie begriff instinktiv, daß er mit Waffen kämpfte, gegen die sie nicht ankam, daß er sich nicht einen Moment lang um seine eigene Sicherheit sorgte.

»Ja, Sir«, erwiderte sie grimmig und schlug die Tür unnötig heftig zu.

Monk betrachtete Hester mit äußerster Zurückhaltung. Sie hatte hier von morgens bis abends nichts zu tun, trotzdem sah sie müde aus. Sie hatte Ringe unter den Augen, und ihrer Haut fehlte jegliche Farbe. Ihr Haar lag platt am Kopf, offensichtlich hatte sie keine Mühe darauf verwandt, sich zu frisieren. Das Kleid war schlicht. Es sah aus, als hätte sie sich aufgegeben. Callandra mußte ihr doch längst ihre eigenen Kleider geschickt haben. Warum hatte sie nicht etwas weniger Düsteres ausgewählt? Und dann erinnerte er sich an seine eigene Verzweiflung während der Grey-Geschichte, als ein noch schlimmerer Alptraum ihn heimgesucht hatte – der Gedanke an Kerker und den Tod durch den Strang und die Angst, tatsächlich schuldig zu sein. Damals hatten Hesters Mut und ihr heiliger Zorn ihn gerettet.

Wieso gab sie sich selber so schnell auf?

»Sie sehen furchtbar aus!« sagte er kühl. »Was ist das für ein Kleid, um Himmels willen? Warten Sie schon auf den Henker? Man hat Sie noch nicht mal vor Gericht gestellt!«

Langsam verfinsterte sich ihr Gesicht, aus Verwirrung wurde Zorn, ein stiller, kalter Zorn.

»In diesem Kleid habe ich Dienst getan«, sagte sie leise. »Es ist warm und praktisch. Ich weiß nicht, was Sie dagegen haben. Was spielt es für eine Rolle?«

Er wechselte unvermittelt das Thema. »Ich fahre mit dem Nachtzug nach Edinburgh. Rathbone möchte, daß ich alles über die Farralines herausfinde. Man kann davon ausgehen, daß jemand von ihnen die alte Dame...«

»Ich kann an nichts anderes denken«, unterbrach sie ihn, ohne Überzeugung in der Stimme. »Aber sparen Sie sich die Frage, ich weiß nicht wer oder warum. Ich kann mir keinen Grund vorstellen, und dabei hatte ich nichts anderes zu tun, als darüber nachzudenken.«

»Haben Sie sie getötet?«

»Nein.« Sie sagte es ohne Zorn, nur mit stiller Resignation.

Das machte ihn wütend. Er haßte diese Veränderung an ihr; diese Gelassenheit, die so untypisch für sie war. Dabei hatte sie ihm in ihrer kämpferischen Art gar nicht so gut gefallen! Sie hatte viel zuviel geredet, überzeugt von ihrer Meinung, ob sie nun informiert war oder nicht. Sie war so ganz anders gewesen als die Frauen, die ihm gefielen. Ihr fehlten die Sanftheit, die weibliche Wärme und die Anmut, die er an Frauen bewunderte, die ihm das Herz höher schlagen ließen und seine Begierde weckten. Und doch beunruhigte es ihn, sie so zu sehen.

»Dann muß es jemand anders gewesen sein!« schnauzte er. »Oder glauben Sie, daß sie Selbstmord begangen hat?«

»Natürlich nicht!« Jetzt war sie auch wütend. Ein rosiger Schimmer legte sich auf ihre Wangen. »Wenn Sie sie gekannt hätten, würden Sie nicht auf solch einen Gedanken kommen!«

»Vielleicht war sie senil und hilflos«, schlug er vor, »und hat sich aus Versehen selbst getötet.«

»Das ist lächerlich!« Ihre Stimme wurde schärfer. »Mrs. Farraline war nicht seniler als Sie! Wenn Ihnen nichts Besseres einfällt, dann verschwenden Sie Ihre Zeit! Und Olivers auch, sollte er sie eingestellt haben!«

Er war froh, ihre Lebensgeister zurückkehren zu sehen, wenn auch nur, um Mrs. Farraline zu verteidigen, aber es erboste ihn, daß sie meinte, er wäre nur in Rathbones Auftrag hier und weil er dafür Geld bekam. Er wußte nicht, was ihn daran so ärgerte, aber es war ein schmerzlicher Gedanke, und er reagierte sofort.

»Seien Sie nicht kindisch, Hester. Dafür ist keine Zeit, und es steht einer Frau Ihres Alters nicht gut zu Gesicht.«

Jetzt war sie wirklich wütend. Er wußte, es war die Anspielung auf ihr Alter. Das war idiotisch, aber in manchen Dingen war sie eben idiotisch. Wie die meisten Frauen.

Hester sah ihn voller Verachtung an.

»Von den Farralines werden Sie erfahren, daß ich die Aufgabe hatte, Mrs. Farraline nach London zu begleiten, ihr die Medizin zu geben, für ihr Wohlergehen zu sorgen und weiter nichts. Und das habe ich gründlich vermasselt! Ich weiß nicht, was Sie sonst von ihnen hören wollen.«

»Selbstmitleid steht Ihnen so wenig wie den meisten anderen Menschen«, erwiderte er scharf. »Und wir haben nur wenig Zeit.«

Sie funkelte ihn zornig an.

Er lächelte, kräuselte leicht die Lippen, erleichtert darüber, daß sie endlich Kampfwillen zeigte – nur anmerken sollte sie es ihm nicht. »Natürlich werden sie das sagen«, stimmte er ihr zu. »Ich werde ihnen einen Haufen Fragen stellen.« Während er redete, legte er sich seinen Plan zurecht. »Ich behaupte einfach, ich käme im Auftrag der Staatsanwaltschaft und müsse jeden einzelnen Schritt Ihres Aufenthalts bei ihnen rekonstruieren, um den Fall hieb- und stichfest abschließen zu können.«

»Ich war nur einen Tag dort!« unterbrach sie ihn.

Er ignorierte ihren Einwand. »Und im Zuge dieser Ermittlungen werde ich soviel wie möglich über die Familie in Erfahrung bringen. Einer von ihnen hat sie ermordet! Irgendwie, vielleicht durch eine Winzigkeit, wird er sich verraten.« Er sagte es mit mehr Überzeugung, als er wirklich fühlte, aber auch das mußte er ihr nicht auf die Nase binden. Es war das mindeste, was er tun konnte, ihr die bitterste aller Wahrheiten zu ersparen – die geringsten Aussichten auf Erfolg. Es war schlimm, so wenig tun zu können, wo doch soviel davon abhing.

»Werden Sie es schaffen?« Ihre Stimme zitterte fast.

Ohne nachzudenken nahm er ihre Hand und hielt sie fest.

»Ja, ich werde es schaffen. Es wird nicht leicht sein und nicht schnell gehen, aber ich werde es schaffen.« Er schwieg. Sie kannten einander zu gut. Er sah ihrem Gesicht an, woran sie dachte – sie erinnerte sich an einen anderen Fall, den sie zusammen gelöst hatten. Zu spät hatten sie die Wahrheit herausgefunden, der falsche Mann war verurteilt und gehängt worden. »Ich schaffe es, Hester«, versprach er ihr leidenschaftlich. »Ich finde die Wahrheit heraus, egal, was es kostet und wem ich dafür das Genick brechen muß!«

Ihre Augen füllten sich mit Tränen. Für einen Moment schien die Angst sie zu überwältigen.

Er biß die Zähne zusammen.

Warum war sie so verdammt unabhängig? Warum konnte sie nicht weinen wie andere Frauen auch? Dann hätte er sie in die Arme nehmen, sie trösten können. Aber es hätte ihr nichts bedeutet! Und er hätte sich dafür gehaßt! Er ertrug sie nicht, wie sie war, doch hätte sie sich verändert, es wäre noch schlimmer gewesen.

Es war ihm zuwider, daß er nicht einfach gehen und die Sache einem anderen überlassen konnte. Es war kein Fall wie jeder andere. Es ging um Hester – und der Gedanke an ein Scheitern war unerträglich.

»Erzählen Sie mir von ihnen!« befahl er barsch. »Wer sind diese Farralines? Was haben sie für einen Eindruck auf sie gemacht?«

Sie drehte sich um und blickte ihn verwundert an. Nur langsam bekam sie ihre Gefühle in den Griff und antwortete ihm.

»Der älteste Sohn heißt Alastair. Er ist der Prokurator...«

»Keine Tatsachen!« fiel er ihr ins Wort. »Die werde ich selber rausfinden. Ich brauche Ihre Eindrücke von dem Mann. War er glücklich oder unglücklich? Hat er sich Sorgen gemacht? Hat er seine Mutter geliebt oder gehaßt? Hatte er Angst vor ihr? War sie eine besitzergreifende, eine mütterliche, eine kritische oder eine dominierende Frau? Erzählen Sie mir von ihr!«

Sie lächelte schwach. »Mir ist sie großzügig und höchst normal vorgekommen...«

»Sie ist ermordet worden, Hester! Und für einen Mord gibt es Gründe, auch wenn es keine guten sind. Jemand hat sie gehaßt oder hatte zumindest Angst vor ihr. Warum? Erzählen Sie mir von ihr. Und es interessiert mich nicht, was für eine reizende Person sie war. Junge Frauen werden manchmal umgebracht, weil sie reizend sind, aber niemals alte!«

Hesters Lächeln wurde ein wenig entschiedener.

»Meinen Sie, ich hätte nicht darüber nachgedacht, warum jemand sie getötet hat? Alastair wirkte ein bißchen besorgt, aber dafür kann es tausend Gründe geben. Wie gesagt, er ist der Prokurator...«

»Was ist das, ein Prokurator?« Es war nicht der Augenblick, aus Stolz seine Unwissenheit zu verbergen.

»So etwas wie der Anwalt der Krone, glaube ich.«

»Hmmm.« Das eröffnete neue Möglichkeiten.

»Und der jüngere Bruder, Kenneth, hatte eine Verabredung, über die sich die Familie den Kopf zerbrochen hat. Sie haben angenommen, daß er sich um eine Frau bemüht, die sie noch nicht kannten.«

»Ich verstehe. Was noch?«

»Ich weiß nicht. Wirklich nicht. Quinlan, das ist Eilishs Ehemann...«

»Wer ist Eilish? Sagten Sie Eilish? Was ist das für ein komischer Name?«

»Weiß ich nicht. Schottisch, nehme ich an. Sie ist die mittlere Tochter. Oonagh ist die Älteste und Griselda die Jüngste.«

»Was ist mit diesem Quinlan?«

»Er und Baird McIvor, Oonaghs Ehemann, können sich anscheinend nicht ausstehen. Aber ich wüßte nicht, was das mit einem Mord zu tun haben könnte. In jeder Familie gibt es Sympathien und Antipathien, besonders dann, wenn sie alle unter einem Dach wohnen!«

»Natürlich!« sagte Monk verständnisvoll. Der Gedanke daran, mit anderen so eng zusammenleben zu müssen, jagte ihm Schauer über den Rücken. Seine Privatsphäre war ihm heilig, er wollte niemandem Rechenschaft schuldig sein, schon gar nicht jemandem, der ihn genau kannte.

Sie mißverstand ihn. »Niemand würde sie umbringen, nur um seiner Wege gehen zu können.«

»Hat das Haus nicht ihr gehört?« fragte er unvermittelt. »Und wie sieht's mit Geld aus? Ach nein, lassen Sie. Woher sollen Sie das wissen? Rathbone wird es herausfinden. Erzählen Sie mir ausführlich, was Sie während Ihres Aufenthalts im Haus der Farralines getan haben. Wann waren Sie allein? Wo war das Ankleidezimmer oder das Zimmer, in dem die Arzneischatulle aufbewahrt wurde?«

»Das hab' ich doch alles schon Oliver erzählt«, protestierte sie.

»Ich möchte es von Ihnen hören«, erwiderte er kühl. »Mit Hinweisen aus zweiter Hand kann ich nicht arbeiten. Und ich stelle Ihnen meine eigenen Fragen, nicht seine.«

Ohne weitere Widerrede gehorchte sie und erzählte ihm – auf der Kante ihrer Pritsche kauernd – jede Einzelheit, an die sie sich erinnern konnte. Daran, daß ihr die Worte so fließend über die Lippen kamen, ohne Zögern, erkannte er, daß sie die ganze Zeit darüber nachgedacht hatte. Ihm wurde schmerzlich bewußt, wie sie im Dunkeln auf ihrer Pritsche gelegen hatte, ängstlich und viel zu intelligent, um nicht genau zu wissen, in welcher Gefahr sie schwebte, und daß sie die Wahrheit vielleicht niemals oder zu spät herausfinden würden. Sie hatte es schon erlebt. Monk war schon einmal gescheitert.

Bei Gott, diesmal würde er nicht scheitern, koste es, was es wolle!

»Danke«, sagte er schließlich und erhob sich. »Ich muß den Zug nach Norden erreichen.«

Sie stand ebenfalls auf. Ihr Gesicht war schneeweiß. Sie öffnete den Mund, um etwas zu sagen, überlegte es sich jedoch im letzten Moment anders.

Er wollte nicht gehen, ohne ihr ein wenig Hoffnung zu machen – aber wie? Ihm fiel nichts ein, was nicht eine Beleidigung für ihren Mut und ihre Intelligenz gewesen wäre.

Sie rümpfte die Nase. »Sie müssen gehen.«

Spontan nahm er ihre Hand und hob sie an seine Lippen, dann ließ er sie wieder los und ging mit energischen Schritten zur Tür. »Ich bin soweit!« rief er. Einen Augenblick später klapperte der Schlüssel, und die Tür schwang auf. Er ging hinaus, ohne sich noch einmal umzudrehen.

Nachdem Monk die Kanzlei verlassen hatte, zögerte Oliver Rathbone nur einen Moment, bevor er den Entschluß faßte, Charles Latterly doch einen Besuch abzustatten. Als Hester ihn gebeten hatte, ihre Familie aus dem Spiel zu lassen, war es lediglich um Diebstahl gegangen, eine Beschuldigung, mit der sie binnen weniger Tage fertig zu werden glaubten. Aber jetzt ging es um Mord, und die Geschichte würde in den Abendzeitungen stehen. Er mußte ihn vorher erreichen, es war eine Frage des menschlichen Anstands.

Die Adresse kannte er, und es dauerte keine fünf Minuten, da hatte er einen Hansom angehalten und sie dem Kutscher genannt.

Es war zehn nach fünf am Nachmittag, als der Wagen vor dem Haus hielt. Charles Latterly war gerade von der täglichen Arbeit heimgekehrt.

Rathbone hatte ihn noch nie gesehen. Er kletterte aus der Kutsche, trug dem Kutscher auf, vor dem Haus auf ihn zu warten, und ging zur Eingangstür.

»Sie wünschen, Sir?« fragte der Butler höflich. Sein geübter Blick hatte in Rathbone den Gentleman erkannt.

»Guten Abend«, erwiderte Rathbone kühl. »Ich heiße Oliver

Rathbone und bin Miss Hester Latterlys Anwalt. Ich hätte Mr. Latterly gerne in einer Angelegenheit gesprochen, die – so fürchte ich – keinen Aufschub duldet.

»Tatsächlich, Sir? Wenn Sie bitte so freundlich wären, mir in das Frühstückszimmer zu folgen. Ich werde Mr. Latterly von Ihrer Ankunft und der Dringlichkeit Ihres Anliegens in Kenntnis setzen.«

»Vielen Dank!« Rathbone trat ein, aber statt in das Frühstückszimmer zu gehen, dessen Tür der Butler ihm öffnete, blieb er im Foyer stehen. Es war ein angenehmer, gemütlicher Raum, aber selbst der oberflächliche Blick offenbarte bereits Hinweise auf Abnutzung und beschränkte Verhältnisse. Es gab ihm einen Stich, als er an den Ruin und den Selbstmord des alten Mr. Latterly dachte, und an den Tod seiner Frau, die kurz darauf aus Gram gestorben war. Und jetzt mußte er die Nachricht von einer neuen Tragödie überbringen, vielleicht einer noch weit schlimmeren.

Charles Latterly trat aus der rechten der beiden Türen auf der Rückseite des Foyers. Er war ein hochgewachsener, blonder Mann Ende Dreißig oder Anfang Vierzig, sein Haar lichtete sich bereits. Eine dunkle Vorahnung stand ihm in sein längliches Gesicht geschrieben.

»Guten Abend, Mr. Rathbone. Was kann ich für Sie tun, Sir? Ich glaube nicht, daß wir uns kennen, aber mein Butler sagte mir, daß Sie der Anwalt meiner Schwester sind. Ich wußte nicht, daß sie einen Anwalt braucht.«

»Es tut mir leid, daß ich Sie ohne Vorwarnung überfalle, Mr. Latterly, aber ich bringe höchst unerfreuliche Nachrichten. Ich hege nicht den geringsten Zweifel, daß Miss Latterly ohne jede Schuld ist, aber eine ihrer Patientinnen, eine alte Dame, die mit dem Zug von Edinburgh nach London reiste, ist gestorben –

eines unnatürlichen Todes gestorben. Es tut mir leid, Ihnen sagen zu müssen, Mr. Latterly, daß man Hester des Mordes an dieser Frau beschuldigt.«

Charles Latterly starrte ihn an, als hätte er die Bedeutung der Worte nicht verstanden.

»War sie nachlässig?« fragte er und kniff die Augen zusammen. »Das sieht Hester aber gar nicht ähnlich. Ich halte nicht viel von ihrem Beruf, falls man ihn überhaupt so nennen kann, aber ich glaube, daß sie in seiner Ausübung äußerst kompetent ist. Ich kann nicht glauben, Sir, daß sie sich einer Fahrlässigkeit schuldig gemacht hat.«

»Man beschuldigt sie nicht der Fahrlässigkeit, Mr. Latterly«, erklärte Rathbone langsam, und es war ihm zuwider, das tun zu müssen. Warum konnte der Kerl es nicht beim erstenmal begreifen? Warum mußte er so verständnislos und bestürzt schauen? »Sie wird beschuldigt, die Frau ermordet zu haben, um ihr eine Brosche zu stehlen.«

»Hester? Das ist absurd!«

»Natürlich ist es das«, stimmte Rathbone ihm zu. »Und ich habe bereits heute abend einen Ermittler nach Edinburgh geschickt, um der Sache auf den Grund zu gehen. Aber ich fürchte, wir werden die Wahrheit nicht beweisen können, bevor die Sache vor Gericht kommt, und höchstwahrscheinlich wird morgen früh in den Zeitungen darüber berichtet werden, wenn nicht schon heute abend. Deshalb bin ich zu Ihnen gekommen, damit Sie es nicht auf diese Weise erfahren.«

»Die Zeitungen? Du lieber Himmel!« Der letzte Rest von Farbe verflüchtigte sich aus Latterlys ohnehin schon blassem Gesicht. »Dann erfahren es alle! Meine Frau! Imogen darf nichts davon erfahren. Sie könnte…«

Rathbone spürte einen maßlosen Zorn in sich aufsteigen. Als

erstes dachte Charles an die Gefühle seiner Frau. Er hatte sich noch nicht einmal nach Hesters Befinden erkundigt – oder wo sie sich befand!

»Ich fürchte, davor können wir sie nicht bewahren«, sagte er in scharfem Ton. »Es könnte doch auch sein, daß sie Hester besuchen möchte, um sie zu trösten.«

»Besuchen?« Charles sah verwirrt aus. »Wo ist Hester eigentlich? Was hat man mit ihr gemacht?«

»Sie ist im Gefängnis, und dort wird sie bis zum Prozeß bleiben müssen, Mr. Latterly.«

Charles sah aus, als wäre er geschlagen worden. Sein Kinn hing schlaff herunter, die Augen blickten starr, Ungläubigkeit verwandelte sich in Entsetzen.

»Gefängnis!« rief er bestürzt aus. »Sie meinen...«

»Natürlich.« Rathbones Ton wäre nicht so kalt gewesen, wenn er nicht mit seinen eigenen Gefühlen beteiligt gewesen wäre. »Sie steht unter Mordverdacht, Mr. Latterly. Es ist unmöglich, sie unter diesen Umständen auf freien Fuß zu bekommen.«

»Oh...« Charles wandte sich ab, versteckte seine Gedanken, aber jetzt zeigte er wenigstens Mitleid. »Arme Hester. Sie hatte immer soviel Mut und den Ehrgeiz, die außergewöhnlichsten Dinge zu tun. Manchmal habe ich gedacht, sie fürchtet sich vor gar nichts.« Er lachte kurz auf. »Ich hab' mir immer gewünscht, sie hätte etwas mehr Angst. Dann wäre sie ein bißchen vorsichtiger gewesen.« Er stieß einen Seufzer aus. »Und dann wäre es vielleicht nicht so gekommen.«

Er wandte sich wieder Rathbone zu; er wirkte traurig, aber gefaßt. »Selbstverständlich werde ich für ihre Verteidigung aufkommen, soweit es mir meine Mittel erlauben, Mr. Rathbone. Aber ich fürchte, sie sind sehr begrenzt, und ich darf meine Frau nicht der Unterstützung berauben, die ich ihr schuldig bin.« Er blickte unglücklich. »Ich weiß um Ihren Ruf. Vielleicht wäre es in der augenblicklichen Situation besser, den Fall jemandem zu übertragen, der...« Er suchte nach einem passenden Ausdruck, aber ihm fiel keiner ein.

Rathbone kam ihm zu Hilfe. Es machte ihm keinen Spaß zuzusehen, wie der Mann sich abstrampelte – auch wenn er wenig Sympathie für ihn empfand –, und er war ungeduldig.

»Ich danke Ihnen für das Angebot, Mr. Latterly, aber Ihre finanzielle Hilfe wird nicht nötig sein. Meine Sympathie für Ihre Schwester ist mir ausreichende Entschädigung. Sie können ihr am besten helfen, indem Sie zu ihr gehen und ihr persönlich beistehen, durch Trost und Zuspruch und Ihre Loyalität. Sie dürfen nicht verzweifeln, sonst können Sie ihr keine Kraft geben. Niemals, unter keinen Umständen, dürfen Sie ihr das Gefühl geben, daß Sie mit dem Schlimmsten rechnen.«

»Natürlich nicht«, sagte Charles langsam. »Sie haben recht. Sagen Sie mir, wo sie ist, dann werde ich sie besuchen – das heißt, wenn man mich zu ihr läßt.«

»Als Familienangehörigen wird man sie selbstverständlich zu ihr lassen«, antwortete Rathbone. »Sie ist in Newgate.«

Charles zuckte zusammen. »Verstehe. Was darf ich ihr mitbringen. Was braucht sie?«

»Vielleicht hat Ihre Frau ein paar Kleider und Wäsche zum Wechseln für sie. Sie hat dort nicht die Möglichkeit zu waschen.«

»Meine Frau? Nein... nein, Imogen nehme ich nicht mit. An einen solchen Ort wie Newgate! Es würde sie furchtbar aufregen. Ich suche selber ein paar Kleider für Hester zusammen.«

Rathbone wollte protestieren, doch als er Charles' verschlossenes Gesicht sah, die geschürzten Lippen, den eigensinnigen Blick, da erkannte er, daß es Unterströmungen in dieser Beziehung gab, Tiefen in Charles' Persönlichkeit, von denen er nichts ahnte. Jeder Streit wäre sinnlos. Von einem widerwilligen Besuch hatte Hester nichts, und ihm ging es nur um Hester.

»Gut«, sagte er kühl. »Sie müssen tun, was Sie für richtig halten.« Er richtete sich auf. »Noch einmal, Mr. Latterly, es tut mir sehr leid, Ihnen diese bestürzenden Nachrichten bringen zu müssen, aber seien Sie versichert, daß ich alles in meiner Macht Stehende tun werde, um Hester vollständig von der Beschuldigung zu entlasten und dafür zu sorgen, daß sie bis dahin den Umständen entsprechend gut behandelt wird.«

»Ja... ja, sicher. Danke, Mr. Rathbone. Ich weiß es zu schätzen, daß Sie persönlich gekommen sind. Und...«

Rathbone wartete, schon halb der Tür zugewandt, die Augenbrauen hochgezogen. Charles war nicht wohl in seiner Haut. »Danke, daß sie Hester ohne Honorar verteidigen wollen. Ich... wir... wir sind Ihnen zu größtem Dank verpflichtet.«

Rathbone machte eine leichte Verbeugung. »Es ist mir eine Ehre, Sir. Ich wünsche einen guten Tag.«

»Guten Tag, Sir.«

Gegen Viertel vor neun traf Rathbone am Bahnhof ein. Es war ziemlich sinnlos. Was sollte er Monk noch mit auf den Weg geben? Und doch wollte er ihn noch einmal sehen, und wäre es nur, um sich zu vergewissern, daß er auch tatsächlich im Zug saß.

Es war laut auf dem Bahnsteig, Reisende standen frierend herum, einige verabschiedeten sich von Angehörigen, andere hielten Ausschau nach vertrauten Gesichtern. Rathbone schlängelte sich zwischen ihnen hindurch, den Mantelkragen gegen den kalten Wind hochgeschlagen. Wo war Monk? Der Teufel sollte den Mann holen! Warum war er auf jemanden angewiesen, den er so wenig mochte?

Eigentlich hätte er ihn in dem Gewühl erkennen müssen. Seine Gestalt war auffällig genug, er war ein Stück größer als der Durchschnitt. Wo, zum Teufel, mochte er stecken? Wohl zum fünftenmal blickte er auf die Bahnhofsuhr. Zehn vor neun. Vielleicht war er noch nicht da? Es war ja noch fast eine halbe Stunde Zeit. Sollte er nicht doch besser im Zug nachschauen?

Er stieg ein und schaute in jedes Abteil. Zwischendurch blickte er immer wieder aus dem Fenster, und bei einer dieser Gelegenheiten, etwa in der Mitte des Zugs, sah er Monk, der draußen auf dem Bahnsteig vorbeieilte.

Rathbone stieß einen Fluch aus, eine Mischung aus Wut und Erleichterung, drängelte sich an einem hochgewachsenen Herrn in Schwarz vorbei, stieß die Wagentür auf und wäre beinahe hinausgefallen.

»Monk!« schrie er laut. »Monk!«

Monk drehte sich um. Er war elegant gekleidet wie zu einem Abendessen. Sein Jackett war perfekt geschnitten, ohne eine Falte lag es am Körper, die Schuhe strahlten in seidigem Glanz. Er war erstaunt, Rathbone hier zu treffen, aber es kam ihm nicht ungelegen.

»Haben Sie etwas herausgefunden?« fragte er verwundert. »So schnell? Aus Edinburgh können Sie doch noch nichts gehört haben!«

»Ich habe noch gar nichts herausgefunden!« gab Rathbone zurück und wünschte, es wäre anders. »Ich wollte bloß wissen, ob es noch etwas zu besprechen gibt, jetzt, wo noch Zeit ist.«

Ein Anflug von Enttäuschung trübte Monks Gesichtszüge, so flüchtig, daß es einem weniger geübten Beobachter als Rathbone sicher entgangen wäre.

»Ich wüßte nicht was«, erwiderte Monk kühl. »Ich werde Sie schriftlich informieren, sobald ich etwas Wissenswertes erfahren habe. Impressionen spare ich mir für die Rückkehr auf. Es wäre zweckmäßig, wenn Sie es auch so machten, falls Sie etwas in Erfahrung bringen. Meine Adresse werde ich Ihnen umgehend mitteilen. Und jetzt würde ich gerne meinen Platz einnehmen. Sonst fährt der Zug noch ohne mich ab.« Grußlos drehte er sich um, ging zum nächsten Waggon, stieg ein und zog die Tür hinter sich zu. Rathbone blieb auf dem Bahnsteig zurück und fluchte leise. Er fühlte sich gekränkt und überfahren, und ihm war, als hätte er noch etwas sagen müssen.

Fünftes Kapitel

Die Reise war für Monk alles andere als ein Vergnügen. Das Zusammentreffen mit Rathbone auf dem Bahnsteig hatte ihn ein wenig beruhigt, war es doch ein Beweis dafür, wie sehr Rathbone sich um Hester sorgte. Es mußte schon ein tiefes Gefühl dahinterstecken, wenn dieser Mann sich zu solch einem zwecklosen Botengang herabließ. Unter normalen Umständen hätte er sich vor Monk nicht so bloßgestellt und wäre zu Hause geblieben.

Aber dieser Trost war bereits verflogen, als der Zug aus dem Bahnhof ratterte und schnaufte, zwischen den regennassen Londoner Dächern hindurch; hin und wieder sah man ein Gaslicht in den sich leerenden Straßen, nasse Pflastersteine schimmerten, die Laternen trugen Glorienscheine aus Dunst, nur hier und da war noch ein Hansom unterwegs.

Er stellte sich Rathbone vor, wie er in seine Kanzlei zurückkam, sich hinter den Schreibtisch setzte, in seinen Papieren wühlte und darüber nachdachte, was er Nützliches tun könnte; er dachte an Hester, allein in der engen Zelle in Newgate, unruhig und ängstlich, zusammengekauert unter einer dünnen Decke, auf die schweren Schritte der Stiefel auf steinernem Fußboden lauschend und auf das Klappern der Schlüssel im Schloß – den Haß in den Gesichtern der Wärterinnen stets vor Augen. Da machte er sich keine Illusionen. Die Wärterinnen hielten sie eines verabscheuungswürdigen Verbrechens für schuldig: Sie würden kein Mitleid mit ihr haben. Die Tatsache, daß Hester noch nicht verurteilt war, fiel für diese Frauen nicht ins Gewicht.

Warum hatte Hester sich nicht, wie andere Frauen auch, eine ordentliche Beschäftigung gesucht? Welche vernünftige Frau reiste schon mutterseelenallein quer durch das Land, um völlig fremde Menschen zu betreuen. Und warum gab er sich mit ihr ab? Irgendwann mußte die große Katastrophe ja hereinbrechen. Sie konnte noch von Glück sagen, daß es nicht schon auf der Krim passiert war. Und er war dumm genug gewesen, seine Gefühle nicht herauszuhalten. Eigentlich mochte er diesen Typ Frau nicht, hatte ihn noch nie gemocht! Beinahe alles an ihr ärgerte ihn.

Aber es war ein Gebot der Menschlichkeit, alles zu tun, um ihr zu helfen. Die Menschen vertrauten ihm, und soweit er sich erinnern konnte, hatte er dieses Vertrauen noch nie enttäuscht. Zumindest nicht vorsätzlich. Seine Gönnerin hatte er einmal enttäuscht, vor Jahren, das fiel ihm jetzt wieder ein. Aber das war etwas anderes gewesen. Er war an seinem Unvermögen gescheitert, und nicht etwa, weil er nicht alles versucht hätte. Freundlichkeit konnte es nicht sein: Alles, was er inzwischen über sich wußte, deutete darauf hin, daß er kein sehr freundlicher Mann war. Aber er hatte Ehrgefühl! Und Ungerechtigkeit ertrug er nun mal nicht.

Nein. Er zuckte zusammen und lächelte bitter. Das stimmte nicht ganz. Juristische Ungerechtigkeit ertrug er nicht. Er selber war zweifellos oft genug ungerecht gewesen seinen Untergebenen gegenüber, überkritisch, viel zu schnell mit Verurteilungen und Schuldzuweisungen bei der Hand.

Aber es hatte keinen Sinn, in der Vergangenheit herumzuwühlen, und zudem tat es weh. Die Zukunft hatte er selber in der Hand. Er würde herausfinden, wer Mary Farraline getötet hatte und warum, und er würde es auch beweisen. Abgesehen von seinem eigenen Stolz – Hester verdiente es. Sie war oft töricht, fast immer rechthaberisch, bissig, eigensinnig und launenhaft, aber sie war absolut ehrlich. Alles, was sie über die Rückreise aus Edinburgh erzählt hatte, entsprach der Wahrheit. Um einen Fehler zu bemänteln, würde sie sich nicht einmal selber etwas vorlügen, geschweige denn jemand anderem. Und das war eine seltene Eigenschaft, bei Männern wie bei Frauen.

Natürlich hatte sie die Frau nicht getötet. Welch lächerlicher Gedanke! Vielleicht hätte sie im Zorn jemanden töten können, sie besaß sicherlich die Kraft und die Leidenschaft dazu – aber aus kalter Berechnung? Und wenn sie einen Menschen so abscheulich gefunden hätte, um ihn zu töten, dann gewiß nicht auf diese Weise. Sie hätte ihm dabei ins Gesicht gesehen, ihm vielleicht etwas auf den Kopf geschlagen, ihn erstochen – aber niemals hätte sie jemanden im Schlaf vergiftet. Heimtücke war ihr fremd – sie besaß vor allem Mut.

Und ob sie Mut besaß! Er starrte aus dem Fenster in die fließende Dunkelheit des Landes, während der Zug durch die heimatlichen Grafschaften in Richtung Norden rumpelte. Er saß ziemlich unbequem, eingezwängt zwischen einem dünnen Mann im grauen Anzug, der versuchte, durch einen Kneifer, der auf seiner Nasenspitze balancierte, die Zeitung zu lesen, und einem kleinen Mann mit Schmerbauch, der bereits eingeschlafen war. Gegenüber diskutierten zwei jüngere Männer emotionslos über den Zustand der Staatsfinanzen.

Hester würde diese Geschichte überleben. Auf der Krim hatte sie Schlimmeres erleiden müssen, körperliche Strapazen von größeren Ausmaßen, schreckliche Kälte, Hunger, Wochen ohne ausreichend Schlaf, dazu die ständige Gefahr von Verwundung oder Krankheit oder beidem. Sie hatte auf dem Schlachtfeld gestanden, in Hörweite der donnernden Geschütze und allemal in ihrer Reichweite! Da würde sie doch ein oder zwei Wochen in

Newgate überleben! Es war lächerlich, Angst um sie zu haben. Sie war keine gewöhnliche Frau, die in einer Notlage zu weinen anfing oder in Ohnmacht fiel. Natürlich würde sie leiden, sie war so empfindsam wie jede andere auch, aber sie würde über ihrem Leiden stehen.

Und seine Aufgabe war es, zu den Farralines zu reisen und die Wahrheit herauszufinden.

Doch als der Abend zur Nacht geworden war und die Passagiere um ihn herum eingeschlafen waren, verließ ihn seine Zuversicht; ihn fror, er wurde immer steifer und müder, und bald sah er nur noch die Schwierigkeiten, die es bereiten würde, in einem trauernden Haushalt, in dem ein Mitglied sich des Mordes schuldig gemacht hatte, etwas Brauchbares herauszufinden – zumal sie in einer Fremden, die bereits inhaftiert war, den perfekten Sündenbock gefunden hatten.

Gegen Morgen tat ihm der Rücken weh; seine Beine waren ganz steif, und er fror so erbärmlich, daß er die Füße kaum noch spürte. Seine Stimmung war auf dem Nullpunkt angekommen.

In Edinburgh war es bitterkalt, aber es regnete wenigstens nicht. Ein eisiger Wind heulte durch die Princes Street. Monk konnte keinerlei Interesse für Geschichte und architektonische Schönheiten aufbringen; er war heilfroh, als er eine Kutsche angehalten und dem Fahrer die Adresse der Farralines am Ainslie Place genannt hatte.

Vom Gehsteig aus machte das Haus einen imposanten Eindruck. Wenn es ihnen gehörte und nicht mit Hypotheken belastet war, dann ging es den Farralines, zumindest was das Finanzielle betraf, außerordentlich gut. Außerdem zeugte es, nach Monks Ansicht, von ausgezeichnetem Geschmack. Der ganze Platz in seiner klassischen Schlichtheit machte großen Eindruck auf ihn.

Aber das war jetzt nebensächlich. Er mußte sich auf die bevorstehende Aufgabe konzentrieren. Er stieg die Stufen hinauf und zog an der Glocke.

Die Tür öffnete sich, und ein Mann, der seiner Miene nach Leichenbestatter sein mußte, betrachtete ihn ohne das geringste Interesse.

»Sie wünschen, Sir?«

»Guten Morgen«, erwiderte Monk kühl. »Ich heiße William Monk. Ich komme in einer wichtigen Angelegenheit aus London zu Ihnen und hätte gerne mit Mr. Farraline oder Mrs. McIvor gesprochen.« Er zog eine Visitenkarte aus der Tasche.

»Tatsächlich, Sir?« Sein Gesicht zeigte nicht die geringste Veränderung. Er hielt Monk ein silbernes Tablett hin. Monk legte sein Kärtchen darauf. Offensichtlich war er nicht Leichenbestatter, sondern Butler. »Danke, Sir. Wenn Sie so gut wären, im Foyer zu warten. Ich werde nachsehen, ob Mrs. McIvor sie empfangen kann.«

Er wartete in der mit schwarzem Krepp verhangenen Halle, ungeduldig von einem Fuß auf den anderen tretend. Er hatte sich bereits zurechtgelegt, was er sagen würde, falls sie ihn nicht empfangen wollte; er hoffte allerdings, die Information, daß er extra aus London angereist war, wäre ausreichend. Weitere Einzelheiten hatten das Hauspersonal nicht zu interessieren.

Er mußte nicht lange warten. Nicht der Butler kam zurück, sondern eine schlanke, gerade gewachsene Frau Mitte Dreißig. Im ersten Augenblick erinnerte ihr Auftreten ihn an Hester; die geraden Schultern und die Haltung des Kopfes drückten den gleichen Stolz, die gleiche Entschlossenheit aus. Doch sie hatte ein ganz anderes Gesicht und blondes, honigfarbenes Haar von solch sanftem Schwung, wie er es noch nie gesehen hatte. Sie war nicht ausgesprochen schön, dazu war ihr Gesicht zu individuell ausgeprägt, der kräftige Unterkiefer und der kühle Blick der Augen entsprachen nicht dem konventionellen Ideal. Das mußte Oonagh McIvor sein.

»Mr. Monk.« Es war eine Bestätigung und keine Frage. Kaum hatte er ihre klare Stimme vernommen, da wußte er, diese Frau käme mit jeder auch noch so verzweifelten Situation zurecht. »McTeer hat mir mitgeteilt, daß Sie aus London angereist sind, in einer Angelegenheit, in der Sie meine Hilfe brauchen. Hat er Sie richtig verstanden?«

»Ja, Mrs. McIvor.« Nach Hesters Beschreibung zweifelte er nicht daran, wen er vor sich hatte, deshalb hielt er es nicht für nötig zu fragen. Und er hatte auch nicht die geringsten Bedenken, sie anzulügen. »Ich arbeite im Auftrag der Anklage gegen Miss Latterly wegen des Mordes an Ihrer Frau Mutter; ich bin beauftragt, Fakten zu sichern, bekannte und noch zu ermittelnde, damit es weder Irrtümer noch andere unliebsame Überraschungen gibt, wenn die Sache vor Gericht kommt. Das Urteil hat endgültige Rechtskraft. Wir müssen dafür Sorge tragen, daß der richtige Spruch gefällt wird.«

»Ach, tatsächlich?« Sie hob ganz leicht die Augenbrauen. »Wie gewissenhaft. Ich hatte keine Ahnung, daß die englische Staatsanwaltschaft so gründlich ist.«

»Es ist ein Fall von großer Bedeutung.« Er sah sie direkt an, ohne auszuweichen oder sich höflich zurückzuhalten. Instinktiv spürte er, daß übermäßige Ehrerbietung ihr ein Graus war und sie Selbstbewußtsein zu schätzen wußte. Er durfte ihr nur keinen Grund liefern, ihn für impertinent zu halten, oder ihr Versprechungen machen, die er nicht halten konnte. Sie hatten sich eben erst kennengelernt, und doch hatten sie beide schon ein Gespür für die Persönlichkeit des anderen entwickelt, die auch von ihrer Seite – so schien es ihm – durchaus mit Interesse gepaart war.

»Ich bin froh, daß Sie sich dessen bewußt sind«, sagte sie. Die Andeutung eines Lächelns spielte um ihre Lippen. »Natürlich wird meine Familie Ihnen jede nur erdenkliche Unterstützung geben. Mein älterer Bruder ist der Prokurator hier in Edinburgh. Wir wissen sehr wohl, daß die Anklage auch in Fällen, in denen die Schuldfrage zweifelsfrei geklärt scheint, das Ziel einer Verurteilung verfehlen kann, wenn die Verantwortlichen die Beweise nicht mit der erforderlichen Sorgfalt zusammentragen. Ich vermute, Sie können sich mit einem Schreiben legitimieren?«

Die Frage war höflich gestellt, duldete jedoch keine ausweichende Antwort.

»Selbstverständlich.« Er zog eine sehr überzeugende Fälschung heraus, die er auf einem Bogen Papier mit dem Briefkopf der Polizei vorbereitet hatte, von denen er noch einige besaß. Daß es das falsche Revier war, würde sie sicher nicht merken.

»Er erleichtert mir die Aufgabe ungemein, daß Sie Verständnis für meine Arbeit haben; wir müssen uns jeden Details versichern«, sagte er. »Ich gestehe, ich hatte nicht zu hoffen gewagt auf soviel...« Er zögerte, suchte nach einem Ausdruck, der sich nicht nach bloßer Schmeichelei anhörte. »...auf soviel Sinn für Realität zu stoßen«, beendete er den Satz.

Jetzt lächelte sie schon etwas weniger zurückhaltend, eine deutliche Wärme breitete sich auf ihrem Gesicht aus, und als sie ihn betrachtete, bemerkte er einen Anflug von Neugier in ihren Augen.

»So tief meine Trauer auch ist, Mr. Monk, sie hat mich nicht um den Verstand gebracht und um die Einsicht, daß die Welt sich weiterdreht und die Dinge ihren Lauf nehmen. Bitte sagen Sie mir, auf welche Weise wir Ihnen helfen können. Ich nehme an, Sie wollen Befragungen durchführen, insbesondere des Personals.«

»Auch das wird nötig sein«, bestätigte er. »Aber häufig verängstigt eine solche Tragödie das Personal, und dann kommt es zu widersprüchlichen Angaben. Es wäre äußerst nützlich, wenn ich zunächst mit den Angehörigen sprechen und die Dienstboten etwas später befragen könnte, nachdem die erste Angst sich gelegt hat. Ich möchte bei den Leuten den Eindruck vermeiden, daß ich sie verdächtige.«

Diesmal war es ein freudloses, ein wenig bitteres Lächeln. »Tun Sie das denn nicht, Mr. Monk? Egal, wie überzeugt Sie von Miss Latterlys Schuld sind, es muß Ihnen doch der Gedanke gekommen sein, daß möglicherweise die Zofe meiner Mutter die Brosche gestohlen haben könnte.«

»Natürlich ist mir dieser Gedanke gekommen, Mrs. McIvor.« Er erwiderte das Lächeln. »Mit ein bißchen Phantasie lassen sich die verschiedensten Möglichkeiten denken, so unwahrscheinlich sie auch sind. Und da die Verteidigung – die es zweifellos geben wird – Miss Latterlys Unschuld nicht beweisen kann, wird sie versuchen, einen anderen Schuldigen zu finden! Oder, im schlechtesten Fall, zu beweisen versuchen, daß jemand anders der Schuldige sein könnte, aufgrund eines Motivs oder einer Gelegenheit. Um dem vorzubeugen, bin ich gekommen.«

»Dann sollten wir uns gleich an die Arbeit machen«, sagte sie mit Entschiedenheit. »Sie sind gerade erst angekommen. Ich nehme an, Sie wollen sich zuerst eine Unterkunft suchen und sich etwas ausruhen. Schließlich waren Sie die ganze Nacht unterwegs. Möchten Sie heute mit uns zu Abend essen? Dann können Sie den Rest der Familie kennenlernen.« Es war eine förmliche Einladung, aus rein pragmatischen Gründen ausgesprochen, und doch glaubte er ein tieferes Interesse bei ihr zu spüren.

»Das wäre ausgezeichnet, ich danke Ihnen, Mrs. McIvor!« Er durfte sich nicht von zuviel Optimismus hinreißen lassen. Er hatte gerade erst angefangen und noch überhaupt nichts erfahren, aber die erste Hürde war mit erstaunlicher Leichtigkeit übersprungen. »Vielen Dank!«

»Dann erwarten wir Sie um sieben«, sagte sie und neigte leicht den Kopf. »McTeer wird Sie hinausbringen, und falls er Ihnen mit Hinweisen behilflich sein kann, bitte fragen Sie ihn. Guten Tag, Mr. Monk.«

»Guten Tag, Mrs. McIvor.«

Monk hatte McTeer um Rat bei der Suche nach einer Unterkunft gebeten, und die herablassende Erwiderung des Butlers hatte ihn in seinem Stolz getroffen. McTeer hatte ihm ein paar Gasthöfe und Pensionen genannt, alle im älteren Teil der Stadt. Als Monk nach einer Adresse näher am Ainslie Place gefragt hatte, war er mit hochgezogenen Augenbrauen darüber aufgeklärt worden, daß in diesem Teil der Stadt keine derartigen Etablissements zu finden seien.

Und so stand ein wütender Monk um zehn Uhr mit dem Koffer in der Hand in einer Straße mit hohen Mietshäusern zu beiden Seiten, dem sogenannten Grassmarket. Er hatte das deutliche Gefühl, in einer fremden Stadt zu sein. Geräusche und Gerüche waren anders als in London. Die Luft war kälter, nicht so schmutzig und roch nicht so stark nach Rauch, auch wenn die Hauswände ziemlich schwarz waren und aus den Dachrinnen rußiges Wasser tropfte. Die Pflastersteine waren die gleichen wie in London, aber die Gehsteige waren nur wenig höher als die Fahrbahn, die Rinnsteine waren seicht. Dafür war die Straße selbst so stark geneigt, daß das Wasser nach unten ablief.

Er ging langsam und sah sich gründlich um. Die Häuser waren hauptsächlich aus Stein, was ihnen eine gewisse Würde und Solidität verlieh; fast alle waren drei oder vier Stockwerke hoch und endeten in einem Durcheinander von steilen Dächern mit Mansardenfenstern und Stufengiebeln, die wie Treppen in einem Meer von Dachziegeln wirkten. Auf einem dieser Giebel entdeckte er ein eisernes Kreuz, und als er sich ein wenig reckte, um besser sehen zu können, sah er noch mehr von diesen Kreuzen. Ganz sicher war das Haus keine Kirche und diente auch sonst keinem religiösen Zweck.

Da er nicht auf den Weg geachtet, sondern nach oben geschaut hatte, stieß er plötzlich heftig mit jemandem zusammen.

»Verzeihung!« entschuldigte er sich.

»Ja, ja, passen Se mal besser auf, bevor Se 'n armen Teufel umrennen vor lauter Löcher inne Luft gucken!« kam die Antwort in einem Dialekt, der für Monk kaum noch nach Englisch klang, den er aber trotzdem mühelos verstand. »Ham Se sich verlauf'n?« fragte der Mann freundlicher, nachdem er in Monk den Fremden erkannt und ihm seine Unachtsamkeit nachgesehen hatte. Ausländer waren nicht ganz richtig im Kopf, von denen durfte man kein normales Verhalten erwarten. »Sie sind hier im Grassmarket, in den Templelands.«

»Templelands?« fragte Monk schnell.

»Ja. Wissen Se denn überhaupt, wo Se hinwolln?« Er war jetzt sehr hilfsbereit, wie jeder brave Mann, der zu spüren glaubt, daß da einer nicht auf sich selber aufpassen kann.

Monk fühlte sich zu einem Lächeln verpflichtet. »Ich suche eine Unterkunft.«

»Ach, ja? Nun, bei William Forster wern Se schon'n ordentliches Zimmer finden, unten auf Nummero zwanzig, und gleich nebenan hat McEwan seinen Bäckerladen. 'n Gasthof mit Pferdestall hatter, der gute Willie. Steht auf'm Schild draußen am Haus. Können Se nicht verfehl'n, wenn Se Augen im Kopf ham.«

»Besten Dank, guter Mann.«

»Keine Ursache!«

Monk überquerte die Straße und ging weiter, bis er es sah: WM. FORSTER, GASTHOF UND PFERDESTALL war zwischen dem zweiten und dem dritten Stockwerk eines großen Hauses zu lesen; rechts davon stand der Namenszug von McEwans Bäckerei. Das Haus war vier Stockwerke hoch, die beiden untersten aus solidem Naturstein mit großen Fenstern, die auf geräumige Zimmer hinzudeuten schienen. Aus mehreren der hohen Kamine stieg Rauch auf – ein vielversprechendes Zeichen. Da er kein Pferd hatte, ging er nicht durch den Torbogen in den Hof, sondern klopfte gleich an der Vordertür.

Fast augenblicklich öffnete ihm eine beleibte Frau, die sich hastig die Hände an der Schürze abrieb. »Ja?«

»Ich suche eine Unterkunft«, antwortete Monk. »Vielleicht für eine Woche oder zwei. Haben Sie ein Zimmer frei?«

Sie musterte ihn schnell, schätzte ihn ein, wie es zu ihrem Geschäft gehörte.

»Ja, hab' ich.« Offensichtlich war sie mit ihm einverstanden. »Kommen Se rein, ich zeig's Ihnen.« Sie trat auf die Seite, um ihn einzulassen, und er folgte ihr.

Drinnen war es eng und nur spärlich erleuchtet, aber es roch sauber, und die Luft war warm und trocken. In der Küche trällerte jemand ein Lied, laut und hin und wieder falsch, aber es war ein fröhliches Lied, und er empfand es als einladend. Sie führte ihn drei Treppen hoch, schnaufte und stöhnte dabei und blieb auf jedem Absatz stehen, um Luft zu holen.

»Da ist es«, sagte sie zwischen zwei Schnaufern, als sie auf dem obersten Treppenabsatz angekommen waren, und stieß die Tür zu dem Zimmer auf, das er bewohnen sollte. Es war sauber und luftig und blickte auf den Grassmarket und die Dächer auf der anderen Straßenseite hinaus.

»Ja«, sagte er, ohne zu zögern. »Es gefällt mir sehr gut.«

»Kommen Se ganz von England rauf?« erkundigte sie sich leutselig.

Es hörte sich an, als wäre es ein fremdes Land; strenggenommen war es das ja auch.

»Ja.« Es war eine Gelegenheit, die er nicht ungenutzt lassen wollte. Es galt, keine Zeit zu verlieren. »Ja. Ich bin Rechtsberater.« Das stimmte zwar nicht ganz, aber er schien ihm besser, als sich in die Nähe der Polizei zu rücken. »Ich bereite hier einen Prozeß vor, in dem es um den Tod von Mrs. Farraline geht.«

»Is die tot?« fragte die Frau verwundert. »Wie iss'n das passiert? Na ja, war ja nich' mehr die Jüngste, was'n Wunder also. Und jetzt woll'n die das Testament anfechten, stimmt's?«

In ihrem Gesicht stand Interesse, und natürlich fand ihre Vermutung Monks Aufmerksamkeit.

»Nein. Ich sollte die Sache lieber nicht an die große Glocke hängen, Mrs. Forster...« Er ließ es auf einen Versuch ankommen und wurde nicht enttäuscht. »Aber ich nehme an, Ihnen muß man sowieso nichts erzählen, oder?«

Ein wissendes Lächeln erstrahlte auf ihrem Gesicht. »Geld is nich' immer'n Segen, was, Mr...?«

»Monk. William Monk«, sagte er. »Da geht's um einen Batzen Geld, was?«

»Na, das werden Se ja wohl selber wissen, oder?« Ihre braunen Augen leuchteten vor Vergnügen.

»Noch nicht«, wich er aus. »Aber ich hab' natürlich meine Vermutungen.«

»Na, und ob.« Sie nickte. »Diese riesige Druckerei, die gibt's schon seit den zwanziger Jahren, und die wird immer noch größer. Und dann ham se das feine Haus oben inner Neustadt. O ja, und ob's da um einen Batzen Geld geht, Mr. Monk. Da kann man schon für kämpfen, würd' ich mal sagen. Und der alten Dame hat noch 'ne schöne Stange davon gehört, sagt man, obwohl der alte Oberst Farraline ja auch schon acht Jahre tot is' oder zehn.«

Monk überlegte kurz und wählte das Risiko. »Mrs. Farraline wurde ermordet. Das ist der Fall, mit dem ich befaßt bin.«

Sie sah ihn entgeistert an. »Was Se nich' sagen! Ermordet? Da bin ich baff! Die arme Seele! Aber wer, um Gottes willen, würde so was tun?«

»Nun, es besteht begründeter Verdacht, daß die Krankenschwester, die sie im Zug nach London begleitet hat…« Es fiel ihm schwer, es auszusprechen, selbst auf diese unverbindliche Weise und ohne Hesters Namen zu nennen. Es erschien ihm wie ein Eingeständnis, daß es so gewesen sein könnte.

»Ach. Was für eine schändliche Tat! Und warum?«

»Wegen einer Brosche«, sagte er zwischen den Zähnen, »die sie dann schnell zurückgeben wollte. Sie will sie in ihrer Reisetasche gefunden haben, behauptet sie.«

»Ach ja?« Mrs. Forsters Augenbrauen hoben sich in vorsichtiger Skepsis. »Und was soll so eine mit 'ner Brosche anfangen, wie Mrs. Farraline sie trägt? Wir wissen doch, wie se sind, diese Krankenschwestern! Versoffen, schmutzig und nich' besser als ihr Ruf, jedenfalls die meisten. Ach, wie schrecklich! Die arme Seele!«

Monk spürte ein Brennen im Gesicht, seine Kiefer spannten sich, als wollten sie die Worte zwischen den Zähnen zermahlen.

»Sie war eine von den jungen Damen, die unsere Soldaten auf der Krim versorgt haben – hat bei Miss Nightingale Dienst getan.« Seine Stimme klang rauh und drohte ihm trotz aller Vorsätze zu versagen.

Mrs. Forster war verblüfft. Sie sah Monk an, versuchte in seinem Gesicht zu lesen, ob es tatsächlich stimmte. Bereits der erste Blick überzeugte sie davon.

»Da bin ich aber baff«, sagte sie wieder. Sie holte tief Luft, mit großen, sorgenvollen Augen. »Vielleicht isses ja doch nich' gewesen. Ham Se da schon mal drüber nachgedacht?«

»Ja«, sagte er und lächelte grimmig. »Hab' ich.«

Sie erwiderte nichts, blickte ihn nur abwartend an.

»In dem Fall müßte es jemand anders gewesen sein«, zog er für sie die Schlußfolgerung. »Und es wäre höchst interessant herauszufinden, wer.«

»Und ob«, stimmte sie ihm zu und zuckte mit den gewaltigen Schultern. »Aber darum beneid' ich Se nich'. Ne verdammt mächtige Familie, die Farralines. Er ist der Prokurator, müssen Se wissen.«

»Und die anderen, was sind das für Leute?« Es erschien ihm ganz natürlich, diese Frage zu stellen, und ihre Meinung mochte von Interesse sein.

»Ach Gott, ich weiß natürlich nich' mehr, als was die Leute so reden! Aber die Druckerei, die leitet jetzt McIvor, das is' Miss Oonaghs Mann, aber der is' kein Schotte, der kommt irgendwo auss'm Süden, aus England. Soll aber'n ganz anständiger Kerl sein. Nix gegen ihn zu sagen.«

»Außer, daß er Engländer ist?«

»Richtig. Und dafür kann er ja nix. Und dann gibt's da noch diesen Mr. Fyffe. Soll aus Stirling sein, hab' ich gehört. Oder vielleicht auch Dundee, jedenfalls von weiter nördlich als hier. Muß 'n verdammt kluger Bursche sein.«

»Aber nicht besonders beliebt.« Monk sprach aus, was sie verschwieg.

»Na ja...« Sie wollte es nicht gern in Worte kleiden, aber ihr Gesicht stimmte ihm zu.

»Er ist sicher der Ehemann von Miss Eilish«, soufflierte er ihr.

»Richtig. Muß ja 'ne umwerfende Schönheit sein, was man so hört. Mit eigenen Augen hab' ich se ja noch nich' gesehn, aber man sagt, sie ist das hübscheste Ding, das jemals in Edinburgh rumgelaufen is'.«

»Und sonst?«

»Wie, und sonst?«

»Was erzählt man sich noch über sie?«

»Wie, was noch? Is' das nich' genug?«

Er lächelte gegen seine Absicht, weil er sich vorstellen mußte, was Hester zu solch einer Beschreibung gesagt hätte.

»Was ist sie für eine Frau? Was tut sie, was denkt sie?«

»Na, das weiß ich nu' aber wirklich nich'.«

»Und Mrs. Farraline selber?«

»Eine feine Dame, sagt man. Muß sie wohl schon immer gewesen sein. Oberst Farraline war ein richtiger Gentleman, immer großzügig mit sei'm Geld, und sie war wohl auch so. Immer ham se was für die Stadt gespendet. Aber der arme Major Farraline – das is' der jüngere Bruder –, der is' wohl ein bißchen ausser Art geschlagen. Säuft wie'n Loch, den ganzen Tag lang. Kaum dasser mal nüchtern is'. Is' doch 'n Jammer, wenn so'n feiner Herr mit alle diese Möglichkeiten anner Flasche endet.«

»Ja, das ist ein Jammer. Wissen Sic warum? Ein tragisches Erlebnis?«

Sie schürzte die Lippen. »Nich', daß ich wüßte. Aber was weiß ich denn schon? Einfach nur'n schwacher Mann, nehm' ich mal an. Die Welt is' voll davon. Suchen die Antwort auf alle Fragen im Schnaps. Und da denkt man doch, nach dem ersten Vollrausch oder so müßten'se klüger sein. Sind'se aber nich'!«

»Und der jüngste Sohn? Kenneth?« Das Thema Hector war offensichtlich erschöpft.

Sie zuckte wieder mit den Schultern. »'n junger Mann mit mehr Geld inner Tasche als Grips im Kopf. Aber das gibt sich mit der Zeit, nehm' ich an. Ein Jammer, daß seine Mutter sich nu' nich' mehr kümmern kann, aber da is' ja noch der Prokurator. Wär' ja nich' schön, wenn der Junge was Dummes anstellt und den guten Namen innen Dreck zieht. Oder die falsche Frau heiratet. Da wär' er ja nich' der erste junge Bengel, dem das passiert.«

»Arbeitet er nicht im Familienunternehmen?« fragte Monk.

»Doch, doch, ich glaub' schon. Ich weiß nich', was er macht, aber das könnt' man ja leicht rausfinden.« Ein seltsamer Ausdruck leuchtete in ihren Augen: Neugier, Zweifel und eine Art Erregung. »Meinen Se etwa, daß einer von denen die eigene Mutter umgebracht hat?« Aber die Vorsicht gewann wieder die Oberhand. »Nie und nimmer! Sind doch alles ehrenwerte Leute, Mr. Monk. Hoch angesehen. Spielt 'ne wichtige Rolle in der Stadtverwaltung, der Mr. Alastair. Und nebenbei isser noch Prokurator.«

»Nein, ich halte es auch nicht für wahrscheinlich«, lenkte Monk ein. »Aber es könnte ja eins der Hausmädchen gewesen sein. Wäre ja möglich, und ich muß alles in Betracht ziehen.«

»Na klar«, stimmte sie zu, strich sich die Schürze glatt und wollte gehen. »Also, ich werd' jetzt mal sehen, daß ich weiterkomm'.« An der Tür drehte sie sich noch mal um. »Und Se bleiben ein oder zwei Wochen, richtig?«

»Richtig«, sagte er mit dem Anflug eines Lächelns. »Vielen Dank, Mrs. Forster.«

Sobald er seinen Koffer ausgepackt hatte, schrieb er einen kurzen Brief an Rathbone, um ihm seine Adresse mitzuteilen: Grassmarket Nummer 20, Edinburgh. Nach einem kurzen Mittagessen im Gasthof brachte er den Brief zur Post, bevor er sich wieder auf den Weg in die Neustadt zum Ainslie Place machte. Vielleicht wäre ein Pub in der Nähe ein guter Platz, um Nachforschungen über die Familie anzustellen. Sicher würden sich dort die Boten und Hausdiener auf einen Schluck einfinden. Natürlich müßte er außerordentlich diskret vorgehen, doch darauf verstand er sich. Das gehörte zu seinem Handwerk.

Aber dazu war es jetzt noch zu früh am Tag, und am Abend war er bei den Farralines zum Essen eingeladen. Er wollte den Nachmittag dazu nutzen, sich nach ortsansässigen Händlern zu erkundigen, bei denen die Farralines einkauften; am nächsten Tag konnte er sich immer noch um die Botenjungen kümmern und versuchen, etwas mehr über den Alltag der einzelnen Familienmitglieder zu erfahren.

Routinemäßig mußte er natürlich auch den Arzt, der Mary Farraline die Medizin verschrieben hatte, nach der richtigen Dosis befragen, und den Apotheker, der sie hergestellt hatte. Konnte ja sein, daß der Mann einen Fehler gemacht hatte, auch wenn er es natürlich abstreiten würde.

Und dann würde er alle anderen Apotheker in Edinburgh aufsuchen, um zu beweisen, daß Hester sich bei keinem von ihnen ein Herzmittel besorgt hatte, und natürlich hegte er insgeheim die schwache Hoffnung, einer von ihnen könnte einem Mitglied der Farraline-Familie ein solches Mittel verkauft haben.

In tadelloser Eleganz erschien Monk wie verabredet um sieben Uhr am Ainslie Place. McTeer begrüßte ihn mit derselben Leichenbittermiene wie am Morgen, war jedoch ausgesucht höflich und führte ihn in den Salon, in dem die Familie auf den Beginn des Abendessens wartete.

Der Raum war groß und sehr nüchtern eingerichtet, aber ihm blieb nicht die Zeit, ihn näher in Augenschein zu nehmen. Seine ganze Aufmerksamkeit wurde sofort von den Menschen in Anspruch genommen, deren Blicken er sich ausgesetzt sah, als er das Zimmer betrat. So manchem wäre das an die Nerven gegangen. Monk war zu besorgt und innerlich zu aufgebracht für solche Gefühle. Er trat ihnen mit hocherhobenem Kopf und festem Blick gegenüber.

Oonagh kam als erste auf ihn zu. Natürlich war sie ganz in Schwarz gekleidet, wie die anderen auch. Um eine so nahe Verwandte wie eine Mutter hatte man mindestens ein Jahr zu trauern. Aber ihr Kleid war phantastisch geschnitten, sehr moderat in seiner Eleganz, die Ringe im Rock nicht zu groß; das Licht der Lampe schimmerte sanft in ihrem hellen Haar, so daß man denken konnte, sie habe die Farbe des Kleides nicht nur aus pietätischen Gründen, sondern auch der Wirkung wegen ausgewählt.

»Guten Abend, Mr. Monk«, sagte sie freundlich. Sie lächelte nicht, und doch strahlten ihre Augen und ihre Stimme soviel Wärme aus, daß er sich willkommener fühlte, als er unter den gegebenen Umständen erwarten durfte.

»Guten Abend, Mrs. McIvor«, erwiderte er. »Ich danke Ihnen für Ihre Freundlichkeit. Sie verwandeln eine unangenehme Pflicht in ein unvergeßliches Erlebnis.«

Sie nahm das Kompliment so auf, wie es gemeint war – es war etwas mehr als nur eine Höflichkeitsfloskel. Dann drehte sie sich um und deutete auf den Mann, der neben dem Kaminsims stand, dem wärmsten und gemütlichsten Platz im ganzen Raum. Er war von etwas mehr als durchschnittlicher Größe und schlanker Gestalt, auch wenn er um die Hüften herum etwas rundlich zu werden schien. So wie sie hatte auch er blondes Haar, das jedoch stark gewellt war und sich über der Stirn bereits lichtete. Er hatte ein vornehmes, adlerartiges Gesicht, nicht besonders schön, aber zweifellos beeindruckend.

»Das ist mein älterer Bruder Alastair Farraline, der Prokurator«, stellte sie ihn vor, um sich dann an Alastair zu wenden: »Ich habe dir ja erzählt, daß Mr. Monk aus London angereist ist, um sicherzustellen, daß der Prozeß keine unangenehmen Überraschungen bringen wird, nur weil wir uns zu sicher waren.«

Alastair musterte Monk aus kühlen, sehr blauen Augen. Sein Ausdruck veränderte sich kaum, nur die Lippen strafften sich ein wenig.

»Angenehm, Mr. Monk«, sagte er. »Willkommen in Edinburgh. Ich persönlich sehe keine Notwendigkeit für Ihren Besuch. Es erscheint mir übervorsichtig. Aber ich bin froh, daß die Londoner Staatsanwaltschaft die Angelegenheit so ernst nimmt und jemanden zu uns schickt, um sich Gewißheit zu verschaffen. Obwohl ich die Sorgen nicht ganz verstehe. Der Fall scheint mir eindeutig.«

Monk unterdrückte die Erwiderung, die ihm auf der Zunge lag. Er durfte nicht vergessen, warum er gekommen war. Nur die Wahrheit zählte, ganz egal, was es kostete, sie zu finden. »Sie haben recht«, stimmte er in überraschend scharfem Ton zu. »Die Verteidigung dürfte ganz schön verzweifelt sein bei der Vorstellung, vor die Geschworenen treten zu müssen.«

Alastair lächelte düster. Ein leichtes Zucken der Augenlider verriet, daß ihm die Schärfe in Monks Tonfall nicht entgangen war, aber er schrieb sie wohl dem Abscheu vor dem Verbrechen zu.

»Der Prozeß dürfte eine reine Formalität sein«, sagte er grimmig. »Um dem Gesetz Genüge zu tun.«

Oonagh wandte sich einem dunkelhaarigen Mann zu, der sich ein wenig im Hintergrund hielt. Seine Züge unterschieden sich sehr von denen der anderen, er hatte ein breiteres, weit weniger kantiges Gesicht. Zweifellos war er ein angeheiratetes Mitglied der Familie. Er blickte finster und nachdenklich, ein Gesicht voller unterdrückter Emotionen.

»Mein Mann, Baird McIvor«, stellte Oonagh ihn mit reizendem Lächeln vor, dabei immer noch Monk ansehend. »Er leitet seit dem Tod meines Vaters das Familienunternehmen. Möglicherweise wissen Sie das bereits?« Es war nur eine rhetorische Frage, um die anderen an den Grund von Monks Besuch zu erinnern.

»Guten Abend Mr. McIvor«, sagte Monk.

»Guten Abend«, erwiderte Baird. Er sprach sehr deutlich, mit leichtem Zischlaut, aber präziser Diktion; trotzdem war Monk ein regionaler Einschlag nicht entgangen, den er sofort als Yorkshire-Akzent identifizierte. Also war Baird McIvor nicht nur ein Engländer, er stammte auch noch aus einem der wildesten und stolzesten Landstriche, beinahe einem eigenständigen kleinen Land. Davon hatte Hester nichts gesagt. Vielleicht war der Tonfall ihr entgangen. Wie die meisten Frauen interessierte sie sich mehr für Beziehungen.

Als nächstes wandte sich Oonagh einem Mann von kaum durchschnittlicher Größe zu; er hatte ein längliches Gesicht wie sie selber, und das Haar stand ihm in einem Kranz hellblonder, fein gekräuselter Locken um den Kopf. Oberflächlich betrachtet ähnelte er den Farralines, aber die kleinen Unterschiede fielen schnell ins Auge: der kleinere Mund mit den feingeschnittenen Lippen, die schnurgerade Nase. Auch in seiner Art war er anders, sein Selbstvertrauen schien sich aus seinem Intellekt zu speisen, nicht aus Herkunft oder Macht. Es war schon seltsam, was solche Kleinigkeiten – ein Neigen des Kopfes, eine Falte zwischen den Augen, ein Zögern, ein Abschätzen, wie bei einer potentiellen Bedrohung – alles über die Herkunft eines Mannes verrieten, bevor er auch nur den Mund aufgemacht hatte.

»Das ist mein Schwager, Quinlan Fyffe«, sagte Oonagh und sah zunächst ihn, dann wieder Monk an. »Er ist ein begnadeter Drucker, zu unserem großen Glück, und ein brillanter Geschäftsmann.« Sie legte nicht die leichte Herablassung gegenüber geschäftlichen Dingen an den Tag, wie eine Dame der englischen Gesellschaft es getan hätte, im Gegenteil, sie sprach mit Bewunderung davon. Aber die Farralines waren ja auch keine Adeligen; sie hatten sich ihren Reichtum selber erarbeiten müssen und waren deshalb stolz auf ihre Fähigkeiten. Oonaghs Vater hatte die Firma gegründet und aufgebaut. Deshalb war ihr die falsche Eitelkeit derjenigen, die ihr Leben im Müßiggang verbringen konnten, immer fremd geblieben.

»Guten Abend, Mr. Fyffe«, sagte Monk.

»Und das ist Quinlans Frau, meine Schwester Eilish«, fuhr Oonagh fort, lächelte der jungen Frau freundlich zu, um sich dann wieder zu Quinlan umzudrehen und ihm eine Hand auf den Arm zu legen. Es war eine sonderbare, sehr vertrauliche Geste, als wollte sie ihm ihre Schwester noch einmal zur Frau geben oder ihn zumindest an diese Verbindung erinnern.

Nach dem, was Mrs. Forster über Eilish erzählt hatte, betrachtete Monk sie interessiert und fast ein wenig hochmütig, auf eine Enttäuschung gefaßt. Doch der erste Blick auf sie belehrte ihn eines Besseren. Ihre Schönheit gründete sich nicht nur auf makellose Züge, es ging ein Strahlen von ihr aus, ein Leuchten, das an die Phantasie rührte; ihre Anmut weckte in einem alle möglichen halbvergessenen Träume. Monk war sich nicht einmal sicher, ob sie ihm tatsächlich gefiel: Sie war beunruhigend, unnahbar, ihr fehlte die Verletzlichkeit, die ihn an der weiblichen Schönheit normalerweise anzog. Er zog eine gewisse Art von Unvollkommenheit vor, die eine Frau zerbrechlicher, erreichbarer machte. Andrerseits war sie nicht zu übersehen. Wer einmal einen Blick auf Eilish Farraline geworfen hatte, vergaß sie nicht so schnell wieder.

Sie erwiderte seinen Blick ohne großes Interesse, als wäre sie nicht ganz bei der Sache. Vielleicht war sie viel zu sehr von sich selber fasziniert, um ihre Gedanken an jemand anderen zu verschwenden.

Sie waren gerade mit der Vorstellung fertig, als die nominelle Herrin des Hauses das Zimmer betrat. Deirdra Farraline war klein und dunkel, ihre Vitalität reichte vollkommen aus, einen vergessen zu lassen, daß ihr Kleid nicht ordentlich gebügelt war und sie keinen Schmuck trug. Sie hatte nichts von der außerordentlichen Schönheit ihrer Schwägerin, und doch war es ein Gesicht, das Monk auf den ersten Blick gefiel. Es strahlte Wärme aus, Lebensfreude, und er spürte, daß man bei näherer Bekanntschaft mit ihr noch andere Qualitäten entdecken würde.

»Guten Abend, Mr. Monk«, sagte sie, sobald man sie einander vorgestellt hatte. »Ich hoffe, wir können Ihnen helfen.« Sie lächelte ihm zu und sah gleichzeitig an ihm vorbei, als hätte sie etwas ganz anderes im Sinn. »Hat jemand Kenneth gesehen? Wirklich ungezogen von ihm!«

»Gewartet wird nicht!« entschied Alastair. »Er muß eben später essen oder ganz verzichten. Sein Benehmen läßt in letzter Zeit sehr zu wünschen übrig. Ich werde ein ernstes Wort mit ihm reden müssen.« Sein Gesicht verfinsterte sich. »Unter den gegebenen Umständen sollte man ein bißchen Familiensinn erwarten dürfen. Es ist höchste Zeit, daß wir endlich etwas über diese Frau erfahren, um die er sich bemüht.«

»Darum mußt du dich jetzt nicht sorgen, mein Lieber«, sagte Oonagh leise. »Du hast mehr als genug zu tun. Ich werde mit Kenneth reden. Ich nehme an, er will sie nicht gerade jetzt ins Haus bringen.«

Er sah sie erleichtert an, dann lächelte er. Es veränderte sein ganzes Gesicht. Mit ein wenig Phantasie konnte Monk sich den jungen Mann vorstellen, der er einmal gewesen war, und jetzt fiel ihm auch die Ähnlichkeit zwischen Bruder und Schwester auf. Er betrachtete Oonagh und fragte sich, ob sie tatsächlich, entgegen dem äußeren Anschein, die ältere der beiden war.

»Also gut«, sagte Deirdra eilig. »McTeer sagt, das Essen ist angerichtet. Lassen Sie uns ins Speisezimmer gehen, Mr. Monk.«

»Vielen Dank«, akzeptierte er, erfreut darüber, daß gerade sie die Einladung ausgesprochen hatte.

Das Essen war ausgezeichnet, aber nicht üppig. Mit dem der Situation angemessenen Ernst, aber auch mit ausgesprochener Höflichkeit präsidierte Alastair beim Mahl am Kopf des langen, massiven Eichentisches. Kenneth erschien nicht, und auch Hector Farraline bekam Monk nicht zu sehen. Vielleicht war er zu betrunken, um am Essen teilzunehmen.

»Möglich, daß es mir entgangen ist, Mr. Monk«, begann Quinlan, nachdem die Suppe abgeräumt und das Fleisch serviert war, »aber was für Angelegenheiten sind das, die Sie nach Edinburgh führen? Wir wissen nicht viel über diese elende Person, abgesehen von dem, was sie uns selber erzählt hat, und das dürften ohnehin Lügen sein.«

Ein Anflug von Zorn überschattete Oonaghs Gesicht, aber sie hatte sich gleich wieder unter Kontrolle.

»Es gibt keinen Grund, so zu reden, Quin«, tadelte sie ihn. »Glaubst du wirklich, ich hätte Mutter mit einer Frau fahren lassen, die weder ihre Identität noch ihre Qualifikation nachweisen kann?«

Kurz flackerte Bosheit in Quinlans Augen auf, die er schnell hinter einer respektvollen Maske versteckte. »Wissentlich, meine liebe Oonagh, hättest du sie mit einer Mörderin sicherlich nirgendwohin fahren lassen, aber unwissentlich hast du es zweifellos getan!«

»Oh, das ist infam!« platzte Eilish heraus. Ihre Augen funkelten vor Zorn.

Lächelnd wandte er sich ihr zu, völlig unberührt von ihrer Wut und ihrer Verachtung. Monk überlegte, ob er daran gewöhnt oder ob es ihm tatsächlich gleichgültig war. Fand er vielleicht ein perverses Vergnügen daran, sie zu schockieren? Vielleicht war es das einzige Gefühl, das er ihr entlocken konnte. Aber der Charakter ihrer Beziehung war wohl kaum von Bedeutung für den Mord an Mary Farraline, und nur darum ging es. Alles andere war nebensächlich.

»Meine liebe Eilish«, sagte Quinlan mit gespieltem Ernst. »Es ist ohne Frage eine Tragödie, aber zweifellos die Wahrheit. Ist Mr. Monk nicht genau aus diesem Grund gekommen? Mary war sehr rüstig. Sie hätte noch ein paar Jahre leben können! Sie war weder zerstreut noch unbeholfen, und kaum jemand dürfte weniger Neigung zum Selbstmord gehabt haben als sie!«

»Deine Taktlosigkeit kannst du dir trotzdem sparen«, sagte Alastair mit gerunzelter Stirn. »Du befindest dich in der Gesellschaft von Damen, überdies von Damen, die gerade einen schmerzlichen Verlust erlitten haben.«

Quinlan hob die blonden Augenbrauen. »Und wie würdest du es auf taktvollere Weise ausdrücken?« wollte er wissen.

Baird McIvor funkelte ihn wütend an: »Am taktvollsten wär's gewesen, du hättest den Mund gehalten, aber weil dir das niemand beigebracht hat, war es wohl kaum zu erwarten.«

»Bitte…«, begann Deirdra, aber Oonaghs entschiedenes Eingreifen schnitt ihr das Wort ab.

»Wenn wir uns schon beim Essen streiten müssen«, sie machte eine Bewegung mit ihrer schlanken Hand, »dann bitte über

Dinge, die auch von Belang sind. Miss Latterly hatte ausgezeichnete Referenzen, und ich habe nicht den geringsten Zweifel, daß sie bei Miss Nightingale auf der Krim war. Sie war sicher eine qualifizierte, gewissenhafte Krankenschwester. Ich kann nur annehmen, daß sie einer flüchtigen Versuchung unterlegen ist, verursacht durch Umstände, von denen wir nichts wissen – und als es zu spät war, ist sie in Panik geraten. Vielleicht hat auch Reue sie getrieben.« Sie warf Monk einen schnellen Blick aus ihren großen, hellen Augen zu. »Mr. Monk will die Anklage gegen sie so vorbereitet wissen, daß es im Prozeß nicht mehr zu unliebsamen Überraschungen kommen kann. Ich denke, es ist in unser aller Interesse, ihn dabei zu unterstützen.«

»Natürlich ist es das«, fügte Alastair schnell hinzu. »Und so werden wir es auch halten. Bitte sagen Sie, was Sie von uns erwarten, Mr. Monk. Ich weiß es nämlich nicht.«

»Vielleicht sollten wir damit beginnen, daß jeder von Ihnen aus seiner Sicht eine möglichst genaue Schilderung des Tages gibt, den Miss Latterly hier verbracht hat«, schlug Monk vor. »Dann können wir zumindest die Zeitpunkte bestimmen, zu denen sie Gelegenheit hatte, die Brosche in ihre Tasche zu stecken oder sich am Arzneikasten zu schaffen zu machen.« Im selben Moment begriff er, was ihm da herausgerutscht war. Blut schoß ihm ins Gesicht, im Magen bildete sich ein Eisklumpen.

Einen Augenblick lang war es völlig still am Tisch.

Alastair runzelte die Stirn, sah zuerst Oonagh an, dann Monk.

»Wie kommen Sie zu der Vermutung, daß sie das bereits hier im Haus getan haben könnte, Mr. Monk?«

Alle sahen ihn an, Deirdra mit unverhohlener Neugier, Eilish voller Angst, Quinlan verächtlich, Baird mit vorsichtigem Interesse, Oonagh nachsichtig und beinahe mitfühlend.

Monks Gehirn arbeitete auf Hochtouren. Wie konnte er sich

aus der Falle befreien, in die er getappt war? Ihm fiel keine passende Lüge ein. Sie warteten auf eine Antwort. Er mußte etwas sagen!

»Meinen Sie etwa, es war ein spontaner Entschluß?« fragte er langsam. »Was hat sie zuerst gemacht, die Brosche gestohlen oder das Gift gemischt?«

Deirdra zuckte zusammen.

Eilish stöhnte auf.

Quinlan sah Monk lächelnd an. »Dagegen sind meine Taktlosigkeiten geradezu dilettantisch«, sagte er amüsiert.

Eilish hob eine Hand vor das Gesicht.

Baird schoß einen giftigen Blick auf Quinlan ab.

»Ich nehme an, Mr. Monk verfolgt eine Absicht, Quin, und sagt das nicht aus Bosheit«, sagte Deirdra ruhig.

»So ist es«, stimmte Monk ihr zu. »Was meinen Sie, wie es passiert ist?« Ganz unbewußt sah er Oonagh an. Obwohl Alastair das Familienoberhaupt und Deirdra die Hausherrin war, spürte er instinktiv, daß Oonagh die Stärkste von ihnen war, daß eigentlich sie es war, die Marys Platz eingenommen hatte.

»Ich ... ich muß gestehen, ich habe noch nicht darüber nachgedacht«, sagte sie zögernd. »Es ist nicht gerade ... ein sehr angenehmes Thema.«

»Mr. Monk, ist das wirklich nötig?« Über soviel Grobheit konnte Alastair nur mißfällig die Nase rümpfen. »Und wenn ja, dann sollten wir vielleicht hinterher in meinem Arbeitszimmer darüber reden und nicht vor den Damen.«

Monk gab sich keinen männlichen Illusionen über die emotionale Schwäche von Frauen hin.

»Ich würde lieber in Gegenwart der Damen darüber reden«, sagte er laut und schenkte Alastair ein schmales Lächeln. »Ich habe die Erfahrung gemacht, daß Frauen aufmerksamer sind, besonders anderen Frauen gegenüber, und meistens haben sie ein ausgezeichnetes Gedächtnis. Ich müßte mich sehr wundern, wenn sie sich nicht wesentlich genauer an Miss Latterly erinnern könnten als Sie zum Beispiel.«

Alastair sah ihn nachdenklich an.

»Ich glaube, Sie haben recht«, räumte er nach kurzem Zögern ein. »Also gut, aber nicht heute abend. Ich muß noch einige Papiere durcharbeiten. Vielleicht können Sie am Sonntag zum Lunch zu uns kommen? Nach der Kirche? Bis dahin hätten Sie Gelegenheit, alle anderen Ermittlungen in dieser Sache durchzuführen. Ich nehme an, Sie möchten das Haus sehen? Und das Personal natürlich.«

»Vielen Dank. Sehr aufmerksam von Ihnen. Mit Ihrer Erlaubnis werde ich beides morgen tun. Ich hätte auch gerne mit dem Hausarzt gesprochen. Es ist mir natürlich ein Vergnügen, am Sonntag mit Ihnen zu speisen. Welche Zeit wäre Ihnen genehm?«

»Viertel vor eins«, antwortete Alastair. »Und nun wollen wir von angenehmeren Dingen reden. Waren Sie schon mal in Edinburgh, Mr. Monk?«

In Gedanken versunken kehrte Monk zum Grassmarket zurück. Er versuchte, in den Menschen in diesem Haus am Ainslie Place die Gefühle wiederzufinden, die Hester ihm kurz geschildert hatte, und dabei vielleicht auf tiefere Abgründe zu stoßen, als diese scheinbar normale, wohlhabende Unternehmerfamilie sie auf den ersten Blick offenbarte. Offensichtlich konnten Quinlan und Baird McIvor sich nicht ausstehen. Dafür konnte es einen Grund geben, doch vielleicht war es auch bloß die natürliche Abneigung zweier Männer, denen genau die falschen Dinge gemeinsam waren – Arroganz, aufbrausendes Temperament und die Gier nach Anerkennung statt Vernunft, Gelassenheit und Nachsicht.

Aber nach dieser anstrengenden Nacht im Zug und den niederschmetternden Nachrichten des gestrigen Tages war er schrecklich müde. Spekulationen führten zu nichts. Am Sonntag würde er sie alle genau beobachten, und danach konnte er immer noch Theorien aufstellen. Morgen wollte er sich den Hausarzt vornehmen, dessen Adresse Alastair ihm gegeben hatte, und die Apotheker. Und danach mußte er auf andere Quellen zurückgreifen, um allgemeine Informationen zu erhalten: Den nächsten Pub, wo möglicherweise die Hausdiener verkehrten, die Botenjungen, Straßenhändler und Straßenfeger, die vielleicht ein waches Auge hatten und denen man sicher mit ein paar Pennys die Zunge lockern konnte.

»Ja«, sagte der Arzt und beäugte Monk mit unverhohlenem Mißtrauen. »Ich habe Mrs. Farraline behandelt. War 'ne feine Dame. Aber Sie wissen ja wohl, daß alles vertraulich bleiben muß, was sie mit mir zu besprechen hatte.«

»Natürlich«, erwiderte Monk und versuchte, nicht ungeduldig zu erscheinen. »Ich will ja nur die genaue Dosierung des Herzmittels wissen, das Sie ihr verschrieben haben ...«

»Wozu? Was geht Sie das an, Mr. Monk? Haben Sie nicht gesagt, das Sie die Anklage gegen die elende Krankenschwester vertreten, die sie umgebracht hat? Ich habe gehört, sie hat ihr die doppelte Dosis verabreicht, oder stimmt das etwa nicht?« Er sah Monk aus schmalen Äuglein an.

»Doch, das stimmt«, sagte Monk vorsichtig. »Aber vor Gericht muß das alles zweifelsfrei bewiesen werden. Wir müssen jede Einzelheit nachprüfen. Bitte, Dr. Crawford, erzählen Sie mir möglichst genau, was Sie ihr verschrieben haben. War es die übliche Dosis? Welcher Apotheker hat sie hergestellt?«

Crawford nahm eine Feder und ein Blatt Papier, kritzelte etwas darauf und gab es Monk.

»Bitte schön, junger Mann. Das ist das genaue Rezept, aber Sie können's nicht einlösen, weil ich's nicht unterschrieben hab'. Und da steht der Name des Apothekers, der es immer zusammengemischt hat. Ich nehme an, sie sind immer zum selben gegangen.«

»Kommt es oft vor, daß bei einem Medikament bereits die doppelte Dosis zum Tode führen kann?«

»Nun ja, es war eine sehr geringe Menge. Sie muß genau abgemessen werden. Deshalb wird sie in den Phiolen verkauft. Eine Phiole ist eine Dosis. Da kann man nichts falsch machen.«

Crawford betrachtete ihn zurückhaltend, mißtrauisch, auch ein wenig belustigt.

»Danke«, sagte Monk kurz, faltete den Zettel zusammen und steckte ihn in die Westentasche. »Ich werde Mr. Landis aufsuchen.«

»Wüßte nicht, daß der sich schon mal geirrt hat«, meinte Crawford vergnügt. »Aber ich kenne auch keinen Apotheker, der einen Irrtum zugeben würde!« Er machte keinen Hehl aus seiner Belustigung.

»Ich auch nicht«, räumte Monk ein. »Aber jemand muß entweder die doppelte Dosis hineingetan oder ein heilsames Medikament durch ein tödliches ersetzt haben. Vielleicht kann der Mann mir nützliche Tips geben.«

»Könnte man ihr nicht einfach zweimal die normale Dosis gegeben haben?« gab Crawford zu bedenken.

Monk lächelte zurück. »Meinen Sie, diese Frau hätte das mit sich machen lassen? Sie haben ihr doch sicher gesagt, daß die doppelte Dosis tödlich sein kann, oder?«

Die Heiterkeit war aus Crawfords Augen verschwunden.

»Natürlich!« fauchte er. »Wollen Sie behaupten, ich verstehe mein Handwerk nicht?«

Monk machte sich nicht die Mühe, seine Befriedigung zu verbergen. »Ich versuche nur herauszufinden, ob es möglich ist, daß Mrs. Farraline eine doppelte Dosis bekommen hat, weil sich jemand an den Phiolen zu schaffen gemacht hat.«

»Also, jetzt wissen Sie's! Gehen Sie zu Landis. Der wird Ihnen sicher erzählen, wie man so etwas anstellt. Guten Tag, Sir.«

»Nun, man könnte es herausdestillieren.« Landis legte nachdenklich die Stirn in Falten. »Die Flüssigkeit reduzieren, bis es dieselbe Menge wie bei einer einfachen Dosis ist. Aber dafür braucht man die richtige Ausrüstung. In der Küche geht so etwas nicht. Viel zu riskant. Spontan, einfach so kann man das nicht machen.«

»Wie dann?« fragte Monk. »Wie würden Sie es machen?«

Landis warf ihm einen Seitenblick zu. »Spontan? Schwer zu sagen. Gar nicht, glaub' ich. Ich würde warten, bis mir was Besseres einfällt. Aber es muß spontan passiert sein, was?«

»Sie war nur einen Tag lang dort.«

»Ich würde Digitalis kaufen und ihr die doppelte Dosis geben. Woher wollen Sie wissen, daß sie kein Digitalis bei sich hatte? Die Frau war doch Krankenschwester, oder? Vielleicht hatte sie was dabei – für Notfälle. Nein, nicht sehr wahrscheinlich. Ein Arzt, vielleicht, aber keine Schwester. Gestohlen?«

»Aus welchem Grund?«

»Ach, fragen Sie mich was Leichteres; es sei denn, sie hätte es geplant. Und dann wäre sie eine kaltblütige Mörderin, was?« Landis verzog das Gesicht. »Wäre immerhin möglich. Vor'n paar Monaten hatten wir hier in Edinburgh 'n üblen Giftmord mit Digitalis. Ein Mann hat seine Frau vergiftet. Häßliche Geschichte. Eine schreckliche Frau, eine bösartige Natter, aber deshalb bringt man doch keine um. Er wär' beinahe davongekommen, wenn er 'n bißchen weniger genommen hätt'. Nicht leicht nachzuweisen, dieses Digitalis. Sieht nach 'nem ganz normalen Herzversagen aus, wenn man die richtige Menge nimmt. Der arme Kerl hat zuviel genommen. Da sind sie mißtrauisch geworden.«

»Ich verstehe. Besten Dank.«

»Hab' Ihnen wohl nicht viel weiterhelfen können? Tut mir leid.«

»Ich nehme an, Sie haben an dem Tag kein Digitalis verkauft, an eine Frau vielleicht, auf die ihre Beschreibung passen würde?« fragte Monk, und ihm war nicht wohl dabei. Natürlich hatte Hester es nicht gekauft, aber vielleicht eine Frau, die ihr ähnlich sah. »Ziemlich groß, schlank, gerade Schultern, braunes Haar, intelligentes Gesicht, kräftig, ausgeprägte Gesichtszüge mit einem sehr schönen Mund.«

»Nein«, antwortete Landis mit Gewißheit.

»Könnten Sie das beschwören?«

»Ohne weiteres. Hab' an dem Tag gar nichts von dem Zeug verkauft.«

»Und in der Woche? Vielleicht an jemanden aus dem Farraline-Haus?«

»Nein, an niemanden außer Dr. Mangold und den alten Mr. Watkins. Kenne die beiden seit Jahren. Die haben beide nichts mit den Farralines zu tun.«

»Danke«, sagte Monk in plötzlicher Hochstimmung. »Ich danke Ihnen sehr. Wenn Sie mir nun noch die Namen und Adressen aller Apotheker im näheren Umkreis vom Ainslie Place nennen könnten, Sir?«

»Sicher«, versprach Landis und zog die Stirn in Falten. Er

langte nach einem Stück Papier, tauchte die Feder ein und schrieb mehrere Zeilen auf das Blatt, bevor er es Monk reichte und ihm viel Glück wünschte.

Monk dankte ihm überschwenglich und verließ energischen Schrittes den Laden. Die Tür schwang hinter ihm in den Angeln.

In jedem anderen Laden, in dem er es versuchte, erhielt er im Prinzip die gleiche Antwort. Niemand erkannte Hester nach der Beschreibung wieder, und keiner von ihnen hatte an ein Mitglied der Familie Farraline oder sonst jemanden, den er nicht persönlich kannte, Digitalis verkauft.

Er verfolgte noch ein paar andere Informationsquellen – das Gasthaus, die Straßenhändler und Straßenfeger, die Boten- und Lieferjungen und die Zeitungsverkäufer –, aber mehr als allgemeinen Tratsch, mit dem er nichts anfangen konnte, erfuhr er dabei nicht. Die Farralines genossen ein sehr hohes Ansehen; sie waren außerordentlich großzügig der Stadt und diversen Wohlfahrtseinrichtungen gegenüber. Hamish, der vor acht Jahren nach langer Krankheit gestorben war, hatte einen hervorragenden Ruf. Über Hector redete man nachsichtig und mit Mitgefühl für Mary, aber auch mit Hochachtung, weil sie ihm ein Heim gegeben hatte. Mary schien mit beinahe allem, was sie getan hatte, die Hochachtung der Leute gewonnen zu haben, aber mehr noch war sie beliebt für das, was sie war: Eine Dame mit Würde, Charakter und Urteilsvermögen.

Auch von Alastair sprach man mit Respekt, sogar mit ein wenig Ehrfurcht. Er hatte große Macht und übte ein wichtiges Amt aus, aber die Zurückhaltung, mit der er es ausübte, wurde ihm hoch angerechnet. In jüngster Zeit erst hatte er bei einem Fall seine Souveränität unter Beweis gestellt, als ein Mr. John Galbraith beschuldigt wurde, Investoren um eine beträchtliche Summe Geldes betrogen zu haben – eine äußerst undurchsichtige Angelegenheit. Die Kläger waren von höchst zweifelhaftem Ruf. Die Beweise erschienen keineswegs lupenrein. Der Prokurator hatte Mut bewiesen und den Fall eingestellt.

Der Rest war der übliche Klatsch. Quinlan Fyffe sei sehr clever, ein Zugereister aus Stirling, vielleicht auch aus Dundee. Kein sehr beliebter Mann bis jetzt. McIvor war, trotz seines Namens, ein Engländer. Ein Jammer, daß Miss Oonagh sich nicht für einen Edinburgher entschieden habe. Miss Deirdra wäre sehr extravagant, erzählte man ihm – ständig brauche sie neue Kleider, dabei habe sie überhaupt keinen Geschmack. Miss Eilish bleibe den ganzen Vormittag im Bett. Man wisse nicht genau, ob sie die schönste Frau in Schottland sei, ganz sicher aber die faulste.

Das war alles ziemlich unbrauchbar und nicht einmal interessant. Monk bedankte sich höflich bei den Informanten und gab es schließlich auf.

Der sonntägliche Lunch am Ainslie Place war wesentlich weniger förmlich, als das Abendessen es gewesen war. Als Monk eintraf, kam die Familie gerade aus der Kirche zurück, alle in Schwarz gekleidet. Die Frauen trugen ausladende Röcke und Pelzstolen um die Schultern, Hauben mit schwarzen Bändern schränkten die Sicht ein und schützten die Gesichter vor Regen. Die Männer trugen hohe Hüte und schwarze Mäntel, der von Alastair hatte einen Kragen aus Astrachan. Sie gingen paarweise nebeneinander und sprachen erst wieder, als sie im Foyer waren. Monk kam direkt hinter ihnen herein. Der düstere McTeer nahm ihnen die Mäntel ab und begrüßte sie. Alastair nahm er auch den Gehstock ab, während Baird, Quinlan und Kenneth ihre Stöcke selber in den Ständer stellen oder auf die Ablage legen mußten.

»Guten Tag, Mr. Monk«, sagte er griesgrämig und nahm dem

Gast Mantel und Hut ab. Einen Stock hatte Monk seit dem Grey-Fall nie mehr bei sich getragen. »Ein scheußlich kalter Tag, Sir, und es soll noch schlimmer werden. Ich fürchte, es steht ein harter Winter bevor.«

»Vielen Dank«, erwiderte Monk. »Guten Tag allerseits.« Er neigte vor den einzelnen Mitgliedern der Familie den Kopf. Alastair war etwas verkniffen aus der Kälte gekommen, aber Deirdras warmer Teint ließ sie ausgesprochen lebhaft erscheinen; falls sie wirklich trauerte, tat es ihrer Vitalität keinen Abbruch. Oonagh war blaß, aber wie schon beim erstenmal machte ihr entschiedenes Auftreten jede innerliche Konfusion mehr als wett.

Eilish hatte für den Kirchgang früher als gewohnt aufstehen müssen, aber auch das konnte ihre Schönheit nicht schmälern.

Selbst Kenneth war anwesend, ein angenehmer, aber ziemlich gewöhnlicher junger Mann mit genügend Merkmalen, die ihn als Mitglied der Familie kennzeichneten. Er schien es eilig zu haben. Sobald er seine Straßenkleidung abgelegt hatte, nickte er Monk zu und zog sich in den Salon zurück.

»Treten Sie näher, Mr. Monk«, sagte Oonagh mit einem seltsam direkten Lächeln. »Wärmen Sie sich am Kamin ein wenig auf, und trinken Sie ein Glas Wein. Oder ziehen Sie Whisky vor?«

»Vielen Dank«, sagte er. »Kamin hört sich gut an und Wein auch, falls die anderen sich mir anschließen. Für Whisky ist es noch ein wenig früh.«

Wie beim erstenmal wurde er in den großen Salon geführt. Das Knistern und Fauchen des Feuers versprach anheimelnde Wärme. Beinahe gegen seinen Willen lächelte er.

Alle im Zimmer rückten in die Nähe des Kamins, die Frauen nahmen in großen Sesseln Platz, die Männer blieben stehen. Ein Lakai servierte auf einem Tablett Glühwein in Kelchgläsern.

Über den Rand seines Glases blickte Alastair zu Monk hinüber. »Kommen Sie mit Ihren Ermittlungen voran, Mr. Monk?« fragte er mit gerunzelter Stirn. »Obwohl ich immer noch nicht verstanden habe, was Sie sich davon versprechen. Ich bin sicher, daß die Polizei alles Nötige veranlaßt.«

»Nach Fallgruben suchen, Mr. Farraline«, erklärte Monk leichthin. »Wir wollen doch nicht, daß der Fall abgewiesen wird, weil wir zu selbstsicher und nachlässig waren.«

»Nein. Nein, natürlich nicht. Das wäre eine Katastrophe. Also bitte, das Personal steht Ihnen für Ihre Fragen zur Verfügung.« Er warf Oonagh einen Blick zu.

»Ich habe sie bereits instruiert«, sagte sie freundlich und wandte sich an Monk. »Sie werden Ihnen offen und ehrlich antworten. Es mag allerdings sein, daß die Leute ein wenig nervös sind.« Sie sah ihn ernst an, suchte in seinem Gesicht nach Einverständnis, und als sie es gefunden zu haben glaubte, löste sich ihr Blick. »Sie werden sich vor allem gegen den Vorwurf der Unaufmerksamkeit rechtfertigen wollen. Natürlich hat jeder das Gefühl, er hätte das Geschehene irgendwie verhindern können.«

»Das ist lächerlich!« platzte Baird heraus. »Wenn jemand Schuld hat, dann wir. Wir haben Miss Latterly eingestellt. Wir haben mit ihr gesprochen und sie für eine ausgezeichnete Kraft gehalten. Hätte das Gesinde uns das vielleicht ausreden sollen?« Er sah äußerst unglücklich aus.

»Das Thema hatten wir bereits«, sagte Alastair verärgert. »Niemand hätte so etwas ahnen können.«

»O doch.« Quinlan warf Monk einen Blick zu. »Sie haben uns gefragt, was unserer Meinung nach passiert ist. Soviel ich weiß, haben Sie noch keine einzige Antwort bekommen, oder?«

»Bis jetzt nicht«, stimmte Monk ihm zu. »Vielleicht möchten Sie den Anfang machen. Mr. Fyffe?«

»Ich? Also, lassen Sie mich nachdenken.« Quinlan nippte an seinem Glas, seine Verzweiflung versuchte er hinter einer nachdenklichen Miene zu verstecken. »Diese elende Frau hätte die arme Schwiegermama sicher nicht getötet, wenn sie die Brosche nicht vorher gesehen hätte. Das muß schon ziemlich früh am …«

Deirdra zuckte zusammen, und Eilish stellte ihr Glas ab, ohne getrunken zu haben.

»Ich weiß nicht, was ihr euch davon versprecht!« rief Kenneth verärgert. »Was für eine abscheuliche Unterhaltung!«

»Abscheulich oder nicht, wir müssen wissen, was passiert ist!« Quinlan zeigte kein Erbarmen. »Was nützt es, so zu tun, als könnten wir alles nett und freundlich verhandeln, nur weil wir es sonst nicht ertragen.«

»Herrgott, wir *wissen* doch, wie's passiert ist!« Kenneth war jetzt wirklich ungehalten. »Diese verfluchte Krankenschwester hat Mutter ermordet! Was müssen wir denn noch wissen – reicht das nicht? Braucht ihr etwa jede Einzelheit? Ich jedenfalls nicht.«

»Du nicht, aber das Gericht«, sagte Alastair kühl. »Ohne definitiven Beweis wird man die Frau nicht hängen. Und das ist auch richtig so. Wir müssen sicher sein, ohne jeden Zweifel.«

»Wer zweifelt denn?« fragte Kenneth. »Ich nicht!«

»Wissen Sie etwas, das wir anderen nicht wissen?« fragte Monk höflich, aber mit funkelnden Augen.

»Also?« fragte auch Alastair.

»Natürlich nicht, mein Lieber«, beschwichtigte Oonagh. »Er möchte nur nicht gerne über die Einzelheiten reden.«

»Meint er denn, uns macht das Spaß?« erregte Alastair sich plötzlich. Zum erstenmal schien er in Gefahr, die Fassung zu verlieren. »Bitte, Kenneth, entweder du sagst jetzt was Brauchbares, oder du hältst den Mund!« Oonagh rückte etwas näher an ihn heran und legte ihm die Hand sanft auf den Arm.

»Tatsächlich hat Quins Vermutung etwas für sich«, sagte Deirdra, die Stirn nachdenklich in Falten gelegt. Sie schien Alastairs Verzweiflung nicht bemerkt zu haben. »Miss Latterly muß die Brosche gesehen haben, bevor sie beschloß, Schwiegermama eine doppelte Dosis zu verabreichen...« Sie vermied das Wort »vergiften«. »Und da Schwiegermama sie nicht trug, muß Miss Latterly sie entweder in der Schmuckkassette gesehen haben, was nicht wahrscheinlich ist...«

»Warum nicht?« fragte Alastair knapp.

Es stand kein Zorn in Deirdras Gesicht, nur tiefe Nachdenklichkeit. »Wie denn? Glaubst du etwa, sie hat in Mutters Kassette herumgewühlt, als sie angeblich ihren Mittagsschlaf machte? Und gleichzeitig die Arznei zusammengemixt?«

»Warum sagst du das?« erwiderte Alastair gereizt, doch das Interesse in seinem Blick strafte die Worte bereits Lügen.

Alle Köpfe wandten sich von Alastair zu Deirdra.

»Nun, sie konnte es ja wohl schlecht vor ihren Augen zusammenmischen«, beeilte Deirdra sich zu sagen. »Und sie konnte ihr die Dosis auch nicht zweimal geben. Die zweite hätte Mutter nicht genommen!«

Monk lächelte. Es war die erste richtige Genugtuung, seit er von Rathbone die Neuigkeit erfahren hatte.

»Das ist der springende Punkt, Mrs. Farraline. Ihre Schwiegermutter hätte eine zweite Dosis abgelehnt.«

»Aber sie hat sie genommen«, sagte Alastair nachdenklich. »Wir haben es von der Polizei erfahren, einen Tag vor Ihrer Ankunft, Mr. Monk. Genau das ist passiert!«

Oonagh sah sehr blaß aus, ein nervöses Zittern zwischen den Augenbrauen. Ohne etwas zu sagen blickte sie zu Monk hinüber und wartete auf dessen Erklärung.

Monk wählte seine Worte sorgfältig. Lag hier der Schlüssel zu der Geschichte? Er weigerte sich zu hoffen, und doch waren alle Muskeln bis zur Schmerzgrenze gespannt.

»Könnte Mrs. Farraline so vergeßlich gewesen sein, daß sie die Arznei zweimal akzeptiert hätte oder vielleicht eine Dosis selber genommen und dann Miss Latterly gestattet hätte, ihr die zweite zu geben?« Er erinnerte sich, wie Crawford diesen Gedanken verworfen hatte, und glaubte die Antwort zu kennen.

Oonagh öffnete den Mund, aber sie zögerte, etwas zu sagen, und Eilish kam ihr zuvor: »Nein, ganz sicher nicht! Ich weiß nicht, wie's passiert ist, aber so bestimmt nicht!«

Baird war sehr blaß. In dem Blick, mit dem er Eilish ansah, lag etwas Flehendes, Gequältes, auch wenn er das Wort offensichtlich an Monk richtete.

»Dann muß Miss Latterly die Brosche im Haus gesehen haben, bevor sie eingepackt wurde, und daraufhin hat sie den Plan gefaßt. Zweifellos hat sie die Dosis bereits vor der Abreise verdoppelt.«

»Und wie?« wollte Deirdra wissen.

»Weiß ich nicht.« Er ließ sich nicht beirren. »Sie ist die Krankenschwester. Wahrscheinlich weiß sie auch, wie man Arzneien herstellt. Jemanden den Inhalt einer Phiole verabreichen kann schließlich jeder Idiot!«

»Herstellen aus was?« stellte Monk sich dumm. »Die Zutaten werden wohl kaum im Haus herumgelegen haben.«

»Natürlich nicht«, stimmte Deirdra ihm zu und blickte mit fragendem Gesicht von einem zum anderen. »Das Ganze ergibt so keinen Sinn! Klingt absolut unwahrscheinlich. Sie war nicht einmal einen Tag lang hier. Weiß jemand, ob sie ausgegangen ist? Mr. Monk?«

»Ich nehme an, Sie haben sich in den Apotheken der Gegend umgehört?« fragte Quinlan.

»Ja, und niemand hat an eine Person, auf die Miss Latterlys Beschreibung passen würde, Digitalis verkauft«, erwiderte Monk. »Oder überhaupt an jemanden, den er nicht persönlich kannte.«

»Sonderbar«, sagte Quinlan ohne eine Spur von Bedauern.

Monk fing an, sich Hoffnung zu machen. In Quinlan keimte bereits der Zweifel.

»Ich fürchte, Sie übersehen das Wichtigste«, sagte Oonagh freundlich. »Die Brosche wird in Mutters Reiseschmuckkästchen gewesen sein, und das war im Zug. Natürlich hatte Mutter den Schlüssel. Miss Latterly muß sie gesehen haben, als sie die Medizin vorbereitete, oder sie hat das Kästchen durchsucht, als Mutter austreten war. Während eines langen Abends ergibt sich so manche Gelegenheit.«

»Aber das Digitalis!« meinte Baird. »Woher hatte sie es? So was findet man doch nicht auf dem Bahnhof!«

»Wahrscheinlich hatte sie es dabei«, erwiderte Oonagh mit leisem Lächeln. »Sie ist eine Krankenschwester. Woher wollen wir wissen, was sie alles in ihrer Tasche hatte.«

»Für den Fall, daß sich jemand zum Vergiften findet?« fragte Monk ungläubig.

Oonagh sah ihn belustigt und auch ein wenig nachsichtig an.

»Möglich, Mr. Monk. Immerhin ist es die wahrscheinlichste Erklärung. Sie haben ja selber darauf hingewiesen, daß alle anderen Vermutungen mehr oder weniger unzutreffend sind. Was bliebe sonst für eine Möglichkeit?«

Monk spürte, wie das Feuer erlosch. Die Wärme und das Licht um ihn herum schwanden dahin. Es war töricht gewesen, auf eine leichte Lösung zu hoffen, und doch, trotz aller Intelligenz: Er hatte darauf gehofft! Und das erkannte er jetzt, zornig und selbstkritisch.

»Allerdings...«, begann Alastair, aber er wurde durch einen hochgewachsenen Mann mit lichtem, rotblondem Haar und trüben Augen unterbrochen, der auf unsicheren Beinen hereingeschwankt kam – die Tür ließ er sperrangelweit offen. Sein Blick schweifte über die Anwesenden, bis er plötzlich mit erstaunter Neugier auf Monk hängenblieb.

Einen Augenblick lang war es ganz still.

Alastair seufzte.

Monk beobachtete Oonagh; sie blieb einen Moment lang steif sitzen, dann erhob sie sich beherzt und hakte den Alten unter.

»Onkel Hector, das ist Mr. Monk. Er ist aus London gekommen, um uns in der Angelegenheit von Mutters Tod zu helfen.«

Hector schluckte schwer, als hätte sich etwas um seinen Hals gelegt, von dem er sich nicht befreien konnte. Seine Verzweiflung war unübersehbar; wäre ihm bewußt gewesen, daß alle ihn anstarrten, hätte es ihm peinlich sein müssen.

»Helfen?« sagte er ungläubig. Sein Blick ruhte voller Abscheu auf Monk. »Wer sind Sie? Der Leichenbestatter?« Finster sah er Alastair an. »Seit wann wird der Leichenbestatter zum Mittagessen eingeladen?«

»O Gott!« seufzte Alastair verzweifelt.

Kenneth wandte sich ab, das Gesicht weiß wie die Wand.

Deirdra blickte hilflos von einem zum anderen.

»Er ist nicht der Leichenbestatter«, begann Quinlan.

»Griselda kümmert sich um das Begräbnis, Onkel Hector«, sagte Oonagh freundlich und reichte ihm ihr Weinglas. »In London. Hab' ich dir doch erzählt, erinnerst du dich nicht?«

Er nahm das Glas und trank es in einem Zug aus, dann sah er sie an. Er hatte sichtlich Probleme, sie klar zu erkennen.

»Ach ja?« Nach einem lauten Schluckauf machte er eine hilflose Geste der Entschuldigung. »Ich glaube nicht, daß ich...«

»Komm, mein Lieber, ich lasse dir das Essen nach oben bringen. Ich glaube, du fühlst dich nicht wohl.«

Hector drehte sich noch einmal zu Monk um: »Wer, zum Henker, sind Sie dann?«

Monk hatte einen seiner seltenen taktvollen Momente. »Ich bin von der Staatsanwaltschaft, Mr. Farraline. Es müssen noch ein paar Einzelheiten geklärt werden.«

»Aha...« Er schien zufrieden zu sein.

Oonagh warf Monk einen dankbaren Blick zu, dann führte sie Hector vorsichtig zur Tür und hinaus aus dem Salon.

Als sie zurückkam, saßen bereits alle am Eßtisch im Speisezimmer. Das Mahl war serviert, und während sie aßen, hatte Monk Gelegenheit, jeden einzelnen von ihnen in Augenschein zu nehmen. Die Unterhaltung erforderte nicht viel Aufmerksamkeit.

Er dachte noch einmal über das nach, was ein Botenjunge gesagt hatte. Diskret beobachtete er Deirdra Farraline. Ihr Gesicht gefiel ihm noch immer: Es war sehr feminin, Wangen und Kinn leicht gerundet, eine hübsche Nase, volle Augenbrauen, und doch sprach Entschiedenheit aus ihren Zügen, nichts darin deutete auf Schwäche oder Trägheit hin. Es war zwar töricht, aber er war irgendwie enttäuscht, daß sie soviel Zeit bei gesellschaftlichen Anlässen verbrachte und viel Geld ausgab, um andere zu beeindrucken.

Natürlich war sie jetzt ganz in Schwarz gekleidet, wie der Trauerfall es erforderte, und die Farbe stand ihr gut, aber das Kleid hätte einem kritischen Blick nicht standgehalten. Es entsprach keineswegs der letzten Mode, ja, nach Londoner Maßstäben war es geradezu simpel geschnitten. Die Leute hatten recht – es fehlte ihr an Geschmack. Es ärgerte ihn, daß er ihnen in diesem Punkt zustimmen mußte.

Vorsichtig wandte er sich Eilish zu, er wollte sich nicht dabei erwischen lassen. Ihre Schönheit irritierte ihn so schon genug, da mochte er nicht auch noch ihrer Eitelkeit schmeicheln.

Er hätte sich keine Sorgen machen müssen. Sie hielt den Blick gesenkt, nur zweimal hob sie ihn, um Baird anzuschauen.

Auch sie trug natürlich ein schwarzes Kleid, aber wesentlich vorteilhafter geschnitten und im Detail zweifellos modischer. Es hätte von keiner Londoner Schönheit besser zur Geltung gebracht werden können, egal, was es gekostet haben mochte.

Jetzt war Oonagh an der Reihe. Sie ließ den Blick in der Runde schweifen, um sich zu vergewissern, daß es niemandem an etwas fehlte. Er konnte sie nur einen Moment lang ansehen, wenn er sich von ihr nicht ertappen lassen wollte. Auch ihr Kleid, so einfach es war, war modischer geschnitten als Deirdras. Es waren nicht nur ihr Temperament und ihre Intelligenz, die es so erscheinen ließen. Wofür auch immer Deirdra Geld ausgeben mochte, für Trauerkleidung ganz bestimmt nicht.

Das Mahl nahm mit höflicher Konversation seinen Fortgang, und als es beendet war, entschuldigte sich Kenneth zu Alastairs Verärgerung und begleitet von einem sarkastischen Kommentar Quinlans, während die übrige Gesellschaft sich zu sonntäglichen Beschäftigungen zurückzog. Alastair schloß sich in sein Arbeitszimmer ein, um zu lesen, aber er teilte nicht mit, ob er Akten lesen wolle oder was anderes, und Quinlans diesbezügliche Frage ließ er unbeantwortet. Oonagh und Eilish griffen zu ihren Stickarbeiten, und Deirdra sagte, sie müsse einen Besuch bei einer kranken Nachbarin machen, was unkommentiert blieb. Wahrscheinlich war die Frau der Familie bekannt, und Deirdra ging regelmäßig zu ihr. Quinlan nahm eine Zeitung zur Hand, um den einen oder anderen vorwurfsvollen Blick kümmerte er sich nicht, und Baird sagte, er habe ein paar Briefe zu schreiben.

Monk nahm die Gelegenheit wahr und begann ein paar der Dienstboten zu befragen.

Keine leichte Aufgabe. Ihr Gedächtnis war durch das Wissen um Marys Tod und die Überzeugung, daß Hester dafür verantwortlich war, beeinflußt. Mit Impressionen konnte er nichts anfangen, nur Tatsachen waren geeignet, die Wahrheit ans Licht zu bringen, und selbst denen konnte man nicht trauen. Nachträgliche Interpretationen verwässerten Gewißheiten und verwandelten Vermutungen in Überzeugungen.

Niemand bestritt die Zeit ihrer Ankunft und ihrer Abreise und daß sie in der Küche ein Frühstück bekommen hatte, bevor sie von Oonagh zu Mary Farraline gebracht worden war. Die Frauen hatten sowohl das zweite Frühstück als auch das Mittagessen zusammen eingenommen. Was Hester in der Zwischenzeit getan hatte, blieb im ungewissen. Ein Hausmädchen erinnerte sich, sie in der Bibliothek gesehen zu haben, ein anderes glaubte, sie könnte nach oben gegangen sein, aber beschwören wollte sie es nicht. Zweifellos habe sie nach dem Mittagessen geruht, und, ja, natürlich hätte sie Zeit gehabt, in Marys Ankleidezimmer zu gehen und dort alles mögliche anzustellen!

Ja, die Zofe hatte ihr Marys Kleider gezeigt, die Koffer und vor allem auch die Arzneischatulle. Das sei schließlich ihre Aufgabe gewesen, oder etwa nicht? Miss Latterly sei angestellt worden, um Mrs. Farraline ihre Medizin zu verabreichen! Wie hätte sie das tun können, ohne daß man sie ihr zeigte?

Niemand habe die Absicht, ihr einen Vorwurf daraus zu machen!

Wirklich nicht? Man müsse sich doch nur den Ausdruck auf ihren Gesichtern ansehen! Man müsse sich anhören, was sie zueinander sagten, wenn sie sich unbeobachtet glaubten!

Gegen fünf Uhr – es wurde bereits dunkel – gab Monk es auf.

Es war schrecklich entmutigend. Es ließ sich fast nichts beweisen oder ausschließen, und ob nun die Schmuckkassette – wie Oonagh behauptet hatte – mit im Zug gewesen war oder nicht, spielte letztlich keine große Rolle.

Er war sehr niedergeschlagen. In drei Tagen hatte er fast nur Fragwürdiges erfahren. Nichts war gewiß, außer daß Hester die Gelegenheit gehabt hätte, daß die Mittel zur Hand waren, und daß sie wußte, wie sie sich ihrer bedienen mußte. Das Motiv war offensichtlich – die Perlenbrosche. Wohl kaum ein Motiv für ein Familienmitglied.

Er kehrte in den Salon zurück, zornig und gegen seine Verzweiflung ankämpfend.

»Haben Sie etwas erfahren?« fragte Eilish, als er hereinkam.

Er hatte sich bereits zurechtgelegt, was er sagen wollte, und es gelang ihm nur mit Mühe, die Fassung zu bewahren.

»Nur das, was ich erwartet hatte«, erwiderte er und zwang sich zu einem Lächeln.

»Ich verstehe.«

»Und? Was denken Sie?« Quinlan sah von seiner Zeitung hoch. »Sie glauben doch nicht, daß es einer von uns war, oder?«

»Warum nicht«, versetzte Baird. »Als Miss Latterlys Verteidiger würde ich genau das behaupten.«

»Tatsächlich?« Quinlan fuhr zu ihm herum. »Und was hättest du für einen Grund gehabt, deine Schwiegermutter zu ermorden, Schwager? Hattest du Streit mit ihr? Wußte sie etwas über dich, das wir anderen nicht wissen? Oder ging's um Oonaghs Erbe? Vielleicht hat Mary von dir verlangt, daß du meine Frau nicht immer so anglotzt.«

Baird schoß aus seinem Sessel hoch und wollte sich auf Quinlan stürzen, aber Oonagh ging dazwischen, das Gesicht weiß wie die Wand.

Er bremste scharf ab, um sie nicht umzurennen.

Quinlan blieb ganz ruhig sitzen, ein höhnisches Lächeln spielte um seinen Mund.

»Hört sofort auf!« sagte Oonagh zwischen den Zähnen. »Das ist taktlos und ziemlich albern!« Zitternd holte sie Luft. »Baird, bitte... wir sind alle erschüttert über das, was passiert ist. Quinlan benimmt sich sehr schlecht, aber du machst es nur noch schlimmer.« Sie lächelte ihn an, hielt seinem wütenden Blick stand, und ganz langsam entspannte er sich und trat einen Schritt zurück.

»Tut mir leid«, entschuldigte er sich, nicht bei Quinlan, sondern bei seiner Frau.

Oonaghs Lächeln wurde ein wenig selbstgewisser. »Ich weiß, du wolltest dich vor mich stellen, aber das ist nicht nötig. Quin war schon immer eifersüchtig. So geht es Männern mit schönen Frauen nun mal. Auch wenn es, weiß Gott, keinen Grund dafür gibt.« Sie wandte sich lächelnd an Quinlan. »Eilish gehört dir, mein Lieber, seit Jahren schon. Aber sie gehört auch zur Familie, und mit den Augen darf jeder ihre Schönheit bewundern. Du darfst es niemandem übelnehmen. Es schmeichelt auch dir. Eilish, meine Liebe...«

Eilish sah ihre Schwester an, feuerrot im Gesicht.

»Ich bitte dich, Quinlan zu versichern, daß du ihm treu bist. Ich weiß, du hast es schon oft getan... aber dieses eine Mal noch? Um des Friedens willen.«

Ganz langsam gehorchte Eilish, wandte sich zu ihrem Gemahl, blickte ihm direkt ins Gesicht und zwang ihre Lippen zu einem Lächeln. »Natürlich«, sagte sie leise. »Ich wünschte, du würdest nicht solche Dinge sagen, Quin. Ich habe nichts getan, um dir einen Grund dafür zu geben. Ich schwöre es.«

Quinlan sah zuerst Eilish und dann Oonagh an. Eine Sekunde

lang rührte sich niemand, dann entspannte er sich und lächelte seinerseits.

»Sicher«, sagte er. »Natürlich hast du das nicht. Du hast ganz recht, Oonagh. Ein Mann, der solch eine schöne Frau hat, muß damit rechnen, daß die Welt sie bewundert und ihn beneidet. Ist es nicht so, Baird?«

Baird sagte nichts. Sein Gesicht blieb unergründlich.

Oonagh wandte sich an Monk.

»Gibt es noch etwas, das wir für Sie tun können, Mr. Monk?« fragte sie, ließ Baird stehen und trat auf Monk zu. »Vielleicht in ein, zwei Tagen, falls Ihnen noch etwas einfällt und Sie dann noch in Edinburgh sind?«

»Vielen Dank«, akzeptierte Monk eilig. »Ich werde sicher noch etwas bleiben. Ich muß mich noch um andere Dinge kümmern, Beweise, die jeden Zweifel ausschließen.«

Sie fragte ihn nicht, was er dabei im Sinn hatte, sondern schritt anmutig zur Tür. Er verstand die Aufforderung zum Abschied, folgte ihr, wünschte den anderen einen guten Abend und bedankte sich für die Gastfreundschaft.

Im Foyer blieb Oonagh stehen und wandte sich mit ernstem Gesicht zu ihm um. Leise sagte sie: »Mr. Monk, beabsichtigen Sie, weitere Ermittlungen in unserer Familie durchzuführen?«

Er wußte nicht recht, was er antworten sollte. Er suchte nach Furcht oder Zorn in ihrem Gesicht, nach Ressentiments, aber er entdeckte immer nur dasselbe neugierige Interesse und eine Spur von Herausforderung, nicht unähnlich dem Gefühl, das sie in ihm weckte.

»Sollten Sie es nämlich vorhaben«, fuhr sie fort, »dann müßte ich Sie um etwas bitten.«

Er ergriff die Gelegenheit. »Selbstverständlich«, sagte er schnell. »Worum geht es?«

Sie senkte den Blick, um ihre Gedanken zu verbergen. »Falls... falls Sie bei Ihren... Ermittlungen erfahren sollten, wo meine Schwägerin diese Unmengen von Geld ausgibt, wäre ich... wären wir Ihnen dankbar, wenn Sie uns... oder zumindest mir, einen kleinen Hinweis geben würden.« Sie sah ihm plötzlich direkt in die Augen, aber es war weder Offenheit noch Furcht in ihrem Blick. »Ich könnte vielleicht unter vier Augen mit ihr reden und auf diese Weise vielen Unannehmlichkeiten vorbeugen. Würden Sie das tun, oder wäre es unmoralisch?«

»Sicher würde ich es tun, Mrs. McIvor«, sagte er ohne zu zögern. Sie hatte einen Fehdehandschuh hingeworfen, und ob sie nun an der Antwort interessiert war oder nicht – es war genau der Vorwand, den er brauchte. Er mochte Deirdra, aber er würde sie ohne zu zögern opfern, wenn es ihm helfen würde, die Wahrheit herauszufinden.

Sie lächelte, Temperament und Herausforderung schwangen im kühlen Klang ihrer Stimme mit, lauerten hinter dem Gleichmut ihrer Züge. »Danke. Vielleicht möchten Sie in zwei, drei Tagen wiederkommen und mit uns speisen?«

»Mit dem größten Vergnügen«, akzeptierte er, und nachdem McTeer ihm Hut und Mantel gereicht hatte, verließ er das Haus.

Es war eigentlich Zufall, daß er auf dem Gehsteig noch einmal stehenblieb, um darüber nachzudenken, ob er den ganzen Weg zum Grassmarket zu Fuß gehen oder in der Princes Street nach einem Hansom Ausschau halten sollte. Er drehte sich noch einmal zum Haus der Farralines um, und da sah er eine kleine, zierliche Gestalt in weiten Röcken aus dem Seiteneingang kommen und hinunter zur Straße laufen. Es mußte Deirdra sein; kein Hausmädchen trug eine so verschwenderische Krinoline, und sie war kleiner als Eilish oder Oonagh.

Gleich darauf sah er die zweite Gestalt, die über die Straße kam. Als er unter einem Gaslicht hindurchging, sah Monk seine groben Kleider und das schmutzige Gesicht. Der Mann hatte nur Augen für Deirdra und ging eiligen Schrittes auf sie zu.

Dann erblickte er Monk. Er erstarrte, machte auf dem Absatz kehrt, zögerte einen Moment und lief dann in der Richtung davon, aus der er gekommen war. Monk wartete fast eine Viertelstunde, aber er ließ sich nicht wieder blicken, und schließlich ging auch Deirdra zurück ins Haus.

Sechstes Kapitel

Auf der Fahrt nach Norden hatte Monk sich mit dem Gedanken getröstet, daß Hester ja immerhin die Krim überstanden hatte, und viel schlimmer als die Erfahrungen, die sie dort gemacht hatte, könnte die Zeit in Newgate auch nicht sein. Ja, er hatte sogar gehofft, daß es dort in vielerlei Hinsicht weniger schlimm sei.

Das war ein Irrtum. Für Hester war es unendlich viel schlimmer. Sie fror erbärmlich, am ganzen Körper zitterte sie vor Kälte, alles Gefühl war aus den Füßen gewichen; nachts konnte sie immer nur kurze Zeit schlafen, dann weckte die Kälte sie wieder auf.

Und sie hatte Hunger. Es gab regelmäßig, aber nur wenig zu essen, und es schmeckte schlecht. Es war wie auf der Krim, sogar ein bißchen besser: Sie mußte keine Angst haben zu verhungern. Die Gefahr ansteckender Krankheiten gab es auch hier, doch war sie so gering, daß Hester keinen Gedanken daran verschwendete.

Im Falle einer Krankheit würde sich hier niemand um sie kümmern, da gab sie sich keinen Illusionen hin, und diese Aussicht war beängstigender, als sie geglaubt hatte. Krank auf der Pritsche zu liegen, allein oder unter bösartigen, schadenfrohen Blicken, die sich an ihrer Verzweiflung, ihrer Schwäche und Demütigung noch erfreuten, das war eine schreckliche Vorstellung, die ihr den kalten Schweiß auf die Stirn trieb und den Puls zum Rasen brachte.

Das war der größte Unterschied. Auf der Krim war sie von ihren Kolleginnen geachtet, von den Soldaten, denen sie soviel geopfert hatte, angebetet worden. Liebe und Respekt sind Brot für den Hungernden, Wärme im kältesten Winter, lassen Schmerz, Angst und Erschöpfung vergessen.

Haß und Einsamkeit machen jegliche Hoffnung zunichte.

Und dann war da noch die Zeit. Auf der Krim war fast jeder wache Moment mit Arbeit ausgefüllt. Hier blieb ihr nichts zu tun, als auf der Pritsche zu sitzen und zu warten, Stunde um Stunde, von morgens bis in die Nacht, Tag für Tag. Sie konnte nichts tun. Alles lag in Monks und Rathbones Händen. Sie war zu absoluter Untätigkeit verdammt.

Sie hatte sich vorgenommen, nicht an die Zukunft zu denken, ihre Gedanken nicht auf den Prozeß zu richten, sich den Gerichtssaal nicht vorzustellen, in dem sie viele Male auf der Galerie gesessen und Rathbone zugesehen hatte. Diesmal würde sie auf der Anklagebank Platz nehmen müssen. Sie hatte sich geschworen, es nicht zu tun, und jetzt wog sie die Angst doch in ihren Gedanken ab, versuchte sich vorzustellen, wie weit die Realität von ihren schlimmsten Befürchtungen abweichen mochte. Es war, als würde sie den Finger immer wieder in dieselbe Wunde legen müssen, um zu fühlen, ob sie noch immer schmerzte.

Wie oft hatte sie den verwundeten Soldaten verboten, das zu tun? Es war dumm und selbstquälerisch. Und jetzt machte sie es genauso. Es war, als müßte man ständig auf sein eigenes Verderben schauen, um sich der Illusion zu berauben, es wäre vielleicht noch aufzuhalten, es wäre doch nicht so schlimm, wie man befürchtete. Und dann gab es da noch den anderen Gedanken in ihrem Hinterkopf, daß sie nämlich auf das Schlimmste besser vorbereitet wäre, wenn sie es sich in allen Einzelheiten ausmalte.

Das Klappern des Schlüssels im Schloß schreckte sie aus ihren düsteren Gedanken auf. Hier gab es keine Privatsphäre; man war völlig isoliert und konnte doch jederzeit gestört werden.

Eine Wärterin starrte auf sie herunter, das helle Haar in einem Knoten so fest zusammengebunden, daß es die Haut an den Schläfen straff nach hinten zog. Ihr Gesicht war beinahe ausdruckslos. Nur ein leichtes Zittern im Mundwinkel verriet ihren Abscheu und die Befriedigung, ihn zeigen zu dürfen.

»Aufstehen, Latterly!« befahl sie. »Da will jemand mit dir reden.« Sie verkündete es verärgert. »Du solltest dein Glück nützen. Nicht mehr lange bis zum Prozeß, und danach geben sich die Leute hier nicht mehr die Klinke in die Hand.«

»Dann bin ich nicht mehr hier«, versetzte Hester bissig.

Die Wärterin hob die schmalen Augenbrauen.

»Glaubst wohl, du kommst nach Hause, was? Pustekuchen! Die hängen dich auf, meine feine Dame, an deim mageren weißen Hals hängen se dich auf, bis dassde tot bist. Und dann braucht dich keiner mehr besuchen kommen!«

Hester begegnete ihrem Blick und hielt ihn fest.

»Ich habe viele Menschen hängen sehen, deren Unschuld sich hinterher herausgestellt hat«, sagte sie mit klarer Stimme. »Aber Ihnen ist das egal! Sie wollen die Leute hängen sehen. Die Wahrheit interessiert Sie nicht.«

Dunkles Rot überflutete das Gesicht der Frau, ihre Nackenmuskeln spannten sich. Sie machte einen halben Schritt nach vorne.

»Paß auf dein Mundwerk auf, Latterly, oder ich stopf es dir! Denk dran, wer hier die Schlüssel in der Hand hat – du bist es nicht! Ich hab' hier das Sagen, und du wirst noch froh sein, mich auf deiner Seite zu haben, wenn's soweit ist! Ich hab' hier viele Leute gesehen, die ham sich für stark gehalten – bis zur letzten Nacht vor dem Strick.«

»Nach einem Monat in Ihrer Obhut kann mich der Strick nicht mehr schrecken«, erwiderte Hester verbittert, aber sie hatte einen Kloß im Magen, und die Brust war ihr schwer. »Wer ist mein Besucher?«

Sie hatte auf Rathbone gehofft. Er war ihr Rettungsring, ihre einzige Hoffnung. Callandra war schon zweimal zu Besuch gewesen, und beide Male war Hester von ihren Gefühlen überwältigt worden. Vielleicht lag es an Callandras großer Zuneigung, an ihrem tiefen Mitgefühl. Nachdem sie wieder gegangen war, hatte sie sich maßlos einsam gefühlt. Sie hatte ihre ganze Willenskraft aufbieten müssen, um nicht hemmungslos zu weinen. Vor allem der Gedanke an die Wärterin hatte sie davor bewahrt.

Aber jetzt erkannte sie nicht etwa Rathbone hinter den mächtigen Schultern der Wärterin, sondern ihren Bruder Charles. Er sah blaß und todunglücklich aus. Er betrat hinter der Wärterin die Zelle, den Blick aufmerksam auf Hester gerichtet.

Hester blieb stehen, wie ihr aufgetragen worden war. Charles ließ den Blick durch die Zelle schweifen, ließ die nackten Wände auf sich wirken; das einzige, tief in die Mauer eingelassene Fenster lag weit oberhalb des Blickfeldes eines jeden Menschen, nur grauer Himmel war hinter den Gitterstäben zu sehen. Dann sah er die Pritsche mit dem eingebauten Nachtstuhl. Schließlich blieb sein Blick auf Hester in ihrem schlichten, bläulich-grauen Schwesternkittel ruhen. Beinahe widerwillig schaute er ihr ins Gesicht, als könnte er es nicht ertragen, was er dort zu sehen bekäme.

»Wie geht es dir?« fragte er heiser.

Sie hätte es ihm gerne erzählt, sich die Last und die Angst von der Seele geredet, aber als sie seine müden, rotgeränderten Augen sah und ihr klarwurde, daß er nicht das Geringste tun konnte, um ihr zu helfen, daß er sich höchstens schuldig fühlen würde, weil er so machtlos war, da konnte sie es einfach nicht. Sie machte nicht einmal den Versuch.

»Mir geht es gut«, sagte sie mit klarer, fester Stimme. »Niemand könnte behaupten, daß es ein Vergnügen ist, aber ich habe wesentlich Schlimmeres überstanden, ohne Schaden zu nehmen.«

Etwas von der Anspannung wich aus seinem Gesicht. Er wollte ihr glauben; es fiel ihm nicht ein, an ihren Worten zu zweifeln.

»Ja... ja, sicher«, stimmte er ihr zu. »Du bist eine außergewöhnliche Frau.«

Die Wärterin hatte ihm noch erklären wollen, daß er sie jederzeit rufen könne, aber jetzt fühlte sie sich ausgeschlossen, zog sich zurück und schlug ohne ein weiteres Wort die Tür ins Schloß.

Bei dem Geräusch zuckte Charles zusammen, drehte sich um und starrte auf die nackte, eiserne Barriere, die auf der Innenseite keine Klinke hatte.

»Ist schon gut«, sagte Hester schnell. »Sie kommt zurück, wenn deine Zeit um ist.«

Er sah sie an, zwang sich zu einem Lächeln, aber es wollte nicht recht gelingen.

»Bekommst du ordentlich zu essen? Ist es hier warm genug? Mir kommt es ein bißchen kalt vor hier drinnen.«

»Ist nicht so schlimm«, log sie. »Und auch nicht so wichtig. Wie vielen Menschen ist es niemals besser gegangen?«

Er suchte nach Worten. Höfliche Konversation erschien ihm unpassend, aber vor der Realität schreckte er zurück.

Hätte Hester nicht das Thema bestimmt, wäre der ganze Besuch ohne ein einziges Wort von Belang geblieben.

»Monk ist nach Edinburgh gefahren, um herauszufinden, was tatsächlich passiert ist«, begann sie.

»Monk? Ach ja, dieser Polizist, mit dem du... bekannt warst.

Glaubst du...« Er sprach nicht weiter, hatte es sich anders überlegt.

»Ja«, redete sie für ihn weiter. »Ich denke, er ist so gut geeignet wie jeder andere, die Wahrheit herauszufinden. Sogar besser. Er läßt sich nicht mit Lügen abspeisen, und er weiß, daß ich sie nicht getötet habe, also wird er so lange fragen und beobachten und nachdenken, bis er weiß, wer es getan hat.« Es tat ihr gut, es in Worte zu fassen. Eigentlich hatte sie Charles damit überzeugen wollen, aber es beruhigte sie selber mindestens ebensosehr.

»Bist du sicher?« fragte er ängstlich. »Könnte es nicht sein, daß du einen Fehler gemacht hast? Du warst müde und hast die Patientin nicht gekannt...« Er sah so kläglich aus, das rosige Gesicht, der verzweifelte Ernst seiner Augen.

Sie wollte ihm wütend widersprechen, aber Mitleid und langjährige Vertrautheit dämpften ihren Zorn. Was hatte es für einen Sinn, ihm weh zu tun? Er litt auch so schon genug.

»Nein«, sagte sie schnell. »Es gab zwei Phiolen für jeden Tag, eine für morgens und eine für abends. Ich habe ihr eine Phiole gegeben. Und sie war keine zerstreute alte Dame, die nicht mehr weiß, was sie tut, Charles. Sie war interessant, lebhaft, geistreich und äußerst aufgeschlossen für alles. Sie hätte es gar nicht zugelassen, daß ich einen Fehler mache, selbst wenn ich so unkonzentriert gewesen wäre.«

Er runzelte die Stirn. »Du meinst also, jemand hat sie vorsätzlich getötet?«

Ein häßlicher, aber unausweichlicher Gedanke.

»Ja.«

»Könnte es nicht sein, daß der Apotheker die falsche Arznei zubereitet hat?« Er war um eine erträglichere Antwort bemüht.

»Nein, das glaube ich nicht. Es war ja nicht ihre erste Dosis. Wäre die ganze Lieferung falsch gewesen, hätte sie schon an der ersten Dosis sterben müssen. Und wer hat die Brosche in meine Tasche getan? Der Apotheker bestimmt nicht.«

Er machte ein bekümmertes Gesicht. »Ich nehme an, dann wollte sie jemand töten und dir die Schuld daran geben.« Er biß sich auf die Lippe und zog die Stirn in Falten. »Ach, Hester, warum konntest du dir keinen anständigen Beruf suchen? Ständig bist du in Verbrechen und alle möglichen Katastrophen verwickelt. Was ist nur mit dir los? Ist es dieser Monk, der dich in diese Geschichten hineinzieht?«

Er hatte sie an einer verwundbaren Stelle getroffen, vor allem in ihrem Stolz, denn sie befürchtete längst, daß ihr Leben von Monk und ihrer Zuneigung zu ihm bestimmt wurde.

»Nein, so ist es nicht!« entgegnete sie schroff. »Die Krankenpflege ist ein Beruf, der einen unweigerlich mit dem Tod in Berührung bringt. Die Menschen sterben, Charles, und ganz besonders diejenigen, die krank sind!«

Er sah verwirrt aus. »Aber wenn Mrs. Farraline so krank war, warum glaubst du denn, daß sie ermordet wurde? Das erscheint mir äußerst widersinnig.«

»So krank war sie nicht!« erwiderte Hester heftig. »Sie war schon etwas älter und hatte ein schwaches Herz. Aber sie hätte noch Jahre leben können.«

»Beides geht nicht. Entweder war es ein natürlicher Tod, mit dem zu rechnen war, oder nicht! Manchmal seid ihr Frauen schrecklich unlogisch.« Er lächelte. Nicht unfreundlich oder verächtlich, eher nachsichtig. Das war der Funken im Pulverfaß.

»Quatsch!« rief sie. »Was heißt hier ›ihr Frauen‹? Die meisten Frauen sind keine Spur unlogischer als die meisten Männer! Wir sind anders, das ist alles. Wir kümmern uns weniger um die sogenannten ›Fakten‹ und mehr um die Gefühle der Menschen. Und wir haben viel öfter recht! Außerdem sind wir viel praktischer.

Ihr besteht nur aus Theorien, und die Hälfte davon funktioniert nicht, weil irgendwas nicht stimmt oder fehlt, und schon ist der ganze Rest sinnlos!« Sie hielt plötzlich inne, atemlos und weil sie sich bewußt wurde, wie laut und schrill sie gesprochen hatte und daß sie mit dem einzigen Menschen im ganzen Gebäude – vielleicht in der ganzen Stadt –, der wirklich auf ihrer Seite war und dem die ganze Angelegenheit nichts anderes als schrecklichen Schmerz verursachte, einen Streit anfing.

Er kam ihr zuvor, indem er die Sache noch schlimmer machte.

»Also, wer hat Mrs. Farraline getötet?» fragte er mit umwerfendem Realitätssinn. »Und warum? Wegen Geld? Für Verwicklungen romantischer Natur war sie ja wohl zu alt.«

»Die Menschen hören nicht auf, sich zu verlieben, wenn sie mal über Dreißig sind!« erwiderte sie.

Er starrte sie an. »Ich hab' noch nie gehört, daß eine Frau über Sechzig Opfer eines Verbrechens aus Leidenschaft geworden ist.« Seine Stimme hob sich ungläubig.

»Ich hab' nicht gesagt, daß es ein Verbrechen aus Leidenschaft war!«

»Du bist wirklich sehr schwierig, meine Liebe. Warum setzen wir uns nicht, um ruhig miteinander zu reden?« Er deutete auf die Pritsche, die Platz für beide bot, und ließ seinen Worten Taten folgen. »Kann ich dir irgend etwas bringen, das dir das Leben hier erleichtert? Falls sie mich lassen, werde ich es tun. Ich habe dir etwas Wäsche aus deiner Wohnung mitgebracht, aber die haben sie mir abgenommen. Man wird sie dir wohl noch geben.«

»Ja. Du könntest Imogen bitten, mir etwas Toilettenseife zu besorgen. Diese Karbolseife zieht einem die Haut vom Gesicht. Ein schreckliches Zeug.«

»Natürlich!« Er machte ein mitfühlendes Gesicht. »Das wird sie gerne tun. Ich bringe sie, sobald ich kann.«

»Könnte Imogen sie mir nicht selber bringen? Ich würde sie gerne sehen.« Noch während sie sprach, wußte sie, daß ihr Wunsch töricht war.

Sein Blick verfinsterte sich, und seine Wangen röteten sich leicht, als spürte er, daß etwas nicht stimmte, und wüßte nur nicht genau, was es war.

»Es tut mir leid, Hester, aber ich kann nicht zulassen, daß Imogen dich hier besucht. Es wäre für sie unerträglich. Sie würde es nie wieder vergessen, sie würde Alpträume davon bekommen. Es ist meine Pflicht, ihr diesen Kummer zu ersparen.« Er sah so verzweifelt aus, als steckte der eigentliche Kummer tief in ihm selber.

»Ja, und ob das ein Alptraum ist«, sagte sie mit tränenerstickter Stimme. »*Ich* träume auch davon! Aber wenn ich aufwache, liege ich nicht zu Hause unter einer warmen Decke, mit jemandem an meiner Seite, der allen Kummer von mir fernhält! Nein, dann liege ich hier und habe einen langen, kalten Tag vor mir und morgen noch einen und übermorgen den nächsten!«

Er verschloß sein Gesicht, als wollte er die Wahrheit nicht begreifen.

»Das weiß ich doch, Hester. Aber dafür können weder Imogen noch ich etwas. Du hast deinen Weg gewählt. Ich habe alles versucht, dich davon abzuhalten. Immer wieder hab' ich dir gepredigt zu heiraten, als es noch Bewerber gab oder zumindest gegeben hätte, wenn du dich ein bißchen bemüht hättest. Aber du wolltest nicht hören. Nein, ich fürchte, jetzt ist es zu spät. Selbst wenn die Angelegenheit sich zum Guten wendet, was ich inständig hoffe, und du von aller Schuld freigesprochen wirst – einen Mann, der dir ein ehrenwertes Angebot macht, wirst du nicht mehr finden, es sei denn einen Witwer, der eine anständige Frau sucht, die ihm...«

»Ich will keinem Witwer das Haus in Ordnung halten!« Die Tränen wollten ihr die Stimme ersticken. »Lieber arbeite ich als bezahlte Haushälterin, als mich heiraten zu lassen und mir einzureden, es wäre aus Liebe geschehen, wo er doch nur eine Magd haben wollte, die ihn nicht mehr kostet als ein Dach über dem Kopf und was zu essen auf dem Teller!«

Charles erhob sich mit steifem, blassem Gesicht. »Viele Ehen werden in erster Linie aus praktischen Erwägungen geschlossen. Der gegenseitige Respekt kommt oft viel später. Das tut dem Stolz keinen Abbruch.« Ein Lächeln spielte ihm um die Lippen und hellte seinen Blick auf. »Du bezeichnest die Frauen als so schrecklich praktisch und bist dabei selber das romantischste und unpraktischste Geschöpf, das ich je gesehen habe.«

Sie erhob sich ebenfalls, zu bewegt, um zu antworten.

»Das nächste Mal bringe ich dir eine Seife mit. Bitte... bitte verliere die Hoffnung nicht.« Die Worte klangen unecht, als entledige er sich nur einer Pflicht. »Mr. Rathbone ist der beste Anwalt, den man...«

»Ich weiß!« schnitt sie ihm das Wort ab. Sie konnte diese einstudierte Unaufrichtigkeit nicht mehr ertragen. »Danke für deinen Besuch.«

Er trat einen Schritt nach vorne, als wolle er sie auf die Wange küssen, aber sie wich zurück. Einen Augenblick lang war er verblüfft, doch dann akzeptierte er die Zurückweisung beinahe erleichtert. Er war entlastet und konnte gehen, fort von ihr und von diesem Ort.

»Bis... bis bald«, sagte er, wandte sich zur Tür um und klopfte heftig dagegen, damit die Wärterin ihn herausließ.

Am nächsten Tag hatte sie Besuch von Oliver Rathbone. Es ging ihr zu schlecht, um wirklich Freude zu empfinden, und die Sorge um ihren seelischen Zustand stand ihm bereits im Gesicht. Und dann, nach einer förmlichen Begrüßung, spürte sie, daß dieses Gesicht auch seine eigenen Gefühle widerspiegelte.

»Was ist los?« fragte sie mit zittriger Stimme. Sie verspürte plötzlich entsetzliche Angst. »Was ist passiert?«

Sie standen in dem weißgetünchten Raum mit dem Tisch und den hölzernen Stühlen. Er nahm ihre Hände in seine. Es war eine instinktive Geste, keine kalkulierte, und seine Behutsamkeit steigerte ihre Angst nur noch. Ihr Mund war trocken, und sie mußte Luft holen, um ihre Frage zu wiederholen, doch die Stimme versagte ihr.

»Sie haben angeordnet, daß in Schottland gegen Sie verhandelt wird«, sagte er sehr ruhig. »In Edinburgh. Ich habe keine Argumente, dagegen vorzugehen. Sie gehen davon aus, daß ihr das Gift auf schottischem Boden verabreicht wurde, und da wir behaupten, daß die tödliche Dosis im Haus der Farralines präpariert wurde und nicht von Ihnen, fällt das Verbrechen zweifelsfrei in schottische Zuständigkeit. Es tut mir so leid.«

Sie verstand es nicht. Warum war es ein vernichtender Schlag? Er wirkte völlig niedergeschmettert, aber sie kannte den Grund dafür nicht.

Eine Sekunde lang schloß er die Augen, dann öffnete er sie wieder – seine dunklen, dunkelbraunen, traurigen Augen.

»Sie werden nach schottischem Recht angeklagt«, erklärte er ihr. »Ich bin Engländer. Ich darf Sie nicht vertreten.«

Jetzt hatte sie verstanden. Es traf sie wie ein Faustschlag ins Gesicht. Sie war zu konsterniert, um etwas zu sagen; nicht einmal weinen konnte sie.

Er drückte ihre Hand so fest, daß ihr die Finger weh taten. Dieser leichte Schmerz war ihre einzige Verbindung zur Realität. Er war beinahe eine Erleichterung.

»Wir finden den besten Anwalt in ganz Schottland«, sagte er gerade. Seine Stimme schien von ganz weit her zu kommen. »Das Honorar übernimmt Callandra, und bitte jetzt keine Widerworte. Über solche Dinge können wir später reden. Natürlich fahre ich auch nach Edinburgh und werde ihn dort beraten, so gut ich kann. Aber sprechen muß er, auch wenn es meine Worte sind.«

Sie wollte ihn fragen, ob es nicht doch irgendeine Möglichkeit gäbe, daß er die Verteidigung übernähme. Sie war Zeugin seiner Fähigkeiten geworden, der Kraft seines Denkens, seines Charmes, seines schlangenhaften Geschicks, anderen etwas vorzumachen, harmlos zu erscheinen, um dann den tödlichen Biß anzubringen. Das war die Hoffnung gewesen, an die sie sich geklammert hatte. Aber sie wußte, er hätte es ihr nicht gesagt, wenn es auch nur die geringste Chance gegeben hätte. Es war sinnlos und kindisch, gegen das Unvermeidliche zu rebellieren.

»Ich verstehe...«

Er wußte nicht, was er sagen sollte. Wortlos trat er einen Schritt vor und nahm sie in die Arme, hielt sie ganz fest und blieb dabei ganz ruhig stehen, streichelte ihr nicht übers Haar oder die Wange, hielt sie einfach nur fest.

Nach drei ziemlich fruchtlosen Tagen fand Monk sich wieder am Ainslie Place ein, wo er zum Abendessen eingeladen war. In der Zwischenzeit hatte er zwar etwas mehr über die Farralines erfahren, interessante, aber für Hesters Entlastung wenig brauchbare Neuigkeiten. Hamish hatte die Buchdruckerei gegründet, nachdem er kurz nach den Napoleonischen Kriegen den Dienst bei der Armee quittiert hatte und nach Edinburgh zurückgekehrt war. Hector hatte in der Firma nie eine Rolle gespielt und tat es auch heute nicht. Er lebte, soweit die Leute wußten, von seiner

Armeepension. Er war bis ins mittlere Lebensalter Soldat gewesen. Nachdem er häufiger Gast im Hause seines Bruders gewesen war und man ihn immer mit offenen Armen empfangen hatte, war er ganz zu ihnen gezogen und lebte dort in einem Komfort, den er aus eigenen Mitteln niemals hätte finanzieren können. Er trank viel zu viel, und soweit die Leute das beurteilen konnten, trug er weder zum Unterhalt der Familie bei, noch spendete er für die Stadt. Abgesehen davon schien er jedoch ein angenehmer Zeitgenosse zu sein, der niemandem Ärger machen wollte. Wenn seine Familie beschlossen hatte, ihn bei sich aufzunehmen, dann war es schließlich ihre Sache. Jede Familie hatte ihr schwarzes Schaf, und hatte er sich jemals etwas zuschulden kommen lassen, so war außerhalb des Hauses Farralines davon nichts bekannt.

Hamish war von ganz anderer Art gewesen. Er war ein harter Arbeiter, ein einfallsreicher, wagemutiger und sehr erfolgreicher Geschäftsmann gewesen. Das Unternehmen wirtschaftete äußerst erfolgreich und hatte sich von einer kleinen Firma zu einer der größten Buchdruckereien in Edinburgh, wenn nicht in ganz Schottland entwickelt. Der Ruf der Firma war ausgezeichnet und ohne jeden Makel.

Hamish selber war ein Gentleman gewesen, jede Art von Großmannssucht war ihm fern. Sicher hatte er sich als junger Mann die Hörner abgestoßen, aber das war vollkommen normal. Er war diskret gewesen, hatte seine Familie und seinen eigenen Namen niemals in Verruf gebracht. Vor acht Jahren war er gestorben, nachdem es mit seiner Gesundheit schon eine Weile bergab gegangen war. Zum Schluß hatte er das Haus nur noch selten verlassen. Möglicherweise hatte er ein paar Schlaganfälle gehabt, jedenfalls konnte er sich nicht mehr richtig bewegen. So etwas kam nicht selten vor. Es war traurig, solch einen anständigen Mann zu verlieren.

Das sollte nicht heißen, daß nicht auch sein Sohn ein ausgezeichneter Mann war. Er verstand nicht viel vom Geschäft, deshalb dürfte er froh gewesen sein, die Leitung der Firma weitgehend in die Hände seines Schwagers Baird McIvor legen zu können. McIvor war Ausländer, Engländer, wohlgemerkt, aber trotzdem ein brauchbarer Mann. Vielleicht etwas launisch, aber äußerst fähig und eine ehrliche Haut. Mr. Alastair war der Prokurator, und dieser Posten ließ ihm kaum Zeit für die Druckerei. Er war ein guter Staatsanwalt, der seiner Stadt alle Ehre machte. Manchen mochte er ein bißchen zu würdevoll sein, aber ein Staatsanwalt mußte ein ernsthafter Mann sein. Wenn nicht einmal das Gesetz eine ernsthafte Angelegenheit war, was dann?

Ob er sich früher auch die Hörner abgestoßen hatte? Niemand wußte etwas darüber. Dazu schien er auch nicht der Mann zu sein. Mit seinem Namen war kein einziger Skandal verbunden.

Gut, da hatte es den Fall Galbraith gegeben, aber das war schließlich Mr. Galbraiths Skandal und nicht der des Prokurators.

Monk hatte sich nach dem Galbraith-Fall erkundigt, obwohl er ihn bereits zu kennen glaubte.

Im großen und ganzen erzählte man ihm, was er bereits wußte: Galbraith war des Betrugs beschuldigt worden; es ging um eine große Summe Geldes. Jeder war davon überzeugt, daß er verurteilt werden würde, aber dann hatte der oberste Staatsanwalt die Beweise für nicht ausreichend befunden und das Verfahren eingestellt. Galbraith war das Gefängnis erspart geblieben, aber nicht die Schande – zumindest nicht in der öffentlichen Meinung. Aber was konnte der Staatsanwalt dafür?

Und Mrs. Farraline?

Sie war eine wirkliche Dame gewesen! Jede ihrer Eigenschaften hatte Bewunderung verdient – ihre Würde, ihre Höflichkeit allen Menschen gegenüber; jegliche Arroganz lag ihr fern, ob arm oder reich, jeder hatte mit ihrer Liebenswürdigkeit rechnen dürfen. Wenn das keine guten Eigenschaften waren. Immer elegant, niemals protzig.

Und ihr persönlicher Ruf?

Machen Sie keine Witze! Wem käme in Verbindung mit Mrs. Farraline solch eine Frage in den Sinn? Charmant, der Familie treu ergeben. Nun ja, in jungen Jahren war sie eine bildhübsche Frau gewesen, und natürlich hatte sie Bewunderer gehabt! Ihr fehlte es nicht an Temperament und Lebensfreude, aber das hatte nichts mit unschicklichem oder gar skandalösem Benehmen zu tun!

Natürlich nicht. Und die jetzige Generation?

Nicht übel, aber nicht diese Qualität, bis auf Miss Oonagh. Sie war auch eine Dame. Wie ihre Mutter: Ruhig, stark, loyal zu ihrer Familie stehend – und obendrein noch klug. Manche sagten, sie habe mit der Leitung der Firma mindestens soviel zu tun wie ihr Mann. Da könnte was dran sein. Und wenn es so wäre – wen ginge das etwas an?

Bewaffnet mit seinem ganzen Wissen über den gesellschaftlichen Status der Familie und ihren guten Ruf kehrte Monk zum Ainslie Place zurück, aber nichts davon brachte ihn einer Antwort auf die Frage nach Mary Farralines Mörder näher.

McTeer empfing ihn höflich. Er betrachtete ihn jetzt mit diskretem Interesse, wenn auch immer noch mit sichtlichem Mißfallen. Wie bei früheren Gelegenheiten wurde er in den Salon geführt, wo sich der größte Teil der Familie bereits versammelt hatte. Nur Alastair schien zu fehlen.

Oonagh begrüßte ihn mit dem Anflug eines Lächelns um die Lippen.

»Guten Abend, Mr. Monk.« Sie trat ihm mit ruhigem Blick

entgegen, viel zu offen und intelligent, um schmeichlerisch im herkömmlichen Sinn zu sein, aber die Tatsache, daß sie interessiert genug an ihm war, um ihm mehr als nur höfliche Aufmerksamkeit zu schenken, wog in seinen Augen mehr als das herausfordernde Getändel manch anderer Frauen. »Wie geht es Ihnen?«

»Danke, sehr gut. Edinburgh ist wirklich eine bemerkenswerte Stadt«, erwiderte er und fand dabei eine ausgewogene Mischung aus Wärme im Blick und Artigkeit auf den Lippen.

Sie wandte sich um, und er folgte ihr, um mit den anderen höfliche Floskeln über Gesundheit und Wetter und andere Trivialitäten auszutauschen, mit denen die Menschen sich behelfen, wenn sie sich nichts Wichtiges zu sagen wissen.

An diesem Abend war auch Hector Farraline anwesend. Er sah abstoßend aus. Sein Gesicht war so bleich, daß die Sommersprossen sich beinahe plastisch von den Wangen abhoben, und die Augen hatten rote Ränder. Jemand, der so krank aussieht, trinkt mindestens eine Flasche Whisky am Tag, dachte Monk. Bei einem solchen Quantum würde er sich bald zu Tode getrunken haben. Er saß mit leicht gespreizten Beinen auf dem größten Sofa und beobachtete Monk mit mißtrauischem Interesse, als versuche er, dessen Rolle in dem Spiel einzuschätzen.

Monk betrachtete Deirdra mit demselben Vergnügen wie beim letztenmal. Sie war wirklich eine höchst bemerkenswerte Frau, aber selbst ihr bester Freund hätte ihr Kleid nicht als elegant bezeichnen können. Monk akzeptierte diese Extravaganz, aber sein eigener tadelloser Geschmack erkannte ein modisches Kleid, wenn er eines sah, und ihres war mit Sicherheit keins. Es war aus sehr gutem Stoff, das Oberteil sorgfältig bestickt, aber der Rock war von erbärmlichem Schnitt. Außerdem war er zu kurz, was gerade für eine kleinere Frau unvorteilhaft war. Die

Ärmel sahen aus, als wären sie an den Schultern angehoben, und warfen dort Falten, wo keine hingehörten.

Aber das war alles nicht wichtig, betrachtete man die ganze Person; allenfalls ließ es sie verletzlich erscheinen, eine Eigenschaft, die ihn bei Frauen schon immer angezogen hatte.

Er ließ sich ein Glas Wein servieren und stellte sich ein wenig näher an den Kamin.

»Haben Sie Ihre Zeit gut genutzt?« wollte Quinlan wissen und sah über den Rand seines Glases zu ihm hinüber. Unmöglich zu sagen, ob er die Frage ironisch gemeint hatte oder nicht.

Monk fiel keine Antwort ein, mit der er eine brauchbare Reaktion hätte provozieren können. Die Zeit wurde knapp, und bis jetzt hatte er noch nichts erfahren, was Hester helfen könnte. Was hatte er zu verlieren, wenn er es mit riskanteren Methoden versuchte?

»Ich habe viel Neues über Ihre Familie erfahren«, sagte er, und sein Lächeln wirkte eher belustigt als freundlich. »Ein paar Tatsachen, Meinungen, vieles davon interessant.« Das war gelogen, aber mit der Wahrheit kam er nicht weiter.

»Über uns?« fragte Baird schnell. »Ich dachte, Sie stellen über Miss Latterly Ermittlungen an?«

»Ich untersuche die ganze Angelegenheit. Aber Sie werden sich erinnern, daß ich sagte, ich habe Neues erfahren. Das heißt nicht, daß ich mich in erster Linie um solche Informationen bemüht habe.«

»Der Unterschied erscheint mir akademisch.« Dieses eine Mal stand Quinlan auf Bairds Seite. »Und was ist so interessant daran? Hat man Ihnen erzählt, daß ich die bildhübsche Eilish Farraline ihrem vorherigen Bewerber weggeheiratet habe? Einem wohlerzogenen jungen Mann ohne Geld, den ihre Familie abgelehnt hat.«

Bairds Züge verfinsterten sich.

Eilish sah einen Moment lang unglücklich aus. Baird wich ihrem Blick aus, und sie sah feindselig zu Quinlan hinüber.

»Welch ein Glück, daß Sie der Familie genehm waren«, erwiderte Monk ausdruckslos. »War es Ihr Charme, die einflußreiche Familie oder einfach das Geld?«

Oonagh hielt die Luft an, aber in ihren Augen blitzte es amüsiert auf. Er sah es mit großer Befriedigung, und wäre er ehrlich gewesen, hätte er sich sogar Freude darüber eingestehen müssen.

»Das hätten Sie Schwiegermama fragen müssen«, sagte Deirdra schließlich. »Ich glaube, sie war diejenige, deren Zustimmung zählte. Natürlich auch Alastairs... aber in solchen Dingen ließ er sich gerne von ihr leiten. Ich weiß nicht, warum er den anderen jungen Mann nicht mochte. Ich fand ihn sehr angenehm.«

»›Sehr angenehm‹. Was heißt das schon«, sagte Kenneth mit einem Anflug von Bitterkeit. »Und Geld ist auch nicht alles. Es geht doch vor allem um Ehrbarkeit, oder, Oonagh?«

Oonagh sah ihn nachsichtig und äußerst aufmerksam an. »Nun, sicherlich nicht um Schönheit, Humor oder die Fähigkeit, sich zu amüsieren, mein Lieber – und noch weniger um die Fähigkeit, anderen ihren Spaß zu verschaffen. Auch solche Frauen haben ihren Platz, aber nicht vor dem Traualtar.«

»Jetzt erzähl uns um Himmels willen nicht auch noch, wo dieser Platz ist!« sagte Quinlan mit einem kurzen Blick auf Kenneth. »Das wissen wir auch so.«

»Also, ich bin nicht klüger als zuvor«, meinte Baird und sah dabei Quinlan an. »Du hast kein Vermögen, kein Mensch kennt deine Familie und über persönlichen Charme brauchen wir gar nicht zu reden.«

Oonagh betrachtete ihn mit unergründlichem Blick. »Wir Farralines brauchen weder Geld, noch sind wir auf die Loyalität anderer Familien angewiesen. Wir heiraten, wen wir wollen. Quinlan hat seine Qualitäten. Sie gefallen Eilish, wir haben unsere Zustimmung gegeben, und das allein zählt.« Sie lächelte Eilish zu. »Hab' ich nicht recht, meine Liebe?«

Eilish zögerte; ein seltsamer Wettkampf der Gefühle fand auf ihrem Gesicht statt, von dem schließlich nur ein entschuldigender Blick übrigblieb. Sie erwiderte das Lächeln. »Ja, natürlich hast du recht. Damals hab' ich dich gehaßt, weil du mit Mutter einer Meinung warst. Ich dachte sogar, daß es hauptsächlich deine Schuld ist. Aber inzwischen weiß ich, daß ich mit Robert Crawford nicht glücklich geworden wäre.« Sie warf Baird einen kurzen Blick zu. »Er war bestimmt nicht der richtige Mann für mich.«

Baird errötete und wich ihrem Blick aus.

»Romantische Liebe«, sagte Hector mehr zu sich selbst als zu jemand anderem. »Ein Traum... was für ein schöner Traum.« Erinnerungen klangen in seinen Worten mit, und seine Augen blickten ins Nirgendwo. Die anderen ignorierten ihn geflissentlich.

»Weiß jemand, wann wir mit Alastair rechnen dürfen?« fragte Kenneth und sah von Deirdra zu Oonagh. »Müssen wir mit dem Essen auf ihn warten – wieder einmal?«

»Wenn er zu spät kommt«, erwiderte Oonagh kühl, »dann aus triftigen Gründen, und nicht, weil er gedankenlos wäre oder anderweitig Unterhaltung suchen würde!«

Kenneth zog ein Gesicht wie ein kleiner Junge, aber er sagte nichts. Monk hegte den Verdacht, daß er sich nicht traute, so gerne er auch widersprochen hätte.

Während der nächsten zehn, fünfzehn Minuten schleppte die Unterhaltung sich schwerfällig dahin. Monk unterhielt sich mit Deirdra, und zwar nicht, um für Oonagh Informationen zu sammeln, sondern weil er sich in ihrer Gesellschaft wohl fühlte. Sie war eine intelligente Frau, und die Art Berechnung, die ihm so zuwider war, schien ihr fremd zu sein. Aus den Augenwinkeln beobachtete er Eilish, aber ihre strahlende Schönheit ließ ihn unberührt. Charakter und Temperament gab er den Vorzug. Pure Schönheit verlieh eine Aura der Unverletzbarkeit und zog ihn wenig an.

»Haben Sie tatsächlich etwas über den Tod der armen Schwiegermama herausgefunden, Mr. Monk?« fragte Deirdra mit ernster Stimme. »Ich hoffe inständig, die Angelegenheit zieht sich nicht noch länger hin und bereitet uns Kummer ohne Ende?« Das Anheben der Stimme ließ eine Frage daraus werden, und ihre dunklen Augen waren voller Sorge.

Sie verdiente, daß man ihr die Wahrheit sagte, auch wenn er nicht gezögert hätte, sie anzulügen, wäre es seinem Ziel dienlich gewesen. »Ich fürchte, es führt kein Weg zu einer einfachen Lösung«, erwiderte er. »Strafverfahren sind immer unangenehm. Es wird niemand...«, er mußte sich dazu zwingen, es auszusprechen, »... aufgehängt, ohne daß er sich nach besten Kräften dagegen wehrt.«

Plötzlich und törichterweise wurde er von einem blinden Haß auf sie alle überwältigt, die hier in diesem mollig warmen Salon darauf warteten, zum Essen gerufen zu werden. Jemand von ihnen hatte Mary Farraline getötet und wollte es dem Gesetz überlassen, Hester an seiner Stelle zu töten. »Zweifellos wird ein guter Strafverteidiger versuchen, alle nur denkbaren Zweifel zu säen«, fügte er leise hinzu. »Das könnte sehr unangenehm werden. Sie kämpft um ihr Leben. Sie ist eine tapfere Frau, die nicht zum erstenmal Einsamkeit, Not und physischer Gefahr ausgesetzt ist. Freiwillig wird sie nicht aufgeben. Man muß sie erst besiegen.«

Deirdra starrte ihn mit großen Augen an. »Sie reden, als würden Sie die Frau sehr gut kennen!« Sie hatte die Worte beinahe geflüstert.

Monk bekam sich gleich wieder unter Kontrolle, wie ein Läufer, der gestrauchelt war und die Balance zurückgewonnen hatte.

»Das ist meine Pflicht, Mrs. Farraline. Ich kann doch nicht die Interessen der Anklage vertreten, ohne den Gegner zu kennen.«

»Oh... nein, sicher nicht. Daran hatte ich nicht gedacht.« Sie runzelte die Stirn. »Ich hab' überhaupt nicht viel darüber nachgedacht. Alastair wird da besser Bescheid wissen. Ich nehme an, Sie haben mit ihm geredet.« Es war eher eine Vermutung als eine Frage. Sie machte einen niedergeschlagenen Eindruck. »Sie sollten unbedingt mit Oonagh sprechen. Niemand beobachtet so genau wie sie. Sie scheint immer zu wissen, was jemand wirklich meint, wenn er etwas sagt. Das ist mir oft aufgefallen. Sie kann den Menschen in die Seele schauen.« Sie lächelte. »Es ist sehr tröstlich, wenn man spürt, daß jemand einen so gut versteht.«

»Nur bei Miss Latterly hat es nicht funktioniert«, erwiderte Monk sarkastischer als beabsichtigt.

Der Unterton war ihr nicht entgangen. Sie sah ihn mit einer Mischung aus Verständnis und Mißtrauen an.

Er ärgerte sich über sich selber, weil er grob zu ihr gewesen war und weil er sich verraten hatte.

»Dafür darf man ihr keine Schuld geben«, sagte Deirdra schnell. »Sie hatte alle Hände voll zu tun, um sich um die arme Schwiegermama zu kümmern, und ihre Mutter vertraute ihr. Sie schien sich große Sorgen um Griselda zu machen.« Ein paar Falten legten sich auf ihre Stirn. »Ich hab' ja nicht geglaubt, daß irgendwas nicht stimmt. Griselda hat sich schon immer zuviel Sorgen gemacht. Aber vielleicht war es doch etwas Ernstes? Die erste Niederkunft kann sehr problematisch sein. Aber Griselda hat wöchentlich mehrmals geschrieben, bis sogar Oonagh der Meinung war, daß Schwiegermama nach London reisen sollte, um sie zu beruhigen. Und jetzt wird das arme Kind nie erfahren, was ihre Mutter ihr sagen wollte.«

»Könnte Mrs. McIvor ihr nicht einen beruhigenden Brief schreiben?« schlug er vor.

»Ich bin sicher, das hat sie längst getan!« sagte Deirdra voller Überzeugung. »Ich wünschte, ich könnte ihr auch helfen, aber ich weiß ja nicht einmal, wovor sie eigentlich Angst hat. Ich glaube, es ging um etwas in der Krankheitsgeschichte der Familie, über das Schwiegermama sie beruhigen wollte.«

»Dann wird Mrs. McIvor es längst nachgeholt haben.«

»Sicher.« Sie lächelte voller Wärme. »Wenn jemand helfen kann, dann Oonagh. Ihre Mutter wird sie ohnehin ins Vertrauen gezogen haben. Ich nehme an, sie weiß, womit sie Griselda beruhigen kann.«

Das Gespräch wurde durch Alastairs Ankunft unterbrochen. Er machte einen müden, etwas abgekämpften Eindruck. Zuerst wechselte er ein paar Worte mit Oonagh, dann begrüßte er seine Frau und entschuldigte sich bei Monk für die Verspätung. Gleich nachdem der Gong ertönt war, gingen sie ins Speisezimmer.

Sie waren beim zweiten Gang, als die Peinlichkeiten ihren Anfang nahmen. Hector hatte relativ ruhig dagesessen und nur den einen oder anderen einsilbigen Kommentar abgegeben, bis er plötzlich zu Alastair hinübersah, die Stirn in Falten zog; er hatte sichtlich Mühe, seinen Neffen klar zu erkennen.

»Vermute, 's geht wieder um diesen Fall«, sagte er verächtlich. »Laß es doch endlich bleiben. Du hast verloren. Es ist vorbei.«

»Nein, Onkel Hector«, erwiderte Alastair müde. »Ich habe mich wegen einer ganz anderen Sache mit dem Sheriff getroffen.«

Hector grunzte und sah wenig überzeugt aus, aber vielleicht war er nur zu betrunken, um zu verstehen.

»War'n schlimmer Fall. Hättest gewinnen müssen. Kein Wunder, daß du immer noch drüber nachgrübelst.«

Oonagh füllte ein Weinglas und reichte es Hector. Er nahm es dankbar entgegen, trank es jedoch nicht gleich aus.

»Alastair gewinnt oder verliert keine Fälle, Onkel Hector«, sagte sie mit sanfter Stimme. »Er muß nur entscheiden, ob die Beweise für eine Anklage ausreichen oder nicht. Und wenn sie nicht ausreichen, wäre es sinnlos, den Fall vor Gericht zu bringen. Damit würde man öffentliche Gelder verschwenden.«

»Und einen Menschen, der höchstwahrscheinlich unschuldig ist, an den Pranger stellen und in Verruf bringen.«

Oonagh warf ihm einen verblüfften Blick zu. »Richtig, das auch.«

Hector sah Monk an, als hätte er ihn ganz vergessen gehabt.

»Ach ja... Sie sind der Detektiv, richtig? Sie wollen sich vergewissern, daß mit der Anklage gegen diese Krankenschwester alles seine Richtigkeit hat.« Er betrachtete Monk äußerst ungnädig. »Hab' sie gemocht. Nettes Mädchen. Mutig. Gehört viel Mut dazu, als junge Frau auf die Krim zu fahren und sich um die Verwundeten zu kümmern.« Jetzt war seine Miene eindeutig feindselig. »Sie sollten sich vergewissern, junger Mann! Sie sollten sich vergewissern, daß Sie die richtige Person haben!«

»Und ob ich das tun werde!« erwiderte Monk grimmig. »Sie ahnen ja nicht, wieviel mir daran liegt.«

Hector starrte ihn an, bevor er endlich und beinahe widerwillig Oonaghs Glas an den Mund führte.

»Es gibt daran keine Zweifel, Onkel Hector«, sagte Quinlan gereizt. »Wenn du ein bißchen nüchterner wärst, dann wüßtest du es!«

»Ach ja?« Hector war verärgert. Er stellte das Glas ab und verschüttete beinahe den Inhalt. Eilish rettete ihn, indem sie reaktionsschnell über den Tisch langte und einen Löffelstiel zur Seite schob. »Und warum?« wollte Hector wissen, ohne sich um Eilish zu kümmern. »Warum wüßte ich es dann, Quinlan?«

»Nun, wenn sie es nicht getan hat, dann müßte es jemand von uns getan haben«, antwortete Quinlan und entblößte die Zähne zu einem spöttischen Lächeln. »Sie war die einzige, die einen Grund hatte! Die Brosche wurde in ihrer Tasche gefunden!«

»Bücher«, erwiderte Hector zufrieden.

»Bücher?« fragte Quinlan verächtlich. »Wovon redest du? Was für Bücher?«

Wut flammte in Hectors Gesicht auf, und er dachte nicht daran lockerzulassen. »Geschäftsbücher«, sagte er lächelnd. »Das Hauptbuch.«

Einen Augenblick lang herrschte Schweigen. Kenneth legte Messer und Gabel zur Seite.

»Mrs. Latterly weiß nichts über unsere Geschäftsbücher, Onkel Hector«, sagte Oonagh ganz ruhig. »Sie ist erst an jenem Morgen in Edinburgh eingetroffen.«

»Miss Latterly natürlich nicht«, stimmte Hector ihr mürrisch zu. »Aber wir!«

»Selbstverständlich wissen wir darüber Bescheid«, sagte Quinlan, und Monk war sicher, daß er am liebsten »du alter Trottel« hinzugefügt hätte.

»Und jemand von uns weiß auch, ob sie korrekt oder gefälscht sind«, blieb der Alte hartnäckig.

Kenneth' Gesicht lief rot an. »Ich weiß es, Onkel Hector. Es ist mein Job, sie in Ordnung zu halten. Und sie sind korrekt... bis auf den letzten Heller.«

»Natürlich sind sie das«, sagte Oonagh unbefangen und sah

zuerst Kenneth und dann Hector an. »Wir wissen alle, wie sehr Mutters Tod dir zugesetzt hat, aber jetzt fängst du an, unverantwortliches Zeug zu reden, Onkel Hector. Das ist nicht in Ordnung. Es wäre gut, das Thema zu beenden, bevor du etwas sagst, das wir alle bedauern müßten.« Sie richtete den Blick fest auf ihn. »Mutter hätte bestimmt nicht gewollt, daß wir miteinander streiten oder solche verletzenden Dinge sagen.«

Hector wirkte plötzlich konsterniert. Jegliche Farbe wich ihm aus dem Gesicht, und er schien kurz vor einem Zusammenbruch zu stehen.

Eilish lehnte sich zu ihm hinüber, um ihn festzuhalten, damit er nicht vom Stuhl kippte. Baird sprang auf und kam ihm zu Hilfe.

»Komm, Onkel Hector, ich bring' dich auf dein Zimmer. Du solltest dich eine Weile hinlegen.«

Wütend beobachtete Quinlan, wie Eilish und Baird dem armen Hector auf die Füße halfen und mit ihm aus dem Zimmer wankten. Sie hörten noch die schlurfenden Schritte in der Halle, Eilishs ermutigende Worte, dazwischen Bairds tiefere Stimme.

»Es tut mir sehr leid.« Oonagh sah Monk entschuldigend an. »Ich fürchte, dem armen Onkel Hector geht's nicht besonders gut. Das hat ihn alles sehr mitgenommen.« Sie lächelte freundlich, als suchte sie Monks stillschweigendes Einverständnis. »Manchmal ist er doch sehr durcheinander.«

»›Geht's nicht besonders gut!‹« wiederholte Quinlan böse. »Er ist sinnlos betrunken, der alte Trottel!«

Alastair warf ihm einen warnenden Blick zu, sagte jedoch nichts.

Deirdra klingelte den Dienstboten, damit sie den Tisch abräumten und den nächsten Gang servierten.

Erst nach dem Essen, als sie wieder im Salon waren, fand

Oonagh Gelegenheit, unter vier Augen mit Monk zu reden. Die anderen waren auch im Raum, aber ganz diskret, scheinbar unbeobachtet, führte sie ihn immer weiter von ihnen weg, bis sie außer Hörweite vor dem großen, wegen der Kälte inzwischen fest verschlossenen Fenster zum Garten standen. Plötzlich fiel ihm der Duft ihres Parfüms auf.

»Was machen Sie für Fortschritte, Mr. Monk?« fragte sie mit leiser Stimme.

»Ich habe ein paar Dinge erfahren, mit denen ich nicht gerechnet hatte«, lautete seine vorsichtige Antwort.

»Über uns?«

Warum hätte er Ausflüchte machen sollen? Sie war keine Frau, die man mit Unwahrheiten abspeisen konnte. »Ja.«

»Haben Sie herausgefunden, wo Deirdra das viele Geld ausgibt, Mr. Monk?«

»Noch nicht.«

Sie machte ein beschämtes, beinahe reumütiges Gesicht, aber er sah noch etwas dahinter, das er nicht lesen konnte.

»Sie gibt gewaltige Summen aus, und die lassen sich durch die Führung des Haushalts allein nicht erklären, die ohnehin hauptsächlich meiner Mutter oblag, bis zu ihrem Tod, und mir natürlich.« Sie zog die Stirn in Falten. »Deirdra behauptet, es für Kleider auszugeben, aber selbst für eine modebewußte Frau in einer gewissen gesellschaftlichen Stellung wäre eine solche Verschwendungssucht übertrieben.« Sie holte tief Luft und sah Monk sehr direkt an. »Es bereitet meinem Bruder Alastair einiges Kopfzerbrechen. Falls... falls Sie im Lauf Ihrer Ermittlungen etwas herausfinden sollten, wären wir Ihnen für einen Hinweis sehr dankbar.« Ein leises Lächeln kräuselte ihre Lippen. »Wir würden unserer Dankbarkeit in angemessener Form Ausdruck verleihen – ohne Sie damit kränken zu wollen.«

»Ich danke Ihnen«, erwiderte er offen. Er mußte sich eingestehen, daß man seinen Stolz sehr leicht verletzen konnte. »Wenn ich etwas herausfinden sollte, was ja durchaus möglich ist, dann werde ich Ihnen umgehend Bescheid geben.«

Gegen Viertel vor elf verabschiedete er sich. Als er im Foyer stand und darauf wartete, daß McTeer aus der mit grünem Filz beschlagenen Tür treten würde, schwankte Hector Farraline die Treppe herunter – die letzten Stufen rutschte er auf dem Hosenboden hinunter, um sich schließlich, mit dem Ausdruck angestrengter Konzentration, am Treppenpfosten wieder hochzuziehen.

»Werden Sie herausfinden, wer Mary getötet hat?« fragte er mit flüsternder, für einen Betrunkenen erstaunlich leiser Stimme.

»Ja«, lautete Monks einfache Antwort. Vernünftige Erklärungen würden hier zu nichts führen und eine Begegnung in die Länge ziehen, die anstrengend zu werden drohte.

»Sie war die beste Frau, die ich kannte.« Hector blinzelte mit den Augen, aus denen tiefe Traurigkeit sprach. »Sie hätten sie als junge Frau sehen sollen. Sie war nicht schön, so wie Eilish, aber sie hatte so etwas an sich, ein inneres Licht, wie ein Feuer.« Er ließ den Blick durch das Foyer schweifen, und für einen Augenblick ruhte er auf dem riesigen Konterfei seines Bruders, dem Monk bis jetzt wenig Beachtung geschenkt hatte. Er schürzte die Lippen, und auf seinem Gesicht schienen die verschiedensten Gefühle miteinander zu wetteifern: Liebe, Haß, Neid, Abscheu, Bedauern, Sehnsucht nach der Vergangenheit, sogar Mitleid.

»Wissen Sie, er war ein Schweinehund – manchmal«, sagte er, kaum lauter als ein Flüstern, aber seine Stimme zitterte vor Erregung. »Der schöne Hamish, mein älterer Bruder, der Oberst. Ich hab's nur zum Major gebracht. Dabei war ich der bessere Soldat.

Hat ’ne gute Figur gemacht. Konnte mit den Damen umgehen. Sie haben ihn bewundert.«

Er ließ sich auf der untersten Stufe nieder. »Aber Mary war die Beste. Sie ist immer aufrecht gegangen und hat den Kopf hoch getragen. Und einen Humor hatte sie! Konnte einen immer zum Lachen bringen … über die verrücktesten Sachen.« Er schien den Tränen jetzt sehr nahe zu sein, und Monk hatte trotz seiner Ungeduld ein wenig Mitleid mit ihm. Er war ein alter Mann und lebte von der Gnade der jüngeren Generation, die nichts als Verachtung für ihn übrig hatte.

»Das war nicht richtig«, sagte Hector plötzlich und schaute wieder das Porträt an. »Absolut nicht richtig. Das hätte er ihr nicht antun dürfen, ausgerechnet ihr!«

Monk war nicht besonders interessiert. Hamish Farraline war seit über acht Jahren tot. Es konnte keine Verbindung zu Marys Tod geben, und nur darum ging es jetzt. Die Ungeduld gewann die Oberhand. Er wandte sich zum Gehen.

»Vorsicht vor McIvor!« rief Hector ihm nach.

Monk drehte sich um. »Warum?«

»Sie hat ihn gemocht«, antwortete Hector mit verträumtem Blick. »Man hat es immer gemerkt, wenn Mary jemanden mochte.«

»Tatsächlich?«

Er hatte keine Lust mehr, auf McTeer zu warten. Der alte Trottel war sicher im Anrichtezimmer eingeschlafen. Also nahm er sich den Mantel selber von der Garderobe und ging zur Tür, als Alastair aus dem Salon kam und sich für McTeers Abwesenheit entschuldigte.

Monk wünschte noch einmal eine gute Nacht, nickte Hector zu, der noch immer auf der Treppe saß, und verließ das Haus. Er hatte das Angebot, ihm einen Wagen zu rufen, ausgeschlagen und machte sich zu Fuß auf den Weg, als er eine unverwechselbare Gestalt so schnell unter der Laterne hindurchhuschen sah, daß sie ihm beinahe entgangen wäre. Niemand sonst hatte solch eine anmutige Haltung, solch leuchtendes Haar. Der größte Teil des Kopfes wurde von einer Haube verdeckt, aber im Laternenschein war das Kupferrot über der Stirn deutlich zu erkennen.

Wohin, in aller Welt, mochte Eilish Fyffe unterwegs sein, zu Fuß, eine Stunde vor Mitternacht?

Er wartete, bis sie den Rasen in der Mitte des Ainslie Place überquert hatte und auf der anderen Seite war, wo sie entweder in der St. Combe Street oder in der Glenfinlas Street verschwinden würde. Dann lief er ihr schnell und lautlos nach, kam gerade noch rechtzeitig an der nächsten Ecke an, um sie über den Charlotte Square eilen zu sehen.

Hatte sie ein Rendezvous? Das lag nicht nur nahe, es schien die einzige Erklärung zu sein. Warum hätte sie zu so später Stunde noch unterwegs sein sollen, offensichtlich bemüht, von niemandem gesehen zu werden?

Sie hatte den Platz überquert und setzte ihren Weg durch die Lothian Road fort. Links von ihnen lagen die Princes Street Gardens, und dahinter erhob sich der gewaltige Fels, auf dessen Grat die Burg thronte.

Monk blieb etwa hundert Meter hinter ihr und war beinahe erstaunt, als sie plötzlich nach links abbog und in der King's Stables Road verschwand. Er kannte den Weg. Es war sein eigener Heimweg. Aber was hatte eine Dame wie Eilish Fyffe hier zu suchen, in diesen engen Gassen zwischen den dunklen Häusern, in denen die Menschen dicht an dicht wohnten?

Er dachte immer noch darüber nach, als plötzlich ein stechender, betäubender Schmerz ihm die Sinne raubte und sich vor ihm ein pechschwarzes Loch auftat.

Er kam wieder zu sich, immer noch auf dem Gehsteig sitzend, gegen eine Hauswand gelehnt, mit schrecklichen Schmerzen im Kopf, frierend, aber mit einer schäumenden Wut im Bauch. Eilish war nirgends zu sehen.

Am nächsten Abend kehrte er nicht gerade bester Laune zum Ainslie Place zurück. Sobald es dunkel war, bezog er seinen Wachposten.

Er bekam jedoch nicht Eilish zu sehen, dafür einen heruntergekommenen Mann in schmutzigen, abgerissenen Kleidern, der sich nervös dem Haus Nummer 17 näherte, sich ständig umsehend, als befürchtete er, beobachtet zu werden.

Monk zog sich ein Stück weiter in den Schatten zurück und blieb reglos stehen.

Als der Mann unter einer Laterne hindurchging, war für einen Augenblick sein Gesicht zu erkennen. Es war derselbe Mann, den Monk schon vor ein paar Tagen hier gesehen hatte. Der Mann zog eine Uhr aus der Tasche, warf einen Blick darauf und steckte sie wieder weg.

Seltsam. Er sah nicht aus wie ein Mann, der die Uhrzeit ablesen, geschweige denn sich eine Uhr leisten konnte!

Mehrere Minuten vergingen. Der Mann wirkte sehr nervös. Monk wagte nicht einmal, den Kopf zu bewegen. Entlang des Gehsteigs warfen die Laternen kleine Lichtkreise auf das Pflaster. Dazwischen war ein Niemandsland aus dichter werdendem Nebel und Dunkelheit. Es wurde kälter. In seiner Bewegungslosigkeit spürte Monk deutlich, wie die Kälte ihm durch die Schuhsohlen hinauf in die Glieder kroch.

Und dann war sie plötzlich da! Sie mußte durch das Hoftor gekommen sein, aus dem Seiteneingang des Hauses – nicht Eilish, sondern die kleine, eilige Gestalt von Deirdra. Sie ging direkt auf den Mann zu. Ein paar Minuten lang standen sie dicht beisammen, mit gesenkten Köpfen, und redeten so leise miteinander, daß Monk von seinem Platz aus nicht einmal Getuschel hörte.

Plötzlich schüttelte Deirdra energisch den Kopf, der Mann berührte in einer beruhigenden Geste ihren Arm, und sie drehte sich um und ging zurück ins Haus. Er verschwand auf dem Weg, den er gekommen war.

Monk wartete bis weit nach Mitternacht, es wurde immer kälter, aber es kam niemand mehr aus dem Haus der Farralines. Er hätte sich in den Hintern beißen mögen, daß er dem Mann nicht gefolgt war.

Es folgten zwei kalte und zunehmend entmutigende Tage, an denen Monk nichts Brauchbares erfuhr, nicht die geringste Kleinigkeit, die ihm sein gesunder Menschenverstand nicht ohnehin gesagt hätte. Er schrieb einen langen Brief an Rathbone, in dem er ihm berichtete, was er bislang in Erfahrung gebracht hatte, und als er gegen Mittag des dritten Tages in seine Unterkunft zurückkehrte, lagen dort zwei Briefe für ihn. Der eine war von Rathbone, der ihm kurz die Bestimmungen in Mary Farralines Testament skizzierte. Sie hatte ein beträchtliches Vermögen hinterlassen – sowohl persönliches als auch Grundvermögen –, das sie zu mehr oder weniger gleichen Teilen unter ihren Kindern aufteilte. Alastair hatte bereits nach dem Tod seines Vaters das Haus und den größten Teil der Firma geerbt. Der zweite Brief war von Oonagh und erhielt eine Einladung zu einem offiziellen Essen, das noch am selben Abend stattfinden sollte; gleichzeitig entschuldigte sie sich für die außergewöhnlich späte Benachrichtigung.

Monk nahm die Einladung an. Er hatte nichts zu verlieren. Die Zeit brannte ihm unter den Nägeln, und die Nächte, die er sich vor dem Haus der Farralines um die Ohren geschlagen hatte, waren fruchtlos geblieben. Weder Eilish noch Deirdra hatten sich noch einmal blicken lassen.

Er kleidete sich sorgfältig, aber seine Gedanken waren so sehr damit beschäftigt, die einzelnen Informationen noch einmal Revue passieren zu lassen, daß er sich keine großen Sorgen um elegantes und akzeptables Auftreten machte. Weshalb war Hester so dumm gewesen, sich in diese unangenehme Situation bringen zu lassen? Mit den wenigen Eindrücken, die sie ihm vermittelt hatte, war nicht viel anzufangen. Und wenn Deirdra und Eilish wirklich heimliche amouröse Beziehungen zu Männern aus dem Armenviertel unterhielten? Deshalb hätten sie Mary noch lange nicht ermorden müssen.

Wäre Eilish das Opfer gewesen, hätte man leicht eine Erklärung gefunden. Sowohl Quinlan als auch Baird McIvor könnten gute Gründe haben. Sogar Oonagh, wenn Baird tatsächlich in Eilish verliebt war.

Aber auch das erschien ihm nicht plausibel. Warum hätte sie mitten in der Nacht in die King's Stables Road schleichen sollen, wenn sie Baird McIvor sehen wollte?

Er hielt Oonaghs Brief in der Hand, als er vor dem großen Festsaal ankam, in dem das Abendessen stattfand, für den Fall, das einer der Türsteher nach seiner Einladung fragen würde. Doch offensichtlich reichte sein selbstsicheres Auftreten, denn niemand sprach ihn an.

Es war ein großartiger Empfang. Kronleuchter strahlten von allen Decken. Jeder Winkel schien ausgeleuchtet zu sein. Geiger spielten eine namenlose Begleitmusik, zu der die Gäste durch die Räume schlenderten, mit den Köpfen nickten und lächelten, in der Hoffnung, von den richtigen Leuten gesehen und erkannt zu werden. Diener mischten sich diskret darunter, boten Erfrischungen an, und ein Portier in prächtiger Livree kündigte die Ankunft jener Gäste an, die in der Gesellschaft besonderes Ansehen genossen.

Eilish war nicht zu übersehen. Selbst in Schwarz schien sie Wärme und Licht auszustrahlen. Allein ihre Frisur war ein prächtigerer Schmuck als die Diademe der Herzoginnen, und ihre helle Haut leuchtete aus dem Schwarz ihres Kleides hervor.

Bald hatte Monk von der Galerie aus Alastairs blonden Kopf ausgemacht, und gleich darauf auch Oonagh. Die Aura gelassener, überlegener Intelligenz, die von ihr ausging, strahlte bis nach dort oben, auch wenn er nur einen Teil ihres Gesichts sehen konnte.

Ob Mary auch so war? Der betrunkene Hector hatte so etwas angedeutet. Warum hätte jemand eine solche Frau ermorden sollen? War es die Gier nach der Macht, die sie in Händen hielt? Oder nach ihrem Geld? War es Eifersucht auf die innere Kraft, die sie automatisch zum Familienoberhaupt bestimmt hatte? Oder vielleicht Angst, weil sie etwas wußte, das sie nicht wissen durfte, weil sie damit das Lebensglück, vielleicht sogar die Sicherheit eines anderen gefährdete.

Aber was? Was hätte Mary wissen können? Ob Oonagh es inzwischen auch wußte, ohne zu ahnen, in welche Gefahr dieses Wissen sie brachte?

Zum Glück schienen weder Hector noch Kenneth anwesend zu sein. Es brachte ihn nicht weiter, allein dort oben herumzustehen. Widerwillig und nervöser, als er gedacht hatte, richtete er sich auf und ging die Treppe hinunter, um sich ins Gewühl zu stürzen.

Beim Abendessen saß er neben einer stattlichen Dame in burgunderfarbenem und schwarzem Kleid, dessen gewaltige Röcke so ausladend waren, daß niemand näher als anderthalb Meter an sie herankonnte. Nicht etwa, daß Monk das Bedürfnis gehabt hätte! Er hätte sich auch lieber der Verpflichtung zu höflicher Konversation entzogen, aber das war ihm nicht gestattet.

Deirdra saß ihm schräg gegenüber; hin und wieder begegnete er ihrem Blick und lächelte. Langsam fürchtete er, hier seine Zeit zu verschwenden, auch wenn er wenigstens einen der Gründe kannte, aus denen Oonagh ihn eingeladen hatte. Sie wollte wissen, ob er der Antwort auf die Frage, wo Deirdra ihr Geld gelassen hatte, näher gekommen war. Oder wußte sie es bereits und brauchte nur die entsprechenden Beweise von ihm, damit sie Deirdra gegenübertreten und den Streit vom Zaun brechen konnte, den der Mord an Mary hatte verhindern sollen?

Als er über den Tisch in Deirdras nettes, intelligentes, selbstbewußtes Gesicht blickte, konnte er es nicht glauben. Sie mochte in den Augen mancher Leute einen unmoralischen Lebenswandel führen, war offensichtlich verschwenderisch, aber er konnte sich nicht vorstellen, daß sie Mary Farraline ermordet hatte.

Aber er hatte sich schon öfter getäuscht, besonders dann, wenn es um Frauen ging.

Nein – das war nicht richtig. Er hatte sich getäuscht, was ihre Kraft, ihre Loyalität und sogar was ihre Leidenschaften und Überzeugungen, aber nicht was ihre kriminellen Energien anging. Warum mißtraute er sich nur selber so sehr?

Weil er Hester nicht helfen konnte. Er saß hier im strahlenden Kerzenschein bei einem üppigen Mahl, inmitten klappernder Bestecke und klingender Gläser, rauschender Seide und raschelnder Spitze, und Hester saß in einer Zelle in Newgate und wartete auf ihren Prozeß, und wenn man sie schuldig sprach, wartete auf sie der Galgen! Er fühlte sich wie ein Versager.

»... Kleid steht Ihnen wunderbar, Mrs. Farraline«, sagte gerade jemand zu Deirdra. »Außergewöhnlich gut!«

»Vielen Dank«, erwiderte Deirdra artig, aber ohne die Freude, die Monk nach einem solchen Kompliment bei ihr erwartet hätte.

»Ganz reizend«, fügte die stattliche Person neben Monk noch hinzu und zog dabei ungnädig die Mundwinkel nach unten. »Wirklich ganz reizend. Ein wunderbarer Schnitt, und schwarze Perlenstickerei ist ganz besonders elegant, denke ich immer. Ich hatte einmal ein ganz ähnliches Kleid, wirklich sehr ähnlich. An den Schultern war es etwas anders geschnitten, wenn ich mich recht erinnere, aber Muster und Stickereien waren gleich.«

Ein Herr sah sie verwundert an. Ihre Bemerkung war seltsam und nicht besonders höflich.

»Letztes Jahr«, fügte die stattliche Dame entschieden hinzu.

Ganz spontan, einer plötzlichen Eingebung folgend, stellte Monk eine ganz unverzeihliche Frage.

»Besitzen Sie es immer noch, Madam?«

Sie gab eine nicht minder unverzeihliche Antwort.

»Nein, ich habe es weggegeben.«

»Wie klug von Ihnen«, gab Monk mit plötzlicher Boshaftigkeit zurück. »Dieses Kleid«, er warf einen Blick auf ihre üppigen Formen, »ist Ihrem... Status doch wesentlich angemessener.« Er hatte sich das Wort »Alter« gerade noch verkneifen können, aber die anderen hatten ihn wohl richtig verstanden.

Die Frau wurde puterrot, sagte jedoch nichts. Auch Deirdras Wangen waren von einem Hauch Rosa überzogen, und in diesem Augenblick wußte Monk, auch wenn er keinen Beweis dafür hatte, daß Deirdra ihr Geld ganz sicher nicht für Kleider ausgab, wie sie behauptete. Sie kaufte sie aus zweiter Hand und hatte wahrscheinlich einen diskreten Schneider, der sie umarbeitete und so weit änderte, daß sie nicht gleich auf den ersten Blick wiederzuerkennen waren.

Es lag etwas Flehendes in dem Blick, mit dem sie ihn über das Lachspüree mit Gurke und die Überreste des Sorbets hinweg ansah.

Er lächelte und schüttelte kaum merklich den Kopf.

Als er Oonagh begegnete, sah er ihr fest in die Augen und sagte, er wäre der Sache auf der Spur, habe aber noch nichts gefunden. Die Lüge bereitete ihm nicht die geringsten Probleme.

In der morgendlichen Post war ein Brief von Callandra. Monk riß ihn auf und las:

Mein lieber William,
ich fürchte, ich habe sehr schlechte Neuigkeiten für Sie. So oft man es mir erlaubte, habe ich Hester besucht. Sie ist sehr tapfer, aber man sieht ihr deutlich an, wie sehr die Sache sie mitnimmt. Ich hatte törichterweise angenommen, die Zeit im Lazarett von Scutari hätte sie gegen Unannehmlichkeiten abgehärtet. Natürlich ist es etwas ganz anderes. Die physische Erschwernis fällt nicht ins Gewicht. Es ist das seelische Leiden, das endlose Einerlei der Tage, an denen sie nichts zu tun hat, als sich in der Phantasie das Schlimmste auszumalen. Nichts schwächt einen Menschen so sehr wie ständige Angst.

Ich fürchte, die schlimmste Neuigkeit von allen hätten wir eigentlich voraussehen müssen, doch zu meinem größten Bedauern haben wir das versäumt. Andrerseits hätten wir nichts daran ändern können, auch wenn wir es früher gewußt hätten: Weil das Verbrechen begangen wurde, als der Zug sich noch auf schottischem Boden befand, wird der Prozeß gegen Hester in Edinburgh stattfinden. Wir haben keinerlei Möglichkeiten, dagegen Einspruch zu erheben. Sie wird nach Schottland gebracht und vor dem High Court in Edinburgh angeklagt. Da Oliver nur nach englischem Recht verteidigen darf, kann er sie nicht vertreten!

Natürlich werde ich mich um den besten Strafverteidiger bemühen, den ich in Schottland finden kann, aber ich gestehe, es bedrückt mich sehr, daß es nicht Oliver ist. Er hat den unersetzlichen Vorteil, fest von ihrer Unschuld überzeugt zu sein.

Trotzdem dürfen wir nicht den Mut verlieren. Solange die Schlacht nicht geschlagen ist, haben wir sie nicht verloren – und wir werden nicht verlieren!

Mein lieber William, tun Sie alles, was in Ihrer Macht steht, um die Wahrheit herauszufinden. Weder Zeit noch Geld spielen dabei eine Rolle. Schreiben Sie mir, was Sie benötigen.

Mit den aufrichtigsten Grüßen,
Callandra Daviot

Er stand im milden Licht der Herbstsonne. Das Blatt Papier verschwamm ihm vor den Augen. Er zitterte. Rathbone durfte sie nicht verteidigen! Erst jetzt wurde ihm richtig bewußt, wie sehr er auf Rathbones Fähigkeiten gezählt hatte, welchen Einfluß die Siege der Vergangenheit auf seine Gedanken, seine Hoffnung hatten.

Er brauchte Minuten, um einen klaren Kopf zu bekommen. Vor dem Haus hielt ein Rollwagen. Der Kellermeister brüllte etwas, und der Kutscher fluchte. Das Stampfen der Pferdehufe auf dem Kopfsteinpflaster und das Rattern der Räder waren durch das angelehnte Fenster deutlich zu hören.

Im Hause Farraline hatte sich jemand an Marys Arznei zu schaffen gemacht, mit der Absicht, sie zu töten. Jemand hatte Hester Marys Perlenbrosche in die Tasche gesteckt. Aus Angst? Rache? Ein Motiv, auf das er noch nicht gekommen war?

Wohin wollte Eilish in der King's Stable Road? Wer war der

ungehobelte, heruntergekommene Mann, der auf Deirdra gewartet und mit dem sie sich mitten in der Nacht unterhalten hatte? Ein Liebhaber? In den Klamotten bestimmt nicht. Ein Erpresser? Schon eher. Womit erpreßte er sie? Mit ihrer Verschwendungssucht? Hatte sie gespielt, hielt sie einen Liebhaber aus, einen Verwandten, ein uneheliches Kind? Oder brauchte sie das viele Geld, um den Erpresser zu bezahlen? Jedenfalls gab sie es nicht für teure Kleider aus.

Es war ein unangenehmer Entschluß, aber er mußte sie beschatten, sie oder diesen Mann, wenn er die Wahrheit herausfinden wollte. Und auch Eilish mußte er folgen. Wenn sie tatsächlich eine Affäre mit dem Ehemann ihrer Schwester hatte oder mit sonst jemandem, dann brauchte er Gewißheit, eine Gewißheit, die keinen Zweifel mehr zuließ.

Die erste Nacht blieb ergebnislos. Weder Deirdra noch Eilish ließen sich blicken. Aber in der zweiten Nacht, kurz nach Mitternacht, tauchte der Mann im zerschlissenen Mantel wieder auf, und nachdem er sich eine Weile im Lichtbogen der Laterne herumgedrückt und auf seine Uhr geschaut hatte, kam Deirdra wie ein Geist aus dem Seiteneingang geschlichen. Nach kurzem, intensivem Wortwechsel, allerdings ohne sichtbare Gesten der Zuneigung, gingen sie Seite an Seite mit eiligen Schritten über den Rasen und in südlicher Richtung die Glenfinlas Street entlang, genau denselben Weg, den auch Eilish eingeschlagen hatte.

Diesmal hielt Monk einen gewissen Abstand, was ihm nicht schwerfiel, denn die beiden schlugen ein hohes Tempo an. Für eine so kleine Frau machte Deirdra erstaunlich große Schritte, sie ging sehr schnell, als hätte sie etwas vor sich, das sie mit Energie und Begeisterung erfüllte. Monk drehte sich hin und wieder um, vergewisserte sich, daß ihm niemand folgte. Schmerzhaft erinnerte er sich an seinen Ausflug auf Eilishs Fersen.

Es war niemand zu sehen, außer zwei Jugendlichen, die in die entgegengesetzte Richtung gingen, einem schwarzen Hund, der im Rinnstein nach etwas suchte, und einem Betrunkenen, der langsam an einer Mauer herunterrutschte.

Ein leichter Wind trug den Geruch von Qualm und Ruß mit sich, ein paar dünne Wolken verdunkelten einen Dreiviertelmond. Die Abstände zwischen den Lichtkreisen der Laternen waren undurchdringliche Schatten. Der große Mound of the Castle ragte über ihm auf, und links hob sich die gezackte, inzwischen vertraute Linie der Burg gegen den helleren Himmel ab.

Deirdra und der Mann bogen nach links in den Grassmarket. Hier war die Straße schmaler, die fünfstöckigen Häuser ließen sie wie die Sohle einer tiefen Schlucht erscheinen. Ihre Schritte hallten gedämpft durch den Dunst, hier und da ein Ruf oder eine schlagende Tür, hin und wieder klapperten Hufe, wenn irgendwo noch ein später Fahrgast unterwegs war, sonst war es still.

Der Grassmarket war nur ein paar hundert Meter lang, dann wurde daraus das Cowgate, das – parallel zum Canongate – über die South Bridge führte und in die Holyrood Road mündete. Nach rechts gingen Pleasance und Dumbiedykes Road ab, nach links High Street und Royal Mile, bis die Straße schließlich auf den Palace of Holyrood traf. Und dazwischen erstreckte sich ein Labyrinth aus Gassen und Hinterhöfen, Durchgängen zwischen Häusern, Treppen und Hunderten von dunklen Winkeln und Torbogen.

Monk ging schneller. Wohin, in aller Welt, mochte Deirdra unterwegs sein? Sie war nicht langsamer geworden, und nicht ein einziges Mal schaute sie sich um.

Vor ihm überquerten Deirdra und der Mann die Straße – und waren plötzlich verschwunden.

Monk fluchte und lief schneller, stolperte über einen Pflasterstein und hätte um ein Haar das Gleichgewicht verloren. Ein Hund, der unter einem Torbogen geschlafen hatte, knurrte ihn kurz an und ließ den Kopf wieder sinken.

Candlemaker Row. Er bog um die Ecke und sah gerade noch, wie Deirdra und der Mann kurz vor dem Friedhof auf der rechten Straßenseite einen Augenblick stehenblieben, um dann in einem der großen, dunklen Gebäude auf der linken Straßenseite zu verschwinden.

Monk lief ihnen nach. Sie waren schon eine Weile verschwunden, als er die Stelle erreichte. Zuerst konnte er keinen Eingang entdecken. Die Hausmauern und die hohen, hölzernen Tore schienen eine undurchdringliche Barriere gegen jeden Eindringling zu bilden.

Aber sie hatten dort gestanden, und jetzt waren sie verschwunden. Irgend etwas mußte sich geöffnet haben. Schritt für Schritt tastete er sich an der Hauswand entlang, bis ein hölzernes Tor sich wenigstens so weit öffnen ließ, daß er sich hindurchzwängen konnte. Er fand sich in einem gepflasterten Innenhof wieder, direkt vor einem Gebäude, das wie eine Scheune aussah. Gelbliches Gaslicht schien durch die Risse und Spalten in einer schlecht eingepaßten Tür, die einem Pferdegespann Durchlaß gewährt hätte, wenn sie offen gewesen wäre.

Er tastete sich Schritt für Schritt vorwärts, um nicht gegen etwas zu stoßen und auf sich aufmerksam zu machen. Er hatte ja keine Ahnung, wo er war, was oder wer ihn hinter dieser Tür erwarten mochte.

Leise schlich er sich heran und sah durch einen breiten Spalt. Der Anblick, der sich ihm bot, war so atemberaubend, so phantastisch und aberwitzig, daß es eine ganze Weile dauerte, bis sein Gehirn ihn als Realität akzeptierte. Es war ein riesiger Schuppen, groß genug, um ein Schiff darin zu bauen, aber das Gebilde, das sich in seiner Mitte vom Boden erhob, würde mit Sicherheit niemals zu Wasser gelassen werden. Es hatte weder einen Kiel, noch bot es Platz für Masten. Am ehesten noch glich es einem laufenden Huhn, nur hatte es keine Beine. In seinem Rumpf hätte ein ausgewachsener Mann Platz gefunden, und zu beiden Seiten streckte es Flügel aus, als wäre es tatsächlich seine Absicht, sich in die Luft zu schwingen und zu fliegen. Das seltsame Gerät schien hauptsächlich aus Holz und Segelstoff konstruiert zu sein. Dort, wo bei einem richtigen Vogel das Herz gewesen wäre, befand sich eine Art Mechanismus.

Noch unglaublicher jedoch – falls das überhaupt möglich war – war der Anblick, den Deirdra Farraline bot, in alten Kleidern, mit einer Lederschürze über dem Rock, dicken Lederhandschuhen an ihren kleinen, kräftigen Händen, das Haar aus der Stirn gekämmt. Sie stand nach vorne gebeugt, machte sich mit ernstem Gesicht an dem seltsamen Vehikel zu schaffen, zog mit zärtlichem, eifrigem Sachverstand Schrauben daran fest. Der Mann, der sie abgeholt hatte, wuchtete gerade ein weiteres Teilstück heran, das offensichtlich am Schwanzende des Vogels befestigt werden sollte, wodurch die gesamte Konstruktion sich um etwa zweieinhalb Meter verlängern würde.

Monk hatte nicht viel zu verlieren. Er schob die Tür so weit auf, daß er sich hindurchzwängen konnte. Die beiden waren so vertieft in ihre Arbeit, daß sie ihn zunächst nicht bemerkten. Deirdra arbeitete mit gesenktem Kopf, die Zunge zwischen den Zähnen und die Augenbrauen nachdenklich zusammengezogen. Ihre Hände bewegten sich flink und sehr sicher. Sie wußte genau, was sie tat, welches Werkzeug sie benötigte und wie sie es zu gebrauchen hatte. Der Mann war geduldig; auch er verstand sein Handwerk, schien jedoch unter ihrer Anleitung zu arbeiten.

Es vergingen volle fünf Minuten, bis Deirdra zum erstenmal den Kopf hob und Monk in der Tür stehen sah. Sie erstarrte.

»Guten Abend, Mrs. Farraline«, sagte er leise und trat vor. »Ich bitte um Verzeihung für meine mangelnden technischen Kenntnisse, aber was ist das?« Seine Stimme klang so normal, so frei von jeder Kritik, jedem Mißtrauen, als unterhielte er sich mit ihr bei einem gesellschaftlichen Anlaß über das Wetter.

Sie starrte ihn an; ihre dunklen Augen suchten in seinem Gesicht nach Anzeichen von Spott, Zorn, Verachtung oder ähnlichen Gefühlen – konnten jedoch nichts davon entdecken.

»Eine Flugmaschine«, sagte sie schließlich.

Die Antwort an sich klang so grotesk, daß jeder Versuch einer weiteren Erklärung müßig erscheinen mußte. Ihr Kollege hielt einen Schraubenschlüssel in der Hand; er schien sich noch nicht schlüssig zu sein, ob sie seinen Beistand brauchte oder ob er sich lieber heraushalten sollte. Er war sichtlich verlegen, aber Monk vermutete, daß er sich um ihren Ruf sorgte, nicht um seinen, und ganz sicher nicht um das Projekt.

Alle möglichen Fragen schossen Monk durch den Kopf, aber keine davon war wirklich wichtig.

»Sicher eine teure Angelegenheit«, sagte er laut.

Sie erschrak. Ihre Augen weiteten sich. Sie war darauf gefaßt gewesen, gegen die Unmöglichkeit des Fliegens plädieren zu müssen, für die Notwendigkeit des Versuchs und die frühen Ideen und Entwürfe eines Leonardo da Vinci oder Roger Bacon, aber daß er über die Kosten reden würde, hätte sie am allerwenigsten erwartet.

»Ja«, sagte sie schließlich. »Ja, natürlich ist es teuer.«

»Teurer als ein paar elegante Kleider«, fuhr er fort.

Sie verstand seinen Gedankengang und errötete.

»Es ist alles mein Geld!« protestierte sie. »Ich habe gespart, ich habe mir Kleider aus zweiter Hand gekauft und umarbeiten lassen. Nie habe ich etwas von der Familie genommen! Keinen Penny! Ich schwöre es! Und Mary wußte es«, fügte sie schnell hinzu. »Ich kann's nicht beweisen, aber sie wußte es. Es hat sie sehr interessiert, auch wenn sie's für ziemlich verrückt hielt. Für sie war es eine wunderbare Verrücktheit.«

»Und Ihr Mann?«

»Alastair?« fragte sie erschrocken. »Um Himmels willen, nein! Nein!« Sie trat auf ihn zu, die Angst grub tiefe Falten in ihr Gesicht. »Bitte, Sie dürfen ihm nichts erzählen! Er würde es nicht verstehen. Er ist ein guter Mann, in vielerlei Hinsicht, aber er hat keine Phantasie, keinen Sinn für... für...«

»Humor?« fragte er.

Kurz flackerte Zorn in ihrem Blick auf, doch gleich wurde daraus sanfte Belustigung.

»Nein, Mr. Monk, für Humor auch nicht. Und Sie werden lachen, aber eines Tages wird es fliegen. Auch wenn Sie es jetzt noch nicht verstehen, der Tag wird kommen.«

»Ich habe Verständnis für Begeisterung«, sagte er mit einem schrägen Lächeln. »Auch für Obsessionen. Ich habe großes Verständnis für den Wunsch, etwas so Gewaltiges zu tun, daß man ihm alles andere opfert.«

Der Mann trat einen Schritt nach vorn, den Schraubenschlüssel fest in der Hand, aber im Moment schien Monk keine Gefahr für Deirdra zu sein, deshalb verhielt er sich still.

»Ich schwöre, daß ich Mary nichts getan habe, Mr. Monk, und ich weiß auch nicht, wer es war.« Deirdra holte tief Luft und stieß sie in einem Seufzer wieder aus. »Was werden Sie jetzt tun?«

»Nichts«, erwiderte Monk, erstaunt über seine eigene Antwort. Er hatte es gesagt, ohne seine Worte abzuwägen; es war eine instinktive, vom Gefühl bestimmte Antwort. »Wenn Sie mir helfen, den wirklichen Mörder von Mrs. Farraline zu finden.«

Sie sah ihn mit einem Blick an, der eher ein dämmerndes Begreifen als zornige Verwunderung auszudrücken schien.

»Sie sind nicht im Auftrag der Staatsanwaltschaft hier, stimmt's?«

»Nein. Ich kenne Hester Latterly schon sehr lange, und niemand wird mich je davon überzeugen können, daß sie eine Patientin vergiftet hat. Sie könnte vielleicht jemanden in rasender Wut töten oder um sich selbst zu verteidigen, aber niemals aus Habgier.«

Die Farbe wich aus ihrem Gesicht, der Blick verfinsterte sich.

»Ich verstehe. Das heißt also, daß es... jemand von uns gewesen sein muß?«

»Ja.«

»Und ich soll Ihnen helfen herauszufinden, wer es war?«

Er zögerte, wollte ihr sagen, daß es der Preis für sein Schweigen sei, hielt es jedoch für klüger, es nicht zu tun. Sie hatte es ohnehin längst begriffen.

»Möchten Sie es nicht auch wissen?« fragte er statt dessen.

Sie zögerte nur einen kurzen Augenblick.

»Doch.«

Er streckte ihr seine Hand hin, und sie drückte sie in stillschweigendem Einvernehmen.

Siebtes Kapitel

Frierend und müde ging Monk zurück zu seiner Unterkunft. Er sah sich in einem Dilemma. Er hatte Oonagh versprochen, es ihr zu sagen, wenn er wußte, wofür Deirdra ihr Geld, genauer gesagt, Alastairs Geld ausgab. Jetzt wußte er es, aber alles in ihm sperrte sich dagegen, sie zu verraten, besonders nicht an Oonagh.

Natürlich war es ein verrücktes Unterfangen, dem jeglicher Bezug zur Realität fehlte, aber es war auch grandios in seiner Verrücktheit, und sie schadete niemandem damit. Und das viele Geld? Die Farralines hatten Geld wie Heu – immer noch besser, es für ein Hirngespinst wie eine Flugmaschine auszugeben, als es zu verspielen, mit einem Liebhaber zu verprassen oder sich in Samt und Seide zu kleiden, nur um schöner und reicher auszusehen als alle anderen. Natürlich sollte sie damit weitermachen.

Beschwingten Schrittes und erhobenen Hauptes setzte er seinen Weg fort, und beinahe wäre er in seinem Hochgefühl am Haus des Gastwirts William Forster vorbeigegangen.

Am nächsten Morgen wurde ihm jedoch klar, daß er es versäumt hatte, mehr herauszuholen. Er hätte sie nach den Geschäftsbüchern der Firma fragen sollen, um zu sehen, ob Hectors Behauptungen wirklich jeder Grundlage entbehrten. Und was sollte er Oonagh sagen? Sie würde die Sache nicht einfach auf sich beruhen lassen. Um ihr aus dem Weg zu gehen, hätte er seinen Fuß nicht mehr in das Farraline-Haus setzen dürfen, und das war unmöglich. Die einzige Möglichkeit, Hester wirklich zu helfen, etwas zu ihrer Verteidigung zu finden, war dort!

In erster Linie mußte er mit Hector Farraline sprechen, mußte ihn dazu bringen, die dunklen und sehr vagen Anschuldigungen zu erläutern, die er im Zusammenhang mit den Geschäftsbüchern gemacht hatte. Sollten sie tatsächlich gefälscht worden sein, dann könnte hier ein Mordmotiv liegen, wenn Mary davon wußte oder darüber informiert werden sollte.

Er hatte sich einen Vorwand zurechtgelegt: Er wollte Oonagh berichten, daß er Deirdra noch immer beobachte, bisher jedoch nur herausbekommen habe, daß sie wenig Geschäftssinn habe und, was ihre Garderobe betreffe, in der Tat zur Verschwendung neige. Falls Oonagh nach Einzelheiten fragen sollte, würde er sich mit einer Antwort schwertun, aber er war zu sehr von seinen Gefühlen in Anspruch genommen, um sich über solche Nebensächlichkeiten große Gedanken zu machen.

Er ging die Princes Street hinauf; ein frischer Morgen nach frostiger Nacht, aber nicht unangenehm. Er kannte sich in Edinburgh wenig aus, aber er hatte bereits eine Zuneigung zu der Stadt gefaßt. Die Altstadt war steil und eng, mit hohen Häusern, vielen Seitenstraßen, Sackgassen und anstrengenden Treppen, überraschenden Hinterhöfen und Gäßchen, vor allem in östlicher Richtung, auf die Royal Mile zu.

Er hatte den Ainslie Place erreicht, McTeer öffnete ihm mit der üblichen düsteren Miene schlimmster Vorahnungen.

»Einen guten Morgen, Mr. Monk.« Er nahm dem Gast Hut und Mantel ab. »Sieht wieder nach Regen aus.«

Monk hatte Lust zu widersprechen.

»Regen?« erwiderte er erstaunt. »Dabei ist es ganz trocken draußen. Eigentlich sehr angenehm.«

McTeer ließ sich nicht beirren. »Das wird nicht so bleiben«, sagte er und schüttelte resigniert den Kopf. »Sie wollen zu Mrs. McIvor, nehme ich an?«

»Wenn ich darf? Auch mit Major Farraline hätte ich gerne gesprochen, falls er zu sprechen ist.«

McTeer seufzte. »Das weiß man nie so genau, Sir. Aber ich werde mich gerne für Sie erkundigen. Wenn Sie solange im Frühstückszimmer Platz nehmen wollen.«

Monk akzeptierte, blieb jedoch in dem dunklen Raum mit den schwarzen Kreppschleifen und den halb geschlossenen Jalousien. Er war etwas unruhig. Gleich würde er Oonagh gegenüberstehen und müßte sie belügen, und das fiel ihm auf einmal schwerer, als er erwartet hatte.

Die Tür ging auf, und er wandte sich um. Sein Mund wurde trocken. Sie blickte ihn mit ihren ruhigen, intelligenten Augen an. Sie war nicht schön, aber es ging eine Kraft von ihr aus, der er sich nicht entziehen konnte und die er bewundern mußte. Doch vor allem war es das Rätselhafte an ihr, das ihn beeindruckte, ein unergründliches Geheimnis, das sie wohl niemals preisgeben würde. Plötzlich kam Baird McIvor ihm in den Sinn. Was hatte Mary an ihm gemocht? Er hatte erfolgreich um Oonaghs Hand angehalten, und doch hatte er sich so sehr in Eilish verliebt, daß es ihm nicht einmal in Gegenwart seiner Frau gelang, seine Gefühle zu verbergen. Wie konnte er so gewöhnlich, so grausam sein? Sie mußte es bemerkt haben. Liebte sie ihn so sehr, daß sie ihm seine Schwäche vergab? Oder liebte sie Eilish so sehr? Auch dieses Geheimnis blieb tief in ihr verschlossen.

»Guten Morgen, Mr. Monk«, unterbrach sie seine Gedanken und holte ihn zurück in die Gegenwart. »Haben Sie etwas zu berichten?« Es war nichts anderes als eine höfliche Frage, und doch zitterte ihre Stimme ein wenig. Sie fragte einen Freund, keinen Bediensteten. Wenn er zögerte, würde er sich verraten. Er war sich der wachen Aufmerksamkeit hinter diesen gelassenen, blauen Augen absolut bewußt.

»Guten Morgen, Mrs. McIvor«, erwiderte er. »Nicht viel, fürchte ich, nur daß meine Ermittlungen, soweit sie Ihre Schwägerin betreffen, nichts Unehrenhaftes an den Tag gefördert haben. Ich glaube nicht, daß sie spielt oder die Gesellschaft von Leuten mit zweifelhaftem Ruf sucht. Sie hält keinen Liebhaber aus und muß auch niemandem Geld geben, um alte Schulden zu begleichen oder um sich sein Schweigen zu erkaufen.« Er lächelte sie offen an, nicht dreist, aber unbefangen. Durch übertriebene Selbstgewißheit hatte sich schon so mancher Lügner verraten. »Nein, sie scheint mir eher eine Person zu sein, die den Wert des Geldes nicht kennt und sich nicht darauf versteht, zu handeln oder auch nur günstig einzukaufen.«

Hinter irgendeiner Tür kicherte ein Hausmädchen, war aber augenblicklich wieder still.

Sie sah ihm fest in die Augen, als suchte sie etwas darin. Schon lange hatte er sich nicht mehr solch einem durchdringenden Blick ausgesetzt gesehen, einem Blick, der soviel Gespür für den Charakter eines Menschen hatte und nicht nur seine Ansichten zu lesen schien, sondern darüber hinaus seine Gefühle, seine Schwächen und Begierden erspürte.

Plötzlich ließ ein Lächeln ihr Gesicht erstrahlen.

»Ich bin so erleichtert, Mr. Monk.«

Glaubte sie ihm, oder war es nur eine höfliche Art, das Thema für den Augenblick zu beenden?

»Das freut mich«, sagte er, erstaunt darüber, wie erleichtert er war, diesen heiklen Moment überstanden zu haben.

»Danke, daß Sie mir so schnell Bescheid gegeben haben.« Sie ging weiter ins Zimmer hinein und rückte mechanisch ein Arrangement getrockneter Blumen auf dem Tisch zurecht – ein ziemlich trostloser Anblick, der ihn an Begräbnisse erinnerte.

Als hätte er seine Gedanken laut ausgesprochen, verzog sie

plötzlich den Mund. »Macht sich nicht besonders gut hier, oder? Frische Blätter wären schöner, finden Sie nicht?«

Wie beunruhigend es war, so leicht durchschaubar zu sein. Er fragte sich, ob sie nicht auch seine Lüge längst entlarvt und nur beschlossen hatte, es sich nicht anmerken zu lassen.

»Ich mag keine getrockneten Blumen«, stimmte er ihr zu, darum bemüht, das Lächeln auf seinem Gesicht zu halten.

»Sie müssen sehr fleißig gewesen sein«, sagte sie beiläufig.

Im ersten Moment wußte er nicht, was sie damit sagen wollte, aber dann wurde ihm schlagartig klar, daß es immer noch um seinen Bericht über Deirdra ging. Wie sollte er ihn untermauern, wenn sie Einzelheiten von ihm wissen wollte.

»Und Sie sind ganz sicher?« fragte sie weiter. Ein Anflug von Belustigung huschte über ihr Gesicht.

Jetzt half nur Dreistigkeit. »Ja, ich habe keinerlei Beweise für etwas anderes als Leichtfertigkeit und Unwissenheit im Umgang mit Geld finden können«, antwortete er. »Dagegen lassen sich genügend Beweise dafür finden, daß sie in jeder Hinsicht eine äußerst ehrbare Frau ist.«

Sie stand mit dem Rücken zum Fenster, das Licht legte ihr eine Gloriole um das Haar.

»Hmm.« Sie seufzte leicht. »Das alles in so kurzer Zeit, während es Sie Tage gekostet hat, ein paar Beweise für Hester Latterlys Schuld zusammenzukratzen...«

Das hätte er vorhersehen müssen. Er überlegte blitzschnell. »Miss Latterly hat sich viel Mühe gegeben, alle Beweise zu vernichten, Mrs. McIvor. Mrs. Farraline hat nichts zu verbergen. Man kann einen Mord schwerlich mit ein bißchen Geldverschwendung beim Schneider, Putzmacher, Handschuhmacher, Strumpfhändler, Schuhmacher, Kurzwarenhändler, Juwelier, Pelzhändler oder Parfümeur vergleichen.«

»Um Himmels willen!« lachte sie. »Welch eine Liste von Leuten! Ja, ich glaube, ich beginne zu verstehen. Ich bin Ihnen jedenfalls sehr dankbar, auch dafür, daß Sie mich so schnell informiert haben. Wie kommen Sie mit Ihren eigenen Ermittlungen voran?«

»Bislang konnte ich nichts finden, mit dem die Verteidigung uns in die Falle locken könnte«, sagte er wahrheitsgemäß. »Ich wüßte sehr gerne, wo sie sich das Digitalis besorgt hat. Es scheint von keinem der örtlichen Apotheker zu stammen, und wenn doch, dann möchte der Mann lieber nicht darüber reden.«

»Was auch nicht verwunderlich ist. Ein solcher Verkauf macht ihn, wie unschuldig auch immer, zur Partei in einem Mordfall«, sagte sie und beobachtete dabei sein Gesicht. »Wer setzt seinen guten Ruf schon gerne aufs Spiel, besonders im Geschäftsleben. Es würde nicht gerade den Umsatz steigern.«

»Nein.« Er schürzte die Lippen. »Und doch hätte ich ihn gerne gefunden. Die Verteidigung wird darauf hinweisen, daß sie nur kurz Gelegenheit hatte, das Haus zu verlassen. Sie war in einer fremden Stadt – sie kann unmöglich weit gegangen sein.«

»Haben Sie etwa aufgegeben, Mr. Monk?« Ein leiser Vorwurf und ein wenig Enttäuschung schwangen in ihrer Stimme mit.

Um ein Haar hätte er etwas Unüberlegtes gesagt. Ein leidenschaftlicher Widerspruch lag ihm auf der Zunge, aber ihm wurde rechtzeitig klar, daß er sich durch zuviel Affekt verraten würde. Sorgsam verbarg er seine Gefühle.

»Noch nicht«, erwiderte er möglichst beiläufig. »Aber ich bin nahe dran. Ich denke, ich werde bald alles getan haben, um einen günstigen Ausgang sicherzustellen.«

»Ich hoffe, Sie besuchen uns noch mal, bevor Sie Edinburgh verlassen.« Ihre Miene verriet nichts. Sie konnte auf Tricks verzichten, und er wußte es. So etwas wäre unter ihrer Würde.

»Danke, sehr gerne. Sie waren sehr entgegenkommend.«

Er entschuldigte sich, und nachdem sie wieder im hinteren Bereich des Hauses verschwunden war, lief er schnell die Treppe hinauf, um nach Hector Farraline zu suchen. Hätte er auf McTeer gewartet, wäre sein Ansinnen wohl höflich abgelehnt worden.

Ohne Probleme fand er Hectors Zimmer und klopfte an die Tür. Beinahe sofort wurde sie aufgerissen, mit einer Ungeduld, die sich erklärte, als Hector bei seinem Anblick ein langes Gesicht machte. Er hatte einen anderen erwartet, wahrscheinlich McTeer mit einer kleinen Erfrischung. Monk war aufgefallen, daß Hector seine flüssige Nahrung nicht verwehrt wurde und niemand in der Familie ernsthafte Anstrengungen machte, ihn nüchtern zu halten.

»Aha, der Herr Detektiv«, begrüßte ihn Hector abschätzig. »Herausgefunden haben Sie nicht die kleinste Kleinigkeit, seit Sie hier herumschnüffeln! Da wirft irgendein armer Idiot sein Geld zum Fenster hinaus.«

Monk ging hinein und zog die Tür hinter sich zu. Er ignorierte die spitzen Bemerkungen, denn er wollte unbedingt etwas von Hector Farraline erfahren.

»Ich bin gekommen, um nach Beweisen zu suchen, die Hester Latterly möglicherweise entlasten könnten«, sagte er und blickte den alten Mann offen an. Er machte wirklich einen kranken Eindruck, mit bleichem Gesicht, rotgeränderten Augen und schwerfälligen Bewegungen.

»Warum hat sie Mary getötet?« fragte Hector weinerlich und ließ sich in den großen Ledersessel neben dem Fenster fallen. Monk bot er keinen Platz an. Es war ein richtiges Männerzimmer; in einem Eichenregal an der Wand standen Dutzende von Büchern, zu weit entfernt für Monk, um die Titel lesen zu können. Ein feines Aquarell von einem napoleonischen Husaren hing über dem Kamin, und an der Wand gegenüber das Konterfei eines Soldaten der Royal Scots Greys. Darunter hing das Porträt eines Offiziers in der Uniform der Highlander, ein junger Mann, stattlich, mit feinen Gesichtszügen, dichtem, blondem Haar und großen, gleichmütigen Augen. Monk brauchte einige Augenblicke, um zu erkennen, daß es Hector Farraline selber war, vor dreißig Jahren etwa. Was, in aller Welt, mochte dieser Mann in der Zwischenzeit durchgemacht haben, was hatte ihn zu diesem mitleiderregenden Wrack gemacht? Das konnte nicht bloß ein älterer Bruder mit mehr Charakter, mehr Intelligenz und mehr Mut gewesen sein. Waren Neid und Mißerfolg tatsächlich so zerstörerisch?

»Warum hat diese Frau für ein paar Perlen soviel riskiert?« fragte Hector, und dabei klang seine Stimme verärgert. »Das ist doch unsinnig, Mann! Die hängen sie auf... da gibt's keine Gnade, wissen Sie?«

»Ja«, sagte Monk sehr leise und mit trockener Kehle. »Ich weiß. Sie haben neulich etwas von gefälschten Geschäftsbüchern gesagt...«

»O ja. Und ob die gefälscht sind«, sagte Hector, ohne zu zögern und mit fast ausdruckslosem Gesicht.

»Von wem?«

Hector kniff die Augen zusammen. »Von wem?« wiederholte er, als wäre das eine höchst sonderbare Frage. »Keine Ahnung. Vielleicht von Kenneth. Er ist der Buchhalter – aber er wäre ein Idiot, wenn er's täte. Viel zu auffällig. Andrerseits... er ist ein Idiot.«

»Ist er das?«

Hector sah ihn an und schien zu begreifen, daß es eine Frage war, keine beiläufige Bemerkung.

»Aus keinem bestimmten Grund«, sagte er langsam. »Nur ein allgemeiner Eindruck.«

Monk wußte, daß er log, und ebenso gewiß wußte er, daß Hector nicht die Absicht hatte zu präzisieren, womit sich Kenneth seine Verachtung zugezogen hatte.

»Woher wissen Sie es?« fragte er den Alten und nahm ihm gegenüber in einem kleineren, nicht besonders bequemen Sessel Platz.

»Was?« Hector war Herr seiner Sinne. »Ich lebe im selben Haus mit ihm, zum Teufel! Seit vielen Jahren. Was wollen Sie eigentlich von mir, Mann?«

Monk mußte sich über seine eigene Contenance wundern.

»Ich weiß jetzt, daß Sie ihn für einen Idioten halten«, sagte er ruhig. »Ich weiß aber nicht, woher Sie wissen, daß sich jemand an den Büchern zu schaffen gemacht hat.«

»Oh, ich verstehe.«

»Also, woher wissen Sie es?«

Hector sah aus dem Fenster. »Mary hat mal so was gesagt. Kann mich nicht mehr genau erinnern, was. Sie war verärgert darüber. Sehr.«

Monk lehnte sich vor. »Hat sie gesagt, daß es Kenneth war? Denken Sie nach, Mann!«

»Nein, hat sie nicht«, erwiderte Hector und zog die Stirn in Falten. »Sie war nur verärgert.«

»Aber die Polizei hat sie nicht gerufen?«

»Nein.« Er riß die Augen auf und sah Monk zufrieden an. »Deshalb hab' ich ja gedacht, es war Kenneth.« Er zuckte die Achseln. »Aber Quinlan ist'n gerissener Hund. Dem würd' ich auch alles mögliche zutrauen. Emporkömmling. Besteht nur aus Grips und Ehrgeiz und ist machtgierig. Und alles macht er hintenherum. Hab' nie verstanden, warum Oonagh so nett zu ihm ist. Ich hätte ihm Eilish nicht zur Frau gegeben. Rausgeworfen hätte ich ihn, schon als er ihr schöne Augen gemacht hat.«

»Und wenn sie ihn geliebt hat?« fragte Monk ruhig.

Hector sagte nichts, starrte einen Moment lang aus dem Fenster. »Na ja, also, wenn ich das geglaubt hätte...«

»Haben Sie nicht?«

»Ich?« Hector hob die blonden Augenbrauen. »Was weiß ich schon darüber? Solche Dinge erzählt sie mir nicht!« Ganz plötzlich legte sich ein Ausdruck so tiefer Trauer über sein Gesicht, daß Monk peinlich berührt war, ihn so zu sehen. Ein seltenes Gefühl bei ihm, und ein erstaunlich schmerzhaftes. Einen Augenblick lang war er so durcheinander, daß er nicht wußte, was er tun oder sagen sollte.

Aber Hector hatte ihn längst vergessen. Er war so überwältigt von der plötzlichen Trauer, daß es ihn nicht kümmerte, was jemand anders über ihn dachte.

»Aber es würde mich wundern, wenn er etwas unterschlagen hätte«, sagte er plötzlich. »Er ist ein Heimlichtuer, der Kerl, viel zu gerissen, um zu klauen.«

»Und Mr. McIvor?«

»Baird?« Hector hob wieder den Kopf, auf seinem Gesicht lag jetzt ein Ausdruck von Belustigung und Mitleid. »Vielleicht. Ich hab' ihn nie verstanden. Verschlossen. Mary mochte ihn, trotz seiner Launen. Sie hat immer gesagt, es steckt mehr Gutes in ihm, als wir ahnen. Da gehört nicht viel dazu, wenn Sie mich fragen.«

»Ist er schon lange mit Oonagh verheiratet?«

Hector lächelte, und eine erstaunliche Veränderung ging mit seinem Gesicht vor. Die Jahre der Selbstzerstörung schienen von ihm abzufallen, und für einen Moment sah Monk den Mann in der Highlander-Uniform durchschimmern. Die Ähnlichkeit mit dem Porträt von Hamish Farraline wurde stärker, aber irgendwie auch schwächer. Der Stolz, das Selbstbewußtsein kamen jetzt stärker zum Vorschein, aber dazu noch etwas, das dem älteren Bruder gefehlt zu haben schien: Humor und – seltsam genug, wenn man den Hector von heute betrachtete – so etwas wie Frieden mit sich selber.

»Man könnte sie für ein sonderbares Paar halten«, sagte Hector und sah Monk wissend an. »Sind sie ja auch. Aber ich hab' mir sagen lassen, daß Baird ein schneidiger Bursche war, als er hier auftauchte, und sehr romantisch. Sehr dunkel, finsterer Blick und versteckte Leidenschaft. Wenn er nur 'n Highlander wäre und kein Engländer. Oonagh hat wegen Baird einen sehr guten schottischen Anwalt abgewiesen. War aus guter Familie, der Anwalt, aus sehr guter Familie.«

»Die Schwiegermutter?« fragte Monk.

Hector schaute ihn ungläubig an.

»Genau! Die Schwiegermutter, was sonst! Ein richtiger Drachen! Sie sind nicht halb so begriffsstutzig, wie ich geglaubt habe. Das muß der Grund sein. Ich kann mir gut vorstellen, daß Oonagh lieber mit einem Mann wie Baird McIvor unter einem Dach wohnt, als einen Edinburgher zu heiraten und die Mutter dazu, und dann noch so ein Exemplar wie Catherine Stewart! Sie wäre nicht Herrin im eigenen Haus gewesen, und sie hätte auch nicht so viel Einfluß in der Firma gehabt wie jetzt.«

»Hat sie das? Ich dachte, Alastair leitet die Firma?«

»Ja, sicher, aber sie ist der Kopf, sie und Quinlan, der Teufel soll ihn holen.«

Monk erhob sich. Er wollte nicht von McTeer erwischt werden, wenn er dem Alten seine Stärkung brachte, oder gar von Oonagh, die ihn längst verabschiedet hatte.

»Vielen Dank, Major Farraline. Es war äußerst interessant. Ich denke, ich werde Ihren Rat befolgen und mich mal darum kümmern, wer sich an den Büchern von Farraline & Company zu schaffen gemacht hat. Einen guten Tag wünsche ich.«

Hector machte Anstalten, ihn zu verabschieden, dann ließ er sich wieder in seinen Sessel zurücksinken und sah traurig aus dem Fenster.

Monk wußte bereits eine Menge über die Buchdruckerei Farraline & Co., und auch wo sie zu finden war. Gleich nachdem er das Haus am Ainslie Place verlassen hatte, winkte er einem Wagen und ließ sich die Princes Street entlang zum Leith Walk fahren, der langen Straße, die zum Firth of Forth und den Werften von Leith führte. Vom Ende der Princes Street waren es noch etwas mehr als drei Kilometer, und die Druckerei lag auf halbem Weg. Er stieg aus, bezahlte den Kutscher und machte sich auf die Suche nach Baird McIvor.

Das Gebäude selbst war groß, häßlich und funktional. Zu beiden Seiten grenzte es an andere Fabrikgebäude; der Schriftzug über der Tür wies das größere von ihnen als Seilerei aus. Innen war eine einzige große Halle, der vordere, freigehaltene Teil bildete eine Art Foyer, von dem aus eine gußeiserne Wendeltreppe zu einem Absatz führte. Dort oben waren mehrere Türen, wahrscheinlich zu den Büros der Abteilungsleiter und der Buchhalter und was es hier sonst noch für Angestellte gab. Der Rest stand der eigentlichen Druckerei zur Verfügung; der Raum war vollgestellt mit Druckmaschinen, Setzerkästen und Druckfarben. Riesige Ballen Papier lagerten am Ende der Halle, zusammen mit Tuch, Faden und weiteren Maschinen zum Binden. Es war nicht laut, nur die gedämpften Geräusche emsiger Betriebsamkeit und gleichmäßiger Bewegung waren zu vernehmen.

Monk fragte den Angestellten, der sich ihm näherte, ob Mr. McIvor zu sprechen sei. Er sagte nichts über den Grund seines Besuchs; offensichtlich glaubte der Mann, es ginge um Geschäftliches, denn er fragte auch nicht danach, sondern führte ihn zur ersten der Türen aus edlem Hartholz, klopfte an und öffnete sie.

»Ein Mr. Monk möchte Sie sprechen, Mr. McIvor.«

Monk dankte ihm und trat sogleich ein, um Baird gar keine Gelegenheit zu geben, ihn abzuweisen. Er hatte kaum einen Blick für die Bücherregale, das helle Gaslicht, das an der Wand zischte, die seltsamen Bogen Papier auf dem Schreibtisch, unbedruckte Bogen (anhand deren wahrscheinlich die unterschiedlichen Papierqualitäten geprüft wurden), und die Stapel von Büchern auf dem Fußboden. Er hatte seine ganze Aufmerksamkeit auf Baird gerichtet, auf das Erstaunen und die Angst in seinem Gesicht.

»Monk?« Er erhob sich halb aus seinem Schreibtischsessel. »Was wollen Sie hier?«

»Einen Augenblick von Ihrer Zeit«, erwiderte Monk. Er war davon überzeugt, daß er nichts aus Baird herausbekommen würde, wenn er ihm einfach nur Fragen stellte. Wäre genug Zeit gewesen, hätte er es mit Fingerspitzengefühl und kühlem Kopf versucht, aber jetzt mußte er die Brechstange nehmen. »Es gibt Indizien dafür, daß sich jemand an den Geschäftsbüchern zu schaffen gemacht hat und Geld unterschlagen wurde.«

Baird wurde blaß, Zorn stieg ihm in die dunklen Augen, aber Monk ließ ihm keine Zeit zu protestieren. Er lächelte, aber wie ein Wolf, der die Zähne entblößt, ein Lächeln, das wenig Tröstliches hatte. »Mir ist zu Ohren gekommen, daß die Gegenseite einen brillanten Strafverteidiger engagiert hat.« Das war reines Wunschdenken, aber auch wenn es noch nicht so war, er würde alles tun, damit es so sein würde. »Wir wollen doch nicht, daß sie etwas finden und behaupten, hier läge das wahre Motiv für den Mord an Mrs. Farraline, und damit Zweifel an der Schuld der Krankenschwester säen.«

Baird sank in seinen Sessel zurück und sah ihn an, der Zorn erstarb in seinem Blick und machte einem düsteren Verstehen Platz.

»Nein... nein, natürlich nicht«, mußte er zugeben, aber sein Blick blieb wachsam, und Monk fiel auf, daß sich über den Augenbrauen winzige Schweißperlen gebildet hatten. Das bestärkte ihn in seinem Entschluß, die Sache bis zum Ende zu treiben.

»Es wäre ein ausgezeichnetes Motiv für einen Mord«, fuhr er fort. »Ich kann mir vorstellen, daß Mrs. Farraline so etwas nicht geduldet hätte, auch wenn die Bestrafung privat und nicht öffentlich erfolgt wäre.«

Baird zögerte, aber sein Gesicht spiegelte ebensoviel Zorn und Trauer wie unverhohlene Angst wider. Er schien vielschichtiger zu sein, als Monk vermutet hatte – nach seiner ersten verächtlichen Einschätzung eines Mannes, der Eilish einer Frau wie Oonagh vorzog.

»Nein«, gab Baird schließlich zu. »Eine Unterschlagung hätte sie nicht geduldet. Sie hätte sich den Betreffenden, wenn es ein Familienmitglied gewesen wäre, vorgeknöpft. Auf keinen Fall hätte sie es öffentlich gemacht. Solche Dinge schaden dem Ruf einer Firma.«

»Sicher. Aber ein Zuckerschlecken wäre es für den Schuldigen nicht geworden.«

»Ich glaube kaum. Aber... wer hat Sie darauf gebracht, daß mit den Büchern etwas nicht stimmt? Kenneth? Oder... haben Sie Kenneth etwa in Verdacht?«

»Ich habe niemand Bestimmten in Verdacht.« Monk sagte das auf eine Weise, die offenließ, ob es die Wahrheit war oder nur eine ausweichende Antwort. Angst war der wirksamste Auslöser für alle Arten von Enthüllungen.

Baird dachte eine Weile nach. Monk überlegte, ob Schuldbewußtsein oder der Wunsch, niemandem unrecht zu tun, seine

Antwort verzögerte. Er tippte eher auf Schuld: Immer noch standen ihm Schweißperlen auf der Stirn, und in seinen Augen war, trotz des standhaften Blicks, etwas Ausweichendes.

»Nein, ich weiß wirklich nicht, wie ich Ihnen helfen könnte«, sagte Baird schließlich. »Mit der finanziellen Seite habe ich wenig zu tun. Ich bin fürs Papier und das Binden zuständig. Quinlan kümmert sich um das Drucken. Kenneth führt die Bücher. Wenn Alastair hier ist, trifft er die wichtigsten Entscheidungen: Welche Kunden wir akzeptieren, neue Aufträge und solche Dinge.«

»Und Mrs. McIvor? Soviel ich weiß, ist sie auch an der Leitung des Unternehmens beteiligt. Sie soll äußerst begabt sein.«

»Ja.« Monk wurde aus seinem Gesicht nicht klug: Es mochte Stolz ausdrücken, Ressentiment, vielleicht sogar Belustigung. Ein Dutzend Gedanken schienen ihm gleichzeitig durch den Kopf zu schießen. »Ja«, wiederholte er. »Sie hat einen bewundernswerten Geschäftssinn. Alastair richtet sich oft nach ihrem Rat, bei unternehmerischen, aber auch bei den technischen Entscheidungen. Oder, um es präziser auszudrücken: Quinlan fragt sie um Rat, wenn es um Satzspiegel, Schriftbild und solche Dinge geht.«

»Und Mr. Fyffe hat mit der Buchhaltung nichts zu tun?«

»Quinlan? Nein, nicht das geringste.« Er sagte es mit Bedauern und einem Schuß Selbstironie.

Monk wurde einfach nicht klug aus ihm. Wie konnte ein Mann, der solch subtiler Gefühle und Selbstwahrnehmung fähig war, sich in eine Frau wie Eilish verlieben, die außer physischer Schönheit nichts zu bieten zu haben schien? Was mußte das für ein seichtes, kurzlebiges Gefühl sein! Selbst das reizendste Geschöpf auf der Welt wird irgendwann langweilig, wenn die Kameradschaft fehlt, das Lachen, Witz und Phantasie und die Fähigkeit zu gegenseitiger Liebe, vielleicht auch zu Provokation und Kritik, zur Veränderung durch Streit und Widerstand.

Hester kam ihm in den Sinn, so deutlich wie plötzlicher Schmerz.

»Dann muß ich wohl einen Blick in die Bücher werfen«, sagte er mit einer Schärfe, die durch den Verlauf des Gesprächs nicht gerechtfertigt war.

Baird machte ein widerwilliges Gesicht.

»Immer noch besser, als Buchprüfer darauf anzusetzen«, fuhr Monk fort.

Das war eine Drohung, und Baird verstand es als solche.

»Ja, sicher!« erwiderte er viel zu schnell. »Unbedingt. Das käme zu teuer, und die Leute würden glauben, wir hätten was zu verbergen. Ja, werfen Sie nur einen Blick hinein, Mr. Monk.«

Monk lächelte. Baird schien sehr zuversichtlich zu sein, daß Monk in den Büchern keine Unregelmäßigkeit finden würde. Und trotzdem hatte er Angst. Wovor?

»Danke«, nahm Monk das Angebot an, drehte sich um und ging wieder hinaus in die Halle, während Baird sich von seinem Schreibtisch erhob.

Den Rest des Tages verbrachte er in der Buchdruckerei Farraline, aber er konnte nichts finden, was ihn seinem Ziel näher gebracht hätte. Die Bücher mochten gefälscht worden sein, doch fehlte es ihm an den nötigen Kenntnissen, um eine solche Manipulation aufdecken zu können. Müde, mit Kopfschmerzen und extrem schlechter Laune verließ er um halb sechs das Haus und ließ sich in seine Unterkunft am Grassmarket fahren, wo ein Brief von Rathbone für ihn lag. Er enthielt keine guten Nachrichten, informierte ihn lediglich über Rathbones Fortschritte, die äußerst dürftig waren.

Mehr als drei Stunden stand Monk an diesem Abend auf dem Ainslie Place herum. Ihn fror erbärmlich, und seine Laune wurde zunehmend schlechter. Eilish schien heute keinen Ausflug zu einem Ziel irgendwo hinter der King's Stables Road machen zu wollen. Mitternacht kam und ging vorüber, doch vor Nummer 17 rührte sich nichts.

Am folgenden Abend stand er wieder dort, umgeben von eisiger Finsternis. Und diesmal wurde er belohnt, als kurz nach Mitternacht eine kleine dunkle Gestalt aus dem Haus kam, über den leeren Platz ging, keine vier Meter an der Stelle vorbei, wo er regungslos stand, zitternd vor Kälte und Erregung. Wieder eilte sie die Glenfinlas Street entlang, überquerte den Charlotte Place und ging auf die große Kreuzung zu.

Er folgte ihr in einem Abstand von etwa dreißig Metern, nur vor den Einmündungen, wo sie möglicherweise abbiegen und er sie aus den Augen verlieren konnte, ging er etwas schneller. Aber diesmal sah er sich regelmäßig um. Er wollte sich nicht noch einmal von hinten überraschen lassen und besinnungslos auf dem Pflaster landen, während Eilish zu ihrem unbekannten Ziel entschwand.

Es war kälter als beim letztenmal, weißer Reif lag auf den Pflastersteinen, die Luft brannte auf den Lippen und in der Lunge. Er war froh, daß sie so schnell ging, auch wenn Tempo und Leichtigkeit ihres Schritts ihn erstaunten. Von einer so trägen Person hätte er diese Ausdauer nicht erwartet.

Wie neulich, so ging sie auch diesmal an den Princes Street Gardens vorbei, die Lothian Road entlang und bog nach links in die King's Stables Road, beinahe schon im Schatten der Burg, deren massige, gezackte Umrisse nur ein dichteres Schwarz vor einem wolkenverhangenen Himmel waren.

Sie überquerte die Spittal Street und ging auf den Grassmarket zu. Sie hatte doch keine Affäre mit jemandem, der in einer solchen Gegend wohnte! Hier gab es nur Händler, Wirte und Reisende, so wie er. Und was war mit Baird McIvor? Sollte das Gefühl, daß er zwischen ihnen wahrgenommen zu haben meinte, tatsächlich nur einseitig sein, dann hatte er sich täuschen lassen wie selten zuvor!

Aber das stimmte ja gar nicht. Seine Neigung, sich von Frauen, schönen Frauen, täuschen zu lassen, war nahezu grenzenlos. Leidvoll erinnerte er sich an Hermione und daran, wie er ihre sanften Worte und Taten als Ausdruck des Mitleids mißverstanden hatte, dabei war es nur das tiefe Bedürfnis gewesen, sich alles vom Leib zu halten, was ihr Schmerz verursachen konnte. Sie hatte immer den einfachsten Weg gewählt, weil ihre Seele ohne den Hunger war, der ihr vielleicht geholfen hätte, den Schmerz zu überwinden und sich zu holen, was sie sich wünschte. Ihr hatte die Leidenschaft gefehlt, jegliches Bedürfnis zu geben oder zu nehmen. Sie hatte Angst vor dem Leben gehabt. Nie zuvor hatte er sich in jemandem so getäuscht wie in ihr.

Konnte es also sein, daß Eilish den gutgläubigen Baird ebenso täuschte wie ihren wachsamen, viel mißtrauischeren Ehemann? Und Oonagh? Ob sie auch nur eine Ahnung davon hatte, was ihre geliebte kleine Schwester in der Nacht so alles trieb?

Ob Mary es gewußt hatte?

Im Grassmarket waren immer noch Leute unterwegs. Sie standen im gelben Lichtschein der spärlichen Gaslaternen, lehnten an Hausmauern und stierten vor sich hin. Ein gelegentliches, abgerissenes, trunkenes Lachen gab Auskunft über ihren Zustand. Eine Frau in zerschlissenen Kleidern torkelte vorbei, einer der Männer rief ihr etwas nach. Sie antwortete ihm in so breitem Dialekt, daß Monk die Worte nicht verstand, auch wenn an ihrer Bedeutung kein Zweifel bestehen konnte.

Eilish ignorierte die Leute, aber sie schien keine Angst vor ihnen zu haben; ohne zu zögern ging sie an ihnen vorbei und setzte ihren Weg unbeirrt fort.

Monk vergaßt nicht sich umzudrehen. Wenn ihm tatsächlich jemand folgte, dann bemerkte er ihn nicht. Ein Mann im schwarzen Mantel schlenderte zehn, zwölf Meter hinter ihm die Straße entlang, aber nichts deutete darauf hin, daß er Monk auf den Fersen war, und er nahm auch keinerlei Notiz davon, als Monk ein paar Sekunden lang stehenblieb. Inzwischen war er beinahe auf seiner Höhe.

Sie näherten sich der Candlemaker Row, wo Deirdra abgebogen war und hinter der sich die Slums des Cowgate erhoben, mit ihren vielen Treppen und engen Gäßchen zwischen Holyrood Road und Canongate. Sie waren jetzt beinahe drei Kilometer gelaufen, und Eilish, die keinerlei Anzeichen von Ermüdung zeigte, schien ihr Ziel noch lange nicht erreicht zu haben. Sie kannte sich offensichtlich sehr genau hier aus. Nicht ein einziges Mal mußte sie stehenbleiben, um sich zu orientieren.

Sie überquerte die George IV Bridge, und Monk warf einen Blick hinauf zu der wunderschönen Terrasse mit einer klassizistischen Fassade wie in der Old Town, aus der sie kamen. Er hatte damit gerechnet, daß sie abbiegen und dort hinaufsteigen würde. Das war ein Ort, wo eventuell ein Liebhaber wohnen könnte. Doch was wäre das für ein Liebhaber, der es zuließ, daß eine Frau zu *ihm* kam, mutterseelenallein und mitten in der Nacht?

Ganz am Endc, nur noch hundert Meter entfernt, war der Lawnmarket, wo der berüchtigte Deacon Brodie gelebt hatte, jener beleibte Stutzer, der – sechzig Jahre war es her – bei Tag zu den Grundpfeilern der Edinburgher Gesellschaft zählte und nachts als Einbrecher unterwegs war. Die Leute in den Gasthäusern, denen Monk in der Hoffnung, etwas über die Farralines zu erfahren, bereitwillig zugehört hatte, hatten ihm von Deacon Brodies Niedertracht berichtet, der bei Tag die Häuser der Leute inspizierte und sie in Sicherheitsfragen beriet, um sich diese

Kenntnisse später zunutze zu machen. Er hatte als angesehener Mann am Lawnmarket gewohnt und sich nicht nur eine, sondern gleich zwei Mätressen gehalten. Seine Komplizen waren verhaftet worden, er war jedoch entkommen und nach Holland geflohen. Mit einem einfachen Trick hatte man ihn dort in die Falle gelockt und nach Edinburgh zurückgebracht, wo er siebzehnhundertachtundachtzig – mit einem Scherz auf den Lippen – am Galgen gestorben war.

Eilish wandte sich jedoch nicht dem Lawnmarket zu, sie ging geradeaus weiter und tauchte in die schmutzige, höhlenartige Finsternis des Cowgate ein.

Monk blieb ihr hartnäckig auf den Fersen.

Hier standen die Laternen weiter auseinander, und der Gehsteig war an manchen Stellen nicht breiter als ein halber Meter. Er war mit groben Steinen gepflastert, und Monk mußte auf seine Schritte achten. Riesige Mietshäuser erhoben sich, vier, fünf Stockwerke hoch, in jedem Zimmer wohnten ein Dutzend oder mehr Menschen, ohne Wasser und Kanalisation. Er kannte es aus seinen langen Jahren in London. Die Luft war erfüllt von demselben Geruch nach Schmutz, Verzweiflung und menschlichen Ausscheidungen. Und dann wurde es um ihn herum noch finsterer, und er versank in einem heftigen Schmerz.

Als er erwachte, waren seine Glieder taub vor Kälte, so steifgefroren, daß Arme und Beine ihm nicht gehorchen wollten, und der Kopf schmerzte so stark, daß es ihm schwerfiel, die Augen zu öffnen. Ein kleiner, brauner Hund leckte ihm freundlich und erwartungsvoll das Gesicht. Es war noch immer dunkel, aber von Eilish war weit und breit nichts mehr zu sehen.

Mühsam rappelte er sich auf, entschuldigte sich bei dem Hund dafür, daß er nichts zu fressen für ihn hatte und machte sich auf den bitteren, beschwerlichen Rückweg zum Grassmarket.

Monk war jedoch mehr denn je dazu entschlossen, sich nicht unterkriegen zu lassen, schon gar nicht von einer so oberflächlichen und geistlosen Person wie Eilish Fyffe! Ob ihre mitternächtlichen Stelldicheins nun etwas mit dem Tod ihrer Mutter zu tun hatten oder nicht, er würde herausfinden, wohin sie ging und warum sie dorthinging!

Also wartete er in der nächsten Nacht wieder auf sie, diesmal nicht am Ainslie Place, sondern an jener Straßenecke, wo die King's Stables Road in den Grassmarket mündet. So konnte er sich den langen Spaziergang ersparen. Zudem hatte er sich einen stämmigen Spazierstock gekauft und einen gut gepolsterten Hut, den er sich auf seinen immer noch schmerzenden Kopf setzte.

Bei Tageslicht war er mit aufmerksamem Blick durch das Cowgate gegangen, hatte sich jeden Meter eingeprägt, um sich auch im Halbdunkel der spärlichen Gaslaternen zurechtzufinden. Im trüben Herbstlicht war es ein jämmerlicher Anblick gewesen. Die Häuser waren in einem erbärmlichen Zustand, bröckelndes Mauerwerk, verbeulte, halb verblichene Firmenschilder, die Hauswände fleckig und vom Wetter gezeichnet; durch die seichten Rinnsteine flossen Abwässer und Dreck. Die schmalen Seitengäßchen, die zur High Street hinaufführten, waren voller Menschen und Wagen gewesen, Wäsche hatte aus den Fenstern gehangen, überall hatten Haufen von Unrat und Gemüseresten herumgelegen.

Jetzt, da er unter dem Torbogen eines Eisenwarenhändlers stand und auf Eilish wartete, war er entschlossen, nicht noch einmal in die Falle zu gehen.

Um zwanzig Minuten nach Mitternacht sah er ihre schlanke Gestalt aus der King's Stables Road kommen und in den Grassmarket einbiegen. Diesmal ging sie ein wenig langsamer, vielleicht lag es an dem großen Paket, das sie bei sich trug, und das – ihrem wenig graziösen Gang nach zu urteilen – recht schwer zu sein schien.

Er wartete, bis sie an ihm vorbei war, dann schlüpfte er aus dem Hauseingang und ging ihr nach, hielt sich dabei dicht an der Wand und schwang den Stock, scheinbar lässig, aber mit festem Griff.

Eilish ging den Grassmarket hinunter, überquerte eilig die George IV Bridge, ohne nach links oder rechts zu sehen, und ging hinein ins Cowgate. Nichts deutete darauf hin, daß sie sich verfolgt fühlte. Nicht ein einziges Mal sah sie sich um.

Was, in aller Welt, hatte sie vor?

Jetzt, in der dunklen Höhle des Cowgate, schloß er näher zu ihr auf. Er durfte sie nicht aus den Augen verlieren. Jeden Augenblick konnte sie in einem dieser hohen Häuser verschwinden, und dort könnte er lange nach ihr suchen. Sie waren alle vier oder fünf Stockwerke hoch, und drinnen würde es aussehen wie in einem Kaninchenbau: Durchgänge und schmale Stiegen mit engen Absätzen, Zimmer an Zimmer, jedes vollgestopft mit Menschen.

Und die vielen Treppen, Hinterhöfe und Gassen – überall konnte sie plötzlich verschwinden.

Warum hatte sie keine Angst, eine schöne Frau, nach Mitternacht allein in dieser Gegend? Es gab nur eine Erklärung: Sie wußte, daß jemand sie beschützte. Baird McIvor? Das erschien absurd. Warum sollte er sich hier mit ihr treffen? Das wäre unsinnig. Ungefährlichere und romantischere Treffpunkte hätten sich näher an ihrem Haus in beliebiger Menge finden lassen.

Als sie an der South Bridge vorbei waren, trat vor Eilish eine finstere, gebückte Gestalt mit einem Sack über der Schulter aus einer Seitengasse, um gleich darauf in einer anderen zu verschwinden, die zum Krankenhaus führte. Schaudernd erinnerte sich Monk der grotesken Verbrechen von Burke und Hare, als hätte er soeben ein dreißig Jahre altes Gespenst gesehen, auf dem Weg zur Pathologie, mit einem frisch getöteten Menschen im Sack, um ihn Dr. Knox zu bringen, dem hünenhaften, einäugigen Anatomen.

Er drehte sich nervös um, aber niemand war ihm ungebührlich nahe gekommen.

Eilish setzte ihren Weg fort, und Monk schloß die Hand fester um den Griff seines Stocks. Sie bog nach links in die St. Mary's Wynd ein. Er lief ihr nach und wäre hinter der Ecke beinahe mit ihr zusammengestoßen, weil sie vor einem dunklen Hauseingang stehengeblieben war; das Paket hatte sie noch in der Hand.

Sie drehte sich um und sah ihn an, einen Augenblick lang voller Angst, aber dann ging ihr Blick an ihm vorbei, und sie schrie: »Nein!«

Monk fuhr gerade noch rechtzeitig herum, um seinen Stock hochzureißen und den Schlag abzuwehren.

»Nein!« schrie Eilish noch einmal mit lauter, respekteinflößender Stimme. »Laß es sein, Robbie! Es ist nicht nötig...«

Widerwillig ließ der Mann die Hand sinken und wartete ab, den Knüppel immer noch schlagbereit.

»Sie sind äußerst hartnäckig, Mr. Monk«, sagte Eilish leise. »Sie kommen besser mit herein.«

Monk zögerte. Hier auf der Straße hatte er eine Chance, falls er noch einmal angegriffen würde. Wie viele Männer drinnen auf ihn warteten, wußte er nicht. In einer Gegend wie dem Cowgate konnte man einen Mann spurlos verschwinden lassen. Die grausigen Bilder von Burke und Hare kehrten wie ein Alptraum zurück.

In Eilishs Stimme schwang ein Lachen mit, auch wenn er ihr Gesicht im Dunkeln nicht erkennen konnte.

»Keine Angst, Mr. Monk, Sie sind in keine Räuberhöhle geraten. Es ist nur eine Armenschule. Tut mir leid, daß Sie niedergeschlagen wurden, als Sie mir gefolgt sind. Ein paar von meinen Schülern sind allzu eifrig um meine Sicherheit besorgt. Sie wußten nicht, wer Sie sind. Und als Sie mir im Grassmarket nachgeschlichen sind, haben Sie eine sehr finstere Figur gemacht.«

»Eine Armenschule?« Er war fassungslos.

Sie mißverstand seine Verblüffung als Ignoranz.

»Es gibt eine Menge Menschen in Edinburgh, die weder lesen noch schreiben können, Mr. Monk. Es ist keine offizielle Armenschule. Bei uns werden keine Kinder unterrichtet. Wir unterrichten Erwachsene. Vielleicht haben Sie sich noch nie klargemacht, was es für ein Nachteil ist, wenn man nicht lesen kann. Das Lesen ist der Schlüssel zur Welt. Wenn man lesen kann, kann man Bekanntschaft mit den größten Köpfen der Gegenwart schließen, egal, wo sie leben, und natürlich auch mit denen der Vergangenheit! Man kann Zeitungen lesen, um zu erfahren, was die Politiker sagen, und sich sein eigenes Urteil darüber bilden. Man kann die Schilder in den Straßen und Schaufenstern lesen und die Aufschriften auf Etiketten und Arzneiflaschen.«

»Ich verstehe, Mrs. Fyffe«, sagte er leise. »Ich weiß, was Armenschulen sind. Aber mit dieser Erklärung hatte ich nicht gerechnet.«

Sie lachte laut. »Sie sind wenigstens ehrlich! Haben Sie gedacht, daß ich hier ein Rendezvous habe? Im Cowgate? Ich bitte Sie, Mr. Monk! Mit wem, wenn ich fragen dürfte? Oder halten Sie mich für eine Meisterdiebin, die die Beute mit ihren Komplizen teilen wollte? Für einen weiblichen Deacon Brodie vielleicht?«

»Nein ...« Schon lange hatte ihn keine Frau mehr bloßgestellt, aber er mußte gestehen, daß er es nicht anders verdient hatte.

»Kommen Sie trotzdem herein.« Sie wandte sich zur Tür. »Es sei denn, Sie wissen bereits, was Sie wissen wollten. Möchten Sie nicht sehen, ob ich die Wahrheit gesagt habe?« Ihre Stimme klang spöttisch, doch hinter dem Spott versteckte sie ihre Gefühle.

Er folgte ihr in den engen Flur des Mietshauses. Sie stieg eine wacklige Treppe hinauf und ging einen schmalen Gang entlang, Robbie folgte mit ein paar Schritten Abstand; den Knüppel hielt er noch in der Hand. Sie stiegen weitere Treppen hinauf, bis sie schließlich in einen großen Raum mit Fenster zur Straße kamen. Er wirkte sauber, vor allem in einem solchen Haus, und an den Geruch in dieser Gegend hatte sich Monk bereits gewöhnt. Es standen keine Möbel im Raum, außer einem mehrfach reparierten Holztisch, auf dem ein Stapel Bücher und Papiere, mehrere Tintenfässer und etwa ein Dutzend Federkiele lagen, dazu ein Federmesser und mehrere Blatt Löschpapier. Die Klasse bestand aus dreizehn oder vierzehn Männern jeden Alters und Aussehens, aber ihre Kleider waren sauber, wenn auch vielfach so abgetragen, daß sie dem Namen der Schule alle Ehre machten. Bei Eilishs Anblick strahlten ihre Gesichter, doch Mißtrauen verfinsterte sie wieder, als Monk hinter ihr den Raum betrat.

»Alles in Ordnung«, versicherte sie ihnen schnell. »Mr. Monk ist ein Freund. Er ist mitgekommen, um mir zu helfen.«

Monk wollte protestieren, statt dessen nickte er zustimmend.

Die Männer nahmen auf dem Fußboden Platz, und der Unterricht begann. Ernsthaft und mit großem Interesse waren die Schüler bei der Sache. Als um fünf nach halb vier der letzte von ihnen gegangen war, drehte sich Eilish wortlos zu Monk um.

»Und die Bücher haben sie aus der Druckerei?« fragte er sie, obwohl er die Antwort wußte und es ihm auch dann egal gewesen wäre, wenn sie die Firma Farraline & Co. damit um ihre gesamten Gewinne gebracht hätte.

»Ja, natürlich«, gab sie zu und sah ihm direkt in die Augen. »Baird besorgt sie mir, und wenn Sie es jemandem verraten, streite ich es ab. Ich glaube nicht, daß es Beweise gibt. Aber warum sollten Sie mich verraten? Mit Mutters Tod hat das nichts zu tun, und Miss Latterly wird dadurch weder be- noch entlastet.«

»Ich wußte nicht, daß Baird Zugang zu den Geschäftsbüchern der Firma hat.« Das wäre eine Erklärung für seine Nervosität gewesen.

»Hat er auch nicht!« erklärte sie belustigt. »Ich brauche Bücher, kein Geld. Und ich würde niemals Geld stehlen, selbst wenn ich welches brauche. Baird läßt ein paar Bücher mehr drucken oder gibt geringere Auflagen an. Das taucht gar nicht in den Geschäftsbüchern auf.«

Das erschien einleuchtend.

»Ihr Onkel Hector behauptet, jemand hätte die Geschäftsbücher gefälscht.«

»Ach, wirklich?« Es schien sie nicht sehr zu erstaunen. »Hm, vielleicht stimmt es. Dann muß es Kenneth gewesen sein, aber ich wüßte nicht warum. Allerdings trinkt Onkel Hector eine ganze Menge, und manchmal redet er furchtbaren Unsinn. Er erinnert sich an Dinge, die wahrscheinlich nie passiert sind, und er bringt einiges durcheinander. Ich würde nicht viel drauf geben.«

Er wollte erwidern, daß er etwas darauf geben müsse, um die Anklage stützen zu können, aber er war der Lügen längst überdrüssig, und dies war nicht die Nacht, um damit weiterzumachen. Schließlich hatte er alle seine Ansichten über Eilish revidieren müssen. Sie war alles andere als oberflächlich oder faul und erst recht nicht dumm. Natürlich mußte sie den halben Vormittag verschlafen, wenn sie die ganze Nacht über auf den Beinen war und denen half, die ihr weder öffentliche Anerkennung noch finanzielle Entschädigung dafür bieten konnten. Und doch schien sie mehr als zufrieden mit dem zu sein, was sie bekam. Jetzt wußte er, warum sie den Kopf so hoch trug, woher dieses stille Lächeln kam und welche Gedanken sie von den Tischgesprächen der Familie ablenkten. Jetzt wußte er auch, warum Baird McIvor diese Frau mehr liebte als seine eigene.

Und er glaubte in diesem Moment zu wissen, daß auch Hester diese Frau mögen, vielleicht sogar bewundern würde.

»Ich will nicht beweisen, daß Miss Latterly Ihre Mutter getötet hat«, vertraute er ihr spontan an. »Ich will beweisen, daß sie es nicht getan hat.«

Sie sah ihn neugierig an. »Weswegen? Lieben Sie sie?«

»Nein.« Er wünschte, er hätte nicht so schnell geantwortet. »Nicht so, wie Sie das meinen«, fügte er hinzu und spürte, wie ihm die Wärme ins Gesicht stieg. »Es ist eine wunderbare Freundschaft, eine tiefe Freundschaft. Wir haben viel zusammen erlebt, auf der gemeinsamen Suche nach Gerechtigkeit, bei anderen Kriminalfällen. Sie...«

Eilish lächelte, und wieder war dieser Anflug von Spott in ihrem Blick.

»Sie müssen mir nichts erklären, Mr. Monk. Lassen Sie es bleiben, ich glaube Ihnen sowieso nicht. Ich weiß genau, was es heißt, jemanden zu lieben, wenn man es eigentlich gar nicht will.« Ohne Vorwarnung verschwand das Lächeln von ihrem Gesicht und machte einem Ausdruck tiefen Schmerzes Platz. Vielleicht hatte dieser Schmerz schon die ganze Zeit unter der Oberfläche gelauert. »Man muß alle seine Pläne ändern, alles ist plötzlich anders. Gerade noch hat man am Ufer gespielt, da hat die Flut einen schon mit sich gerissen, und man kann strampeln soviel man will, man schafft es nicht zurück an Land.«

»Sie reden über Ihre eigenen Gefühle, Mrs. Fyffe. Ich bin ein guter Freund von Miss Latterly, aber solche Gefühle habe ich nicht für sie.« Er betonte jedes einzelne Wort, aber er sah, daß sie ihm nicht glaubte. Er kam sich auf einmal schrecklich treulos vor. »Es ist durchaus möglich, jemandem freundschaftlich verbunden zu sein, ohne solche Gefühle, wie Sie sie beschreiben!« wiederholte er noch einmal.

»Sicher!« stimmte sie ihm zu und ging zur Tür. »Ich begleite Sie zum Grassmarket, damit Ihnen nichts passiert.«

Es war lächerlich. Er war ein kräftiger Mann, mit einem Spazierstock bewaffnet, und sie war eine zierliche Frau, zwanzig Zentimeter kleiner und zart wie eine Blume. Sie erinnerte ihn an eine Schwertlilie in der Sonne. Er mußte lachen.

Sie ging voraus, stieg die Treppen hinunter zur Haustür und redete über die Schulter mit ihm.

»Wie oft sind Sie niedergeschlagen worden, Mr. Monk?«

»Zweimal, aber...«

»War es schmerzhaft?«

»Ja, aber...«

»Ich begleite Sie nach Hause, Mr. Monk.« Ein ganz leises Lächeln spielte um ihre Lippen.

Er holte tief Luft. »Ich danke Ihnen, Mrs. Fyffe.«

In Newgate pendelte Hesters Gemütsverfassung zwischen schwer erarbeiteter Hoffnung und grenzenloser Verzweiflung hin und her. Der Müßiggang und das Gefühl der Machtlosigkeit waren die schlimmsten Hindernisse auf dem beschwerlichen Weg zu neuer Zuversicht. Körperliche Arbeit, mochte sie noch so sinnlos sein, hätte dem Schmerz den schärfsten Stachel genommen, sie nachts wenigstens schlafen lassen. So aber lag sie wach, in völliger Finsternis, zitterte vor Kälte und war ihrer Phantasie ausgeliefert, die sie mit verschiedensten Bildern quälte, von denen eines immer wiederkehrte: Der kurze Fußweg von ihrer Zelle zu dem Schuppen, in dem der Strick auf sie wartete. Sie fürchtete sich nicht vor dem Tod an sich, aber ihr wurde immer stärker bewußt, daß ihre Vorstellung von dem, was danach kam, nicht stark genug war, um der Realität standzuhalten. Noch nie hatte sie soviel Angst gehabt. Damals, auf dem Schlachtfeld, wäre es ein plötzlicher Tod gewesen, der ihr keine Zeit zum Nachdenken gelassen hätte. Und sie war nicht allein gewesen. Zusammen mit vielen anderen hatte sie dem Tod ins Auge geblickt, und fast alle hatten mehr Angst vor ihm gehabt als sie. In ihren Gedanken hatte sich alles darum gedreht, wie sie den anderen helfen konnte; für Angst um sich selber war da kein Platz gewesen. Jetzt begriff sie, was das für ein Segen war.

An einem besonders kalten Tag wurde die Zellentür aufgeschlossen, und ihre Schwägerin Imogen trat ein. Hester war erstaunt, sie zu sehen; sie hatte Charles' Verbot für sein letztes Wort gehalten und nicht darauf gehofft, daß er sich erweichen lassen würde.

Imogen war elegant gekleidet, als käme sie zu einem nachmittäglichen Höflichkeitsbesuch, mit ausladenden Röcken, eng geschnürtem Oberteil und kunstvollen Stickereien auf dem Ärmel. Ihre Haube war mit blumigen Ornamenten eingefaßt.

»Es tut mir so leid«, sagte sie unvermittelt, sah Hester dabei in die Augen und hatte kaum einen Blick für die kahle Zelle. »Charles habe ich gesagt, ich müßte einen Besuch bei den Begbies machen. Bitte, sag ihm nicht, daß ich hier war. Ich... ich möchte jetzt lieber keinen Streit mit ihm.« Sie schaute verlegen und entschuldigend. »Er...« Sie redete nicht weiter.

»Er hat dir verboten zu kommen«, beendete Hester den Satz für sie. »Keine Angst, von mir erfährt er es nicht.« Sie wollte Imogen für ihren Besuch danken, und sie war ihr sehr dankbar dafür, aber sie brachte die Worte nicht über die Lippen. Es hätte falsch geklungen, auch wenn es noch so ehrlich gemeint war.

Imogen wühlte in ihrer Tasche und brachte ein Stück wohlriechende Seife zum Vorschein, dazu einen kleinen Beutel getrockneten Lavendel von so kräftigem Geruch, daß seine süße Weiblichkeit Hester Tränen der Rührung in die Augen trieb.

Imogen hob kurz den Blick. Sie ließ Seife und Lavendel fallen, nahm Hester in die Arme und hielt sie so fest, wie Hester es ihr gar nicht zugetraut hätte.

»Wir werden gewinnen!« sagte sie grimmig. »Du hast diese Frau nicht getötet, und wir werden es beweisen. Mr. Monk ist vielleicht kein sehr freundlicher Mann, aber er ist verdammt klug, und er ist skrupellos. Erinnere dich, wie er den Fall Grey gelöst hat, obwohl niemand es für möglich hielt. Und er ist auf deiner Seite, meine Liebe. Du darfst die Hoffnung nicht aufgeben!«

Bei allen anderen Besuchern war es Hester gelungen, die Fassung zu bewahren, selbst bei Callandra, so schwer es auch war, aber jetzt war es ihr unmöglich. Das ständige Verleugnen wollte nicht mehr funktionieren. Sie klammerte sich an Imogen und weinte hemmungslos, bis sie so erschöpft war, daß eine Art Gleichmut der Verzweiflung über sie kam. Imogen hatte sie mit ihren Worten trösten wollen, statt dessen hatte sie damit ins Zentrum der bitteren Wahrheit getroffen, gegen die Hester seit dem Moment angekämpft hatte, in dem sie von den Coldbath Fields hierhergebracht worden war. Alles, was Monk oder sonst jemand für sie tat, würde möglicherweise nicht ausreichen. Manchmal wurden auch Unschuldige gehängt. Und wenn es Monk oder Rathbone hinterher auch gelang, die Wahrheit herauszufinden, für sie wäre es kein Trost mehr.

Etwas in ihr drängte danach, sich abzufinden, statt weiter dagegen anzukämpfen – gegen die Angst und gegen die Ungerechtigkeit. Vielleicht war es nur Müdigkeit, aber es erschien ihr besser als der verzweifelte Kampf.

Sie wollte nichts mehr hören von Hoffnung, denn die hatte sie bereits hinter sich gelassen, doch wäre es grausam gewesen, es Imogen gegenüber zuzugeben, und der neue Friede war zu zerbrechlich, um ihm zu trauen. Vielleicht gab es doch noch etwas in ihr, das sich an die Illusion klammerte? Sie wollte es nicht in Worte fassen.

Imogen trat zurück und sah sie an. Offensichtlich hatte sie die Veränderung bemerkt, denn sie sagte nichts und bückte sich, um die Seife und den Lavendel aufzuheben.

»Ich habe nicht gefragt, ob du die Sachen haben darfst«, sagte sie sehr sachlich. »Vielleicht solltest du sie verstecken.«

Hester schniefte und zog ein Taschentuch heraus, um sich die Nase zu putzen.

Imogen wartete.

»Danke«, sagte Hester schließlich, nahm die Sachen entgegen und steckte sie sich vorne ins Kleid. Die Seife war ein wenig unbequem, doch auch das war auf ganz eigene Art befriedigend.

Imogen ließ sich auf der Pritsche nieder, die Röcke bauschten sich zu einem riesigen Fächer um sie herum.

»Kriegst du auch mal andere zu Gesicht?« fragte sie interessiert. »Ich meine andere als dieses scheußliche Weib, das mich hereingelassen hat. Das ist doch eine Frau, oder?«

Hester mußte gegen ihren Willen lächeln. »O ja. Wenn du gesehen hättest, wie sie Oliver Rathbone mit Blicken verschlungen hat, dann wüßtest du's.«

»Das ist nicht dein Ernst!« Imogen konnte es kaum glauben, sie mußte lachen. »Sie erinnert mich an Mrs. MacDuff, die Gouvernante meiner Cousine. Die haben wir immer furchtbar aufgezogen! Ich schäme mich, wenn ich daran denke. Kinder sind so grausam in ihrer Offenheit. Manchmal sollte man die Wahrheit lieber für sich behalten. Man darf sie ruhig im Herzen tragen, aber es lebt sich leichter, wenn man sie nicht ständig ansehen muß.«

Hester lächelte verlegen. »Genau das ist meine Situation, aber ich habe so wenig, womit ich mich ablenken könnte.«

»Hast du von Mr. Monk gehört?«

»Nein.«

»Ach.« Imogen war erstaunt, und plötzlich fühlte sich Hester von Monk im Stich gelassen. Warum hatte er nicht geschrieben? Er mußte doch wissen, wieviel es ihr bedeutet hätte, auch nur ein Wort der Ermunterung von ihm zu hören. Warum war er so gedankenlos? Aber das war eine dumme Frage, denn sie kannte die Antwort. Er hatte nicht viel Platz für zärtliche Gefühle, und die wenigen, die er besaß, richtete er auf Frauen wie Imogen – liebe, gutmütige und abhängige Frauen, die seine charakterlichen Stärken ergänzten – und nicht auf Frauen wie Hester, die er im besten Fall als Kampfgefährten betrachtete, wie jeden Mann auch, und im schlechtesten als rechthaberisch, kratzbürstig und dogmatisch, als Beleidigung ihres eigenen Geschlechts.

Loyalität und Gerechtigkeitssinn verlangten von ihm, nach der Wahrheit zu suchen, aber wenn man bei ihm auf Trost und Mitgefühl rechnete, konnte man nur enttäuscht werden.

Imogen betrachtete sie aufmerksam. Sie verstand sie, wie nur eine andere Frau es vermochte. »Bist du verliebt in ihn?«

Hester war entsetzt. »Nein! Natürlich nicht! Ich will nicht sagen, daß er alles in sich vereint, was ich an einem Mann verachte, aber auf jeden Fall eine Menge davon. Natürlich ist er klug, das kann ich nicht bestreiten, aber manchmal ist er arrogant und grausam, und mit Freundlichkeit rechne ich erst gar nicht, oder damit, daß er die Schwächen der anderen nicht ausnutzt.«

Imogen lächelte. »Meine Liebe, ich habe nicht gefragt, ob du ihm vertraust oder ihn bewunderst oder auch nur magst. Ich wollte wissen, ob du verliebt in ihn bist, und das ist etwas ganz anderes.«

»Nein, bin ich nicht! Aber ich mag ihn ... manchmal. Und ...«, sie holte tief Luft, »und es gibt Situationen, da habe ich absolutes Vertrauen zu ihm. Wenn es um Ehre oder Gerechtigkeit geht oder um Mut! Er scheut weder Risiko noch Gefahr, um für seine Überzeugungen zu kämpfen.«

Imogen betrachtete sie mit einer Mischung aus Belustigung und Mitgefühl.

»Ich glaube, du beschreibst ihn mit deinen eigenen Tugenden, meine Liebe, aber das macht nichts. Wir alle tendieren dazu...«

»Das tue ich nicht!«

»Wenn du meinst.« Wenig überzeugt wechselte Imogen das Thema. »Und Mr. Rathbone? Den finde ich wirklich sehr nett. Er ist ein richtiger Gentleman, und zudem scheint er ein äußerst kluger Mann zu sein.«

»Und ob er das ist!« Sie hatte nie daran gezweifelt, und während sie es sagte, kehrte die Erinnerung an einen Moment seltsamer Vertrautheit zurück, aber sie war nicht sicher, ob sie sich seine Süße nicht bloß eingebildet hatte. Niemals hätte sie einen Mann auf diese Weise geküßt, ohne es ernst zu meinen. Aber sie kannte die Männer nicht gut genug. Vielleicht waren sie ganz anders. Alles, was sie von ihnen wußte, deutete darauf hin. Sie war von Selbstmitleid erfüllt, und auch wenn sie sich dessen schämte, sie konnte sich nicht dagegen wehren.

»Hester«, sagte Imogen mit ernster Stimme. »Du bist dabei, dich aufzugeben. Selbstmitleid paßt nicht zu dir, und wenn das alles vorbei ist, dann wirst du dich dafür hassen, daß du klein beigegeben hast.«

»Anderen kann man leicht Mut zusprechen«, sagte Hester und lächelte verlegen. »Aber wehe, man muß dem Tod selber ins Auge blicken. Auf einmal gibt es kein ›Danach‹ mehr.«

Imogen sah sehr blaß aus, die Verzweiflung stand ihr ins Gesicht geschrieben, aber sie wollte nicht aufgeben. »Meinst du denn, daß dein Tod sich von dem anderer Menschen unterscheidet? Vom Tod der Soldaten, die du betreut hast?«

»Nein... nein, natürlich nicht. Das wäre überheblich und lächerlich.« Die Erinnerung an die schmerzverzerrten Gesichter und die zerstörten Körper der Soldaten kehrte zurück. Sie würde schnell sterben, ohne vorher verstümmelt oder von Wundfieber oder Ruhr gequält zu werden. Sie schämte sich ihrer Feigheit. Viele von ihnen waren jünger gewesen als sie, hatten noch viel weniger vom Leben gehabt.

Imogen zwang sich zu einem Lächeln, ihre Blicke begegneten sich für einen langen, intensiven Augenblick. Hester mußte ihren Dank nicht in Worte kleiden.

Imogen wußte, wann es an der Zeit war zu gehen. Sie wollte das Erreichte nicht durch triviales Gerede wieder zunichte machen. Schnell umarmte sie Hester, dann schritt sie mit rauschenden Röcken zur Tür und verlangte, hinausgelassen zu werden. Die Wärterin erschien. Verachtung stand ihr deutlich in das glänzende Gesicht mit den straff zurückgebundenen Haaren geschrieben, doch als Imogen ihrem Blick standhielt, ohne auszuweichen oder mit der Wimper zu zucken, wich die Verachtung einem respektvollen, beinahe bewundernden Ausdruck. Sie hielt ihr die Tür auf, und Imogen ging wortlos hinaus.

Der letzte Besucher in Newgate war Oliver Rathbone. Hester empfing ihn wesentlich gelassener als bei seinen früheren Besuchen. Sie konfrontierte ihn nicht mehr mit mühsam unterdrückten Gefühlen, doch das war für ihn kein Trost, sondern beunruhigte ihn.

»Hester! Was ist passiert?« wollte er wissen. Als die Zellentür sich geschlossen hatte und sie ungestört waren, ging er auf sie zu und nahm ihre Hände. »Hat jemand etwas gesagt oder getan, das Ihnen Kummer macht?«

»Warum? Weil ich mich nicht mehr fürchte?« sagte sie mit

einem gespenstischen Lächeln. »Ich hatte so viel Zeit zum Nachdenken. Alle Angst der Welt könnte nichts zum Besseren wenden, sie würde mir nur das wenige rauben, das mir noch geblieben ist.« Sie lachte bitter. »Aber vielleicht bin ich auch zu müde für etwas, das soviel Lebenskraft verlangt.«

Alle möglichen Gedanken der Ermutigung gingen ihm durch den Kopf: Es sei noch nicht zu spät, sie könnten immer noch etwas Belastendes über ein Mitglied der Familie Farraline finden, um wenigstens Zweifel in den Geschworenen zu wecken, Monk sei scharfsinnig und skrupellos und werde niemals aufgeben, Callandra habe den besten Strafverteidiger Schottlands engagiert und er, Rathbone, werde ihn unterstützen, die Anklage stelle sich mit übergroßer Zuversicht häufig selber ein Bein. Doch nichts davon kam ihm über die Lippen. Jede dieser Wahrheiten war bereits gedacht und zwischen ihnen erörtert worden. Wenn er sie noch einmal in Worte faßte – jetzt, wo es zu spät war –, dann zeigte er damit nur, daß er nichts verstanden hatte.

»Wir fahren übermorgen«, sagte er statt dessen.

»Nach Edinburgh?«

»Ja. Ich darf nicht mit Ihnen fahren, sie werden es nicht erlauben. Aber ich sitze im selben Zug und bin mit dem Herzen bei Ihnen.« Kurz schoß ihm der Gedanke durch den Kopf, daß es sich zu sentimental angehört haben könnte, aber er hatte genau das gesagt, was er meinte. Er würde alles mit ihr fühlen, die Scham, das körperliche Unbehagen, weil sie Handschellen tragen mußte und die Wärterin sie nicht einen Moment aus den Augen lassen würde, nicht einmal bei der Verrichtung der intimsten Bedürfnisse. Aber noch viel ungeheuerlicher war, daß sie beide wußten, es könnte Hesters letzte Reise sein, eine Reise ohne Rückkehr.

Achtes Kapitel

Rathbone hatte Monk in einem Brief mitgeteilt, welchen Zug er nehmen würde, allerdings ohne zu erwähnen, daß man auch Hester mit diesem Zug nach Edinburgh brachte. Deshalb rechnete er fest damit, Monk auf dem Bahnsteig zu sehen, als der Zug an einem grauen Morgen in den Waverly-Bahnhof einrollte. Und irgendwo im Hinterkopf hoffte er sogar, Monk hätte vielleicht ein paar überraschende Neuigkeiten, eine neue Spur etwa, die zu verfolgen sich lohnte. Es blieb nur noch sehr wenig Zeit, und sie hatten nichts in der Hand, außer ein paar Motiven für mögliche andere Täter, die ein erfahrener Staatsanwalt als böswillige, aus der Verzweiflung geborene Unterstellung vom Tisch fegen würde. Mit dem Koffer in der Hand stieg er aus und machte sich auf den Weg zu den Sperren. Das Gedrängel nahm er gar nicht wahr.

Er freute sich nicht auf die Begegnung mit dem schottischen Anwalt James Argyll. Der Mann hatte einen phantastischen Ruf. Selbst in London sprach man seinen Namen mit Ehrfurcht aus. Wußte der Himmel, was Callandra ihm zahlte! Es war nicht sehr wahrscheinlich, daß er Ratschläge von Rathbone annehmen würde, und Rathbone hatte keine Ahnung, ob er Hester für unschuldig hielt oder ob es ihm nur darum ging, in einem Prozeß aufzutreten, der große Beachtung finden würde – wegen des Opfers, nicht wegen der Angeklagten. Er stammte aus Edinburgh. Wahrscheinlich kannte er die Farralines, wenn nicht persönlich, dann vom Hörensagen. Wie stark würde der Mann sich engagieren? Wie ungeteilt wären seine Loyalität und sein Siegeswille?

»Rathbone! Rathbone, wo, zum Teufel, wollen Sie hin?«

Rathbone drehte sich um, und vor ihm stand Monk, elegant gekleidet und mit grimmiger Miene. Ohne zu fragen wußte der Anwalt, daß es keine guten Nachrichten gab.

»Ich will Mr. James Argyll aufsuchen«, erwiderte Rathbone unfreundlich. »Unsere letzte Hoffnung, wie mir scheint.« Er hob die Augenbrauen. »Es sei denn, Sie haben etwas entdeckt, das Sie mir noch nicht mitgeteilt haben.« Es war der blanke Sarkasmus, und sie wußten es beide. Es war dieselbe Angst, die ihnen die Luft zum Atmen raubte. Beide hatten sie das Bedürfnis, dem anderen die Schuld daran zu geben.

Rathbone steuerte auf den Ausgang zu.

»Wann beginnt der Prozeß?« Monk hielt mit ihm Schritt. »Worauf werden Sie die Verteidigung aufbauen?« fragte Monk, als er und Rathbone hinaus auf die Straße traten. »Da entlang«, fügte er hinzu und deutete auf die Treppe zur Princes Street.

»Ich verteidige sie nicht«, sagte Rathbone verbittert. »Das ist Argylls Sache.«

Monk wußte, was im Brief gestanden hatte, er kannte die Gründe, aber das änderte nichts an seiner Angst.

»Hat Hester denn gar nichts dazu zu sagen, um Himmels willen?« fragte er, als sie auf der Princes Street angekommen waren.

»Wie bitte?« Rathbone drehte sich abrupt zu ihm um. »Nicht viel, fürchte ich. Ich habe noch nicht mit dem Mann gesprochen, nur korrespondiert, und dabei ging's um Formalitäten. Ich weiß nicht einmal, ob er sie für unschuldig hält.«

»Sie verdammter Stümper!« fuhr Monk ihn wütend an. »Soll das heißen, Sie haben einen Anwalt engagiert und wissen nicht mal, ob er an Hesters Unschuld glaubt?« Mit wutverzerrtem Gesicht packte er Rathbone am Revers.

Mit erstaunlicher Heftigkeit stieß dieser ihn zurück. »Ich habe ihn nicht engagiert, Sie Ignorant! Lady Callandra Daviot hat ihn engagiert. Der Glaube an die Unschuld der Mandantin ist eine schöne Sache, aber in unserer prekären Lage ist er ein Luxus, den wir uns nicht leisten können.«

Monk wollte etwas erwidern, doch angesichts der Wahrheit des Gesagten ließ er es bleiben.

Rathbone glättete sein Revers.

»Also, was stehen wir hier herum?« sagte Monk. »Lassen Sie uns diesen Argyll in Augenschein nehmen. Mal sehen, ob er wirklich so gut ist.«

»Was nützt die beste Kanone ohne Munition?« erwiderte Rathbone bissig. »Wenn Sie schon nicht wissen, wer Mary Farraline ermordet hat, dann sagen Sie wenigstens, wer es gewesen sein könnte und warum.«

Monks Gesicht war blaß und verschlossen, als er wieder in Gleichschritt mit Rathbone fiel. Sie gingen eine Weile wortlos nebeneinander her, dann sagte er schließlich mit heiserer Stimme: »Ich bin noch einmal bei den Apothekern gewesen. Ich weiß nicht, wo Hester oder jemand anders es sich besorgt...«

»Das haben Sie mir bereits geschrieben!«

»Anscheinend ist vor ein paar Monaten jemand mit Digitalis ermordet worden, hier in Edinburgh. Der Fall hat für einigen Wirbel gesorgt. Vielleicht hat er unseren Mörder auf die Idee gebracht.«

Rathbone sah ihn an. »Ist ja interessant. Es ist nicht viel, aber es stimmt, daher könnte die Idee stammen. Weiter?«

»Unsere größte Chance ist noch immer der Buchhalter. Kenneth Farraline hat eine Geliebte...«

»Nichts Ungewöhnliches«, bemerkte Rathbone trocken. »Und wohl kaum ein Verbrechen. Also?«

Monk mußte sich bemühen, nicht aus der Haut zu fahren. »Sie

ist kostspielig, und er ist der Buchhalter der Firma. Der alte Hector Farraline behauptet, daß jemand an den Geschäftsbüchern Änderungen vorgenommen hat...«

Rathbone blieb stehen. »Warum, um Gottes willen, erfahre ich das erst jetzt?«

»Es ist schon eine Weile her. Und Mary Farraline soll davon gewußt haben.«

Rathbone stieß einen Fluch aus.

»Sehr hilfreich«, sagte Monk spöttisch.

Rathbone sah ihn feindselig an.

Monk ging weiter. »Der schwächste Punkt in dem Fall scheint mir die Zeitfrage zu sein. Hester kann sich das Digitalis nicht hier in Edinburgh besorgt haben – das ist nahezu ausgeschlossen. Und die Perlenbrosche kann sie auch frühestens im Zug gesehen haben, als sie bereits unterwegs waren. Sie kann es also nur gewesen sein, wenn sie das Gift bereits aus London mitgebracht hat – und das erscheint absurd.«

»Das *ist* absurd«, sagte Rathbone durch die Zähne. »Aber ich habe schon Leute aufgrund dürftigerer Beweise hängen sehen – der Haß der Öffentlichkeit mußte nur groß genug sein.«

Monk sah ihn an. »Warum ändern Sie dann nichts an der Stimmung der Öffentlichkeit!« Es war keine Frage, sondern eine Aufforderung. »Dafür werden Sie schließlich bezahlt. Zeigen Sie ihnen Hester als Heldin, als eine Frau, die ihre eigene Familie und ihr Lebensglück aufgegeben hat, um sich um die Kranken und Verwundeten zu kümmern. Führen Sie ihnen Hester in Scutari vor, wie sie Nacht für Nacht mit der Lampe in der Hand die Reihen der Verwundeten abgegangen ist, Gesichter getrocknet, die Sterbenden getröstet, mit ihnen gebetet hat – was immer Sie wollen.«

»Ist das *Ihr* Bild von Hester?« fragte Rathbone lächelnd.

»Nein, bestimmt nicht!« gab Monk bissig zurück. »Sie ist eine rechthaberische, eigensinnige Person, die immer nur ihren Kopf durchsetzen will. Aber darum geht es nicht!« Er war ein bißchen rot geworden, während er das sagte, und es kam Rathbone so vor, als läge mehr Wahrheit in seinen Worten, als er zugeben mochte. Und außerdem mußte Rathbone erstaunt feststellen, daß es ihm selber nicht schwergefallen wäre, ein solches Bild von Hester zu malen.

»Das ist mir nicht möglich«, erwiderte er. »Sie scheinen zu vergessen, daß wir in Schottland sind!«

Monk fluchte, und es waren Ausdrücke dabei, die Rathbone noch nie gehört hatte.

»Oh, sehr hilfreich«, sagte er und traf exakt Monks Tonfall von vorhin. »Aber ich werde versuchen, daß Argyll es zu unserem Vorteil nutzt. Eins hab' ich immerhin erreicht...« Er sagte es ganz beiläufig.

»Wie wunderbar – lassen Sie hören«, sagte Monk sarkastisch. »Wenn's etwas Neues gibt, wäre ich gern auf dem laufenden.«

»Dann halten Sie Ihre Zunge im Zaum, damit ich es erzählen kann!« Sie waren weitergegangen, und Rathbone beschleunigte den Schritt. »Florence Nightingale wird persönlich erscheinen und als Leumundszeugin für Hester aussagen.«

»Das ist phantastisch!« rief Monk mit solchem Überschwang, daß zwei Passanten verwundert die Köpfe schüttelten. »Eine brillante Idee von Ihnen... Es ist...«

»Danke. Wir haben bis jetzt festgestellt, daß jedes Mitglied des Haushalts die Möglichkeit gehabt hätte, Mary Farraline zu töten. Und wie steht's um die Motive?«

Die Begeisterung wich von Monks Gesicht. »Ich dachte, ich hätte zwei Motive...«

»Davon haben Sie mir nichts geschrieben.«

»Sie haben sich bei näherem Hinsehen in Luft aufgelöst.«

»Sind Sie sicher?«

»Absolut. Alastair Farralines Frau gibt sehr viel Geld aus, und nachts zieht sie mit einem suspekten Individuum los, der Arbeitsklamotten trägt und eine Taschenuhr bei sich hat...«

Rathbone blieb ungläubig stehen. »Und da steckt kein Motiv dahinter?«

Monk schnaubte. »Sie bauen zusammen eine Flugmaschine.«

»Wie bitte?«

»Sie bauen eine riesige Flugmaschine, groß genug, um einen Passagier zu transportieren, und hoffen, daß das Ding fliegt«, erklärte Monk. »In einem alten Lagerhaus im Armenviertel. Gut, sie ist ein bißchen exzentrisch...«

»Exzentrisch? So nennen Sie das? Ich würde sagen, sie ist verrückt!«

»Die meisten Erfinder sind ein bißchen sonderbar...«

»Ein bißchen? Eine Flugmaschine?« Rathbone verzog das Gesicht. »Kommen Sie, Mann, wenn das herauskommt, sperrt man sie ein.«

»Deshalb macht sie es wohl heimlich, mitten in der Nacht«, stimmte Monk ihm zu und setzte sich wieder in Bewegung. »Aber soviel ich über Mary Farraline weiß, hätte sie es amüsant gefunden. Und sie hätte ihre Schwiegertochter ganz bestimmt nicht einsperren lassen.«

Rathbone erwiderte nichts.

»Die andere ist die jüngste Tochter, Eilish«, fuhr Monk fort. »Sie geht auch nachts aus dem Haus, heimlich, aber ohne Begleiter. Ich bin ihr gefolgt.« Er verschwieg, daß er bei diesen Gelegenheiten zweimal niedergeschlagen worden war. »Und ich habe herausgefunden, daß sie hinunter zum Cowgate geht. Das ist ein Armenviertel.«

»Bitte nicht noch eine phantastische Maschine!« bemerkte Rathbone trocken.

»Nein, etwas viel Schlichteres«, antwortete Monk. »Sie leitet eine Armenschule für Erwachsene.«

Rathbone runzelte die Stirn. »Und warum mitten in der Nacht? Das ist doch eine sehr ehrenwerte Sache.«

»Weil ihre Schüler tagsüber arbeiten, nehme ich an«, erwiderte Monk bissig. »Und dazu hat sie ihren Schwager, der in sie verliebt ist, überredet, für ihre Schüler Bücher aus dem Familienunternehmen abzuzweigen.«

»Zu klauen, meinen Sie.«

»Wenn Sie so wollen. Aber auch dabei hätte sie Mary Farralines volle Zustimmung gehabt. Vielleicht hat sie es sogar gewußt.«

Rathbone hob die Augenbrauen. »Sie haben nicht danach gefragt?«

»Wen denn?« wollte Monk wissen. »Eilish hätte ja gesagt, auch wenn Mary es nicht wußte. Und Mary kann ich nicht mehr fragen.«

»Und das ist alles?«

»Ja, bis auf die Geschäftsbücher der Firma.«

»Wir haben keine Beweise«, gab Rathbone zu bedenken. »Sie haben gesagt, Hector Farraline ist die meiste Zeit betrunken. Selbst wenn er recht haben sollte, dürfte sein besoffenes Geschwätz nicht ausreichen, um eine Buchprüfung zu beantragen. Wäre er in der Lage, in den Zeugenstand zu treten?«

»Das weiß Gott allein.«

Sie waren vor dem Haus angekommen, in dem James Argyll seine Kanzlei hatte.

»Ich komme mit rein«, sagte Monk.

»Ich weiß nicht, ob …«, begann Rathbone, aber Monk war bereits eingetreten und ging die Treppe hinauf.

Das Büro war klein und nicht annähernd so beeindruckend, wie Rathbone erwartet hatte. An drei Wänden standen Regale voller abgegriffener Bücher, in der vierten war ein kleiner Kamin, in dem ein wärmendes Feuer brannte. Das Zimmer war mit rissigem Holz, wahrscheinlich afrikanischer Herkunft, vertäfelt.

Der Mann selber war von anderem Kaliber. Er war hochgewachsen mit breiten Schultern und muskulösem Körper, doch sein Gesicht zog alle Aufmerksamkeit auf sich. In jungen Jahren mußte er sehr dunkel gewesen sein, der keltische Typ mit sanften Augen und olivfarbener Haut. Inzwischen waren die verbliebenen Haare graumeliert, und sein gerunzeltes Gesicht spiegelte Temperament und Intelligenz wider. Sein Lächeln entblößte eine Reihe wunderbarer Zähne.

»Sie müssen Mr. Oliver Rathbone sein«, sagte er und sah an Monk vorbei. Er hatte eine tiefe Stimme und kostete seinen Akzent aus, als sei er stolz darauf, ein Schotte zu sein. Er streckte seine Hand aus. »James Argyll, Sir, zu Ihren Diensten. Ich denke, auf uns wartet eine große Herausforderung. Ihrem Brief habe ich entnommen, daß Miss Florence Nightingale bereit ist, nach Edinburgh zu kommen, um als Leumundszeugin für unsere Mandantin auszusagen. Sehr gut. Ausgezeichnet.« Er deutete auf einen der Ledersessel, und Monk setzte sich hinein. Ohne besondere Aufforderung ließ Rathbone sich in dem anderen nieder, und Argyll nahm seinen eigenen Platz wieder ein.

»Hatten Sie eine angenehme Reise?« fragte er und sah dabei Rathbone an.

»Wir haben keine Zeit für höfliches Geplauder«, fuhr Monk ihm rüde über den Mund. »Es geht jetzt nur um Miss Latterlys Ruf und darum, was wir mit Miss Nightingale machen können. Ich vermute, Sie wissen, welche Rolle sie im Krieg gespielt hat und welch hohes Ansehen sie genießt.«

»Da vermuten Sie richtig, Mr. Monk«, sagte Argyll mit unverhohlener Belustigung. »Und mir ist auch bewußt, daß sie bis zu diesem Zeitpunkt so ziemlich unser einziger Trumpf ist. Ich nehme an, Sie haben bei Ihren Nachforschungen über die Farralines noch nichts Relevantes gefunden. Natürlich werden wir die mögliche Bedeutung von Anspielungen und Gerüchten in Betracht ziehen, aber Sie werden inzwischen bemerkt haben, falls Sie es nicht schon vorher wußten, daß die Familie in Edinburgh ein hohes Ansehen genießt. Mrs. Mary Farraline war eine außerordentliche Persönlichkeit, und Mr. Alastair ist der Prokurator, eine Position, die Ihrem Anwalt der Krone entspricht.«

Monk wußte wohl, daß er sich die leise Ironie verdient hatte.

»Sie wollen damit sagen, daß ein unbegründeter Angriff nach hinten losgehen könnte.«

»Ja, zweifellos.«

»Können wir die Bücher der Firma prüfen lassen?« Monk beugte sich vor.

»Das bezweifle ich, es sei denn, Sie hätten Beweise für Unregelmäßigkeiten und einen möglichen Zusammenhang mit dem Mord an Mrs. Farraline. Haben Sie die?«

»Nein. Hector Farralines Geschwätz dürfte nicht viel zählen.«

Argylls Gesicht wurde ernst. »Erzählen Sie mir mehr über den alten Hector, Mr. Monk.«

Präzise und in allen Einzelheiten berichtete Monk, was er von Hector wußte. Argyll hörte aufmerksam zu.

»Werden Sie ihn in den Zeugenstand rufen?« schloß Monk seinen Bericht.

»Ja, schon möglich«, antwortete Argyll nachdenklich. »Wenn ich es ohne Vorwarnung tun kann.«

»Dann ist er vielleicht zu betrunken, um uns zu nützen!« protestierte Rathbone.

»Und wenn die Familie gewarnt ist, sorgt sie dafür, daß er nicht einmal aufstehen kann«, stellte Argyll fest. »Nein, wir müssen sie überraschen. Nicht sehr schön, wie ich zugebe, aber unsere einzige Waffe.«

»Wie wollen Sie es anstellen?« fragte Rathbone. »Etwas vorbringen, das seine Aussage nötig macht, ganz zufällig?«

Argyll zog anerkennend die Mundwinkel hoch. »Genau. Ich höre, Sie haben noch einen von Miss Latterlys Kollegen auf der Krim ausfindig gemacht, der für sie aussagen wird.«

»Richtig. Einen Arzt, der eine sehr hohe Meinung von ihr hat.«

Monk erhob sich ungeduldig und begann im Zimmer auf und ab zu gehen.

»Was nützt das alles, wenn wir niemanden anbieten können, der Mary Farraline ermordet hat? Es war weder ein Unfall noch ein Selbstmord. Jemand hat ihr eine tödliche Dosis verabreicht, jemand hat Hester die Brosche in die Tasche gesteckt, um den Verdacht auf sie zu lenken. Wie sollen wir Zweifel an ihrer Schuld erzeugen, wenn wir nicht mit dem Finger auf einen anderen zeigen können?«

»Dessen bin ich mir bewußt«, erwiderte Argyll ruhig. »Und deshalb hoffen wir immer noch auf Sie, Mr. Monk. Ich denke, wir können davon ausgehen, daß es jemand aus der Familie war. Das Personal haben Sie aussortiert, wie Mr. Rathbone mir berichtete.«

»Ja, von denen war zur fraglichen Zeit keiner ohne Aufsicht«, stimmte Monk zu. »Außerdem hatte niemand von ihnen einen plausiblen Grund, der Frau etwas anzutun.« Er stieß die Hände heftig in seine Hosentaschen. »Es muß jemand von der Familie gewesen sein, aber wer? Ich bin noch genauso schlau wie in dem Augenblick, als ich aus dem Zug gestiegen bin. Daß es Eilish war, glaube ich nicht. Eher noch Kenneth. Er hat eine Geliebte, und das mißfällt der Familie. Außerdem führt er die Bücher der Firma. Er ist ein Mann ohne Rückgrat. Wenn Sie Ihr Handwerk verstehen, dann nehmen Sie ihn im Zeugenstand auseinander.«

Rathbone zuckte zusammen, als er Monk so barsch reden hörte, aber er teilte seine Gefühle. Er würde diesem Kenneth einen Strick drehen, wenn man ihn nur ließe! Diese verfluchten Unterschiede zwischen englischem und schottischem Recht!

Argyll lehnte sich in seinen Sessel zurück, legte die Fingerspitzen gegeneinander und sah Monk ohne Verärgerung an. »Es wäre einfacher für mich, Mr. Monk, wenn Sie mir einen Grund für eine Buchprüfung liefern könnten. Gut möglich, daß der junge Kenneth hier und da etwas abgezweigt hat, um seine Geliebte zu finanzieren – aber für eine Eingabe beim High Court von Edinburgh brauchen wir mehr als nur Vermutungen.«

»Ich besorge Ihnen einen Grund«, sagte Monk entschlossen.

Argyll hob die dunklen Augenbrauen. »Legal, wenn ich bitten darf. Sonst nützt es uns nichts.«

»Das weiß ich!« erwiderte Monk zähneknirschend. »Ich werde ihm kein Haar krümmen und keinen Grund zur Beschwerde liefern. Kümmern Sie sich um Ihre Arbeit.«

Rathbone zuckte zusammen.

Monk schoß noch einen Blick auf Argyll ab, dann verließ er wortlos das Zimmer.

Hester verbrachte die Reise von London nach Edinburgh im Gepäckwagen, und das in einem Zustand, den man weder Schlaf noch Entspannung nennen konnte, der aber sonst alle Eigenschaften eines Traums besaß. Sie war mit Handschellen an eine Wärterin gefesselt, die kerzengerade und wachsam neben ihr saß, das Gesicht wie gemeißelt. Jedesmal, wenn Hester kurz die Augen öffnete, erwartete sie, Mary Farraline vor sich zu sehen und ihre sanfte, kultivierte Stimme mit dem leichten Edinburgher Akzent zu hören, wie sie humorvoll und vergnügt eine Episode aus ihrem Leben erzählte.

Sie stiegen als letzte aus dem Zug, und als sie neben der Wärterin auf dem Bahnsteig stand, bewegten sich die meisten Reisenden bereits auf den Ausgang zu.

Eine Polizeieskorte stand bereit, vier hochgewachsene Konstabler mit Schlagstöcken, die nervös nach allen Seiten blickten.

»Komm, Latterly«, raunzte die Wärterin und zerrte an Hesters gefesselter Hand. »Steh hier nicht rum!«

»Ich lauf Ihnen schon nicht weg!« entgegnete Hester sarkastisch.

Ein geschlossener Wagen brachte sie direkt ins Gefängnis, wo schon andere Wärterinnen mit starren Gesichtern und kalten Blicken auf Hester warteten.

Sie sagte nichts, stellte keine Fragen und ging schweigend in ihre Zelle, erhobenen Hauptes und mit den Gedanken weit fort von ihnen. Dort blieb sie bis in den Nachmittag hinein, dann brachte man sie in einen anderen kleinen, bis auf einen Holztisch und zwei hölzerne Stühle völlig leeren Raum.

Dort wartete bereits jemand auf sie, ein großer Mann mit breiten Schultern; dem grauen Haar und den vielen Falten nach zu urteilen mußte er an die sechzig Jahre alt sein, aber er strahlte eine ungeheure Vitalität aus, obwohl er ganz ruhig vor ihr stand.

»Guten Tag, Miss Latterly«, sagte er höflich. »Mein Name ist James Argyll. Ich bin von Lady Callandra beauftragt, Sie zu vertreten, da Mr. Rathbone vor schottischen Gerichten nicht zugelassen ist.«

»Guten Tag«, erwiderte sie.

»Bitte nehmen Sie Platz, Miss Latterly.« Er deutete auf einen der Stühle und setzte sich erst, nachdem sie Platz genommen hatte. Er betrachtete sie neugierig und ein wenig erstaunt. Sie fragte sich, was er erwartet haben mochte – ein grobknöchiges, kräftiges Weib, eine Trinkerin, eine Schlampe, ein dummes Weibsbild, das keine bessere Beschäftigung gefunden hatte, als Nachttöpfe zu leeren und Verbände zu erneuern.

»Ich habe bereits mit Mr. Rathbone gesprochen«, hatte Argyll gerade zu ihr gesagt.

Es kostete sie große Anstrengung, ihm ruhig in die Augen zu sehen.

»Er hat mir mitgeteilt, daß Miss Nightingale bereit ist, für Sie auszusagen.«

»Oh!« Ihr Herz machte einen Satz, und ganz unvermittelt kehrte die Hoffnung zurück. Ihre Hände auf dem Tisch fingen an zu zittern, und damit er es nicht merkte, krallte sie die Finger so fest ineinander, daß die Nägel ihr ins Fleisch schnitten. »Das ist sicher gut für mich...«

»O ja, sehr gut sogar«, stimmte er zu. »Aber es wird nicht ausreichen, auf Ihre charakterlichen Qualitäten hinzuweisen, wenn es uns nicht gelingt, jemanden zu präsentieren, der die Gelegenheit gehabt und ein Motiv hatte, Mrs. Farraline zu ermorden. Mr. Monk ist der Meinung, daß...«

Es war absurd, daß ihr bei der Erwähnung seines Namens der Atem stockte.

Er fuhr fort, als hätte er nichts bemerkt.

»...daß Mr. Kenneth Farraline sich an den Geschäftsbüchern der Firma zu schaffen gemacht haben könnte, um seine Affäre mit einer Frau zu finanzieren, die seine Familie für äußerst unpassend hält. Für wie unpassend und warum, wie weit er sich mit dieser Frau eingelassen hat, ob es ein Kind gibt oder nicht, ob sie ihn in der Hand hat – das müssen wir alles noch herausbekommen. Ich habe Mr. Monk gebeten, sich unverzüglich darum zu kümmern. Wenn er so brillant ist, wie Mr. Rathbone mir versichert, dann sollte er nicht mehr als zwei Tage dafür brauchen. Allerdings wundert es mich, daß er diese Dinge nicht längst in Erfahrung gebracht hat.«

Das Herz schlug ihr bis zum Hals. »Weil es völlig unerheblich ist, ob er eine Geliebte hat, wenn wir ihm nicht beweisen können, daß er Firmengelder veruntreut hat«, sagte sie ernst.

Er war überrascht. »Sie haben natürlich recht, Miss Latterly. Und es ist meine Aufgabe, das zu beweisen. Es wird einige juristische Anstrengungen kosten, eine Prüfung der Geschäftsbücher durchzusetzen. Ich habe vor, Hector Farraline in den Zeugenstand zu rufen, um dieses Ziel zu erreichen. Wenn es Ihnen recht ist, werden wir jetzt die Liste der Zeugen durchgehen, die Mr. Gilfeather für die Anklage aufrufen wird. Wir müssen wissen, mit welchen Aussagen wir zu rechnen haben.«

Den nächsten Tag verbrachte Monk von Sonnenaufgang bis kurz vor Mitternacht damit, Informationen über Kenneth Farraline zu sammeln und die Ergebnisse in einem Brief an James Argyll zusammenzufassen – was seiner Meinung nach überflüssig war, aber da es verlangt wurde, tat er es.

Rathbone verbrachte einen miserablen Tag. Er konnte so gut wie gar nichts tun. Noch nie war ihm der Ausgang eines Falls so wichtig gewesen, und noch nie hatte er so wenig Einfluß darauf nehmen können. Wohl ein dutzendmal wollte er losgehen, um Argyll aufzusuchen, und jedesmal widerstand er dem Wunsch. Es hätte zu nichts geführt, aber letztlich war es wohl nur sein Stolz, der ihn davon abhielt, hinter einem anderen Anwalt herzulaufen – besonders wenn dieser andere seinen Platz einnahm –, und vielleicht auch die Gewißheit, daß Argyll ihm die Nervosität vom Gesicht ablesen könnte.

Er wußte, daß Callandra Daviot zum Prozeß nach Edinburgh

kommen wollte. Morgen sollte er beginnen, also würde sie heute anreisen, es sei denn, sie wäre bereits vor ihm angekommen. Am Nachmittag war er mit seinem Latein am Ende. Bis dahin war er sinnlos im Zimmer auf und ab gegangen, hatte ohne Appetit in einem ausgezeichneten Mittagessen herumgestochert.

Am Abend war er müde, aber er fühlte sich nicht entspannt genug, um ins Bett zu gehen. Plötzlich klopfte es. Er fuhr herum.

»Herein!« rief er, schritt auf die Tür zu und wäre beinahe dagegen gestoßen, als sie sich öffnete und Callandra auf der Schwelle stand. Unmittelbar hinter ihr stand Henry Rathbone, sein Vater. Natürlich hatte Oliver ihm alles über den Fall erzählt. Sein Vater war Hester ein paarmal begegnet und hatte sie ins Herz geschlossen. Törichterweise empfand Oliver den Anblick seines Vaters mit dem asketischen Gesicht und der gütigen Miene als Trost.

»Ich bitte um Verzeihung, Oliver«, sagte Callandra kühl. »Ich weiß, es ist spät, und wahrscheinlich störe ich Sie bei der Arbeit, aber ich konnte mich nicht bis morgen gedulden.« Sie kam herein, nachdem er lächelnd zur Seite getreten war. Henry Rathbone folgte ihr auf dem Fuße, seinen Sohn aufmerksam musternd.

Rathbone schloß hinter ihnen die Tür. »Ich hatte dich nicht erwartet, Vater! Es ist gut, daß du gekommen bist.«

»Sei nicht albern.« Henry Rathbone schüttelte den Kopf. »Natürlich bin ich gekommen. Wie geht es ihr?«

»Ich habe sie am Abend vor ihrer Abreise zuletzt gesehen«, antwortete Rathbone. »Sie lassen hier nur Argyll zu ihr.«

»Und was tun Sie?« wollte Callandra wissen. Sie war zu unruhig, um in einem der großen Ohrensessel Platz zu nehmen.

»Ich warte«, antwortete Rathbone verbittert. »Ich mache mir Sorgen. Ich zermartere mir das Hirn, ob wir auch nichts vergessen haben, suche nach irgendeiner Möglichkeit, die uns noch offenstehen könnte.«

Callandra holte Luft, sagte aber nichts.

Henry Rathbone setzte sich und schlug die Beine übereinander. »Im Zimmer auf und ab gehen hilft nicht weiter. Laß uns mit logischem Verstand an die Sache herangehen. Ich nehme an, wir können ausschließen, daß sie das Gift selber genommen hat oder daß es ihr versehentlich verabreicht wurde. Schon gut, Oliver, reg dich nicht auf. Wir müssen die Tatsachen rekapitulieren.«

Nur mit Mühe unterdrückte Rathbone seine Ungeduld. Er wußte genau, daß es seinem Vater nicht an Anteilnahme mangelte, aber seine Fähigkeit, diese Gefühle zu unterdrücken und sich auf das Denken zu konzentrieren, ärgerte Oliver, weil er selber unfähig dazu war.

Callandra setzte sich in den anderen Sessel und sah Henry hoffnungsvoll an.

»Und das Personal?« fragte Henry.

»Scheidet nach Monks Meinung aus«, erwiderte Rathbone. »Es war jemand von der Familie.«

»Sag mir noch mal, was das für Leute sind«, forderte Henry ihn auf.

»Alastair, der älteste Sohn, ist der Prokurator, und seine Frau Deirdra baut eine Flugmaschine.«

Henry hob den Kopf, wartete auf eine Erklärung; die blauen Augen blickten mild und ratlos.

»Exzentrisch«, erklärte Rathbone. »Aber Monk hält sie für harmlos.«

Henry verzog das Gesicht.

»Oonagh McIvor ist die älteste Tochter. Ihr Mann Baird ist offensichtlich in ihre Schwester Eilish verliebt und zweigt aus der Firma Bücher ab, mit denen seine Schwägerin nach Mitternacht in einer Armenschule ihre Schüler unterrichtet. Ihr Ehemann, Quinlan Fyffe, hat in die Familie und das Unternehmen eingeheiratet. Schlau und unsympathisch, aber Monk glaubt nicht, daß er einen Grund hatte, seine Schwiegermutter zu ermorden. Und der jüngere Bruder Kenneth. Er ist zur Zeit unsere größte Hoffnung.«

»Was ist mit der Tochter in London?« fragte Henry.

»Die kann's nicht gewesen sein«, erwiderte Rathbone leicht gereizt. »Sie war weit weg von Edinburgh, Mary und der Arznei. Sie und ihren Ehemann können wir ausklammern.«

»Warum wollte Mary sie besuchen?« fragte Henry. Er ignorierte Rathbones gereizten Ton.

»Weiß ich nicht. Hatte was mit ihrer Gesundheit zu tun. Sie erwartet ihr erstes Kind und hat Angst. Ist doch verständlich, daß sie ihre Mutter bei sich haben wollte.«

»Mehr weißt du nicht darüber?«

»Meinen Sie, es könnte wichtig sein?« fragte Callandra.

»Ach was, bestimmt nicht!« Oliver machte eine wegwerfende Handbewegung. Er lehnte an einem kleinen Tisch, wollte sich immer noch nicht setzen.

Henry ignorierte seine Antwort. »Hast du mal darüber nachgedacht, warum Mary Farraline ausgerechnet zu diesem Zeitpunkt ermordet wurde?« fragte er.

»Weil er günstig war«, antwortete Rathbone. »Die beste Gelegenheit, den Mord jemand anderem in die Schuhe zu schieben. Das liegt doch auf der Hand.«

»Vielleicht«, antwortete Henry wenig überzeugt, stützte die Ellbogen auf die Lehne ab und legte die Fingerspitzen gegeneinander. »Aber es erscheint mir ebensogut möglich, daß etwas anderes den Zeitpunkt bestimmt hat. Man bringt doch nicht jemanden um, weil der Zeitpunkt gerade günstig ist.«

Oliver horchte auf.

»Denkst du an etwas Bestimmtes?«

»Es wäre sicher nicht verkehrt, sich genau anzusehen, was in den letzten drei, vier Tagen vor Mrs. Farralines Abreise nach London passiert ist«, sagte Henry. »Natürlich ist es möglich, daß jemand jahrelang auf eine solche Gelegenheit gewartet hat, vielleicht ist der Mord aber auch durch etwas begünstigt worden, das kurz vorher passiert ist.«

»Das könnte natürlich sein«, stimmte Rathbone ihm zu und verließ seinen Platz an dem Tisch. »Danke, Vater. Das ist wenigstens wieder eine neue Möglichkeit, das heißt, falls Monk sie nicht bereits untersucht hat. Aber er hat nichts darüber gesagt.«

»Sind Sie sicher, daß Sie Hester nicht besuchen dürfen?« fragte Callandra schnell.

»Ganz sicher, aber vielleicht kann ich morgen im Gericht kurz mit ihr sprechen.«

»Bitte...« Callandra war sehr blaß. Plötzlich strömten alle Gefühle, die sie hinter praktischen Erwägungen, Intelligenz und Selbstkontrolle versteckt hatte, in das fremde Zimmer mit seinem unpersönlichen Mobiliar und dem Geruch nach Politur.

Oliver Rathbone sah Callandra an, dann seinen Vater. Sie waren alle drei von den gleichen Gefühlen beherrscht: Angst, Zuneigung, das Wissen um den Verlust, der ihnen drohte; ihre Hilflosigkeit war so offensichtlich, daß Worte überflüssig waren.

Der Morgen des Prozesses war kalt und regenverhangen. Oliver Rathbone verließ das Haus an der Princes Street, in dem er ein Zimmer gemietet hatte, und stieg eiligen Schrittes die Stufen des Mound hinauf, der Burg entgegen, dann ging er die Bank Street entlang und bog nach links in die High Street. Kurz darauf stand er vor der großen St.-Giles-Kathedrale, die den Parliament Square halb verdeckte, an dem das Parlamentsgebäude – das seit dem Act of Union nicht mehr gebraucht wurde – und der High Court of Justiciary standen.

Er überquerte den Platz. Kein Mensch kannte ihn hier. Er ging an den Zeitungsverkäufern vorbei, die nicht nur die Neuigkeiten von heute unter die Leute brachten, sondern auch alle Arten von Skandalen und Enthüllungen für die nächste Ausgabe versprachen. Die Mörderin der Mary Farraline stand vor Gericht: Lest alles darüber, hier erfahrt ihr, was bist jetzt noch keiner weiß, die unglaublichsten Geschichten für nur einen Penny!

Ungeduldig ging er an ihnen vorbei. Er hörte das alles nicht zum erstenmal, aber wenn es um irgendeinen Klienten ging, tat es längst nicht so weh. Man rechnete damit und schluckte es. Jetzt aber war Hester gemeint, und es schmerzte auf eine ganz neue Weise.

Er ging die Stufen hinauf, doch selbst hier kannte man ihn nicht. Das war verwirrend. Er war es gewöhnt, daß man ihn erkannte und mit großer Ehrerbietung behandelte, daß jüngere Kollegen auf die Seite traten, hinter vorgehaltener Hand über seine jüngsten Erfolge tuschelten, in der Hoffnung, es ihm einmal gleichtun zu können.

Hier war er ein Besucher unter vielen, auch wenn er ganz vorne sitzen und dem Verteidiger gelegentlich kleine Notizen zustecken durfte.

Er hatte bereits Vorkehrungen getroffen und die Erlaubnis erhalten, vor Beginn der Sitzung kurz mit Hester sprechen zu dürfen. Man hatte ihm einen präzisen Zeitpunkt mitgeteilt. Er war zwei Minuten vorher dort.

»Guten Morgen, Mr. Rathbone«, begrüßte ihn der Gerichtsdiener förmlich. »Wenn Sie mir bitte folgen wollen, Sir, ich will sehen, ob Sie die Angeklagte für einen Moment sprechen können.« Ohne auf Rathbones Zustimmung zu warten, drehte er sich um und stieg die schmale, steile Treppe hinunter, die zu den Zellen führte, in denen die Häftlinge vor dem Prozeß eingeschlossen wurden oder hinterher darauf warteten, zurück in ihren sicheren Kerker gebracht zu werden.

Hester stand mit blassem Gesicht in der winzigen Zelle. Sie trug ein schlichtes, graues Kleid, wie sie es üblicherweise zur Arbeit trug. Sie sah sehr mitgenommen aus. Die Haft hatte ihre Gesundheit angegriffen. Rundlich war sie noch nie gewesen, aber jetzt war sie mager. Die Schultern wirkten steif und zerbrechlich, die Augen lagen tief in dem hohlwangigen Gesicht. So mußte sie während der schlimmsten Tage des Krieges ausgesehen haben: hungrig, verfroren, völlig erschöpft.

Eine Sekunde lang blitzte Hoffnung in ihren Augen auf, doch beim Anblick seines Gesichts gewann Vernunft die Oberhand. Wie sollte es jetzt noch einen Aufschub geben?

»Guten Morgen, Oliver«, sagte sie mit fester Stimme.

Wie oft noch würde er allein mit ihr sprechen können? Es gab so viele Dinge, die er ihr gerne gesagt hätte!

»Guten Morgen«, erwiderte er. »Ich habe mit Mr. Argyll gesprochen und bin sehr beeindruckt von ihm. Ich denke, er wird seinem guten Ruf gerecht werden. Wir können Vertrauen zu ihm haben.« Schrecklich förmlich, so wenig von dem, was ihm auf der Seele lag.

»Meinen Sie?« fragte Hester und beobachtete sein Gesicht.

»Ja. Ich nehme an, er hat Ihnen geraten, wie Sie sich verhalten und auf seine und Mr. Gilfeathers Fragen antworten sollen?« Vielleicht war es besser, nur über die praktischen Dinge zu reden.

Sie lächelte angestrengt. »Ja. Aber das weiß ich doch schon alles von Ihnen. Ich darf nur antworten, wenn ich gefragt werde, ich soll klar und deutlich sprechen und niemandem zu direkt in die Augen blicken...«

»Hat er das gesagt?«

»Nein... aber Sie hätten es gesagt, stimmt's?«

Sein Lächeln war unsicher, fast ein wenig traurig.

»Richtig – zu Ihnen. Männer mögen es nicht, wenn Frauen zu selbstbewußt sind.«

»Ich weiß.«

»Ja…« Er schluckte. »Natürlich wissen Sie das.«

»Keine Angst. Ich werde ganz brav sein«, versicherte sie ihm. »Er hat mich vor dem gewarnt, was die anderen Zeugen sagen werden, und vor der Feindseligkeit der Zuschauer. Ich hab' ja damit gerechnet, aber es ist kein schöner Gedanke zu wissen, daß sie mich bereits verurteilt haben!«

»Wir werden sie eines Besseren belehren«, erwiderte er grimmig. »Bis jetzt kennen sie nur den Standpunkt der Anklage.«

»Ich…« Weiter kam sie nicht. Jemand klopfte heftig gegen die Tür, sie flog auf, und der Wärter stand auf der Schwelle.

»Tut mir leid, Sir, aber Sie müssen jetzt gehen. Wir müssen die Gefangene nach oben bringen.«

Es blieb keine Zeit für weitere Worte. Rathbone sah Hester an, zwang sich zu einem Lächeln, dann folgte er der Anordnung und verließ die Zelle.

Vor dem High Court von Edinburgh ging es anders zu als im Old Bailey; mit einem Stich im Herzen wurde Monk daran erinnert, daß sie in einem anderen Land waren. Viele Gemeinsamkeiten verbanden die Länder, sie wurden von *einer* Königin und *einem* Parlament regiert, doch sie hatten ein anderes Rechtssystem, unterschieden sich in Geschichte und Erbe und waren bis vor kurzem ebenso oft Feinde wie Freunde gewesen.

Die Anklage wurde von Mr. Gilfeather vertreten, einem riesenhaften, plumpen Mann mit sanfter Stimme und einem widerspenstigen Schopf grauer Haare. Er trug eine wohlwollende Miene zur Schau. Monk spürte instinktiv, daß seine Leutseligkeit und das freundliche Gesicht geheuchelt waren. Hinter dem Lächeln verbarg sich ein rasiermesserscharfer Verstand.

Auf der anderen Bank saß – nicht weniger höflich, aber ganz anders im Auftreten – James Argyll. Er sah grau und gefährlich wie ein alter Bär aus, die schwarzen Augen mit den scharfen Brauen unterstrichen eine Miene intensiver Aufmerksamkeit.

Monk drehte sich zur Anklagebank um. Hester sah sehr blaß aus, ihr Blick ging in die Ferne, als wäre sie in Trance. Vielleicht war sie es ja. Einzelne Sinne mochten wach sein; sie würde sich an jedes Astloch im Geländer der Anklagebank erinnern und doch nicht hören, was gesprochen wurde. Oder sie hörte alles, den Atem des Gerichtsdieners vor ihr, die Wärterin in ihrem Rücken, das Knistern des Feuers in den Kaminen zu beiden Seiten des Saals, und sah dafür die Leute im Zuschauerraum nicht, und wenn sie noch so unruhig waren und sich gegenseitig schubsten, um besser sehen zu können.

Über ihnen allen thronte der Richter, ein älterer Mann mit einem schmalen, intelligenten Gesicht, schiefen Zähnen und einer langen, schmalen Nase. In seiner Jugend mußte er ein gutaussehender Mann gewesen sein. Inzwischen hatten sich Persönlichkeit und ein launenhafter Charakter tief in sein Gesicht gegraben.

Der erste Zeuge der Anklage war Alastair Farraline. Absolute Stille trat ein, als sein Name aufgerufen wurde. Jeder im Saal wußte, daß er der Prokurator Fiscalis war, ein Titel, der Angst und Ehrfurcht vor dem Gesetz weckte.

Gilfeather wandte sich lächelnd an Alastair.

»Zuerst, Mr. Farraline, lassen Sie mich Ihnen im Namen des Gerichts mein Beileid aussprechen. Ihre Mutter war eine Dame, für die wir alle die höchste Bewunderung hegten.«

Alastair versuchte zu lächeln, aber es mißlang. Blaß und aufrecht saß er da, sein Haar schimmerte im Licht.

»Danke«, sagte er einfach.

Monk blickte hinüber zu Hester. Regungslos starrte sie auf Alastair.

Oliver Rathbone, der direkt hinter Argyll saß, war so angespannt, daß Monk von seinem Platz aus erkennen konnte, wie der Stoff der Jacke sich über den Schultern straffte.

»Mr. Farraline«, fuhr Gilfeather fort, »als Ihre Frau Mutter die Reise nach England plante, hatten Sie da schon die Absicht, jemanden für ihre Begleitung zu engagieren?«

»Ja...«

»Warum, Sir? Warum nicht jemanden vom Hauspersonal? Ich nehme an, es mangelt Ihnen nicht an Dienstboten.«

»Nein.« Alastair wirkte ratlos und ein wenig unglücklich. »Die Zofe meiner Mutter war noch nie gereist und wollte es auch nicht. Wir befürchteten, ihre Nervosität hätte sie zu einer ungeeigneten und wenig nützlichen Begleitperson gemacht, vor allem, wenn irgendwelche unerwarteten Schwierigkeiten aufgetreten wären.«

»Natürlich«, stimmte Gilfeather ihm zu und nickte wissend. »Sie wollten eine qualifizierte Person, die auch unter widrigen Umständen eine Hilfe gewesen wäre, deshalb haben Sie sich eine Frau mit Reiseerfahrung gesucht.«

»Und eine Krankenschwester«, fügte Alastair hinzu. »Für den Fall, daß...« Er schluckte. Todunglücklich sah er aus. »Für den Fall, daß die Anstrengung der Reise meiner Mutter zusetzen würde.«

Der Mund des Richters wurde schmal. Im Zuschauerraum wurde es unruhig. Oliver Rathbone war zusammengezuckt. Argyll saß ausdruckslos da.

»Sie haben also inseriert?« soufflierte ihm der Richter.

»Ja. Wir bekamen zwei oder drei Antworten, aber Miß Latterly schien uns die qualifizierteste und passendste Kraft zu sein.«

»Zweifellos hatte sie Referenzen.«

»Selbstverständlich. Ausgezeichnete sogar.«

»Hatten Sie zu irgendeinem Zeitpunkt Grund zum Zweifel an Ihrer Wahl? Ich meine, bevor Sie die beiden an den Zug nach London brachten.«

»Nein. Sie machte den Eindruck einer sehr angenehmen jungen Frau«, antwortete Alastair. Er sah Hester nicht ein einziges Mal an.

Gilfeather stellte ihm noch ein paar scheinbar belanglose Fragen. Monks Aufmerksamkeit schweifte ab. Er suchte nach Oonaghs blonden Haaren, konnte sie aber nicht finden. Eilish und Deirdra dagegen waren nicht zu übersehen. Er war erstaunt, als Deirdra ihm direkt in die Augen sah, Mitgefühl und beinahe so etwas wie Verschwörung im Blick.

Aber vielleicht war es nur eine Spiegelung des Lichts.

Gilfeather setzte sich. James Argyll erhob sich von seinem Platz. »Mr. Farraline...«

Alastair sah ihn mit entschiedener, aber höflicher Abneigung an.

»Mr. Farraline.« Argyll lächelte ihn nicht an. »Warum haben Sie jemanden aus London kommen lassen? Haben wir in Edinburgh keine brauchbaren Krankenschwestern?«

Alastairs Gesicht verhärtete sich.

»Es scheint so, Sir. Jedenfalls hat sich auf die Anzeige keine gemeldet. Wir wollten die beste, die wir finden konnten. Und eine Frau, die bei Florence Nightingale gedient hat, schien uns über jeden Zweifel erhaben.«

Das Gemurmel im Publikum drückte unterschiedliche Gefühle aus: Patriotische Zustimmung für Florence Nightingale, Ärger darüber, daß ihr Ruf hier besudelt werden sollte, wenn auch nur stellvertretend, Erstaunen, Zweifel und Vorfreude.

»Und Sie hielten eine solche Qualifikation tatsächlich für notwendig? Es ist keine schwere Aufgabe, einer intelligenten und in keiner Weise behinderten Dame eine vorbereitete Dosis zu verabreichen«, stellte Argyll fest. »Die Geschworenen könnten sich fragen, warum einheimische Frauen von gutem Ruf nicht ebensogut dafür geeignet gewesen wären, zumal Sie das Geld für die Fahrkarten nach London gespart hätten.«

Diesmal drückte das Murmeln Zustimmung aus.

Monk wurde unruhig. Was sollte dieses Geplänkel? Kein Geschworener würde solche Haarspaltereien verstehen, geschweige denn, sich zum richtigen Zeitpunkt daran erinnern.

»Wir wollten eine Dame, die ans Reisen gewöhnt ist«, wiederholte Alastair beharrlich. Sein Gesicht leuchtete rosig, aber man konnte unmöglich erkennen, welche Gefühle sich hinter den geröteten Wangen und dem unglücklichen Blick verbargen. Vielleicht waren es nur Trauer und eine gewisse Verlegenheit, weil er hier stehen mußte, den Blicken der Öffentlichkeit, ihrer morbiden Neugier ausgeliefert. Er war an Respekt, an ehrerbietige Behandlung gewöhnt. Jetzt aber, wo seine privaten Angelegenheiten, seine Familie und ihre Gefühle vor allen ausgebreitet wurden, fühlte er sich schutzlos.

»Vielen Dank«, sagte Argyll höflich und emotionslos. »Hat Miss Latterly Ihren Erwartungen entsprochen, als sie in Ihrem Haus zu Gast war?«

»Ja, natürlich«, sagte er schroff. »Ich hätte meine Mutter doch nicht reisen lassen, wenn ich nur den geringsten Verdacht gehegt hätte.«

Argyll nickte und lächelte. »Sicher. Könnte man sagen, daß Ihre Frau Mutter sich sofort mit Miss Latterly gut verstanden hat?«

Alastairs Gesicht verhärtete sich. »Ja... ich glaube ja. Eine bemerkenswerte...« Er brach mitten im Satz ab.

Argyll wartete. Der Richter sah Alastair fragend an. Die Geschworenen beobachteten ihn aufmerksam.

Alastair biß sich auf die Lippe. Offensichtlich hatte er es sich anders überlegt.

Argyll spürte, daß er auf die Verliererstraße geriet. »Vielen Dank, Sir. Das wäre alles.«

Gilfeather nickte wohlwollend, und der Richter entließ Alastair mit der erneuten Versicherung seines Mitgefühls und Respekts, die Alastair mit schmalen Lippen entgegennahm.

Als nächste Zeugin wurde Oonagh McIvor aufgerufen. Sie erregte noch mehr Aufmerksamkeit als Alastair. Sie hatte weder einen Titel, noch bekleidete sie ein öffentliches Amt, und selbst wenn niemand sie gekannt hätte, allein ihr würdevolles Auftreten, diese gezügelte Leidenschaft, hätten Respekt und Anteilnahme gefordert. Natürlich war sie ganz in Schwarz gekleidet, aber sie wirkte alles andere als farblos. Ihre helle Haut schimmerte zart und warm, das blonde Haar leuchtete unter der schwarzen Haube.

Sie stieg ruhig die Stufen hinauf, sprach mit fester Stimme die Eidesformel und wartete darauf, daß Gilfeather das Wort an sie richten würde. Nicht einer der Geschworenen wandte den Blick von ihr.

Gilfeather zögerte, als wisse er nicht recht, ob er auf das Mitgefühl der Geschworenen spekulieren solle, entschied sich jedoch dagegen. Er war geschickt genug, um des Guten nicht zuviel zu tun.

»Mrs. McIvor, haben Sie der Entscheidung Ihres Bruders zugestimmt, für Ihre Mutter eine Krankenschwester aus London kommen zu lassen?«

»Ja, das habe ich«, antwortete sie ruhig. »Ich gebe zu, daß ich es für eine ausgezeichnete Idee hielt. Ich glaubte, in ihr – zusätzlich zu ihren beruflichen Fähigkeiten und ihrer Reiseerfahrung – eine interessante Begleitung für meine Mutter gefunden zu haben.« Ihr Blick drückte Bedauern aus. »Meine Mutter ist in ihrer Jugend viel gereist, und ich glaube, diese Art Aufregung hat ihr manchmal gefehlt. Ich dachte, daß eine solche Frau sich mit ihr über fremde Länder unterhalten könnte und über Erlebnisse, die meine Mutter sicherlich interessiert haben.«

»Absolut verständlich«, nickte Gilfeather. »Ich glaube, ich an Ihrer Stelle hätte es ebenso empfunden. Und was diesen Teil Ihrer Vorkehrungen angeht, sind Sie ja wohl nicht enttäuscht worden.«

Oonagh lächelte schwach, sagte jedoch nichts.

»Waren Sie zu Hause, als Miss Latterly eintraf, Mrs. McIvor?« fuhr Gilfeather fort.

Alle diese Fragen hatte Monk vorausgesehen. Gilfeather stellte sie, Oonagh antwortete, und alle im Gericht hörten mit der angemessenen Aufmerksamkeit zu, bis auf Monk, der den Blick durch den Saal schweifen ließ, von einem Gesicht zum anderen. Gilfeather sah zufrieden, beinah selbstgefällig aus. Bei seinem Anblick mußten die Geschworenen glauben, daß er das Verfahren fest im Griff und keinerlei Zweifel an seinem Ausgang hatte.

Am Tisch der Verteidigung saß James Argyll und legte nachdenklich die Stirn in Falten. Er war ein kluger und energischer Mann, aber er war ein Mann ohne Waffen. Monk hatte versagt. Freiwillig sagte Monk sich das Wort immer wieder vor. Versagt. Jemand hatte Mary Farraline getötet, und er hatte nicht einen einzigen Hinweis auf den Täter oder das Motiv gefunden. Er hatte viele Tage Zeit gehabt, aber herausgefunden hatte er lediglich, daß Kenneth Farraline eine Geliebte mit langen, blonden Haaren und heller Haut hatte, die wild entschlossen war, niemals wieder zu frieren oder zu hungern oder bei fremden Männern im Bett zu schlafen, weil sie kein eigenes besaß.

Eigentlich hatte Monk für diese Frau mehr Sympathie als für Kenneth, der ihr mehr teure Geschenke machen mußte, als ihm lieb sein konnte, um sich ihre Gunst zu erhalten.

Aber selbst wenn Monks Hinweise für eine Prüfung der Geschäftsbücher ausreichten und Kenneth tatsächlich eine Unterschlagung nachzuweisen wäre, dann hätte man vielleicht einen großen Skandal, aber noch lange kein Motiv für einen Mord.

Monk sah zu Rathbone hinüber und verspürte, ganz gegen seinen Willen, ein wenig Mitleid mit ihm. Ein Fremder hätte nichts gesehen als einen Mann, der aufmerksam zuhörte, mit nachdenklichem Gesicht, den Kopf ein wenig auf die Seite gelegt, die dunklen Augen halb geschlossen, um sich durch nichts ablenken zu lassen. Aber Monk kannte ihn lange genug und sah ihn nicht zum erstenmal so angespannt. An der Haltung der Schultern unter dem eleganten Jackett, dem langsamen Öffnen und Schließen der Hand auf dem Tisch erkannte er, welche Enttäuschung an dem Mann nagte. Was er auch dachte, welche Gefühle ihn innerlich auch aufwühlten – er war machtlos. Was immer er anders gemacht hätte, ob er die gesamte Strategie anders angelegt oder nur Akzente anders gesetzt hätte –, jetzt konnte er nur noch hier sitzen und abwarten.

Oonagh beantwortete gerade Gilfeathers Fragen zu den Vorbereitungen für Marys Reise.

»Und wer hat den Koffer Ihrer Mutter gepackt, Mrs. McIvor?«

»Ihre Zofe.«

»Nach wessen Instruktionen?«

»Nach meinen.« Oonagh hatte nur den Bruchteil einer Sekunde gezögert, blaß, aber mit erhobenem Kopf. Niemand im Saal rührte sich. »Ich hatte eine Liste der Dinge angefertigt, die eingepackt werden sollten, damit es Mutter an nichts fehlte, und ... und es waren nicht besonders viele Abendkleider, dafür aber mehr einfache Tageskleider und Röcke. Der Besuch war ja eigentlich… kein gesellschaftliches Ereignis.«

Mitfühlendes Gemurmel wehte wie ein leiser Windhauch durch den Saal. Die persönlichen Details ließen die schreckliche Realität des Todes noch deutlicher hervortreten.

Gilfeather wartete ein, zwei Sekunden, bevor er seine Befragung fortsetzte.

»Ich verstehe. Und natürlich haben Sie auf dieser Liste auch den Schmuck vermerkt.«

»Ja, sicher.«

»Haben Sie die Liste in den Koffer gelegt?«

»Ja.« Der Anflug eines Lächelns huschte über ihr Gesicht. »Damit nicht aus Versehen etwas zurückblieb, wenn das Hausmädchen in London den Koffer für die Rückreise packte. Es kann sehr ärgerlich sein…« Sie mußte den Satz nicht beenden.

Wieder erfüllte der Geist der toten Frau den Saal. Im Publikum schluchzte jemand.

»Das bringt mich zu meiner nächsten Frage, Mrs. McIvor«, sagte Gilfeather nach ein paar Sekunden. »Warum hat Ihre Frau Mutter diese lange Reise nach London eigentlich unternommen? Wäre es nicht vernünftiger gewesen, Ihre Schwester nach Edinburgh zu holen? Hier hätte sie ihre ganze Familie um sich gehabt.«

»Normalerweise ja«, gab Oonagh ihm recht und hatte zu ihrem ruhigen, vernünftigen Tonfall zurückgefunden. »Aber meine Schwester ist noch nicht lange verheiratet und erwartet ihr erstes Kind. Sie mochte nicht reisen, aber sie wollte meine Mutter unbedingt sprechen.«

»Tatsächlich. Und wissen Sie auch, warum sie das wollte?«

Es herrschte absolute Stille im Saal. Als eine Frau leise hustete, klang es wie eine Gewehrsalve.

»Ja… Sie machte sich Sorgen, daß ihr Kind nicht ganz normal

sein könnte, hatte Angst, es könnte eine erbliche Krankheit haben ...« Wie Wassertropfen, deutlich artikuliert, fielen ihre Worte in das Becken gespannter Erwartung. Den Zuschauern stockte der Atem. Die Geschworenen saßen bewegungslos da. Der Richter war hellhörig geworden.

Rathbone hob den Blick.

Argylls Blick suchte Oonaghs Gesicht.

»Tatsächlich«, sagte Gilfeather sehr leise. »Und was wollte Ihre Mutter gegen diese Ängste tun, Mrs. McIvor?« Er fragte nicht nach der Natur der Krankheit, und Monk hörte das Flüstern und Stöhnen im Publikum, als hundert Menschen ihrer Enttäuschung Luft machten.

Oonagh wurde noch ein bißchen blasser. Sie hob das Kinn. »Sie wollte ihr versichern, daß mein Vater schon lange vor ihrer Geburt erkrankt war und daß es sich keinesfalls um ein erbliches Leiden handelt.« Ihre Stimme war ruhig und sehr klar. »Es war ein Fieber, das er sich während seiner Zeit beim Militär in Übersee zugezogen hatte. Es zerstörte seine inneren Organe, bis er schließlich daran starb. Griselda war zu jung, um sich noch genau daran zu erinnern, und ich glaube nicht, daß man es ihr erzählt hat, als mein Vater starb. Niemand hatte gedacht, daß es sie interessieren könnte.« Sie zögerte. »Es tut mir leid, das sagen zu müssen, aber Griselda sorgt sich über die Maßen um ihre Gesundheit.«

»Sie meinen, ihre Angst war völlig grundlos?« schlußfolgerte Gilfeather.

»Ja. Ziemlich grundlos. Aber das war ihr nicht leicht beizubringen, deshalb wollte Mutter hinfahren, um sie persönlich zu überzeugen.«

»Ich verstehe. Ganz natürlich. Jede Mutter hätte so gehandelt.«

Oonagh nickte ohne zu antworten.

Eine leichte Enttäuschung machte sich unter den Zuschauern breit. Bei manchen ließ die Aufmerksamkeit nach.

Oonagh räusperte sich.

»Ja?« reagierte Gilfeather sofort.

»Es fehlte übrigens nicht nur die graue Perlenbrosche«, sagte sie vorsichtig. »Und die haben wir ja wieder zurückbekommen.«

Gleich waren sie alle wieder wach.

»Tatsächlich?« Das interessierte Gilfeather.

»Sie hatte eine Diamantbrosche, die noch mehr wert war«, erklärte Oonagh ernst. »Sie wurde bei dem Juwelier unserer Familie in Auftrag gegeben, aber unter den persönlichen Dingen meiner Mutter war sie nirgends zu finden.«

Hester richtete sich kerzengerade auf und beugte sich vor, Fassungslosigkeit stand ihr im Gesicht.

»Ich verstehe.« Gilfeather starrte Oonagh an. »Und der geschätzte Wert der beiden Stücke, Mrs. McIvor?«

»Ach, so ungefähr hundert Pfund für die Perlen und ein bißchen mehr für die Diamanten.«

Der Richter runzelte die Stirn und beugte sich ein wenig vor.

»In der Tat eine beträchtliche Summe«, stimmte Gilfeather zu. »Damit könnte sich eine Frau, die nur von Gelegenheitsarbeiten lebt, so manchen Luxus erlauben.«

Rathbone zuckte so leicht zusammen, daß wohl nur Monk es bemerkte, und der kannte auch den Grund.

»Stand diese Diamantbrosche auch auf der Liste?«

»Nein. Sollte Mutter sie mitgenommen haben, hat sie sich im letzten Augenblick dafür entschieden.«

»Ich verstehe. Aber unter ihren Dingen haben Sie die Brosche nicht gefunden?«

»Nein.«

»Vielen Dank, Mrs. McIvor.«

Gilfeather räumte seinen Platz und bot Argyll mit einer großzügigen Geste an, die Befragung fortzusetzen.

Argyll dankte ihm und erhob sich.

»Mrs. McIvor, von diesem zweiten Schmuckstück haben Sie bisher nichts gesagt, ja, wir hören zum erstenmal davon. Warum?«

»Weil wir vorher nicht bemerkt hatten, daß es fehlte«, antwortete Oonagh.

»Wie seltsam! Solch ein wertvolles Stück wurde doch bestimmt an einem sicheren Ort aufbewahrt, in einem abschließbaren Kästchen oder etwas Ähnlichem.«

»Ich nehme es an.«

»Sie wissen es nicht?«

Sie war unsicher. »Nein. Sie gehörte meiner Mutter, nicht mir.«

»Wie oft haben Sie die Brosche an Ihrer Mutter gesehen?«

»Ich...« Sie sah ihn mit jenem aufmerksamen, direkten Blick an, dem sich auch Monk ein paarmal ausgesetzt gesehen hatte. »Ich kann mich nicht erinnern, daß sie die Brosche jemals getragen hat.«

»Und woher wissen Sie, daß sie in ihrem Besitz war?«

»Weil sie bei unserem Familienjuwelier in Auftrag gegeben, bezahlt und abgeholt worden ist.«

»Von wem?«

»Ich weiß, worauf Sie hinauswollen, Mr. Argyll«, räumte sie ein. »Aber sie gehört weder mir noch einer meiner Schwestern und auch nicht meiner Schwägerin. Sie kann nur meiner Mutter gehört haben. Sie wird die Brosche wohl getragen haben, als ich nicht dabei war, deshalb kann ich mich nicht erinnern.«

»Wäre es nicht möglich, Mrs. McIvor, daß die Brosche ein Geschenk für jemanden anderen war, etwa für eine Dame, die gar nicht zur Familie gehört?« legte er nahe. »Das würde erklären, warum niemand sie zu sehen bekommen hat und warum sie jetzt nicht aufzufinden ist. Würden Sie mir zustimmen?«

»Wenn es die Wahrheit wäre, ja«, erwiderte sie verächtlich. »Aber für jemanden, der nicht zur Familie gehört, wäre es ein zu kostspieliges Geschenk. Wir sind großzügig, will ich hoffen, aber keineswegs verschwenderisch.«

Zustimmendes Kopfnicken im Publikum.

»Wenn ich Sie richtig verstehe, Mrs. McIvor, wurde die Brosche in Auftrag gegeben, aber noch niemand hat sie gesehen, obwohl sie bezahlt worden ist. Aber Sie haben keinen Beweis dafür, daß Miss Latterly sie hat oder jemals gehabt hat?«

»Sie hatte die Perlenbrosche«, stelle Oonagh fest. »Und das streitet sie nicht einmal ab.«

»Nein, natürlich nicht«, stimmte Argyll ihr zu. »Sie hat alles getan, um sie Ihnen so schnell wie möglich zurückzugeben, nachdem sie sie entdeckt hatte. Aber die Diamantbrosche hat sie noch nie gesehen, so wenig wie Sie selber.«

Oonagh errötete, wollte etwas sagen, überlegte es sich jedoch anders.

Argyll lächelte. »Danke, Mrs. McIvor. Ich habe keine weiteren Fragen.«

Ein kleiner Sieg, aber die Freude darüber war nur von kurzer Dauer. Gilfeather war amüsiert. Er konnte es sich leisten.

Er rief den Schaffner des Zuges in den Zeugenstand, mit dem Hester und Mrs. Farraline gereist waren. Der Schaffner sagte genau das, was man von ihm erwartet hatte. Soweit er wisse, sei niemand anders in den Wagen gestiegen. Die Frauen seien die ganze Reise über allein gewesen. Ja, Mrs. Farraline habe das Abteil mindestens einmal verlassen, um einem menschlichen Bedürfnis nachzukommen. Ja, Miss Latterly sei ziemlich verzweifelt gewesen, als sie ihm den Tod einer älteren Dame gemeldet habe. Er sei ihr gefolgt, um sich die Sache anzusehen, und sie sei – zu seinem großen Bedauern – tatsächlich tot gewesen.

Argyll wußte nur zu gut, daß er es sich mit den Geschworenen nicht verscherzen durfte, indem er Fragen stellte, deren Antwort ohnehin jeder kannte; er verzichtete darauf, einen kleinen Mann zu schikanieren, der nur seine Pflicht getan hatte. Das Angebot zum Kreuzverhör schlug er mit einer Handbewegung und einem Kopfschütteln aus.

Auch der Stationsvorsteher hatte nichts Unerwartetes zu berichten, auch wenn er alles ein wenig dramatisierte.

Monk ließ den Blick interessiert durch den Saal schweifen. Ein paar Sekunden lang konnte er Hester unbemerkt beobachten, weil sie den Blick auf den Zeugenstand gerichtet hatte. Er betrachtete sie aufmerksam. Sie war nicht schön, aber die Anspannung und die Angst verliehen ihrem Gesicht etwas Vornehmes, das der Schönheit sehr nahe kam. Er war erstaunt, wie vertraut sie ihm war, als würde er jede Facette ihrer Person kennen. Er glaubte zu wissen, was in ihr vorging, aber es stand nicht in seiner Macht, ihr zu helfen.

Oonagh war im Gerichtssaal geblieben. Er sah ihr blondes Haar unter der Borte der dunklen Haube hervorleuchten. Sie wirkte ruhig und gefaßt, als hätte sie Stunden damit verbracht, sich in Selbstbeherrschung zu üben, bevor sie vom Ainslie Place zum Gericht aufgebrochen war. Und jetzt konnte sie nichts mehr erschüttern. Ob sie wußte, wer ihre Mutter getötet hatte? Möglich, daß sie es ahnte, so gut, wie sie ihre Geschwister kannte. Er betrachtete ihr Gesicht, die sanft geschwungenen Augenbrauen, die ruhigen Augen, die lange, gerade Nase, den vollen, beinahe perfekt geformten Mund. Alles makellos, aber insgesamt zu energisch, um wirklich schön zu sein. Ob sie nach Marys Tod das Zepter in der Familie ergriffen hatte? Wollte sie die Ehre der Familie schützen, stellte sie sich vor die Schwäche – oder die Niederträchtigkeit – eines ihrer Angehörigen?

Das würde er vielleicht niemals erfahren – selbst wenn er herausfinden sollte, wer der Mörder war.

Wenn?

Kälte kroch in ihm hoch. Unabsichtlich hatte er die Angst benannt, die er seit seiner Ankunft in Edingburh so hartnäckig verleugnete. Er schob den Gedanken von sich.

Es war einer von den Farralines! Es *mußte* so sein.

Er wandte den Blick von Oonagh zu Alastair, der neben ihr saß und den Stationsvorsteher im Zeugenstand nicht aus den Augen ließ. Er machte einen ruhelosen Eindruck, als wäre diese öffentliche Verhandlung der Tragödie seiner Familie eine unerträgliche Qual für ihn. Monk beobachtete nicht zum erstenmal, daß er sich in solchen Situationen mehr auf seine Schwester als auf seine Frau stützte. Sicher, Deirdra war ebenfalls anwesend, und sie saß auch neben ihm, aber er lehnte sich weiter nach links hinüber, zu Oonagh, und schob die rechte Schulter nach vorne, Deirdra damit ausschließend.

Sie blickte hartnäckig geradeaus, nicht um Alastair mit Mißachtung zu strafen, sondern weil sie interessiert die Verhandlung verfolgte. In ihrem Gesicht mit den sanften Augenbrauen, der Stupsnase und dem energischen Kinn standen weder Sorge noch Angst. Falls ihr etwas von bevorstehenden Tragödien schwante, war sie eine vollendete Schauspielerin.

Kenneth war nicht im Saal. Monk hatte auch nicht damit gerechnet. Man würde ihn als Zeugen aufrufen, also mußte er draußen warten. So wollte es das Gesetz. Eilish saß im Saal, eine schweigende Flamme. Auch Baird, der rechts von Oonagh saß, hatte sich ein wenig abgewandt – nicht demonstrativ, es war eher ein Rückzug in sich selbst. Er sah Eilish nicht an, doch selbst vom anderen Ende des Saals aus konnte Monk erkennen, welche Anstrengung es ihn kostete, es nicht zu tun.

Quinlan Fyffe war nicht anwesend – wahrscheinlich würde man auch ihn in den Zeugenstand rufen.

Der Stationsvorsteher war mit seiner Aussage fertig. Argyll hatte keine Fragen an ihn. Man entließ ihn, und der Arzt, der Mary Farralines Tod festgestellt hatte, trat in den Zeugenstand. Gilfeather war äußerst freundlich zu ihm, versuchte nicht, ihn wegen der falschen Diagnose eines normalen Herzversagens in Verlegenheit zu bringen. Dem Mann war trotzdem nicht wohl in seiner Haut. Seine Antworten blieben einsilbig.

Argyll erhob sich, lächelte ihm zu, und setzte sich wieder, ohne etwas gesagt zu haben.

Es war bereits später Nachmittag. Das Gericht vertagte sich auf den nächsten Morgen.

Monk ging sofort hinaus, um Rathbone nach seinen Eindrükken zu befragen. Er sah ihn auf der Treppe und kam unten an, als er und Argyll gerade in einen Hansom kletterten.

Monk blieb am Randstein zurück und stieß einen heftigen Fluch aus. Ihm war völlig klar, daß Rathbone ihm nichts sagen konnte, was er nicht selber wußte, und doch war er wütend darüber, nicht mit ihm reden zu können. Er blieb eine Weile dort stehen, zu verärgert, um über das nachzudenken, was er als nächstes tun würde.

»Sind Sie hinter Oliver oder hinter dem Wagen hergelaufen, Mr. Monk?«

Er fuhr herum. Ein paar Schritte hinter ihm stand Henry Rathbone. Die Besorgnis und die Aufmerksamkeit in dem freundlichen Gesicht ließen seinen Zorn verfliegen; nur seine eigene Angst blieb übrig, und das Bedürfnis, sie mit jemandem zu teilen.

»Hinter Ihrem Sohn«, antwortete er. »Aber ich fürchte, er hätte mir auch nichts Neues sagen können. Waren Sie bei der Verhandlung? Ich habe Sie nirgends gesehen.«

»Ich war hinter Ihnen«, antwortete Henry Rathbone und lächelte schwach. »Stehplatz. Für einen Sitzplatz war ich zu spät dran.« Sie gingen los, Monk blieb an seiner Seite. »Ich hätte nicht gedacht, daß das öffentliche Interesse so groß ist. Diese Sensationslust ist etwas höchst Unangenehmes. Ich mag die Menschen als Einzelwesen, aber in der Masse zeigen sie ihre unerfreulichsten Eigenschaften. Muß wohl eine Art Herdeninstinkt sein. Der Geruch nach Angst, nach etwas, das verwundet ist...« Er brach unvermittelt ab. »Es tut mir leid.«

»Sie haben völlig recht«, stimmte Monk grimmig zu. »Und Gilfeather versteht sein Geschäft.« Den Rest des Gedankens sprach er nicht aus. Es erübrigte sich.

Eine Weile gingen sie in einvernehmlichem Schweigen nebeneinanderher. »Verlieren Sie nicht die Hoffnung«, sagte Rathbone unvermittelt, als sie eine Straße überquerten. »Argyll ist auch nicht auf den Kopf gefallen. Jemand aus der Familie hat es getan. Denken Sie einmal dran, wie die sich jetzt fühlen müssen! Denken Sie an die Schuld, egal, welche Leidenschaft sie dazu getrieben hat; ob es nun Angst war oder Habgier oder Vergeltung für ein Unrecht, ein wirkliches oder eingebildetes. Das Entsetzen bleibt, bei jedem, der nicht völlig verrückt ist, das Entsetzen darüber, diesen unwiderruflichen Schritt getan zu haben.«

Monk sagte nichts, er ging neben dem Alten her, in seinem Kopf überschlugen sich die Gedanken. Henry Rathbone hatte recht.

»Vielleicht auch eine Art Euphorie«, fuhr Henry fort. »Sie scheinen gewonnen zu haben. Sie haben den Sieg vor Augen.«

Monk schnaubte. »Was ist das für ein Sieg? Haben sie etwas gewonnen, oder sind sie einer Gefahr entronnen? Ist es Euphorie oder Erleichterung?«

»Weder noch«, sagte Henry Rathbone und schüttelte den Kopf. »Noch kann der Arm des Gesetzes sie erreichen. Oliver würde fragen, nachbohren, Mißtrauen unter ihnen säen. Ich hoffe, daß Argyll es auch so macht.«

Keiner von ihnen redete von Hester, aber Monk wußte, daß auch Henry Rathbone an sie dachte. Es war sinnlos über Sieg oder Niederlage zu reden, und es war zu schmerzhaft, daran zu rühren.

Schweigend gingen sie zusammen den Lawnmarket hinauf.

Neuntes Kapitel

Hester fühlte sich entsetzlich allein, als sie in dem Käfig stand und darauf wartete, bis man sie durch diese seltsame Falltürkonstruktion nach oben in den Gerichtssaal brachte, um sie nicht durch die gaffende Menge führen zu müssen. Es war ein bitterkalter Tag, und hier unten wurde nicht geheizt. Sie zitterte unkontrolliert, und in einem Anflug von Selbstironie sagte sie sich, daß es nichts mit Angst zu tun haben könne.

Aber als es an der Zeit war und sie in den überfüllten Saal hinaufgezogen wurde, vermochte auch die Wärme, die von den beiden Kohlenfeuern und den vielen Menschen ausging, nicht bis in ihr Inneres zu dringen, das Zittern zu beenden und die verkrampften Muskeln ein wenig zu lockern.

Sie suchte den Saal nicht nach den Gesichtern von Monk, Callandra oder Henry Rathbone ab. Es schmerzte zu sehr. Es erinnerte sie an alles, was ihr teuer war und wovon sie sich vielleicht schon bald trennen mußte. Mit jeder Zeugenaussage wurde die Wahrscheinlichkeit größer. Ihr waren Argylls kleine Siege nicht entgangen, aber sie ließ sich nicht täuschen. Allenfalls ein Narr hätte sich deswegen Hoffnung gemacht. Es waren gewonnene Schlachten – aber der Krieg war verloren.

Der erste Zeuge des Tages war Connal Murdoch. Sie hatte ihn auf dem Bahnhof in London gesehen. Damals war er durcheinandergewesen, erschüttert über die Nachricht von Marys Tod und besorgt um die körperliche und seelische Gesundheit seiner Frau. Jetzt wirkte er ganz anders, ruhig und gelassen. Er trug einen schlichten schwarzen Anzug, sauber geschneidert, aber ein wenig phantasielos. Ein teurer Anzug ohne Eleganz, so wie der Mann selber keine rechte Vorstellung von Charme zu haben schien, nur davon, was ihm gut paßte.

Aber eine gewisse Intelligenz konnte sie dem Mann mit den tiefliegenden Augen, dem nervösen Mund und der Stirnglatze nicht absprechen.

»Mr. Murdoch«, begann Gilfeather freundlich. »Erlauben Sie mir bitte, mit Ihnen noch einmal die Ereignisse jenes tragischen Tages durchzugehen. Sie und Ihre Frau wollten Mrs. Farraline vom Nachtzug aus Edinburgh holen?«

Murdoch nickte.

»Hatte Mrs. Farraline selber Sie von dem bevorstehenden Besuch in Kenntnis gesetzt?«

»Ja.« Murdoch schien ein wenig erstaunt zu sein, obwohl Gilfeather die Fragen vor der Sitzung mit ihm durchgegangen sein dürfte.

»Gab es in ihren Briefen irgendwelche Hinweise darauf, daß sie sich um ihre Sicherheit Sorgen machte?«

»Natürlich nicht.«

»Kein Wort über Familienprobleme, Streitigkeiten oder Ungemach anderer Art?«

»Kein Wort!« Murdoch schien etwas irritiert. Solche Gedanken erschienen ihm absurd, und es mißfiel ihm sichtlich, daß Gilfeather die Sprache darauf brachte.

»Sie hatten also keine dunklen Vorahnungen, als sie zum Bahnhof fuhren, kein Gedanke daran, daß etwas nicht in Ordnung sein könnte?«

»Nein, Sir, ich sagte es bereits.«

»Und was war der erste Hinweis darauf, daß etwas nicht in Ordnung war?«

Es wurde unruhig im Saal. Das Interesse war erwacht.

Gegen ihren Willen warf Hester einen Blick auf Oonagh und sah ihr blasses Gesicht mit dem wunderschönen Haar. Sie saß wieder neben Alastair, ihre Schultern berührten sich beinahe. Einen Augenblick lang tat sie ihr leid. Sie schien sich ganz darauf zu konzentrieren, Alastair, der aschfahl im Gesicht war, eine Stütze zu sein. Sie waren die beiden Ältesten. Hatten sie Mary besonders nahe gestanden? Hester fiel ein, daß Mary gesagt hatte, sie hätten sich schon als Kinder gegenseitig getröstet.

Connal Murdoch erzählte gerade, wie er die Todesnachricht erhalten und sie seiner Frau gebracht hatte. Er war ein guter Zeuge, gelassen und sachlich machte er seine Aussagen.

Kenneth Farraline konnte Hester nirgends entdecken. Hatte er tatsächlich Firmengeld unterschlagen? Und seine Mutter ermordet, weil sie dahintergekommen war? Er wäre nicht der erste Mann, der solch einer Versuchung erlegen war, blind vor Liebe, und der dann – aus Furcht vor Entdeckung – etwas noch Verzweifelteres getan hatte, um seine unüberlegte Tat zu vertuschen.

Ob Oonagh ihn schützte?

Hester blickte in ihr außergewöhnliches, starkes Gesicht und fand dort keinen Hinweis.

Connal Murdoch berichtete vom ersten Zusammentreffen mit Hester im Büro des Bahnhofsvorstehers. Es war seltsam, hier zu stehen und sich die Geschichte aus der Sicht eines anderen anhören zu müssen, ohne die Möglichkeit, Unwahrheiten und falsche Wahrnehmungen korrigieren zu können.

»Ja, sicher«, sagte er gerade. »Sie war blaß, aber einigermaßen gefaßt. Natürlich hatten wir gleich den Verdacht, daß sie für den Tod meiner Schwiegermutter verantwortlich war!«

Argyll sprang von seinem Platz auf.

»Schon gut, Mr. Argyll«, sagte der Richter ungeduldig. Er

wandte sich dem Zeugenstand zu. »Mr. Murdoch, wie auch immer ihre eigenen Überzeugungen aussehen mögen, dieses Gericht geht von der Unschuld der Angeklagten aus, bis die Geschworenen sie für schuldig erklärt haben. Würden Sie das bitte bei Ihren Aussagen berücksichtigen.«

Murdoch schaute betroffen.

Argyll brannte darauf, seinen Protest in wesentlich deutlichere Worte zu kleiden, als es der Richter getan hatte, aber man ließ ihn nicht. Hinter ihm saß Oliver Rathbone, starr und bewegungslos, nur die Finger der linken Hand trommelten auf einen Stoß mit Notizblättern.

Hester betrachtete die anderen Farralines. Einer von ihnen hatte Mary getötet. Es kam ihr absurd vor, daß sie hier stehen und um ihr Leben kämpfen mußte und ihnen dabei ins Gesicht sehen konnte, einem nach dem anderen, ohne zu wissen, wer von ihnen es getan hatte.

Wußten sie alle Bescheid – oder nur der oder die Schuldige?

Der alte Hector war nicht im Saal! Ob er mal wieder betrunken war, wie gewöhnlich, oder hatte Argyll vor, ihn in den Zeugenstand zu rufen? Er hatte ihr nichts davon gesagt.

Manchmal war es besser, einen anderen die Verteidigung planen und den Kampf ausfechten zu lassen. Aber es gab auch Momente quälender Hilflosigkeit, da hätte sie alles dafür gegeben, aufstehen und selber reden, Zeugen befragen, die Wahrheit aus ihnen herauspressen zu dürfen.

Gilfeather war mit der Befragung fertig und nahm Platz. Er fühlte sich wohl, war mit seiner Position sehr zufrieden und hatte auch allen Grund dazu. Die Geschworenen saßen in andächtigem, feierlichem Schweigen mit verschlossenen Gesichtern auf ihren Plätzen – sie hatten sich ihre Meinung wohl schon gebildet. Keiner von ihnen hatte einen Blick für die Anklagebank übrig.

Argyll erhob sich, aber er hatte nicht viel zu sagen und noch weniger entgegenzusetzen.

Hinter ihm kochte Oliver Rathbone vor Ungeduld. Je länger diese Beweisaufnahme dauerte, desto tiefer grub die Überzeugung von Hesters Schuld sich in die Köpfe der Geschworenen. Und welcher Mann änderte schon gerne eine Entscheidung, die er einmal getroffen hatte? Das wußte Gilfeather so gut wie er. Ein gerissener Hund!

Auch der Richter machte ein schmales, hartes Gesicht. Seine Worte mochten noch von richterlicher Unparteilichkeit zeugen, aber man mußte ihn nur genau ansehen, dann kannte man sein Urteil bereits.

Argyll nahm sehr bald wieder Platz, und Rathbone seufzte erleichtert.

Als nächste Zeugin wurde Griselda Murdoch aufgerufen. Dahinter steckte eine geschickte Taktik. Sie stand kurz vor der Geburt und sah blaß und sehr müde aus. Das Mitgefühl des Publikums war beinahe greifbar, ebenso der Haß auf Hester, der wie ein übler Geruch im Raum hing.

»Mrs. Murdoch«, sagte Gilfeather leise, als spräche er zu einer Kranken oder einem Kind, »wir sind uns durchaus bewußt, daß es sie viel Kraft kostete, hierherzukommen und eine Aussage zu machen. In Ihrem Zustand muß die lange Reise eine gewaltige Anstrengung gewesen sein.«

Ein mitfühlendes Gemurmel erhob sich im Saal, und ein paar Zuschauer gaben ihrer Bewunderung lautstark Ausdruck.

Der Richter ignorierte sie.

»Ich will Sie nicht dazu drängen, über die Gefühle zu reden, die Sie am Bahnhof hatten«, fuhr Gilfeather fort. »Es liegt mir fern, Ihnen unnötigen Kummer zu bereiten. Aber wenn Sie so freundlich wären, dem Gericht mitzuteilen, was passierte, nachdem Sie und Ihr Mann wieder zu Hause waren, als Sie wußten, daß Ihre Frau Mutter tot war. Sie können sich Zeit lassen und in Ruhe über alles nachdenken.«

»Danke, das ist sehr freundlich«, sagte sie mit zitternder Stimme.

Monk fiel auf, wie unähnlich sie ihren Schwestern war. Sie war weder mutig noch temperamentvoll. Vielleicht war es für einen Mann leichter, mit ihr zusammenzuleben; sie forderte nichts und stellte Nachsicht und Geduld auf keine große Probe, doch zweifellos war sie auch unendlich viel weniger interessant. Sie war unsicher und zeigte eine Neigung zum Selbstmitleid, die Oonagh sicher nicht akzeptieren konnte. Oder spielte sie hier nur eine Rolle, mit der sie das Gericht auf ihre Seite bringen wollte? Wußte sie, wer ihre Mutter getötet hatte? War es nicht sogar möglich, daß sie sich in einem Augenblick des Wahnsinns alle zusammengefunden hatten, um den Mord an Mary Farraline zu begehen?

Nein, das erschien absurd. Seine Phantasie ging mit ihm durch.

Sie erzählte Gilfeather gerade, wie sie Marys Koffer ausgepackt, zwischen den Kleidern die Liste gefunden und festgestellt hatte, daß die graue Perlenbrosche fehlte.

»Ich verstehe.« Gilfeather nickte wissend. »Und Sie hatten erwartet, die Brosche zu finden?«

»Natürlich. Sie stand doch auf der Liste.«

»Und was haben Sie dann getan, Mrs. Murdoch?«

»Ich habe mit meinem Mann gesprochen. Ich habe ihm gesagt, daß die Brosche fehlt, und ihn um seinen Rat gebeten.«

»Und was hat er Ihnen geraten?«

»Nun, zuerst haben wir natürlich alles noch einmal gründlich durchgesucht. Aber sie war wirklich nicht da.«

»Sicher. Wir wissen ja inzwischen, daß Miss Latterly sie hatte. Niemand bestreitet das. Und dann?«

»Nun … Connal, Mr. Murdoch machte sich große Sorgen, daß jemand sie gestohlen haben könnte, und er …« Sie schluckte und brauchte ein paar Sekunden, um ihre Fassung zurückzugewinnen. Das Gericht wartete in respektvollem Schweigen.

Hinter Argyll stieß Rathbone einen unterdrückten Fluch aus.

»Ja?« ermutigte sie Gilfeather.

»Er hielt es für ratsam, nach unserem eigenen Arzt zu schicken, um seine Meinung zur Todesursache zu hören.«

»Ich verstehe. Und genau das haben Sie getan?«

»Ja.«

»Und wen haben Sie gerufen, Mrs. Murdoch?«

»Dr. Ormorod in der Slingsby Street.«

»Ich verstehe. Vielen Dank.« Er wandte sich mit einem entwaffnenden Lächeln an Argyll: »Ihre Zeugin, Sir.«

»Ich danke Ihnen, Sir, ich danke Ihnen sehr.« Argyll erhob sich langsam von seinem Stuhl.

»Mrs. Murdoch …«

Sie beobachtete ihn wachsam, fest davon überzeugt, daß er nur ihr Feind sein konnte.

»Jawohl, Sir.«

»Die Koffer Ihrer Frau Mutter … Ich nehme an, Sie haben sie selber ausgepackt und nicht Ihr Hausmädchen damit beauftragt? Sie haben doch ein Hausmädchen?«

»Natürlich!«

»Aber diesmal, angesichts der tragischen Umstände, haben Sie beschlossen, die Sachen selber auszupacken?«

»Ja.«

»Warum?«

Ein Raunen der Mißbilligung ging durch den Saal. Einer der Geschworenen räusperte sich vernehmlich. Der Richter runzelte die Stirn, schien etwas sagen zu wollen, hielt sich jedoch zurück.

»W-warum?« Griselda war fassungslos. »Ich verstehe nicht.«

»Ja, Mrs. Murdoch«, wiederholte Argyll. Ruhig stand er vor ihr. Alle Blicke waren auf ihn gerichtet. »Warum haben Sie die Sachen Ihrer Mutter ausgepackt?«

»Ich... ich wollte nicht, daß das Mädchen...«, sagte Griselda mit erstickter Stimme. »Sie war...« Sie brach mitten im Satz ab, überzeugt davon, daß das Mitgefühl des Gerichts ihn zu Ende denken würde.

»Nein, Madam, Sie haben mich mißverstanden«, erwiderte Argyll vorsichtig. »Ich will nicht wissen, warum Sie das Mädchen nicht beauftragt haben. Das verstehen wir alle, und jeder hier im Saal hätte an Ihrer Stelle genauso gehandelt. Nein, warum haben Sie die Sachen überhaupt ausgepackt und sie nicht einfach im Koffer gelassen, um sie zurück nach Edinburgh zu schicken?«

»Oh!« Sie stieß einen Seufzer aus, bis auf die rosa Flecken auf ihren Wangen war ihr Gesicht sehr blaß.

»Man fragt sich, warum Sie die Sachen sorgfältig ausgepackt haben, wo sie doch niemand mehr benötigte. Ich an Ihrer Stelle hätte es nicht getan. Ich hätte sie eingepackt gelassen, fertig für die Rückreise.« Argylls Stimme senkte sich zu einem tiefen, leisen Donnergrollen, und doch klang jedes Wort schrecklich deutlich. »Es sei denn, ich hätte nach etwas gesucht.«

Griselda sagte nichts, aber ihr Unbehagen war nicht zu übersehen.

Argyll entspannte sich ein wenig, beugte sich vor.

»Stand die Diamantbrosche auch auf der Liste, Mrs. Murdoch?«

»Die Diamantbrosche? Nein. Nein, die Diamantbrosche stand nicht darauf.«

»Sind Sie sicher?«

»Ja, natürlich bin ich sicher. Nur die graue Perlenbrosche, der

Topas und die Halskette mit den Amethysten. Es fehlte nur die Perlenbrosche.«

»Haben Sie die Liste noch, Mrs. Murdoch?«

»Nein ... nein. Hab' ich nicht. Ich ... ich weiß nicht, wo sie ist.« Sie schluckte. »Ist das wichtig? Sie wissen, daß Miss Latterly die Brosche hatte. Die Polizei hat sie in ihren Sachen gefunden.«

»Nein, Mrs. Murdoch«, korrigierte Argyll, »das ist nicht richtig. Die Polizei hat sie im Haus von Lady Callandra Daviot bekommen, wo Miss Latterly sie entdeckt und der Lady übergeben hatte, damit die Brosche nach Edinburgh geschickt werden konnte. Lady Daviot hatte in der Sache bereits den Rat ihres Anwalts eingeholt.« Griselda schien verzweifelt und durcheinander.

»Davon weiß ich nichts. Ich weiß nur, daß sie nicht bei den Sachen meiner Mutter war und daß Miss Latterly sie hatte. Ich weiß nicht, was Sie sonst noch von mir hören wollen.«

»Ich will gar nichts mehr von Ihnen hören, Madam. Sie haben meine Fragen mit bewundernswerter Offenheit beantwortet.« Nur ein Hauch von Sarkasmus schwang in seiner Stimme mit, aber der erste Zweifel war gesät. Jeder im Saal fragte sich, warum Griselda Murdoch die Sachen ihrer Mutter durchsucht hatte, und viele glaubten, die Antwort zu kennen. Sie war nicht gerade schmeichelhaft. Hier tat sich der erste Riß im Zusammenhalt der Familie auf, der erste Hinweis darauf, daß Habgier und Mißtrauen im Spiel sein könnten.

Sichtlich zufrieden nahm Argyll Platz.

Die letzte Zeugin des Tages war Mary Farralines Zofe, eine stille, melancholische Frau, in tristes Schwarz gekleidet, ohne das kleinste Stück Trauerschmuck.

Gilfeather ging äußerst höflich mit ihr um.

»Miss McDermot, haben Sie Ihrer verstorbenen Herrin die Koffer für die Reise nach London gepackt?«

»Ja, Sir.«

»Hatten Sie eine Liste von den Dingen, die Sie in die Koffer pakken sollten, für das Hausmädchen in London?«

»Ja, Sir, Mrs. McIvor hat sie geschrieben, damit ich einen Anhaltspunkt habe ... und natürlich hatte das Hausmädchen in London darum gebeten.«

»Ich verstehe. Stand eine Diamantbrosche auf der Liste?«

»Nein, Sir, die stand nicht drauf.«

»Sind Sie ganz sicher?«

»Ja, Sir, das könnte ich beeiden.«

»Gut. Aber eine graue, ungewöhnlich geformte Perlenbrosche stand darauf?«

»Ja, Sir.«

Gilfeather zögerte.

Rathbone spitzte die Ohren. Ob er sie fragen wollte, ob alles, was sie eingepackt hatte, mit Mary Farralines Gepäck zurückgekommen war? Damit wäre Griselda entlastet.

Aber Gilfeather verzichtete darauf. Vielleicht fürchtete er, sie könnte etwas genommen haben. Nur der geringste Hinweis darauf, daß etwas fehlte, und diese Meute, die nach Dramatik und Schuld jeder Art lechzte, würde einen Diebstahl daraus machen.

Rathbone lehnte sich zurück. Zum erstenmal lächelte er. Gilfeather hatte einen Fehler gemacht. Auch er war verwundbar.

»Miss McDermot«, setzte Gilfeather die Befragung fort, »haben Sie Miss Latterly kennengelernt, als sie in das Haus am Ainslie Place kam, um Mrs. Farraline nach London zu begleiten?«

»Natürlich, Sir. Ich habe ihr Mrs. Farralines Arzneischatulle gezeigt und was sie zu tun hatte.«

Plötzlich herrschte wieder gespannte Aufmerksamkeit im Saal. Drei der Geschworenen, die sich etwas entspannt hatten, richteten sich kerzengerade auf.

»Sie haben ihr die Schatulle mit der Arznei gezeigt, Miss McDermot?«

»Ja, ich wußte doch nicht, daß sie Mrs. Farraline vergiften würde!« Sie klang ängstlich und schien den Tränen nahe zu sein.

»Natürlich nicht, Miss McDermot«, sagte Gilfeather beschwichtigend. »Niemand macht Ihnen einen Vorwurf daraus. Sie haben nur Ihre Pflicht getan. Sie hielten sie für eine gute Krankenschwester, und natürlich mußte sie über die Bedürfnisse der Patientin informiert werden. Aber das Gericht muß genau wissen, was passiert ist. Sie haben ihr den Medikamentenkoffer gezeigt und die Phiolen, die darin lagen. Sie haben ihr erklärt, was sie enthielten und in welcher Dosis die Arznei verabreicht werden mußte?«

»Ja... so war es.«

»Danke. Das ist alles, Miss McDermot.«

Sie drehte sich um und wollte den Zeugenstand verlassen.

Argyll sprang auf.

»Nein, Miss McDermot. Schenken Sie mir bitte noch ein paar Minuten Ihrer Zeit.«

Sie war dunkelrot im Gesicht, als sie sich erschrocken zu ihm wandte.

Er lächelte, aber das machte es nur noch schlimmer. Sie schien einer Ohnmacht nahe.

»Miss McDermot«, begann er leise – das sanfte Brummen eines verschlafenen Bären. »Haben Sie Miss Latterly den Schmuck Ihrer Herrin gezeigt?«

»Natürlich nicht! Ich bin doch nicht...« Sie sah ihn fassungslos an.

»Nicht verrückt«, sprach er für sie weiter. »Nein, das nehme ich auch nicht an. Ich denke, es wäre Ihnen nicht im Traum eingefallen, den Schmuck Ihrer Herrin einer Fremden oder sonst jemandem zu zeigen. Im Gegenteil, Sie sind sicher äußerst diskret damit umgegangen, habe ich recht?«

Gilfeather erhob sich. »Euer Ehren…«

»Ja, Mr. Gilfeather«, fiel ihm der Richter ins Wort, »ich weiß, was Sie sagen wollen. Mr. Argyll, Sie führen die Zeugin. Stellen Sie bitte Fragen, und legen Sie ihr keine Antworten in den Mund.«

»Tut mir leid, Euer Ehren«, erwiderte Argyll folgsam. »Also, Miss McDermot, bitte klären Sie das Gericht über die Aufgaben einer guten Zofe auf. Was hätte Ihre Herrin gesagt, wenn Sie ihren Schmuck oder andere wertvolle Dinge einer fremden Person gezeigt hätten? Gab es irgendwelche Anweisungen in dieser Richtung?«

»Nein, Sir, das ist nicht nötig. Jeder Bedienstete weiß, daß er mit so etwas seine Stellung riskiert.«

»Sie sind also ganz sicher, daß sie Hester Latterly weder die Perlenbrosche noch irgendein anderes Schmuckstück gezeigt haben.«

»Ja, ich bin absolut sicher. Mrs. Farraline bewahrte ihren Schmuck in einer Schatulle in ihrem Schlafzimmer auf, nicht im Ankleidezimmer, Sir. Und dazu habe ich keinen Schlüssel.«

»Natürlich nicht. Ich danke Ihnen. Ich habe nicht an Ihnen gezweifelt, Miss McDermot. Ich denke, die Farralines können sich die besten Dienstboten in ganz Edinburg leisten und hätten es nicht nötig, Leute zu beschäftigen, die solche fundamentalen Regeln verletzen.«

»Danke, Sir.«

»Nun zu diesem Arzneikasten. Überlegen Sie bitte genau. Wie viele Phiolen enthält er?«

»Zwölf, Sir«, antwortete sie und sah ihn mißtrauisch an.

»Und jede von ihnen enthält eine eigene vollständige Dosis.«

»Ja, Sir, so ist es.«

»Wie sind sie in dem Kasten angeordnet, Miss McDermot?«

»In zwei Reihen zu sechs Fläschchen, Sir.«

»Nebeneinander oder übereinander in zwei Einschüben? Beschreiben Sie es uns«, bat er sie.

»Eine Reihe über der anderen, im selben Einschub ... wie zwei Hälften eines Buches. Nicht wie Schubladen«, antwortete sie. Sie schien nicht mehr ganz so ängstlich zu sein.

»Ich verstehe. Eine sehr präzise Beschreibung. Haben Sie mit jedem Rezept neue Fläschchen bekommen?«

»Nein, nein, Sir, das wäre ja Verschwendung. Sie sind aus Glas und haben einen Stöpsel. Da kommt kaum Luft rein.«

»Welch lobenswerte Sparsamkeit. Der Apotheker füllte die Phiolen also wieder auf, wenn er die Medizin zubereitet hat?«

»Ja, Sir.«

»Extra für die Reise?«

»Ja.«

»Und wenn Mrs. Farraline zu Hause war?«

»Auch dann kam das Mittel in Einzeldosen aus der Apotheke, Sir. Die Dosis muß exakt abgemessen werden, sonst könnte sie ...«, sie schluckte, »... tödlich sein, Sir. Aber wir müssen noch Flüssigkeit hinzufügen, um sie genießbar zu machen, zumindest ...«

»Ich verstehe, ja, ist ja ziemlich einfach. Und das war ein neuer Vorrat, ein Dutzend Phiolen für die Reise.«

»Ja, Sir. Und wenn sie länger als sechs Tage fortgeblieben wäre, dann hätte man bei einem Londoner Apotheker Nachschub besorgen können.«

»Wie praktisch. Das Rezept hatte sie natürlich dabei.«

»Ja, Sir.«

»Man mußte also keine Angst haben, daß ihr das Mittel ausgeht.«

»N-nein...«

Gilfeather rutschte nervös auf seinem Platz herum. Er war ungeduldig. Wäre sein Gegner nicht so prominent gewesen, hätte er die Taktik der Vernehmung längst als Zeitverschwendung abgetan.

»Mr. Argyll«, fragte der Richter gereizt, »verfolgen Sie ein bestimmtes Ziel? Wenn ja, dann sollten Sie zur Sache kommen.«

»Jawohl, Euer Ehren«, sagte Argyll höflich und wandte sich wieder dem Zeugenstand zu. »Miss McDermot, wenn Sie Mrs. Farraline in der Hektik der Reisevorbereitungen bereits am Morgen eine der vorbereiteten Phiolen gegeben hätten, statt extra eine Dosis anzurühren – hätte das etwas ausgemacht? Ich will nur von Ihnen wissen, ob es etwas ausgemacht hätte, nicht, ob Sie es getan haben!«

Sie starrte ihn an, als hätte sie eine Schlange gesehen.

»Miss McDermot?«

»Sie müssen darauf antworten!« sagte der Richter.

Sie schluckte. »N-nein. Nein, Sir, eigentlich hätte das nichts ausgemacht.«

»Es wäre nicht gefährlich für sie gewesen?«

»Nein, Sir. Überhaupt nicht gefährlich.«

»Ich verstehe.« Er lächelte, als wäre er sehr zufrieden mit der Antwort. »Vielen Dank, Miss McDermot, das ist alles.«

Gilfeather erhob sich blitzschnell. Unruhe ging durch den Saal wie ein leichter Wind durch ein Weizenfeld. Gilfeather öffnete den Mund. Miss McDermot sah ihn an. Gilfeather sah Argyll an. Argylls Lächeln veränderte sich nicht im mindesten.

Rathbone ballte so fest die Fäuste, daß die Nägel ins Fleisch schnitten. Würde Gilfeather es riskieren, nach der ersten Phiole zu fragen? Wenn sie zugab, sie Mary Farraline gegeben zu haben, war seine Beweisführung ernsthaft gefährdet.

Gilfeather riskierte es nicht. Sie könnte sie ihr gegeben haben. Und womöglich traute sie sich nicht, es unter Eid zu leugnen. Er setzte sich wieder.

Ein Seufzer ging durch den Saal, das Rascheln von Stoff, als alle sich enttäuscht zurücklehnten. Einer der Geschworenen stieß einen unterdrückten Fluch aus.

Miss McDermot mußte gestützt werden, nachdem sie an der untersten Stufe aus unsagbarer Erleichterung gestolpert war.

Noch immer spielte ein Lächeln um Argylls Lippen. Rathbone schickte ein Stoßgebet gen Himmel.

Gilfeathers nächster Zeuge war der Arzt, den Connal Murdoch gerufen hatte, ein kleiner, rundlicher Herr mit schwarzem Haar und einem schmalen, schwarzen Oberlippenbart.

»Dr. Ormorod«, sagte er mit sanfter Stimme, sobald die Angaben zur Person sorgfältig protokolliert waren, »Sie wurden von Mr. Connal Murdoch gerufen, um die verstorbene Mrs. Farraline zu untersuchen, ist das korrekt?«

»Jawohl, Sir, das ist korrekt. Um halb elf am Vormittag des siebten Oktober in diesem Jahr des Herrn«, antwortete der Arzt.

»Sind Sie sofort gekommen?«

»Nein, Sir. Ich war zu einem Kind gerufen worden, das ernstlich an Keuchhusten erkrankt war. Man hatte mich über das Ableben von Mrs. Farraline in Kenntnis gesetzt, deshalb sah ich keinen Grund zu besonderer Eile.«

Nervöses Kichern im Publikum. Einer der Geschworenen, ein großer Mann mit weißer Mähne, strafte den Übeltäter mit einem finsteren Blick.

»Hat man Ihnen gesagt, warum man Sie rufen ließ, Dr. Ormorod?« fragte Gilfeather. »Das war doch eine ungewöhnliche Konsultation, oder?«

»Eigentlich nicht, Sir. Ich hatte zunächst gedacht, ich sollte mich um Mrs. Murdoch kümmern. Der Schock eines plötzlichen Verlustes kann durchaus ein Grund für ärztliche Intervention sein.«

»Ja... ich verstehe. Und was war dann, als Sie im Haus der Murdochs eintrafen?«

»Mrs. Murdoch, die Ärmste, war in einem erbärmlichen Zustand, das versteht sich von selbst, aber der Grund für ihre Verzweiflung hat mich etwas verwundert.« Dem Doktor wurde zunehmend bewußt, daß er im Mittelpunkt der allgemeinen Aufmerksamkeit stand. Er richtete sich immer mehr auf, hob das Kinn und setzte die Worte wie ein Schauspieler, der einen großen Monolog zum Vortrag bringt. »Natürlich war sie tief betroffen vom Ableben ihrer Mutter, aber beinahe noch mehr schien die Art und Weise sie zu beunruhigen. Sie fürchtete, Sir, und zwar wegen des fehlenden Schmucks, daß der Tod ihrer Mutter keine natürliche Ursache hatte.«

»Hat sie das zu Ihnen gesagt?« wollte Gilfeather wissen.

»In der Tat, Sir, das hat sie gesagt.«

»Und was haben Sie unternommen, Dr. Ormorod?«

»Nun, ich muß gestehen, ich hab's zunächst nicht ganz glauben können.« Er verzog das Gesicht und sah zu den Geschworenen hinüber. Einer oder zwei von ihnen nickten ihm zustimmend zu. Mindestens zwei Drittel der Geschworenen waren Herren mittleren oder gehobenen Alters von hohem Ansehen, denen die Unberechenbarkeit der Frauen, insbesondere jüngerer Frauen in prekären Situationen, durchaus nicht fremd war.

»Und was haben Sie unternommen, Sir?« insistierte Gilfeather.

Ormorod wandte seine Aufmerksamkeit wieder der Sache zu. »Ich habe eine Untersuchung durchgeführt, Sir, eine sehr detaillierte Untersuchung.« Wieder machte er eine Pause, der dramatischen Wirkung zuliebe.

Gilfeather bewahrte die Fassung. Rathbone fluchte leise. Argylls Seufzen war kaum zu hören, doch sein Gesicht sprach Bände.

Das war nicht die Reaktion, die Ormorod erwartet hatte. »Es hat lange gedauert«, sagte er mit schmalen Lippen. »Und es war meine Pflicht, eine vollständige Autopsie durchzuführen, besonders um den Mageninhalt der Verstorbenen untersuchen zu können. Das Ergebnis ließ keinen Zweifel zu: Mrs. Farraline war an einer Überdosis ihrer üblichen Arznei, einem Digitalisextrakt, gestorben.«

»Wie hoch war die Dosis, Sir? Können Sie das sagen?«

»Mindestens die doppelte Menge dessen, was ein verantwortungsvoller Arzt verschreiben würde«, antwortete Ormorod.

»Und daran hegen Sie nicht den geringsten Zweifel?« hakte Gilfeather nach.

»Nicht den geringsten. Aber Sie müssen sich nicht allein auf meine Meinung verlassen, Sir. Der Polizeichirurg ist zur gleichen Auffassung gelangt.«

»Richtig, Sir. Sein Bericht liegt uns vor«, versicherte ihm Gilfeather. »Und er bestätigt Ihre Aussage.«

Ormorod nickte lächelnd.

»Haben Sie sich eine Meinung darüber gebildet, wie es verabreicht wurde?«

»Oral, Sir.«

»Wurde dabei Gewalt angewendet?«

»Es gibt nichts, was darauf hindeutet, nein, Sir. Ich nehme an, es wurde ahnungslos eingenommen, ohne Wissen der Verstorbenen.«

»Aber Sie zweifeln nicht daran, daß es tatsächlich die Ursache für ihren Tod war?«

»Daran zweifle ich nicht im geringsten.«

»Danke, Dr. Ormorod. Ich habe keine weiteren Fragen.«

Argyll dankte Gilfeather und wandte sich Ormorod zu.

»Sir, Ihre Aussage war bewundernswert klar und deutlich. Ich habe nur noch eine Frage an Sie. Ich nehme an, Sie haben den Arzneikoffer untersucht, in dem die Medizin der Verstorbenen verwahrt wurde. Ja. Natürlich haben Sie das getan. Wie viele Phiolen lagen darin, Sir... volle und leere?«

Ormorod runzelte die Stirn und dachte nach. »Es lagen zehn volle und zwei leere Phiolen darin, Sir.«

»Sind Sie ganz sicher?«

»Ja... ja, Sir, ich bin sicher.«

»Können Sie die Phiolen beschreiben, Sir?«

»Beschreiben?« Anscheinend konnte Ormorod in der Frage keinen Sinn entdecken.

»Ja, Doktor. Wie sahen sie aus?«

Ormorod hielt die Hand hoch, Daumen und Zeigefinger ein Stück auseinander. »Etwa acht bis zehn Zentimeter lang und zwei Zentimeter im Durchmesser, Sir. Ganz gewöhnliche medizinische Phiolen.«

»Aus Glas?«

»Das sagte ich bereits.«

»Durchsichtiges Glas?«

»Nein, Sir, dunkelblau getöntes Glas. Das ist so üblich bei Substanzen, die giftig sind oder sein können, wenn sie unsachgemäß verabreicht werden.«

»Kann man leicht erkennen, ob eine Phiole voll oder leer ist?«

Jetzt hatte Ormorod verstanden. »Nein, Sir. Wenn sie halbvoll ist, vielleicht, aber wenn man den Rand der Flüssigkeit nicht sieht, sehen sich leere und ganz volle sehr ähnlich.«

»Danke, Doktor. Wir können also annehmen, daß eine von ihnen am Abend von Miss Latterly verabreicht wurde, und von der anderen wissen wir nichts – es sei denn, Miss McDermot entschließt sich, es uns zu erzählen.«

»Mr. Argyll!« wies der Richter ihn zornig zurecht. »Sie dürfen vermuten, was Sie wollen, aber vor meinem Gericht tun Sie das bitte nicht laut! Ich lasse nur Beweismaterial zu. Miss McDermot hat sich zu diesem Thema nicht geäußert.«

»Jawohl, Euer Ehren«, erwiderte Argyll, in keiner Weise reumütig. Der Schaden war angerichtet, und jeder wußte es.

Ormorod sagte nichts.

Argyll bedankte sich und entließ ihn. Ormorod trat fast ein wenig widerwillig ab. Er hatte den Augenblick im Rampenlicht genossen.

Am dritten Tag rief Gilfeather Mrs. Farralines Hausarzt in den Zeugenstand, damit er ihre Krankheit, deren Natur und Dauer beschrieb und ihm bestätigte, daß sie durchaus noch ein paar glückliche, erfüllte Jahre hätte leben können. Das Publikum murmelte mitfühlend. Der Arzt erklärte das Medikament und die Dosis, die er verschrieben hatte.

Argyll sagte nichts.

Der Apotheker, der die Arznei hergestellt hatte, wurde aufgerufen und beschrieb den Vorgang in allen Einzelheiten.

Wieder hielt Argyll sich zurück, er ließ sich lediglich versichern, daß die Medizin in der gleichen Menge Flüssigkeit auch in doppelter Stärke angerührt werden konnte und daß es dazu nicht der Kenntnisse einer Krankenschwester bedurfte. Keine große Überraschung.

Die nächste Zeugin war Callandra Daviot. Irgendwie hatte es sich im Saal herumgesprochen, daß sie eine Freundin von Hester Latterly war, also schlug ihr Feindseligkeit entgegen. Man erwartete einen geistigen Schlagabtausch. Die Leute reckten ihre Hälse, um zu sehen, wie sie mit ihrer steifen, breithüftigen Gestalt durch den Saal schritt und die Stufen zum Zeugenstand erklomm.

»Lady Callandra.« Gilfeather war höflich, aber kühl. Er war nicht so naiv zu glauben, sie mit Charme gewinnen oder zumindest bei den Geschworenen einen solchen Eindruck erwecken zu können. Gelegentlich hatte er die Sensibilität von Geschworenen überschätzt – unterschätzt hatte er sie nie. »Seit wann kennen Sie Hester Latterly?«

»Seit dem Sommer achtzehnhundertsechsundfünfzig«, antwortete Callandra.

»Und Sie pflegen eine gute, sogar herzliche Freundschaft?«

»Ja.« Was hätte Callandra anderes sagen sollen? Vielleicht wäre ihre Parteinahme für Hester glaubwürdiger erschienen, wenn sie es bestritten hätte, aber dann hätte sie sich eine Erklärung dafür ausdenken müssen, warum die Beziehung kühl geblieben sei. Sie und Gilfeather wußten es beide, und die Geschworenen beobachteten genau, was sie sagte und was sie lieber ungesagt ließ.

»Wußten Sie von ihrer Absicht, die Stelle bei den Farralines anzunehmen?«

»Ja.«

»Miss Latterly hat Sie darüber informiert?«

»Ja.«

»Was hat sie Ihnen darüber erzählt? Bitte, berichten Sie ganz genau, Lady Callandra. Sie wissen, daß Sie unter Eid stehen.«

»Natürlich weiß ich das«, entgegnete sie schroff. »Es ist absolut überflüssig, mich darauf hinzuweisen.«

Gilfeather nickte, sagte aber nichts.

»Fahren Sie fort«, forderte der Richter sie auf.

»Sie hat gesagt, daß sie sich auf die Reise freut, weil sie noch nie in Schottland gewesen ist.«

»Sind Sie über Miss Latterlys finanzielle Verhältnisse informiert?« fragte Gilfeather, hob die Augenbrauen und fuhr sich durch das widerspenstige Haar.

»Nein, das bin ich nicht.«

»Sind Sie ganz sicher?« fragte Gilfeather verwundert. »Als gute Freundin, vor allem als eine Freundin, die selber über beträchtliche Geldmittel verfügt, haben Sie sich doch sicher hin und wieder erkundigt, ob sie ihr nicht unter die Arme greifen können.«

»Nein.« Callandras fester Blick gebot ihm, ihr zu glauben. »Sie ist stolz und kann gut für sich selbst sorgen. Ich denke, wenn sie in Schwierigkeiten geriete, wüßte sie, daß sie sich auch diesbezüglich an mich wenden könnte, und mir würde es auch nicht entgehen. Aber sie war noch nie in dieser Lage. Geld ist ihr nicht sehr wichtig, solange sie ihren Verpflichtungen nachkommen kann. Sie hat eine Familie, müssen Sie wissen, die Hester von Herzen gerne bei sich aufnehmen würde, wenn sie nur wollte! Und wenn Sie uns hier eine Hester Latterly vorführen wollen, die verzweifelt bemüht ist, Leib und Seele zusammenzuhalten, dann sind Sie auf dem Holzweg.«

»Das will ich gar nicht«, versicherte ihr Gilfeather. »Ich dachte an etwas, das weniger Mitleid erregt, dafür aber leichter zu begreifen ist, Lady Callandra: an Habgier. Eine Frau, die keine hübschen Dinge besitzt, sieht eine Brosche, die ihr gefällt, und in einem schwachen Moment greift sie zu, und dann ist sie gezwungen, dieses Verbrechen durch ein unvergleichlich schlimmeres Verbrechen zu kaschieren.«

»Unfug!« erwiderte Callandra aufgebracht, Zorn und Abscheu standen ihr im Gesicht. »Kompletter Unfug! Sie scheinen wenig über die Menschen zu wissen, Sir, wenn Sie zu solchen Einschätzungen kommen. Sie wollen wohl nicht sehen, daß die meisten Verbrechen von erfahrenen Halunken oder innerhalb der Familie verübt werden. In diesem Fall, fürchte ich, haben wir es mit letzterem zu tun. Ich weiß wohl, daß es nicht Ihre Aufgabe ist, nach der Wahrheit zu suchen. Sie müssen eine Verurteilung erreichen... was meiner Ansicht nach sehr traurig ist. Aber...«

»*Madam!*« Der Hammer des Richters knallte lautstark auf die Bank. »Das Gericht wird es nicht zulassen, daß Sie hier Beurteilungen über das schottische Rechtssystem und seine vermeintlichen Mängel abgeben. Antworten Sie auf die Fragen des Staatsanwalts, und enthalten Sie sich eigener Kommentare. Mr. Gilfeather, Sie sollten sich bemühen, Ihre Zeugen unter Kontrolle zu halten, die gegnerischen und die eigenen!«

»Jawohl, Euer Ehren«, antwortete Gilfeather gehorsam, auch wenn er nicht so wütend war, wie er hätte sein sollen. »Also, Euer Ladyschaft, wenn wir uns nun wieder unserer Sache zuwenden könnten. Bitte erzählen Sie dem Gericht, was passiert ist, als Miss Latterly Sie nach ihrer Rückkehr aus Edinburgh besuchte. Wenn Sie bitte mit der Ankunft in Ihrem Haus beginnen wollen.«

»Sie war völlig verzweifelt«, antwortete Callandra. »Es war ungefähr Viertel vor elf, wenn ich mich recht entsinne.«

»Aber der Zug kommt doch viel früher in London an«, unterbrach er sie.

»Viel früher«, bestätigte sie. »Sie war durch Mrs. Farralines Tod aufgehalten worden, dem Schaffner und dem Stationsvorsteher hatte sie Bericht erstatten müssen und später Mr. und Mrs. Murdoch. Direkt vom Bahnhof ist sie in mein Haus gekommen, müde und sehr niedergeschlagen. Sie hatte Mrs. Farraline in der kurzen Zeit ins Herz geschlossen. Eine bemerkenswerte alte Dame, hat Hester gesagt, humorvoll und intelligent.«

»Das will ich gerne glauben«, erwiderte Gilfeather trocken, sah die Geschworenen, dann wieder Callandra an. »Sie wird bereits sehr vermißt. Wie hat es sich nach Miss Latterlys Darstellung zugetragen?«

Callandra antwortete so exakt, wie es ihr möglich war, und keiner im Saal rührte sich, während sie redete. Auf Gilfeathers Aufforderung hin erzählte sie, wie Hester nach oben gegangen war, um sich zu waschen, wie sie mit der grauen Perlenbrosche zurückkam und was danach alles passiert war. Gilfeather bemühte sich nach Kräften, ihre Antworten zu beschneiden, seine Fragen so zu formulieren, daß ein Ja oder Nein ausreichend gewesen wäre, aber sie ließ sich nicht gängeln.

Rathbone saß ganz still hinter Argyll, lauschte auf jedes Wort und behielt dabei ständig die Gesichter der Geschworenen im Auge. Er sah, welchen Respekt sie vor Callandra hatten. Sie schienen sie tatsächlich zu mögen, aber sie spürten natürlich ihre Parteilichkeit für die Angeklagte.

Er schaute zu den Farralines hinüber. Oonagh war gefaßt wie immer; mit ruhigem Gesicht, voller Interesse und nicht ohne Respekt betrachtete sie Callandra. Neben ihr schien Alastair wesentlich niedergeschlagener, sein Adlergesicht wirkte abgehärmt, als hätte er schlecht geschlafen, und das war nicht erstaunlich. Ob er über die Geschäftsbücher Bescheid wußte? Vielleicht hatte er nach dem Tod seiner Mutter eigene Ermittlungen angestellt. Verdächtigte er seinen labilen jüngeren Bruder?

Was für Streitereien mochte es in dieser Familie geben, wenn die Türen geschlossen waren und die Öffentlichkeit weder etwas sehen noch hören konnte? Kein Wunder, daß niemand von ihnen einen Blick für Hester übrig hatte! Wußten sie, oder konnten sie sich zumindest vorstellen, daß sie unschuldig war?

Er beugte sich vor und tippte Argyll auf die Schulter.

Argyll lehnte sich zurück, um Rathbone hören zu können.

»Wollen Sie nicht auf die Schuld der Familie spekulieren?« flüsterte Rathbone. »Es ist doch sehr wahrscheinlich, daß zumindest einer von ihnen weiß, wer es war – und das Motiv kennt!«

»Wer?«

»Alastair, nehme ich an. Er ist der Kopf der Familie, und er sieht sehr mitgenommen aus.«

»Der bricht nicht zusammen, solange seine Schwester da ist, um ihn zu stützen«, erwiderte Argyll so leise, daß Rathbone ihn kaum verstand. »Man müßte einen Keil zwischen die beiden treiben, aber ich weiß nicht wie, und ein Fehlversuch würde sie nur stärker zusammenschweißen. Diese Oonagh McIvor ist eine eindrucksvolle Frau.«

»Ob sie ihren Ehemann schützt?«

»Ich könnte es mir vorstellen, aber warum? Warum hätte Baird McIvor seine Schwiegermutter töten sollen?

»Ich weiß es nicht«, mußte Rathbone gestehen.

Der Richter warf ihm einen strafenden Blick zu, und er mußte ein paar Minuten lang schweigen, bis Callandra wieder das Mißfallen des Richters erregte und er abgelenkt war.

»Angst«, flüsterte er Argyll zu.

»Vor wem?« fragte Argyll mit ausdruckslosem Gesicht.

»Spielen Sie die Karte der Angst«, riet ihm Rathbone. »Nehmen Sie den Schwächsten, und stellen Sie ihn in den Zeugenstand, damit die anderen Angst bekommen, er oder sie könnte etwas verraten, aus Furcht oder Ungeschicklichkeit oder um die eigene Haut zu retten.«

Argyll schwieg so lange, daß Rathbone schon vermutete, er habe ihn nicht gehört. Gerade wollte er sich vorbeugen und es wiederholen, da antwortete Argyll: »Der Schwächste? Wer ist das? Eine der Frauen? Eilish mit ihrer Armenschule oder Deirdra mit der Flugmaschine?«

»Nein, keine der Frauen«, sagte Rathbone mit einer Überzeugung, die Argyll verwunderte. »Setzen Sie auf Kenneth. Er ist das schwache Glied – und vielleicht auch der Mörder. Monk hat Informationen über seine Geliebte. Rufen Sie den alten Hector an, falls er nüchtern genug ist. Das wird reichen, um die Frage der Geschäftsbücher auf den Tisch zu bringen.«

»Danke, Mr. Rathbone«, erwiderte Argyll knapp. »Daran hatte ich bereits gedacht.«

»Ja, natürlich«, räumte Rathbone ein. »Ich bitte um Verzeihung«, fügte er noch hinzu.

»Akzeptiert«, murmelte Argyll. »Weil ich um Ihre persönliche Verwicklung mit der Angeklagten weiß. Nur deshalb.«

Rathbone schoß das Blut in den Kopf. Er hatte in seiner Beziehung zu Hester bisher keine »Verwicklung« gesehen.

»Ihr Zeuge, Mr. Argyll!« sagte der Richter in scharfem Ton. »Wenn Sie so freundlich wären, uns wieder Ihre Aufmerksamkeit zu schenken, Sir!«

Argyll erhob sich. Er gab dem Richter keine Antwort. Er mißtraute sich wohl selbst.

»Lady Callandra«, sagte er höflich. »Nur um sicher zu gehen, daß wir Sie richtig verstanden haben: Sie waren unten, als Miss Latterly Ihnen die Brosche gebracht hat? Sie haben sie nicht in ihrem Gepäck gefunden und auch niemand von Ihrem Personal?«

»Nein. Sie hat sie gefunden, als sie sich für den Lunch frisch machen wollte. Keiner meiner Hausangestellten hätte Gelegenheit gehabt, in ihrem Gepäck nachzusehen, und sie selber wohl auch nicht, wenn sie nicht zum Essen geblieben wäre.«

»Aha. Und sie ist gleich mit der Brosche zu Ihnen gekommen?«

»Ja. Es war schließlich nicht ihre, und sie befürchtete Komplikationen.«

»Womit sie auf tragische Weise recht behielt. Und Sie haben ihr den Rat gegeben, sich in der Sache an einen Anwalt zu wenden, damit die Brosche dem Nachlaß der Mrs. Farraline zurückgegeben werden konnte?«

»Ja. Sie ging damit zu Mr. Oliver Rathbone.«

»Mit der Sache, Lady Callandra, oder mit der Brosche?«

»Mit der Sache. Die Brosche hat sie bei mir gelassen. Ich wünschte, sie hätte sie gleich mitgenommen.«

»Ich fürchte, es hätte an der traurigen Situation nichts geändert, Madam. Der Plan war sorgfältig ausgedacht. Sie hat alles getan, was ein vernünftiger Mensch tun kann, aber genützt hat es ihr nichts.«

»Mr. Argyll!« rügte ihn der Richter. »Ich möchte Sie nicht schon wieder verwarnen.«

Argyll senkte ergeben den Kopf. »Vielen Dank, Lady Callandra. Ich habe keine weiteren Fragen.«

Der letzte Zeuge der Anklage war Sergeant Daly. Er erzählte, wie Dr. Ormorod ihn gerufen hatte, und dann berichtete er über den Ablauf der Ereignisse bis zu Hesters Verhaftung und der Anklage wegen Mordes. Er sprach langsam, bedächtig und mit trauriger Stimme, hin und wieder schüttelte er den Kopf, und sein klarer, sanfter Blick wanderte mit freundlichem Wohlwollen durch den Gerichtssaal.

Gilfeather dankte ihm.

Argyll verzichtete auf Fragen. Es gab nichts dazu zu sagen und nichts zu widerlegen.

Gilfeather lächelte. Die Anklage schloß ihre Beweisführung.

Die Geschworenen nickten einander schweigend zu, ihres Urteils bereits sicher.

Zehntes Kapitel

Den nächsten Morgen eröffnete die Verteidigung. Im Zuschauerraum herrschte eine seltsame Atmosphäre; die Leute waren unruhig, tuschelten, alle paar Augenblicke wechselte die Stimmung zwischen Gleichmut und plötzlichem Interesse. Manche glaubten, es wäre bereits alles entschieden, die Verteidigung wäre nur noch eine juristische Notwendigkeit, um eventuellen Einsprüchen wegen unfairer Prozeßführung vorzubeugen. Andere rechneten mit geistreichen Wortgefechten, mochten sie auch noch so vergeblich sein. Die einen bewunderten Gilfeather, die anderen James Argyll. Beinahe jeder war Parteigänger: Diejenigen, die an keinem der beiden Interesse hatten, waren – des Ausgangs ohnehin sicher – zu Hause geblieben.

Rathbone war so nervös, daß er vom ständigen Räuspern Halsweh hatte. Erst kurz vor dem Aufstehen war er eingeschlafen, und dann hatte er schreckliche Alpträume gehabt. Den Abend davor hatte er zunächst mit seinem Vater verbracht, aber seine Laune war so schlecht gewesen, daß er anderen damit nicht auf die Nerven gehen wollte, schon gar nicht Henry. Die Zeit von halb zehn bis Mitternacht hatte er allein verbracht, war den ganzen Fall im Geiste noch einmal durchgegangen, und als er damit nicht weitergekommen war, hatte er sich Gilfeathers Beweisführung noch einmal ins Gedächtnis gerufen. Sie war nicht schlüssig, wie sollte sie es auch sein? Hester war unschuldig! Aber sie hätte die Gelegenheit gehabt, Mary Farraline zu töten, und solange sie keinen anderen Mörder und überzeugendere Beweise für seine Schuld präsentieren konnten, würden die Geschworenen sie für schuldig befinden.

Der Richter wirkte kühl und selbstgefällig. Aus seiner Sicht war es kein schwieriger Fall. Er zweifelte nicht an einer Verurteilung. Sicher, es war nicht angenehm, eine Frau an den Galgen zu bringen, aber sie war nicht die erste und würde auch nicht die letzte sein. Anschließend würde er nach Hause gehen, zu seiner Familie, und gut zu Abend essen. Morgen wartete schon der nächste Fall auf ihn.

Die Sitzung wurde eröffnet. James Argyll erhob sich von seinem Platz. Es herrschte Totenstille im Saal. Niemand gab einen Laut von sich.

»Wenn es gestattet ist, Euer Ehren, meine Herren Geschworenen«, begann er. »Bis jetzt haben Sie viel über die Ursache des Todes von Mrs. Farraline erfahren, Sie haben viele Hinweise darauf erhalten, wie es dazu gekommen sein könnte. Sie haben auch ein wenig darüber erfahren, was für eine Frau sie war. Es liegt der Verteidigung fern, irgend etwas davon in Frage stellen zu wollen. Im Gegenteil, wir könnten dem noch einiges hinzufügen. Sie war charmant, intelligent, höflich, ehrenwert und besaß zudem so seltene Eigenschaften wie Großzügigkeit und Humor. Wir wollen nicht behaupten, daß sie perfekt war – wer von uns Sterblichen ist das schon? –, und doch wüßten wir von keiner Schwäche und könnten nur Lobendes über sie sagen. Nicht nur ihre Familie trauert um sie.«

Der Richter seufzte vernehmlich, aber niemand im Publikum wandte den Blick von Argyll. Ein, zwei Geschworene runzelten die Stirn, fragten sich, worauf er hinauswollte.

Argyll wandte sich ihnen mit ernstem Blick zu.

»Wir haben jedoch sehr wenig über den Charakter der Angeklagten erfahren, Miss Hester Latterly. Von der Familie Farraline haben wir gehört, daß sie alle Voraussetzungen für die leichte Aufgabe, mit der man sie betraut hatte, erfüllte, aber mehr wissen wir nicht. Als Angestellte hielt sie sich dort auf, nicht einmal einen Tag lang. Kaum Zeit genug, um einen Menschen kennenzulernen.«

Der Richter beugte sich vor, sagte jedoch nichts. Er blickte zu Gilfeather hinüber. Gilfeather wirkte gelassen; sein widerspenstiges Haar stand zu Berge, aber er lächelte liebenswürdig und sorglos.

»Ich schlage deshalb vor, daß wir zwei Zeugen zu ihrer Person hören«, fuhr Argyll fort. »Für den Fall, daß Ihnen einer nicht genügt, weil er voreingenommen sein könnte. Zuerst rufe ich Dr. Alan Moncrieff in den Zeugenstand.«

Es entstand neugierige Unruhe im Publikum, als der Gerichtsdiener den Namen aufrief, als die Hälse sich reckten und die Köpfe sich der Tür zuwandten, durch die ein großer, schlanker Mann mit eindrucksvollem, hagerem Gesicht in den Saal trat, den leeren Raum zwischen Zuschauern und Zeugenstand durchquerte und die Stufen hinaufstieg. Nachdem er vereidigt worden war, wandte er sich Argyll erwartungsvoll zu.

»Dr. Moncrieff, ist Ihnen die Angeklagte, Miss Hester Latterly, persönlich bekannt?«

»Jawohl, Sir, ich kenne sie sehr gut.« Trotz seines schottischen Namens sprach er ein lupenreines, wunderbar moduliertes Englisch.

Rathbone stieß einen leisen Fluch aus. Hätte Argyll nicht einen Mann finden können, der sich mehr wie ein Einheimischer anhörte? Und wenn Moncrieff in Edinburgh geboren und aufgewachsen war, man hörte nichts davon. Er hätte sich selber darum kümmern sollen. Warum hatte er nichts gesagt? Jetzt war es zu spät.

»Würden Sie dem Gericht bitte erzählen, unter welchen Umständen Sie Miss Latterly kennengelernt haben, Sir?« forderte Argyll ihn auf.

»Ich habe während des Krieges auf der Krim im Sanitätscorps der Armee Dienst getan«, erwiderte Moncrieff.

Argyll machte große Augen und fragte unschuldig: »Bei welchem Regiment, Sir?«

»Bei den Scots Greys, Sir«, sagte Moncrieff, hob beinahe unmerklich das Kinn und straffte die Schultern.

»Eine ungewöhnliche Wahl für einen Engländer«, bemerkte Argyll.

Gilfeather saß stocksteif da.

»Ich bin sicher, Sie wollten mir nicht zu nahe treten, Sir«, sagte Moncrieff leise, »aber ich bin in Stirling zur Welt gekommen und habe in Aberdeen und Edinburgh Medizin studiert. Ich habe einige Zeit in England gelebt, aber auch im Ausland. Für meinen Akzent ist meine Mutter verantwortlich.«

»Ich bitte um Verzeihung, Sir«, erwiderte Argyll. »Es war voreilig geurteilt, nach dem äußeren Anschein oder vielmehr nach dem Klang.« Er sagte nichts über die Dummheit solcher Vorurteile. Er wollte nicht zu dick auftragen. Die Geschworenen hatten auch so begriffen.

Zustimmendes Gemurmel im Zuschauerraum. Der Richter blickte finster.

Rathbone mußte gegen seinen Willen lächeln. »Bitte, fahren Sie fort, Mr. Argyll«, sagte der Richter mit übertriebenem Verdruß. »Wo immer der Herr Doktor geboren sein mag oder studiert hat, steht hier nicht zur Debatte. Ich nehme nicht an, daß er Miss Latterly damals schon gekannt hat. Oder? Also, machen Sie weiter!«

Der Rüffel störte Argyll nicht im geringsten. Er schenkte dem Richter ein Lächeln und wandte sich wieder an Moncrieff.

»Sie haben Miss Latterly also auf der Krim kennengelernt, Doktor?«

»Ja, Sir, bei vielen Gelegenheiten.«

»In Ausübung ihrer gemeinsamen Profession?«

Der Richter beugte sich vor, eine tiefe Falte zwischen den Brauen ließ sein Gesicht noch länger und schmaler erscheinen.

»Sir, bitte bemühen Sie sich um mehr Präzision! Sie führen die Geschworenen in die Irre. Dr. Moncrieff und Miss Latterly haben keine gemeinsame Profession, wie Sie wohl wissen. Dr. Moncrieff ist Arzt, er praktiziert die Kunst der Medizin. Miss Latterly ist Krankenschwester, sie geht den Ärzten bei der Pflege der Kranken zur Hand, legt Verbände an, macht die Betten, besorgt das Nötige. Sie diagnostiziert keine Krankheiten, verschreibt keine Arzneien, führt keine chirurgischen Eingriffe durch, nicht einmal die simpelsten. Sie tut, was ihr gesagt wird, nicht mehr. Hab' ich mich klar ausgedrückt?« Er wandte sich an die Geschworenen. »Meine Herren?«

Wenigstens die Hälfte der Männer nickte weise.

»Und Sie Doktor«, wandte sich Argyll mit seiner sanftesten Stimme an Moncrieff, »maßen sich bitte keine juristischen Kenntnisse an. Beschränken Sie sich auf die Medizin als Ihre Disziplin und Miss Latterly als den Gegenstand Ihrer Beobachtung.«

Irgendwo im Saal war ein unterdrücktes Kichern zu hören, ein Mann lachte laut auf. Der Richter lief dunkelrot an, aber die Ereignisse hatten ihn überrollt. Er suchte nach Worten und fand keine.

»Natürlich nicht, Sir«, erwiderte Moncrieff schnell. »Ich weiß darüber nicht mehr als jeder Laie.«

»Haben Sie mit Miss Latterly zusammengearbeitet?«

»Sehr oft.«

»Welche Meinung haben Sie über ihre beruflichen Fähigkeiten?«

Gilfeather erhob sich. »Wir hegen keinerlei Zweifel an ihren beruflichen Fähigkeiten, Euer Ehren. Die Anklage unterstellt ihr keine fachlichen Irrtümer. Wir sind davon überzeugt, daß ihre Handlungen beabsichtigt waren und im vollen Bewußtsein der Konsequenzen durchgeführt wurden – medizinisch gesprochen jedenfalls.«

»Kommen Sie zum Wesentlichen, Mr. Argyll«, forderte der Richter ihn auf. »Das Gericht wartet auf Dr. Moncrieffs Beurteilung des Charakters der Angeklagten. Relevant oder nicht, sie hat das Recht, sie zu Gehör bringen zu lassen.«

»Euer Ehren, ich glaube, die Fähigkeit, seine Arbeit gut zu machen und die Sorge um andere über die eigene Sicherheit zu stellen, selbst dann, wenn man in großer Gefahr ist, ist ein wesentlicher Bestandteil des Charakters einer Person«, sagte Argyll lächelnd.

Es entstand ein langes, gespanntes Schweigen. Im Publikum rührte sich niemand. Ohne es zu wollen, warf Rathbone einen kurzen Blick auf Hester. Sie sah Argyll an, kalkweiß im Gesicht, aber mit einem Anflug von Hoffnung in den Augen.

Die Geschworenen warteten, fünfzehn Augenpaare richteten sich auf den Richter. Es war deutlich zu spüren, daß sie diesmal auf Argylls Seite waren.

Der Richter hatte schmale Lippen vor Zorn, aber er kannte das Gesetz. »Fahren Sie fort«, sagte er kurz.

»Danke, Euer Ehren.« Argyll neigte den Kopf und wandte sich wieder an Moncrieff. »Dr. Moncrieff, ich wiederhole meine Frage: Was für eine Meinung haben Sie von Miss Latterlys beruflichen Fähigkeiten gewonnen?«

»Eine äußerst hohe, Sir«, antwortete Moncrieff, ohne zu zögern. »Auf dem Schlachtfeld, wo sie zwischen den kämpfenden Parteien unter Einsatz ihres Lebens die Verwundeten versorgte, hat sie außerordentlichen Mut bewiesen. Sie hat viele Stunden gearbeitet, oft den ganzen Tag und noch die halbe Nacht, ohne sich um ihre eigene Erschöpfung und ihren Hunger zu kümmern. Und sie hat sehr viel Initiative bewiesen. Ich finde es sehr bedauerlich, daß man Frauen nicht zu Medizinerinnen ausbildet. So manche Krankenschwester hat erfolgreiche Operationen durchgeführt, wenn gerade kein Chirurg in der Nähe war. Sie mußten Musketenkugel und Granatsplitter entfernen und sogar Arme und Beine amputieren, die auf dem Schlachtfeld zertrümmert worden waren. Miss Latterly hat nicht davor zurückgeschreckt.«

Argylls Miene trug das angemessene Erstaunen zur Schau.

»Wollen Sie damit sagen, Sir, daß sie Chirurgin war ... unten auf der Krim?«

»In extremen Situationen, ja. Die Chirurgie erfordert eine ruhig Hand, ein gutes Auge, Kenntnisse der Anatomie und gute Nerven. Und alle diese Eigenschaften besitzen Frauen ebensogut wie Männer.«

»Blödsinn!« rief jemand im Publikum.

»Um Gottes willen, Sir!« platzte einer der Geschworenen heraus – und lief dunkelrot an.

»In der Tat eine ungewöhnliche Meinung, Sir«, erklärte Argyll.

»Der Krieg ist eine ungewöhnliche Beschäftigung, Gott sei's gedankt«, erwiderte Moncrieff. »Wäre er eine gewöhnliche, die Menschheit hätte sich längst eliminiert. Aber so widerwärtig der Krieg auch ist, gelegentlich bringt er Fähigkeiten zum Vorschein, von deren Existenz wir sonst nichts wüßten. Männer wie Frauen schwingen sich zu Höhen des Mutes und des Geschicks auf, zu denen die Ruhe des Friedens sie niemals anspornen würde.

Sie haben mich aufgefordert, mich über Miss Latterlys Charakter zu äußern, Sir. In aller Aufrichtigkeit kann ich nur sagen, daß ich sie als tapfere, ehrliche, ihrem Beruf ergebene, mitfühlende und dabei nicht sentimentale Frau erlebt habe.

Auf der anderen Seite, damit Sie mich nicht für voreingenommen halten, war sie rechthaberisch und gelegentlich vorschnell im Urteil über jene, die sie für unfähig hielt.« Er lächelte reumütig. »Leider hatte sie oft genug Grund zu solchen Urteilen. Ihr Humor ließ manchmal den rechten Takt vermissen. Sie konnte diktatorisch, willkürlich und – wenn sie müde war – ziemlich unausstehlich sein.

Aber ich kenne niemanden, der sie jemals habgierig oder rachsüchtig erlebt hätte. Sie war auch nicht eitel oder selbstgefällig. Mein Gott, machen Sie doch die Augen auf.« Er beugte sich über das Geländer des Zeugenstands und zeigte mit dem Arm auf die Anklagebank. Jeder Kopf im Saal folgte seiner Bewegung. »Sieht so eine Frau aus, die wegen einer Brosche einen Mord begeht?«

Selbst Rathbone warf jetzt einen Blick auf Hester: Verhärmt, grau im Gesicht, das Haar nach hinten gebunden, saß sie da in ihrem blaugrauen Kittel.

Argyll lächelte. »Nein, Sir, sicher nicht. Ich muß gestehen, Sie haben recht, ein bißchen mehr Eitelkeit könnte ihr nicht schaden. Ich fürchte, daran fehlt es ihr.«

Es entstand Unruhe im Saal. Henry Rathbone lächelte matt. Monk knirschte mit den Zähnen.

»Vielen Dank, Dr. Moncrieff«, sagte Argyll schnell. »Ich habe keine weiteren Fragen.«

Gilfeather erhob sich langsam, beinahe schwerfällig.

»Dr. Moncrieff«, begann er leise. »Ich nehme an, nur wenige von uns können sich den Schrecken und die Entbehrungen vorstellen, denen Sie und Ihre Mitarbeiter im Sanitätsbereich während des Krieges ausgesetzt waren. Es muß wirklich entsetzlich gewesen sein. Sie erwähnten den Hunger, die Kälte, die Erschöpfung und die Angst. Und das alles ist wahr, keine finstere Übertreibung?«

»Keineswegs«, erwiderte Moncrieff vorsichtig. »Sie haben ganz recht, Sir. Es sind Erfahrungen, von denen man sich keine Vorstellung machen kann.«

»Eine entsetzliche Tortur für all jene, die dem ausgesetzt sind.«

»Ja, Sir.«

»Ich nehme an, Sie könnten mir das alles nur auf eine höchst oberflächliche, unzulängliche Weise schildern.«

»Ist das eine Frage, Sir?«

»Nein, es sei denn, Sie sind anderer Meinung.«

»Nein, ich stimme Ihnen zu. Man kann nur solche Erfahrungen mitteilen, für die es eine gemeinsame Sprache und gemeinsame Bilder gibt. Einem Blinden können Sie keinen Sonnenuntergang beschreiben.«

»Genau. Macht Sie das nicht manchmal ein wenig einsam, Dr. Moncrieff?«

Moncrieff erwiderte nichts.

»Und bringt es Sie nicht jenen Menschen näher, mit denen Sie diese schrecklichen und prägenden Erlebnisse geteilt haben?«

Moncrieff konnte es nicht bestreiten, auch wenn man ihm anmerkte, daß er längst wußte, worauf Gilfeather hinauswollte.

Die Geschworenen beugten sich vor und hörten aufmerksam zu.

»Natürlich«, mußte er einräumen.

»Und macht es sie nicht auch ein wenig unduldsam jenen farblosen, verständnislosen, vielleicht sogar nutzlosen Frauen gegenüber, die so gar keine Vorstellung von etwas haben, das mehr verlangt und gefährlicher ist als das Führen eines Haushalts?«

»Das sind Ihre Worte, Sir, nicht meine.«

»Seien Sie aufrichtig, Sir. Sie stehen unter Eid. Würden Sie nicht gerne viel öfter über die Vergangenheit reden, wie Sie es gerade eben mit so viel Leidenschaft getan haben?«

Moncrieff verzog keine Miene. »Ich habe nicht das Bedürfnis, Sir. Es übersteigt meine Fähigkeiten und die eines jeden anderen, es zu schildern, es sei denn in billigen Worten, die nur auf Ignoranten Eindruck machen.« Er beugte sich vor, seine Hände umklammerten das Geländer. »Aber Sie werden von mir kein schlechtes Wort über jene Frauen hören, die zu Hause geblieben sind und ihre Kinder versorgt haben. Wir haben alle unsere Aufgabe und unsere Fähigkeiten. Es ist müßig und höchst überflüssig, Vergleiche anstellen zu wollen. So, wie die Frauen, die sich um den Haushalt kümmern, diejenigen nicht verstehen, die auf die Krim gegangen sind, so haben vielleicht diejenigen, die fortgegangen sind, keine Ahnung von den Plagen der Frauen, die zu Hause geblieben sind.«

»Alles schön und gut, Sir. Ihre Höflichkeit ehrt Sie«, sagte Gilfeather zwischen den Zähnen. Das Lächeln war von seinem Gesicht verschwunden. »Aber fühlen Sie nicht eine größere Nähe zu jemandem, mit dem Sie teilen können, was Sie noch immer so sehr bewegt.«

»Sicher.«

»Sagen Sie, Sir, war Miss Latterly immer so schäbig zurechtgemacht wie jetzt? Sie ist eine junge Frau und recht hübsch anzusehen. Das Ganze muß eine außergewöhnliche Tortur für sie gewesen sein. Zuerst hat man sie ins Newgate-Gefängnis in London gesperrt, und jetzt sitzt sie hier in Edinburgh. Es geht in diesem Prozeß um ihr Leben. So, wie sie hier sitzt, können wir ihre Reize nicht gerecht beurteilen.«

»Das ist wahr«, räumte Moncrieff vorsichtig ein.

»Haben Sie sie gern gehabt, Doktor?«

»Es blieb wenig Zeit für Freundschaften, Mr. Gilfeather. Mit Ihrer Frage illustrieren Sie auf das Anschaulichste Ihre eigene Vermutung, daß diejenigen, die hiergeblieben sind, nicht verstehen können, wie es dort war. Ich habe sie bewundert und sehr gerne mit ihr zusammengearbeitet, wie ich bereits sagte.«

»Ich bitte Sie, Sir!« sagte Gilfeather, und seine Stimme klang plötzlich hart. »Machen Sie mir doch nichts vor! Sollen wir Ihnen glauben, daß Sie zwei Jahre lang so sehr in Ihrer Arbeit aufgegangen sind, Tag und Nacht, daß der Mann in Ihnen gar nicht zu seinem Recht gekommen ist?« Er breitete die Arme aus und lächelte. »Nicht ein einziges Mal, wenn die Schlacht ruhte, wenn die Sonne auf die Felder schien, wenn es Zeit für ein Picknick gab ... oh, nein, wir sind nicht so ahnungslos, wie Sie glauben! Es gibt Kriegsberichterstatter und sogar Fotografen! Wollen Sie uns tatsächlich weismachen, Sir, daß Sie in Miss Latterly während der ganzen Zeit niemals die junge und gar nicht einmal so unattraktive Frau gesehen haben?«

Moncrieff lächelte. »Nein, Sir, das will ich nicht. Ich hatte bislang nicht darüber nachgedacht, aber jetzt, wo Sie es erwähnen – sie ähnelt sogar ein wenig meiner Frau, die ebenfalls sehr mutig und sehr aufrichtig ist.«

»Die aber nicht als Krankenschwester auf der Krim war und Ihre Gefühle deshalb nicht verstehen kann, Sir!«

Moncrieff lächelte. »Sie irren sich, Sir. Selbstverständlich war meine Frau mit auf der Krim, und niemand wäre besser in der Lage als sie, meine Gefühle zu verstehen.«

Gilfeather war besiegt, und er wußte es.

»Danke, Doktor. Das ist alles. Falls mein gelehrter Freund keine Fragen mehr hat, können Sie gehen.«

»Nein, danke«, verzichtete Argyll großzügig. »Vielen Dank, Dr. Moncrieff.«

Das Gericht vertagte sich auf den Nachmittag. Die Zeitungsreporter liefen hinaus, um Botenjungen mit den neuesten Nachrichten auf den Weg zu schicken, rempelten sich dabei gegenseitig und rannten in ihrer Aufregung Passanten über den Haufen. Der Richter hatte sich in äußerst schlechter Laune zurückgezogen.

Wohl hundert Dinge lagen Rathbone beim gemeinsamen Essen mit Argyll auf der Zunge. Er behielt sie alle für sich. Sie erschienen ihm zu offensichtlich, unnötig, allenfalls geeignet, seine Befürchtungen zu offenbaren.

Er hatte nicht geglaubt, daß er hungrig sei, und doch aß er sein Mittagessen im Speisesaal des Gasthofs, ohne es eigentlich zu merken. Plötzlich blickte er auf einen leeren Teller.

Schließlich konnte er sich nicht länger zurückhalten.

»Und heute nachmittag Miss Nightingale«, sagte er laut.

Argyll hob den Blick, die Gabel noch in der Hand.

»Ja«, bestätigte er. »Eine phantastische Frau, nach allem, was ich weiß – und das ist wenig genug. Ich habe nur ein paar wenige Worte heute morgen mit ihr wechseln können. Ich muß gestehen, daß ich nicht weiß, ob ich sie führen oder ihr nur die Richtung angeben und darauf warten soll, daß sie Gilfeather alleine erledigt, falls er so unbedacht sein sollte, sie anzugreifen.«

»Sie müssen sie dazu bringen, etwas zu sagen, das ihn zum Angriff zwingt«, sagte Rathbone eindringlich und legte Messer und Gabel zur Seite. »Er ist zu klug, um etwas gegen sie zu sagen, es sei denn, Sie zwingen ihn dazu. Er wird sie nicht eine Sekunde länger als nötig im Zeugenstand stehenlassen, es sei denn, Sie bringen sie dazu, etwas zu sagen, das er nicht unwidersprochen lassen kann.«

»Ja…«, sagte Argyll nachdenklich. Den kleinen Rest auf seinem Teller rührte er nicht mehr an. »Ich denke, Sie haben recht. Aber was? Zu den Ereignissen in Edinburgh kann sie nicht viel sagen. Wahrscheinlich hat sie von den Farralines noch nie gehört. Sie weiß nicht, was hier passiert ist. Sie kann lediglich bezeugen, daß Hester Latterly eine fähige und gewissenhafte Krankenschwester war.«

Rathbones Gehirn arbeitete auf Hochtouren. Florence Nightingale war nicht die Frau, die sich in etwas hineinmanövrieren lassen würde, weder von Argyll noch von Gilfeather. Was konnte sie zu dem Fall sagen, das Gilfeather unwidersprochen lassen konnte? Sie wußte ja nicht Bescheid über das, was passiert war. Hesters Mut stand nicht in Zweifel, ebensowenig ihre Qualitäten als Krankenschwester.

Und dann begann sich ein Gedanke in seinem Kopf zu formen, zunächst noch in vagen Umrissen. Vorsichtig, seinen Gehalt prüfend, versuchte er ihn Argyll zu erklären, suchte dabei nach Worten und faßte erst ganz langsam, als er das Leuchten in Argylls Augen sah, Vertrauen zu seiner Idee.

Als das Gericht sich zur nachmittäglichen Sitzung versammelt hatte, saß er hinter Argyll, am selben Platz wie vormittags, aber jetzt spürte er einen Funken der Erregung in sich, etwas, das man beinahe mit Hoffnung verwechseln konnte.

»Ich rufe Florence Nightingale«, dröhnte die Stimme des Gerichtsdieners, und überall im Saal hielt man den Atem an. Eine Frau im Publikum stieß einen Schrei aus und erstickte ihn, indem sie beide Hände vors Gesicht schlug.

Der Richter knallte den Hammer auf den Tisch. »Ich bitte um Ruhe! Noch so ein Ausbruch, und ich lasse den Saal räumen. Haben das alle verstanden? Dies ist ein Gericht und kein Varieté! Mr. Argyll, ich hoffe, die Zeugin hat etwas zu dem Fall zu sagen und dient nicht bloß dem Versuch, die Sympathie der Öffentlichkeit zu gewinnen. Ich versichere Ihnen, damit kommen Sie nicht durch! Für die Verhandlung gegen Miss Latterly ist Miss Nightingales Ruf von keinerlei Bedeutung!«

Argyll verbeugte sich höflich, sagte aber nichts.

Alle Augen waren auf die Tür gerichtet; Hälse reckten sich, Oberkörper wurden verdreht, weil jeder die schlanke, aufrechte

Gestalt sehen wollte, die nun hereinkam, ohne nach rechts oder links zu blicken durch den Saal schritt und die Stufen zum Zeugenstand hinaufstieg. Sie war keine eindrucksvolle Erscheinung. Sie sah höchst gewöhnlich aus, mit bräunlichem, glatt und streng nach hinten frisiertem Haar, dünnen Augenbrauen und regelmäßigen Zügen.

Mit klarer und fester Stimme sprach sie die Eidesformel und wartete, daß Argyll das Wort an sie richtete.

»Ich danke Ihnen, daß Sie die weite Reise nicht gescheut und trotz Ihrer vielen Aufgaben die Zeit gefunden haben, um in diesem Fall eine Aussage zu machen, Miss Nightingale«, sagte er ernst.

»Auch die Gerechtigkeit ist wichtig, Sir«, erwiderte sie und sah ihm fest in die Augen. »Und in diesem Fall sogar eine Frage auf Leben und...«, sie zögerte, »...und Tod.«

»So ist es.«

Rathbone hatte ihn eindringlich davor gewarnt, sie am Gängelband zu führen oder sie auf Allgemeinplätze festnageln zu wollen. Gebe der Himmel, daß er es nicht vergessen hatte!

»Wir sind uns der Tatsache bewußt, daß die Einzelheiten dieses Falles Ihnen unbekannt sind, Ma'am«, fuhr Argyll fort. »Aber die Angeklagte, Miss Hester Latterly, ist Ihnen, soviel ich weiß, aus Ihrer gemeinsamen Vergangenheit gut bekannt. Sehen Sie sich in der Lage, etwas zu ihrem Charakter zu sagen?«

»Ich kenne Hester Latterly seit dem Sommer achtzehnhundertvierundfünfzig«, antwortete Miss Nightingale. »Und ich bin bereit, jede Frage zu ihrem Charakter zu beantworten, die Sie mir stellen.«

»Danke.« Argyll nahm eine entspannte Haltung ein, neigte den Kopf ein wenig. »Miss Nightingale, man hat viel darüber nachgedacht, warum junge Frauen aus guter Familie sich einen Beruf wie den der Krankenschwester suchen, der doch früher hauptsächlich von Frauen niederer Herkunft und, seien wir ehrlich, mit ziemlich rüden Umgangsformen ausgeübt wurde.«

Hinter Argyll rutschte Rathbone vor auf die Kante seiner Bank, sein ganzer Körper schmerzte vor Anspannung. Es herrschte Totenstille. Alle Geschworenen richteten den Blick auf Florence Nightingale, als wäre außer ihr keine Menschenseele im Saal.

»Vor der ehrenwerten Pionierarbeit, die Sie geleistet haben«, fuhr Argyll fort, »war es eine Arbeit, mit der man jene Frauen beschäftigte, die keinen Platz an einem heimischen Herd gefunden hatten. Wie war das bei Ihnen, wenn ich fragen darf, warum haben Sie sich einer so beschwerlichen und gefährlichen Aufgabe unterzogen? Waren Ihre Angehörigen damit einverstanden, daß Sie diesen Beruf wählten?«

»Mr. Argyll!« unterbrach ihn der Richter verärgert und ruckte in einer abrupten Bewegung ein Stück vor.

»Nein, Sir, das waren sie nicht.« Florence ignorierte den Richter. »Sie waren entschieden dagegen, und es hat mich jahrelange Überzeugungsarbeit gekostet, bis sie ihn endlich akzeptiert haben. Aber ich habe mich ihrem Willen widersetzt, weil es eine höhere Pflicht gibt als den Gehorsam gegenüber der Familie.« Sie strahlte soviel schlichte, ungetrübte Überzeugung aus, daß auch der Protest des Richters verstummte. Jeder Mann und jede Frau im Saal, ob Geschworener oder Zuschauer, hörten ihr zu. Wenn der Richter noch etwas gesagt hätte, wäre es nicht beachtet worden, und das wollte er nicht riskieren.

Argyll wartete mit großen, erwartungsvollen Augen.

»Ich glaube, daß Gott mir diese Pflicht auferlegt hat, Sir«, fuhr sie fort. »Und diesem Ziel werde ich mein Leben widmen. Ich glaube, daß auch andere den Wunsch haben, ihren Mitmenschen zu dienen, und meine Überzeugung teilen, daß die Pflege der

Kranken und Verwundeten eine der vornehmsten Arbeiten ist, dies zu tun. Es kann keine höhere Berufung geben und keine, die dringender benötigt wird, als Leid zu lindern und, wo es möglich ist, Männern, die für ihr Land gekämpft haben, das Leben und die Gesundheit zu erhalten. Können Sie daran zweifeln, Sir?«

»Nein, Madam, ich kann es nicht und werde es niemals tun«, versicherte Argyll.

Gilfeather wurde unruhig, als wollte er dazwischenfahren, aber seine Zeit war noch nicht gekommen und er hielt sich zurück.

Es kostete Rathbone äußerste Mühe, ruhig auf seinem Platz sitzenzubleiben.

»Und Hester Latterly hat im Lazarett von Scutari Dienst getan?« fragte Argyll. Sein Gesicht verriet nichts außer gemäßigtem Interesse, mochten im Innern auch noch so heftige Gefühle des Triumphs und der Erwartung brodeln.

»Ja, sie war dort eine unserer besten Krankenschwestern.«

»In welcher Hinsicht, Ma'am?«

»In vieler Hinsicht. Es gab zu wenig Chirurgen und zu viele Patienten.« Ihre Stimme klang ruhig und beherrscht, und doch schwangen soviel Intensität und Leidenschaft mit, daß jeder im Saal ihr aufmerksam zuhörte. »Um einem Mann das Leben zu retten, mußte eine Krankenschwester manchmal Dinge tun, die eigentlich Aufgabe der Chirurgen gewesen wären. Hester hatte sowohl den Mut als auch die Fähigkeit, so etwas zu tun. Es laufen eine Menge Männer in England herum, die wären längst auf der Krim begraben, wenn sie nicht so mutig gewesen wäre.«

Argyll wartete ein paar Sekunden, damit ihre Worte den Geschworenen ins Bewußtsein dringen konnten.

»Vielen Dank«, sagte er schließlich. »Und war sie auch persönlich so aufrecht, hat sie die Rechte und den Besitz der anderen geachtet?«

»Absolut, immer und ohne Ausnahme«, erwiderte Florence.

Argyll zögerte.

Die Spannung war unerträglich. Rathbone wagte kaum zu atmen. Was Argyll als nächstes tat, konnte über Sieg oder Niederlage, über Leben oder Tod entscheiden. Nur er und Argyll wußten, was von diesem Augenblick abhing. Wenn es ihm gelang, Gilfeather dazu zu bringen, Florence Nightingale anzugreifen, dann würde sie mit einer Leidenschaft, mit einer emotionalen Kraft zurückschlagen, die alle seine Argumente vom Tisch fegen würde. Durchschaute er jedoch ihre Taktik, würde er sie nichts fragen, wäre der Wert ihrer Aussage für Hesters Verteidigung gleich Null.

Argyll lächelte Florence Nightingale zu, dankte seiner Zeugin noch einmal für ihr Erscheinen und nahm seinen Platz wieder ein.

Rathbone klopfte das Herz bis zum Hals. Der Saal schien sich um ihn herum zu drehen. Die Sekunden dehnten sich zu kleinen Ewigkeiten. Stuhlbeine schrammten über den Boden, als Gilfeather sich erhob.

»Sie sind eine der meistgeliebten und angesehensten Frauen der Nation, Madam, und ich möchte Ihre Verdienste in keiner Weise schmälern«, tastete er sich vor. »Die Sache der Gerechtigkeit steht jedoch über dem Individuum, und es gibt ein paar Fragen, die ich Ihnen stellen muß.«

»Gewiß«, sagte sie und hielt seinem Blick stand.

»Miss Nightingale, Sie sagen, Miss Latterly sei eine sehr gute Krankenschwester und habe in Notsituationen Fähigkeiten bewiesen, die manchem Militärchirurgen zur Ehre gereicht hätten?«

»Das ist richtig.«

»Außerdem sei sie gewissenhaft, ehrlich und tapfer.«

»Das ist sie.« Kein Zögern, nicht der geringste Zweifel trübte ihre Stimme.

Er lächelte. »Also, Madam, wie kommt es dann, daß sie ihren Lebensunterhalt nicht in leitender Stellung in einem Krankenhaus verdient, wo sie diese bemerkenswerten Qualitäten zur Anwendung bringen könnte, sondern mit dem Nachtzug von London nach Edinburgh fahren muß, um einer alten Dame, der nicht viel mehr fehlt als anderen Menschen in ihrem Alter, ihre Arznei zu verabreichen? Hätte ein Hausmädchen das nicht ebensogut erledigen können?« Schon seine Haltung, die hochgezogenen Schultern, drückten Herausforderung und Siegesgewißheit aus.

Rathbone ballte die Fäuste, die Nägel schnitten ihm in die Handflächen. Die Spannung war unerträglich. Würde sie so zurückschlagen, wie er es erhoffte?

Vor ihm saß Argyll reglos auf seinem Platz, nur an der Schläfe zuckte ein kleiner Muskel.

Florence Nightingales Gesicht verhärtete sich. Sie sah Gilfeather ungnädig an.

»Bitte... bitte...!« flehte Rathbone leise.

»Weil sie eine freimütige Person ist, die – Gott sei's gedankt – mehr Mut als Taktgefühl besitzt«, erwiderte Florence scharf. »Sie macht sich nichts aus dem Krankenhausleben, wo sie Befehlen gehorchen muß, Befehlen von Leuten, die oft genug weniger wissen als sie selber, die jedoch zu eingebildet sind, um sich von einer Untergebenen etwas sagen zu lassen. Es ist vielleicht ein falsches Verhalten, aber allemal ein ehrenhaftes.«

Die Geschworenen lächelten.

»Und ein ungestümes«, fügte Gilfeather hinzu und trat einen Schritt vor. »Vielleicht sogar ein maßloses, würden Sie das nicht auch sagen, Miss Nightingale?«

»Das würde ich nicht.«

»Aber ich! Bisweilen maßlos, und zweifellos auch arrogant! Das ist die Schwäche, der charakterliche Fehler einer Frau, die sich über andere erhebt, die ihre eigene Meinung höher einschätzt als die der Männer, die in diesem Beruf ausgebildet wurden und Erfahrungen gesammelt haben, einem Beruf, den sie vielleicht auch gerne ergriffen hätte, für den sie jedoch keine Ausbildung hat, sondern lediglich ein bißchen Praxis in außergewöhnlichen Situationen …«

»Mr. Gilfeather«, fuhr sie ihm herrisch ins Wort, ihre Augen funkelten, ihr ganzer Körper bebte vor zorniger Erregung. »Entweder wollen Sie mich in Rage bringen, Sir, oder Sie sind weitaus einfältiger, als ein Mann in Ihrer Position es sein sollte! Haben Sie denn nur die geringste Ahnung von den ›außergewöhnlichen Situationen‹, von denen Sie hier mit flinker Zunge reden? Sie sind elegant gekleidet, Sir, und Sie scheinen sich bester Gesundheit zu erfreuen. Wie oft müssen Sie auf Ihr Abendessen verzichten? Haben Sie überhaupt eine Ahnung, wie das ist, so hungrig zu sein, daß man froh wäre, die Knochen einer Ratte abnagen zu dürfen?«

»Madam …«, wollte Gilfeather protestieren, aber sie hörte ihn gar nicht.

»Sie haben Ihr Augenlicht, Sir, und alle Ihre Glieder. Haben Sie mal einen Mann gesehen, dem man die Beine weggeschossen hat? Wissen Sie, wie schnell man handeln muß, damit er nicht verblutet? Würden Sie die Arterien finden, unter all dem Blut, um ihn zu retten? Würden Ihre Nerven mitspielen und Ihr Magen?«

»Madam …«, machte Gilfeather noch einen Versuch.

»Ich bin sicher, Sie sind ein Meister in Ihrem Beruf«, redete sie weiter, und sie stützte sich dabei nicht etwa auf das Geländer, sondern stand kerzengerade und mit hoch erhobenem Haupt. »Aber wie oft müssen Sie den ganzen Tag lang arbeiten und die Nacht noch dazu, und das viele Tage hintereinander? Oder dürfen Sie sich jeden Abend in Ihr Bett legen – in Ihr weiches, warmes Bett, in dem Sie bis zum nächsten Morgen sicher aufgehoben sind? Haben

Sie schon mal auf einem Stück Segeltuch genächtigt, zu kalt, um darauf zu schlafen, und dem Stöhnen der Verwundeten in ihren Todesqualen gelauscht, dem Röcheln der Sterbenden, wohl wissend, daß es am nächsten Tag so weitergehen wird, unaufhörlich, und daß Sie nur sehr wenig tun können, um zu helfen, so erbärmlich wenig?«

Es herrschte Totenstille im Saal.

»Und wenn Ihnen schlecht ist, Sir, und Sie sich übergeben müssen und Durchfall haben, hält Ihnen dann nicht jemand eine Schüssel hin, säubert Sie, bringt Ihnen frisches Wasser, wechselt Ihre Bettwäsche? Hoffentlich sind Sie angemessen dankbar dafür, Sir, denn es gibt wahrlich genug Menschen, die es nicht so gut haben, weil viel zu wenige von uns bereit sind und den Mut haben, diese Arbeiten zu verrichten! Ja, Hester Latterly ist eine außergewöhnliche Frau, sie wurde von Umständen geformt, die weit jenseits der Vorstellungskraft der meisten Menschen liegen. Ja, sie kann recht eigensinnig, manchmal sogar arrogant sein, und das befähigt sie zu Entscheidungen, vor denen so manche weniger tapfere, weniger leidenschaftliche, weniger mitfühlende Seele verzagen würde.« Sie holte kaum Atem. »Und bevor Sie mich fragen – ich kann mir vorstellen, daß sie töten würde, um ihr eigenes Leben oder das eines ihr anvertrauten Patienten zu retten. Ich kann mir jedoch nicht vorstellen, daß sie aus Rache töten würde, egal, was man ihr zugefügt hätte – aber ich würde es nicht auf meinen Eid nehmen.« Jetzt lehnte sie sich doch auf die Brüstung und sah Gilfeather mit flammendem Blick an. »Aber ich würde vor meinem Schöpfer jeden Eid darauf schwören, daß sie niemals eine Patientin vergiften würde, um sich in den Besitz eines Schmuckstücks zu bringen. Wenn Sie das tatsächlich glauben, Sir, dann sind Sie ein weitaus schlechterer Menschenkenner, als Sie es in Ihrer Position sein dürften!«

Gilfeather öffnete den Mund und machte ihn wieder zu. Er war geschlagen, und er wußte es. Er hatte eine Naturgewalt heraufbeschworen, und ein Sturm war über ihm losgebrochen.

»Ich habe keine weiteren Fragen«, sagte er grimmig. »Vielen Dank, Miss Nightingale.«

Rathbone starrte zu ihr hinüber.

»Gehen Sie, helfen Sie ihr!« flüsterte er Argyll zu.

»Was?«

»So helfen Sie ihr doch!« sagte Rathbone eindringlich. »Sehen Sie doch, Mann!«

Die Erregung in Rathbones Stimme trieb ihn aus seinem Sitz. Als Florence Nightingale auf der untersten Stufe beinahe zusammenbrach, stürzte er auf sie zu.

Im Publikum reckten die Leute neugierig die Hälse.

»Erlauben Sie mir, Madam«, sagte Argyll, ergriff Miss Nightingales Arm und stützte sie. »Ich fürchte, Sie haben sich zu unserem Wohl verausgabt.«

»Es ist nichts«, sagte sie, und dennoch klammerte sie sich an ihn, dankbar für die angebotene Hilfe. »Ich bin nur ein wenig außer Atem. Vielleicht geht's mir doch nicht so gut, wie ich dachte.«

Ganz langsam, ohne das Gericht um Erlaubnis zu fragen, brachte er sie zur Tür; aller Augen folgten ihnen atemlos, bis er sich, unter zustimmendem, respektvollem Gemurmel, zurück an seinen Platz begab.

»Danke, Euer Ehren«, sagte er feierlich zum Richter. »Die Verteidigung ruft als nächste Zeugin Miss Hester Latterly.«

»Es ist spät geworden«, erwiderte der Richter schroff und mit mühsam unterdrücktem Zorn. »Das Gericht vertagt sich auf morgen. Dann können Sie Ihre Zeugin aufrufen, Mr. Argyll.« Und damit schlug er seinen Hammer auf den Tisch, als wollte er ihm den Stiel brechen.

Hester stieg die Treppe zum Zeugenstand hinauf und wandte sich dem Richter zu. Sie hatte nur wenig geschlafen, immer wieder war sie aus Alpträumen hochgeschreckt. Jetzt, wo der Augenblick gekommen war, kam er ihr völlig unwirklich vor. Sie spürte die Brüstung unter den Händen; der Richter mit dem schmalen Gesicht und den tiefliegenden Augen erschien ihr wie eine der Schreckensgestalten aus ihren nächtlichen Träumen. Sie war wie betäubt von einem unbegreiflichen Dröhnen im Kopf. Waren es die Menschen im Saal, die miteinander redeten, oder das Blut, das ihr durch die Venen rauschte und sie abschnitt von jenen Bildern und Geräuschen, die alle anderen sehen und hören konnten?

Trotz aller guten Vorsätze suchte ihr Blick das Publikum nach Monks hartem, glattem Gesicht ab und fand statt dessen Henry Rathbone. Er sah sie an, und auch wenn sie ihn aus der Entfernung nicht deutlich sehen konnte, vor ihrem geistigen Auge strahlten seine Augen sie an, und seine Sanftheit und der Schmerz, den er ihretwegen empfand, lösten einen Moment lang die heftigsten Gefühle in ihr aus. Sie wußte so wenig von ihm. Es waren nur ein paar Augenblicke gewesen, zusammen mit Oliver in Henrys Haus am Primrose Hill, bei einem Abendessen (das ein wenig zerkocht war, weil sie sich verspätet hatten), ein Sommerabend im Garten, Sternenhimmel über Apfelbäumen, der Rasen hatte nach Geißblatt geduftet. Er war ihr auf einmal so nahe, so vertraut, der Schmerz war kaum zu ertragen. Sie wünschte, sie hätte ihn nicht entdeckt, und doch konnte sie den Blick nicht von ihm losreißen.

»Miss Latterly!«

Argylls Stimme holte sie zurück in die Gegenwart und die Verhandlung, die endlich begonnen hatte.

»Ja... Sir?« Jetzt würde sie die Chance erhalten, für sich selber zu reden, ihre einzige Chance bis zur Urteilsverkündung. Sie mußte sie nutzen. Einen Fehler konnte sie sich nicht leisten, ein falsches Wort, einen Blick, eine Geste, die man ihr falsch auslegen könnte. Von solchen Kleinigkeiten konnten Leben oder Tod abhängen.

»Miss Latterly, warum haben Sie sich auf das Inserat gemeldet, mit dem Mr. Farraline für seine Mutter eine Begleitperson für die Reise von Edinburgh nach London suchte? Es war eine Stellung von sehr kurzer Dauer und weit unterhalb Ihrer Qualifikation. War die Bezahlung besonders gut? Oder benötigten Sie das Geld so dringend, daß Ihnen alles recht war?«

»Nein, Sir, ich habe mich darum beworben, weil ich hoffte, es wäre eine interessante und unterhaltsame Tätigkeit. Ich war noch nie in Schottland gewesen, und ich hatte nur Gutes über dieses Land gehört.« Sie zwang sich zu einem matten Lächeln. »Ich habe viele Männer aus schottischen Regimentern gepflegt und die meisten von ihnen schätzen gelernt.«

Eine kleine Welle der Erregung ging durch den Saal, aber Hester wußte sie nicht richtig zu interpretieren. Es blieb keine Zeit, darüber nachzudenken. Sie mußte sich auf Argyll konzentrieren.

»Ich verstehe«, sagte er ruhig. »Und die Bezahlung? War sie gut?«

»Sie war sehr großzügig, wenn man bedenkt, was für eine einfache Aufgabe es war«, antwortete sie ehrlich. »Aber um die Arbeit annehmen zu können, hätte man vielleicht ein anderes, vielleicht längeres Engagement ausschlagen müssen. Von daher war sie wohl angemessen.«

»Ich verstehe. Aber Sie waren nicht in großer Not, oder?«

»Nein. Ich hatte vorher einen Patienten gepflegt, dem es wieder besser ging und der keiner Hilfe mehr bedurfte, und die nächste Stelle hatte ich bereits in Aussicht. Es paßte sehr gut dazwischen.«

»Wir müssen uns da auf Ihr Wort verlassen, Miss Latterly.«

»Sie können es jederzeit nachprüfen, Sir. Mein Patient...«

Er unterbrach sie mit einer Handbewegung.

»Das habe ich bereits getan.« Er wandte sich an den Richter. »Wir haben eine Erklärung von Miss Latterlys letztem Patienten, Euer Ehren, und auch eine von der Dame, bei der sie anschließend in Stellung gehen sollte und die jetzt natürlich jemand anderen einstellen mußte. Ich beantrage, die Erklärungen den Beweismitteln beizufügen.«

»Ja, ja, natürlich«, gestand der Richter ihm zu. »Fahren Sie bitte fort.«

»Hatten Sie vor diesem Inserat schon mal von der Familie Farraline gehört?«

»Nein, Sir.«

»Wurden Sie dort höflich empfangen?«

»Ja, Sir.«

Langsam und in allen Einzelheiten führte er sie durch den Tag im Hause der Farralines. Er erkundigte sich nach dem Ankleidezimmer, in dem die Zofe die Koffer gepackt hatte, ließ sie alles beschreiben, an das sie sich erinnern konnte, einschließlich der Arzneischatulle, der Phiolen, die man ihr gezeigt hatte und der genauen Instruktionen. Die Anstrengung des Erinnerns nahm sie so in Anspruch, daß ihrer Stimme die Angst nicht anzuhören war.

Dann kam er zur Zugreise. Stockend, traurig, den Blick nur auf ihn gerichtet und ohne etwas anderes wahrzunehmen, erzählte sie, worüber Mary und sie miteinander geredet hatten, wie Mary sich an einige der Reisen ihrer Jugend erinnert hatte, an die Menschen, das Lachen, die Ereignisse, die Dinge, die ihr lieb und teuer gewesen waren. Sie erzählte, wie schwer es Mary gefallen war, zu einem Ende zu finden, und hätte Oonagh sie nicht vor Marys Durchhaltevermögen gewarnt, wer weiß, ob sie sich durchgesetzt hätte? Mit leiser, tiefer Stimme, ständig in Gefahr, in Tränen auszubrechen, berichtete sie, wie sie die Schatulle geöffnet und die leere Phiole entdeckt hatte, bevor sie Mary ihre Dosis verabreichte, die Schatulle wieder geschlossen und sich selber schlafen gelegt hatte.

Mit unveränderter Stimme, fast ohne zu zögern, erzählte sie ihm, wie sie am nächsten Morgen erwacht war und die grausige Entdeckung gemacht hatte, daß Mary tot war.

An der Stelle unterbrach er sie.

»Sind Sie ganz sicher, daß Sie keinen Fehler gemacht haben, als Sie Mrs. Farraline die Medizin verabreichten, Miss Latterly?«

»Ganz sicher. Ich habe ihr den Inhalt einer Phiole gegeben. Sie war eine sehr intelligente Frau, Mr. Argyll, weder kurzsichtig noch zerstreut. Sie hätte meinen Fehler bemerkt und sich geweigert, die Medizin zu nehmen.«

»Das Glas, das Sie benutzt haben, Miss Latterly – hatte man es Ihnen mitgegeben?«

»Ja, Sir. Es gehörte zum Inhalt der Schatulle, zusammen mit den Phiolen.«

»Ich verstehe. Wieviel paßte in das Glas, eine Phiole oder mehr?«

»Eine Phiole, Sir; dafür war es vorgesehen.«

»Aha. Sie hätten es also zweimal füllen müssen, um ihr mehr als den Inhalt einer Phiole zu geben?«

»Ja, Sir.«

Mehr mußte dazu nicht gesagt werden. Er sah an den Gesichtern der Geschworenen, daß sie verstanden hatten.

»Und nun zu der grauen Perlenbrosche«, fuhr er fort. »Ist sie Ihnen irgendwann einmal unter die Augen gekommen, bevor Sie sie in Ihrer Tasche gefunden haben im Hause von Lady Callandra Daviot?«

»Nein, Sir.« Beinahe hätte sie erzählt, daß Mary von der Brosche gesprochen hatte, aber im letzten Moment beherrschte sie sich. Der Schreck darüber, einem entscheidenden Fehler so nahe gewesen zu sein, ließ sie erröten. Um Himmels willen, jetzt sah sie sicher wie eine Lügnerin aus! »Nein, Sir. Mrs. Farralines Koffer befanden sich im Gepäckwagen, zusammen mit meiner Reisetasche. Ich habe ihre Dinge nicht mehr zu Gesicht bekommen, nachdem ich das Ankleidezimmer am Ainslie Place verlassen hatte. Und selbst dort habe ich nur die Kleider zu sehen bekommen, die obenauf lagen.«

»Danke, Miss Latterly. Bitte bleiben Sie, wo Sie sind. Mein gelehrter Freund wird Ihnen zweifellos ein paar Fragen stellen wollen.«

»Und ob ich das will!« Gilfeather sprang lebhaft auf. Doch bevor er beginnen konnte, vertagte der Richter die Verhandlung, und er mußte mit seinem Angriff bis nach dem Mittagessen warten. Und der Angriff hatte es in sich! Wie eine Aureole stand das widerspenstige Haar um seinen Kopf, als er sich dem Zeugenstand näherte. Er war groß und schlacksig und sah sie freundlich an, aber aus den hellen Augen leuchtete der Kampfeswille.

Hesters Herz klopfte so heftig, daß sie zitterte und Angst hatte, die Worte könnten ihr im Halse steckenbleiben, wenn sie etwas sagen mußte.

»Miss Latterly«, begann er ganz sanft, »die Verteidigung hat Sie als tugendhafte, heroische und aufopfernde Frau gezeichnet. Die Umstände, die Sie in diesen Saal gebracht haben, lassen mich – mit Verlaub – daran zweifeln, daß dieses Bild so ganz den Tatsachen entspricht!« Er verzog ein wenig das Gesicht. »Menschen, wie mein gelehrter Herr Kollege sie hier gezeichnet hat, begehen keinen Mord, schon gar nicht, um einer ihnen anvertrauten alten Dame ein paar Perlen auf einer Brosche zu stehlen. Da stimmen Sie mir doch zu.

Ich denke«, fuhr er fort und behielt sie dabei aufmerksam im

Auge, »seine Argumentation beruht vor allem auf der Annahme, ein Mensch könne sich nicht grundsätzlich ändern, und deshalb könnten Sie nicht schuldig sein. Ist es nicht so?«

»Ich habe die Verteidigung nicht vorbereitet, Sir, also kann ich nicht für Mr. Argyll sprechen«, erwiderte sie gleichmütig. »Aber ich nehme an, Sie haben recht.«

»Stimmen Sie meiner Hypothese zu, Miss Latterly?« Sein scharfer Ton forderte eine Antwort.

»Ja, Sir, auch wenn wir uns manchmal in den Menschen täuschen und sie nicht richtig beurteilen. Wenn es nicht so wäre, würden wir keine Überraschungen erleben.«

Eine Welle der Belustigung ging durch den Saal. Ein oder zwei Männer nickten zustimmend.

Rathbone hielt besorgt den Atem an.

»Ein äußerst spitzfindiges Argument, Miss Latterly«, räumte Gilfeather ein.

Sie wußte, warum Rathbone sie so flehend angesehen hatte. Sie mußte es wieder gutmachen.

»Nein, Sir«, erwiderte sie bescheiden. »Es ist nur gesunder Menschenverstand. Ich glaube, jede Frau hätte Ihnen diese Antwort gegeben.«

»Sei es, wie es sei, Ma'am«, wechselte er das Thema. »Sie werden mir trotzdem erlauben, ein wenig an seiner hohen Meinung von Ihnen zu kratzen.«

Schweigend wartete sie darauf, daß er damit anfangen würde.

Er nickte und verzog wieder das Gesicht. »Warum sind Sie auf die Krim gegangen, Miss Latterly? Spürten Sie eine Berufung, wie Miss Nightingale?« Es lag weder Sarkasmus noch Herablassung in seiner Frage, er stellte sie anscheinend ganz unschuldig, und doch weckte er damit Erwartungen im Saal, die Bereitschaft zum Zweifel.

»Nein, Sir.« Sie antwortete leise und so freundlich, wie es ihr möglich war. »Ich wollte meinen Mitmenschen so helfen, wie es meinen Fähigkeiten am besten entsprach. Ich hielt es für eine gute Sache. Man hat nur ein Leben, und ich wollte damit lieber etwas Sinnvolles anstellen, statt am Ende den verpaßten Chancen nachtrauern zu müssen.«

»Sie sind also eine Frau, die Risiken eingeht?« fragte Gilfeather und konnte ein Lächeln nicht ganz verbergen.

»Physische, Sir, keine moralischen. Zu Hause, sicher und beschützt, wäre ich ein moralisches Risiko eingegangen, und dazu war ich nicht bereit.«

»Sie wissen mit Worten umzugehen, Madam!«

»Ich kämpfe um mein Leben, Sir. Was erwarten Sie?«

»Da Sie mich danach fragen, Madam, ich erwarte von Ihnen jedes noch so spitzfindige Argument, ihre ganze Überredungskunst und jede Haarspalterei, die ein Verstand und eine verzweifelte Seele sich nur auszudenken vermögen.«

Sie sah ihn verächtlich an. Rathbones Warnungen schossen ihr durch den Kopf, so deutlich, als hätte er sie gerade erst ausgesprochen, doch sie schlug sie in den Wind. Gewinnen konnte sie ohnehin nicht. Aber würdelos und ohne Stolz wollte sie nicht untergehen.

»Das hört sich an, Sir, als wären wir zwei wilde Tiere, die Revierstreitigkeiten ausfechten, und nicht menschliche Wesen, die nach der Wahrheit suchen. Wollen Sie wissen, wer Mary Farraline getötet hat, Mr. Gilfeather, oder wollen Sie jemanden hängen sehen, und ich komme Ihnen gerade recht?«

Gilfeather war einen Moment lang konsterniert. Man hatte ihm oft widersprochen, aber nicht mit solchen Worten.

Die Leute im Saal hielten den Atem an. Ein Journalist zerbrach seinen Bleistift.

»Mein Gott!« stöhnte Rathbone unhörbar.

Der Richter langte nach seinem Hammer, verschätzte sich jedoch in der Entfernung; die Hand griff ins Nichts.

Monk lächelte, doch sein Magen krampfte sich vor Schmerz zusammen.

»Mich interessiert nur der wirkliche Täter, Miss Latterly«, erwiderte Gilfeather wütend. »Und die Beweise deuten nun mal darauf hin, daß Sie es sind! Und wenn nicht, dann nennen Sie mir bitte einen anderen Täter!«

»Das kann ich nicht, Sir, sonst hätte ich es längst getan«, antwortete Hester.

Endlich erhob sich Argyll.

»Euer Ehren, wenn mein gelehrter Kollege Fragen an Miss Latterly hat, möge er sie ihr stellen. Diese Art der Auseinandersetzung erscheint mir unziemlich – auch wenn sie sich sehr gut dagegen zu Wehr setzen kann – und dem hohen Gericht nicht angemessen.«

Der Richter bedachte ihn mit einem säuerlichen Blick und wandte sich an Gilfeather.

»Mr. Gilfeather, bitte kommen Sie zur Sache, Sir. Was möchten Sie die Angeklagte fragen?«

Gilfeather schaute finster von Argyll zum Richter. Dann wandte er sich wieder an Hester.

»Miss Nightingale hat sie hier als guten Engel dargestellt, der sich aufopfernd um die Verwundeten gekümmert hat.« Diesmal konnte er den Sarkasmus nicht ganz unterdrücken. »Wir sollten uns vorstellen, wie Sie auf leisen Sohlen zwischen den Betten hindurchschwebten, hier eine schweißnasse Stirn wischten, dort einen Verband erneuerten, wie Sie sich auf das Schlachtfeld wagten, um beim Licht einer flackernden Lampe eigenhändig Operationen durchzuführen.« Seine Stimme wurde lauter. »Aber war es nicht in Wirklichkeit ein sehr rauhes Leben, Madam, das sie dort draußen mit Soldaten verbrachten, unter Schlachtenbummlerinnen, Frauen niederer Herkunft und noch viel niedrigerer Moral?«

Lebendige Erinnerungen stiegen in ihr auf.

»Viele der Schlachtenbummlerinnen waren Soldatenfrauen, Sir, und ihre bescheidene Herkunft entsprach der ihrer Ehemänner«, erwiderte sie zornig. »Sie haben die Wäsche gewaschen und sich um die Kranken gekümmert. Jemand mußte es ja machen. Und sollten Sie damit andeuten wollen, Miss Nightingale oder eine ihrer Krankenschwestern seien Soldatendirnen gewesen, dann...«

Ein Sturm der Empörung erhob sich im Saal. Ein Mann sprang auf und schüttelte empört die Faust gegen Gilfeather.

Der Richter schlug wütend mit dem Hammer, niemand beachtete ihn.

Rathbone vergrub das Gesicht in den Händen. Argyll drehte sich um und sagte etwas zu ihm. Henry Rathbone schloß die Augen und schickte ein stilles Stoßgebet zum Himmel.

Gilfeather blies den Angriff ab und versuchte es auf andere Weise. »Wie viele Männer haben Sie sterben sehen, Miss Latterly?« versuchte er den Lärm zu übertönen.

»Ruhe!« brüllte der Richter. »Ruhe, oder ich lasse den Saal räumen!«

Es wurde fast augenblicklich still. Niemand wollte hinausgeworfen werden.

»Wie viele Männer, Miss Latterly?« wiederholte Gilfeather seine Frage, als der Aufruhr sich gelegt hatte.

»Sie müssen darauf antworten«, ermahnte sie der Richter, noch bevor Hester etwas sagen konnte.

»Ich weiß es nicht. Ich habe sie nicht gezählt. Jeder einzelne von ihnen war ein Mensch und keine Zahl.«

»Aber es waren sehr viele?« insistierte Gilfeather.

»Ich fürchte ja.«

»Sie sind also an den Tod gewöhnt; Sie haben weder Angst noch Abscheu vor ihm, wie die meisten anderen Menschen?«

»Jeder, der sich um Verwundete kümmert, muß sich an den Tod gewöhnen, Sir. Aber man trauert trotzdem um jeden.«

»Sie sind streitsüchtig, Madam! Ihnen fehlen die guten Manieren und das Taktgefühl, die Bescheidenheit, die Ihr Geschlecht gemeinhin auszeichnet!«

»Vielleicht!« erwiderte sie. »Aber Sie wollen die Leute glauben machen, ich wisse ein Menschenleben nicht zu schätzen, ich wäre abgestumpft gegen den Tod, und das ist nicht wahr. Ich habe weder Mrs. Farraline noch sonst jemanden getötet, und ihr Tod hat mich weit mehr getroffen als Sie!«

»Ich glaube Ihnen nicht, Madam. Sie haben dem Gericht Ihre wahre Natur offenbart. Sie haben keine Angst, besitzen keinerlei Sinn für Schicklichkeit und Bescheidenheit. Es fällt nicht schwer, in Ihnen eine Frau zu sehen, die sich vom Leben nimmt, was sie will, und jeden bekämpft, der sie daran hindert. Die arme Mary Farraline hatte keine Chance mehr, nachdem Sie sich etwas in den Kopf gesetzt hatten.«

Hester starrte ihn entgeistert an.

»Das ist alles!« sagte Gilfeather. »Was haben die Geschworenen davon, wenn ich Ihnen jetzt noch Fragen stelle und Sie doch alles abstreiten? Haben Sie noch Fragen an Ihre Zeugin, Mr. Argyll?«

Argyll dankte ihm nicht ohne Sarkasmus in der Stimme und wandte sich an Hester.

»War Mrs. Farraline eine bemitleidenswerte, schüchterne alte Dame, die sich leicht tyrannisieren ließ?«

»Ganz und gar nicht«, sagte Hester ein wenig erleichtert.

»Ganz im Gegenteil: Sie war intelligent, wortgewandt und immer Herr der Lage. Sie hat ein sehr interessantes Leben geführt, ist viel gereist, hat bedeutende Menschen gekannt und war bei wichtigen Ereignissen dabei.« Sie zwang sich zu einem schwachen Lächeln. »Mrs. Farraline hat mir erzählt, wie sie die Nacht vor der Schlacht bei Waterloo durchgetanzt haben. Ich fand sie mutig und klug und lustig und... und... ich habe sie bewundert.«

»Danke, Miss Latterly. Ja, ich habe mir auch eine solche Meinung über sie gebildet. Und ich denke, Mrs. Farraline empfand eine ähnliche Bewunderung für Sie. Das war alles, was ich Sie fragen wollte. Sie dürfen für den Augenblick auf die Anklagebank zurückkehren.«

Der Richter vertagte die Verhandlung. Die Zeitungsreporter liefen sich gegenseitig über den Haufen, um als erste ihre Berichte weiterzugeben. Auf der Galerie explodierte das Publikum, die Wärterinnen nahmen Hester in die Mitte und verlangten, sie im Käfig nach unten in die Katakomben zu bringen. Man wollte sie in sicherer Verwahrung haben, falls es zum Aufruhr kommen sollte.

Monk spazierte durch die Straßen. Rathbone und Argyll saßen bis lange nach Mitternacht beisammen. Callandra verbrachte den Abend mit Henry Rathbone, sie unterhielten sich über alles, was ihnen in den Sinn kam, nur nicht über Hester und das, was der nächste Tag bringen würde.

Argyll erhob sich.

»Ich rufe Hector Farraline in den Zeugenstand.«

Großes Erstaunen im Publikum. Alastair erhob sich, um zu protestieren, aber er wurde sogleich wieder auf seinen Sitz gezogen. Es war sinnlos, und das wußte Oonagh sofort. Gequält beobachtete Alastair das Geschehen.

Hector kam herein. Er ging sehr langsam, unsicher, mit unstetem Blick. Er schlurfte hinüber zur Treppe, die hinauf zum Zeugenstand führte.

»Brauchen Sie Hilfe, Mr. Farraline?« fragte der Richter.

»Hilfe?« Hector zog die Augenbrauen hoch. »Wozu?«

»Kommen Sie die Treppe alleine hoch? Sind Sie in Ordnung?«

»Aber sicher, Sir? Und Sie?«

»Dann gehen Sie jetzt an Ihren Platz, Sir, damit Sie vereidigt werden können.« Der Richter warf Argyll einen ungehaltenen Blick zu. »Ich nehme an, Sie bestehen darauf?«

»Jawohl, Sir«, bestätigte Argyll.

»Also gut, bringen wir's hinter uns!«

Hector erklomm die Stufen, wurde vereidigt und wartete darauf, daß Argyll beginnen würde.

Gilfeather verfolgte aufmerksam das Geschehen.

»Major Farraline«, redete Argyll ihn höchst respektvoll an, »waren Sie im Haus, als Miss Latterly bei Ihnen eintraf?«

»Was? Ach so... ja, sicher. Ich wohne ja dort.«

»Waren Sie Zeuge ihrer Ankunft?«

Gilfeather erhob sich. »Euer Ehren, Miss Latterlys Ankunft steht hier nicht zur Debatte. Warum sollten wir dem Gericht mit solchen Nebensächlichkeiten die Zeit stehlen?«

Der Richter sah Argyll an und hob die Augenbrauen.

»Ich werde sofort zur Sache kommen, Euer Ehren, falls mein gelehrter Freund es mir gestattet«, erwiderte Argyll.

»Aber ein bißchen zügiger, wenn ich bitten darf«, befahl der Richter.

»Euer Ehren. Major Farraline, haben Sie Miss Latterly an jenem Tag im Haus herumlaufen sehen?«

Hector schaute verwirrt. »Herumlaufen? Was meinen Sie damit... die Treppen rauf und runter, so in der Art?«

Wieder sprang Gilfeather auf. »Euer Ehren, dieser Zeuge ist ganz offensichtlich... etwas unpäßlich! Er ist nicht in der Lage, uns Dinge von Belang zu erzählen. Natürlich ist Miss Latterly im Haus herumgelaufen. Sie wird sich ja wohl nicht den ganzen Tag über versteckt haben. Mein gelehrter Freund verschwendet unsere Zeit!«

»Sie sind es, der Zeit verschwendet«, fuhr Argyll fort. »Ich könnte wesentlich schneller zur Sache kommen, wenn Sie mich nicht dauernd unterbrechen würden.«

»Fahren Sie endlich fort, Sir!« befahl der Richter. »Bevor ich die Geduld verliere. Auch ich tendiere zu der Ansicht, daß Major Farraline nicht in der Verfassung ist, uns etwas Brauchbares mitzuteilen.« Argyll knirschte mit den Zähnen.

Rathbone beugte sich vor und ballte die Hände zu Fäusten.

»Major Farraline«, fuhr Argyll fort, »sind Sie Miss Latterly an jenem Tag allein im Hausflur begegnet, und haben Sie bei dieser Gelegenheit mit ihr über das Unternehmen geredet und über das Vermögen?«

»Was?«

»Ich bitte Sie!« explodierte Gilfeather.

»Ja, richtig!« sagte Hector in einem Augenblick der Klarheit. »Auf der Treppe, wenn ich mich recht erinnere. Hab' mich kurz mit ihr unterhalten. Nettes Mädchen. Hat mir gefallen. Ein Jammer.«

»Haben Sie ihr erzählt, daß in der Firma Geld unterschlagen wurde?«

Hector starrte ihn an, als hätte ihn etwas gebissen.

»Nein... nein, natürlich nicht!« Sein Blick wanderte von Argyll hinüber zu den Zuschauern. Dort entdeckte er Oonagh und sah sie flehend an. Kreideweiß und mit weit aufgerissenen Augen saß sie da.

»Major Farraline!« sagte Argyll mit fester Stimme.

»Euer Ehren, das ist empörend!« protestierte Gilfeather.

Argyll achtete nicht auf ihn.

»Major Farraline, Sie waren Offizier in einem der berühmtesten und ehrenhaftesten Regimenter Ihrer Majestät der Königin. Erinnern Sie sich, Sir! Sie stehen unter Eid! Haben Sie Miss Latterly nicht erzählt, jemand hätte Gelder der Buchdruckerei Farraline unterschlagen?«

»Das ist unglaublich!« rief Gilfeather und gestikulierte wild mit den Armen. »Und vollkommen unwichtig! Miss Latterly steht hier vor Gericht wegen Mordes an Mary Farraline. Was hat diese Geschichte mit dem Mordfall zu tun?«

Alastair machte Anstalten, sich zu erheben, sank jedoch wieder in sich zusammen; tiefe Verzweiflung stand ihm ins Gesicht geschrieben.

»Nein, so war's nicht«, sagte Hector mit plötzlicher Klarheit. »Jetzt erinnere ich mich. Es war Mr. Monk. Ich hab's Mr. Monk erzählt. Er ist losgezogen, um McIvor zu fragen, aber rausgekriegt hat er nichts. Armer Trottel! Das hätt' ich ihm gleich sagen können. Das haben die doch längst alles vertuscht!«

Einen Moment lang war es absolut still. Überwältigt vor Erleichterung ließ Rathbone den Kopf auf den Tisch sinken. Argylls dunkles Gesicht teilte sich zu einem Grinsen.

Der Richter sah wütend aus.

Monk schlug die geballte Faust immer wieder in die Handfläche, bis es schmerzte.

»Danke, Major Farraline«, sagte Argyll ruhig. »Sie haben recht. Es war Mr. Monk, dem Sie es erzählt haben, nicht Miss Latterly. Mein Fehler, tut mir leid.«

»Ist das alles?« erkundigte sich Hector.

»Ja, ich danke Ihnen.«

Gilfeather drehte sich einmal um sich selber, sah das Publikum, die Geschworenen, den Richter und schließlich Hector Farraline an.

Hector rülpste leise.

»Major Farraline, wie viele Gläser Whisky haben Sie heute schon getrunken?« fragte Gilfeather.

»Ich hab' keine Ahnung«, antwortete Hector höflich. »Und 'n Glas hab' ich überhaupt nicht benutzt, fürchte ich. Hab' immer so'n Fläschchen dabei, wissen Sie. Warum?«

»Ach, lassen Sie nur. Das wäre alles, danke.«

Hector tappte auf unsicheren Beinen die Treppe hinunter.

»Einen Moment noch...«, sagte Gilfeather schnell.

Hector blieb mitten auf der Treppe stehen und klammerte sich am Geländer fest.

»Führen Sie eigentlich die Bücher der Firma, Major Farraline?«

»Ich? Natürlich nicht. Das macht Kenneth.«

»Hatten Sie in letzter Zeit Einblick in die Bücher, sagen wir, in den letzten zwei Wochen?«

»Nein. Ich glaube nicht.«

»Können Sie Geschäftsbücher lesen, Sir?«

»Hab's nie versucht. So was interessiert mich nicht.«

»Aha. Brauchen Sie Hilfe auf der Treppe, Sir?«

»Nein, Sir. Das kann ich alleine.« Und schon verlor er den Halt und rutschte die letzten Stufen hinunter. Er richtete sich auf und ging einigermaßen sicher und ohne fremde Hilfe hinüber zu den Zuschauerbänken, wo man ihm einen Platz frei machte.

»Euer Ehren«, wandte Argyll sich an den Richter, »in Anbetracht von Major Farralines Aussage würde ich gerne Kenneth Farraline in den Zeugenstand rufen.«

Gilfeather war aufgesprungen. Aber er zögerte, seinen Einspruch vorzubringen.

Der Richter seufzte. »Haben Sie Einwände, Mr. Gilfeather? Offenbar geht es um die Frage einer Unterschlagung, sei sie nun real oder eingebildet.«

Argyll lächelte. Gilfeather sollte ruhig glauben, es wäre ihm recht, wenn mit einer Ablehnung des Zeugen Zweifel in die Herzen der Geschworenen gesät würden.

»Keine Einwände, Euer Ehren«, sagte Gilfeather. »Es erscheint mir ratsam, alle Zweifel auszuräumen.« Er lächelte Argyll schmallippig zu.

Argyll neigte dankend den Kopf.

Kenneth Farraline wurde aufgerufen. Er sah sehr unglücklich aus, als er den Zeugenstand betrat. Zweifellos spürte er die knisternde, geladene Atmosphäre im Saal, und jetzt kam Argyll wie ein hungriger Bär auf ihn zu.

»Mr. Farraline, Ihr Onkel, Hector Farraline, hat uns erzählt, daß Sie die Bücher des Familienunternehmens führen. Ist das richtig?«

»Nicht relevant, Euer Ehren!« erhob Gilfeather Einspruch.

Der Richter zögerte.

»Euer Ehren, sollten die Geschäftsbücher eines Familienunternehmens, dessen Oberhaupt gerade ermordet wurde, Unregelmäßigkeiten aufweisen, so kann das wohl schwerlich irrelevant sein!« argumentierte Argyll. »Hier ließe sich vielleicht ein Tatmotiv finden, das mit Miss Latterly nicht das geringste zu tun hat.«

Mit sichtlichem Mißvergnügen mußte der Richter ihm recht geben.

»Sie haben noch nichts Konkretes vorgebracht, Sir. Bis jetzt ist es eine reine Vermutung, kaum mehr als das Geschwätz eines betrunkenen Mannes. Wenn Sie der Sache nicht mehr Gehalt geben können, werde ich Mr. Gilfeathers nächstem Einspruch stattgeben.«

»Danke, Euer Ehren.« Argyll wandte sich wieder an Kenneth. »Mr. Farraline, wußte Ihre Frau Mutter von Major Farralines Vermutung, die Geschäftsbücher seien manipuliert worden?«

»Ich... ich...« Kenneth war verzweifelt. Er sah Argyll mit leeren Augen an, als hätte er viel lieber woanders hingeschaut.

»Sir?« ließ Argyll nicht locker.

»Ich habe keine Ahnung!« sagte Kenneth unvermittelt. »Es ist...«, er schluckte, »Unsinn. Kompletter Unsinn.« Jetzt blickte er Argyll beinahe herausfordernd an. »Es fehlt überhaupt kein Geld.«

»Und Sie sind der Buchhalter, Sie müßten es wissen?«

»Genau.«

»Das heißt, niemand könnte es so gut verbergen wie Sie, wenn doch etwas fehlen würde?«

»Das...« Wieder schluckte Kenneth. »Das ist eine Verleumdung, Sir, und sehr ungerecht!«

Argyll spielte den Unschuldigen.

»Sie hätten also nicht die besten Möglichkeiten?«

»Doch... doch, natürlich. Aber es fehlt nichts, überhaupt nichts!«

»Und davon war auch Ihre Mutter überzeugt?«

»Hab' ich doch gesagt.«

Ungläubiges Gemurmel im Zuschauerraum.

Argyll lächelte. Kenneth war ein schlechter Zeuge. Er wirkte wie ein Lügner, selbst wenn er die Wahrheit sprach.

»Gut. Dann zum nächsten Punkt. Sind Sie verheiratet, Mr. Farraline?«

»Nicht von Belang, Euer Ehren!« protestierte Gilfeather.

»Mr. Argyll«, ermahnte ihn der Richter müde. »Ich kann Ihre Umwege nicht länger zulassen. Sie mißbrauchen meine Großzügigkeit.«

»Ich versichere Ihnen, daß es von Belang ist, Euer Ehren.«

»Ich wüßte nicht, weshalb.«

»Sind Sie verheiratet, Mr. Farraline?« wiederholte Argyll.

»Nein.«

»Bemühen Sie sich um eine Frau?«

Kenneth zögerte. Er war rot geworden, Schweiß glitzerte auf seiner Stirn. Mit den Blicken suchte er den Zuschauerraum ab, bis er Oonagh gefunden hatte. Dann sah er wieder Argyll an.

»Nein... nein...«

»Haben Sie eine Geliebte? Vielleicht eine Frau, die Ihre Familie nicht akzeptieren will?«

Gilfeather wollte sich erheben, doch er spürte, daß ein Protest vergeblich war. Jeder im Saal wartete auf eine Antwort.

Kenneth schluckte. »Nein!«

»Würde Miss Adeline Barker das bestätigen, wenn ich sie in den Zeugenstand riefe, Mr. Farraline?«

Kenneth' Gesicht lief dunkelrot an.

»Ja... ich meine, nein! Ich... Gott verflucht, was geht Sie das an? Ich habe meine Mutter nicht getötet! Sie...« Unvermittelt brach er ab.

»Ja? Wußte sie davon?« bohrte Argyll nach. »Sie wußte nicht davon.«

»Ich habe nichts mehr zu sagen. Ich habe meine Mutter nicht getötet, und alles andere geht Sie nichts an!«

»Eine Dame mit kostspieligen Wünschen«, fuhr Argyll fort. »Nicht leicht, sie zufriedenzustellen mit dem Gehalt eines Buchhalters, selbst wenn er für Farraline & Co. arbeitet.«

»Es fehlt kein Geld«, erwiderte Kenneth düster. »Überprüfen Sie es doch.« Seine Stimme gewann wieder an Zuversicht, als wüßte er, daß man ihm nichts nachweisen konnte.

Argyll war es nicht entgangen.

»Ich glaube Ihnen, daß im Moment kein Geld fehlt, aber war das immer so?«

Die Zuversicht war wieder verflogen. Er reagierte trotzig.

»Sicher. Ich habe Ihnen doch gesagt, daß ich nichts genommen habe, und für den Tod meiner Mutter kann ich nichts! Soviel ich weiß, war es Miss Latterly, wegen dieser elenden Perlen.«

»Das sagen Sie, Sir, das sagen Sie.« Argyll lächelte höflich. »Vielen Dank, Mr. Farraline, ich habe keine weiteren Fragen.«

Gilfeather zuckte mit den Achseln. »Keine Fragen an den Zeugen, Euer Ehren. Soweit ich sehe, hat er nicht das geringste mit dem Fall zu tun.«

Rathbone beugte sich vor und legte Argyll die Hand auf die Schulter. »Rufen Sie Quinlan Fyffe auf!« flüsterte er aufgeregt.

Argyll drehte sich nicht um. »Was soll ich ihn fragen?« zischte er. »Das macht den Eindruck der Ratlosigkeit und schwächt unsere Position.«

»Denken Sie sich was aus!« Rathbone ließ nicht locker. »Rufen Sie ihn auf…«

»Es ist zwecklos! Selbst wenn er weiß, wer sie getötet hat, wird er es nicht sagen. Er ist ein kluger und sehr beherrschter Mann. Er verplappert sich nicht. Das ist kein Kenneth. Ich habe nichts, um ihn aus der Fassung zu bringen!«

»Doch!« Rathbone beugte sich noch etwas weiter vor, obwohl der Richter bereits böse schaute und die Geschworenen warteten. »Er ist ein stolzer, eitler Mann. Er hat eine wunderschöne Frau und einen Schwager, der in diese Frau verliebt ist. Er haßt McIvor. Machen Sie sich seine Eifersucht zunutze.«

»Und wie soll ich das anstellen?«

Rathbone überlegte fieberhaft. »Eilish hat von McIvor regelmäßig Bücher erhalten. Für den Unterricht in der Armenschule. Ich wette, Fyffe hat keine Ahnung davon. Um Himmels willen,

Mann, ich denke, Sie sind der beste Anwalt in ganz Schottland. Drehen Sie ihn durch die Mangel! Arbeiten Sie mit seinen Gefühlen!«

»Aber damit wird Eilish auffliegen«, sagte Argyll. »Monk wird rasen vor Wut!«

»Zum Teufel mit Eilish!« gab Rathbone zurück. »Und auch mit Monk! Es geht um Hesters Leben!«

»Mr. Argyll!« rief der Richter. »Haben Sie die Zeugenbefragung abgeschlossen oder nicht?«

»Nein, Euer Ehren. Die Verteidigung ruft Quinlan Fyffe in den Zeugenstand.«

Der Richter runzelte die Stirn. »Zu welchem Zweck, Mr. Argyll? Mr. Gilfeather, wußten Sie davon?«

Gilfeather war überrascht, schien jedoch interessiert zu sein und nichts dagegen zu haben. Er hob die Schultern zu einem leichten Achselzucken. »Nein, Euer Ehren, aber wenn es dem Gericht nichts ausmacht zu warten, bis Mr. Fyffe zur Verfügung steht, habe ich keine Einwände. Ich denke, der Zeuge wird sich für die Verteidigung als ebenso nutzlos erweisen wie Mr. Farraline.«

»Rufen Sie Quinlan Fyffe!« verkündete der Gerichtsdiener. Der Wachmann an der Tür wiederholte den Aufruf, und ein Botenjunge wurde losgeschickt.

Das Gericht vertagte sich bis nach dem Mittagessen.

Als man eine Stunde später wieder zusammenkam, stieg Quinlan in den Zeugenstand und wurde vereidigt. Äußerst höflich, aber mit eisigem Blick, der an Unverschämtheit grenzte, betrachtete er Argyll.

»Mr. Fyffe«, begann Argyll und wählte die Worte mit Bedacht. »Sie sind einer der leitenden Angestellten der Buchdruckerei Farraline & Co., ist das richtig?«

»Jawohl, Sir.«

»Mit welchem Aufgabenbereich?«

Gilfeather wollte aufspringen, überlegte es sich jedoch anders.

»Ist das denn so wichtig, Mr. Argyll«, seufzte der Richter. »Falls es wieder um die Geschäftsbücher geht, warne ich Sie. Solange Sie keine Beweise für Unregelmäßigkeiten haben, werde ich keine Fragen mehr zu dieser Sache zulassen.«

Argyll zögerte.

»Die Bücher, die Eilish genommen hat!« flüsterte Rathbone hinter seinem Rücken.

»Nein, Euer Ehren«, erwiderte Argyll höflich und lächelte den Richter unschuldig an. »Darum geht es mir im Augenblick nicht.«

Der Richter seufzte. »Dann verstehe ich nicht, worauf Sie hinauswollen. Ich dachte, Sie hatten den Zeugen aus diesem Grund aufgerufen.«

»Ja, Euer Ehren, aber erst, nachdem der Boden bereitet ist.«

»Dann fahren Sie fort, Mr. Argyll, fahren Sie fort!« bellte der Richter verärgert.

»Danke, Euer Ehren. Mr. Fyffe, welchen Aufgabenbereich betreuen Sie in der Firma Farraline?«

»Ich beaufsichtige das Drucken und treffe alle diesbezüglichen Entscheidungen«, antwortete Quinlan.

»Ich verstehe. Haben Sie bemerkt, daß Ihnen im Lauf des letzten Jahres einige Bücher gestohlen worden sind?«

Im Saal war es plötzlich sehr ruhig. Quinlan blickte ungläubig.

»Nein, Sir, das habe ich nicht bemerkt. Um ehrlich zu sein, ich kann es auch nicht recht glauben. Solch ein Verlust wäre aufgefallen.«

»Wem, Sir?« wollte Argyll wissen. »Ihnen?«

»Nein, mir nicht, aber ganz sicher...« Er zögerte höchstens eine Sekunde, aber sein Blick flackerte, als wäre ihm ein Gedanke gekommen. »Baird McIvor. Er ist für diesen Bereich zuständig.«

»So ist es«, stimmte Argyll ihm zu. »Und er hat Ihnen nichts von einem solchen Verlust gesagt?«

»Nein, Sir, das hat er nicht getan.«

Wieder wollte Gilfeather sich erheben, aber der Richter wehrte beschwichtigend ab.

»Würde es Sie interessieren«, sagte Argyll vorsichtig, »daß Ihre Frau die Bücher erhalten hat, Sir, dank Mr. McIvors Hilfe?«

Das Publikum hielt die Luft an. Ein paar der Geschworenen wandten sich Eilish und dann Baird zu.

Quinlan stand reglos da, sein Gesicht war aschfahl. Er wollte etwas sagen, aber die Stimme versagte ihm.

»Sie wußten es nicht«, sagte Argyll unnötigerweise. »Auf den ersten Blick erscheint es sinnlos, aber sie hat einen sehr guten Grund...«

Ein Aufseufzen im Saal, dann wieder absolute Stille.

Quinlan sah Argyll an, und Argyll lächelte; nur ganz leicht hob er dabei die Mundwinkel. Seine Augen leuchteten.

»Sie bringt den Leuten das Lesen bei«, sagte er sehr prononciert. »Erwachsenen Männern, die tagsüber arbeiten und nachts zu ihr kommen, um sich in Schreiben und Lesen unterrichten zu lassen.«

Unruhe im Publikum. Eilish saß blaß und mit großen Augen da.

Der Richter beugte sich vor, die Stirn in tiefe Falten gelegt. »Ich nehme an, Sie haben Beweise für diese ungeheure Beschuldigung, Mr. Argyll?«

»Ich verwehre mich gegen das Wort ›Beschuldigung‹, Euer Ehren.« Argyll sah zur Richterbank hinauf. »Ich kann nichts Unrechtes darin sehen, im Gegenteil, ich finde, es ist eine äußerst lobenswerte Initiative.«

Quinlan beugte sich über die Brüstung, die Finger fest um den Handlauf geklammert.

»Schon möglich, wenn das alles wäre!« rief er wütend. »Aber McIvor ist unentschuldbar! Ich weiß doch, daß er hinter ihr her ist!« Seine Stimme wurde schriller und lauter. »Er versucht, sie zu Unmoral und Untreue zu verleiten! Aber daß er dies unter einem solchen Vorwand tut und auch noch ihre Ehre in den Dreck ziehen will, das ist unverzeihlich!«

Ein Raunen ging durch den Saal. Der Richter schlug den Hammer scharf auf den Tisch.

Argyll kam einer Zurechtweisung vom Richterstuhl und einem Protest Gilfeathers zuvor.

»Sind das nicht voreilige Schlüsse, Mr. Fyffe?« fragte er und zog – um den Richter zu beruhigen – erstaunt die Augenbrauen hoch. »Ich habe lediglich gesagt, Mr. McIvor habe ihr die Bücher besorgt.«

Quinlans Gesicht war noch immer weiß, seine Augen verengten sich zu funkelnden Schlitzen. Voller Verachtung sah er Argyll an.

»Das weiß ich. Halten Sie mich für einen Idioten, Sir? Seit Jahren beobachte ich, wie er sie anstarrt, wie er sich Vorwände ausdenkt, damit er mit ihr zusammensein kann. Das Tuscheln, das Lachen, das plötzliche Schweigen, seine Verzweiflung, wenn sie ihm keine Beachtung schenkt, die Euphorie, wenn es anders ist.« Seine Stimme wurde schriller. »Ich weiß, wann ein Mann in eine Frau verliebt ist, wann er seine Leidenschaften nicht mehr beherrscht. Zumindest hat er einen Weg gefunden, sich in ihr Vertrauen einzuschleichen und weiß Gott was noch alles!«

»Mr. Fyffe...«, setzte Argyll an, machte aber keinen ernsthaften Versuch, ihn zu unterbrechen.

»Aber jetzt fällt es mir wie Schuppen von den Augen«, fuhr Quinlan fort, blickte Argyll an und schien alle anderen im Saal vergessen zu haben. »Es ist erstaunlich, wie blind man sein kann, bis man schließlich gezwungen wird, den schmerzlichen Tatsachen ins Auge zu blicken.«

Jetzt hielt es Gilfeather nicht mehr auf seinem Platz.

»Euer Ehren, das ist alles sehr bedauerlich, und ich bin sicher, das Gericht hat größtes Verständnis für Mr. Fyffes Verzweiflung, aber für den Mord an Mary Farraline ist das alles völlig irrelevant. Mein gelehrter Kollege stiehlt uns unsere Zeit und versucht, die Geschworenen von der eigentlichen Sache abzulenken.«

»Ich bin ganz Ihrer Meinung«, stimmte der Richter ihm zu, doch bevor er weitere Anweisungen treffen konnte, hatte Quinlan sich mit funkelnden Augen zu ihm umgedreht.

»Das ist absolut nicht irrelevant, Euer Ehren! Baird McIvors Verhalten ist sogar höchst relevant.«

Gilfeather setzte zu einem erneuten Protest an.

Argyll machte eine müde Handbewegung.

Rathbone murmelte ein Stoßgebet und ballte die Hände zu Fäusten; sein Körper schmerzte vor Anspannung. Er wagte es nicht, Hester anzusehen. Monk hatte er völlig vergessen, als hätte es den Mann nie gegeben.

Quinlan stand aufrecht im Zeugenstand, das Gesicht blaß, mit zwei tiefen Furchen über der Nase.

»Der Anwalt der Familie hat mich gebeten, ein paar von Mrs. Farralines Papieren durchzusehen, im Zusammenhang mit dem Nachlaß...«

»Und?« unterbrach ihn der Richter.

»Ich habe mich häufig um ihre finanziellen Angelegenheiten gekümmert«, erwiderte Quinlan. »Mein Schwager Alastair hat zu viele eigene Verpflichtungen.«

»Ich verstehe. Erzählen Sie weiter.«

»Dabei habe ich etwas entdeckt, das mich schockiert und entsetzt hat und das viele Dinge erklärt, die ich vorher nicht verstanden habe.« Er schluckte schwer. Der ganze Saal hing an seinen Lippen, und das wußte er.

Gilfeather runzelte die Stirn, machte aber keinen Versuch, ihn zu unterbrechen.

»Und was war das für eine Entdeckung, Mr. Fyffe?« fragte Argyll.

»Meine Schwiegermutter besaß ein Anwesen, eine Hinterlassenschaft ihrer Familie, ganz oben im Norden, einen kleinen Bauernhof in Ross-shire. Nichts Besonderes, vielleicht fünfundzwanzig Morgen und ein Haus, aber groß genug, um ein bis zwei Personen ein Auskommen zu bieten.«

»Ich kann das weder schockierend noch entsetzlich finden, Mr. Fyffe«, bemerkte der Richter kritisch. »Bitte, drücken Sie sich deutlicher aus, Sir.«

Quinlan warf ihm einen Blick zu, dann wandte er sich wieder an Argyll.

»Das Anwesen ist seit mindestens sechs Jahren vermietet, durch die Vermittlung Baird McIvors, aber bisher ist kein Penny Miete auf Mr. Farralines Konto eingegangen.«

Die Leute hielten den Atem an. Einer der Geschworenen schreckte hoch. Ein anderer suchte im Publikum nach Baird McIvor. Ein dritter biß sich auf die Lippe und sah hinauf zu Hester.

»Sind Sie ganz sicher, Mr. Fyffe?« fragte Argyll, darum bemüht, sich seine Erregung nicht anmerken zu lassen. »Ich denke, Sie würden eine solche Anschuldigung nicht machen, wenn Sie keine Beweise hätten.«

»Natürlich hab' ich Beweise!« antwortete Quinlan und wirkte fast ein bißchen gekränkt. »Jeder kann die Papiere einsehen. Baird hat die Angelegenheit für sie abgewickelt, das kann er nicht bestreiten. Was mit dem Geld passiert ist, bleibt sein Geheimnis. Das

Anwesen sollte jährlich ein paar Pfund einbringen. Aber davon ist nichts auf dem Konto eingegangen. Es ist, als hätte sie es nie besessen.«

»Haben Sie ihn daraufhin angesprochen, Mr. Fyffe?«

»Natürlich! Er sagte, es wäre eine private Abmachung zwischen ihm und Schwiegermama gewesen und ginge mich nichts an.«

»Und mit dieser Erklärung sind Sie nicht zufrieden?«

Quinlan machte ein ungläubiges Gesicht. »Wären Sie damit zufrieden, Sir?«

»Nein«, räumte Argyll ein. »Nein, wäre ich nicht. Es hört sich ziemlich unkorrekt an, um es freundlich auszudrücken.«

Quinlan zog ein verächtliches Gesicht.

»Und welche Dinge hat diese Sache erklärt?« fragte Argyll weiter. »Sie sprachen von ein paar Dingen, die Sie vorher nicht verstanden hatten.«

»Seine Beziehung zu Mrs. Farraline«, antwortete Quinlan mit hartem Glanz in den Augen. »In der Zeit, bevor sie ihm das Recht einräumte, die Sache mit dem Bauernhof für sie zu regeln, hatte er einen niedergeschlagenen Eindruck gemacht. Er war oft bedrückt und schlechter Laune gewesen, hatte sich zurückgezogen und in dumpfer Verzweiflung vor sich hingebrütet.«

Niemand im Saal rührte sich oder gab einen Laut von sich.

»Aber plötzlich war seine Stimmungslage völlig verändert«, fuhr Quinlan fort. »Nach ein paar Gesprächen mit Mrs. Farraline. Jetzt weiß ich, daß er sie dazu überredet hat, ihm diese Aufgabe anzuvertrauen, und offensichtlich hat er sie genutzt, um die Sorgen abzuschütteln, die ihn gequält haben.«

Gilfeather erhob sich.

Der Richter nickte ihm zu und wandte sich an Quinlan.

»Mr. Fyffe, eine solche Schlußfolgerung kann richtig, aber auch falsch sein. Das Gericht ist lediglich an den Beweisen interessiert, die Sie vorlegen können.«

»Dokumente, Euer Ehren«, erwiderte er. »Die Besitzurkunde für den Bauernhof, Mrs. Farralines schriftliche Vollmacht, daß Mr. McIvor für sie die Miete eintreiben durfte, und die Tatsache, daß er – aus welchem Grund auch immer – nichts von dem Geld an sie abgeführt hat. Sind das etwa keine Beweise?«

»Den meisten Leuten würde das wohl ausreichen«, räumte der Richter ein. »Aber es ist Aufgabe der Geschworenen, nicht meine, die richtigen Schlüsse daraus zu ziehen.«

»Das ist noch nicht alles«, fuhr Quinlan fort und machte dabei ein Gesicht, als blicke er dem Tod ins Auge. »Wie alle anderen habe auch ich geglaubt, daß die Krankenschwester, Miss Latterly, meine Schwiegermutter ermordet hat, um den Diebstahl der Perlenbrosche zu vertuschen. Inzwischen fällt es mir zunehmend schwerer, diese Überzeugung zu teilen. Sie scheint mir eine außerordentlich mutige und tugendhafte Frau zu sein, und das habe ich vorher nicht gewußt.« Er holte tief Luft. »Und deshalb habe ich mir auch nichts dabei gedacht, als ich meinen Schwager Baird McIvor dabei beobachtet habe, wie er – das Hausmädchen hatte seinen freien Tag – in der Waschküche mit Gefäßen und Fläschchen hantierte und Flüssigkeit von einem ins andere schüttete.«

Plötzlich war heftige Bewegung im Publikum. Baird sprang auf, das Gesicht aschfahl. Oonagh versuchte ihn zurückzuhalten, klammerte sich an seinen Arm. Alastair stieß einen erschrockenen Schrei aus.

Eilish saß wie erstarrt, die Knöchel ihrer Hand traten weiß hervor.

»Ich hatte keine Ahnung, was er machte, und es hat mich auch nicht interessiert«, fuhr Quinlan mit deutlicher, gnadenloser Stimme fort. »Inzwischen befürchte ich, daß ich Zeuge von etwas

Entsetzlichem geworden bin, und meinem Unvermögen, seine wahre Bedeutung zu ermessen, hat Miss Latterly die schrecklichste Erfahrung zu verdanken, die man sich nur vorstellen kann – des Mordes angeklagt zu werden und mit dem Todesurteil rechnen zu müssen.«

Argyll wirkte erregt, beinahe konsterniert.

»Ich verstehe«, sagte er mit belegter Stimme. »Danke, Mr. Fyffe. Es muß Ihnen sehr schwergefallen sein, das zu enthüllen und Ihre Familie in dieser Weise zu belasten. Das Gericht weiß Ihre Aufrichtigkeit zu schätzen.« Sollte er es sarkastisch gemeint haben, hörte man es seinen Worten nicht an.

Quinlan erwiderte nichts. Gilfeather sprang auf. Er attackierte Quinlan, zog seine Zuverlässigkeit, seine Motive, seine Aufrichtigkeit in Zweifel, aber seine Angriffe prallten ab. Quinlan blieb ruhig, fest und unerschütterlich, sein Selbstbewußtsein nahm sogar noch zu. Gilfeather merkte bald, daß er seine Position nur schwächte, wenn er seine Angriffe fortsetzte, und mit einer verbitterten, zornigen Geste nahm er seinen Platz wieder ein.

Die Beweisaufnahme war damit abgeschlossen.

Rathbone konnte sich kaum zurückhalten. Er hätte Argyll wohl hundert Dinge einflüstern mögen – was er sagen und vor allem, was er lieber nicht sagen sollte! Aber Argyll wußte natürlich, was er in seinem Plädoyer sagen mußte. Als er sich setzte, war nur das Quietschen seines Stuhls im Saal zu hören, während der Richter sich vorbeugte und die Geschworenen aufforderte, sich zurückzuziehen und über den Urteilsspruch zu beraten.

Und damit begann die längste und kürzeste Zeit, die man sich vorstellen kann, die Zeit zwischen dem Schütteln des Bechers und dem Moment, in dem die Würfel fallen.

Es war eine verzweifelte, unerträgliche Stunde.

Mit blassen Gesichtern kehrten sie an ihre Plätze zurück. Sie sahen niemanden an, weder Argyll noch Gilfeather und – was Rathbone das Herz bis zum Hals schlagen ließ – auch Hester nicht.

»Sind Sie zu einem Urteilsspruch gekommen, meine Herren?« fragte der Richter den Sprecher der Geschworenen.

»Jawohl, Euer Ehren.«

»Ist es ein einstimmiger Spruch?«

»Jawohl, Euer Ehren.«

»Ist die Angeklagte schuldig oder nicht schuldig?«

»Euer Ehren, wir halten den Schuldbeweis für nicht erbracht.«

Es herrschte tosende Stille, eine Leere, die in den Ohren rauschte.

»Nicht schuldig aus Mangel an Beweisen?« Der Richter hob ungläubig die Augenbrauen.

»Jawohl, Euer Ehren, aus Mangel an Beweisen.«

Langsam, mit grimmiger Miene, wandte der Richter sich an Hester.

»Sie haben den Urteilsspruch gehört, Miss Latterly. Sie sind nicht freigesprochen, aber Sie dürfen gehen, wohin Sie wollen.«

Elftes Kapitel

»Was bedeutet es?« fragte Hester und sah Rathbone eindringlich an. Sie saßen im Wohnzimmer der Räumlichkeiten, die Callandra für die Zeit des Prozesses in Edinburgh gemietet hatte. Hester sollte wenigstens für diese Nacht bei ihr bleiben. Morgen wollte man dann weitersehen. Rathbone saß auf einem Stuhl; er war innerlich viel zu erregt, um es sich in einem der Sessel bequem zu machen. Monk stand am Kamin, halb auf den Sims gestützt, mit finsterer Miene, die Stirn nachdenklich in Falten gelegt. Callandra selbst wirkte ein wenig entspannter. Sie und Henry Rathbone saßen schweigend auf dem Sofa.

»Es bedeutet, daß Sie weder schuldig noch unschuldig sind«, antwortete Rathbone und verzog das Gesicht. »In England kennen wir diesen Urteilsspruch nicht. Argyll hat ihn mir erklärt.«

»Sie halten mich für schuldig, aber sie sind sich nicht sicher genug, um mich aufzuhängen«, sagte Hester mit stockender Stimme. »Können Sie mich noch einmal vor Gericht stellen?«

»Sie halten Sie für schuldig, können es aber nicht beweisen«, sagte Monk grimmig. Er wandte sich an Rathbone und kräuselte die Lippen. »Kann sie noch einmal vor Gericht gestellt werden?«

»Nein. In dieser Hinsicht ist es wie ein Freispruch.«

»Aber die Zweifel werden bleiben«, sagte Hester verbittert und mit blassem Gesicht. Sie wußte nur zu gut, was das bedeutete. Sie hatte die Gesichter der Leute im Publikum gesehen, auch jener Leute, die ernstliche Zweifel an ihrer Schuld hatten. Wer stellte schon eine Krankenschwester ein, die eine Mörderin sein konnte?

Die Tatsache, daß sie möglicherweise keine Mörderin war, war kaum eine hinreichende Empfehlung.

»Ich wünschte, ich könnte was anderes sagen«, erklärte Rathbone mit sehr leiser Stimme, »aber es ist eine sehr unbefriedigende Lösung.«

Callandra und Monk redeten gleichzeitig, aber ihre Worte blieben unverständlich, weil sie von Monks zorniger Stimme übertönt wurden.

»Es ist überhaupt keine Lösung! Um Himmels willen, was ist mit euch los?« Er funkelte sie alle an, vor allem aber Rathbone und Hester. »Wir wissen nicht, wer Mary Farraline getötet hat! Also müssen wir es herausfinden!«

»Monk...«, setzte Rathbone an, aber Monk ließ ihn nicht zu Wort kommen.

»Es war einer aus der Familie.«

»Baird McIvor?« fragte Callandra.

»Das bezweifle ich«, sagte Henry Rathbone. »Es erscheint mir...«

»Unbefriedigend?« fragte Monk sarkastisch und bezog sich damit auf Olivers Kommentar. »In der Tat. Zweifellos werden sie auch bei ihm auf einen ›Mangel an Beweisen‹ stoßen, sollten sie ihn vor Gericht stellen. Das hoffe ich zumindest. Ich glaube nämlich, daß es diese kleine Heulsuse Kenneth war. Er hat Firmengelder unterschlagen, und seine Mutter ist ihm auf die Schliche gekommen.«

»Wenn er die Spuren verwischt hat – und sein Selbstbewußtsein läßt kaum Zweifel daran –, werden wir es ihm nicht nachweisen können«, gab Oliver zu bedenken.

»Schon gar nicht, wenn Sie nach London zurückfahren und McIvor vor Gericht gestellt und womöglich dafür aufgehängt wird!« fuhr Monk ihn an. »Ist das Ihre Absicht?«

Rathbone sah Monk fassungslos an. Tiefe Abneigung sprach aus seinem Blick.

»Dürfen wir Ihrer Bemerkung entnehmen, daß Sie die Absicht haben zu bleiben, Mr. Monk?« fragte Henry Rathbone, und sein sanftes Gesicht drückte Besorgnis aus. »Vielleicht meinen Sie, bisher Versäumtes nachholen zu müssen?«

Eine leichte Verlegenheit rötete Monks glattes Gesicht.

»Es bleibt eine Menge zu tun, mehr als noch vor einem Tag. Ich bleibe hier, bis es erledigt ist.« Er sah Hester mit einem seltsamen, unergründlichen Blick an. »Sie müssen keine Angst mehr haben. Ob bewiesen oder nicht, man wird jemand anderen der Tat anklagen.« Seine Stimme klang noch immer verärgert.

Sie fühlte sich völlig grundlos angegriffen. Es war unfair. Ausgerechnet ihr schien er vorzuwerfen, daß der Fall noch nicht aufgeklärt war. Nur mit größter Anstrengung konnte sie die Tränen zurückhalten. Jetzt, wo sie die schlimmste Angst überstanden hatte, war das Gefühl der Leere, der Verwirrung und der Erleichterung beinahe zuviel für sie. Sie wollte allein sein, um niemandem mehr etwas vormachen zu müssen; sie wollte sich nicht länger darum kümmern müssen, was die anderen dachten. Und gleichzeitig verlangte es sie nach Gesellschaft, sehnte sie sich nach jemandem, der sie in die Arme nahm, der sie festhielt und nie wieder losließ. Sie wollte die Wärme eines Menschen spüren, seinen Atem, seine Herzschläge, seine Zärtlichkeit. Ganz sicher wollte sie nicht streiten, am allerwenigsten mit Monk.

Doch gerade weil sie sich so schwach fühlte, wurde sie wütend. Und ihr einziger Schutz war der Angriff.

»Ich weiß nicht, worüber Sie sich so aufregen!« fuhr sie ihn an. »Ihnen wirft schließlich niemand etwas vor, höchstens Unfähigkeit! Aber dafür wird man nicht aufgehängt.« Sie wandte sich an Callandra. »Ich bleibe auch in Edinburgh. Ich muß herausfinden, wer Mary Farraline ermordet hat – zu meinem eigenen Seelenheil. Ich will wirklich...«

»Seien Sie nicht albern!« fuhr Monk ihr über den Mund. »Es gibt nichts, was Sie hier tun könnten! Sie wären höchstens ein Klotz am Bein.«

»Für wen?« fragte sie. Es war soviel leichter, zornig zu sein, als die eigene Verletzlichkeit einzugestehen. »Für Sie? Nach dem, was Sie bis jetzt erreicht haben, müßten Sie über jede Hilfe heilfroh sein. Sie wissen nicht, ob es Baird McIvor oder Kenneth war. Haben Sie selber gesagt. Und im Gegensatz zu Ihnen habe ich Mary wenigstens gekannt.«

Monk hob die Augenbrauen. »Und was haben Sie davon? Sie wollen mir doch nicht erzählen, daß Ihnen jetzt erst eingefallen ist, was sie alles Brauchbares erzählt hat?«

»Seien Sie nicht töricht. Natürlich hat sie...«

»Diese Unterhaltung bringt uns nicht weiter«, schaltete Henry Rathbone sich ein. »Verzeihen Sie, aber ich bin der Ansicht, wir sollten mehr auf unseren Verstand setzen und weniger auf Gefühle. Nach einer solch furchtbaren Erfahrung ist es ganz natürlich, daß man sich ein wenig gehen läßt, aber den Verantwortlichen für Mrs. Farralines Tod werden wir auf diese Weise nicht finden. Vielleicht sollten wir uns zurückziehen und die Diskussion morgen früh weiterführen.«

»Eine ausgezeichnete Idee.« Callandra erhob sich. »Wir sind alle viel zu müde, um noch klar zu denken.«

»Was sollten wir noch diskutieren?« fragte Monk verärgert. »Ich gehe wieder zu den Farralines und setze meine Ermittlungen fort.«

»Und wie wollen Sie das bewerkstelligen?« fragte Rathbone mit spitzem Mund. »Persönliche Neugier dürfte Ihnen wohl kaum die Türen öffnen.«

Monk blickte ihn verächtlich an. »Die Farralines sind im Moment in einer schwachen Position«, erklärte er langsam und mit beinahe höhnischer Geduld. »Jedermann weiß jetzt, daß einer aus der Familie es getan hat. Sie werden sich gegenseitig die Schuld geben. Es dürfte meine Fähigkeiten nicht übersteigen, wenigstens einen von ihnen davon zu überzeugen, daß er auf meine Dienste nicht verzichten kann.«

Oliver zog die Augenbrauen hoch. »*Wenigstens* einen? Wollen Sie womöglich für mehrere von ihnen arbeiten? Eine pikante Konstellation, vorsichtig ausgedrückt!«

»Gut, für einen von ihnen«, mußte Monk zähneknirschend einräumen. »Ich bin sicher, Eilish ist unschuldig, und ihr dürfte daran gelegen sein, auch McIvors Unschuld zu beweisen, weil sie ihn liebt. Ich könnte mir vorstellen, daß sie Baird sogar ihrem Bruder vorzieht, wenn man sie vor die Wahl stellt.«

»Was Sie zweifellos tun werden?«

»Wie scharfsinnig von Ihnen!«

»Ist doch naheliegend.«

Monk setzte zu einer Erwiderung an.

»William!« befahl Callandra. »Ich wäre Ihnen sehr verbunden, wenn Sie uns jetzt allein ließen. Ob Sie in Ihr Zimmer am Grassmarket gehen, müssen Sie selber wissen, aber ein paar Stunden Schlaf würden Ihnen sicher guttun.« Mit einem Blick tiefer Zuneigung bedachte sie Henry Rathbone. »Zweifellos möchten auch Sie sich zurückziehen, so wie ich. Gute Nacht, Mr. Rathbone. Sie waren mir in diesen schweren Tagen eine große Unterstützung, und dafür bin ich Ihnen sehr dankbar.«

»Ich stehe Ihnen jederzeit zu Diensten, Madam«, sagte er, und sein Lächeln ließ das ganze Gesicht erstrahlen. »Gute Nacht. Komm jetzt, Oliver. Wir sind schon viel zu lange geblieben.«

»Gute Nacht, Lady Callandra«, sagte Oliver höflich. Er ignorierte Monk und wandte sich Hester zu. Sein Gesicht wurde ganz sanft. Der Zorn war verflogen. Er sah sie zärtlich an. »Gute Nacht, meine Liebe. Sie sind jetzt frei, und morgen werden wir eine Lösung finden. Man kann Sie nicht noch einmal vor Gericht stellen.«

»Danke«, sagte sie. Ein plötzlicher Ansturm der Gefühle ließ ihre Stimme heiser klingen. »Ich weiß, was Sie für mich getan haben, und ich bin Ihnen sehr dankbar. Ich kann Ihnen gar nicht sagen...«

»Pst!« unterbrach er sie. »Schlafen Sie gut. Morgen sehen wir weiter.«

Sie seufzte. »Gute Nacht.«

Er lächelte und ging zur Tür. Henry Rathbone folgte ihm, lächelte Hester zu und verließ ohne ein weiteres Wort das Zimmer.

Monk zögerte, runzelte die Stirn, überlegte es sich anders und sagte nur: »Gute Nacht, Hester, Lady Callandra.«

Er war verschwunden, noch bevor ihr richtig klargeworden war, daß er sie zum erstenmal bei ihrem Vornamen genannt hatte. Es war seltsam, ihn aus seinem Mund zu hören. Sie war hin- und hergerissen zwischen Erleichterung und Enttäuschung darüber, daß er gegangen war. Es war lächerlich. Sie war so müde und erschöpft, sie verstand sich selbst nicht mehr.

»Wenn es Ihnen nichts ausmacht, gehe ich jetzt ins Bett«, sagte sie zu Callandra. »Ich glaube, ich bin wirklich...«

»Müde«, sagte Callandra ganz sanft. »Natürlich, mein Kind. Der Wirt soll uns beiden noch eine heiße Milch und einen Schluck Brandy bringen. Ich glaube, den hab' ich jetzt genauso nötig wie Sie. Jetzt kann ich's Ihnen ja sagen: Ich hatte sehr große Angst, eine meiner liebsten Freundinnen zu verlieren. Die Erleichterung ist beinahe ein bißchen zu viel für mich. Ich bin sehr müde.« Sie streckte ihre Hand aus; Hester ergriff sie ohne zu zögern und ließ sich in ihre Arme ziehen.

Am nächsten Morgen war es ihnen allen ein wenig peinlich, daß die Wogen der Gefühle am Abend zuvor so hoch gegangen waren. Niemand verlor ein Wort darüber. Henry Rathbone fuhr wieder heim. Er hatte noch einmal vorbeigeschaut, um mit Hester zu reden; aber er sagte nicht viel, und Hester verstand ihn auch so.

Auch Callandra reiste ab, überzeugt davon, hier nichts mehr tun zu können.

Oliver Rathbone hatte ein letztes Gespräch mit Argyll, bevor er nach London zurückfuhr. Natürlich warteten zu Hause andere Fälle auf ihn. Er verlor kein Wort mehr über Monks Absicht, die Farralines am Ainslie Place aufzusuchen, und nahm sich nur einen Augenblick Zeit für ein förmliches Gespräch mit Hester. Sie dankte ihm noch einmal für das, was er für sie getan hatte, doch als sie seine Verlegenheit spürte, rührte sie nicht weiter daran.

Am nächsten Morgen um neun waren sie und Monk allein. Es war ein windiger, aber nicht unangenehmer Tag, gelegentliche Sonnenstrahlen paßten nicht unbedingt zu ihrer Stimmung. Sie standen vor dem Haus und blickten die prächtige Princes Street entlang. Irgendwo da hinten auf der Anhöhe lagen die Neustadt und der Ainslie Place.

»Ich weiß nicht, wo Sie wohnen wollen«, sagte Monk und zog die Stirn in Falten. »Der Grassmarket ist nicht das Passende für sie, und Callandras Hotel können Sie sich nicht leisten.«

»Was ist so unpassend am Grassmarket?« wollte sie wissen.

»Das ist nichts für eine alleinstehende Frau«, erwiderte er gereizt. »Das müßte Ihnen doch der gesunde Menschenverstand sagen! Es ist eine üble Gegend und nicht besonders sauber!«

Sie warf ihm einen vernichtenden Blick zu. »Schlimmer als Newgate?« fragte sie.

»Sie haben wohl Geschmack daran gefunden, was?« erwiderte er mit schmalen Lippen.

»Ich werde mich selbst um eine Unterkunft kümmern«, sagte sie hastig. »Lassen Sie uns zum Ainslie Place aufbrechen.«

»Wen meinen Sie mit ›wir‹? Ich nehme Sie nicht mit.«

»Müssen Sie auch nicht. Den Weg find' ich allein. Ich würde vorschlagen, wir gehen zu Fuß. Es ist ein angenehmer Tag, und ein bißchen Bewegung kann mir nicht schaden. Hatte nicht viel Gelegenheit in letzter Zeit.«

Monk zuckte die Achseln und machte sich in forschem Tempo auf den Weg, so forsch, daß sie beinahe laufen mußte, um mit ihm Schritt zu halten. Für eine Fortsetzung der Unterhaltung reichte ihr Atem nicht.

Kurz nach zehn waren sie dort, Hester ausgepumpt und mit schmerzenden Füßen – ihre Stimmung hatte sich dadurch nicht gerade verbessert. Der Teufel sollte Monk holen!

Er dagegen schien sehr zufrieden mit sich zu sein.

McTeer öffnete ihnen die Tür. Seine Leichenbittermiene wurde noch ein bißchen bitterer, als er Monk erblickte, aber als dahinter auch noch Hester auftauchte, erstarrte er zur personifizierten Katastrophe.

»Wen wünschen Sie zu sprechen?« sagte er langsam; es klang so, als verkünde er den Weltuntergang. »Wollen Sie Mr. McIvor abholen?«

»Unsinn!« gab Monk unwirsch zurück. »Wir sind nicht befugt, irgend jemanden abzuholen.«

McTeer schnaubte. »Ich dachte, Sie sind von der Polizei...«

Es ärgerte Monk noch immer, daß er nicht mehr bei der Polizei war und keinerlei Machtbefugnisse mehr besaß. Sein neuer Status gab ihm zwar einige Freiheiten, beraubte ihn aber gleichzeitig vieler Möglichkeiten.

»Dann wollen Sie sicher zu Mrs. McIvor«, folgerte McTeer. »Mr. Alastair ist um diese Tageszeit nicht zu Hause.«

»Natürlich nicht«, räumte Monk ein. »Ich wäre dankbar, irgend jemanden sprechen zu dürfen.«

»Ja, ja, das glaube ich. Also, kommen Sie herein.« Widerwillig öffnete McTeer die Tür so weit, daß sie in die Halle eintreten konnten, die von dem riesigen Konterfei Hamish Farralines beherrscht wurde.

Nachdem McTeer sich zurückgezogen hatte, betrachtete Hester aufmerksam das Bild. Monk wartete voller Ungeduld, bis McTeer zurückkehrte um ihnen mitzuteilen, daß sie in der Bibliothek erwartet wurden. Er sagte nicht von wem. Als er die Tür zur Bibliothek öffnete und sie ankündigte, waren alle drei Frauen anwesend: Eilish, bleich wie ein Gespenst, die Augen dunkel vor Angst, Deirdra, angespannt und unglücklich, und Oonagh, gefaßt und ernst und fast ein wenig schüchtern. Sie trat vor, um zuerst Hester und dann Monk zu begrüßen. Wie immer war sie nicht um Worte verlegen.

»Miss Latterly, kein Ausdruck des Bedauerns vermag dem gerecht zu werden, was Sie erlitten haben, aber bitte glauben Sie mir, daß es uns aufrichtig leid tut, und soweit wir daran schuld sind, möchten wir Sie um Verzeihung bitten.«

Eine noble Ansprache, wenn man berücksichtigte, daß man jetzt ihren eigenen Mann beschuldigte.

Eilish sah jämmerlich aus. Monk verspürte ungewohntes Mitleid mit ihr. Quinlans Verhalten hatte sie in eine äußerst peinliche Lage gebracht.

Hester erwies sich als großmütig, auch wenn es innen drin anders aussah.

»Sie müssen sich nicht entschuldigen, Mrs. McIvor. Sie haben erneut einen schweren Schicksalsschlag hinnehmen müssen. Ich finde, Sie haben Würde und Zurückhaltung bewiesen. Ich wäre froh, wenn ich das so gut könnte.«

Ein leichtes Lächeln lag auf Oonaghs Lippen. »Sie sind sehr großzügig, Miss Latterly, großzügiger als ich es...« – das Lächeln wurde für einen Moment breiter – »...an Ihrer Stelle wäre.«

Eilish gab einen unterdrückten Laut von sich.

Deirdra wandte sich ihr zu, doch Oonagh ignorierte die Unterbrechung und begrüßte Monk.

»Guten Morgen, Mr. Monk. McTeer hat mir keinen Grund für Ihren Besuch genannt. Haben Sie Miss Latterly nur zu uns gebracht, damit wir uns bei ihr entschuldigen können?«

»Ich bin nicht wegen der Entschuldigung gekommen«, sagte Hester, bevor er antworten konnte. »Ich bin gekommen, um Ihnen zu sagen, wie sehr ich Ihre Mutter geachtet habe und daß ich, trotz allem, was seit unserem letzten Zusammentreffen passiert ist, ihren Verlust als ein großes Unglück betrachte.«

»Sie sind sehr gütig«, erklärte Oonagh. »Ja, sie war eine bemerkenswerte Frau. Man wird sie vermissen, sowohl außerhalb als auch innerhalb des Hauses.«

Das Ende des Besuchs schien gekommen, und Monk hatte noch keine einzige Frage gestellt.

»Ich habe Ihnen mein Bedauern schon vor längerer Zeit ausgedrückt«, sagte er etwas unvermittelt. »Ich wollte Sie fragen, ob Sie in dieser Sache Wert auf meine Hilfe legen. Der Fall ist noch nicht geklärt, und die Polizei wird ihn nicht auf sich beruhen lassen. Das darf sie gar nicht.«

»Als Ermittler?« Oonagh hob neugierig die Augenbrauen. »Damit wir uns den nächsten Freispruch mangels Beweisen einhandeln?«

»Halten Sie Mr. McIvor für schuldig?«

Es war eine taktlose Frage. Selbst Hester stockte der Atem.

»Nein!« antwortete schließlich Eilish. Ihre Stimme klang wie ein Schluchzen. »Nein, natürlich nicht!«

Monk kannte keine Skrupel. »Dann müssen Sie beweisen, daß es jemand anderes war, oder er wird Miss Latterlys Platz unter dem Galgen einnehmen.«

»Monk!« platzte Hester heraus. »Um Himmels willen…«

»Finden Sie die Wahrheit so häßlich?« höhnte er. »Und ich dachte, gerade Sie sollten vor der Wirklichkeit nicht zurückschrecken.«

Sie erwiderte nichts. Er spürte ihre Verachtung wie etwas Greifbares, aber er ließ sich dadurch nicht beirren.

Ein Streifen blassen Sonnenlichts drang durch die Wolken und fiel auf eines der Bücherregale.

»Ich fürchte, Sie haben recht, Mr. Monk«, sagte Oonagh widerwillig. »Auch wenn Sie es etwas unverblümt formulieren. Die Behörden können es sich nicht leisten, die Sache auf sich beruhen zu lassen. Noch war niemand hier, aber das kann nur eine Frage der Zeit sein. Wenn nicht heute, dann kommen sie morgen. Ich kenne niemanden außer Ihnen, den wir um Hilfe bitten könnten, wenn wir die Wahrheit herausfinden wollen. Natürlich haben wir Anwälte, wenn es erforderlich sein sollte. Was schlagen Sie vor?« Über Geld redete sie nicht, das wäre unfein gewesen; sie verfügte über genügend Mittel, um jede seiner Forderungen zu erfüllen. Wahrscheinlich führte sie einen sparsamen Haushalt.

Was hätte er auf ihre Frage antworten sollen? Er suchte nach der Wahrheit, weil er ein für allemal beweisen wollte, daß Hester es nicht getan hatte. Mrs. Farraline war höchstwahrscheinlich von einem Mitglied ihrer eigenen Familie ermordet worden. Er schaute Oonagh an, entdeckte das schwarze Lachen in der Tiefe ihrer Augen und spürte, daß sie es ebensogut wußte wie er.

Eilish rutschte unbehaglich hin und her, Deirdra betrachtete sie besorgt.

»Wir müssen herausfinden, wer von Ihnen es getan hat, Mrs.

McIvor«, sagte Monk leise. »Damit wir wenigstens den richtigen Mann hängen – oder die richtige Frau. Oder würden Sie lieber den hängen sehen, der Ihnen am gelegensten käme?«

Hester stöhnte gequält auf. Oonagh blieb vollkommen gefaßt.

»Sie nehmen kein Blatt vor den Mund, Mr. Monk. Aber Sie haben recht, mir wäre lieber, es wäre der Richtige, und wenn es mein Mann oder einer meiner Brüder ist. Wie wollen Sie vorgehen? Sie haben bereits einiges in Erfahrung gebracht, aber Sie wissen noch nichts Definitives, sonst hätten Sie es zweifellos gesagt, schon in Miss Latterlys Interesse.«

Monk fuhr zusammen, als hätte er eine Ohrfeige bekommen. Sein Respekt vor Oonagh wurde noch ein bißchen größer. Sie war ganz anders als alle Frauen, die er kannte, und er wußte nur von wenigen Männern, die sich mit ihrer eiskalten Courage und dieser grandiosen Haltung hätten messen können.

»Ich weiß inzwischen mehr als vorher, Mrs. McIvor«, gab er trocken zurück. »Aber ich denke, das trifft für uns alle zu.«

»Und Sie glauben es!« Eilish konnte nicht länger an sich halten. »Sie glauben alles, was Quinlan gesagt hat, nur weil er...«

»Eilish!« Oonagh fiel ihr scharf ins Wort und zwang sie zu widerwilligem Schweigen, während sie Monk mit funkelnden Augen ansah. »Wenn Sie die Sache für abgeschlossen hielten, wären Sie nicht hier. Egal, welche Worte taktisches Kalkül und Höflichkeit Ihnen in den Mund legen, in Wirklichkeit geht es Ihnen ausschließlich um Miss Latterlys Ruf. Nein, widersprechen Sie nicht. Es wäre unser beider unwürdig.«

»Ich hatte nicht vor zu widersprechen!« erwiderte er knapp. »Nach Lage der Dinge haben wir wenigstens zwei Spuren, die wir verfolgen können.«

»Mutters Anwesen in Ross-shire«, sagte Oonagh. »Und was noch?«

»Die Diamantbrosche, die offensichtlich nicht wieder aufgetaucht ist.«

Sie schien überrascht zu sein. »Halten Sie die für so wichtig?«

»Ich weiß es nicht, aber ich werde es herausfinden. Wie heißt Ihr Juwelier?«

»Arnott & Dunbar, in der Frederick Street.«

»Vielen Dank.« Er zögerte. »Kann ich etwas mehr erfahren über dieses Anwesen in...«

»Ross-shire«, half sie ihm. »Wenn Sie wollen. Quinlan hat die Unterlagen natürlich der Polizei gegeben. Sie haben sie gestern abend mitgenommen. Aber an der Tatsache gibt es nichts zu rütteln. Mutter hat einen kleinen Bauernhof in Easter Ross geerbt. Die Vermietung hat sie in Bairds Hände gelegt, und es scheinen keinerlei Belege über Mieteinnahmen zu existieren...«

»Dafür gibt es sicher eine Erklärung«, rief Eilish verzweifelt. »Baird würde es doch nicht einfach stehlen!«

»Wie auch immer, *einfach* ist daran gar nichts«, erwiderte Oonagh trocken. »Aber wir hoffen natürlich alle, daß es nicht so gewesen ist, niemand mehr als ich!«

Eilish wurde zuerst rot und dann blaß.

»Wo liegt dieses Easter Ross?« Monk hatte noch nie von der Grafschaft gehört.

»Oh, noch hinter Inverness, glaube ich«, antwortete Oonagh geistesabwesend. »Wirklich sehr weit im Norden. St. Colmac, Port of St. Colmac oder so ähnlich. Aber das klingt doch ziemlich absurd. Es können nicht mehr als ein paar Pfund im Jahr sein. Dafür bringt man doch niemanden um.«

»Es sind schon Leute wegen weniger ermordet worden«, erwiderte Monk scharf. Dann fragte er sich, wie er darauf gekommen war. Er hatte es mit völliger Gewißheit gesagt. Es war einer dieser Erinnerungsfetzen, die hin und wieder zu ihm zurückkehrten.

»Ja, vermutlich.« Oonaghs Stimme war fast ein Flüstern. Sie blickte zum Fenster. »Wenn Sie es wünschen, besorge ich Ihnen die genaue Adresse. Möchten Sie heute abend mit uns essen? Bis dahin könnte ich sie herausgesucht haben.«

»Vielen Dank«, erwiderte Monk. Ihm war nicht ganz klar, ob die Einladung auch für Hester gegolten hatte.

»Danke«, sagte nun auch Hester, bevor ein anderer die offene Frage klären konnte. »Das ist sehr freundlich von Ihnen, besonders unter den gegebenen Umständen.«

Oonagh atmete tief durch, entschied sich gegen einen Widerspruch und für ein Lächeln. Sie waren entlassen und warteten in der Halle darauf, vom düsteren McTeer zur Tür gebracht zu werden, als Eilish ihnen nachgelaufen kam und Monk am Arm packte. Hester schien sie gar nicht zu sehen.

»Mr. Monk, Baird war es nicht! Er hätte Mutter niemals etwas getan, egal, was die anderen denken. Er macht sich nichts aus Geld. Es muß eine andere Erklärung geben.«

Monk verstand augenblicklich ihr ganzes Unglück. Nur zu gut kannte er den Schmerz der Enttäuschung, diesen Augenblick, in dem man erkennt, daß der geliebte Mann oder die geliebte Frau einem unbeschreiblich fremd geworden ist. Er hat nicht nur einen Fehler gemacht, den man verzeihen könnte, nein, er ist ein ganz anderer Mensch, als man dachte. Die ganze Beziehung baute auf einer Lüge auf, einer unbewußten vielleicht, aber doch einer Lüge.

»Haben Sie ihn gefragt?« sagte er freundlich.

Sie sah sehr blaß aus. »Ja. Er hat nichts gestohlen, sagt er, aber er kann über die Sache nicht reden. Ich ... natürlich glaube ich ihm, aber ich weiß nicht, was ich davon halten soll. Warum sagt er nichts, wenn Quinlan ihn solch schrecklicher Dinge beschuldigt? Woran hält er fest, wo doch vielleicht ...«, sie schluckte, »... sein Leben auf dem Spiel steht?«

Monk wußte keine Antwort. Vielleicht hatte er ein Geheimnis, das noch häßlicher war, als die erhobenen Beschuldigungen, oder er verbarg etwas, das sie noch erhärten würde. Aber das sagte er nicht.

»Ich habe keine Ahnung, werde aber alles tun, um es herauszufinden. Ich verspreche es Ihnen. Wenn Baird unschuldig ist, dann werden wir es beweisen.«

»Kenneth?« flüsterte sie. »Den Gedanken kann ich auch nicht ertragen.«

Hester sagte nichts, auch wenn Monk spürte, daß sie sich kaum zurückhalten konnte. Vielleicht fand selbst sie keine Worte mehr, die nicht alles noch schlimmer gemacht hätten.

McTeer erschien, sein Gesicht kündete von bevorstehenden Katastrophen, und sogleich trat Eilish zurück, um sich förmlich zu verabschieden.

Monk wandte sich bereits zum Gehen, als er sah, daß Hester mit Eilish redete, ohne sich um McTeer zu kümmern. Er konnte nicht verstehen, was sie sagte, aber Eilish sah sie mit großer Dankbarkeit an. Einen Augenblick später standen sie auf der Straße.

»Was haben Sie ihr gesagt?« wollte er wissen. »Es hat keinen Sinn, ihr Hoffnungen zu machen. Gut möglich, daß McIvor es getan hat.«

»Warum?« erwiderte sie lebhaft und hob das Kinn. »Weshalb hätte er es tun sollen? Er hatte Mary sehr gern, und wegen ein bißchen Pacht bringt man doch niemanden um!«

Er gab resigniert auf und setzte sich forschen Schrittes in Bewegung, zurück zur Princes Street und zum Juwelierladen. Sie war zu naiv, um es zu begreifen, und zu halsstarrig, um es sich sagen zu lassen.

Monk erschien wie immer in makelloser Eleganz zum Abendessen. Hester glich seiner Meinung nach eher einer Vogelscheuche. Sie trug noch immer das graublaue Kittelkleid, das sie auch vor Gericht getragen hatte. Sie hatten inzwischen ein paar Dinge herausgefunden, die im Hinblick auf Baird McIvor und Kenneth alles in einem anderen Licht erscheinen ließen. Vom Juwelier hatten sie erfahren, daß die Diamantbrosche keineswegs von Mary Farraline in Auftrag gegeben worden war, auch wenn sie die Rechnung bezahlt hatte. Kenneth hatte sie bestellt. Der Juwelier hatte angenommen, Kenneth wäre nur der Bote und hatte keine Fragen gestellt – sehr zu seinem Bedauern, denn später hatte er von Mary höchstpersönlich erfahren müssen, daß sie die Brosche weder bestellt noch jemals zu Gesicht bekommen hatte. Soweit es ihn betraf, war die Sache inzwischen erledigt. Wie Kenneth Farraline die Angelegenheit mit seiner Mutter geregelt hatte, wußte er nicht.

Wie gewöhnlich öffnete ihnen McTeer und führte sie in den Salon, wo diesmal die gesamte Familie versammelt war, als rechnete man insgeheim mit einer Enthüllung. Andererseits war es – angesichts der Umstände – auch nicht weiter verwunderlich. Hester war frei, wenn auch nicht frei von jedem Verdacht, und Quinlan hatte Baird McIvor öffentlich beschuldigt. Es erschien ausgeschlossen, daß man die Sache auf sich beruhen ließ. Selbst wenn die Polizei sie nicht weiter verfolgte, war es unvorstellbar, daß die Farralines es bei diesem Stand der Dinge beließen.

Wie immer war es Oonagh, die sie als erste begrüßte, aber Alastair, mit blassem, strengen Gesicht, folgte ihr auf dem Fuße.

»Guten Abend, Miss Latterly«, sagte er mit einstudierter Höflichkeit. »Sehr freundlich, daß Sie gekommen sind. Manch weniger großmütige Frau würde vielleicht einen Groll gegen uns hegen.«

Die Bemerkung hätte ebensogut eine Frage wie eine Feststellung sein können, schoß es Monk durch den Kopf. Alastair erschien ihm gehetzt. Er beneidete ihn nicht. Hier, in diesem kultivierten Salon mit seinen hohen Fenstern, den mächtigen Vorhängen, dem lodernden Feuer im Kamin und den vielfältigsten Erinnerungsstücken, verspürte er plötzlich einen Stich des Mitleids für den Mann. Wenn es nun tatsächlich Baird McIvor gewesen war? Alastair und Oonagh waren zusammen aufgewachsen, hatten ihre Träume und ihre Ängste miteinander geteilt. Sie waren einander sehr vertraut. Wenn Oonaghs Ehemann der Mörder war, dann mußte ihn das fast so schwer treffen wie seine Schwester. Und er wäre wohl der einzige Mensch, vor dem sie ihren Gram, die Enttäuschung und die unerträgliche Scham nicht verstecken würde. Kein Wunder, daß er jetzt so nahe bei ihr stand, als hätte er sie in die Arme genommen, wenn es nicht zu auffällig, zu offensichtlich auf eine Wunde bezogen gewesen wäre, die noch gar nicht geschlagen war.

Quinlan stand am anderen Ende des Raums und schien tief in Gedanken versunken. Als er Hester ansah, lächelten seine Augen. Vielleicht fragte er sich, wie sie ihm begegnen, welche Worte sie finden würde. Monk verspürte eine heftige Abneigung gegen den Mann. Nicht wegen Hester, die konnte gut auf sich selber aufpassen, und wenn nicht, dann hatte sie selber Schuld, sie hätte ja nicht herkommen müssen. Nein, wegen Eilish, für die es kein Entkommen gab.

Baird stand neben dem Kamin, so weit wie möglich von Quinlan entfernt. Er sah abgehärmt aus, als hätte er weder gegessen noch geschlafen, und auch er hatte etwas Gehetztes im Blick, wie vor einem Kampf, von dem er wußte, daß er ihn nicht gewinnen konnte.

Eilish stand neben Deirdra, nicht weit von Kenneth, der auf der Lehne eines Sessels saß und Hester mit unverhohlenem Interesse betrachtete.

Man tauschte die üblichen Belanglosigkeiten aus, aber es lag eine Spannung im Raum, als wartete man nur darauf, daß jemand die Sprache auf das einzig interessante Thema brachte. Schließlich blieb es Alastair vorbehalten.

»Oonagh sagt, daß Sie sich nach der anderen Brosche erkundigt haben, die niemand gesehen hat. Warum? Sie glauben doch nicht, daß jemand vom Personal sie gestohlen hat, oder? Vielleicht ist sie einfach verlorengegangen? Mutter war manchmal etwas sorglos...« Unvollendet gab er die Bemerkung dem allgemeinen Schweigen anheim. Man hatte ja noch nicht einmal eine Erklärung für die graue Perlenbrosche gefunden, zudem war es ein wenig unhöflich, das Thema in Hesters Gegenwart zu diskutieren.

»Nein, das glaube ich nicht«, erwiderte Monk erbarmungslos. »Es gibt eine sehr einfache Erklärung dafür, Mr. Farraline. Ihre Mutter hat die Brosche niemals besessen. Sie wurde von ihrem Bruder Kenneth in Auftrag gegeben, ich nehme an, weil er sie seiner Freundin schenken wollte, der Dame, die beschlossen hat, nie wieder arm zu sein. Ein verständlicher Beschluß. Vielleicht nicht für Sie, aber sicher für jemanden, der vor Hunger und Kälte nächtelang wachgelegen hat.«

Alastair zog ein angewidertes Gesicht und drehte sich langsam zu Kenneth um.

Kenneth war rot geworden, aber er machte ein trotziges Gesicht.

Monk sah zu Eilish hinüber. Ihr Gesicht spiegelte eine schmerzliche Mischung aus Angst und Hoffnung, als hätte sie nicht damit gerechnet, daß Kenneth' Schuld ihr etwas ausmachen könnte. Sie warf einen schnellen Seitenblick auf Baird, aber der schien in eigene Gedanken versunken zu sein.

Oonagh sah ihren jüngeren Bruder fragend an.

»Nun?« Alastair wurde ungeduldig. »Was stehst du da und

blickst finster drein, Kenneth? Wir warten auf eine Erklärung! Hast du dieses Schmuckstück bestellt und deiner Mutter auf die Rechnung setzen lassen? Es erscheint wenig sinnvoll, es abzustreiten: Es existieren Beweise.«

»Ich gebe es ja zu«, antwortete Kenneth mit erstickter Stimme, aber in seinem Gesicht stand ebensoviel Zorn wie Angst. »Wenn du uns ordentlich bezahlen würdest, dann müßte ich nicht...«

»Du verdienst das, was du wert bist!« brauste Alastair auf, und seine Wangen färbten sich zornesrot. »Und wenn ich dir nicht mehr als deinen Unterhalt zahlen würde, wäre das noch lange kein Grund, auf Mutters Kosten Geschenke für dein Liebchen zu kaufen! Was hast du sonst noch alles angestellt? Hat Onkel Hector am Ende recht? Hast du Firmengelder unterschlagen?«

Das Blut wich aus Kenneth' Gesicht, aber immer noch schien er ebenso trotzig wie ängstlich zu sein. Von Reue war nichts zu merken.

Seltsamerweise trat Quinlan vor, um zu antworten, nicht Kenneth selber.

»Ja, das hat er getan, vor Monaten schon, über ein Jahr ist es her, und Schwiegermama hat es damals erfahren. Sie hat alles zurückgezahlt.«

Alastair schüttelte den Kopf. »Ach, Quinlan, erwartest du wirklich, daß ich dir das glaube? Warum, in aller Welt, hätte Mutter Kenneth' Unterschlagung decken und das Geld zurückzahlen sollen? Ich nehme an, es ging dabei nicht um ein paar Pennys. Die hätten kaum ausgereicht, um sein ausschweifendes Leben zu finanzieren und seine Geliebte mit den Diamanten zu versorgen, die sie offensichtlich so sehr liebt.«

»Natürlich nicht«, räumte Quinlan ein. »Du brauchst nur einen Blick in Schwiegermamas Testament zu werfen, dann siehst du, daß Kenneth nichts bekommt. Mit seinem Anteil hat sie seine

Schulden beglichen – für die Unterschlagung und wahrscheinlich auch für die Brosche. Davon hat sie nämlich auch gewußt.« Er sah Alastair fest in die Augen, ohne mit der Wimper zu zucken, und Monk fragte sich, ob der letzte Satz eine Lüge war.

Alastair erwiderte nichts.

Quinlan lächelte. »Komm, Alastair. Genau das hätte Schwiegermama getan, und du weißt es. Sie hätte niemals ihren eigenen Sohn angezeigt. Das war uns allen klar – auch Kenneth. Wo es doch eine viel einfachere Lösung gab.« Er hob ganz leicht die Schultern. »Sie hat ihn bestraft und gleichzeitig seine Schulden beglichen. Und wenn es noch mal passiert wäre, hätte sie ihn bluten lassen – Tag und Nacht hätte er für das Geld schuften müssen. Ich denke, damit hatte sie zwei Fliegen mit einer Klappe geschlagen...«

»Wie kannst du es wagen...«, platzte Alastair wütend heraus, doch Oonagh fiel ihm ins Wort.

»Ich nehme an, die Anwälte sind darüber informiert?« fragte sie ihn ruhig.

»Natürlich«, erwiderte Quinlan. »Im Testament ist kein Grund angegeben, es heißt dort nur, daß Kenneth weiß, warum er nichts erbt und keine Ansprüche mehr hat.«

»Warum wissen Sie darüber Bescheid und der Rest der Familie nicht?« fragte Monk.

Quinlan hob die Augenbrauen. »Ich? Ich sagte doch, ich habe viele ihrer Angelegenheiten geregelt. Ich habe eine gute Hand für Geschäfte, besonders für Investitionen, und das wußte meine Schwiegermutter. Alastair war immer viel zu beschäftigt, Baird hat kein Talent für so was, und sie wäre schlecht beraten gewesen, Kenneth solche Dinge anzuvertrauen.«

»Wenn du dich so gut mit ihren Geschäften ausgekannt hast«, fragte Eilish mit erstickter Stimme, »wieso hast du sie dann nicht darüber informiert, daß keine Pacht für Easter Ross bezahlt wurde?«

Kenneth war vergessen, jedenfalls für den Augenblick. Alle Blicke richteten sich auf Eilish, dann auf Baird. Von Monk und Hester nahm niemand mehr Notiz.

»Mary wußte über alles, was ich getan habe, Bescheid, und ich habe es mit ihrer Erlaubnis getan«, sagte er leise. »Mehr sage ich dazu nicht.«

»Ich fürchte, das wird nicht ganz reichen!« Verzweifelt appellierte Alastair an ihn: »Mein Gott, Baird! Mutter ist tot – vergiftet. Die Polizei wird sich mit deiner Antwort nicht zufriedengeben. Wenn Miss Latterly es nicht getan hat, muß es einer von uns gewesen sein.«

»Ich war's nicht.« Bairds Stimme war nicht mehr als ein Flüstern. »Ich habe Mary geliebt, mehr als jeder andere ... bis auf ...« Er brach mitten im Satz ab. Niemand im Raum zweifelte daran, daß er Eilish sagen wollte, nicht Oonagh.

Oonagh war sehr blaß, aber gefaßt. Was für Gefühle auch in ihr toben mochten, sie schien äußerlich vollkommen beherrscht.

»Natürlich«, sagte Alastair verbittert. »Große Worte, was anderes hatten wir nicht erwartet. Aber Worte zählen nicht mehr, jetzt zählen nur noch Tatsachen.«

»Niemand kennt die Tatsachen!« sagte Quinlan giftig. »Wir kennen nur Marys Papiere, die Meinung der Bank und Bairds Ausreden. Ich weiß nicht, von welchen Tatsachen du redest!«

»Ich denke, für die Polizei reicht es aus«, schaltete Monk sich ein. »Zumindest für eine Anklage.«

»Ist es das, was Sie für uns tun wollten?« Eilishs Stimme war schrill vor Verzweiflung. »Baird der Polizei ausliefern? Er gehört zur Familie! Wir haben in diesem Haus mit ihm zusammengelebt, Tag für Tag haben wir unsere Träume und Hoffnungen mit ihm geteilt. Wir können ihn doch nicht einfach … für schuldig erklären und im Stich lassen!« Wütend blickte sie von einem zum anderen, überging Quinlan und machte bei Oonagh halt, an die sie sich in Zeiten großer Not wohl immer gewandt hatte.

»Wir lassen ihn nicht im Stich, Liebling«, erwiderte Oonagh ruhig. »Aber wir müssen der Wahrheit ins Auge sehen, und wenn sie noch so schrecklich ist. Einer von uns hat Mutter getötet.«

Unwillkürlich wanderte Eilishs Blick wieder zu Hester, dann lief sie dunkelrot an.

»Das funktioniert nicht mehr, mein Herz«, bemerkte Quinlan säuerlich. »Natürlich wäre es immer noch möglich. Aus Mangel an Beweisen ist ein häßlicher Urteilsspruch, aber sie können sie nicht noch einmal vor Gericht stellen, egal, was sie denken. Und seien wir doch ehrlich: Ihr Motiv kann mit Bairds nicht mithalten! Er könnte die Brosche in ihre Tasche gesteckt haben, aber sie hatte wohl kaum Gelegenheit, Marys Pacht zu unterschlagen!«

»Um Himmels willen, Baird, warum sagst du nichts?« platzte Deirdra heraus, nachdem sie lange geschwiegen hatte. Sie legte Eilish einen Arm um. »Kapierst du denn nicht, wie es in uns allen aussieht?«

»Deirdra, mäßige deine Sprache«, ermahnte Alastair sie beinahe automatisch.

Monk war belustigt. Hätte Alastair auch nur die leiseste Ahnung von den nächtlichen Aktivitäten seiner Frau gehabt, er wäre für ihre gemäßigte Ausdrucksweise dankbar gewesen. Monk war sicher, daß ihr Freund, der Mechaniker, ihr ganz andere Ausdrücke beigebracht hatte.

»Es scheint nur einen Ausweg zu geben.« Auch Hester mischte sich nun in den Wortwechsel ein. Alle sahen sie verwundert an.

»Ich sehe keinen.« Alastair legte die Stirn in Falten. »Wissen Sie etwas, das wir nicht wissen?«

»Sei nicht albern«, fiel Quinlan ihm ins Wort. »Glaubst du, Schwiegermama hätte Miss Latterly nach einem Tag Bekanntschaft geschäftliche Dinge anvertraut, ohne wenigstens Oonagh darüber zu informieren, wenn schon nicht uns alle.«

»Miss Latterly?« forderte Alastair sie auf.

»Einer von uns muß zu diesem Bauernhof in Ross-shire fahren und herausbekommen, was es mit dem Pachtgeld auf sich hat«, antwortete sie. »Das scheint im Moment die einzige Möglichkeit zu sein. Es geht nicht anders.«

»Und wem von uns würden Sie vertrauen?« fragte Deirdra trocken. »Ich wüßte niemanden.«

»Monk, natürlich«, erwiderte Hester. »Ihm kann es ziemlich egal sein, was dabei herauskommt.«

»Solange es nicht um Sie geht«, fügte Quinlan hinzu. »Ich denke, sein Interesse an der Sache ist inzwischen allen klar. Was er uns hier aufgetischt hat, war, freundlich ausgedrückt, ein bißchen weniger als die Wahrheit; weniger freundlich, dafür aber korrekt ausgedrückt, hat er uns einen Bären aufgebunden.«

»Hätten Sie ihm geholfen, wenn er die Wahrheit gesagt hätte?« verteidigte sie ihn.

Quinlan lächelte. »Natürlich nicht. Ich klage ihn nicht an, ich weise nur darauf hin, daß Mr. Monk nicht so wahrheitsliebend ist, wie Sie ihn darstellen.«

»Ich habe nichts dergleichen gesagt«, erwiderte sie böse. »Ich sagte nur, daß es ihm ziemlich egal sein kann, wer von Ihnen lügt und wo das Pachtgeld geblieben ist.«

»Welch charmanter Ausdrucksweise Sie sich befleißigen!«

Hester errötete heftig.

»Bitte!« unterbrach Deirdra und wandte sich an Monk. »Bleiben wir doch bei der Sache! Mr. Monk, würden Sie sich von Quinlan die Einzelheiten erklären lassen und nach Easter Ross fahren, um die Person aufzusuchen, die das Anwesen gepachtet hat, und in Erfahrung zu bringen, was mit dem Pachtgeld passiert ist und an wen es gezahlt wurde? Ich denke, Sie sollten Beweise mitbringen, Dokumente oder was auch immer. Vielleicht eine schriftliche Zeugenaussage...«

»Eine eidesstattliche Erklärung«, fügte Alastair hinzu. »Ich nehme an, auch da oben gibt es Notare oder Friedensrichter.«

»Ja«, antwortete Monk spontan, auch wenn es ihn ärgerte, daß Hester und nicht er selber diesen Einfall hatte. »Wie weit ist es?« Er haßte es, danach fragen zu müssen.

Alastair blickte erstaunt. »Ich habe keine Ahnung. Zweihundert Meilen, vielleicht dreihundert.«

»So weit ist es nicht«, widersprach Deirdra. »Höchstens zweihundert. Wir übernehmen die Reisekosten. Schließlich ist es unsere Angelegenheit, die Sie dort oben erledigen, nicht Ihre.« Sie kümmerte sich weder um Alastairs Stirnrunzeln noch um Oonaghs leicht belustigtes Erstaunen. Sie wußte genau, daß Monk nur das letzte Fragezeichen hinter Hesters Unschuld beseitigen und nicht Baird McIvor oder den Farralines behilflich sein wollte. »Ich nehme an, daß Sie mit dem Zug bis Inverness fahren können«, fuhr sie fort. »Danach müssen Sie vielleicht reiten, ich weiß es nicht.«

»Sobald ich die nötigen Informationen und eine Vollmacht habe«, jetzt sah er Quinlan und nicht Oonagh an, »packe ich meine Sachen und nehme den ersten Zug nach Norden.«

»Fahren Sie auch mit?« Eilish sah Hester an.

»Nein«, antwortete Monk sofort.

Hester hatte den Mund geöffnet, aber niemand erfuhr, was sie eigentlich sagen wollte. Nach einem Blick in die Runde überlegte sie es sich anders. »Ich bleibe hier«, erklärte sie gehorsam. Ihr würde auch in Edinburgh nicht langweilig werden.

Die Reise nach Norden war lang und äußerst langweilig für Monk. Es ärgerte ihn, daß er dort hinmußte. In Edinburgh hatte ihm niemand sagen können, wie es von Inverness nach Easter Ross weitergehen sollte. Nach Auskunft des Mannes am Fahrkartenschalter war es eine kalte, gefährliche, unzivilisierte Gegend, in die kein vernünftiger Mensch reiste. Stirling, Deeside und Balmoral, das waren Orte, wo man wunderbar Urlaub machen konnte. Auch Aberdeen, die steinerne Stadt des Nordens, hatte ihre Vorzüge, aber hinter Inverness begann das Niemandsland. Dorthin reiste man auf eigenes Risiko.

Monk saß mißmutig im Abteil und ging in Gedanken noch einmal alles durch, was er über den Tod Mary Farralines, über die Gefühle und die Charaktere ihrer Familienangehörigen wußte. Aber auch diesmal kam er nur zu dem Schluß, daß es jemand von ihnen gewesen sein mußte, wahrscheinlich Baird McIvor, denn der hatte das Pachtgeld für den Bauernhof unterschlagen. Aber das schien ein sinnloses, für einen Mann, der von so starken Gefühlen bestimmt wurde, lächerliches Motiv zu sein. Wenn er Eilish liebte, was er ganz offensichtlich tat, wie konnte er es dann über sich bringen, ihre Mutter zu töten, und war die Versuchung noch so groß?

Als er in Inverness aus dem Zug stieg, war es schon zu spät, um noch am selben Abend nach Norden weiterzureisen. Mißmutig suchte er sich eine Unterkunft, und als erstes fragte er den Wirt, wie er am nächsten Tag seine Reise nach Port of St. Colmac am besten fortsetzen sollte.

»Oh«, sagte der Gastwirt nachdenklich. Er war ein kleiner Mann namens MacKay. »Ach, ja, Portmahomack meinen Se? Dann woll'n Se sicher aufs Fährboot.«

»Auf's Fährboot?« fragte Monk ungläubig.

»Ja, ja, rüber zur Black Isle und dann drüben bei Alness über den Cromarty Firth und rauf nach Tain. Is'n ganz schön langer Weg. Können Se Ihre Geschäfte nich' vielleicht doch in Dingwall erledigen?«

»Nein«, antwortete Monk widerwillig. Er konnte sich nicht daran erinnern, ob er reiten konnte, und nun mußte er es auf die harte Tour herausbekommen. Schon die Vorstellung jagte ihm Schauer über den Rücken.

»Na ja, wenn der Teufel die Route bestimmt...«, sagte MacKay und lächelte. »Das liegt Richtung Tarbet Ness. Is'n prächtiger Leuchtturm. In 'ner dunklen Nacht meilenweit zu sehen.«

»Kann ich ein Pferd mit auf die Fähre nehmen?« Er hatte noch nicht ausgesprochen, da verriet ihm MacKays Gesicht, daß er eine törichte Frage gestellt hatte. »Na ja, aber auf der anderen Seite kann ich doch sicher eins mieten, oder?« fügte er hinzu, bevor MacKay etwas sagen konnte.

»Ja, das können Se. Und zum Fährboot nach der Black Isle rüber können Se zu Fuß gehn. Gleich da drüben beim Strand. Sie sind einer aus'm Süden, was?«

»Ja.« Monk stritt es nicht ab. Er wußte, daß ein Grenzlandbewohner wie er, aus Northumberland, wo die Leute beinahe tausend Jahre lang gegen die Schotten gekämpft hatten, über sie hergefallen und plündernd durchs Land gezogen waren, in Schottland nicht besonders gern gesehen waren, nicht einmal so weit oben im Norden.

MacKay nickte. »Sie werden Hunger haben«, bemerkte er scharfsinnig. »Muß 'ne ganz schöne Reise sein, von Edinburgh hier rauf.« Er zog eine Grimasse. Für ihn war das da unten ein fremdes Land, und dabei wollte er es auch belassen.

»Danke«, akzeptierte Monk.

Er bekam in Weizenmehl panierte, gebratene Heringe serviert, dazu ofenfrisches Brot, Butter und einen mit Weizenmehl bestreuten Käse namens Caboc, der köstlich schmeckte. Dann ging er ins Bett und fiel in einen tiefen, beinahe traumlosen Schlaf.

Der Morgen war windig und hell. Er stand auf, und statt in MacKays Gasthaus zu frühstücken, nahm er Brot und Käse mit und ging los, um das Fährboot zur Black Isle zu suchen, die keine Insel war, sondern eine große Halbinsel zwischen zwei Meeresarmen.

Die Durchfahrt war nicht breit, aber vom Moray Firth lief eine kräftige Flut in den kleineren Beauly Firth, und die große Bucht dazwischen machte einen weiten Bogen nach links.

Der Fährmann beäugte ihn mißtrauisch, als er ihn um die Überfahrt bat. »Bläst 'n kräftiger Wind heute.« Er runzelte die Stirn und blinzelte gen Osten.

»Ich helfe Ihnen«, bot Monk ihm unverzüglich an – und hätte sich am liebsten auf die Zunge gebissen. Er hatte ja keine Ahnung, ob er überhaupt rudern konnte. An Wasser oder Boote hatte er nicht die geringste Erinnerung. Auch damals nach seinem Unfall, als er unmittelbar nach seiner Entlassung aus dem Krankenhaus nach Northumberland gefahren war, und sein Schwager mitten in der Nacht mit dem Rettungsboot hinaus mußte, hatte das keine Erinnerung an Wasser und Boote in ihm geweckt.

»Ja, das könnte schon nötig sein«, meinte der Fährmann, rührte sich jedoch nicht von der Stelle.

Monk konnte es sich nicht leisten, den Mann zu verärgern. Er mußte heute noch die Meeresengen überqueren, denn der Ritt an der Küste entlang über Beauly, Muir of Ord, Conon Bridge und Dingwall hätte ihn einen ganzen Tag zusätzlich gekostet.

»Können wir dann losfahren?« drängte Monk. »Ich muß heute abend in Tarbet Ness sein.«

»Is'ne lange Reise.« Der Fährmann schüttelte den Kopf, blickte hinauf zum Himmel, sah wieder Monk an. »Aber Sie könnten's schaffen. Scheint ja 'n schöner Tag zu werden, trotz dem vielen Wind. Flaut vielleicht ab, wenn die Tide wechselt. Manchmal flaut er dann ab.«

Monk verstand es als Zusage und wollte schon ins Boot klettern.

»Sie woll'n wohl nich' warten, ob noch einer kommt?« fragte der Fährmann. »Dann würd's nur die Hälfte kosten, wenn Se selber mit anpacken.«

Nicht so weit weg von zu Hause hätte Monk wahrscheinlich vorgebracht, daß der Fahrpreis in jedem Fall reduziert werden müßte, wenn er selber mit anpackte, ob nun noch jemand käme oder nicht, aber er wollte den Fährmann nicht verstimmen.

»Also, dann kommen Se mal.« Der Fährmann streckte seine Hand aus, um Monk zu helfen. »Besser, wenn wir gleich losfahren. Könnt' ja sein, daß auf der Black Isle einer wartet, der nach Inverness will.«

Monk ergriff die ausgestreckte Hand und stieg in das kleine Boot. Sowie seine Füße die Bohlen berührten und das ganze Ding unter dem zusätzlichen Gewicht zu schaukeln anfing, spürte er einen Ansturm der Erinnerung, der ihn mitten in der Bewegung innehalten ließ. Es war keine visuelle, sondern eine emotionale Erinnerung: eine Angst und ein Gefühl der Hilflosigkeit und Ungeschicklichkeit. Sie war so mächtig, daß er beinahe zurückgewichen wäre.

»Was is' los mit Ihnen?« Der Fährmann blickte ihn mißtrauisch an. »Sie wer'n doch wohl nich' seekrank? Wir ham ja noch nich' mal abgelegt!«

»Nein, werd' ich nicht«, erwiderte Monk scharf. Er verzichtete auf weitere Erklärungen.

»Wenn Se nämlich seekrank wer'n«, der Fährmann schien unschlüssig, »dann kotzen Se gefälligst auf die andere Seite.«

»Werd' ich schon nicht«, wiederholte Monk und hoffte, daß er die Wahrheit sagte. Er ließ sich abrupt im Heck nieder.

»Also, wenn Se mit anfassen wolln, dann nich' von da aus.« Der Fährmann runzelte die Stirn. »Sie ham wohl noch nie in 'nem Boot gesessen, was?« Er schien es ernstlich zu bezweifeln.

Monk sah ihn an. »Ich hab' an das letzte Mal gedacht, deshalb hab' ich gezögert. Die Leute, die damals dabei waren, wissen Sie?« fügte er hinzu, damit der Mann ihn nicht für ängstlich hielt.

»O je!« Der Fährmann machte auf der Sitzbank Platz, Monk setzte sich neben ihn und nahm ein Ruder. »Ich muß verrückt sein, daß ich mich auf so was einlaß'.« Der Fährmann schüttelte den Kopf. »Hoffentlich muß ich es draußen in der Strömung nich' bereuen. Fangen Se da draußen bloß nich' an rumzuklettern, sonst landen wir beide im Wasser. Ich kann nämlich nich' schwimmen!«

»Wenn ich Sie retten muß, will ich das ganze Fahrgeld zurückhaben«, erwiderte Monk trocken.

»Nich', wenn wir wegen Ihnen umkippen.« Der Fährmann sah ihn direkt an. »Und jetzt halten Se den Mund, Mann, und legen sich in die Riemen!«

Monk gehorchte, vor allem wohl deshalb, weil es ihn volle Aufmerksamkeit kostete, mit dem Fährmann im selben Rhythmus zu bleiben. Er wollte sich nicht noch lächerlicher machen, als er es ohnehin schon getan hatte.

Länger als zehn Minuten ruderte er gleichmäßig und war schon ganz zufrieden mit sich. Immer leichter pflügte das kleine Boot durch das Wasser. Er fing an Spaß an der Sache zu haben. Nach Wochen der seelischen Anspannung und des völlig nutzlosen Herumsitzens im Gerichtssaal war es angenehm, einmal seinen Körper zu bewegen. Es war gar nicht so schwer. Der Tag war klar, und das Sonnenlicht spiegelte sich grell im Wasser; Meer und Himmel waren vom selben strahlenden Blau, eine Endlosigkeit, die eher tröstlich als furchterregend war. Der Wind blies ihm kalt ins Gesicht, aber er war frisch und rein, und der Salzgeruch hatte etwas Beruhigendes.

Doch plötzlich und ganz ohne Vorwarnung hatten sie den Windschatten der Landspitze verlassen und waren in die Strömung gekommen; die Flut, die vom Moray Firth in den Beauly hineinströmte, hätte ihm beinahe das Ruder aus der Hand gerissen. Ohne es zu wollen begegnete er dem ironisch-belustigten Blick des Fährmanns.

Monk schnaubte, packte das Ruder fester, krümmte den Rükken und legte sich noch kräftiger ins Zeug. Das Boot pflügte durch das Wasser, quer durch die Strömung, auf das ferne Ufer der Black Isle zu.

Er versuchte seine Gedanken zu sammeln und sich vorzustellen, was ihn auf Mary Farralines Anwesen erwarten würde. Es schien nicht viele Möglichkeiten zu geben. Entweder gab es keinen Pächter und deshalb auch keine Pachtgelder; dann wären Baird McIvor lediglich Untätigkeit und Unfähigkeit vorzuwerfen, oder es gab einen Pächter, aber Baird hatte kein Pachtgeld kassiert, oder er hatte es kassiert und aus irgendeinem Grund nicht an Mary weitergegeben.

Wahrscheinlich hatte er es behalten oder irgendwelche Schulden damit beglichen, die er nicht offen mit seinem Geld bezahlen konnte. Eine andere Frau – das war Monks erster Gedanke. Aber er liebte sicher niemanden außer Eilish. War es ein Fehltritt der Vergangenheit, den er vor Oonagh und Eilish verbergen mußte? Das klang nach Wahrheit, nach einer Wahrheit jedoch, die ihm seltsam unerwünscht war. Aber warum, um Himmels willen? Jemand hatte Mary getötet! Wenn er beweisen könnte, daß Baird McIvor es getan hatte, stünde Hesters Unschuld zweifelsfrei fest.

Sie waren halb drüben, und die Strömung wurde noch stärker.

Er arbeitete mit aller Kraft, stemmte die Füße gegen die Querleiste. Der Fährmann ruderte weiterhin in seinem ruhigen, gleichmäßigen Rhythmus; seine Bewegungen wirkten natürlich, beinah mühelos, während Monk bereits die Schultern schmerzten. Und immer hatte er dabei dieses stille Lächeln im Gesicht. Monk wich seinem Blick aus.

Er versuchte einen inneren Rhythmus zu finden, um den Schmerz im Rücken, den er bei jedem Zug verspürte, zu vermeiden. Er kam sich völlig verweichlicht vor. War das vor seinem Unfall anders gewesen? War er ein guter Reiter gewesen, hatte er auf der Themse gerudert oder einen anderen Sport betrieben? In seinem Zimmer hatte nichts darauf hingewiesen. Aber er hatte kein Gramm Fett zuviel am Leib, und er war kräftig. Das Rudern war sicher eine ungewohnte Übung.

Ohne es zu wollen dachte er an Hester. Ihr Verlust hätte ihm wesentlich mehr ausgemacht, als ihm lieb war. Das machte ihn schwach, und darüber ärgerte er sich. Mut war die Tugend, die er über alle anderen stellte. Mut war der Eckpfeiler, auf dem alles ruhte. Ohne Mut war alles unsicher, war man jeder Laune des Schicksals ausgeliefert. Was hatte die Gerechtigkeit für eine Chance, wenn man nicht den Mut aufbrachte, für sie zu kämpfen? So lange blieb sie Heuchelei, Scheinheiligkeit, Lüge.

Plötzlich spritzte ihm Wasser ins Gesicht.

»'nen Krebs gefangen, was?« kommentierte der Fährmann belustigt. »Wer'n Se schlapp?«

»Nein!« erwiderte Monk knapp, obwohl er sehr erschöpft war. Sein Rücken schmerzte, er hatte Blasen an den Händen und das Gefühl, als würden ihm die Schultern brechen.

»So, so«, sagte der Fährmann zweifelnd, aber er ruderte nicht langsamer.

Monk fing noch einen »Krebs«, tauchte nicht richtig ein, sondern ließ das Ruderblatt über die Oberfläche schrammen, daß die kalte, salzig schmeckende, in den Augen brennende Gischt ihnen ins Gesicht spritzte.

Plötzlich schoß das Boot vorwärts. Sie waren im Windschatten der Black Isle, und der Fährmann lächelte.

»Sie sind 'n halsstarriger Kerl«, sagte er, als sie ans Ufer glitten. »Aber morgen machen Se das bestimmt nich' noch mal. Morgen tut Ihnen jeder Knochen weh.«

»Möglich«, räumte Monk ein. »Aber vielleicht haben wir Glück,und der Wind bläst uns nicht wieder ins Gesicht.«

»Die Hoffnung ist umsonst«, sagte der Fährmann und streckte ihm die offene Handfläche hin. Monk legte das Fahrgeld hinein. »Aber der Zug nach Süden wartet nicht auf Sie!«

Monk dankte ihm und ging sich ein Pferd mieten, das ihn über die Berge der Black Isle bringen sollte, fast genau Richtung Norden zum nächsten Fährboot am Cromarty Firth.

Er ritt langsam los. Es war ein angenehmes, vertrautes Gefühl. Offensichtlich wußte er mit solch einem Tier umzugehen, ohne sich besonders anstrengen zu müssen. Er fühlte sich im Sattel zu Hause, auch wenn er keine Ahnung hatte, wann er zum letztenmal geritten war.

Es war eine wunderschöne Gegend, nach Norden hin stieg das Land in sanften Hügeln an, Laubbäume wechselten mit Kieferngehölzen, auf den Wiesen weideten Schafe, gelegentlich auch Rinder. Er hatte das Gefühl, mindestens fünfzehn oder zwanzig Meilen weit sehen zu können.

Was für eine Erinnerung war das, die ihn beim Einstieg ins Boot überfallen hatte? Irgend etwas lauerte in seinem Hinterkopf, etwas Unangenehmes und Schmerzhaftes. Vielleicht sollte er es lieber ruhen lassen. Das Vergessen konnte sehr segensreich sein.

Der Anstieg den Berg hinauf war mühsam. Er hatte seinen Rükken stark strapaziert, als sie über den Firth gerudert waren, jetzt stellte er es sich ganz angenehm vor, ein paar Schritte zu laufen. Er stieg ab und ging neben dem Pferd her. Seite an Seite erreichten sie den Grat, und vor ihnen lag das Massiv des Ben Wyvis; der erste Schnee bedeckte bereits seinen breiten Gipfel. Im hellen Sonnenlicht schien er in der Luft zu schweben. Er ging langsam weiter und blieb dann stehen, atemlos, nicht vor Erschöpfung, sondern vor staunender Bewunderung. Ein weiter, scheinbar grenzenloser Blick. Vor ihm, unten im Tal, lag – in der Sonne schimmernd wie polierter Stahl – der Cromarty Firth, der sich östlich dem unsichtbaren Meer entgegenstreckte. Nach Westen hin verlor sich die Bergkette irgendwo in der Ferne. Er spürte die Sonne auf seinem Gesicht und hob es unbewußt dem Wind und der Stille entgegen.

Er war froh, allein zu sein. Gesellschaft hätte er als störend empfunden. An einem solchen Ort war jedes Wort eine Blasphemie.

Und doch hätte er das Erlebnis gerne mit jemandem geteilt, der seine Ergriffenheit verstanden hätte. Hester wäre so jemand gewesen. Sie verstand es zu fühlen und zu betrachten, ohne etwas zu sagen.

Das Schnauben des Pferdes holte ihn zurück in die Wirklichkeit. Die Zeit blieb nicht stehen, und er hatte noch einen weiten Weg vor sich. Das Tier war ausgeruht. Er mußte hinunter zum Ufer und zum Fährboot nach Foulis.

Es dauerte den ganzen Tag, bis er sich nach Portmahomack, wie St. Colmac heute genannt wurde, durchgefragt hatte, und aus der Dämmerung war längst finstere Nacht geworden, als er schließlich die Hufschmiede an der Castle Street erreichte und sich erkundigte, wo er einen Stall für sein Pferd und eine Unterkunft für sich selber finden könnte. Das Pferd wollte der Schmied gerne bei sich behalten, denn er kannte das Tier von anderen Reisenden,

Monk selber könne wahrscheinlich unten im Gasthaus am Ufer ein Zimmer mieten, nur ein paar Meter den Hügel hinunter.

Am nächsten Morgen ging Monk etwa eine Meile am Strand entlang und kletterte den Hügel hinauf, um Mary Farralines Anwesen zu suchen, das offensichtlich ein Mann namens Arkwright gepachtet hatte. Er war in dem Dorf gut bekannt, aber es hatte so geklungen, als wäre er nicht besonders beliebt. Seinem Namen nach zu urteilen war er ein Highlander, kein richtiger Schotte also, und das mochte der Grund dafür sein – auch wenn man Monk mit äußerster Höflichkeit begegnet war, trotz seines unverkennbar englischen Akzents.

Es war wieder ein strahlender Morgen, die Luft war so klar wie am Tag zuvor. Er hatte nicht weit zu gehen, etwa eine Meile; oben auf dem Grat verlief eine mit Bergahorn und Eschen gesäumte Straße. Links davon stand eine große, aus Steinen gebaute Scheune, und auf der rechten Seite ein kleines Haus. Das mußte Mary Farralines Bauernhaus sein. Dahinter ragten die Schornsteine eines größeren Gebäudes auf, eines Herrenhauses möglicherweise, aber das war sicher nicht das Haus, nach dem er suchte.

Er mußte sich überlegen, was er sagen wollte. Unter den Bäumen blieb er stehen, um ein wenig Luft zu holen. Er drehte sich um und blickte zurück. Wie ein silbrigblaues Laken breitete sich das Meer unter ihm aus. In der Ferne waren die Berge von Sutherland zu erkennen, die höchsten Gipfel waren schneebedeckt. Im Westen leuchtete eine Sandbucht hell in der Sonne, jenseits davon erstreckte sich blaues Wasser bis zu den blauen Bergen, die weit hinten am Horizont, hundert Meilen oder noch weiter entfernt, zu einem verwaschenen Violett verblaßten. Kaum eine Wolke war am Himmel, und über ihm hatte sich eine Schar Wildgänse formiert, um gen Süden zu fliegen. Er folgte ihrem Flug mit den Augen und sann über das Wunder ihres Instinkts nach, während sie seinen Blicken entschwanden.

Er legte die letzten Meter seiner Reise zurück und klopfte an die Tür.

»Ja?« Ein untersetzter, stämmiger Mann mit bartlosem Gesicht öffnete ihm, der keinen Hehl aus seiner Abneigung gegen Fremde machte.

»Mr. Arkwright?« fragte Monk.

»Ja, der bin ich. Wer sind Sie, und was woll'n Sie?« Er hörte sich wie ein Engländer an, aber Monk erkannte den Akzent nicht gleich.

»Ich komme aus Edinburgh...«, setzte Monk an.

»Sie sind kein Schotte«, entgegnete Arkwright finster und trat einen Schritt zurück.

»Sie auch nicht«, konterte Monk. »Ich hab' gesagt, daß ich aus Edinburgh komme, nicht, daß ich dort geboren bin.«

»Na und! Ist mir doch egal, woher Sie sind!«

Yorkshire. Das war die Melodie in seiner Stimme, von dort stammten die Vokale. Baird McIvor stammte aus Yorkshire. Zufall?

Die Lüge kam Monk spontan in den Sinn. »Ich bin der Anwalt von Mrs. Farraline. Ich bin gekommen, um ihre Angelegenheiten zu regeln. Ich nehme an, Sie haben von ihrem kürzlichen Tod erfahren?«

»Kenne keine Mrs. Farraline«, erwiderte Arkwright sofort, aber in seinen Augen flackerte es. Er log ebenfalls.

»Sonderbar«, sagte Monk und lächelte, nicht freundlich, sondern selbstzufrieden. »Wo Sie doch in ihrem Haus leben.«

Arkwright erblaßte, verzog jedoch keine Miene. Er beobachtete Monk wachsam. »Keine Ahnung, was für 'n Name auf der Urkunde steht, aber ich hab' die Bude von einem Mann namens

McIvor gepachtet, und das geht sie einen feuchten Dreck an, Mr. Crow.«

Monk hatte sich nicht vorgestellt, aber den Spottnamen für einen Anwalt kannte er wohl.

Er hob skeptisch die Augenbrauen. »Sie zahlen die Pacht an Mr. McIvor?«

»Ja. So ist es.« Arkwright wirkte streitlustig, aber unsicher.

»Wie?« wollte Monk wissen.

»Was meinen Sie damit, wie? Mit Geld natürlich. Was ha'm Sie gedacht? Mit Kartoffeln?«

»Wie machen Sie das? Fahren Sie nach Inverness und bringen einen Geldbeutel zum Nachtzug nach Edinburgh? Wie oft? Wöchentlich? Monatlich? Das dauert doch 'n paar Tage.«

Arkwright fühlte sich in die Enge getrieben. Einen Moment lang schien es, als wolle er Monk mit einem Faustschlag niederstrecken, doch angesichts der schlanken, geschmeidigen Gestalt seines Gegenübers überlegte er es sich anders.

»Das geht Sie nichts an«, knurrte er. »Ich stehe nur Mr. McIvor Rede und Antwort, nicht Ihnen. Woher soll ich wissen, wer Sie sind, oder daß diese Mary Soundso wirklich tot ist?« Kurz flakkerte der Triumph in seinen Augen auf. »Sie können ja sonstwer sein!«

»Möglich«, stimmte Monk zu. »Ich könnte von der Polizei sein.«

»Von der Schmiere?« Er erblaßte. »Und weshalb? Ich bin 'n Bauer. Das is ja wohl nich' verboten. Sie sind nich' von der Schmiere, Sie sind bloß 'n vorlauter Mistkerl, der besser auf sein Mundwerk aufpassen sollte!«

»Vielleicht interessiert es Sie zu erfahren, daß Mr. McIvor das Geld, das Sie immer brav zum Zug gebracht haben, nie weitergegeben hat?« Monks Frage triefte vor Sarkasmus.

Arkwright versuchte sich an einem spöttischen Lächeln, doch dahinter flackerte eine seltsame Angst.

»Das ist ja wohl sein Problem, oder?«

Plötzlich hatte Monk begriffen, daß Baird McIvor diesen Arkwright niemals verraten würde, und daß Arkwright sich dessen absolut sicher sein konnte. Aber wenn Baird die Kontrolle über das Anwesen verlieren würde, dann wäre es auch für Arkwright verloren. Erpressung. Das war die einzig schlüssige Antwort. Warum? Womit? Woher kannte dieser Kerl einen Gentleman wie Baird McIvor?

Betont beiläufig zuckte Monk die Schultern und drehte sich um, als wollte er gehen.

»McIvor wird's mir schon erzählen«, bemerkte er selbstgefällig. »Der verpfeift Sie sicher.«

»Nee, das tut er ganz bestimmt nich'!« erwiderte Arkwright siegesgewiß. »Das wagt er nich', weil er sich damit selber reinreitet!«

»Quatsch! Wer würde Ihnen denn schon glauben? Und ob der sie verpfeift. Er muß schließlich für das Geld geradestehen.«

»Jeder, der lesen kann, wird mir glauben«, höhnte Arkwright. »Hab' ich alles schriftlich. Und außerdem hat er noch die Striemen vom Schrittschleifer auf 'm Hintern!«

Gefängnis. Das war also die Antwort. Baird McIvor hatte irgendwann einmal im Gefängnis gesessen. Wahrscheinlich wußte Arkwright darüber Bescheid, weil er mit ihm zusammen gesessen hatte. Vielleicht hatten sie Seite an Seite im »Schrittschleifer« gestanden, dieser fürchterlichen Maschine, besser bekannt wohl unter der Bezeichnung Tretmühle, eine Vorrichtung, in die man die Häftlinge jeweils eine Viertelstunde lang einspannte und in der sie ein Rad mit vierundzwanzig Sprossen treten mußten, das mit einer langen Achse und einem raffinierten Arrangement von Wetterfahnen verbunden war, die sich immer in genau der richtigen Geschwindigkeit drehten, um für maximale Erschöpfung und Atemnot zu sorgen. Der Spitzname rührte von den Schmerzen her, die ein ledernes Geschirr verursachte, an dem die zartesten Hautpartien der Häftlinge sich rieben.

Hatte Mary Farraline das gewußt? Oder hatte er sie töten müssen, um sein furchtbares Geheimnis zu bewahren, so wie er Arkwright mit einem pachtfreien Bauernhof zum Schweigen gebracht hatte? Es erschien so offensichtlich, daß es kaum zu bestreiten war.

Warum schmerzte es Monk? Wollte er einen anderen Mörder haben? Das war absurd.

Und doch erschien ihm die leuchtende Bucht nicht mehr so warm, als er zwischen den Hecken hindurch nach unten zum Strand kletterte und sich auf den Rückweg zur Schmiede machte, wo er sein Pferd bestieg und den langen, harten Ritt zurück nach Inverness in Angriff nahm.

Er hatte den Cromarty Firth und die Black Isle überquert und saß wieder im Fährboot über den Beauly Firth, der Rücken tat ihm weh, jedesmal, wenn er wütend am Ruder zog, fuhr der Schmerz ihm bis in die Schultern. Er war wild entschlossen, seinen Zorn an irgend etwas auszulassen, da mochte der Fährmann ruhig lächeln und ihm anbieten, beide Ruder zu übernehmen. Plötzlich und ohne Vorwarnung erinnerte er sich an die Szene in seiner Jugend, die sich bereits am Tag zuvor so schmerzhaft angekündigt hatte. Jetzt wußte er, welches das andere Gefühl war, das gestern noch dunkel und unerkannt geblieben war. Es war Scham. Brennende Scham auf der Rückfahrt von einem Einsatz mit dem Rettungsboot, bei dem er Angst gehabt hatte, so schreckliche Angst vor dem gähnenden Wasserschlund, der sich plötzlich zwischen dem sinkenden Schiff und dem Rettungsboot aufgetan hatte, daß er zur

Salzsäule erstarrt war und das Ziel verfehlt hatte. Natürlich hatte man das Seil ein zweites Mal geworfen, aber ein paar Sekunden waren verloren gewesen, wertvolle Sekunden im Kampf um das Leben des Mannes auf dem Schiff.

Schweiß trat ihm auf die Stirn, jetzt in der Gegenwart, als er den Rücken krumm machte und das Ruder ergrimmt in das leuchtende Wasser des Beauly Firth stieß. Jetzt, nach all den Jahren, sah er nur den klaffenden Wasserschlund zwischen den beiden Bootswänden. Er spürte die Scham so brennend frisch, daß ihm Tränen der Demütigung in die Augen stiegen.

Warum erinnerte er sich gerade an diese Begebenheit? Es mußte doch Dutzende schöner Erinnerungen geben – an Augenblicke im Schoß der Familie, an Erfolge und Leistungen. Warum fiel ihm diese Geschichte wieder ein? Steckte mehr dahinter, etwas Bedrohlicheres, an das er sich noch nicht erinnern konnte?

Oder lag es daran, daß sein Stolz einfach kein Fehlverhalten akzeptieren wollte, daß er diesen Vorfall nicht vergessen konnte, weil die Wunde noch eiterte und alles andere vergiftete? War er tatsächlich so sehr von sich selbst eingenommen?

»'n bißchen übellaunig heute, was?« bemerkte der Fährmann. »Wohl nich' gefunden, was Se gesucht haben.«

»Doch… doch, ich hab's gefunden«, antwortete Monk und zog am Ruder. »Das, was ich erwartet hab'.«

»Dann isses sicher nich' nach Ihrem Geschmack gewesen, nach dem Gesicht, was Se machen.«

»Nein… nicht ganz.«

Der Fährmann nickte und schwieg.

Sie erreichten das andere Ufer. Monk kletterte mit steifen Beinen an Land, gab dem Fährmann sein Geld und machte sich von dannen. Alle Knochen im Leib taten ihm weh. Geschah ihm ganz recht. Er hätte den Fährmann rudern lassen sollen.

Müde und wenig erbaut von dem, was er herausgefunden hatte, kam er nach Edinburgh zurück. Obwohl Schneeregen in der Luft lag und ein böiger Wind ihm ins Gesicht blies, ging er zu Fuß zum Grassmarket. Vor Hesters Pension blieb er stehen, ohne darüber nachgedacht zu haben, warum er zu ihr und nicht zum Ainslie Place gegangen war. Vielleicht glaubte er, daß sie ein Recht darauf hatte, die Wahrheit vor den Farralines zu erfahren oder zumindest dabeizusein, wenn sie es erfuhren. Er dachte nicht daran, wie unbarmherzig es war. Schließlich mochte sie Baird, den Eindruck hatte er zumindest gewonnen.

Erst als er vor ihrer Zimmertür stand, wurde ihm klar, daß er jemanden brauchte, der mit ihm die Enttäuschung teilte, nicht irgendeinen Menschen, sondern sie. Bei diesem Gedanken verharrte seine Hand in der Luft.

Doch sie hatte seine Schritte auf dem nackten Boden des Flurs bereits gehört und öffnete mit erwartungsvollem und ein wenig ängstlichem Gesicht die Tür. Sie sah ihm die Enttäuschung an, noch bevor er etwas sagte.

»Es war Baird …« Es klang nicht einmal wie eine Frage. Sie hielt ihm die Tür auf.

Er trat ein. Ihm kam gar nicht der Gedanke, daß es nicht schicklich sein könnte.

»Ja. Er war mal im Gefängnis. Arkwright, der Pächter des Anwesens, weiß das. Wahrscheinlich hat der Dreckskerl mit ihm gesessen.« Er setzte sich auf das Bett, ließ ihr den Sessel. »Ich nehme an, daß McIvor ihm das Anwesen überlassen hat, damit er den Mund hält, und als Mary dahinterkam, hat er sie getötet. Er wollte nicht, daß die Farralines und ganz Edinburgh erfuhren, daß er einmal ein Knastbruder war.«

Einen Augenblick lang sah sie ihn ausdruckslos an. Er hätte gerne eine Reaktion von ihr gehabt, ein Spiegelbild seines eigenen

Schmerzes, aber er wußte nicht, was er sagen sollte. Er wollte nicht mit ihr streiten. Er brauchte Nähe, die unliebsamen Überraschungen war er leid.

»Armer Baird«, sagte sie leise. »Ein vernichtender Schlag für Eilish.«

»Ja!« stimmte er ihr zu. »Ja, das ist es.«

Hester zog die Stirn in Falten. »Sind Sie ganz sicher, daß es Baird war? Nur weil er im Gefängnis war, muß er sie noch lange nicht getötet haben. Vielleicht hat er Mary erzählt, daß dieser Arkwright ihn erpreßte, und sie hat ihm geholfen und ihm erlaubt, dem Kerl den Bauernhof zu überlassen.«

»Ach, Hester«, winkte er müde ab. »Sie klammern sich an einen Strohhalm. Warum hätte sie das tun sollen? Er hat alle an der Nase herumgeführt, hat ihnen über seine Vergangenheit etwas vorgelogen. Wieso hätte sie ihm die Erpressung finanzieren sollen? Sie mag noch so anständig gewesen sein, aber dazu hätte sie eine Heilige sein müssen.«

»Nein, hätte sie nicht!« widersprach sie. »Ich hab' Mary gekannt, Sie nicht!«

»Sie haben eine einzige Zugfahrt mit ihr gemacht!«

»Ich kannte sie! Sie hat Baird gemocht. Das hat sie mir selbst gesagt.«

»Weil sie nicht wußte, daß er 'n Knastbruder ist!«

»Wir wissen nicht, was er getan hat!« Sie beugte sich etwas vor. »Vielleicht hat er es ihr gesagt, und sie mochte ihn trotzdem. Wir wissen von einer Zeit, wo er sich über alles aufregte und ständig in die Luft ging. Vielleicht war das, als Arkwright ihn erpreßt hat. Dann hat er es Mary gebeichtet, sie hat ihm geholfen, und alles war wieder gut. Wäre doch möglich.«

»Und wer hat Mary umgebracht?«

Ihr Gesicht verschloß sich. »Weiß ich nicht. Kenneth?«

»Und warum hat Baird mit Chemikalien rumgespielt?«

Sie blickte ihn voller Zorn an. »Seien Sie nicht naiv. Das hat außer Quinlan niemand gesehen, und der ist ganz grün vor Eifersucht. Der lügt doch wie gedruckt, wenn's um Baird geht!«

»Und läßt ihn für ein Verbrechen aufhängen, das er nicht begangen hat?«

»Na, sicher! Warum nicht?«

Er sah die Gewißheit in ihrem Blick. Er überlegte, ob sie jemals an sich selbst zweifelte, so wie er. Aber sie kannte ja ihre Vergangenheit, sie wußte nicht nur, was sie jetzt dachte und fühlte, sondern was sie schon immer gedacht und gefühlt hatte. Es gab keine geheimen Räume in ihrem Leben, keine dunklen Durchgänge oder verschlossenen Türen in ihrer Seele.

»Das ist ungeheuerlich«, sagte er ruhig.

Sie betrachtete sein Gesicht. »Vielleicht für Sie und mich«, antwortete sie mit leiser Stimme. »Aber Baird hat ihm etwas weggenommen, was ihm gehörte. Nicht seine Frau – aber die Liebe seiner Frau, ihre Achtung und ihre Bewunderung. Er kann ihn deswegen nicht anklagen, er kann ihn dafür nicht bestrafen. Vielleicht findet er das auch ungeheuerlich.«

»Das ...«, begann er und brach den Satz ab.

»Wir sollten zu ihnen gehen und ihnen mitteilen, was Sie herausgefunden haben.«

Widerwillig erhob er sich. Es blieb ihnen nichts anderes übrig.

Sie standen im Salon des Hauses am Ainslie Place. Die ganze Familie war anwesend. Selbst Alastair hatte es einrichten können, nicht in seinem Büro oder im Gericht zu sein. Und die Druckerei lief offensichtlich von alleine, zumindest heute.

»Wir hatten Sie heute morgen erwartet«, sagte Oonagh und blickte Monk aufmerksam an. Sie sah müde aus, die helle Haut unter den Augen war dünn wie Papier, aber wie immer bewahrte sie eine vorbildliche Haltung.

Alastairs Blick wanderte von Monk zu Oonagh und wieder zurück. Für Eilish schien die Anspannung unerträglich zu sein. Wie erstarrt stand sie neben Quinlan. Baird stand auf der gegenüberliegenden Seite, den Blick gesenkt, aschfahl im Gesicht.

Kenneth lehnte sich auf den Kaminsims, ein spöttisches Lächeln um die Lippen, aber es mochte sein, daß es die bloße Erleichterung war. Einmal sah er Quinlan an, doch Eilish schoß einen so verächtlichen Blick auf ihn ab, daß er errötete und sich abwandte.

Deirdra saß mit unglücklichem Gesicht im Ohrensessel, und auch Hector Farraline, der neben ihr saß, war in finsteres Brüten versunken. Zur Abwechslung schien er stocknüchtern zu sein.

Alastair räusperte sich. »Ich denke, Sie sollten uns jetzt mitteilen, was Sie herausgefunden haben, Mr. Monk. Wozu sollten wir länger ängstlich und verlegen hier herumstehen und einander mißtrauen? Haben Sie Mutters Anwesen gefunden? Ich muß gestehen, daß ich nicht einmal von seiner Existenz wußte.«

»Woher auch«, bemerkte Hector düster. »Hat ja nichts mit dir zu tun.«

Alastair runzelte die Stirn, zog es jedoch vor, die Bemerkung zu ignorieren.

Alle sahen Monk an, selbst Baird, und seine dunklen Augen waren so voller Schmerz und böser Vorahnungen – Monk zweifelte keinen Moment daran, daß er genau wußte, was Arkwright gesagt hatte, und daß es die Wahrheit war. Es fiel ihm schwer, es zu tun, aber es war nicht das erste Mal, daß er jemanden, den er mochte, eines Verbrechens bezichtigen mußte.

»Ich habe mit dem Mann gesprochen, der in dem Bauernhaus lebt«, sagte er laut, ohne jemanden dabei anzusehen. Hester stand schweigend neben ihm. Er war froh, daß sie mitgekommen war.

Ihr fiel das alles mindestens ebenso schwer. »Er hat behauptet, Mr. McIvor Geld geschickt zu haben.«

Quinlan knurrte zufrieden.

Eilish wollte etwas sagen, überlegte es sich jedoch anders. Sie machte ein Gesicht, als wäre sie geschlagen worden.

»Aber ich hab's ihm nicht geglaubt«, fuhr Monk fort.

»Warum nicht?« wunderte sich Alastair. »Erklären Sie uns das.«

Oonagh legte ihm die Hand auf den Arm, und er schwieg.

Monk beantwortete die Frage trotzdem: »Weil er mir nicht erklären konnte, auf welche Weise er die Zahlungen geleistet hat. Ich habe ihn gefragt, ob er nach Inverness geritten ist – immerhin ein Tagesritt, dazwischen zwei Fjorde – und das Geld persönlich zum Zug nach Edinburgh gebracht hat...«

»Das ist absurd!« bemerkte Deirdra verächtlich.

»Natürlich«, stimmte Monk ihr zu.

»Also, was wollen Sie damit sagen, Mr. Monk?« fragte Oonagh. »Wenn er keine Pacht bezahlt, warum ist er dann immer noch dort? Warum hat man ihn nicht längst rausgeworfen?«

Monk holte tief Luft. »Weil er Mr. McIvor erpreßt, wegen einer alten Sache. Er lebt dort, ohne Pacht zu zahlen. Das ist der Preis für sein Schweigen.«

»Was für eine alte Sache?« wollte Quinlan wissen. »Hat Schwiegermama davon erfahren? Hat Baird sie deshalb ermordet?«

»Paß auf, was du sagst!« fauchte Deirdra, drückte näher zu Eilish und starrte Baird an, als wollte sie ihn beschwören, es abzustreiten – doch ein Blick in sein Gesicht, und sie wußte, daß er es nicht tun würde. »Was für eine alte Sache, Mr. Monk? Ich nehme an, Sie können alles beweisen, was Sie hier behaupten.«

»Sei nicht kindisch, Deirdra«, sagte Oonagh verbittert. »Der

Beweis steht ihm ins Gesicht geschrieben. Wovon redet Mr. Monk, Baird? Du solltest es uns lieber erzählen, bevor wir es aus dem Mund eines Fremden erfahren.«

Baird hob den Kopf, sein Blick und Monks begegneten sich für einen langen, atemlosen Moment, dann fügte er sich. Ihm blieb keine andere Wahl. Leise und gequält begann er zu erzählen.

»Als ich zweiundzwanzig war, habe ich einen Mann getötet. Er hatte einen alten Mann tyrannisiert, vor dem ich große Achtung hatte. Er hat ihn verspottet und gedemütigt. Wir haben miteinander gekämpft. Ich hatte nicht die Absicht, ich glaube es jedenfalls nicht... aber ich habe ihn getötet. Er ist mit dem Kopf auf dem Randstein aufgeschlagen.

Ich habe deshalb drei Jahre im Gefängnis gesessen. Und damals lernte ich Arkwright kennen. Als ich entlassen wurde, verließ ich Yorkshire und ging nach Norden, nach Schottland. Ich habe hier meinen Weg gemacht und die Vergangenheit hinter mir gelassen. Ich hatte die Sache beinahe schon vergessen, da tauchte Arkwright auf und drohte mir, es jedem zu erzählen, falls ich ihm kein Geld gab. Das konnte ich nicht – ich hatte gerade genug für mich selber, und ich hätte es Oonagh erklären müssen...«, er sprach ihren Namen wie den einer Fremden aus, einer Person, die für ihn Autorität verkörperte, »und das konnte ich erst recht nicht. Tagelang habe ich mir den Kopf zermartert, ich war völlig am Ende.«

»Ich kann mich erinnern...«, flüsterte Eilish und warf ihm einen verzweifelten Blick zu, als sehnte sie sich noch jetzt danach, ihn zu trösten und die Wunden der Vergangenheit zu lindern.

Quinlan stieß einen ungeduldigen Laut aus und wandte sich ab.

»Mary wußte Bescheid«, fuhr Baird fort, seine Stimme war heiser vor Schmerz. »Sie hatte gespürt, daß mich etwas mehr beunruhigte, als ich ertragen konnte, und schließlich hab' ich es ihr erzählt...«

Quinlan lächelte. »Du hast ihr erzählt, daß du *gesessen* hast?« fragte er ungläubig.

»Ja...«

»Und das sollen wir dir glauben?« Alastair blickte grimmig, der Zweifel stand ihm ins Gesicht geschrieben. »Wirklich, Baird, ist das nicht ein bißchen viel verlangt? Kannst du es beweisen?«

»Nein, aber sie hat mir die Erlaubnis gegeben, Arkwright den Bauernhof zu überlassen.« Baird hob den Blick und sah Alastair zum erstenmal in die Augen.

Es war eine absurde Geschichte. Warum hätte jemand wie Mary Farraline einen Mann mit dieser Vergangenheit mögen und ihm obendrein noch helfen sollen? Und trotzdem glaubte Monk ihm die Geschichte wenigstens teilweise.

Quinlan stieß ein hartes, bellendes Lachen aus.

»Komm, Baird, das klingt nicht besonders überzeugend!« sagte Kenneth und lächelte. Er ließ sich in den nächstbesten Sessel fallen. »Da wäre mir eine bessere Ausrede eingefallen.«

»Das hast du uns oft genug bewiesen!« entgegnete Oonagh trocken und blickte ihren jüngeren Bruder mißbilligend an. Zum erstenmal sah Monk einen streitbaren, offen kritischen Ausdruck auf ihrem Gesicht, und das erstaunte ihn. Die Friedensstifterin war aus dem Konzept gebracht. Er sah ihre gekräuselten Lippen, die Sorgenfalten auf ihrer Stirn, doch er konnte nur raten, was es für Gefühle waren, die in ihr aufloderten. Er hätte nicht sagen können, ob sie von der dunklen Vergangenheit ihres Gatten gewußt oder auch nur eine Ahnung gehabt hatte. Oder war es ihr nie um etwas anderes gegangen? Hatte er den Wald vor lauter Bäumen nicht gesehen? Liebte Oonagh ihren Mann, trotz seiner offensichtlichen Leidenschaft für ihre jüngere Schwester? Hatte sie immer nur versucht, ihn vor seiner unbesonnenen Vergangenheit und den Qualen der Gegenwart zu bewahren?

Plötzlich sah Monk sie in einem ganz anderen Licht, und seine Bewunderung galt jetzt nicht mehr nur ihrem Mut und ihrer tadellosen Haltung, sondern ihrer wirklichen Größe – sie war eine Frau von beinahe unglaublicher Gelassenheit und Großzügigkeit.

Instinktiv blickte er zu Eilish hinüber, um zu sehen, ob sie auch nur die blasseste Ahnung davon hatte, was sie getan hatte. Doch er konnte in ihrem Gesicht nichts finden außer der Ernüchterung, dem brennenden Schmerz über die Zurückweisung: Baird hatte sich in seiner Verzweiflung nicht an sie gewandt, sondern an ihre Mutter! Sie fühlte sich ausgeschlossen. Und auch später hatte er sich ihr nicht anvertraut. Er hätte es niemals getan. Sie hatte es zusammen mit allen anderen erfahren – von einem Fremden!

Auch wenn er wenig damit anfangen konnte, Monk wußte, welche Gefühle sie in diesem Moment bewegten: Einsamkeit, Verwirrung, Verlassenheit, der Wunsch zurückzuschlagen und ihm genauso weh zu tun. Denn jetzt wußte er plötzlich, was damals in diesem Rettungsboot passiert war. Er hatte sich nach besten Kräften bemüht, und doch war ein anderer der Held gewesen. Ein anderer hatte seinen Fehler wiedergutgemacht und den Mann vom sinkenden Schiff gerettet. Vor seinem geistigen Auge sah er den Jungen, der ein, zwei Jahre älter war als er, wie er auf den glitschigen Planken gestanden und das Seil hinübergeschleudert hatte; durchnäßt bis auf die Haut, selber in Gefahr, über Bord gerissen zu werden, hatte er das Seil geschleudert und den Mann auf das rettende Boot gezogen.

Niemand hatte ihm damals einen Vorwurf gemacht; aber die Lobeshymnen auf den anderen Jungen, auf sein Können und seinen Mut klangen ihm noch heute im Ohr! Das war es, was weh getan hatte: Die Geistesgegenwart, die Selbstdisziplin, der Mut des anderen – eben die Eigenschaften, die Monk sich vor allen anderen für sich selber gewünscht hatte.

Und so ging es auch Eilish. Vor allem anderen hatte sie sich Liebe und Vertrauen gewünscht.

Alle Blicke richteten sich jetzt auf Monk, man erwartete sein Urteil. Quinlan hatte sich ja schon längst entschieden.

»Wenn ihr ihm glaubt, dann tut ihr mir leid!« sagte er verbittert. »Wir sollten besser die Polizei rufen, bevor Monk es tut. Der Skandal läßt sich nicht mehr vermeiden, begreift ihr das nicht?« Er ließ den Blick in die Runde schweifen. »Einer von uns ist es gewesen! An dieser Tatsache kommen wir nicht vorbei.«

»Skandal?« wiederholte Deirdra nachdenklich. »Könnte es nicht sein, daß Baird die Wahrheit sagt, und Schwiegermama Arkwright Geld gegeben hat, um einen Skandal zu vermeiden?«

Nach einem längeren Schweigen wandte sich Oonagh an Baird.

»Warum hast du das nicht gesagt?« fragte sie ihn.

»Weil ich nicht glaube, daß es so war«, antwortete er, und seine dunklen Augen hielten ihrem Blick stand. »Für so etwas war Mary nicht der Mensch.«

»Und ob sie das war!« erwiderte Alastair und sah Oonagh sogleich reumütig an, weil er genau wußte, was er da gesagt hatte.

»Ich denke, das müssen wir jetzt nicht erörtern«, entschied Oonagh. »Wir kennen die Wahrheit nicht...«

Zum erstenmal meldete sich Hester zu Wort.

»Mrs. Farraline hat während der Reise ein paarmal von Mr. McIvor gesprochen, und jedesmal mit großer Zuneigung«, sagte sie sehr ruhig. »Ich kann mir nicht vorstellen, daß sie Erpressungsgelder gezahlt hat, nur um die Familie vor einem Skandal zu bewahren. Wenn sie das getan hätte, dann hätte sie ihn doch verachten, vielleicht sogar bitten müssen, Edinburgh zu verlassen...«

»Vielen Dank für Ihren Kommentar, Miss Latterly«, bemerkte Alastair trocken, »aber ich glaube wirklich nicht, daß Sie über ausreichend Informationen verfügen, um...«

»Doch, das tut sie!« fiel Deirdra ihm ins Wort, aber bevor sie etwas hinzufügen konnte, fuhr Alastair ihr über den Mund und wandte sich an Monk.

»Ich danke Ihnen für Ihre Arbeit, Mr. Monk. Haben Sie Beweise für das, was Sie uns erzählt haben?«

»Nein.«

»In dem Fall würde ich vorschlagen, daß Sie über die Sache Stillschweigen bewahren, bis wir entschieden haben, was zu tun ist. Morgen ist Sonntag. Nach der Kirche erwarten wir Sie zum Essen. Bei der Gelegenheit können wir die Angelegenheit zu Ende diskutieren. Guten Tag, Mr. Monk, Miss Latterly.«

Es blieb ihnen nichts anderes übrig, als die Entlassung zu akzeptieren. Monk und Hester gingen durch die Halle, vorbei an dem großen Porträt von Hamish und traten hinaus in den stetig fallenden Regen.

Zwölftes Kapitel

Monk und Hester einigten sich schnell darauf, am Sonntagmorgen ebenfalls zur Kirche zu gehen. Monk ging es nicht um den Gottesdienst. Mit religiösen Dingen befaßte er sich nicht, aber es war eine weitere Gelegenheit, die Farralines zu beobachten. Hester fragte er nicht nach ihren Gründen.

Sie waren zu Fuß vom Grassmarket heraufgekommen. Die Gemeinde versammelte sich gerade, als sie ankamen.

Sie reihten sich hinter einer stämmigen Matrone ein, die ein ausgesprochen schlichtes Kleid trug und sich auf den Arm eines grimmig dreinblickenden Mannes stützte.

Hester schaute sich um. Es war nicht leicht, die Frauen der Familie Farraline zu erkennen, denn die Damen trugen natürlich Hüte oder Hauben. Die Männer waren leichter auseinanderzuhalten. Es dauerte nicht lange, da hatte Hester Alastairs blondes Haar mit der kahler werdenden Stelle am Hinterkopf entdeckt.

Als spürte er ihre Blicke im Rücken, drehte er sich halb zu ihnen um, aber er wollte nur dem Ehepaar zunicken, das vor ihnen ging.

»Guten Morgen, Herr Prokurator«, bemerkte die Frau steif. »Ein schöner Tag heute, nicht wahr?« Es war eine förmliche Feststellung. Es war merklich kühler geworden, und eben fielen die ersten Tropfen.

»In der Tat, Mrs. Bain«, antwortete er. »Sehr angenehm. Guten Morgen, Mr. Bain.«

»Guten Morgen, Herr Prokurator.« Der Mann neigte respektvoll den Kopf und ging weiter.

»Der arme Mann«, sagte die Frau, sobald sie außer Hörweite waren. »Was für eine schreckliche Geschichte!«

»Bitte, halte dich zurück, Martha«, entgegnete der Mann spitz. »Mußt du ausgerechnet hier zu tratschen anfangen? Dazu noch am heiligen Sonntag. In der Kirche sollte man den Mund halten!«

Sie errötete, verzichtete aber auf eine Rechtfertigung.

Monk nahm Hesters Arm und führte sie zu einer Bank zwei Reihen hinter den Farralines. Ihm fiel auf, wie viele Leute Alastair zunickten oder ihm auf andere Weise ihren Respekt zollten. Diejenigen, die ihn ansprachen, flüsterten und nannten ihn bei seinem Titel.

»Was für ein kluger Mann«, raunte eine Frau direkt vor Monk ihrer Nachbarin zu. »Ich bin froh, daß er Mr. Galbraith nicht angeklagt hat. Ich hab' ihn immer für unschuldig gehalten. Ich glaube nicht, daß ein Gentleman wie er zu so etwas fähig wäre.«

»Genauso wie der Sohn von Mrs. Forbes«, erwiderte ihre Nachbarin. »Das war doch wohl eher eine Tragödie als ein Verbrechen.«

»Genau. Das ist dem Mädchen doch ganz recht geschehen. Ich kenne die Sorte.«

»Die kennen wir alle, meine Liebe. Ich hatte auch mal so ein Hausmädchen. Ich mußte mich natürlich von ihr trennen.«

»Sein Vater war auch so ein feiner Mann.« Ihr Blick war zu Alastair zurückgekehrt. »Was für ein Jammer.«

Orgelmusik erklang. Links von ihnen ließ jemand mit lautem Knall ein Gesangbuch fallen. Niemand hob den Blick.

»Ich wußte gar nicht, daß Sie die Familie kennen.« Die Stimme der Frau, die vor Hester saß, verriet Interesse, und sie wandte ein wenig den Kopf, um besser verstehen zu können, falls ihre Nachbarin ins Detail gehen sollte.

»O doch, sehr gut sogar.« Die Nachbarin nickte, die Fasanenfedern an ihrem Hut zitterten. »Ein stattlicher Mann. Ganz anders als dieser armselige Bruder. Der trinkt doch wie ein Loch, und Talent hat er für gar nichts. Der Oberst war ein richtiger Künstler, wissen Sie?«

Ein älterer Herr warf ihnen einen finsteren Blick zu, aber sie ließen sich nicht stören.

»Ein Künstler? Das wußte ich gar nicht! Er hat doch die Druckerei aufgebaut.«

»O ja, das hat er auch! Aber er war auch ein Künstler. Hat wunderbar gezeichnet mit seiner Feder. Karikaturen, wissen Sie? Was ist der arme Major doch für eine erbärmliche Gestalt daneben. Gar kein Talent, außer dafür, sich bei der Familie durchzufressen, seit der Oberst tot ist.«

Hester beugte sich vor und tippte ihr auf die Schulter.

Sie drehte sich erschrocken um, rechnete mit einer erneuten Ermahnung, nicht in der Kirche zu reden.

»Soll ich Ihnen einen Stein geben?« bot Hester ihr an.

»Wie bitte?«

»Einen Stein«, wiederholte Hester klar und deutlich.

»Wozu?«

»Um damit zu werfen«, erwiderte Hester. Und für den Fall, daß sie immer noch nicht verstanden hatte: »Auf Hector Farraline.«

Das Gesicht der Frau lief dunkelrot an. »Also hören Sie mal!«

Der Gottesdienst begann. Er war ausgesprochen feierlich und fromm, mit einer langen Predigt über die Sünden der Fahrlässigkeit und der Leichtfertigkeit.

Das sonntägliche Mahl am Ainslie Place war nicht so üppig, wie es das in einer wohlhabenden Londoner Familie gewesen wäre. Auch das Personal war in der Kirche gewesen, und so gab es zwar genug, aber nur Kaltes zu essen. Niemand fühlte sich zu einem Kommentar bemüßigt. Alastair sprach als Familienvorstand ein kurzes Gebet, dann wurde zum kalten Fleisch kaltes Gemüse gereicht. Eine Zeitlang verlor niemand ein Wort über Marys Bauernhof und die Pacht, über Arkwright und die Frage von Bairds Schuld in dieser oder einer anderen Sache.

Baird selber schien seinen Verstand und seine Gefühle abgeschaltet zu haben, wie ein Mann, der seinen Tod bereits akzeptiert hatte.

Eilish sah trostlos aus. Doch sie war immer noch schön. Keine Verzweiflung konnte daran etwas ändern, aber das Licht, in dem sie erstrahlt war, schien für immer erloschen zu sein.

Deirdra hatte tiefe Ringe der Schlaflosigkeit unter den Augen. Ständig blickte sie vom einen zum anderen, als suchte sie Erleichterung in ihren Gesichtern und konnte sie nicht finden.

Oonagh war kreidebleich. Alastair machte einen zutiefst unglücklichen Eindruck, und Hector griff so häufig wie immer nach seinem Weinglas, aber er schien hartnäckig nüchtern bleiben zu wollen. Nur Quinlan konnte dem allen offensichtlich noch eine gewisse Befriedigung abgewinnen.

»Wir können es nicht länger vor uns herschieben«, sagte er schließlich. »Es müssen Entscheidungen getroffen werden.« Er sah Monk an. »Ich nehme an, Sie fahren nach London zurück? Wenn nicht morgen, dann doch die nächsten Tage. Sie werden sicher nicht in Edinburgh bleiben wollen. Wir haben keine Bauernhöfe mehr, um uns Ihr Schweigen zu erkaufen.«

»Quinlan!« fuhr Alastair wütend dazwischen und schlug mit der Faust auf den Tisch. »Ein bißchen mehr Anstand, wenn ich bitten darf!«

Quinlan hob die Augenbrauen. »Ist es denn eine anständige Angelegenheit? Da gehen unsere Vorstellungen ein bißchen auseinander, Prokurator! Ich halte die Sache für höchst unanständig. Was schlägst du vor? Daß wir uns darauf einigen, Stillschweigen zu bewahren, damit der Verdacht für immer auf Miss Latterly lastet?« Er wandte sich an Hester. »Wäre Ihnen das recht, Miss Latterly? Sie würden kaum wieder eine Stelle finden. Außer bei jemandem, dem das baldige Ableben eines Patienten am Herzen liegt.«

»Natürlich möchte ich gerne, daß der Fall geklärt wird«, erklärte Hester, während der Rest der Gesellschaft in entgeistertem Schweigen verharrte. »Aber ich will keinesfalls, daß jemand auf der Anklagebank sitzt, der genauso unschuldig ist wie ich. Es gibt gewisse Verdachtsmomente gegen Mr. McIvor, aber ich finde sie nicht sehr zwingend.« Sie wandte sich an Alastair. »Oder sind sie zwingend, Herr Staatsanwalt? Würden Sie bei einer solchen Beweislage Anklage erheben?«

Alastair wurde zuerst rot und dann blaß. Er schluckte schwer. »Man würde mich mit dem Fall nicht betrauen, Miss Latterly. Ich bin befangen.«

»Das hat sie nicht gemeint!« sagte Quinlan voller Verachtung. »Aber Alastair ist berühmt dafür, daß er keine Anklage erhebt! Stimmt es nicht, Prokurator?«

Alastair ignorierte ihn und wandte sich statt dessen an Baird. »Ich nehme an, du fährst morgen wie üblich in die Druckerei?«

»Sie bleibt morgen geschlossen«, antwortete er und blinzelte Alastair an, als hätte er nicht richtig zugehört.

Hector griff nach seinem Weinglas. »Warum?« fragte er und runzelte die Stirn. »Was ist denn morgen? Montag, oder? Warum arbeitet ihr nicht am Montag?« Er ließ seiner Frage einen leisen Schluckauf folgen.

»Es werden Arbeiten am Haus durchgeführt, und wir haben kein Gas. Wir können nicht im Dunkeln arbeiten.«

»Hättet ihr eben mehr Fenster einbauen müssen«, raunzte Hector. »Das ist dieses dämliche Geheimzimmer von Hamish. Ich fand die Idee schon immer idiotisch.«

Deirdra sah ihn verwirrt an. »Von was redest du? Man konnte nur vorne Fenster einbauen, die anderen drei Wände stoßen an die Lagerhäuser oder haben nur Türen zum Hof.«

»Ich weiß nicht, wozu er dieses Geheimzimmer gebraucht hat!« Hector hatte sie gar nicht gehört. »Völlig überflüssig. Hab' ich auch zu Mary gesagt.«

»Geheimzimmer?« Deirdra lächelte unsicher.

Oonagh reichte Hector den Krug, und als er sich ziemlich unbeholfen damit zu schaffen machte, schenkte sie ihm das Glas voll.

»Es gibt kein Geheimzimmer in der Druckerei, Onkel Hector. Du denkst sicher an euer altes Haus, als ihr noch Kinder wart.«

»Erzähl du mir nicht...«, setzte er verärgert an, doch dann blickte er in ihre ruhigen Augen, die so klar und blau waren, wie seine es vor dreißig Jahren gewesen sein mochten, und die Worte erstarben ihm auf den Lippen.

Oonagh lächelte ihm zu, bevor sie sich an Monk wandte. »Ich möchte mich entschuldigen, Mr. Monk. Wir haben Sie mit unseren Streitereien in eine undankbare und wohl auch peinliche Lage gebracht. Natürlich können wir nicht verlangen, daß Sie Stillschweigen über diesen unangenehmen Mr. Arkwright bewahren und darüber, daß er sich auf Mutters Anwesen breitgemacht hat. Er behauptet, die Pacht bezahlt zu haben, mein Gatte sagt, er habe sie nicht bezahlt, aber Mutter habe ihm erlaubt, umsonst dort zu wohnen, als Gegenleistung für sein Schweigen. Wir werden wohl nie mehr zweifelsfrei erfahren, ob dieses Arrangement mit Wissen und Zustimmung meiner Mutter getroffen wurde. Quinlan hat seine Gründe, daran zu zweifeln. Ich dagegen glaube, daß es so gewesen ist. Sie müssen nun wissen, was Sie für richtig halten.«

Sie wandte sich an Hester. »Und auch Sie, Miss Latterly. Ich kann Sie nur noch einmal um Verzeihung dafür bitten, daß Sie in die Tragödie unserer Familie hineingezogen wurden. Ich hoffe, daß die Sache nicht in allen Einzelheiten bis nach London gedrungen ist und allzu große Auswirkungen auf Ihr weiteres Leben haben wird, wie Quinlan es befürchtet. Ich würde es gerne ungeschehen machen, aber das steht nicht in meiner Macht. Es tut mir leid.«

»Wir bedauern es alle«, antwortete Hester. »Sie sind nicht verpflichtet, mich um Verzeihung zu bitten, um so höher rechne ich Ihnen an, daß Sie es tun. Ich habe Mrs. Farraline nur sehr kurze Zeit gekannt, aber nach unserem Gespräch in jener Nacht im Zug neige auch ich zu der Ansicht, daß sie von der Sache wußte.«

Oonagh lächelte, doch ihr Blick blieb ausdruckslos.

Nach dem Essen drängte Monk zum Aufbruch.

»Ich überlasse Ihnen die Sache», sagte er zu Alastair. »Sie wissen jetzt über das Anwesen Ihrer Mutter und das Pachtverhältnis mit Arkwright Bescheid. Informieren Sie die Polizei nach Ihrem Gutdünken darüber. Als Staatsanwalt können Sie die Beweislage wesentlich besser einschätzen als ich.«

»Ich danke Ihnen«, antwortete Alastair ernst, aber auch er wirkte nicht sonderlich erleichtert. »Auf Wiedersehen, Mr. Monk, Miss Latterly. Ich hoffe, Sie haben eine angenehme Rückreise nach London.«

Sobald sie draußen auf dem Gehsteig standen – Monk klappte den Mantelkragen hoch, und Hester wickelte sich gegen den Wind fester in ihren blauen Mantel –, sagte Monk: »Der Teufel soll mich holen, wenn ich mit denen schon fertig bin! Einer von ihnen hat sie getötet! Und wenn's nicht McIvor war, dann war's einer von den anderen.«

»Ich würde mir von Herzen wünschen, daß es Quinlan war«,

sagte Hester mit Nachdruck, als sie die Straße überquert hatten und über den Rasen gingen. »Ein wahrhaft widerwärtiger Mann! Warum, in aller Welt, hat Eilish den Kerl geheiratet? Jeder Idiot kann sehen, wie sehr sie ihn verabscheut – und das ist kein Wunder! Meinen Sie, daß Hector betrunken war?«

»Natürlich war er betrunken. Der ist immer betrunken, der arme Kerl.«

»Ich möchte wissen warum«, sagte sie nachdenklich und beschleunigte den Schritt, um mit ihm mithalten zu können. »Was ist mit ihm passiert? Mary hat gesagt, er war genauso schneidig wie Hamish und sogar der bessere Soldat.«

»Neid, vermute ich«, antwortete er nicht besonders interessiert. »Jüngerer Bruder, niedrigerer Dienstgrad, Hamish war der Erbe und scheint außerdem mehr Köpfchen, mehr Talent gehabt zu haben.«

Sie hatten die gegenüberliegende Seite des Platzes erreicht und bogen in die Glenfinlas Street.

»Ich meine, glauben Sie, er war so betrunken, daß er Unsinn geredet hat?« ließ sie nicht locker.

»Was meinen Sie?«

»Das Geheimzimmer natürlich«, antwortete sie ungeduldig. Wieder hatte sie Mühe, mit ihm Schritt zu halten, und streifte dabei eine Frau mit einem Einkaufskorb. »Warum hätte Hamish in der Druckerei ein Geheimzimmer einrichten sollen?«

»Was weiß ich? Um illegale Bücher zu verstecken!«

»Was für Bücher könnten das sein?« fragte sie atemlos. »Sie meinen gestohlene Bücher? Das ergibt keinen Sinn.«

»Natürlich keine gestohlenen Bücher. Staatsgefährdende, blasphemische Bücher, höchstwahrscheinlich pornographische Bücher.«

»Oh... oh, ja, ich verstehe.«

»Nein, ich glaube nicht, daß Sie verstehen.«

Sie ignorierte scine Bemerkung. »Bringt man deshalb jemanden um?«

»Wenn's recht anschaulich ist, und es genug Bücher sind«, antwortete er. »Das Zeug kann eine Menge wert sein.«

Zwei Herren überquerten vor ihnen die Straße, einer der beiden schwenkte einen Spazierstock.

»Sie meinen, man könnte es für viel Geld *verkaufen*?« Sie konnte ganz schön hartnäckig sein. »Das glaube ich nicht.«

Er verzog das Gesicht. »Ich muß mich wundern, daß Sie überhaupt wissen, was das ist.«

»Ich war immerhin Krankenschwester bei der Armee«, entgegnete sie beleidigt.

»Aha.« Einen Moment lang war er verwirrt, aus dem Gleichgewicht gebracht. Er wollte sich nicht vorstellen, daß sie von solchen Dingen wußte oder so etwas schon einmal gesehen hatte. Frauen, insbesondere anständige Frauen, sollten niemals mit den obszönen Ausgeburten der finstersten menschlichen Phantasien konfrontiert werden. Ganz unbewußt beschleunigte er den Schritt, beinahe wäre er mit einem Ehepaar zusammengestoßen. Der Mann blickte ihn böse an und brummte etwas in seinen Bart.

Hester trabte im Laufschritt neben ihm her.

»Wollen wir danach suchen?« fragte sie, nach Luft schnappend. »Bitte gehen Sie doch langsamer. In dem Tempo kann ich weder reden noch zuhören.«

Er kam ihrer Aufforderung ziemlich abrupt nach.

»*Ich* werde danach suchen«, sagte er und blieb stehen. »Sie nicht.«

»Doch.« Es war eine simple, renitente, störrische Äußerung, weder eine Frage noch eine Bitte.

»Nein. Es könnte gefährlich werden...«

»Warum. Morgen ist niemand dort und heute erst recht nicht! Der Sonntag ist ihnen heilig.«

»Ich gehe heute abend, wenn es dunkel ist.«

»Natürlich. Es wäre absurd, wenn wir bei Tageslicht gehen würden, wo jeder uns sehen könnte.«

»Sie gehen nicht mit!«

Sie verursachten mittlerweile einen kleinen Stau auf dem Gehsteig.

»Und ob ich mitgehe. Sie brauchen meine Hilfe. Wenn es wirklich ein Geheimzimmer ist, dann dürfte es nicht so leicht zu finden sein. Wir müssen die Wände nach Hohlräumen abklopfen oder Schränke zur Seite...«

»Also gut!« fauchte er. »Aber Sie tun, was ich Ihnen sage!«

»Natürlich.«

Er schnaubte und ging noch eiligeren Schrittes weiter.

Es war kurz vor elf und stockdunkel – abgesehen von dem Licht der Laterne, die Hester trug –, als sie und Monk endlich in der großen Druckerei standen und sich an ihre Aufgabe machten. Da sie keinen Schlüssel hatten, hatten sie einbrechen müssen. Es hatte eine Weile gedauert, aber Monk besaß einige Fähigkeiten auf diesem Gebiet, wie Hester fassungslos feststellen mußte, zumal er mit keinem Wort erwähnte, wo er sie sich angeeignet hatte. Wahrscheinlich konnte er sich daran nicht erinnern.

Über eine Stunde lang suchten sie alles ab, langsam und systematisch; es war ein sehr solides, einfaches Gebäude. Es war wie eine Scheune gebaut, ähnlich den Lagerhäusern zu beiden Seiten, zu keinem anderen Zweck, als Bücher darin zu drucken. Es gab keine Verzierungen und keinen Stuck, weder Nischen noch Simse, kurzum nichts, hinter dem eine Öffnung versteckt sein könnte.

»Er war besoffen!« sagte Monk enttäuscht. »Er hat Hamish so sehr gehaßt, daß er sich alle möglichen Beschuldigungen einfallen läßt, ganz egal, wie absurd sie sind.«

»Wir suchen noch nicht sehr lange«, gab sie zu bedenken.

Er warf ihr einen finsteren Blick zu.

»Haben Sie eine bessere Idee?« fragte sie. »Wollen Sie einfach nach London zurückfahren, ohne jemals zu erfahren, wer Mary getötet hat?«

Wortlos drehte er sich um und klopfte die Wand noch einmal ab.

»Sie verläuft genau entlang der Mauer des angrenzenden Lagerhauses«, sagte er eine halbe Stunde später. »Da ist nicht mal Platz für ein Geheimfach, geschweige denn für ein ganzes Zimmer.»

»Und wenn es unter dem Dach ist?«

»Dann würde eine Treppe hinaufführen. Und die gibt es nicht.«

»Dann ist es eben doch hier unten. Und wir haben's noch nicht gefunden.«

»Ihre Logik ist umwerfend«, bemerkte er spitz. »Weil wir's noch nicht gefunden haben, muß es irgendwo sein.«

»Das hab' ich nicht gesagt! Sie drehen meine Worte um!«

Er hob die Augenbrauen. »Es muß also irgendwo sein, *weil* wir's noch nicht gefunden haben? Zweifelsohne ein deduktiver Fortschritt.«

Sie nahm die Laterne und ließ ihn im Dunkeln stehen. Es konnte nichts schaden, noch ein wenig zu suchen. Es war ihre letzte Chance. Morgen würden sie abreisen. Man würde Baird McIvor vor Gericht stellen und ihn entweder aufhängen oder »aus Mangel an Beweisen« freilassen. Doch sie würde immer noch nicht wissen, wer Mary Farraline getötet hatte. Aber sie wollte es wissen.

Sie stieß nicht zufällig darauf, sondern durch systematisches Abklopfen der Wand. Ein schweres Paneel verrutschte und gab eine schmale Tür frei. Der Raum hatte wohl ursprünglich zum Lagerhaus nebenan und nicht zu diesem Gebäude gehört. Seine Existenz mußte verborgen bleiben, denn dem Grundriß wäre diese Abweichung nicht zu entnehmen gewesen. Dazu hätte es eines Vergleichs der Grundrisse beider Gebäude bedurft.

»Ich hab's gefunden!« rief sie überglücklich aus.

»Schreien Sie nicht so«, flüsterte er direkt hinter ihr. Beinahe wäre ihr vor Schreck die Lampe aus der Hand gefallen.

»Lassen Sie das!« Sie ging als erste durch die dunkle Öffnung.

Sie leuchtete den ganzen Raum aus, sobald sie eingetreten waren. Es war ein fensterloser Raum, ungefähr drei auf vier Meter, und sehr niedrig. Ein Abzug in der gegenüberliegenden Ecke sorgte für Belüftung. Mindestens zur Hälfte war er mit Druckerpressen, Druckerfarben, Stapeln von Papier und Schneidemaschinen vollgestellt. Großen Raum nahm ein Tisch ein, der an eine Staffelei erinnerte. Daneben stand ein Regal mit Gravurwerkzeugen und Säureflaschen. Über dem Tisch befand sich ein Halter mit einer großen, schirmlosen Lampe. Wenn sie angezündet war, mußte sie ein strahlendhelles Licht auf den Tisch werfen.

»Was ist das?« fragte Hester verwirrt. »Hier liegen gar keine Bücher herum.«

»Ich glaube, wir haben soeben die Quelle des Reichtums der Familie Farraline entdeckt«, murmelte er beinahe ehrfürchtig.

»Aber wo sind die Bücher? Hier müssen doch irgendwo Bücher sein!«

»Keine Bücher, meine Liebe – Geld! Hier drucken die Herrschaften ihr Geld.«

Hester bekam eine Gänsehaut, nicht nur wegen der Bedeutung seiner Worte, vor allem wegen der Art, wie er es gesagt hatte.

»Sie meinen, f-falsches Geld?«

»O ja, falsch… sehr falsch! Es muß verdammt gut sein, sonst

wären sie nicht so lange damit durchgekommen.« Er trat einen Schritt vor und beugte sich über die Druckplatten, um sie genauer in Augenschein zu nehmen. Das Licht nahm er ihr aus der Hand. »Jede Menge«, stellte er fest. »Hier sind lauter Pfundnoten, fünf Pfund, zehn Pfund, zwanzig. Sehen Sie nur, die verschiedenen schottischen Banken: Royal Bank, Clydesdale, Linen Bank. Und hier sogar die Bank von England! Das hier scheinen deutsche zu sein, französische sind auch dabei. Ziemlich eklektischer Geschmack, aber die Dinger sind verdammt gut!«

Sie spähte ihm über die Schulter, starrte auf die Druckplatten.

»Woher wissen Sie, daß sie es schon lange machen? Könnte doch sein, daß sie erst kürzlich damit angefangen haben, oder?«

»Die Familie ist schon lange vermögend«, antwortete er. »Das reicht weit in die Zeit von Hamish Farraline zurück – ich wette, daß er der ursprüngliche Graveur war. Erinnern Sie sich, was die Frau in der Kirche gesagt hat? Und Deirdra hat mal erwähnt, daß er ein sehr guter Kopist war.« Er nahm eine Banknote in die Hand und betrachtete sie forschend. »Hier, schauen Sie sich die Signatur an.«

»Aber wenn sie auch neue Geldscheine haben – wer ist jetzt der Künstler? Man kann doch nicht einfach losgehen und jemanden engagieren.«

»Natürlich nicht. Jede Wette, daß es Quinlan ist. Deshalb ist der Kerl so arrogant! Er weiß, daß sie ihn brauchen, und sie wissen es auch. Er hat sie in der Hand. Die arme kleine Eilish! Ich nehme an, sie war der Preis.«

»Das ist unglaublich!« erwiderte sie entsetzt. »Niemand würde...« Sie schwieg. Was sie sagen wollte, war absurd, und sie wußte es. Seit undenklichen Zeiten wurden Frauen verschachert, weil es in die ehrgeizigen Pläne ihrer Familien paßte. Eilish war wenigstens noch in ihrem Elternhaus und profitierte von ihrem

Reichtum. Quinlan war ungefähr in ihrem Alter und ganz ansehnlich, er war weder ein Trinker noch krank oder sonst irgendwie abstoßend. Und vielleicht hatte er sie früher sogar gemocht, bevor sie sich in Baird verliebte. Oder war es Oonaghs Versuch gewesen, sich selber zu schützen, als sie die hübsche, jüngere Schwester einem Mann zur Frau gab, der sie in Besitz nehmen und keine Untreue dulden würde?

Arme Oonagh – da hatte sie sich verrechnet. Der äußere Anschein war gewahrt, aber Träume lassen sich nicht lenken.

Monk legte die Geldscheine so wieder hin, wie er sie gefunden hatte.

»Glauben Sie, daß Mary Bescheid wußte?« Hester flüsterte die Frage beinahe. »Ich... ich hoffe nicht. Ein schrecklicher Gedanke, daß sie bei so etwas mitgemacht hat. Ich weiß, so schlimm ist es nicht, es gibt viel Schlimmeres, aber auch wenn es nur gierig ist...«

Er sah sie an, mit düsterem Gesicht, im harten Schein der Lampe traten die hageren Züge und die Augenbrauen deutlicher hervor, die Nase erschien noch größer als sonst.

»Es ist ein abscheuliches Verbrechen!« sagte er leise. »Sie meinen, daß es keine Opfer gibt, weil Sie nicht nachdenken. Was tun Sie, wenn die Hälfte Ihres Geldes auf einmal nichts mehr wert ist und Sie nicht mal genau wissen, welche Hälfte? Wie leben Sie weiter? Wem können Sie noch vertrauen?«

»Aber...« Ihr fehlten die Worte.

»Die Leute hätten Angst, noch etwas zu verkaufen«, fuhr er erregt fort. »Klar, Sie könnten tauschen, aber mit wem? Wer will denn schon haben, was man anzubieten hat, und kann einem genau das geben, was man braucht? Seit die Menschen Gebrauchs- und Luxusgüter erwerben, seit sie sich spezialisiert haben und miteinander handeln, seitdem haben wir ein gemeinsames

Tauschmittel – das Geld. Ja seit wir eine Zivilisation sind und begriffen haben, daß wir mehr sind als nur eine Ansammlung von Individuen, seit wir das Konzept der Gesellschaft entwickelt haben, hat das Geld eine zentrale Bedeutung. Wenn man dieses Vertrauen zerstört, rüttelt man an den Grundfesten der Gesellschaft.«

Sie sah ihn entgeistert an. Langsam erkannte sie die Zusammenhänge und die Größe des angerichteten Schadens.

»Und Worte«, fuhr er bebend fort, »Worte sind das Mittel unserer Kommunikation, das den Menschen über die Tiere erhebt. Wir können denken, Konzepte entwerfen, wir können schreiben, unsere Überzeugungen untereinander austauschen und an spätere Generationen weitergeben. Vergiften wir unsere Beziehungen jedoch mit Schmeicheleien und Manipulationen, unsere Sprache mit Lügen, Propaganda und falschen Metaphern, dann werden wir uns irgendwann nicht mehr erreichen. Wir isolieren uns. Nichts ist mehr wirklich. Wir ertrinken im Morast der Heuchelei, des Eigennutzes. Täuschung, Korruption und Betrug: Das sind die Sünden des Wolfs.« Er brach unvermittelt ab, starrte sie an, als hätte er sie in diesem Augenblick zum erstenmal gesehen.

»Des Wolfs?« fragte sie. »Was meinen Sie damit. Was für ein Wolf?«

»Der unterste Kreis der Hölle«, antwortete er langsam und ließ die Worte einzeln über die Zunge rollen. »Die letzte Grube. Dante. Die drei großen Kreise der Hölle. Der Leopard, der Löwe und der Wolf.«

»Können Sie sich erinnern, wann Sie das gelesen haben, wer es Ihnen beigebracht hat?« flüsterte sie beinahe.

Er wartete so lange, daß sie schon glaubte, er hätte sie nicht gehört.

»Nein…«, sagte er leise. »Nein, das weiß ich nicht. Ich versuche... aber ich bekomme es nicht zu fassen. Ich wußte nicht einmal, daß ich es kannte, bis ich über das Geldfälschen nachgedacht habe. Ich...« Er zuckte leicht mit den Schultern und wandte sich ab. »Wir wissen jetzt, was wir wissen wollten. Das könnte der Grund dafür sein, daß Mary ermordet wurde. Wenn sie Wind von der Sache bekommen hatte, mußte sie zum Schweigen gebracht werden.«

»Wer? Wer von ihnen hat es getan?«

»Weiß der Teufel. Quinlan vielleicht. Vielleicht hat sie sogar davon gewußt. Das soll die Polizei rausfinden. Kommen Sie. Hier gibt's für uns nichts mehr zu entdecken.« Er nahm die Laterne und ging zurück zur Tür. Er brauchte nur eine Sekunde, um herauszufinden, daß sie zugeklappt war. »Verdammt. Ich könnte schwören, daß ich sie offengelassen habe.«

»Haben Sie auch.« Hester stand direkt hinter ihm. »Sie muß von selbst zugefallen sein. Wir werden sie schon wieder aufbekommen.«

»Natürlich werden wir sie wieder aufbekommen«, schnauzte er. »Aber wie? Halten Sie mal die Laterne.« Er ließ die Finger über die Wand gleiten, tastete jeden Zentimeter ab. Es dauerte eine ganze Weile, bis er den Riegel gefunden hatte. Er war nicht versteckt, saß nur an einer ungewöhnlichen Stelle. »Aha...«, sagte er zufrieden und zog fest daran. Nichts bewegte sich. Er zog noch einmal.

»Klemmt er?« fragte sie mit gerunzelter Stirn.

Er versuchte es noch dreimal, bevor er die bittere Wahrheit akzeptierte. »Nein. Ich glaube, sie ist von außen verriegelt.«

»Das kann nicht sein! Wenn sie sich einfach beim Zufallen verriegelt, wie ist Quinlan dann wieder rausgekommen? Er mußte doch jederzeit raus können, wenn er hier drinnen gearbeitet hat. Schon... um einem menschlichen Bedürfnis nachzukommen?«

Er drehte sich langsam zu ihr um und schaute sie direkt an. »Ich glaube nicht, daß sie von selbst zugefallen ist. Ich glaube, wir sind eingesperrt worden. Jemand hat gemerkt, daß wir Hector beim Wort genommen haben, und hat hier auf uns gewartet. Die Sache ist viel zu heikel; sie konnten uns hier nicht einfach hereinspazieren und womöglich alles ausplaudern lassen.«

»Und die Angestellten kommen erst am Dienstag wieder! Quinlan hat gesagt, daß morgen geschlossen ist, wegen der Gasleitungen!« Ihr dämmerte langsam, was das bedeutete. Bis Dienstag waren es noch mindestens dreißig Stunden. Der Raum war klein und hatte keine Fenster, er war nahezu luftdicht. Sie ging hinüber zur Lüftungsklappe und streckte ihre Hand hinauf. Kein kühler Luftzug. Natürlich – man hatte sie zugestopft. Den Rest konnte sie sich selbst denken.

»Ja«, sagte er leise, »es sieht so aus, als säßen die Farralines am längeren Hebel. Schade.«

In plötzlichem Zorn drehte sie sich um. »Können wir nicht wenigstens die Maschine zerstören, mit der sie das ganze Geld drukken? Oder die Platten zerschlagen oder irgendwas?«

Erst lächelte er, dann fing er an zu lachen, leise und belustigt.

»Bravo! Jawohl, tun wir das, schlagen wir sie kaputt! Dann haben wir wenigstens etwas erreicht.«

»Es wird sie wahnsinnig ärgern«, sagte sie nachdenklich. »Vielleicht macht es sie so wütend, daß sie uns töten.«

»Mein liebes Mädchen, wenn wir nicht bereits erstickt sind, werden sie uns in jedem Fall töten. Wir wissen genug, um sie an den Galgen zu bringen, wir wissen nur noch nicht, wer Mary getötet hat!«

Sie mußte tief Luft holen, um der Angst Herr zu werden. Auch wenn sie es schon geahnt hatte, es aus seinem Mund zu hören, war noch etwas anderes.

»Ja … ja, sicher. Natürlich werden sie das tun. Dann wollen wir wenigstens die Druckplatten zerstören.« Ohne auf ihn zu warten ging sie hinüber zum Tisch, hob eine der Platten in die Höhe – und hielt inne.

»Was ist los?« fragte er.

»Wir sollten sie nicht zerbrechen«, sagte sie und lächelte böse. »Wir machen ein paar Fehler hinein, kleine Fehler, die sie nicht gleich bemerken. Dann drucken sie weiter und geben das Geld aus. Und der erste, der es sich genau ansieht, wird den Fehler entdecken. Das wäre doch viel wirksamer, oder? Und eine viel bessere Rache …«

»Ausgezeichnet! Kommen Sie, suchen wir nach dem Gravurbesteck und der Säure. Sie müssen aufpassen, daß nichts an Ihre Haut kommt oder Ihr Kleid. Sonst merken sie es.«

Entschlossen machten sie sich an die Arbeit. Hier ätzten sie etwas weg, dort gravierten sie einen winzigen Klecks hinein, aber immer nur sehr vorsichtig, bis jede einzelne Platte einen Fehler hatte. Es war bereits nach zwei, als sie damit fertig waren. Die Lampe brannte nur noch ganz schwach. Und jetzt, als es nichts mehr zu tun gab, spürten sie auf einmal die Kälte. Ganz automatisch rückten sie enger aneinander, kauerten sich auf ein paar Papierkisten in der Ecke, um nicht auf dem kalten Boden sitzen zu müssen. Die Luft stand absolut still. Der Raum war gut abgedichtet worden, und nachdem sie nichts mehr zu tun hatten, merkten sie, wie abgestanden die Luft inzwischen war. Einen großen Teil des Raums nahmen Maschinen und Kisten ein.

»Ich kann nicht glauben, daß Mary davon wußte«, sagte Hester. »Ich kann mir nicht vorstellen, daß sie die ganzen Jahre vom Geldfälschen gelebt haben soll!«

»Vielleicht hat sie es so gesehen wie Sie vorhin«, entgegnete Monk und starrte in den kleinen Lichtkreis, den die Lampe auf den Boden warf. »Ein Verbrechen ohne Opfer, nur ein bißchen Habgier.«

Sie ließ sich ein paar Minuten Zeit mit einer Antwort. Monk hatte Mary nicht gekannt, und sie wußte nicht, wie sie ihm klarmachen sollte, was für einen anständigen und ehrbaren Eindruck die alte Dame auf sie gemacht hatte.

»Glauben Sie, daß alle daran beteiligt sind?« fragte sie.

»Nein«, erwiderte er ohne nachzudenken, und dann merkte er, in welche Position er sich damit manövriert hatte. »Also gut, vielleicht hat sie nichts gewußt. Wenn sie's gewußt hätte, dann wäre das alles hier«, er deutete mit dem Kopf auf die Druckmaschinen, »kein Grund gewesen, sie umzubringen. Aber wie mag sie dahintergekommen sein? Und warum hat sie nicht die Polizei gerufen? Warum ist sie nach London gereist? So dringend war die Sache auch wieder nicht. Sie hätte Zeit genug gehabt, sich zuerst um das hier zu kümmern.« Er schüttelte den Kopf. »Aber hätte Mary ihre eigene Familie der Schande, dem Ruin und dem Zuchthaus preisgegeben? Hätte sie nicht einfach nur verlangt, daß sie damit aufhören? Wäre das vielleicht ein Grund gewesen, sie zu töten?«

»Wenn ich eine Geldfälscherin wäre«, erwiderte sie, »dann hätte ich gesagt: ›Ja, Mutter, ist gut‹, und wäre mit der Fälscherwerkstatt woanders hingezogen. Das ist doch unendlich viel risikoloser, als sie umzubringen.«

Er antwortete nicht, sondern versank in Gedanken.

Es wurde immer kälter. Sie rückten noch enger zusammen, spendeten sich gegenseitig tröstliche Wärme, selbst der stetige Rhythmus ihres Atmens bot so etwas wie Sicherheit in der bedrohlichen Finsternis, der Gewißheit, daß nur noch wenig Zeit blieb und sie langsam anfangen mußten, die Sekunden zu zählen.

»Was hat sie erzählt – während der Zugfahrt?« fragte Monk schließlich.

»Die meiste Zeit von der Vergangenheit.« Hester erinnerte sich wieder an die Nacht im Abteil. »Sie ist damals viel gereist. Am Vorabend der Schlacht von Waterloo war sie auf dem großen Ball in Brüssel. Sie hat von Hamish erzählt, wie elegant er war; ein schneidiger Bursche, in den alle Frauen verliebt waren.«

»Hat Hector damals auch schon getrunken?«

»O nein. Sie hat auch von Hector erzählt. Er war immer der Stillere, Sanftmütigere der beiden gewesen – das waren nicht ihre Worte, aber so hatte sie es gemeint. Und außerdem soll er der bessere Soldat gewesen sein. Sie hat mir anvertraut, was für schreckliche Angst sie um Hector hatte, aber um nichts in der Welt hätte sie es ihn spüren lassen.«

»Sie meinen Hamish«, korrigierte er.

»Hamish? Ja, natürlich. Die Luft wird langsam dünn, finden Sie nicht?«

»Ja.«

»Sie hat auch über ihre Kinder gesprochen, vor allem über Alastair und Oonagh, wie nah sie sich gestanden haben, auch als sie noch ganz klein waren.« Sie erzählte ihm, was sie von der Geschichte über das nächtliche Gewitter behalten hatte, als Mary die beiden im Bett gefunden hatte, wo sie sich gegenseitig trösteten.

»Eine bemerkenswerte Frau, diese Oonagh Farraline«, sagte er leise. »Ein bißchen beängstigend, weil sie so stark ist.«

»Alastair muß auch sehr stark sein, sonst wäre er nicht Prokurator geworden. Es hat Mut erfordert, gegen Galbraith keine Anklage zu erheben. Anscheinend war es ein bedeutender politischer Fall, und alle hatten damit gerechnet, daß man ihn vor Gericht stellen und schuldig sprechen würde! Auch Mary, glaube ich.«

»Nach dem, was die Frau in der Kirche gesagt hat, war Galbraith nicht der einzige, gegen den er keine Anklage erhoben hat. Ist Ihnen kalt?«

»Ja, aber das macht nichts.«

»Wollen Sie meine Jacke?«

»Nein, dann frieren Sie.«

Er zog sie aus. »Keine Widerrede«, sagte er streng und wollte sie ihr um die Schultern legen.

»Legen Sie sie um uns beide.« Sie rückte näher an ihn heran, um es zu ermöglichen.

»Sie ist nicht groß genug«, klagte er.

»Es ist gut so...«

»Mary hatte damit gerechnet, daß Galbraith angeklagt wird? Woher wissen Sie das?«

»Sie hat etwas von einem Mann namens Archibald Frazer erzählt. An einem späten Abend ist er heimlich zu ihnen ins Haus gekommen. Ich glaube, es hat ihr Sorgen gemacht.«

»Warum? Wer ist dieser Mann?«

»Ein Zeuge im Galbraith-Fall.«

Monk erstarrte. »Ein Zeuge?« Er rückte etwas nach vorne, um im Schein der Lampe ihr Gesicht sehen zu können. »Was hat denn ein Zeuge mitten in der Nacht in Alastairs Haus zu suchen? Und Mary hat sich Sorgen gemacht?«

»Ja, anscheinend war es ihr nicht recht.«

»Weil sie wußte, daß der Mann dort nichts zu suchen hatte! Und weil Alastair nicht das Recht hatte, sich privat mit einem Zeugen zu treffen. Und danach hat er den Fall niedergeschlagen und auf eine Anklage verzichtet?«

Sie sah ihn an. Selbst in dem immer schwächer werdenden Licht sah sie, daß ihm der gleiche Gedanke wie ihr durch den Kopf ging.

»Bestechung?« flüsterte sie. »Der Prokurator hat Geld oder etwas anderes dafür angenommen, daß er Galbraith nicht anklagt – und Mary hat es geahnt!«

»Einmal?« sagte Monk langsam. »Oder häufiger? Die Frau in

der Kirche hat von mehreren Fällen gesprochen, die überraschend nicht zur Anklage gekommen sind. Ist der Herr Prokurator ein mutiger Mann, der den Erwartungen der Öffentlichkeit trotzt und auch mal einen Fall niederschlägt, der auf wackligen Füßen steht, oder ist er ein korrupter Mann, den man mit Geld oder anderen Geschenken schmieren muß, damit er auf eine Anklage verzichtet?«

»Und sollte er korrupt sein«, fuhr sie fort, und sie flüsterte beinahe, »dann stellt sich gleich die nächste Frage: Hat Mary es gewußt oder bloß befürchtet?«

Ein paar Minuten saß er schweigend neben ihr, die Beine von sich gestreckt, bedeckt von ihren Röcken, die sie beide warm hielten. Die Lampe brannte nur noch schwach, die Ecken des Raums waren schon in völliger Finsternis versunken. Die Luft wurde dünner und immer abgestandener.

»Vielleicht war es weder Kenneth noch Baird«, flüsterte sie schließlich. »Und auch nicht Quinlan, wegen der Geldfälscherei. Ich glaube eher, sie hat nichts davon gewußt.«

»Verflucht!« sagte er zwischen den Zähnen. »Der Teufel soll diesen Alastair Farraline holen!«

Er nahm ihre Hand, die auf ihrem Rock lag. Einen Moment lang saß sie wie erstarrt, aber dann lehnte sie sich ohne nachzudenken an ihn, legte die Stirn an seine Wange und ließ den Kopf langsam hinuntergleiten, bettete ihn auf seiner Schulter. Ihr Zorn war einem friedlicheren Gefühl gewichen. Es war alles noch so wie vorher, ungerecht und ungelöst, aber es hatte nicht mehr dieselbe Bedeutung.

Die Luft war quälend dünn geworden. Hester hatte nicht die leiseste Ahnung, wie spät es war. Das Tageslicht machte sich hier nicht bemerkbar.

Vorsichtig schob er sie von sich weg, bis Platz zwischen ihnen war. Im restlichen Licht sah sie sein Gesicht, die markanten Flächen, die großen grauen Augen. In diesem Augenblick gab es keine Verstellung mehr zwischen ihnen, keine latenten Vorbehalte oder Fluchtgedanken, keine Zurückweisungen. Alles war endgültig und abgeschlossen.

Ganz langsam beugte er sich vor, unendlich langsam, und küßte sie auf den Mund, mit großer Zärtlichkeit, beinahe ehrfürchtig, als sei diese mit letzter Kraft ausgeführte Geste etwas Heiliges, die Eroberung der letzten Bastion.

Es war nicht lange danach, die Laterne war schließlich erloschen, und sie lagen Seite an Seite, frierend und beinahe schon besinnungslos, so knapp war die Atemluft geworden, als sie plötzlich ein Geräusch hörten, ein Klopfen und Scharren. Dann fiel ein Lichtstrahl in den Raum, gelblich und trüb. Am dankbarsten aber waren sie für den Schwall frischer, süßer, nach Papier riechender Luft.

»Sind Sie da? Mr. Monk?« Eine zaghafte, ein wenig undeutliche Stimme sprach im singenden Tonfall des Nordens zu ihnen.

Monk setzte sich langsam auf, sein Kopf schmerzte, sein Blick war verschwommen. Hester lag neben ihm, er hörte sie kaum noch atmen.

»Mr. Monk?« wiederholte die Stimme.

»Hector!« antwortete Monk mit trockenen Lippen. »Hector, sind Sie...? Sind Sie...?« Der Satz endete in einem Hustenanfall.

Hester setzte sich unbeholfen auf. »Major Farraline?« flüsterte sie.

Hector stolperte über ein halbes Ries Papier, das im Weg lag, stieß sich an der Kante einer Druckerpresse, gab einen unterdrückten Schmerzensschrei von sich, aber er schaffte es bis zu ihnen hinüber und stellte eine Laterne auf dem Boden ab. Er sah trostlos aus in ihrem gelben Lichtschein, sein schütteres Haar hing in Strähnen vom Kopf, er hatte dunkle Ringe um die blutunterlaufenen Augen. Die Konzentration kostete ihn allergrößte Mühe, aber die Erleichterung, sie gefunden zu haben, entschädigte ihn dafür.

»Mr. Monk! Ist alles in Ordnung?« Dann sah er Hester. »Du lieber Gott! Miss Latterly! Es... es tut mir leid... ich dachte nicht, daß Sie auch hier sind, Ma'am!« Er streckte den Arm aus, um ihr zu helfen, doch zu seiner großen Verlegenheit bemerkte er die Unordnung ihrer Kleider. »Können Sie aufstehen, Ma'am? Möchten Sie...? Ich meine...« Er zögerte, fühlte sich körperlich wohl ebensowenig in der Lage, ihr aufzuhelfen, wie Monk in seinem gegenwärtigen Zustand.

»Ja, es ist alles in Ordnung, danke.« Sie versuchte zu lächeln. »Ich brauche bloß ein bißchen frische Luft.«

»Aber ja, natürlich!« Er richtete sich auf, dann fiel ihm ein, daß er ihr immer noch nicht geholfen hatte. Aber jetzt kam Monk ihm zuvor. Er hatte sich mühsam aufgerappelt und beugte sich zu Hester hinunter, um ihr aufzuhelfen.

»Warum sind Sie uns nachgekommen?« fragte Hester, als sie draußen waren und die frische Luft sie ein wenig zu Kräften kommen ließ.

Hector wirkte verlegen. »Ich... ich glaube, ich war gestern ein bißchen betrunken. Ich weiß nicht mehr genau, was beim Essen alles gesagt wurde. Hätte wohl drei Gläser früher aufhören müssen. Mitten in der Nacht bin ich aufgewacht, keine Ahnung, wann das war. Ich hatte einen ziemlich dicken Kopf, aber ich wußte, da war etwas faul. Ich erinnerte mich daran, daß da etwas schrecklich faul war.« Er schlug die Augen nieder und wirkte sehr verlegen. »Aber mir wollte um's Verrecken nicht mehr einfallen, was das war.«

»Macht nichts«, sagte Monk. »Sie sind rechtzeitig gekommen.« Er zog eine Grimasse. »Im allerletzten Moment, das können Sie glauben.« Er nahm seinen Arm, und zu dritt gingen sie los, über das unebene Kopfsteinpflaster die Straße entlang.

»Aber warum sind Sie ausgerechnet hierhergekommen?« wollte Hester wissen.

»Oh...« Hector sah unglücklich aus. »Nun ja, als ich heute morgen aufgewacht bin, hab' ich mich wieder erinnert. Ich hatte von einem geheimen Raum geredet...«

»Sie haben gesagt, Sie wüßten von einem«, unterbrach ihn Monk. »In der Druckerei. Aber Sie schienen sich nicht sicher zu sein. Ich hatte den Eindruck, es war mehr eine Schlußfolgerung – als hätten Sie nie zu Gesicht bekommen, was in dem Raum ist.«

»Schlußfolgerung?« Hector war noch immer verwirrt. »Ich weiß nicht. Was ist denn drin?«

»Ja, warum sind Sie hergekommen?« wiederholte Monk die Frage. »Wie kamen Sie auf die Idee, daß wir dort sein könnten, daß uns jemand dort eingesperrt haben könnte?«

Hectors Gesicht hellte sich auf. »Ach, ist doch sonnenklar. Der Gedanke hat sie nicht mehr losgelassen: Ich hab's Ihrem Gesicht angesehen. Ich wußte, Sie gehen hin und sehen nach. Miss Latterly kann doch nicht bis zu ihrem Tod mit dem Schatten des Verdachts leben, oder?« Er schüttelte den Kopf. »Aber ich hätte nie geglaubt, daß sie auch dort ist.« Er betrachtete Hester mit sorgenvoller Miene und kam dabei ein bißchen aus der Bahn; Monk ergriff seinen Arm und brachte ihn wieder auf Kurs. »Sie sind eine sehr eigenständige Frau.« Plötzlich überfiel ihn eine tiefe Traurigkeit. »Ich weiß, warum Mary Sie gemocht hat. Sie mochte Menschen, die den Mut haben, sie selber zu sein, die keine Angst haben, den Becher des Lebens bis zur Neige zu leeren. Sie hat es oft genug gesagt.« Er suchte ihren Blick, und wieder mußte Monk ihn davor bewahren, in den Rinnstein zu fallen, obwohl sie relativ langsam gingen.

»Und als ich mir überlegt hatte, daß Sie nachsehen würden«, fuhr Hector fort, »da kam ich auf den Gedanken, daß Ihnen womöglich einer nachgegangen ist und sie höchstpersönlich eingesperrt hat.«

Er blinzelte mit den Augen. »Um ehrlich zu sein, ich hatte große Angst, man könnte sie bereits getötet haben. Ich bin sehr froh, daß Sie noch am Leben sind.«

»Wir sind Ihnen zu großem Dank verpflichtet«, sagte Monk.

»Zu sehr großem«, fügte Hester hinzu und drückte seinen Arm etwas fester.

»Ich bitte Sie, keine Ursache, meine Liebe«, erwiderte er. Dann blickte er wieder etwas ratlos. »Was ist denn nun in dem Raum?«

»Sie wissen es nicht?« Monk fragte scheinbar beiläufig, doch die Stimme verriet seine Neugier.

»Nein, keine Ahnung. Etwas, das Hamish gehört hat, vermute ich.«

»Ich nehme es an. Früher Hamish und jetzt Quinlan.«

»Sonderbar. Hamish hat Quinlan doch gar nicht richtig gekannt. Er war bereits krank, als Eilish ihn kennenlernte. Er wurde blind, war zeitweise völlig verwirrt und konnte sich nicht mehr richtig bewegen. Warum hätte er Quinlan etwas hinterlassen sollen und nicht Alastair oder sogar Kenneth?«

»Weil Quinlan ein Künstler ist«, antwortete Monk und führte Hester über das holprige Kopfsteinpflaster auf den gegenüberliegenden Gehsteig.

»Ach, wirklich?« Hector war erstaunt. »Wußte ich gar nicht. Hab' seine Arbeiten nie zu seh'n gekriegt. Klar, von Hamish hab' ich's gewußt. Mochte seine Arbeiten nicht sehr: zu handwerklich, zuwenig Phantasie. Aber das ist wohl Geschmackssache.«

»Für Banknoten braucht man keine Phantasie«, bemerkte Monk trocken.

»Banknoten?« Hector blieb mitten auf dem Gehsteig stehen.

»Eine Fälscherwerkstatt«, erklärte Monk. »Das ist in dem Raum. Platten und Druckerpressen, um Falschgeld herzustellen.«

Hector tat einen tiefen, langen Seufzer, als hätte er so etwas befürchtet und die Angst jahrelang in sich niedergehalten.

»Tatsächlich?« sagte er schließlich.

»Hat Mary davon gewußt?« fragte Hester und studierte sein Gesicht.

Er sah sie nachdenklich an, die blonden Augenbrauen zusammengezogen; das frühe Sonnenlicht hob die Sommersprossen auf seinen Wangen deutlich hervor.

»Mary? Natürlich nicht. Sie hätte es niemals geduldet. Mary war eine gute Frau... Sie hatte ihre... ihre...« Er wurde blaß. »Sie hatte ihre Schwächen. Sie hat gelogen, weil sie es mußte...« Ein kurzer, verhaltener Zorn loderte in ihm auf, war jedoch ebenso schnell wieder verflogen. »Aber sie war nicht unredlich. Nicht auf diese Weise. Das hätte sie niemals zugelassen! Es ist... ein schmutziges Verbrechen!«

»Ich hatte es auch nicht angenommen«, sagte Hester erleichtert, doch er hatte etwas gesagt, das ihr rätselhaft war, sehr rätselhaft. Sie wandte sich an Monk. »Wo gehen wir eigentlich hin? Wenn Sie eine Kutsche suchen – wir haben die Hauptstraße gerade überquert.«

»Sie wollen es ihnen ins Gesicht sagen, nicht wahr?« Hector hatte es nicht als Frage gemeint. »Sind Sie sicher, daß Sie...« Er zog die Stirn in Falten, ließ den sorgenvollen Blick zu Hester und wieder zurück zu Monk wandern. »Wir drei sind nicht gerade die besten Soldaten, die man sich vorstellen kann... Sie haben die ganze Nacht in diesem stickigen Raum gesteckt, und ich bin ein alter Mann, der vor Alkohol und Unglück kaum noch aufrecht stehen kann. Und Miss Latterly – verzeihen Sie, Ma'am – ist schließlich nur eine Frau.«

»Ich bin einigermaßen wiederhergestellt«, erwiderte Monk finster entschlossen. »Sie sind Soldat, Sir, und werden uns in der Stunde der Not nicht im Stich lassen. Und Miss Latterly ist keine gewöhnliche Frau. Aber sie hat recht. Wir sollten einen Wagen nehmen.«

Nachdem ihnen McTeer, sauertöpfisch wie immer, die Tür am Ainslie Place geöffnet hatte, mußten sie nicht lange warten. Er führte sie zu dem kleinen Salon, in dem Alastair, Oonagh und Quinlan Fyffe anscheinend etwas zu besprechen hatten. Alastair schien erstaunt und über die Störung verärgert zu sein, Quinlan wirkte uninteressiert, und Oonaghs gewohnte Gelassenheit hatte sich in eisige Kälte verwandelt. Sie starrte Monk an, ohne von Hester Notiz zu nehmen. Hector war noch nicht in der Tür.

»Um Himmels willen, was wollen Sie denn noch?« fragte Alastair. Er sah müde und abgekämpft aus, aber weder schuldbewußt noch beunruhigt darüber, daß Monk quicklebendig vor ihm stand. Monk sah zu Quinlan hinüber, der seinem Blick mit einem ironischen Lächeln begegnete. Oonaghs Miene war wie so oft unergründlich.

»Ich bin gekommen, um Ihnen meinen Abschlußbericht zu bringen«, antwortete Monk, seinerseits nicht ohne Ironie.

»Das haben Sie bereits getan, Mr. Monk«, erwiderte Oonagh kühl. »Und wir haben Ihnen für Ihre Bemühungen gedankt. Wir werden die Polizei nach unserem Gutdünken über die Angelegenheit informieren. Das ist nicht mehr Ihre Sache. Und sollten Sie Probleme mit Ihrem Gewissen haben, dann tun Sie, was Sie für das beste halten. Wir können nichts mehr für Sie tun.«

»Nein? Auch nicht, wenn Sie mich in ein Geheimzimmer in der Druckerei sperren, bis ich aus Luftmangel ersticke?« fragte er sie und hob die Augenbrauen. Er warf einen schnellen Seitenblick auf Quinlan, der blaß geworden war und Oonagh ansah.

Sie wußte also Bescheid!

»Ich habe keine Ahnung, wovon Sie reden?« sagte Oonagh kühl. Sie hatte immer noch keine Notiz von Hester und Hector genommen. »Aber wenn Sie in der Druckerei eingesperrt waren, dann ist das Ihre eigene Schuld, Mr. Monk. Sie sind dort eingedrungen, und ich kann mir beim besten Willen nicht vorstellen, was Sie mitten in der Nacht dort zu suchen gehabt hätten. Außerdem scheinen Sie ja einen Ausweg gefunden zu haben und ohne Schaden davongekommen zu sein.«

»Ich habe keinen Ausweg gefunden. Ich bin von Major Farraline befreit worden.«

»Dieser verfluchte Hector!« stieß Quinlan zwischen den Zähnen hervor. »Was hat der versoffene Trottel sich einzumischen?«

»Sei ruhig!« zischte sie, ohne ihn anzusehen. Sie wandte sich an Monk: »Was hatten Sie in der Druckerei zu suchen, Mr. Monk? Ich bitte Sie um eine Erklärung.«

»Ich habe den geheimen Raum gesucht, von dem Major Farraline beim Mittagessen gesprochen hat«, antwortete er und beobachtete sie so aufmerksam wie sie ihn. Es war beinahe so, als wäre außer ihnen niemand im Zimmer. »Ich habe ihn gefunden.«

Sie hob die hellen Augenbrauen. »Ach ja? Ich habe keine Ahnung von solch einem Raum.«

»Er ist voll mit Dingen, die man braucht, um Banknoten zu fälschen. Banknoten aller möglichen Nennwerte, von den verschiedensten Banken.«

Keine Regung in ihrem Gesicht verriet etwas.

»Um Himmels willen! Sind Sie sicher?«

»Absolut.«

»Wie lange mag das Zeug dort schon liegen? Sicher schon seit der Zeit, als mein Vater noch lebte, wenn Onkel Hector sagt, daß es sein Geheimzimmer war.«

Mit einem kaum wahrnehmbaren Geräusch verlagerte Alastair sein Gewicht.

Monk warf einen schnellen Seitenblick auf ihn und sah dann wieder Oonagh an.

»Ganz sicher«, stimmte er ihr zu. »Aber es wird heute noch benutzt. Ein paar von den Platten sind nicht älter als ein Jahr.«

»Woher wollen Sie das wissen?« Belustigung blitzte in Oonaghs Augen auf. »Ist die Druckfarbe noch feucht?«

»Banknoten verändern ihr Aussehen, Mrs. McIvor. Es werden neue Entwürfe in Umlauf gebracht.«

»Ich verstehe. Sie behaupten also, in diesem Raum wurde und wird Falschgeld hergestellt?«

»Ja. Und darüber sollten Sie froh sein.« Ein finsteres Lachen schwang in seiner Stimme mit. »Es entlastet Ihren Gatten. Jetzt haben wir doch ein ausgezeichnetes Mordmotiv.«

»Haben wir das, Mr. Monk? Ich wüßte nicht warum.«

»Wenn Ihre Mutter dahintergekommen ist, daß ...«

Diesmal war sie es, die lachte.

»Seien Sie nicht töricht, Mr. Monk! Glauben Sie denn wirklich, meine Mutter hätte davon nichts gewußt?«

Hector gab einen unterdrückten Laut von sich, rührte sich aber nicht von der Stelle.

»Das haben Sie doch gerade auch von sich behauptet«, stellte Monk klar.

»Sicher, da wußte ich noch nicht, daß Sie wissen, daß dort noch immer Geld gefälscht wird.« Ihr Gesicht war kalt und unerbittlich. Sie mußte ihre Feindseligkeit nicht mehr verbergen.

Alastair stand wie angewurzelt an seinem Platz.

»Und das ist nicht das einzige Motiv für einen Mord«, fuhr Monk fort. Seine Stimme war heiser vor Wut und bodenloser Verachtung. »Da gibt es noch den Galbraith-Fall und Gott weiß wie viele andere Fälle.«

»Den Galbraith-Fall? Wovon, zum Teufel, reden Sie?« fragte Quinlan.

Monk hatte Alastair im Auge behalten, und wenn er jemals Zweifel an der Beschuldigung gehegt hatte, so waren sie jetzt ausgeräumt. Alles Blut war aus Alastairs Wangen gewichen, er war aschfahl geworden, in den Augen flackerte Angst, die Mundwinkel sanken herab. Instinktiv, beinahe blind blickte er zu Oonagh hinüber.

»Sie hat es *gewußt*!« fauchte Monk ihn an. »Ihre Mutter hat es gewußt, und Sie haben sie getötet, damit sie nichts verrät! Sie standen bei Ihren Mitbürgern in hohem Ansehen, höher als gewöhnliche Männer – aber Sie haben die Gerechtigkeit verkauft! Das hätte Ihre Mutter Ihnen nie verziehen, also haben Sie sie getötet und versucht, eine Krankenschwester dafür an den Galgen zu bringen!«

»Nein!«

Nicht Alastair hatte es gesagt, die Stimme kam von hinten. Monk drehte sich um und sah, wie Hector ein paar Schritte auf Oonagh zutrat. »Nein!« wiederholte er. »Nicht Alastair hat die Liste von Marys Kleidern geschrieben! *Du* warst es! Du hast die Brosche in Miss Latterlys Tasche gesteckt! Alastair hätte nicht mal gewußt, wo er danach suchen soll. Alastair hat sie getötet, helfe ihm Gott, aber du wolltest dafür sorgen, daß Miss Latterly an seiner Stelle gehängt wird.«

»Unsinn!« zischte Oonagh. »Halt die Klappe, du alter Trottel!«

Hester, die hinter Monk stand, meldete sich überraschend zu Wort.

»Mr. Farraline kann die Brosche nicht in meine Tasche gesteckt haben«, sagte sie langsam. »Mary hat sie nur zu einem einzigen Kleid getragen, und er wußte genau, daß sie dieses Kleid nicht für die Reise eingepackt hatte. Er selber hatte es so beschmutzt, daß es gereinigt werden mußte.«

Alle sahen Oonagh an.

Oonagh senkte den Blick. »Ich wußte nicht, daß das Kleid beschmutzt war. Ich wollte ihn schützen«, sagte sie sehr leise.

Alastair sah sie mit einem verzweifelten Lächeln an.

»Dabei hatte sie es gar nicht gewußt«, sagte Monk so leise, daß es kaum zu verstehen war. »Sie befürchtete es, weil sie Archibald Frazer im Hause gesehen hatte, aber mit ein paar Worten wäre sie zu beruhigen gewesen. Es war unnötig, sie zu töten!«

Ganz langsam, wie in einem Alptraum, drehte sich Alastair zu Oonagh um, mit dem Gesicht eines Toten, gealtert und doch hilflos wie ein Kind. »Du hast behauptet, daß sie es weiß! Sie weiß alles, hast du gesagt! Ich hätte sie nicht töten müssen! Oonagh – was hast du mit mir gemacht?«

»Nichts, Alastair! Nichts!« sagte sie schnell und streckte beide Hände nach ihm aus. »Sie hätte uns ruiniert, glaub mir!« Sie versuchte verzweifelt, ihn zu überzeugen.

»Aber sie hat es nicht gewußt!« Seine Stimme wurde lauter, schrill vor Hoffnungslosigkeit und enttäuschtem Vertrauen.

»Gut, sie hat es nicht gewußt, auch das mit dem Falschgeld nicht. Aber das mit Onkel Hector und Vater, das hat sie gewußt, und sie hätte es Griselda erzählt! Deshalb ist sie nach London gefahren. Griselda und ihre dämliche Angst um die Gesundheit ihres Babys. Sie hätte es Connal erzählt, und dann hätte es bald die ganze Stadt gewußt.«

»Was hätte sie Connal erzählt? Wovon redest du?« Alastair verstand überhaupt nichts mehr. Außer Oonagh schien er alle anderen Anwesenden vergessen zu haben. »Vater ist seit Jahren tot. Was soll Griseldas Baby damit zu tun haben? Das ist doch unsinnig…«

Oonaghs Gesicht war jetzt ebenso weiß wie seins, aber vor Zorn und Verachtung. Es verriet keine Angst und keine Schwäche.

»Vater ist an Syphilis gestorben, du Idiot! Die Krankheit hat ihn von innen aufgefressen! Was glaubst du, warum er blind und gelähmt war? Wir haben ihn im Haus behalten und gesagt, er hätte einen Schlaganfall gehabt – was hätten wir anderes tun sollen?«

»A-aber… es dauert Jahre, bis Syphilis…« Er brach mitten im Satz ab. In seinem Hals war ein seltsames Gurgeln zu hören, als bekäme er keine Luft. Er war starr vor Entsetzen, nur die trockenen Lippen bewegten sich. Es schien beinahe, als müßte sie ihn stützen. »Das heißt… das heißt, wir sind alle… Griselda… ihr Kind, alle unsere Kinder… o mein Gott!«

»Nein, das heißt es nicht!« sagte sie zwischen zusammengebissenen Zähnen. »Mutter wollte Griselda erzählen, was sie kurz zuvor mir anvertraut hatte… Hamish ist nicht unser Vater – von keinem von uns!«

Er sah sie an, als hätte sie in einer fremden Sprache gesprochen.

Sie schluckte. Jetzt schienen auch ihr die Worte im Hals stekkenbleiben zu wollen. Ihr Gesicht war weiß vor Schmerz.

»Hector ist unser Vater… von dir, von mir… von uns allen! Du bist ein Bastard, Alastair. Wir alle sind Bastarde. Unsere Mutter war eine Ehebrecherin, und der versoffene Kerl ist dein Vater! Willst du, daß alle es wissen? Könntest du damit leben, Herr Prokurator…?«

Aber Alastair versagte die Sprache. Er war vernichtet, wie tot.

Das einzige Geräusch im Raum machte Quinlan. Er lachte: Ein bitteres, hysterisches, wahnsinniges Lachen.

»Ich habe sie geliebt«, stammelte Hector und sah dabei Oonagh an. »Mein ganzes Leben lang. Am Anfang hat sie Hamish geliebt, aber nachdem wir uns kennengelernt hatten ... wollte sie mich ... nur noch mich. Sie wußte, was mit Hamish los war ... er durfte sie nicht mehr anrühren.«

Oonagh sah ihn an, mit unbeschreiblichem Haß in den Augen.

Hector liefen jetzt Tränen übers Gesicht. »Ich habe sie immer geliebt«, wiederholte er. »Und du hast sie getötet, so sicher, als hättest du selber Hand an sie gelegt.« Seine Stimme wurde lauter, kräftiger. »Du hast meine bildhübsche Eilish an diese Kreatur verschachert ... damit er euch beim Geldfälschen hilft.« Er würdigte Quinlan nicht einmal eines Blickes. »Wie ein Pferd, wie ein Tier habt ihr sie verschachert! Mit Schmeicheleien und Täuschung hast du uns beherrscht, hast unsere Schwächen ausgenutzt. Ich wollte hierbleiben, zu euch gehören. Ich habe außer euch keine Familie, das wußtest du, und du hast es ausgenutzt!« Er schluchzte jämmerlich. »Lieber Gott, und was hast du erst aus Alastair gemacht ...!«

Alastair stand noch immer wie gelähmt.

Oonagh wußte, daß das Spiel verloren war. Sie stürzte sich auf Hector. Als dieser zurückwich, stolperte er, schwankte und riß im Fallen auch Hester mit zu Boden. Oonagh brauchte nur eine Sekunde, um eine Entscheidung zu treffen. Im nächsten Moment war sie aus dem Salon und rannte durch die Eingangshalle hinaus auf die Straße.

Alastair sah sich mit irren Blicken um, zögerte noch einen Augenblick, dann stürzte er hinter ihr her.

Monk beugte sich über Hector.

»Alles in Ordnung? Hat sie Sie verletzt?«

»Nein...« Hustend und röchelnd rang Hector nach Luft. »Nein...« Er funkelte Monk wütend an. »Nein, hat sie nicht. Und so etwas habe ich gezeugt. Und Mary... Mary war...«

Aber Monk hatte keine Zeit für derlei Spekulationen. Er überzeugte sich, daß Hester nicht verletzt war, dann rannte er hinter Oonagh und Alastair her.

Hester raffte auf würdelose, aber sehr wirkungsvolle Weise ihre Röcke und lief ihm nach; Hector folgte ihr unbeholfen, aber erstaunlich schnell.

Draußen auf der Straße hatten Oonagh und Alastair mindestens fünfzig Meter Vorsprung, der Abstand zwischen ihnen wurde größer. Monk rannte in beeindruckendem Tempo hinter ihnen her.

Alastair fuchtelte mit den Händen, brüllte etwas und sprang vor eine herannahende Kutsche. Das Pferd scheute, der Kutscher, der törichterweise aufgesprungen war und die Arme hob, als müßte er einen Angriff abwehren, verlor das Gleichgewicht und stürzte auf die Straße, die Zügel noch immer umklammernd. Alastair sprang auf den Bock, zog Oonagh zu sich hinauf und versuchte, die Pferde mit lauten Schreien zu wilder Flucht anzutreiben.

Monk stieß ein paar böse Flüche aus, als er an der Kreuzung abbremste und nach rechts und links sah, ob irgendwo ein passendes Vehikel zu entdecken wäre.

Zuerst holte ihn Hester ein, dann auch Hector.

»Der Teufel soll die beiden holen!« Monk brachte vor Wut fast keinen Ton heraus.

»Sie können doch nirgends hin«, keuchte Hester und schnappte nach Luft. »Die Polizei wird sie schon wieder einfangen...«

»Die Brauerei!« sagte Hector plötzlich und deutete mit dem ausgestreckten Arm über die Straße.

Monk blickte ihn mit tiefer Verachtung an.

»Pferde!« Hector trottete quer über die Straße.

»Wir können sie doch nicht mit ’nem Bierwagen verfolgen!« bellte Monk hinter ihm her, doch er ging ihm trotzdem nach.

Ein paar Augenblicke später war Hector wieder da. Er saß nicht etwa auf einem Bierwagen, sondern auf einem schnittigen Einspänner. Monk blieb kaum Zeit, Hester hinaufzuhelfen und ihr mit einem ungelenken Sprung zu folgen.

»Zum Hafen«, brüllte er, und nach kurzem Schweigen: »Wem haben Sie das Cabriolet geklaut?« obwohl es ihm vollkommen gleichgültig war.

»Dem Braumeister, nehme ich an«, brüllte Hector zurück, und dann konzentrierte er sich darauf, das verstörte Pferd zu atemberaubendem Tempo anzutreiben und hinter der entschwundenen Kutsche herzujagen.

Das Pferd war in Galopp gefallen und wäre beinahe gestürzt, als Hector es zügelte; auf zwei Rädern schleuderte das Cabriolet nach rechts um eine Ecke. Monk wurde gegen Hester geworfen. Um ein Haar wären sie beide über Bord gegangen, nur Monks Gewicht, das Hester zu Boden drückte, rettete sie.

Monk fluchte fürchterlich, als das Cabriolet sich wieder ausrichtete und die Great Junction Street entlangraste, um gleich darauf um die nächste Kurve zu schleudern, in Richtung Meer; Hester und Monk wurden von einer Seite auf die andere geworfen.

»Wollen Sie uns umbringen, Sie Wahnsinniger?« Monk machte einen Satz nach vorne, griff nach Hector, verfehlte ihn jedoch.

Hector bemerkte ihn gar nicht. Vor ihnen war die Kutsche wieder aufgetaucht. Alastairs Haare flatterten im Wind, und Oonagh schmiegte sich so dicht an ihn, als würde er sie mit dem anderen Arm festhalten.

Die Straße machte wieder einen Bogen, und sie rasten an dem schmalen Flußlauf entlang, der zum Meer führte. Lastkähne und

Fischkutter waren dort festgemacht. Ein Mann sprang fluchend aus dem Weg. Ein Kind ergriff laut schreiend die Flucht.

Ein Fischweib brüllte einen ganzen Rattenschwanz von Flüchen hinter ihnen her und schleuderte ihren leeren Korb gegen das Gefährt. Eines der beiden Pferde bäumte sich auf und kippte gegen das andere, und in einer beinahe traumhaften Bewegung neigten sie sich der steilen Kaimauer und dem Wasser des Hafenbekkens entgegen. Die Kutsche schleuderte herum, die Deichsel brach; für den Bruchteil einer Sekunde schwebte das Gefährt, dann stürzte es in den Fluß und riß Alastair und Oonagh mit sich.

Hector mußte sein ganzes, nicht unbeträchtliches Gewicht nach hinten werfen und gleichzeitig mit der freien Hand in die Bremse greifen, um sein Pferd zu zügeln.

Monk sprang herunter und lief hinüber zur Kaimauer.

Hester kletterte nach ihm heraus, zerriß ihren Rock, der sich verfangen hatte, und hätte sich auf den unebenen Kopfsteinen beinahe den Fuß verstaucht.

Die Kutsche ging bereits unter; ganz langsam, schmatzend und gluckernd versank sie. Oonagh und Alastair waren im Wasser, hatten sich aus Zügeln und Geschirr befreit und strampelten, um nicht unterzugehen.

Die nächsten Augenblicke prägten sich für alle Zeiten in Hesters Seele. Alastair bekam wieder Luft und schwamm mit zwei, drei kräftigen Zügen zu Oonagh hinüber. Einen Augenblick lang trieben sie Auge in Auge in dem schmutzigen Wasser, dann streckte er die Hand aus, packte ihren schweren, vollgesogenen Haarschopf und drückte ihren Kopf ganz langsam und mit Bedacht unter Wasser. Eine Weile lang hielt er ihn fest, während sie strampelte und um sich schlug. Die Strömung hatte ihn erfaßt, aber es kümmerte ihn nicht, er ließ sich lieber mitreißen, als von seiner schrecklichen Beute abzulassen.

Wie gelähmt vor Entsetzen sah Monk ihnen zu.

Hester stieß einen Schrei aus. Sie konnte sich nicht erinnern, jemals in ihrem Leben so geschrien zu haben.

»Gott steh dir bei!« sagte Hector mit schwerer Zunge.

Unter Wasser war keine Bewegung mehr. Oonaghs Haar trieb bleich an der Oberfläche, ihre Röcke bauschten sich um sie herum, aber sie rührte sich nicht mehr.

»Heilige Mutter Gottes!« murmelte das Fischweib hinter Monk und bekreuzigte sich ein ums andere Mal.

Schließlich hob Alastair den Blick, das Gesicht von Schlamm und seinem eigenen Haar verklebt. Er war erschöpft; die Strömung würde ihn nicht wieder freigeben, und er wußte es.

Wie aus einem Traum erwacht fuhr Monk herum zu dem Fischweib. »Haben Sie ein Seil?« fragte er sie.

»Heilige Jungfrau!« stieß sie in ehrfürchtigem Entsetzen hervor. »Sie wollen ihn doch nicht aufhängen?«

»Natürlich nicht!« bellte er. »Ich will ihn rausziehen!«

Er schlang das Seil um einen Poller, knotete sich das andere Ende um den Leib, sprang ins Wasser und wurde von der Strömung sofort von der Kaimauer weggerissen, hinüber zum Dach der Kutsche, das knapp über der Oberfläche noch immer zu sehen war.

Immer mehr Menschen versammelten sich. Ein Mann in einem grobgestrickten Pullover und Seemannsstiefeln sicherte das Seil, und ein anderer kam mit einer Strickleiter zur Kaimauer gelaufen.

Zehn Minuten später zogen sie Monk wieder heraus. Die Fischer nahmen ihm die Leichen ab, und schließlich hievten sie ihn selber, triefnaß und zitternd vor Kälte, aus dem Wasser heraus. Mühsam und vorsichtig rappelte er sich hoch, die Kleider hingen ihm schwer am Leib.

Ein paar Zuschauer standen dabei, mit blassen Gesichtern, fasziniert und bestürzt zugleich, als man Oonaghs Körper auf die Steine bettete, das Gesicht grau wie Marmor, die Augen weit geöffnet, und daneben Alastair, ruhig, kalt, ihrem Einfluß für immer entzogen.

»Die Sünden des Wolfs haben sie eingeholt«, sagte er leise. »Verderbtheit, Betrug und, als letzte von allen, Verrat.«